Golon · Angélique und die Versuchung

Anne Golon

Angélique und die Versuchung

Roman

Einmalige Sonderausgabe Anne Golon in 14 Bänden
Lizenzausgabe 1990 für
Schuler Verlag GmbH, 8153 Herrsching
Originaltitel: La tentation d'Angélique
Übersetzer: Hans Nicklisch
© 1969 by Opera Mundi, Paris
Alle deutschsprachigen Rechte
Blanvalet Verlag GmbH, München 1976
ISBN 3-7796-5292-7

Meinen Leserinnen und Lesern,

Angelique, eine schillernde, sagenumwobene Frau unserer Zeit. Ein historisch-abenteuerliches Epos, das 30 Jahre im Leben einer Frau umfaßt, niedergeschrieben von einer Frau.
Angelique, eine faszinierende Persönlichkeit, mit der sich Frauen wie Männer in unserer heutigen Zeit identifizieren können, wie mit einem Freund, der ihr Leben teilt.
Angelique – sie bezaubert uns nicht nur mit ihrer Schönheit. Sie zieht uns in ihren Bann mit ihrer inneren Freiheit, mit ihrem Lebenshunger, mit ihrem Aufbegehren, mit ihrem Humor.
Sie stärkt uns mit ihrer Warmherzigkeit. Intuitiv und mutig, wie sie ist, stellt sie sich den materiellen und moralischen Prüfungen, die das Leben ihr auferlegt, aber auch um ihre Liebe zu dem Mann, von dem sie getrennt ist.
Sie weicht den täglichen Auseinandersetzungen zwischen Mann und Frau, zwischen Frau und Kirche, zwischen dem freien Menschen und der politischen Macht nicht aus.
Diese Themen durchkreuzen jede einzelne Folge der Saga und ziehen so den Leser unwiderstehlich in das Geschehen hinein.
Die reiche Vielfalt der Handlungselemente, die diese 6900 Seiten bestimmen, verbindet vielseitige Lesarten:
- Sie bietet Spannung, die uns nicht mehr losläßt.
- Sie fasziniert durch die historische Detail-Treue und Genauigkeit des Handlungsablaufs.
- Sie führt uns ein in mystische Welten.
- Sie hält uns gefangen mit dem epischen Atem, der sich durch all diese Seiten zieht, und das Leben eines vergangenen Jahrhunderts wiedererstehen läßt, das uns wie in einem Spiegel unser eigenes Schicksal erkennen läßt.
- Sie zeigt uns eine bewundernswerte Tatkraft und Entschlossenheit, die Schwierigkeiten des Lebens zu meistern und Angst und Haß zu überwinden.
- Sie schenkt uns eine ganz neue empfindsame Sicht der Liebe:

Einer Liebe wie das Meer. Unendlich, immer wiederkehrend.
Das Geheimnis des Gefühls.
Das Geheimnis der Sinnlichkeit.
Das Geheimnis des Liebens.
Angelique ist die Frau der Vergangenheit wie der Gegenwart. Sie ist uns so nahe, in unseren Hoffnungen wie in unseren Ängsten, daß wir nicht umhinkönnen, während wir sie durch die Seiten begleiten, uns die ewige Frage zu stellen:

Wo sind unsere Träume geblieben?
Wo ist unsere Liebe geblieben?

Versailles, im April 1990

Erster Teil

Der Schatten des Gegners

Erstes Kapitel

Es gibt Sekunden, die unendlich scheinen, die ein ganzes Leben zu umfassen vermögen. Angélique hatte es eben erfahren. Joffrey schritt neben ihr den Uferpfad entlang, und sie hatte nach seiner Hand gegriffen, um ihre Gemeinsamkeit körperlich zu spüren. Und während sie seine Hand hielt und ihre vertraute Wärme fühlte, nur eine Sekunde lang, überschwemmte sie die Gewißheit, daß alles Frühere – die Zeit ihres ersten Glücks in Toulouse, die fünfzehn schmerzlichen Jahre der Trennung, das Wiederfinden auf fremdem Kontinent – nur ein Vorspiel gewesen war für etwas, das erst kommen würde, für die ganze Erfüllung ihrer Liebe. Sie begannen neu, wo andere in der Gewöhnung an ihre alltägliche Gemeinsamkeit längst gleichgültig geworden waren. Die harten Schicksalsschläge, die ihrer beider Leben aus der Bahn geschleudert hatten, hatten sich so für sie zum Guten gewendet. Joffreys Verhaftung in Saint-Jean-de-Luz, der vom König gelenkte Prozeß, seine Verurteilung zum Scheiterhaufen, die Jahre der Ungewißheit, in denen sie sich mühsam aus dem Schlamm der Pariser Unterwelt, aus gesellschaftlicher Ächtung hatte emporarbeiten müssen, die gefahrvolle Suche nach Joffrey an den Küsten des Mittelmeers, die Zeit im Harem Moulay Ismaëls, ihre Niederlage im blutigen Aufstand des Poitou gegen Ludwig XIV. – all das waren Stadien einer Prüfung gewesen, die sie letztlich bestanden hatten. Sie hatten bestanden, und nun waren sie bereit – er in der Vollkraft seiner Jahre, sie in der gesteigerten Sensibilität und Fülle einer Frau, die Erfahrungen gesammelt und zu ihrem Gewinn verarbeitet hat –, die Belohnung zu empfangen, den Drohungen zum Trotz, die auch hier in der Neuen Welt ihre Schatten über sie zu werfen begannen.

Sie sah, daß er ihr zulächelte, und ließ die Hand los, die sie gehalten hatte – nur eine Sekunde lang, eine kurze, unendliche Sekunde . . .

Das dumpfe Geräusch einer Trommel erhob sich aus dem Wald. Gedämpft und rhythmisch rollte es durch die drückende Hitze über Bäumen und Fluß.

Am Ufer blieben Joffrey de Peyrac und Angélique stehen. Sie lauschten für einen Moment. Es war wie ein dunkles, geheimnisvolles Pochen. Es stieg aus dem Gezweig in vollen, sanften Tönen, deutlich wie der Schlag eines kraftvollen Herzens.

Und es war dieses Pochen, das die im Dunst eines tropisch heißen Tages reglos verharrende Natur an die Gegenwart der Menschen erinnerte, die sich in ihr verbargen.

Instinktiv griff Angélique von neuem nach der Hand des Mannes an ihrer Seite.

„Die Trommel?" fragte sie. „Was kündigt sie an?"

„Ich weiß es nicht. Warten wir's ab."

Es war noch nicht Abend, erst das Ende des Tages. Der Fluß war eine riesige Fläche mattschimmernden Silbers. Angélique und der Graf Peyrac standen unter dem Laubgehänge der Erlen am Rand des Wassers. Ein wenig zur Linken trockneten auf den Sandstrand der kleinen Bucht gezogene Kanus aus mit Harz abgedichteter Birkenrinde. Eine felsige Halbinsel umschloß die Bucht zur Hälfte, und in ihrem Hintergrund bewahrten hohe schwärzliche, von Ulmen und Eichen gekrönte Klippen wohltuende Frische.

Dort war man dabei, das Lager zu errichten. Das Brechen von Zweigen zum Bau der Hütten und Anlegen von Feuern war zu hören, und schon erhob sich bläulicher Rauch, der lässig über das ruhige Wasser zog.

Angélique schüttelte leicht den Kopf, um einen Schwarm Stechmücken zu verjagen, der sie plötzlich umsummte. Vielleicht auch, um einen Anflug unerklärlicher Angst zu zerstreuen, den die Trommel des Waldes in ihr geweckt hatte.

„Seltsam", sagte sie fast ohne zu überlegen, „in den wenigen Abenakidörfern, die wir sahen, während wir den Kennebec hinabfuhren, gab es keine Männer. Fast nur Frauen, Kinder und Greise."

„Allerdings. Die Wilden sind zum Pelzhandel nach Süden aufgebrochen."

„In den Kanus, die gleich uns südwärts fuhren, waren vor allem Frauen. Offenbar haben sie den Handel übernommen. Aber wo sind die Männer?"

Peyrac warf ihr einen rätselhaften Blick zu. Auch er hatte sich diese Frage gestellt und ahnte wie sie die Antwort. Waren die Männer der indianischen Stämme etwa an einem geheimen Ort zusammengekommen, um einen Krieg anzuzetteln? ... Aber was für einen Krieg? Und gegen wen?

Er zögerte, den Verdacht auszusprechen, und zog es schließlich vor zu schweigen. Die Stunde war ruhig und frei von Sorgen. Seit mehreren Tagen war die Reise ohne Hindernisse verlaufen, und alle konnten es kaum erwarten, zur Küste des Ozeans und in bewohntere Gegenden zurückzukehren.

„Da!" sagte Peyrac mit einer plötzlichen Bewegung. „Das dürfte die Trommelbotschaft verursacht haben. Wir bekommen Besuch."

Drei Kanus waren an der Spitze der Halbinsel aufgetaucht und glitten nun in die Bucht. An der Art ihres Erscheinens ließ sich erkennen, daß sie den Kennebec heraufgekommen waren und nicht wie die meisten Boote um diese Jahreszeit stromabwärts trieben.

Von Angélique gefolgt, näherte sich Peyrac dem Uferrand, wo die kleinen schaumigen Wellen auf dem feinen Sand eine bräunliche Linie hinterlassen hatten. Er kniff die Augen zusammen und beobachtete die Ankömmlinge.

Die Indianer in den drei Kanus zogen die tropfenden Paddel ein und ließen sich ins Wasser gleiten, um die kleinen Boote zum Ufer zu schieben.

„Jedenfalls sind es Männer und keine Frauen", bemerkte Peyrac.

Plötzlich preßte er Angéliques Arm. In einem der Kanus erhob sich eine in eine schwarze Soutane gekleidete Gestalt und sprang auf den Strand unter den Weiden.

„Der Jesuit", murmelte Angélique. Und sie fühlte sich von einer solchen Panik ergriffen, daß es sie zu fliehen verlangte, um sich in der Tiefe des Waldes zu verbergen.

Ihr Handgelenk umspannend, unterdrückte der Graf ihre impulsive Regung.

„Was fürchtet Ihr von einem Jesuiten, Liebste?"

„Ihr kennt Pater d'Orgevals Meinung über uns. Er hält uns für gefährliche Eindringlinge, wenn nicht gar für Helfershelfer des Teufels."

„Solange er nur als Besucher zu uns kommt, müssen wir ruhig bleiben."

Auf der anderen Seite der Bucht folgte indessen die Schwarze Kutte mit raschen Schritten dem Uferrand. Im smaragdenen Schattenspiel unter den Bäumen bewegte sich die lange, hagere Gestalt mit einer zielbewußten Bestimmtheit, die an diesem drückenden, von Mattigkeit erfüllten Abend etwas Ungewöhnliches an sich hatte.

Es war die Erscheinung eines jungen, vitalen Mannes, der seinen Weg verfolgt, ohne sich um Hindernisse zu kümmern, ja sich weigert, sie überhaupt zu sehen.

Er verschwand einen Augenblick, als er das Lager betrat, und es war, als breite sich rund um die Feuer lastendes Schweigen; dann näherten sich die schweren Schritte eines der spanischen Soldaten, und hinter ihm erschien die hohe schwarze Gestalt von neuem, nun ganz nahe, unter dem Laubwerk der Erlen.

„Er ist es nicht", stieß Peyrac zwischen den Zähnen hervor. „Es ist nicht Pater d'Orgeval." Er war fast enttäuscht.

Der Ankömmling war groß und mager und wirkte sehr jung. Da sein Orden jedoch ein langes Noviziat von seinen Angehörigen forderte, mußte er wenigstens dreißig sein. Dennoch war etwas wie die unbewußte Grazie des zwanzigsten Jahrs um ihn. Haar und Bart waren blond und seine Augen von einem fast farblosen Blau. Ohne die roten Flecken, die die Leuten seiner körperlichen Veranlagung gegenüber grausame Sonne auf Stirn, Wangen und Nase eingebrannt hatte, wäre sein Gesicht bleich gewesen.

Er blieb stehen, als er den Grafen und seine Frau gewahrte, und musterte sie einen kurzen Moment, eine der mageren, schmalen Hände an dem an einem violetten Band um seinen Hals hängenden Kruzifix seiner Brust, während die andere den von einem silbernen Kreuz gekrönten Marschstab hielt.

Die Noblesse seiner Haltung erinnerte Angélique an die Ritter oder kriegerischen Erzengel, die man in Frankreich auf den Fensterscheiben der Kirchen findet.

„Ich bin Pater Philippe de Guérande", erklärte er mit höflicher Stimme, „Koadjutor des Paters Sébastien d'Orgeval. Als er erfuhr, daß Ihr den Kennebec herabkämt, hat mein Superior mich beauftragt, Euch seine Empfehlungen zu überbringen, Monsieur de Peyrac."

„Er sei für seine gute Absicht bedankt", erwiderte Joffrey.

Mit einer Geste entfernte er den Spanier, der aus Respekt vor dem Jesuitenpater eine Art Habt-acht-Stellung eingenommen hatte.

„Ich bedaure, Euch nur die rustikale Gastfreundschaft eines Lagers bieten zu können, Pater, aber Ihr seid wohl solche Unbequemlichkeiten gewohnt. Wollt Ihr, daß wir uns ein wenig den Feuern nähern? Der Rauch wird uns leidlich vor den Mücken schützen. Ich glaube, es war einer der Euren, der sagte, in Amerika sei es überflüssig, ein Büßerhemd zu tragen, da die Stechmücken reichlich genügten, seine Aufgabe zu erfüllen."

Der andere geruhte zu lächeln.

„Der Heilige Vater Bréboeuf hat in der Tat diesen Scherz gemacht", bekannte er.

Sie ließen sich in einiger Entfernung von den Grüppchen nieder, die mit der Vorbereitung der Mahlzeit und des Nachtlagers beschäftigt waren.

Mit unmerklichem Druck hielt Joffrey Angélique zurück, die sich entfernen wollte. Er wünschte, daß sie der Unterredung beiwohnte. Zögernd nahm sie auf einem bemoosten Felsen Platz. Es war ihr nicht entgangen, daß Pater de Guérande sich den Anschein zu geben suchte, als bemerke er sie nicht.

„Ich stelle Euch meine Gattin vor, die Gräfin de Peyrac de Morens d'Irristru", sagte Joffrey mit der immer gleichen gelassenen Höflichkeit.

Der junge Jesuit neigte steif und wie mechanisch den Kopf in Angéliques Richtung, dann wandte er sich ab, und sein Blick streifte ziellos über die schimmernde Oberfläche der Bucht, die allmählich dunkler wurde, während die aufflackernden Feuer am Ufer purpurne Reflexe in ihren Tiefen entzündete.

Auf der andern Seite hatten sich die Indianer gelagert, die den Pater hergebracht hatten.

Peyrac schlug vor, sie herüberzurufen und an ihrer Mahlzeit teilnehmen zu lassen. Der Rehbock und die Truthähne, die schon an den

13

Spießen brutzelten, sowie die kurz zuvor gefangenen, nun in ihrer Blätterumhüllung unter der Asche schmorenden Lachse reichten für alle.

Pater de Guérande lehnte ab, indem er erklärte, es seien Kennebas, überaus wilde Eingeborene, die es ganz und gar nicht liebten, sich unter Fremde zu mischen.

Angélique dachte plötzlich an die kleine Engländerin Rose Ann, die mit ihnen reiste.

Sie suchte sie mit dem Blick, sah sie jedoch nicht. Später erfuhr sie, daß Cantor das Kind bei der Ankunft des Jesuiten schleunigst außer Sichtweite gebracht hatte und ihm in ihrem Versteck mit seiner Gitarre die Zeit vertrieb, bis das Gespräch beendet wäre.

„Ihr habt also", erkundigte sich Pater de Guérande, „den Winter im Herzen der Appalachen verbracht, Monsieur? Hattet Ihr unter Skorbut zu leiden? Unter Hunger? Habt Ihr Mitglieder Eurer Kolonie verloren?"

„Nein, kein einziges, Gott sei gelobt."

Ein kleines erstauntes Lächeln huschte über das Gesicht des Jesuiten.

„Wir sind glücklich, Euch Gott loben zu hören, Monsieur de Peyrac. Das Gerücht ging um, daß Ihr und Eure Gefolgschaft nicht eben gerade zur Frömmigkeit neigt. Man sagt, Ihr rekrutiert Eure Leute wahllos unter Ketzern, Gleichgültigen und Wüstlingen, ja, es sollen sich sogar einige jener durch Überheblichkeit um ihren Verstand gebrachten Aufwiegler unter ihnen befinden, die bei jeder Gelegenheit fluchen und Gott lästern – gelobt sei sein heiliger Name."

Er wies den Becher mit frischem Wasser und den Napf voll gebratenen Fleischs zurück, die Yann Le Couénnec, der junge Bretone, der dem Grafen Peyrac als Stallmeister diente, ihm anbot. „Schade", dachte Angélique respektlos, „diesen Jesuiten ist nicht einmal auf dem Umweg über den Magen beizukommen. Pater Massérat hat sich da früher entschieden zugänglicher gezeigt."

„Stärkt Euch, Pater", beharrte Peyrac.

Der Jesuit schüttelte den Kopf.

„Wir haben um die Mittagsstunde gegessen. Das genügt für einen Tag. Ich esse wenig, wie die Indianer ... Aber Ihr habt meine Frage nicht beantwortet, Monsieur. Wählt Ihr mit Absicht Eure Leute unter denen aus, die der Kirche rebellisch gegenüberstehen?"

„Um die Wahrheit zu sagen, Pater, ich verlange von denen, die ich verpflichte, vor allem, daß sie ihre Waffen gut zu handhaben wissen, Kälte, Hunger, Strapazen, kurz, alle Widerwärtigkeiten ohne Murmeln zu ertragen vermögen, mir Treue und Gehorsam beweisen, solange ihr Vertrag läuft, und die Aufgaben, die ich ihnen zuweise, nach besten Kräften ausfüllen. Sollten sie außerdem noch fromm und gottesfürchtig sein, habe ich durchaus nichts dagegen."

„Dennoch habt Ihr in keiner Eurer Niederlassungen das Kreuz aufgepflanzt."

Peyrac antwortete nicht.

Der Widerschein der sinkenden Sonne auf dem spiegelnden Wasser schien in seinen Augen ein winziges spöttisches Funkeln zu entzünden, das Angélique nur zu gut kannte, doch er blieb geduldig und betont freundschaftlich.

Der Pater ließ nicht locker.

„Wollt Ihr sagen, daß es unter den Euren Leute gibt, die dieses Zeichen, dieses wundervolle Zeichen der Liebe und des Opfers, beleidigen oder gar reizen könnte?"

„Vielleicht."

„Und wenn es nun unter Euren Leuten Wesen gäbe – wie diesen jungen Mann mit freien, offenen Zügen, wie mir schien, der mir vor kurzem Nahrung anbot –, Wesen, die sich aus der Erinnerung an eine fromme Kindheit Liebe für das Zeichen der Erlösung bewahrt haben, würdet Ihr sie bewußt der Hilfe der heiligen Religion berauben?"

„Man ist immer mehr oder weniger gezwungen, sich irgendwelcher Dinge zu berauben, wenn man sich bereit findet, in unterschiedlicher Gesellschaft, unter schwierigen Bedingungen und zuweilen auf sehr beschränktem Raum zu leben. Ich brauche Euch nicht erst zu sagen, Pater, wie unvollkommen die menschliche Natur ist und daß man Konzessionen machen muß, um in gutem Einvernehmen miteinander zu existieren."

„Der Verzicht auf die Ehrung Gottes und die vertrauensvolle Hingabe an seine Barmherzigkeit scheint mir die letzte aller Konzessionen und,

15

um nichts zu verschweigen, eine schuldhafte Konzession zu sein. Würde sie nicht enthüllen, wie gering Ihr geistliche Hilfe einschätzt, Monsieur de Peyrac? Arbeit ohne den belebenden göttlichen Strom zählt nicht. Das Werk ohne heiligende Gnade ist bedeutungslos, eine leere Hülle, ein Windhauch, nichts. Und diese Gnade kann nur denen gewährt werden, die Gott als Herrn aller ihrer Taten anerkennen, seinen Gesetzen gehorchen und ihm an jedem Tage ihres Lebens durch das Gebet die Früchte ihrer Arbeit anbieten."

„Dennoch hat der Apostel Jakob geschrieben: ‚Allein die Werke zählen ...'"

Peyrac reckte ein wenig die Schultern, zog aus einer Tasche seines ledernen Wamses eine Zigarre aus gerollten Tabakblättern und setzte sie an dem glühenden Stück Holz in Brand, das ihm der rasch hinzutretende junge Bretone bot.

Das Zitat des Grafen hatte de Guérande das kalte, feine Lächeln des Gegners entlockt, der einen gut geführten Stoß zu schätzen weiß. Doch war er weit davon entfernt, Zustimmung erkennen zu lassen.

Angélique nagte stumm am Nagel ihres kleinen Fingers. Wofür hielt sich dieser Jesuit? Wie konnte er es wagen, in diesem Ton mit Joffrey de Peyrac zu reden? Zugleich aber wehte sie wie ein Hauch aus ihrer klösterlichen Kindheit das Gefühl peinlicher Abhängigkeit an, das jeden Laien angesichts eines Mitglieds des Klerus überkommt, und es war eine längst anerkannte, nicht zu leugnende Tatsache, daß die Jesuiten einem Stamme angehörten, der nichts fürchtete, weder König noch Papst. Ihr Orden war mit dem Auftrag gegründet worden, die Großen dieser Welt zu unterrichten und zu geißeln. Nachdenklich betrachtete sie das abgezehrte Gesicht und spürte, daß uralte Ängste in ihr aufstiegen, die der Welt jenseits des Ozeans zugehörten: die Furcht vor dem Priester, dem Träger mystischer Kräfte. Dann kehrte ihr Blick zu ihrem Mann zurück, und sie atmete erleichtert auf. Denn er entzog sich – würde sich immer Einflüssen solcher Art entziehen. Er war ein Sohn Aquitaniens, Erbe eines liberalen, aus alten Zeiten und heidnischen Zivilisationen überkommenen Existenzbegriffs. Er war nicht aus dem gleichen Stoff wie sie oder dieser Jesuit, beide erzogen und geschult in unerschütterlichen Glaubensanschauungen. Er entkam der Anziehungskraft, und deshalb liebte sie ihn mit aller Kraft. Sie hörte ihn in gleichmütigem Ton antworten:

„Bei mir, Pater, kann beten, wer will. Und was die andern anbetrifft, glaubt Ihr nicht, daß gut getane Arbeit heiligt?"

Der Jesuit schien einige Sekunden zu überlegen, dann schüttelte er langsam den Kopf.

„Nein, Monsieur, nein. Wir erkennen darin sehr wohl die dummen und gefährlichen Abweichungen jener Philosophien, die sich von der Kirche zu lösen trachten." In neutralerem Ton fuhr er fort: „Ihr seid aus Aquitanien. Die Leute Eurer Provinz sind sehr zahlreich und tüchtig in Kanada und Akadien. Der Baron de Saint-Castine in Pentagouët hat das ganze Gebiet des Penobscot von Engländern gesäubert. Er hat den Häuptling der Etscheminen taufen lassen. Die Indianer der Region sehen in ihm einen der Ihren."

„Castine ist in der Tat mein Nachbar in Gouldsboro. Ich kenne und schätze ihn", sagte Peyrac.

„Wen haben wir noch an Gaskognern in unserer Kolonie?" fuhr der Pater mit gespielter Biederkeit fort. „Nun, da wäre Vauvenart am Saint-Jean-Fluß . . ."

„Ein Pirat meiner Art!"

„Wenn man so will. Er ist der französischen Sache sehr ergeben und der beste Freund Monsieur de Ville d'Avrays, des Gouverneurs von Akadien. Im Norden haben wir Monsieur de Morsac in Cataracoui, nicht zu vergessen unseren geliebten Gouverneur Monsieur de Frontenac."

Peyrac rauchte gemächlich und ließ nur durch ein gelegentliches Nikken seine Zustimmung erkennen. Selbst Angélique konnte seinem Gesichtsausdruck nichts entnehmen. Gefiltert durch die reiche Fülle des Laubwerks der über ihnen aufragenden riesigen Eichen, erhielt das Abendlicht einen grünen Schein, der die Gesichter bleichte und die Schatten vertiefte. Der Fluß drüben glühte in goldenem Glanz, während die Bucht die stumpfe Tönung des Zinns annahm. Durch das Spiel der Spiegelungen von Wasser und Himmel war es heller geworden als noch vor kurzem. Die Juniabende waren nahe, die der Nacht ihr Reich streitig machen.

2 Versuchung

Man hatte große schwarze Champignons in die Feuer geworfen, vertrocknet und rund wie Kugeln. Verglühend verströmten sie einen scharfen Geruch nach Wald, der die erfreuliche Eigenschaft hatte, die Stechmücken zu vertreiben. Der Duft des Tabaks aus vielen Pfeifen vermischte sich mit ihm. Ein feiner Dunst lag über der Bucht: eine verborgene Zuflucht am Ufer des Kennebec.

Angélique strich sich über die Stirn, und für Momente tauchten ihre Finger in ihr üppiges, goldschimmerndes Haar, hoben es, die Erfrischung der Abendkühle suchend, von den feuchten Schläfen. Ihr Blick glitt mit leidenschaftlichem Interesse vom einen der beiden Männer zum anderen. Was sie vor allem zu ergründen suchte, war der geheime Sinn, der sich hinter den Worten verbarg. Und plötzlich ging Pater de Guérande zum Angriff über:

„Könnt Ihr mir erklären, Monsieur de Peyrac, durch welchen Zufall, wenn Ihr der Kirche nicht feindlich gegenübersteht, alle Eure neu rekrutierten Leute in Gouldsboro Hugenotten sind?"

„Mit Vergnügen, Pater. Der Zufall, auf den Ihr anspielt, bestand darin, daß ich eines Tages in der Umgebung von La Rochelle vor Anker ging, als eben diese den Gefängnissen des Königs bestimmte Handvoll Hugenotten vor den Dragonern flüchtete, die sie einfangen sollten. Ich nahm sie auf mein Schiff, um sie einem Los zu entziehen, das mir angesichts der gezogenen Säbel der Verfolger ziemlich traurig erschien. Und da ich, nachdem sie einmal an Bord waren, nicht wußte, was ich sonst mit ihnen anfangen sollte, brachte ich sie nach Gouldsboro, damit sie meine Ländereien kultivierten, um die Überfahrt abzuzahlen."

„Warum habt Ihr sie der Justiz des Königs entzogen?"

„Weiß ich's?" erwiderte Peyrac mit einer lässigen Geste und seinem üblichen spöttischen Lächeln. „Vielleicht, weil in der Bibel geschrieben steht: ,Rette den, den man verurteilt hat, den man zum Tode führt!'"

„Ihr zitiert die Bibel?"

„Ist sie nicht die Heilige Schrift?"

„Gewiß, aber in unseren Tagen ist dieses heilige Buch mit so vielen beunruhigenden Irrtümern verknüpft, daß es unsere Pflicht ist, mit Argwohn diejenigen zu betrachten, die sich unbesonnen darauf beziehen. Monsieur de Peyrac, von wem habt Ihr die Urkunde, die Euch ein Recht auf das Gebiet von Gouldsboro gibt? Vom König von Frankreich?"

„Nein, Pater."

„Von wem also sonst? Von den Engländern der Massachusettsbucht, die sich unrechtmäßig als Besitzer dieser Küsten aufspielen?"

Peyrac vermied geschickt die Falle.

„Ich habe Bündnisse mit den Abenakis und Mohikanern geschlossen."

„Diese Indianer sind Untertanen des Königs von Frankreich, sind in der Mehrzahl getauft und hätten keinesfalls solche Verpflichtungen eingehen dürfen, ohne Monsieur de Frontenac davon zu berichten."

„Laßt Euch nicht davon abhalten, es ihnen zu sagen."

Die Ironie begann allzu deutlich zu werden.

Die Art, wie der Graf sich in den Rauch seiner Zigarre hüllte, verriet seine Ungeduld.

„Was meine Leute in Gouldsboro betrifft, sind sie nicht die ersten Hugenotten, die an diesen Ufern Fuß fassen. Monsieur de Roués, einst von König Heinrich IV. entsandt . . . :"

„Lassen wir die Vergangenheit. In der Gegenwart beansprucht Ihr jedenfalls ohne Urkunde, ohne Seelsorger, ohne Lehre, ohne Nation, die Euch rechtfertigten, große Gebiete, und schon gehören Euch allein mehr Forts, Handelsposten und Menschen als ganz Frankreich, das sie doch schon seit langem besitzt. Euch allein, und Ihr verdankt sie nur Euch. Ist es so?"

Peyrac machte eine Bewegung, die als Zustimmung gelten konnte.

„Nur Euch", wiederholte der Jesuit, dessen achatene Augen plötzlich auffunkelten. „Hochmut! Hochmut, die unsühnbare Schuld Luzifers! Denn wollte er nicht Gott ähnlich sein? Wollte er seine Größe nicht nur sich selbst und seiner eigenen Intelligenz verdanken? Ist das Eure Lehre?"

„Ich würde zittern, wollte ich meine eigene Philosophie einem so furchtbaren Beispiel zugesellen."

„Ihr entzieht Euch, Monsieur. Doch welches Schicksal ereilte den, der die Erkenntnis allein und nur zu seinem eigenen Ruhm erlangen wollte? Als Zauberlehrling verlor er die Kontrolle über seine Wissenschaft, und es kam zur Zerstörung der Welten."

„Und Luzifer und seine bösen Engel stürzten in einem Sternenregen nieder", murmelte Peyrac. „Nun sind sie Teil der Erde und ihrer Geheimnisse. Kleine, grimassenschneidende Kobolde, die man als Hüter des Goldes und der edlen Metalle in den Tiefen der Bergwerke findet. Ihr, Pater, der Ihr zweifellos die Geheimnisse der Kabbala studiert habt, werdet wissen, wie die Legionen der Dämonen, der kleinen Gnomen und Erdgeister in der Sprache der Alchimisten heißen."

Der Geistliche reckte sich und fixierte ihn mit einem funkelnden Blick, der eine Herausforderung, aber auch etwas wie erkennendes Verständnis unter Eingeweihten enthielt.

„Ich kann Euch folgen", sagte er langsam und nachdenklich. „Man vergißt nur zu leicht, daß gewisse, längst in die Alltagssprache eingegangene Begriffe einst einige der Bataillone der höllischen Armee bezeichneten. So bildeten die Geister des Wassers, die Undinen, die Legion der Wollüstigen, die der Luft, die Elfen, die Legion der Müßiggänger. Die Geister des Feuers, symbolisiert durch den Salamander und die Irrlichter, stellten die Kohorte der Gewalttätigen, und die der Erde, die Gnomen, hießen ..."

„... die Aufwiegler", ergänzte Peyrac lächelnd.

„Die wahren Söhne des Verfluchten", murmelte der Jesuit.

Erschauernd musterte Angélique die Partner dieses seltsamen Zwiegesprächs. Impulsiv legte sie ihre Hand auf die ihres Mannes, um ihn zu größerer Vorsicht zu mahnen. Ihn zu warnen, zu schützen, zurückzuhalten ... Mitten im Urwald Amerikas gingen plötzlich die gleichen Drohungen um wie einst im Palast von Toulouse. Die Inquisition! Und Joffrey lächelte das gleiche spöttische Lächeln, das die Narben seines Gesichts noch unterstrichen.

Der Blick des Jesuiten streifte die junge Frau.

Würde er nach seiner Rückkehr zu seiner Mission am nächsten Tag sagen: „Ja, ich habe sie gesehen! Genauso, wie sie uns angekündigt wurden. Er ein gefährlicher, subtiler Geist, sie schön und sinnlich wie Eva, mit Bewegungen von einer seltsamen, unvergleichlichen Freiheit..."

Würde er Pater d'Orgeval sagen: „Ja, ich habe sie am Ufer stehen sehen, widergespiegelt von den Wassern des Kennebec, aufrecht unter den Bäumen, er schwarz, hart und höhnisch, sie strahlend, dicht nebeneinander, Mann und Frau, verbunden durch einen Pakt ... Oh, durch welchen Pakt?"

Und das Sumpffieber, das den Missionar so oft schon gepackt hatte, würde ihn von neuem jämmerlich schütteln ... „Ja, ich habe sie gesehen, und ich bin lange bei ihnen geblieben und habe Euren Auftrag erfüllt, das Herz dieses Mannes zu ergründen. Jetzt aber bin ich gebrochen."

„Ihr seid des Goldes wegen hierhergekommen", sagte der Jesuit mit beherrschter Stimme. „Und Ihr habt es gefunden! Ihr seid gekommen, um dieses reine, primitive Land dem Götzendienst des Goldes zu unterwerfen."

„Man hat mir noch niemals vorgeworfen, ein Götzendiener zu sein", erwiderte Peyrac mit leichtem Lachen. „Vergeßt Ihr, Pater, daß der Mönch Tritheim vor hundertfünfzig Jahren in Prag lehrte, das Gold repräsentiere die Seele des ersten Menschen?"

„Aber er definierte auch, daß das Gold substantiell das Laster, das Böse enthalte", widersprach der Jesuit lebhaft.

„Immerhin verleiht Reichtum Macht und kann dem Guten dienen. Euer Orden hat das, wie mir scheint, schon seit den Tagen seiner Gründung begriffen, denn er ist der reichste Orden der Welt."

Wie schon mehrfach zuvor wechselte Pater de Guérande das Thema.

„Warum seid Ihr, wenn Ihr Franzose seid, nicht Feind der Engländer und Irokesen, die den Untergang Neufrankreichs wollen?" fragte er.

„Die Streitigkeiten, die Euch trennen, reichen weit zurück, und Partei zu nehmen scheint mir schwierig. Ich versuche statt dessen, mit allen in gutem Einvernehmen zu leben, und, wer weiß, vielleicht schaffe ich auf diese Weise Frieden."

„Ihr könnt uns viel Böses tun", sagte der junge Jesuit, und im Ton seiner Worte vibrierte Angst. „Oh, warum", rief er, „warum habt Ihr nicht das Kreuz aufgerichtet?"

„Es ist ein Zeichen der Unvereinbarkeit."

„Das Gold ist die Ursache vieler Verbrechen gewesen."

„Auch das Kreuz", sagte Peyrac und sah ihn fest an.

Der Ordensgeistliche erhob sich steif. Er war so bleich, daß der Sonnenbrand auf Wangen und Stirn in seinem kreidigen Gesicht wie blu-

21

tende Wunden wirkte. An seinem mageren Hals über dem schwarzen Kragen seiner Soutane klopfte heftig eine Ader.

„Ich habe endlich Euer Glaubensbekenntnis gehört, Monsieur", sagte er tonlos. „Eure Beteuerungen freundschaftlicher Absichten uns gegenüber sind vergeblich. Jedes Wort, das Ihr spracht, war getränkt von jenem abscheulichen Geist der Rebellion, der die Ketzer charakterisiert, mit denen Ihr umgeht: Verwerfung äußerer Zeichen der Frömmigkeit, Zweifel an den offenbarten Wahrheiten, Gleichgültigkeit gegenüber dem Triumph des Höchsten. Es kümmerte Euch wenig, wenn mit der katholischen Kirche das genaue Abbild des fleischgewordenen Wortes aus dieser Welt verschwände, wenn die Finsternis sich über die Seelen breitete!"

Der Graf stand auf und legte eine Hand auf die Schulter des Jesuiten. Nachsicht und eine Art Mitgefühl lagen in seiner Geste.

„Sei es!" sagte er. „Nun hört mich an, Pater, und achtet darauf, meine Worte dem, der Euch gesandt hat, genau zu wiederholen. Wenn Ihr gekommen seid, mich zu bitten, ohne Feindschaft Euch gegenüber zu sein, Euch gegen Hunger und Armut zu helfen, werde ich es tun, wie ich's schon getan habe, seitdem ich mich in diesem Lande befinde. Wenn Ihr aber gekommen seid, von mir zu verlangen, mit meinen Hugenotten und Piraten zu verschwinden, antworte ich Euch: Nein. Und wenn Ihr gekommen seid, mich zu bitten, aus purem Prinzip, ohne Provokation, Euch zu helfen, die Engländer zu massakrieren und gegen die Irokesen zu kämpfen, antworte ich Euch: Nein. Ich gehöre nicht zu Euch, ich gehöre zu niemand. Ich habe keine Zeit zu verlieren, und ich halte es nicht für nützlich, die mystischen Zwistigkeiten der Alten Welt in diese Neue zu übertragen."

„Ist das Euer letztes Wort?"

„Zweifellos wird es nicht das letzte sein", murmelte Peyrac mit einem Lächeln.

„Für uns, ja!"

Der Jesuit entfernte sich im Dämmerlicht unter den Bäumen.

„Ist das eine Kriegserklärung?" fragte Angélique, den Blick zu ihrem Mann erhebend.

„Es sieht mir ganz so aus."

22

Noch immer lächelnd, nahm er ihren Arm.

„Aber wir sind erst bei den Präliminarien. Eine Zusammenkunft mit Pater d'Orgeval wird nötig sein, und ich werde es versuchen. Danach... nun, jeder gewonnene Tag ist ein Sieg für uns. Die *Gouldsboro* dürfte aus Europa zurückgekehrt sein, und aus Neuengland werden kleinere Küstensegler mit Waffen und weiteren Söldnern einlaufen. Falls es sich als notwendig erweist, werde ich mit meiner Flotte bis nach Québec vorstoßen. Aber wir werden gestärkt und in Frieden in den nächsten Winter gehen, das schwöre ich Euch. Schließlich, so feindlich sie mir auch gesinnt sein mögen, sind es nur vier Jesuiten in einem Gebiet, das größer ist als die Königreiche Frankreich und Spanien zusammen."

Angélique senkte den Kopf. Dem Optimismus und der beruhigenden Logik der Worte Joffreys zum Trotz schien sich ihr die Auseinandersetzung auf einer Ebene abzuspielen, auf der Zahlen, Waffen und Menschen im Vergleich zu den mystischen, namenlosen Gewalten, denen sie entgegentraten, wenig zu bedeuten hatten. Und sie spürte, daß er ihre Ahnung teilte.

„Mein Gott, warum habt Ihr nur all diese Dummheiten gesagt?" seufzte Angélique.

„Welche Dummheiten, mein Schatz?"

„Diese Anspielungen auf kleine Kobolde, die man in Bergwerken findet, oder auf Theorien, die ich weiß nicht welcher Mönch aus Prag früher einmal ..."

„Ich versuchte, mit ihm in seiner Sprache zu sprechen. Er verfügt über ein ausgezeichnetes, großartig fürs Studium begabtes Gehirn. Er muß zehnmal Bakkalaureus und Doktor sein, vollgestopft mit allem theologischen und okkulten Wissen, dessen sich unsere Zeit rühmen kann. Was will er nur hier in Amerika? Die Wilden werden ihn zur Strecke bringen."

Peyrac, der auf eine versteckte Weise heiter und jedenfalls alles andere als beunruhigt schien, hob den Blick zu den sich verdunkelnden Wölbungen des Laubwerks. Ein unsichtbarer Vogel rührte sich dort.

Die Nacht war gekommen, tiefblau und weich, hier und dort erhellt durch die Feuer des Lagers. Eine Stimme hinter den Zweigen mahnte die Gruppen, sich zur Ruhe zu begeben.

Als die Stille wiederhergestellt war, kreischte der Vogel so nah, daß ein Zittern Angélique überlief.

„Eine Eule", sagte Joffrey, „der Vogel der Hexen."

„Ihr erschreckt mich", murmelte sie, schlang ihre Arme um ihn und verbarg ihr Gesicht an seinem ledernen Wams.

Er lachte leise und streichelte mit zärtlicher Leidenschaft ihr seidiges Haar. Er war nahe daran zu sprechen, die Worte, die gewechselt worden waren, zu deuten, den Sinn des Gesprächs, das sie mit dem Jesuiten gehabt hatten, zu definieren. Aber er schwieg, da er wußte, daß Angélique und er selbst in jedem Augenblick dieses Dialogs das gleiche empfunden, erraten, verstanden hatten. Sie wußten beide, daß dieser Besuch nichts anderes als eine Kriegserklärung bedeutete. Vielleicht auch ein Mittel, sich einen Vorwand dafür zu verschaffen.

Mit der geschulten Taktik der Angehörigen seines Ordens hatte es der junge Jesuit verstanden, ihn, Joffrey de Peyrac, weit mehr sagen zu lassen, als er wollte. Man mußte es ihnen zugestehen, daß sie mit Menschen umzugehen verstanden. Sie besaßen auch andere Waffen von besonderer Art, deren Wirksamkeit der Graf nicht völlig unterschätzte. Unmerklich verdüsterte sich seine heitere Stimmung, und das war es, was Angélique vor allem fürchtete.

Er drückte sie eng an sich. Jeden Tag, jeden Abend verspürte er dieses Verlangen, sie an sich zu pressen, sie mit seinen Armen zu umfangen, um sich zu versichern, daß sie da war, daß nichts sie in der Zuflucht seiner Arme erreichen könne.

Er hätte gern gesprochen, fürchtete jedoch, ihre Besorgnisse zu bestätigen, und zog es vor zu schweigen.

„Die kleine Honorine fehlt uns, nicht wahr?" sagte er nur.

Sie stimmte ihm mit einer Bewegung des geneigten Kopfes zu, ihm näher noch in der Zärtlichkeit, die seine Bemerkung ihr einflößte. Ein wenig später fragte sie:

„Sie ist doch sicher in Wapassou?"

„Ja, mein Herz, sie ist in Sicherheit", bekräftigte er.

Zweites Kapitel

Pater de Guérande verbrachte die Nacht im Lager der Indianer und brach im Morgengrauen auf, ohne Abschied zu nehmen: für einen Mann seiner Erziehung die höchste Form der Verachtung.

Angélique war die einzige, die ihn bemerkte, als er am jenseitigen Ufer der Bucht seine Vorbereitungen traf. Einige der Indianer bewegten sich träge um die auf den Sand gezogenen Kanus. Der Morgennebel reichte bis zur Höhe der Bäume, war jedoch so leicht, daß man die Gestalten mühelos unterscheiden konnte. Das matte Rosa begann in einem durchscheinenden Leuchten aufzuschimmern, die noch unsichtbare Sonne schickte sich an, endgültig über die Nacht zu triumphieren.

Angélique hatte wenig geschlafen. Dabei fehlte es ihrem Zelt nicht an Bequemlichkeit, und wenn die mit Fellen bedeckten Fichtenzweige auch nicht gerade das Weichste waren, hatte sie doch schon weit rauhere Lager kennengelernt. Aber vom Abend vorher war ihr ein Gefühl des Unbehagens geblieben.

Jetzt bürstete sie in der Frische des frühen Morgens vor einem kleinen, gegen einen Zweig gelehnten Spiegel ihr langes Haar und sagte sich, daß sie etwas tun müsse, um diesen Jesuiten zu besänftigen, die wie die Sehne eines Kriegsbogens gespannte Saite seines Herzens zu lösen. Und nach einem Moment des Zögerns legte sie Bürste und Kamm beiseite und schüttelte sich das Haar locker über die Schultern.

Während des Gesprächs am Abend zuvor hatte sie eine Frage beschäftigt, ohne eine Gelegenheit zu finden, sie im Laufe dieses Austauschs ernster, sibyllinischer, mehr oder weniger gefährlicher Sätze zu stellen. Und diese Frage lag ihr am Herzen.

Angélique entschloß sich.

Ihren Rock zusammenraffend, um die Berührung mit ausgeglühten Aschenhaufen und den fettigen Kesseln des Lagers zu vermeiden, bahnte sie sich einen Weg durch die übliche indianische Unordnung, folgte dem Pfad längs der Bucht und näherte sich, zwei wilde Hunde

25

aufstörend, die die Eingeweide des Rehbocks verschlangen, dem Jesuiten.

Seit ein paar Augenblicken hatte er sie aus dem schimmernden Dunst des Morgens auftauchen sehen. Der gleiche Glanz, den der Tagesanbruch über das Blattwerk der Bäume warf, spielte auf ihrem lichten Haar.

Zart von Natur, fühlte sich Pater de Guérande nach dem Erwachen häufig schlaff und unfähig, Gedanken zu fassen. Nach und nach kehrte die Erinnerung an Gott zurück, und er begann zu beten. Aber er brauchte einige Zeit, um sein Gehirn zu klären. Als er Angélique sich nähern sah, erkannte er sie darum nicht sogleich und fragte sich bestürzt: Wer ist sie? Wer ist diese Erscheinung?

Dann, es wissend, verspürte er etwas wie einen jähen Schmerz in der Seite, und obwohl seine Züge nichts verrieten, empfand sie deutlich sein von Furcht und Widerwillen bestimmtes Zurückweichen, ein Erstarren seines ganzen Wesens.

Sie lächelte, um dieses junge, steinerne Gesicht aufzuheitern.

„Ihr verlaßt uns schon, Pater?"

„Die Pflichten meines Amtes zwingen mich, Madame."

„Ich hätte Euch gern eine Frage gestellt, die mich beschäftigt."

„Ich höre, Madame."

„Könnt Ihr mir sagen, mit welcher Art Pflanzen Pater d'Orgeval seine grünen Kerzen herstellt?"

Der Jesuit war auf alles gefaßt gewesen, nicht auf das. Die Überraschung brachte ihn aus der Fassung. Zuerst suchte er in Angéliques Worten einen geheimen Sinn, dann begriff er, daß es sich wirklich nur um eine praktische, hausfrauliche Frage handelte. Der flüchtige Gedanke, daß sie sich über ihn lustig machen könnte, trieb ihm das Blut ins Gesicht, doch er faßte sich wieder und durchforschte verzweifelt sein Gedächtnis nach Einzelheiten, die ihm erlauben würden, präzise zu antworten.

„Die grünen Kerzen?" murmelte er.

„Man sagt, sie seien sehr schön", fuhr Angélique fort, „und verbreiteten das angenehmste weiße Licht. Ich glaube, man braucht dazu Beeren, die die Indianer gegen Ende des Sommers ernten. Wenn Ihr, der Ihr die Sprache der Eingeborenen sprecht, mir wenigstens den Namen des Strauchs hättet sagen können, der sie trägt, wäre ich Euch sehr verpflichtet gewesen ..."

„Nein, ich kann ihn Euch nicht sagen. Ich habe nie auf diese Kerzen geachtet ..."

Der arme Mann hat keinen Sinn für Realitäten, sagte sie sich, er lebt in seinem Traum. Aber er war ihr sympathischer so als verschanzt in der Rüstung des mystischen Streiters. Sie glaubte, eine Basis des Verstehens zu sehen.

„Es ist nicht wichtig", versicherte sie. „Laßt Euch nicht aufhalten, Pater."

Er neigte kurz den Kopf. Sie beobachtete ihn, während er mit durch Gewohnheit erworbener Gewandtheit in eins der Kanus kletterte, ohne „weder Sand noch Kiesel" hineinzutragen, wie es Pater Bréboeuf seinen Missionaren geraten hatte. Der Körper des Paters de Guérande hatte sich den Forderungen des primitiven Lebens angepaßt, doch sein Geist würde nie dessen unerträgliche Unordnung hinnehmen. „Die Wilden werden ihn zur Strecke bringen", hatte Joffrey gesagt. Amerika würde ihn zur Strecke bringen. Dieser magere Körper unter der abgetragenen schwarzen Kutte würde das Martyrium kennenlernen. Alle waren sie als Märtyrer gestorben.

Pater de Guérande warf einen letzten Blick zu Angélique hinüber, und das, was er in ihren Augen las, erfüllte ihn mit Hochmut und Bitterkeit. Durch Ironie verteidigte er sich gegen das unerklärliche Mitleid, das sie – er spürte es – für ihn empfand:

„Wenn die Frage, die Ihr mir gestellt habt, Euch wirklich so interessiert, Madame, warum holt Ihr Euch dann nicht die Antwort in Norridgewood bei Pater d'Orgeval selbst?"

Drittes Kapitel

Drei Barken, deren Segel der Flußwind blähte, glitten nun den Kennebec hinunter. Beim letzten Halt war das Gepäck aus den indianischen Kanus in größere und bequemere Boote umgeladen worden. Drei Männer Peyracs hatten sie bereitgehalten, die nach Überwinterung im Fort des Holländers auf ihre Posten in einer kleinen, im vergangenen Jahr vom Grafen visitierten Silbermine zurückgekehrt waren, auch sie ein Teil des ständig sich erweiternden Netzes der Unternehmungen und Verbindungen des französischen Edelmannes.

Yann Le Couénnec, der Florimond de Peyrac mit der Karawane Cavelier de la Salles zum Champlainsee begleitet hatte, war rechtzeitig zum Aufbruch zurückgekehrt und bediente nun das Segel, während der Graf das Steuerruder hielt. Angélique hatte sich dicht zu ihm gesetzt. Der laue, launische Wind spielte mit ihrem Haar. Sie war glücklich. Die Bewegung des vom Wasser gewiegten Schiffs unterstrich ihre seelische Stimmung. Freiheit, endloses Dahingleiten und dennoch Beherrschung. Sich in der Hand halten und dennoch der berauschende Eindruck, sich für einige Zeit von den irdischen Zwängen befreit zu haben. Der Fluß war gewaltig, das Ufer fern und dunstig.

Sie war allein mit Joffrey. Sie lebte in einer Fülle zugleich sanfter und überschwenglicher Gefühle, die keinen Raum für anderes ließen. Seit Wapassou, seit dem überwundenen Winter, hatte sie sich nicht mehr mit Konflikten herumschlagen müssen. Sie war glücklich. Was ihr Dasein stören oder in Frage stellen konnte, erreichte sie nicht wirklich. Das einzige, worauf es ihr ankam, war, ihn hier zu wissen, ihr nahe, war das Bewußtsein, seiner Liebe würdig geworden zu sein. Er hatte es ihr am Ufer des Silbersees gesagt, während die Polarmorgenröte über den Bäumen aufgestiegen war. Sie war seine Gefährtin. Sie war die Ergänzung seines großen Herzens und grenzenlosen Geistes, sie, die doch von so vielen Dingen nichts wußte und so lange schwach und ziellos in einer Welt ohne Hafen umhergeirrt war. Jetzt gehörte sie ihm wirklich. Sie hatten ihre Seelenverwandtschaft erkannt. Sie, Angélique – und er, dieser so überaus männliche, kämpferische Mann, dieser Mann von so ungewöhnlicher Art, waren nun miteinander verbunden. Niemand würde sie trennen können.

Sie warf ihm hin und wieder einen Blick zu, auf sein gebräuntes, narbiges Gesicht mit den dichten Brauen über den Augen, die er halb geschlossen hielt, um den glitzernden Widerschein des Wassers ertragen zu können. Dicht bei ihm, ohne ihn zu berühren, die Knie nahe den seinen, waren sie mit einer Intensität körperlich vereint, die ihr flüchtig die Wangen färbte. Und nun war er es, der sie mit einem rätselhaften, scheinbar gefühllosen Blick betrachtete.

Er sah ihr träumerisches Profil und die flaumige Linie der Wange, über die lässig Strähnen ihres goldblonden Haars streiften. Der Frühling hatte sie neu belebt. Ihre Formen waren voll und sanft, in ihrer Reglosigkeit lag ebenso animalische Anmut wie in jeder ihrer Gesten. Sterne funkelten in ihren Augen, die halbgeöffneten Lippen schimmerten feucht und fruchtig.

Plötzlich tauchten in einer Biegung des Flusses ein Strand und die Reste eines verlassenen Dorfes auf. Von einem der anderen Boote klang der Ruf eines Indianers.

Peyrac wies zur Linie der Bäume hinüber, die der Hitzedunst in bläulich-pastellene Töne tauchte.

„Dorthin!" sagte er. „Norridgewood. Die Mission . . ."

Ein Beben durchlief Angélique, aber sie preßte die Lippen zusammen und bezwang sich. In ihrem Innersten wußte sie, daß sie das Gebiet nicht verlassen durften, ohne Pater d'Orgeval begegnet zu sein und durch ein diplomatisches Gespräch versucht zu haben, die zwischen ihnen bestehenden Schwierigkeiten und Mißverständnisse zu beseitigen.

Während die drei Boote Kurs auf den Strand nahmen, zog sie die kleine Truhe aus geschmeidigem Leder zu sich heran, die einen Teil ihrer Kleidung barg. Es schickte sich nicht für eine Dame von Rang, einen so wichtigen Jesuiten in allzu nachlässiger Aufmachung aufzusuchen.

Geschickt brachte sie ihr Haar unter einer gestärkten Kappe unter, die ihr, wie sie wußte, gut stand, und vervollständigte das Ganze durch ihren breitkrempigen, mit einer roten Feder geschmückten Filzhut. Der extravagante Akzent paßte bestens für diese Gelegenheit. Der hochmütige Ordensmann, der sich nur zu gern seiner Beziehungen zum Hof bediente, um seine Umgebung einzuschüchtern, mußte daran erinnert werden, daß auch sie in Versailles vom König empfangen worden war.

Dann schlüpfte sie in einen kurzen, kasackartigen Mantel, den sie sich in Wapassou aus blauem Limburgtuch geschneidert und mit einem Kragen und Manschetten aus weißer Spitze geschmückt hatte.

Die Barke näherte sich dem Ufer. Yann packte einen hängenden Zweig und zog sie auf den Sand.

Um zu verhindern, daß Schuhe und Rocksaum seiner Frau naß wurden, nahm Peyrac sie in die Arme, trug sie höher auf den Strand und lächelte ihr dabei ermutigend zu.

Der Uferstreifen war verlassen, und Sumachbüsche, von hohen, schlanken Ulmen überragt, umgaben ihn. Das Dorf schien seit mehreren Jahren nicht mehr bewohnt zu sein, denn überall war schon dichtes Weißdorngestrüpp aufgeschossen.

Einer der Indianer erklärte, daß die Mission sich weiter im Innern befinde.

„Aber ich muß mit diesem Starrkopf sprechen!" rief Peyrac verärgert.

„Du hast recht", murmelte Angélique, obwohl sie Angst verspürte. Gott würde es nicht zulassen, daß sie weiterreisten, ohne ein Friedensversprechen mitzunehmen.

Während sie im Gänsemarsch einen durchs Unterholz gebahnten Pfad einschlugen, folgte ihnen der berauschende, köstliche Duft des blühenden Weißdorns.

Zwei Spanier marschierten an der Spitze der Kolonne, zwei andere beschlossen sie. Ein paar bewaffnete Männer waren zur Bewachung der Boote zurückgelassen worden.

Der Pfad schlängelte sich durch den frühlingshaften Wald, bald eingeengt durch dichtes Buschwerk, bald sich zwischen Dickichten von Vogelkirsch- und Haselnußsträuchern verbreiternd.

Nachdem sie etwa eine Stunde gegangen waren, hörten sie das Geläut einer Glocke. Ihre klaren, hellen Töne schwangen sich in schnellen Schlägen über den Wald.

„Es ist die Glocke einer Kapelle", sagte einer der Marschierenden bewegt. „Wir können nicht mehr weit sein."

Wirklich trieb ihnen auch schon der abgestandene Geruch nach erkalteter Asche, Tabak, gekochtem Mais und geronnenem Fett entgegen, der die Nähe von Dörfern verrät. Einwohner ließen sich jedoch nicht sehen, ein ungewöhnlicher Umstand, zog man die übliche Neugier in Betracht, die selbst das kleinste Schauspiel bei Indianern erregte.

Noch einige Schläge der Glocke, dann schwieg sie.

Aus dem Walde tretend, sahen sie vor sich das Dörfchen: an die zwanzig runde, mit Ulmen- und Birkenrinde gedeckte Wigwams, umgeben von kleinen Gärten, in denen Kürbisse reiften. Ein paar magere Hühner pickten zwischen den Pflanzen herum. Von dem Federvieh abgesehen, schien das Dorf völlig verlassen.

In tiefem Schweigen folgten sie dem Hauptweg. Die Spanier hatten die Läufe ihrer schweren Musketen auf die Gabelstöcke gelegt, bereit, bei der geringsten verdächtigen Bewegung Schußposition einzunehmen. Sie hielten die Gabel mit der linken Hand, der Zeigefinger der rechten lag am Auslöser des Feuerstahls, der Kolben saß fest unter der Achsel. Ihre Blicke glitten aufmerksam von einer Seite zur anderen.

So erreichten sie nur langsam das Ende des Dorfs, wo sich die kleine Kapelle Pater d'Orgevals befand.

Viertes Kapitel

Es war eine hübsche, von blühenden Sträuchern umgebene Holzkonstruktion, die, wie allgemein bekannt war, der Jesuitenpater mit eigener Hand errichtet hatte. Ein einzelnstehender Glockenturm, unter dessen Dach das Silberglöckchen noch immer leise hin und her schwang, überragte das Hauptgebäude.

In der Stille trat Joffrey de Peyrac vor und stieß das Tor auf. Und sofort blendete sie ein bewegtes, lebendiges Leuchten.

Aufgesteckt auf vier silberne Ständer mit runden Platten flimmerten

Bündel brennender Kerzen mit einem leisen Knistern, das den Eindruck erweckte, als sei jemand verborgen im Raum. Doch es war niemand da, abgesehen von diesen lebendigen, sanft grün getönten Kerzen, die auch den letzten Schatten verjagten.

Die Ständer waren paarweise zu beiden Seiten des Hauptaltars aufgestellt.

Peyrac und Angélique näherten sich ihm.

Über ihren Köpfen funkelte eine Lampe, deren Fassung aus durchbrochenem vergoldetem Silber eine Schale aus rotem Glas umfing. Sie enthielt ein wenig Öl, in dem ein brennender Docht schwamm.

„Die heiligen Gestalten sind anwesend", murmelte Angélique und bekreuzigte sich. Der Graf nahm den Filzhut ab und neigte die Stirn. Ein wohlriechender Duft verbreitete sich in der flimmernden Hitze der Kerzen.

Rechts und links des Hauptaltars prunkten in hieratischer Pracht Chormäntel und Meßgewänder, glitzerndes Gold und schimmernde Seiden, mit ihren gestickten Heiligen- und Engelsgesichtern: die „Kleider des Lichts", wie die Indianer sie nannten, die die Priester um sie beneideten.

Das Banner war da, und sie sahen es zum erstenmal, wie man es ihnen beschrieben hatte, befleckt vom Blut der Engländer, mit seinen vier roten Herzen in den Ecken und dem Schwert quer über die weiße, in vielen Kämpfen brüchig und schmutzig gewordene Seide.

Die schönen Messegefäße, die silbergestickten Meßtücher, der Reliquienschrein war neben dem Tabernakel aufgestellt, über dem ein herrliches silbernes Prozessionskreuz aufragte.

Der Reliquienschrein, ein Kästchen aus Bergkristall, das sechs mit Perlen und Rubinen besetzte goldene Bänder umspannten, war ein Geschenk der Königinmutter. Man sagte, daß es einen Splitter eines der Pfeile enthalte, die den heiligen Sebastian im 2. Jahrhundert getötet hatten.

Auf dem Stein des Altars lag ein Gegenstand, den sie erst beim Näherkommen erkannten: eine Muskete.

Eine schöne, lange, glänzend polierte Waffe des Krieges, dort hingelegt als Weihgeschenk, als Zeichen der Huldigung.

Als kategorische Antwort.

Das gleiche Beben durchlief sie. Es war ihnen, als hörten sie das Gebet, das der, dem diese Waffe gehörte, hier viele Male gesprochen haben mußte:

„Nimm, o Herr, als Buße für unsere Sünden das für Dich vergossene Blut.

Das unreine Blut des Ketzers, das Blut des geopferten Indianers, endlich das Blut meiner für Dich empfangenen Wunden. Zu Deinem Ruhm, zu Deinem höchsten Ruhm ...

Nimm hin die Qualen und Mühsale des Krieges, begonnen für Dich, o Herr, für ein Regiment der Gerechtigkeit, zur Beseitigung Deiner Feinde vom Angesicht der Erde, zur Vernichtung des Götzendieners, der Dich verleugnet, des Ketzers, der Dich verhöhnt, des Gleichgültigen, der Dich nicht kennt. Damit nur die, die Dir dienen, das Recht zu leben erhalten. Damit Dein Reich komme und allein Dein Name verehrt werde.

Ich, Dein Diener, werde die Waffen ergreifen und mein Leben Deinem Triumph weihen, denn nur an Dir ist mir gelegen."

Dies leidenschaftliche, ungestüme Gebet hörten sie in ihren Herzen, und Angélique begriff „ihn". Sie begriff vollkommen, daß es außer Gott für diesen Mann nichts gab.

Für das eigene Leben kämpfen? Wie lächerlich! ... Für die Bewahrung von Besitz? Wie armselig!

Aber für Gott! Welcher Tod und welcher Einsatz! ...

Das Blut der Kreuzritter, ihrer Vorfahren, wallte in ihr auf. Sie verstand, aus welcher Quelle der Durst nach Martyrium und Opfergang dessen genährt und wiederum gelöscht wurde, der diese Waffe dorthin gelegt hatte.

Sie stellte ihn sich vor, die Stirn gesenkt, die Augen geschlossen, fern, losgelöst von seinem elenden, abgetöteten Körper. Dort hatte er all die Mühsale des Krieges, den Jubel der Triumphe, die Gebete des Sieges und schließlich das Opfer des Stolzes dargebracht, indem er den Engeln und Heiligen das Verdienst überließ, die Arme der Krieger schnell und tapfer gemacht zu haben ...

Muskete des Heiligen Krieges, treuer Diener, wache zu Füßen des

3 Versuchung

Königs der Könige in Erwartung der Stunde, in der du deine Stimme für Ihn erheben wirst!

Mögen die, die dich heute betrachten, dein Symbol und die Botschaft verstehen, die ich ihnen an deiner Statt zurufe ...

Angst preßte Angéliques Herz zusammen.

„Es ist schrecklich", dachte sie. „Die Engel und Heiligen sind auf seiner Seite, während wir ..."

Sie warf dem Mann an ihrer Seite einen Blick zu, und schon ergab sich ihr die Antwort:

„Wir ... wir haben die Liebe und das Leben."

Auf dem Gesicht Joffrey de Peyracs, des Abenteurers und Ausgestoßenen, schien der huschende Schein der Kerzen etwas wie Bitterkeit und Spott zu wecken. Doch er bewahrte in diesem Augenblick völligen Gleichmut. Er wollte diesem Zwischenfall nicht seine genaue, mystische Bedeutung verleihen, um Angélique nicht zu erschrecken. Aber auch er hatte die Botschaft der Waffe auf dem Altar verstanden.

Welch eine Kraft! Welch Geständnis! ... Zwischen euch und mir gibt's nur eins: Vernichtung.

Zwischen ihm, dem Einsamen, und ihnen, den Privilegierten der Liebe, herrschte Krieg ... Krieg auf immer!

Und tief drinnen im Wald, die Stirn gegen die Erde gepreßt, sah er sie zweifellos in seinem Innern, der kriegerische Priester, der Jesuit, sah er die, die die Freuden dieser Welt gewählt hatten, das vor dem Zeichen des Kreuzes stehende Paar, so wie sie jetzt standen, die Hände dicht beisammen, bereit, einander zu treffen und sich nun wirklich heimlich fassend ...

Joffreys warme Hand umspannte die kalten Finger Angéliques. Wieder neigte er sich respektvoll vor dem Tabernakel, dann trat er langsam zurück, zog sie aus der funkelnden und duftenden, barbarischen und mystischen Kapelle.

Draußen mußten sie anhalten, um in der Realität wieder Fuß zu fassen, sich an die wirkliche Welt mit ihrer weißglühenden Sonne, ihrem Insektengesumm und ihren Dorfgerüchen zu gewöhnen.

Die Spanier musterten noch immer die Umgebung mit argwöhnischen Blicken.

„Wo ist er?" dachte Angélique. „Wo ist er?"

Sie suchte ihn jenseits der Büsche, jenseits der von der Hitze überwältigten, von einem feinen, tanzenden Staub gebleichten Bäume.

Mit einer Handbewegung wies Peyrac seine Leute an, den Rückweg anzutreten.

Auf halbem Wege begann leichter Regen zu fallen, der ein Raunen im Walde weckte. Das Raunen verband sich mit dem fernen, bohrenden Schlag einer Trommel.

Sie beschleunigten den Schritt. Als sie zu den Booten gelangten, prasselte ein plötzlicher Guß auf den Fluß hernieder, und das jenseitige Ufer war verschwunden.

Es war nur ein Schauer. Bald erschien die Sonne wieder, und von einer Flottille indianischer Kanus gefolgt, deren Insassen sich zum Pelzhandel aufgemacht hatten, trieben die Barken von neuem den Fluß hinunter, den kleinen Strand und die Mission von Norridgewood hinter sich lassend.

Fünftes Kapitel

Die Handelsniederlassung des Holländers kündigte sich durch einen sympathischen Bäckereiduft an. Die Indianer waren gierig auf Weizenbrot, und in der Tauschsaison war ein Gehilfe des Händlers unablässig damit beschäftigt, Brotlaibe in einen großen Ziegelofen zu schieben.

Die Niederlassung war auf einer Insel errichtet worden, vielleicht in der schwachen Hoffnung, auf diese Weise dem Schicksal früherer Handelsposten zu entgehen, die seit fünfzig Jahren in der Umgebung des großen Dorfes Hussnock* gegründet und mehrfach unter wechselnden

* Heute die Stadt Augusta.

Vorwänden geplündert, in Brand gesteckt und völlig vernichtet worden waren.

Von Hussnock war nur noch der Name und die Gewohnheit der südwärts ziehenden Nomadenstämme geblieben, an dieser Stelle haltzumachen. Hier, wo erstmals die Bewegung von Ebbe und Flut spürbar zu werden begann, hatte man das Mündungsgebiet des Kennebec erreicht, und trotz der Klarheit des ruhig und mächtig zwischen waldigen Ufern dahinströmenden Wassers verrieten alle möglichen Anzeichen schon die Nähe des Meers.

So lag ein salziger Hauch in der feuchteren Luft, und die Indianer dieses Gebiets rieben sich statt mit Bärenfett von Kopf bis Fuß mit dem Öl der Seehunde ein, die sie während des Winters an der Meeresküste jagten. Zudem trug der neben den mehr oder weniger angenehmen Düften nach warmem Brot und gegerbten Tierhäuten durchdringend spürbare Fischgestank zu einer Geruchssymphonie rings um die Niederlassung bei, die nicht für zarte Riechorgane gedacht war. Doch Angélique war seit langem über solche Kleinigkeiten hinaus. Das Ameisengewimmel, das den Fluß rund um die Insel schwärzte, schien ihr von guter Vorbedeutung. Sicherlich würde man dort allerlei Schätze an seltenen Waren finden.

Unmittelbar nach der Landung wurde Peyrac von jemand angerufen, den er zu kennen schien und mit dem er sich in einer fremden Sprache zu unterhalten begann.

„Komm", sagte Angélique zu Rose Ann. „Zuerst werden wir uns ein wenig erfrischen, denn ich vermute, daß es hier Bier geben wird. Danach machen wir unsere Einkäufe wie in der Galerie des Palais."

Mit ihrer Verständigung klappte es schon ganz gut, da sich Angélique während der letzten Monate unter Cantors Leitung in der englischen Sprache geübt hatte. Die Kleine war übrigens nicht sehr gesprächig. Ihr glattes, blasses Gesichtchen mit dem ein wenig vorgeschobenen Kinn trug für gewöhnlich einen frühreifen Ausdruck verträumter Wohlerzogenheit. Zuweilen wirkte es wie verstört und ein wenig dumm.

Bei allem war sie aber ein nettes Kind, denn bei der Abreise von Wapassou hatte sie ohne Zögern Honorine ihre Puppe überlassen, die sie selbst in den schlimmsten Tagen ihrer Flucht und Krankheit unter ihrem Kleid versteckt hatte, um sie nicht in die Hände der Indianer fallen zu lassen.

Honorine hatte das Geschenk vollauf gewürdigt. Mit diesem prächtigen Spielzeug würde es ihr nicht schwerfallen, die Rückkehr ihrer Mutter zu erwarten.

Trotzdem bedauerte Angélique ihre Abwesenheit. Wie hätte dem kleinen Kerlchen das lebendige Treiben der Niederlassung Spaß gemacht, in der der Tauschhandel jetzt im vollen Gange war!

Inmitten des Hofs thronte der holländische Händler, Vertreter der Handelskompanie der Massachusettsbucht, in staubigen, unter dem Knie gebundenen schwarzen Pluderhosen und maß mit einer Muskete die Biberfellballen. Die Höhe eines Gewehrlaufs bedeutete vierzig Felle.

Das Gebäude selbst war bescheiden aus Balken und mit Nußfarbe braun gestrichenen Schindeln errichtet. Angélique und Rose Ann traten in einen großen Raum. Zwei Fenster, aufgeteilt in bleigefaßte Scheibchen in Rhombenform, ließen eben genug Licht herein und bewahrten zugleich ein der Kühle günstiges Halbdunkel. Rechter Hand befand sich ein langer Ladentisch mit Waagen, Gewichten und verschiedenen Behältern und Meßbechern, mit denen Perlen, Nägel und sonstiger Metallkram zugeteilt wurde.

Darüber und längs eines Teils der Wände trugen übereinander angebrachte Bretter die Waren, unter denen Angélique Decken, Hemden, Wäsche, Rohzucker, weißen Zucker, Gewürze und Zwieback bemerkte. Auch Fässer mit Erbsen, Bohnen, Backpflaumen, gesalzenem Speck und Räucherfisch gab es da.

Ein großer gemauerter Kamin, flankiert von Küchenutensilien, diente an diesem sehr warmen Tage nur dazu, über ein wenig Kohlenglut die zweifellos frugale Mahlzeit des Händlers und seiner Gehilfen warm zu halten.

Auf dem Rand der Kamineinfassung waren Krüge, Gläser und Zinnbecher für die Kunden aufgereiht, die Durst auf das Bier verspürten, das in einer geöffneten Tonne für alle bereitstand. Langstielige Kellen hingen am Kaminrand und erlaubten es jedem, sich nach Belieben zu bedienen. Ein Teil des Raums war als Taverne hergerichtet, mit zwei langen, von Schemeln umgebenen Holztischen und einigen hochgestell-

37

ten Fässern für den Fall, daß der Platz an den Tischen nicht reichte oder einer der Zecher für sich bleiben wollte. Ein paar Männer saßen dort, eingehüllt in Wolken blauen Qualms.

Angéliques Erscheinen hatte keinerlei Aufsehen hervorgerufen, nur einige Köpfe wandten sich ihr langsam zu. Nach einem allgemein gehaltenen Gruß nahm sie zwei Zinnbecher vom Kaminrand. Ein Schluck frischen Biers war zunächst das Dringlichste.

Um jedoch die Tonne zu erreichen, mußte sie einen indianischen Häuptling aufstören, der, in seinen bestickten Mantel gehüllt, schläfrig am Ende eines der Tische hockte. Sie grüßte ihn in der Sprache der Abenakis mit den üblichen Umschweifen und dem gebührenden Respekt vor seinem Rang, den die in seinem schwarzen Haarknoten steckenden Adlerfedern verrieten.

Der Häuptling schreckte aus seinem Dösen auf und fuhr hoch. Einige Momente betrachtete er sie erstaunt, dann glitzerte Entzücken in seinen Augen, er legte eine Hand auf sein Herz, streckte das rechte Bein elegant nach vorn und verneigte sich auf wahrhaft höfische Art.

„Wie könnt Ihr mir verzeihen, Madame", sagte er in ausgezeichnetem Französisch. „Ich war so wenig auf eine solche Erscheinung gefaßt. Erlaubt, daß ich mich vorstelle: Jean-Vincent d'Abbadie, Herr von Rasdacq und anderen Orten, Baron de Saint-Castine, Leutnant des Königs in dessen Festung Pentagouët."

„Ihr seht mich entzückt, Euch kennenzulernen, Baron. Ich habe viel von Euch gehört."

„Auch ich, Madame ... Erspart Euch die Mühe, Euren Namen zu nennen. Ich erkenne Euch, obgleich ich Euch nie gesehen habe. Ihr seid die schöne Madame de Peyrac! Wie soll ich mein unhöfliches Verhalten eben erklären? Als ich Euch plötzlich vor mir sah und blitzartig begriff, wer Ihr seid und daß Ihr hier seid, blieb ich versteinert und stumm wie jene Sterblichen, die Göttinnen in einer unerforschlichen Laune in ihrem trübseligen irdischen Dasein besuchen. Denn in Wahrheit, Madame, wußte ich, daß Ihr unendlich schön sein mußtet, aber ich wußte nicht, daß Ihr es mit soviel Charme und Anmut seid. Und dazu die Worte der indianischen Sprache, die ich so liebe, aus Eurem Munde zu hören und Euer Lächeln diese düstere, ordinäre Spelunke erhellen zu sehen – welch überraschende Sensation! Ich werde sie nie vergessen!"

„Und ich zweifle nun keine Sekunde mehr, daß Ihr Gaskogner seid, Monsieur", rief sie lachend.

„Habt Ihr mich wirklich für einen Indianer gehalten?"

„Gewiß."

„Und wie steht's so?" Er warf die mit Perlen und Stachelschweinborsten bestickte rote Decke zurück, die ihm als Mantel diente und bisher das weiße Jabot und den blauen, mit goldenen Litzen besetzten Offiziersrock des Regiments Carignan-Sallières verhüllt hatte.

Übrigens beschränkte sich die vorschriftsmäßige Uniform auf dieses eine Stück. Ansonsten trug er hohe indianische Gamaschen und Mokassins statt Hosen und Stiefel.

Er pflanzte sich, eine Hand auf der Hüfte, mit der Arroganz eines jungen Offiziers aus der Suite des Königs vor ihr auf.

„Was sagt Ihr nun? Bin ich nicht ein vollendeter Hofkavalier aus Versailles?"

Angélique schüttelte den Kopf.

„Nein, Eure Mundfertigkeit kommt zu spät, Monsieur. Für mich seid Ihr ein Abenakihäuptling."

„Nun, so sei's", antwortete der Baron de Saint-Castine mit Würde. „Und Ihr habt recht."

Der lebhafte Austausch von Komplimenten und Höflichkeiten auf französische Art war im verräucherten Dekor der Taverne vor sich gegangen, ohne daß sich ihnen auch nur einer der Umsitzenden neugierig zugewandt hätte. Selbst die wenigen anwesenden Indianer schenkten, mit ihren Tauschgeschäften beschäftigt, ausnahmsweise der Szene keine Aufmerksamkeit.

Einer von ihnen zählte mit Hilfe eines Magneten bedächtig Nadeln, ein anderer probierte Taschenmesserklingen an der Kante des Ladentischs aus, ein dritter, der beim Abmessen einer Stoffbahn unvorsichtig zurücktrat, prallte nicht nur gegen Angélique, sondern stieß sie auch noch beiseite, weil sie ihn störte.

„Gehen wir woandershin", entschied der Baron. „Drüben ist ein Nebenzimmer, wo wir ungestört plaudern können. Ich werde den alten

Josua Higgins bitten, uns einen Imbiß zu bringen. Ist dieses charmante Kind Eure Tochter?"

„Nein, eine kleine Engländerin, die . . ."

„Pst!" unterbrach sie hastig der junge Offizier. „Eine Engländerin? Wenn sich das herumspricht, gebe ich nicht mehr viel für ihren Skalp oder zumindest für ihre Freiheit."

„Aber ich habe sie regelrecht Indianern abgekauft, die sie gefangen hatten", protestierte Angélique.

„Eure Eigenschaft als Französin erlaubt Euch gewisse Dinge", sagte Saint-Castine, „aber man weiß bereits, daß Monsieur de Peyrac keine Engländer zurückzukaufen pflegt, um sie taufen zu lassen. Das mißfällt höheren Orts. Also laßt auf keinen Fall den Verdacht aufkommen, daß diese Kleine Engländerin ist."

„Aber hier gibt's doch Ausländer! Der Leiter dieser Niederlassung ist Holländer, und seine Gehilfen scheinen mir geradewegs aus Neu-england gekommen zu sein."

„Das beweist nichts."

„Immerhin sind sie hier."

„Für wie lange? . . . Glaubt mir, und seid vernünftig. Ah, Gräfin", rief er aus, indem er von neuem die Spitzen ihrer Finger küßte, „wie charmant Ihr seid, und wie sehr Ihr Eurem Ruf entsprecht!"

„Ich dachte, bei den Franzosen hätte man mir einen reichlich diabolischen Ruf verschafft."

„Ihr seid es", versicherte er. „Diabolisch für die, die wie ich für die Schönheit der Frauen allzu empfänglich sind, wie auch für die, die . . . Nun, Ihr seid Eurem Gatten eben sehr ähnlich, den ich bewundere und der mich erschreckt. Um die Wahrheit zu sagen, habe ich Pentagouët nur verlassen und mich zum Kennebec begeben, um ihm zu begegnen. Ich habe ihm ernste Mitteilungen zu machen."

„Hat sich etwas Schlimmes für Gouldsboro ereignet?" fragte Angélique erblassend.

„Nein, beruhigt Euch. Das ist es nicht."

Er stieß eine Tür auf. Aber bevor Angélique, die noch immer Rose Ann an der Hand hielt, den Nebenraum betreten konnte, polterte jemand hastig in den Saal und stürzte sich auf den Baron de Saint-

Castine. Es war ein französischer Soldat mit einer Muskete in der Hand.

„Diesmal ist es soweit, Herr Leutnant", zeterte er. „Sie veranstalten ihre Kriegsmähler. Irrtum ist ausgeschlossen. Ich würde den Geruch unter Tausenden erkennen. Kommt schnell und überzeugt Euch!"

Er packte den Offizier am Ärmel und zog ihn fast mit Gewalt nach draußen.

„Riecht doch!" drängte er und hob schnüffelnd seine lange, am Ende aufgestülpte Nase, die ihm das Aussehen eines Jahrmarktpossenreißers verlieh. „Wie das mieft! Nach Mais und gekochtem Hund! Riecht Ihr wirklich nichts?"

„Es riecht nach so vielen Dingen", erwiderte Saint-Castine mit einer verächtlichen Grimasse.

„Aber ich täusche mich nicht. Wenn's so stinkt, hocken sie drüben in den Wäldern um ihre Feuer zusammen und fressen Mais und gekochten Hund, um sich fürs Kämpfen Mut zu machen. Es kommt von da und von da und von da", fuhr der Soldat mit vor Angst hervorquellenden Augen fort, auf verschiedene Punkte des linken Kennebecufers weisend. „Ich irr' mich bestimmt nicht!"

Er bot einen schon recht drolligen Anblick. Eingebündelt in seinen blauen Rock, hielt er seine Waffe mit beunruhigender Ungeschicklichkeit. Er trug weder Gamaschen noch Mokassins, sondern schwere Schuhe, die seine Unbeholfenheit noch verstärkten, und seine groben, unter den Knien schlecht befestigten Leinenstrümpfe sackten in reichlich unvorschriftsmäßigen Falten herunter.

„Warum regt Ihr Euch so auf, Adhémar?" fragte der Baron mit geheuchelter Anteilnahme. „Ihr hättet Euch kein Kolonialregiment aussuchen sollen, wenn Ihr so Angst vor Indianerkriegen habt."

„Wenn ich Euch doch sage, daß der Anwerber in Frankreich mich betrunken gemacht hat und daß ich erst auf dem Schiff aus meinem Rausch erwachte", jammerte der Soldat.

Es war in diesem Augenblick, daß sie den Grafen Peyrac in Begleitung eines Franzosen und des Holländers bemerkten, der ihn bei der Landung angesprochen hatte. Sie hatten Adhémars Behauptungen über die Kriegsvorbereitungen der Indianer gehört.

„Ich glaube, der Bursche hat recht", sagte der Franzose. „Man spricht letzthin viel über bevorstehende Kriegszüge der Abenakis zur Bestrafung der frech gewordenen Briten. Aber es steckt da noch etwas anderes dahinter; ich ahne nur nicht, was. Es heißt, daß die Jesuiten ..." Er unterbrach sich unvermittelt. „Werdet Ihr mit Euren Etscheminen dabeisein, Castine?"

Der Baron schien verärgert und antwortete nicht. Er verneigte sich vor dem Grafen, der ihm herzlich die Hand reichte. Sodann stellte Peyrac seine beiden Begleiter Angélique vor.

Der Holländer hieß Pieter Boggen. Der andere war der Sieur Bertrand Défour, ein Pikarde mit breiten Schultern und schweren, wie aus sonnengedörrtem Holz geschnitzten Gesichtszügen. Offenbar seit langem der Notwendigkeit entwöhnt, einer schönen Frau zu huldigen, war seine Verlegenheit anfangs nicht zu übersehen; dann verhalf ihm seine schlichte Natürlichkeit wieder zu Haltung, und er verbeugte sich tief.

„Das müssen wir feiern", sagte er. „Gehen wir etwas trinken."

Eine Art Röcheln hinter ihnen ließ sie die Köpfe wenden.

Der Soldat Adhémar war gegen den Türrahmen zurückgetaumelt. Mit aufgerissenen Augen starrte er auf Angélique.

„Die Dämonin!" ächzte er. „Bestimmt ... sie ist es! Das ist nicht schön, daß Ihr mir's nicht gleich gesagt habt, Herr Leutnant."

Saint-Castine stieß ein gereiztes Knurren aus. Er packte den Mann und beförderte ihn mit einem gut gezielten Tritt zum rechten Ort auf den Fußboden.

„Die Pest soll diesen Trottel holen!" knirschte er, atemlos vor Wut.

„Wo habt Ihr diesen seltenen Typ her?" erkundigte sich Peyrac.

„Weiß ich's? Das sind die Rekruten, die sie uns jetzt herüberschicken. Glauben sie, daß wir in Kanada Soldaten brauchen können, die sich vor Angst in die Hosen machen?"

Angéliques Hand legte sich besänftigend auf seinen Arm. „Beruhigt Euch, Monsieur de Saint-Castine. Ich weiß, was dieser arme Kerl meinte, und überdies –", sie konnte ein Lachen nicht unterdrücken, „– er sah so komisch aus mit seinen vorquellenden Augen. Es ist nicht seine Schuld. Böse Gerüchte, die man sich in Kanada erzählt, haben ihm Angst eingejagt. Er kann ebensowenig dafür wie ich."

„Ihr seid also nicht gekränkt, Madame? Wirklich nicht?" fragte Saint-Castine mit südländischer Überschwenglichkeit. „Ah, ich könnte diese Dummköpfe verfluchen, die Eure Abwesenheit und das Geheimnis um Euch nutzen, um solches Gefasel und ein so beleidigendes Märchen in die Welt zu setzen."

„An mir liegt's, es zu zerstören, da ich nun aus dem Wald zum Vorschein gekommen bin. Deshalb habe ich meinen Mann auch zur Küste begleitet. Wenn ich nach Wapassou zurückkehre, muß ganz Akadien wenn nicht von meiner Heiligkeit – o Gott, nein! –, so doch wenigstens von meiner Harmlosigkeit überzeugt sein."

„Was mich betrifft, bin ich schon überzeugt", versicherte Défour, indem er eine gespreizte Hand auf sein Herz legte.

„Ihr seid beide prächtige Freunde", sagte Angélique dankbar. Sie bedachte sie mit dem bezaubernden Lächeln, das ihr Geheimnis war. „Aber nun wollen wir nicht mehr darüber sprechen. Ich sterbe vor Durst."

Im Nebenraum ließen sie sich um einen der Tische nieder, und der Holländer, der in der Gesellschaft der Franzosen seine flämische Fröhlichkeit wiederfand, ließ Gläser und Becher bringen, dazu Bier, Rum, Branntwein und einen Krug feurigen spanischen Rotweins, den der Händler von einem in die Mündung des Kennebec verschlagenen karibischen Korsaren gegen Pelzwerk eingetauscht hatte.

Sechstes Kapitel

Lächelnd lauschte Peyrac dem lebhaften Gespräch und beobachtete dabei Angélique. Einmal mehr durch die verschiedenen Aspekte ihrer femininen Natur verführt, erinnerte er sich, daß sie einst in Toulouse selbst seine eifersüchtigsten Freunde mit einem Lächeln und ein paar Worten für sich eingenommen hatte, so daß sie sich mit Vergnügen für sie hätten totschlagen lassen. Nun entdeckte er von neuem ihren durch Erfahrung gereiften, wachen Geist, die unvergleichliche Eleganz ihrer Gesten, den Charme ihrer schlagfertigen Antworten.

Unwillkürlich rief er sich ins Gedächtnis zurück, wie sie im vergangenen Jahr gewesen war, auf der Schwelle dieser Neuen Welt und nach der seltsamen Fahrt der *Gouldsboro*, bei der sie sich wiedererkannt und wiedergefunden hatten. Ihr Blick war damals rührend gewesen, ihre Bewegungen waren die einer Verfolgten.

In weniger als einem Jahr hatte sie ihre Heiterkeit, den Schwung der erfüllten Frau wiedergefunden. Es war das Werk der Liebe und des Glücks, trotz der Prüfungen des Winters; es war sein persönliches Werk!

Er hatte sie wieder zu sich selbst erweckt, und als sein Blick dem ihren begegnete, lächelte er ihr zu, zärtlich und besitzergreifend.

Die kleine Engländerin, stumm und blaß unter all diesen lebhaft plaudernden Erwachsenen, ließ ihre Augen vom einen zum andern wandern.

Saint-Castine berichtete, wie der Kommandant von Gouldsboro, der Marquis d'Urville, von den Hugenotten aus La Rochelle unterstützt, den beiden Schiffen des Piraten Goldbart standgehalten hatte. Eine Salve glühender Kanonenkugeln habe schließlich den Kampf entschieden. Als auf seinem Zwischendeck Feuer ausgebrochen sei, habe sich der Bandit hinter die Inseln zurückgezogen. Seitdem scheine er sich ruhig zu verhalten; man müsse aber weiterhin wachsam bleiben.

Der Graf erkundigte sich, ob die beiden Schiffe, die er erwartete, das eine aus Boston, das andere, die *Gouldsboro*, aus Europa, noch nicht eingelaufen seien. Für die letztere, erfuhr er, sei die Jahreszeit noch nicht weit genug vorgerückt. Was die kleine Bostoner „Jacht" anbetreffe, die Curt Ritz und seine Männer zur Mündung des Kennebec gebracht habe, sei sie von Goldbart in ein Gefecht verwickelt worden und habe den Hafen nur in reichlich beschädigtem Zustand erreicht.

„Dieser Brigant wird mir das teuer bezahlen", erklärte Peyrac. „Falls er mir meinen Schweizer nicht lebend ausliefert, werde ich mich an seiner Haut schadlos halten. Und wenn ich ihn bis zu den Antipoden verfolgen muß."

Défour bemerkte, daß die Französische Bucht von dieser Piraten- und Flibustierkanaille förmlich heimgesucht sei. Da sie wüßten, daß die nördlichen Küsten im Sommer von vollbeladenen Nachschubschiffen für Franzosen und Engländer angelaufen würden, strichen sie dort herum, um deren Ladungen auszurauben, und das mit weit geringerem Risiko als etwa bei den spanischen Galeonen. Und ganz abgesehen davon, zögen sie auch englische Kriegsschiffe nach Akadien, die die Fischereiflotten von Boston oder Virginien schützen sollten.

Übrigens, fügte er hinzu, habe er während seiner Fahrt längs der Küste hierher eine Idee gehabt.

„Als ich letztes Jahr aus Mangel an Reserven schon fast am Verhungern war, habt Ihr mich so großzügig verproviantiert, Monsieur de Peyrac, daß ich beim Passieren der Mündung des Saint-Jean sechs Soldaten der Garnison des kleinen Forts Sainte-Marie aufgelesen habe, um sie Euch zur Verfügung zu stellen."

„Dann verdanken wir also Euch die Anwesenheit dieses uniformierten Hampelmanns Adhémar?" staunte der Baron.

Défour verteidigte sich:

„Man hat ihn mir förmlich mit Gewalt aufgedrängt, und es sieht mir so aus, als hätte ihn jede Garnison zwischen Montréal und Québec, dem Oberen See und der Baie des Chaleurs schleunigst zur nächsten weitergeschickt, um den Kerl wieder loszuwerden. Aber die andern sind kräftige Burschen, die zu kämpfen verstehen."

Peyrac lachte.

„Ich danke Euch, Défour. Ein paar gute Schützen kommen mir durchaus gelegen."

„Aber warum habt Ihr Eure Soldaten nicht gleich in Gouldsboro abgeliefert?" fragte Saint-Castine.

„Weil der Sturm mich bis zu den Matinicusinseln abgetrieben hatte", erklärte der andere. „Danach hielt mich dichter Nebel vier Tage lang fest. Ich zog es darum vor, direkten Westkurs zu steuern. Die Durchfahrt nach Gouldsboro ist nicht leicht zu finden. Außerdem hätte ich auf Goldbart stoßen können. Aber wie Ihr seht, trifft man sich schließlich immer."

Peyrac erhob sich, um sich die Soldaten anzusehen, und seine Gefährten folgten ihm.

Angélique blieb in dem dämmrigen Raum. Der spanische Wein war köstlich, aber er benebelte sie ein wenig. Rose Ann hatte Bier getrunken. Sie hatte Hunger. Kaum hatten sie sich über die Notwendigkeit verständigt, dem leeren Zustand ihrer Mägen abzuhelfen, als auch schon ein freundlicher alter Mann erschien und Teller mit großen Schnitten warmen Brotes, mit Heidelbeermarmelade bestrichen, vor sie auf den Tisch stellte. Lächelnd ermunterte er sie, sich zu stärken. Sein runzliges Gesicht mit dem weißen Kinnbärtchen wirkte überaus freundlich, und sein schmuckloses schwarzes Wams, die über den Knien sich bauschenden Pluderhosen von altväterischem Schnitt und der weiße, gefältelte Kragen erinnerten Angélique an die Kleidung ihres Großvaters zu der Zeit, als der in Röhrenfalten gelegte Radkragen noch in Mode gewesen war. Er stellte sich ihnen als Josua Higgins vor.

Als die kleine Rose Ann sich gesättigt hatte, setzte er sich neben sie und richtete freundschaftlich auf englisch einige Fragen an sie. Zu beider Überraschung erklärte er darauf Angélique, daß er die Großeltern der Kleinen kenne. Die von ihnen vor etwa zehn Jahren gegründete Niederlassung Brunswick Falls liege kaum dreißig Meilen entfernt am Androscoggin. Die Williams seien unternehmungslustige Leute, immer bereit, sich weiter ins Innere des Landes vorzuwagen. Auch der Sohn, John Williams, habe Biddeford, eine reiche Kolonie an der Bucht, verlassen und ein neues Biddeford am Sébagosee gegründet. Man wisse

46

jetzt, daß es ihm nicht gut bekommen sei, denn man habe ihn als Gefangenen nach Kanada entführt. Die Küstendörfer seien allerdings auch nicht sicherer, wenn sich die rote Flut aus den Wäldern ergösse, aber mit viel Glück könne man immerhin auf die Inseln entkommen.

Er, Josua Higgins, begreife Leute wie diese Williams, denn er habe niemals so recht das Meer geliebt. Er ziehe die sanfteren Reflexe der von Bäumen beschatteten Flüsse und Seen vor, und das Fleisch wilder Truthähne schmecke ihm besser als Fische.

Zehn Jahre sei er alt gewesen, als er mit seinem Vater, einem Kaufmann aus Plymouth am Kap Cod, nach Hussnock gekommen sei. Man nenne ihn gelegentlich auch Josua Pilgrim, weil sein Vater zu den Pilgervätern gehört habe und er als ganz kleines Kind mit einem *Mayflower* genannten Schiff an einem völlig menschenleeren Küstenstrich gelandet sei, wo mehr als die Hälfte von ihnen den ersten Winter nicht überlebt hätten.

Über seinen in gemessenem, ein wenig dozierendem Ton vorgebrachten Jugendreminiszenzen hatte Higgins längst ihren Ausgangspunkt vergessen, so daß Angélique, die interessiert, wenn auch mit wachsender Ungeduld gelauscht hatte, ihn bei erstbester Gelegenheit wieder an die Williams in Brunswick Falls erinnern mußte. Ob er ihr sagen könne, wie man am besten dorthin gelange.

Der alte Mann schlug sich lächelnd an die Stirn, ging zu einem Wandbrettchen und kehrte mit einem Gänsekiel, einem Tintenhorn und einem pergamentähnlichen Stück dünner Birkenrinde zurück, auf das er allerlei Zeichen malte, die einen Plan des Weges nach Brunswick Falls bedeuteten. Dabei erklärte er Angélique, wenn man zum rechten Ufer des Kennebec übersetze und ostwärts marschiere, sei die Niederlassung in weniger als einem Tag zu erreichen.

„Als habe die Vorsehung uns geleitet!" rief sie.

Es war immer ihre und ihres Mannes Absicht gewesen, das kleine Mädchen zu seinen Angehörigen zurückzubringen, aber es war ihnen klar, daß es schwierig sein würde. Zunächst hatten sie außer der Tatsache, daß Brunswick Falls am Androscoggin lag, wenig genug über die Lage des Ortes gewußt. Und außerdem führte sie der Weg nach Gouldsboro in eine Richtung, die sie von den von Engländern bewohnten Gebieten entfernte. Die Region, in der sie sich befanden, Maine für die Engländer, Akadien für die Franzosen, war zur Zeit in der Tat ein Grenzbereich, ein Niemandsland ohne Herren noch Gesetze, durch den der Kennebec eine recht ungewisse Grenzlinie zog.

Und nun hatte die Vorsehung es gewollt, daß sie kaum ein Tagesmarsch von der Familie ihres Schützlings trennte ...

Siebentes Kapitel

Des Abends auf Einladung des holländischen Händlers, der seine wichtigsten Kunden dieses Tages festlich bewirten wollte, zur Niederlassung zurückkehrend, plauderten sie zuerst über die Möglichkeit, das Kind zu seinen Großeltern zurückzubringen.

Ihr Gastgeber brachte Karten.

Wenn man Umwege, Furten und steile Hügelhänge in Betracht zog, mußte man für den Hin- und Rückweg drei Tage rechnen, bevor man die Fahrt nach Gouldsboro wiederaufnehmen konnte. Doch Peyrac entdeckte rasch eine andere Lösung. Der Androscoggin, an dem Brunswick Falls lag, war schiffbar, und seine schnelle Strömung würde es möglich machen, die Mündung des Kennebec in wenigen Stunden zu erreichen. Die Expedition des Grafen Peyrac würde sich also in zwei Gruppen teilen. Die größere führe wie vorgesehen den großen Fluß bis zum Meer hinab, wo sie ein von d'Urville entgegengeschicktes Schiff erwartete.

Inzwischen würden Peyrac und Angélique, von einigen ihrer Leute begleitet, das englische Dorf aufsuchen, das Kind bei seiner Familie abliefern und sodann den Androscoggin bis zur Küste hinunterfahren, wo sie wieder auf die erste Gruppe stießen.

Auf diese Weise konnte die Angelegenheit allenfalls zwei Tage dauern.

Nachdem sie sich so entschieden hatten, taten sie der „Candleparty", zu der der Händler sie geladen hatte, alle Ehre an. Es handelte sich um ein altes, bei den Holländern längs der Hudsonufer heimisches Rezept.

Ein Kessel war mit zwei Gallonen besten Madeiraweins, drei Gallonen Wasser und sieben Pfund Zucker zu füllen, dazu feingemahlener Hafer, verschiedene Gewürze, Weinbeeren, Zitronen. Das Ganze wurde glühend heiß in einem bauchigen silbernen Gefäß mitten auf den Tisch gestellt, so daß jeder der Gäste nach Wunsch seine silberne Schöpfkelle in das aromatische Labsal tauchen konnte. Es gab nichts Besseres, um die Stimmung zu heben und bekümmerte Gemüter aufzumuntern.

Außer dem Grafen und der Gräfin Peyrac waren Cantor, der Baron de Saint-Castine, Défour, der Korporal der Garnison vom Saint-Jean sowie der französische Kapitän des vor der Insel ankernden Flibustierschiffs und dessen Bordgeistlicher anwesend. Der Händler und seine beiden englisch-puritanischen Gehilfen vervollständigten die Runde.

Angélique war die einzige Frau. Ihre wie auch des Geistlichen Gegenwart sorgte dafür, daß sich der Ton der Gespräche in den Grenzen geselligen Anstands hielt. Um jedoch zu verhüten, daß ihre Gefährten diesen Umstand womöglich bedauerten, wußte Angélique eine heitere Atmosphäre zu schaffen, in der jeder glänzen, brillieren, sich als Phönix fühlen konnte. Und so schallten Salven fröhlichen Gelächters aus dem Saal des Handelspostens und vermischten sich mit den geheimnisvollen Geräuschen der Nacht und des Flusses.

Sie trennten sich schließlich in bester Stimmung und guter Freundschaft. Den Händler auf seiner Insel lassend, überquerten sie im Mondlicht den Fluß und kehrten zu ihrem Lager oder Schiff zurück.

„Ich suche Euch morgen auf", flüsterte Saint-Castine Peyrac zu. „Ich habe Euch wichtige Dinge mitzuteilen. Aber jetzt wollen wir erst einmal schlafen. Ich kann mich kaum mehr auf den Beinen halten. Gute Nacht."

Er verschwand im Wald, von einigen Indianern eskortiert, die lautlos wie Gespenster aus dem Dunkel aufgetaucht waren.

Im Lager wachten die Posten, die von Peyrac strengste Weisungen erhalten hatten. Der größeren Sicherheit halber waren die Leute in nur zwei Hütten zusammengezogen worden. Niemand durfte während der Nacht draußen bleiben. Peyrac und Angélique hatten für diesmal auf ihre abgesonderte Unterkunft verzichtet. Hussnock zog den Abschaum der Wälder an. Überall wimmelte es von Indianern, die Getauften erkenntlich an ihren goldenen Kreuzen und den Rosenkränzen zwischen ihren Federn. Denn trotz der Gegenwart des Holländers und seiner englischen Gehilfen herrschte hier das akadische und kanadische Frankreich. Es war noch das Reich der Wälder, und in allen Wäldern Amerikas gebot der Franzose.

Achtes Kapitel

„Schade", seufzte Angélique. „Gibt es einen charmanteren Mann als diesen Baron de Saint-Castine? Und ich liebe es, Franzosen zu begegnen . . ."

„Weil sie Euch den Hof machen?"

Sie fühlten sich nicht müde, und Joffrey stützte die ein wenig unsichere Angélique, während sie am Fluß entlangschlenderten.

Er blieb stehen, legte die Hand unter ihr Kinn und hob es leicht an. Im silbrigen Mondlicht wirkte ihr Gesicht rosig und belebt, und in ihren Augen glänzten Sterne.

Er lächelte ihr nachsichtig und zärtlich zu.

„Sie finden Euch schön, Liebste", raunte er. „Sie huldigen Euch. Es gefällt mir, sie zu Euren Füßen zu sehen. Ich bin nicht allzu eifersüchtig. Sie wissen, daß Ihr von ihrer Rasse seid, und sie sind stolz darauf. Und sie gehören zur unseren, verrückt und störrisch, wie sie sind. Auch wenn man uns beide bis zu den Grenzen der Erde jagt, uns ungerecht von den Unseren trennt – das wird immer bleiben."

Der pechschwarze Schatten einer Weide war nahe. Mit dem nächsten Schritt tauchten sie in ihn ein, vertauschten sie den grellen Schein des Mondes mit schützendem Dunkel, und sie umarmend, küßte er sanft ihre Lippen. Das Verlangen, ihr vertrautes und immer wieder überraschendes Verlangen, stieg in ihnen auf, begann zwischen ihnen sein heißes, verzehrendes Leben zu leben. Aber es blieb ihnen keine Zeit.

Bis zur Morgendämmerung konnte es nicht mehr weit sein, und der Wald war zudem nicht verschwiegen. Mit langsamen Schritten kehrten sie zurück.

Sie gingen wie in einem Traum, und ihr Begehren umgab sie mit jenem Geheimnis, jenen erregenden Schwingungen, jenem feinen Schmerz des unterbrochenen Elans, der nicht zurückfallen wollte und ihr Lächeln mit einem leisen Bedauern tönte.

Für Angélique enthielt Joffreys leicht gegen ihre Hüfte gedrückte Hand alle Versprechen.

Und ihn entzückte die Bewegung ihres Beins, die er dicht neben dem seinen spürte, bis zur Qual.

Sie würden warten müssen. In wenigen Tagen in Gouldsboro. Süße und Reiz der aufgeschobenen Lust. Die kommenden Stunden würden ihnen lang erscheinen, eine wie die andere erfüllt von Erwartung . . .

Von neuem wechselten sie ein paar Worte mit den Wachen.

In den beiden Hütten lagen aneinandergedrängt die Schlafenden.

Angélique fühlte sich zu wach. Sie zog es vor, draußen zu bleiben.

Sie setzte sich allein an den Rand des Flusses, umfing die Knie mit ihren Armen und legte das Kinn auf die Knie.

Ihre Augen glitten über die silbrige Oberfläche des ruhig strömenden Wassers, über der durchsichtige Nebelfetzen schwammen.

Sie fühlte sich glücklich und voller bebenden, ungeduldigen Lebens. Wie die Gewißheit der Liebe liebte sie auch das Vorher, die Erwartung. Die tägliche Existenz war es, die über ihre Umarmungen entschied. Zuweilen sahen sie sich gezwungen, lange Tage hindurch enthaltsam zu leben, nur beschäftigt mit Arbeiten und Notwendigkeiten, die der Lust fremd waren, und dann genügte ein Blick, ein zärtliches Wort, um die Flamme jäh hochschlagen zu lassen, den schwindelnden Rausch, das gierige Verlangen nach Einsamkeit zu zweit.

Dann zog sie sich eifersüchtig in sich selbst zurück, in das, was sie bei sich ihre „goldene Hölle" nannte, einen Zustand, in dem sie ihre Umwelt und sogar das Leben selbst vergaß.

So war ihr Liebesleben so eng mit dem Gewebe ihrer Existenz verknüpft, daß es bald wie das Murmeln eines unterirdischen Rinnsals, eine kaum wahrnehmbare Melodie, bald wie ein mächtiger Sturmwind war, der alles beherrschte, sie im Zentrum der Welt isolierte, sie seinen Gesetzen unterwarf und doch zugleich von allen Gesetzen befreite.

Dieses an den Ablauf der Zeit, der Tage und Nächte, der Monate und Jahreszeiten gebundene Liebesleben war ihrer beider Geheimnis allein, der Gärstoff ihrer ausstrahlenden Freude, dessen Wirken sie unablässig in sich spürte. Es war wie ein sanftes Drängen in ihren Lenden, ein Gefühl plötzlicher Schwäche im Bereich des Herzens, etwas, das sie völlig in Anspruch nahm.

Sie hatte nur einen Wunsch: bald nach Gouldsboro zu gelangen, einem Hafen wie Wapassou. Dort gab es über dem Meer ein großes, aus Holz errichtetes Fort und in dem Fort einen weiten Raum mit einem breiten, mit Fellen bedeckten Bett. Sie hatte dort mit ihm geschlafen, und sie würde wieder dort schlafen, während der Sturm hoch aufschäumende Wellen gegen den Felsen triebe und in den peitschenden Baumkronen des Vorgebirges heulte. In den einfachen, aber festen Häusern der Hugenotten im Schutz des Forts würden die Lichter eins nach dem andern erlöschen.

Am Morgen wäre der Himmel wie reingewaschen. Die Inseln in der Bucht würden wie Juwelen glitzern. Von einer Schar Kinder gefolgt, ginge sie am Strand spazieren, schlenderte sie zum neuen Hafen, äße sie köstliche, nach Meer schmeckende Hummern, Austern und Muscheln.

Und dann würde sie Truhen und Kästen öffnen und die von den Schiffen gebrachten Waren ordnen, würde sie in neue, knisternde Roben schlüpfen, Schmuck anlegen und neue Frisuren probieren. In Gouldsboro gab es einen hohen, bronzegerahmten venezianischen Spiegel, in dem sie sich auch neu sehen würde. Welches Bild würde er ihr zurückwerfen?

Sie war so von heiterer Zuversicht beseelt, daß sie keine Enttäuschung fürchtete. Sie würde einfach anders sein. Sie würde jenes Gesicht, jenes Äußere bekommen haben, das sie so lange Jahre vergeblich ersehnt hatte: das Gesicht einer glücklichen, erfüllten Frau.

War nicht alles wunderbar? Weniger als ein Jahr zuvor war sie voller Befürchtungen an diesem Strand gelandet. Wie erstarrt, abgemagert, bleich, taumelnd vor innerer Erschöpfung hatte sie den roten Sand von

Gouldsboro betreten, und wenig hatte gefehlt, daß sie bei ihren ersten Schritten gestrauchelt wäre. Aber Joffreys Arm hatte sie gestützt. Eine lange Zeit grausamer Kämpfe, die ihre Jugend begleiteten, war damit zu Ende gegangen. Wie fern schienen ihr heute diese fünfzehn Jahre, in denen sie allein umhergeirrt war und auf ihren Schultern das ganze Gewicht ihrer Existenz hatte tragen müssen! Heute fühlte sie sich jünger als damals, weil sie beschützt und geliebt wurde.

Zuweilen strahlte aus ihr eine fast kindliche Heiterkeit, und absolutes Vertrauen hatte die Zweifel des gejagten, angstvoll in sich verschlossenen Tiers ersetzt. Denn als sie im Sand gestrauchelt war, hatte ein starker, geliebter Arm sie umfangen und seither nicht mehr losgelassen.

„Wie es verjüngt, geliebt zu werden", dachte sie. „Früher war ich alt, hundert Jahre alt. Ich war immer auf der Hut, immer bewaffnet, immer zum Angriff bereit."

Wenn sie heute Furcht verspürte, war es nicht mehr das gleiche schwindelnde, nicht zu bannende Gefühl, das sie empfunden hatte, als sie gegen den König und die mit ihm verbündeten übermächtigen Gewalten kämpfte.

Der, in dessen Schutz sie ruhte, war stark, klar und klug. Ohne mit der Wimper zu zucken, nahm er jede Bürde auf sich. Er war anders als die andern, aber er verstand es, sie zu beeinflussen, sie sich zu Freunden zu machen, und sie begann zu begreifen, daß der Geist eines einzigen dieser Bezeichnung würdigen Mannes Welten zu tragen vermochte. Denn der Geist war stärker als die Materie.

Er würde über seine im Schatten verborgenen Feinde triumphieren, die sich noch seiner Macht verweigerten. So stark war er, daß er sie durch seine Weisheit und seinen überraschenden Elan für sich gewinnen würde.

Endlich würde es Frieden im Lande geben, die Stämme würden sich einigen, die Wälder würden urbar gemacht, und neue Städte würden entstehen. Es bliebe immer genug wilde Schönheit, um diese Zukunft zu adeln. Die Neue Welt wäre reich und immer bewundernswert, aber befreit von sinnlosen Kriegen.

Halb versunken in ihren Traum, berauscht von der grandiosen Nacht, fühlte sich Angélique als Teil ihrer Umgebung. Ihre Gedanken verschmolzen mit der eingedämmten Leidenschaft der Natur, stimmten sich ein in deren schwingende Spannung. Nichts störte ihr geheimes Jubilieren.

Mochte auch der fade Geruch kriegerischer Festmähler herüberwehen, mochte auch der ferne Schlag einer Trommel an das Klopfen eines unruhigen und ungeduldigen Herzens erinnern – alles war einfach. Sie fühlte sich betroffen, aber in Sicherheit.

Gegen den fahlhellen Nachthimmel im Südwesten hoben sich die leise schwankenden Maste des kleinen Flibustierschiffes ab, das in der Flußbiegung vor Anker lag. Flußaufwärts dagegen herrschte dichte, von Nebelschwaden und Rauch durchzogene Finsternis, die hier und dort von den roten Punkten indianischer Feuer durchbrochen wurde.

Ein Fuchs kläffte. In den Büschen in ihrer Nähe trieb sich ein kleines, geschmeidiges Tier herum. Es war Cantors Vielfraß Wolverine. Für einen Moment sah sie seine ihr zugewandten Raubtieraugen aufglänzen, die sie etwas zu fragen schienen.

Zweiter Teil

Das englische Dorf

Neuntes Kapitel

Am folgenden Morgen saß Angélique im kleinen Raum des Handelspostens und nähte für Rose Ann ein Kleid aus scharlachrotem Stoff. Ihre Familie würde sich freuen, sie hübsch gekleidet auftauchen zu sehen statt als arme Gefangene dieser „widerlichen" Franzosen.

Durch das offene Fenster bemerkte sie ein Floß, das eben den Fluß überquerte.

Drei Pferde waren auf dem Floß, die Pferde, die Maupertuis, der im Dienste Peyracs stehende Waldläufer, tags zuvor von der Küste heraufgebracht hatte. Auch sein Sohn war dabei und natürlich Cantor.

Sobald sie an der Insel angelegt hatten, sprang er an Land und lief, so schnell ihn seine Beine trugen, dem Handelsposten zu. Aufgeregt trat er ein.

„Mein Vater läßt Euch sagen, daß Ihr sofort mit Maupertuis nach Brunswick Falls aufbrechen sollt. Er kann uns nicht begleiten, aber ich soll Euch als Dolmetsch dienen. Wir werden morgen oder spätestens übermorgen an der Mündung des Kennebec wieder zu ihm stoßen, wo unser Schiff schon auf uns wartet."

„Wie ärgerlich!" sagte Angélique. „Ich bin mit diesem Kleid noch nicht fertig. Wann soll ich nur die Schleifen des Mieders annähen? Warum kann dein Vater uns nicht begleiten?"

„Er muß an der Küste einen Etscheminen- oder Mic-Mac-Häuptling treffen – ich weiß es nicht –, mit dem der Baron de Saint-Castine ihn unbedingt zusammenbringen will. Bei den Indianern muß man die erstbeste Gelegenheit beim Schopf packen, sie sind so sprunghaft. Mein Vater ist sofort aufgebrochen und hat uns damit beauftragt, das Mädchen zurückzubringen. Im Vorbeigehen hab' ich im Lager schon Euer Gepäck aufgelesen."

Angélique half der kleinen Engländerin, in das neue Kleid zu schlüpfen. Mit Stecknadeln befestigte sie den Spitzenkragen und die Manschetten, die der alte Josua aus einem Warenballen ausgegraben hatte. Sodann machte sie sich mit flinken Bewegungen fertig und legte den

ledernen Gürtel mit dem Pistolenhalfter um, von dem sie sich nur un-
gern trennte.

Die gesattelten Pferde warteten unter Aufsicht Maupertuis' und seines
Sohnes draußen. Aus Gewohnheit prüfte Angélique das Zaumzeug
und überzeugte sich, daß der Ledersack vorhanden war, den sie am
Morgen vorbereitet hatte. Darüber hinaus informierte sie sich über den
Munitionsbestand eines jeden.

„Also gut. Reiten wir", entschied sie.

„Und ich? Was wird aus mir?" fragte kläglich der Soldat Adhémar, der
vor der Tür auf einem Fäßchen hockte, die Muskete zwischen den Beinen.
Er war mittlerweile zum Gespött der Niederlassung geworden. Alle
Welt amüsierte sich über ihn. Sei es, daß er etwas von dem Entsetzen,
das Angélique dem armen Teufel einflößte, ahnte, vielleicht aber auch
nur, weil er nicht wußte, was er sonst mit ihm anfangen sollte, hatte
ihn der Korporal des Forts Sainte-Marie mit der speziellen Bewachung
Madame de Peyracs betraut. So wandelte Adhémar, heftig schwankend
zwischen abergläubischer Angst und militärischer Disziplin, seinen persönlichen Leidensweg.

Maupertuis streifte ihn mit einem mitleidigen Blick.

„Bleib hier, mein Junge."

„Wie kann ich ganz allein hierbleiben? Hier wimmelt's doch von
Wilden!"

„Dann komm mit uns", antwortete der Kanadier gereizt. „Dein Korporal und die andern sind schon mit Monsieur de Peyrac fort."

„Fort?" Der Bursche war dem Heulen nahe.

„Gut. Also komm, ich sag's dir doch. Man kann ihn wirklich nicht
allein hierlassen", wandte er sich wie entschuldigend an Angélique.
„Und außerdem ist es eine Flinte mehr."

Sie verabschiedeten sich von dem Holländer, und nachdem sie bald
darauf das andere Ufer erreicht hatten, drangen sie in den Dämmer
des Waldes ein. Ein ziemlich sichtbarer Pfad verlief unter den Bäumen
in westlicher Richtung.

„Wohin geht's hier?" erkundigte sich Adhémar.

„Nach Brunswick Falls."

„Und was ist das?"

„Ein englisches Dorf."

„Aber ich will nicht zu den Engländern! Das sind Feinde!"

„Halt 's Maul, Dummkopf! Marschiere!"

Vom Frühling überwuchert, zeichnete sich der Pfad immer weniger ab, doch die Pferde folgten ihm sicheren Schritts mit dem Instinkt der Tiere für die Wege des Menschen, trotz all der Hindernisse, mit denen das dichte Unterholz ihn zu verbarrikadieren suchte: neue, grünende Triebe, die biegsam waren und sich leicht beiseite schieben ließen. Das Gras war weich und kurz, das Gesträuch noch licht. Sie bemerkten die Reste eines verlassenen indianischen Dorfs, das man ihnen angekündigt hatte. Dann tauchten sie von neuem unter das Laubdach. Wenig später sahen sie zwischen Espen- und Birkenstämmen die Oberfläche eines Sees aufblitzen; unbewegt wie ein Spiegel, glitzerte sie in der Sonne. Mit dem Nahen der Mittagsstunde wurde die Stille lastender, etwas wie Betäubung breitete sich aus, nur belebt vom Summen der Insekten.

Angélique hatte die kleine Engländerin hinter sich aufsitzen lassen. Maupertuis und Cantor ritten die beiden anderen Pferde. Der Soldat und der junge Kanadier folgten zu Fuß, ohne sonderliche Mühe übrigens, denn die Tiere konnten ohnehin nur im Schritt gehen.

Adhémar warf unablässig ängstliche Blicke um sich.

„Da schleicht sich jemand hinter uns her! Bestimmt!" wiederholte er mehrmals.

Schließlich hielten sie an und spitzten die Ohren, um ihn zu beruhigen.

„Es ist nur Wolverine", sagte Cantor.

Und schon tauchte das Tierchen aus dem Dickicht auf, wie zum Sprung zusammengeduckt, die kleine Dämonenfratze in einem Grinsen aufwärts gewandt, das die beiden weißen, spitzen Eckzähne enthüllte.

Cantor lachte über Adhémars entsetztes Gesicht.

„Wa ... was ist das für ein Biest?"

„Ein Vielfraß, der dich mit Haut und Haaren verschlingen wird."

„He, die Bestie ist ja fast so groß wie ein Hammel!" jammerte der Soldat.

Von nun an drehte er sich bei jedem Schritt um, um zu sehen, ob Wolverine ihm auf den Fersen war, und das zum Spielen aufgelegte Tierchen streifte ihn zuweilen, um ihn erschrocken zusammenfahren zu lassen.

„Wenn Ihr glaubt, daß es komisch ist, mit dem da auf den Hacken zu marschieren . . .?"

Alle lachten, und die kleine Rose Ann hatte sich noch niemals so köstlich amüsiert.

Das Waldgelände unterschied sich kaum von der anderen Flußseite. Es gab da sanfte Hügel, die zu kleinen Rinnsalen und über Felsstufen plätschernden Bächen abfielen, Anstiege, die zu steinigen, mit Fichten und niedrigen Zedern bestandenen, duftdurchwehten Plateaus führten, von denen der Weg sich wiederum schnell in das aufschäumende Grün der Baumkronen hinabsenkte, fast mit einer Art Vergnügen, wie man ins Meer taucht.

Nach der Hitze des Mittags erhob sich eine leichte Brise, die die Blätter auffunkeln ließ und das Unterholz mit einem raschelnden Raunen erfüllte.

Sie hielten wieder an, um den Plan zu konsultieren, den der alte Josua ihnen übergeben hatte. Nach einem weiteren, ebenfalls von seinen indianischen Bewohnern verlassenen Dorf war der Pfad noch ungewisser geworden. Nachdem er mit seinem Kompaß eine ungefähre Ortsbestimmung vorgenommen hatte, erklärte Cantor jedoch, daß sie auf dem richtigen Wege seien und ihr Ziel in zwei bis drei Stunden erreichen würden.

Ohne Florimonds unfehlbare Witterung für Topographie zu besitzen, war Cantor ebenso wie sein älterer Bruder mit einem ausgeprägten Beobachtungssinn begabt, der ihn selten in die Irre gehen ließ, und zudem hatte ihr Vater beide von Jugend auf in dieser Beziehung gründlich „dressiert" und im Gebrauch des Sextanten und Chronometers wie im Marsch nach dem Kompaß geübt. Angélique konnte sich also in dieser Hinsicht ganz auf ihren Sohn verlassen.

Nichtsdestoweniger bedauerte sie, daß Joffrey sie nicht hatte begleiten können. Je mehr Zeit verstrich, desto unnötiger und unerklärlicher erschien ihr dieser überstürzte Aufbruch.

Warum war Joffrey nicht da? Und wie verlassen war dieser Wald, schweigend und dennoch allzu lebendig, seitdem der Wind sich erhoben hatte!

„Hat Monsieur de Peyrac Euch keine Erklärungen über die Notwendigkeit seiner unvorhergesehenen Reise gegeben?" wandte sie sich an Maupertuis. Sie kannte den Kanadier weniger als die andern, da er nicht mit ihnen in Wapassou überwintert hatte, aber sie wußte, daß er ergeben und verläßlich war.

„Ich habe den Herrn Grafen nicht selbst gesehen", erwiderte der Mann. „Clovis hat mir seine Botschaft gebracht."

„Clovis?"

Eine noch vage Beunruhigung begann sich in ihr auszubreiten. In alldem war etwas Ungewöhnliches. Warum hatte Joffrey ihr nicht ein paar Zeilen geschrieben? Es sah ihm nicht ähnlich ... Diese von Mund zu Mund weitergegebenen Weisungen ... Und ausgerechnet der ewig nörgelnde Dickschädel Clovis? ... Ihr Pferd stieß gegen einen aus der Erde ragenden Stein, und sie mußte ihre Aufmerksamkeit darauf konzentrieren, es zu lenken.

Im gezackten, dunkel-smaragdenen Laub der Eichen verzweigten sich mächtige Stämme zu schwärzlichen Kandelabern. Es war wie im Wald von Nieul, damals, als sie den Dragonern des Königs aufgelauert hatten.

Bedrückt durch diese Erinnerung, verlangte sie danach, aus dem Dämmerdunkel des Waldes herauszukommen.

„Sind wir auf dem richtigen Weg, Cantor?"

„Aber ja", antwortete der Junge, indem er von neuem Plan und Kompaß zu Rate zog.

Ein Weilchen später sprang er jedoch vom Pferd und suchte sich in der Umgebung zu orientieren. Der Pfad verschwand im Gestrüpp, doch er versicherte, daß sie ihm weiter folgen müßten. Die Bäume rückten näher zusammen, bis sie nur noch ein schmales, von tiefen Schatten erfülltes Gewölbe bildeten. Zum Glück wurde hinter einer Biegung endlich das nahe Ende dieses Tunnels in Gestalt einer sonnigen Lichtung sichtbar.

Eben in diesem Augenblick hob Maupertuis die Hand, und alle, selbst die Pferde, erstarrten mitten in der Bewegung. Eine kaum merkliche Veränderung hatte sich vollzogen. Der vor kurzem noch menschenleere Wald schien plötzlich von der Gegenwart fremder Lebewesen erfüllt.

„Die Indianer!" wisperte Adhémar, zitternd wie Espenlaub.

„Nein, Engländer", erwiderte Cantor.

Tatsächlich war vor dem hellen Hintergrund der Lichtung die unerwartetste Erscheinung aufgetaucht, die sich vorstellen ließ.

Bucklig, krumm, mit gewaltigen Schnallenschuhen ausgestattet, aus denen magere Waden ragten, einen Filz auf den Kopf gestülpt, dessen hoher, zuckerhutförmiger Kopf kein Ende zu nehmen schien, hob sich ein kleiner alter Mann wie ein Scherenschnitt gegen das Sonnenlicht ab. In beiden Händen schwang er eine alte Donnerbüchse mit kurzem, trompetenartig sich erweiterndem Lauf, dessen Entladung dem Schützen vermutlich nicht viel weniger Ungemach zufügen würde als seinen Opfern. Die Gruppe um Angélique hütete sich, ihn durch eine Bewegung zu reizen.

„Halt!" schrie der Alte mit schriller, durchdringender Stimme. „Wenn ihr Gespenster seid, verschwindet, oder ich schieße!"

„Ihr seht sehr gut, daß wir keine Gespenster sind", antwortete Cantor auf englisch.

„A minute, please."

Das Männchen ließ seine altertümliche Waffe sinken, kramte mit einer Hand in der Tasche seines schwarzen Wamses und zog eine mächtige, horngefaßte Brille heraus, die ihm, nachdem er sie sich auf die Nase gesetzt hatte, das Aussehen einer alten Schleiereule verlieh.

„Ye-es! I see-ee!" brummelte er.

Er legte argwöhnischen Nachdruck auf die Wortenden. Dann näherte er sich mit kleinen Schritten den Reitern und musterte Cantor von oben bis unten, während er vorgab, Angélique zu ignorieren.

„Und wer bist du, der du wie die verdammten Bostoner Professoren mit Yorkshireakzent sprichst? Fürchtest du dich nicht wie jeder gute Christ, in die Wälder zu gehen? Weißt du nicht, daß es des Teufels ist, wenn Jünglinge und Frauen das Reich des Waldes betreten? Sie können dort dem schwarzen Mann begegnen und tausend Abscheulich-

62

keiten mit ihm begehen. Bist du, der mir trotzt, nicht überhaupt ein Abkömmling Belials des Wollüstigen, Fürsten der Gewässer, mit dem du in einer Sabbatnacht die gezeugt haben könntest, die dich begleitet? Es würde mich nicht weiter wundern. Du bist zu schön, um eine menschliche Kreatur zu sein, junger Mann!"

„Wir sind auf dem Weg zu Benjamin und Sarah Williams", erwiderte Cantor, der in Boston schon ähnlichen verrückten Gelehrten begegnet war. „Wir bringen ihnen ihre Enkelin Rose Ann, Tochter ihres Sohns John Williams."

„He, he! Also zu Benjamin Williams wollt ihr?"

Der Alte beugte sich vor, um durch die dicken Gläser seiner Brille das Mädchen im roten Kleid zu beäugen, das ihm der Junge gewiesen hatte.

„Du sagst, daß dieses Kind die Enkelin der Williams ist? Hoho! Das ist mal vergnüglich! Wir werden etwas zu lachen haben!"

Er rieb sich die Hände, als wohne er einem köstlichen Schabernack bei. „Hoho! Ich seh's von hier aus!"

Mit flinken Blicken hatte er bereits unauffällig die anderen Mitglieder der Gruppe registriert: die beiden Waldläufer mit ihren nach indianischer Art befransten Lederwesten, ihren Gürteln und gefärbten kanadischen Mützen und hinter ihnen den französischen Soldaten in seinem verschossenen, aber noch erkennbaren Uniformrock.

Nun warf er seine Waffe über die bucklige Schulter und trat vom Pfad zurück.

„Nur zu! Geht nur, geht, ihr Franzosen!" rief er, offenbar überaus belustigt. „Geht und bringt dem alten Ben seine Enkelin zurück. Hoho! Ich kann mir vorstellen, was für ein Gesicht er schneiden wird. Das ist wirklich mal ein Spaß! Aber rechnet nicht zu sehr auf ein Lösegeld, denn der Bursche ist geizig."

Angélique war dem Gespräch mehr schlecht als recht gefolgt. Wenn sie auch das Englisch des Alten einigermaßen verstand, begriff sie doch so gut wie nichts von dem, was er erzählte. Glücklicherweise bewahrte Cantor olympische Ruhe.

„Sind wir noch weit von Brunswick entfernt?" erkundigte er sich höflich. „Wir fürchten nämlich, uns verirrt zu haben."

Der Kleine wiegte den Kopf und zog ein Gesicht, das zu sagen schien, wenn man schon so töricht sei, im diabolischen Wald herumzuspazieren, müsse man schon wissen, wohin man gehe, und sich allein zurechtfinden.

Während des Gesprächs war eine weitere Person aufgetaucht und schweigend hinter dem Alten stehengeblieben. Es war ein hochgewachsener Indianer mit kaltem Blick, ein Abenaki aus dem Gebiet der Sokokis oder Sheepscots, seinem scharfgeschnittenen Profil mit den vorstehenden Schneidezähnen nach zu schließen.

Er trug eine Lanze in der Hand, Bogen und Köcher hingen ihm quer über der Brust.

Gleichgültig folgte er der Unterhaltung.

„Könnt Ihr uns nicht den Weg nach Brunswick Falls zeigen?" versuchte es Cantor noch einmal.

Obwohl er seine Bitte mit aller nur möglichen Höflichkeit vorgebracht hatte, schnitt der alte Gnom eine zornige Grimasse und brach in einen kreischenden Wortschwall aus, in dem die verblüffte Angélique Bibelsprüche, Verwünschungen, Beschuldigungen, düstere Prophezeiungen und ganze Sätze in Latein und Griechisch unterschied, ein wirres Konglomerat, dem zu entnehmen war, daß die Bewohner von Brunswick Falls Narren, Ignoranten, Ungläubige und von Dämonen Besessene seien und daß er, George Shapleigh, sich hüten würde, je wieder den Fuß in ihr Kaff zu setzen.

Erst nach und nach beruhigte er sich wieder, brummelte vor sich hin, ließ noch ein paar knurrige Verwünschungen hören, und da Cantor nicht abließ, ihm treuherzig zuzureden, wandte er ihnen plötzlich den Rücken und marschierte vor ihnen her den Pfad entlang, während sein Indianer sich schweigsam und gleichgültig als letzter der Karawane anschloß.

„Meint Ihr, daß dieser alte Narr sich endlich entschlossen hat, uns den Weg zu zeigen?" fragte Maupertuis.

„Es sieht ganz so aus", murmelte Cantor. „Folgen wir ihm. Wir werden schon sehen, wohin er uns führt."

„Biete ihm an, sich eines unserer Pferde zu bedienen", warf Angélique ein. „Er ist vielleicht müde."

Cantor übermittelte den Vorschlag seiner Mutter, aber der Alte wehrte, ohne sich umzudrehen, mit wütenden Gesten ab, die deutlich besagten, daß man ihn beleidige und daß im übrigen die Pferde für ihn ebenfalls Kreaturen des Teufels seien.

Hüpfend und flink marschierte er ihnen voran, und das Überraschendste war, daß er trotz seiner gewaltigen Schuhe kein Geräusch verursachte und kaum den Boden zu berühren schien.

„Er ist ein alter Medizinmann", erklärte Cantor, „wie sie in den Wäldern Amerikas auf der Suche nach Pflanzen und Rinden für ihre Medizinen herumstreifen. Das würde auch den Argwohn erklären, mit dem ihm seine Landsleute begegnen. In Neuengland hat man nichts für solche Sonderlinge übrig, wie er Euch eben selbst erklärt hat. Aber so närrisch er auch ist, können wir ihm, was den richtigen Weg anbelangt, sicher vertrauen."

Aus dem schattigen Dämmer hinter ihnen drang die jammernde Stimme des Soldaten Adhémar: „Ich will nicht zu den Engländern, und ich hab's nicht gern, mit einem Indianer auf den Hacken zu marschieren, den ich nicht kenne."

Jedesmal, wenn er sich mißtrauisch umdrehte, sah er dieses Gesicht aus dunklem Stein, begegnete er dem starr auf ihn gerichteten Blick dieser kalten schwarzen Augen. Und jedesmal stolperte er dabei über eine Wurzel.

Indessen hüpfte der kleine Mann mit dem spitzen Hut weiter vor ihnen her wie ein düsterer Elf, ein Irrlicht im Trauergewand. Zuweilen verschwand er, wenn er in Schatten geriet, dann tauchte er in einem zwischen den Stämmen hindurchschießenden rötlichen Sonnenstrahl wieder auf. Und Angélique bemerkte von Minute zu Minute ungeduldiger, daß die Nacht nahe war.

Ein violetter Abend stieg aus den Tiefen der Schluchten.

Manchmal drehte sich der Alte vor ihnen im Gehen um sich selbst, murmelte unverständliche Worte und hob die Arme. Die mageren Finger schienen auf irgend etwas – man wußte nicht, was – in den Lüften zu weisen.

5 Versuchung

„Ich frage mich, ob er nicht total verrückt ist, ob er überhaupt weiß, wohin er uns führt", knurrte Maupertuis schließlich unbehaglich. „Diese Engländer . . .!"

„Wenn er uns nur irgendwohin führt, so daß wir aus diesem Wald herauskommen", antwortete Angélique, endgültig die Geduld verlierend.

Als sei ihr Wunsch erhört worden, traten sie gleich darauf auf ein weites, grasiges, von Felsbrocken und Wacholdersträuchern unterbrochenes Plateau hinaus. Hier und da ragten windzerzauste Zedern oder kleine Gruppen schwarzer Kiefern wie Wachtposten auf. Fern, sehr fern, jenseits rollender Wogen waldiger Hügel, zog sich über den östlichen Himmel perlmuttenes Weiß, ein Himmel, unter dem man die Weite des Meeres ahnte. Es war weit. Ein Versprechen. Doch der Wind, der über das Plateau blies, trug einen vertrauten, undefinierbaren Duft mit sich, einen Duft voller Erinnerungen.

Sich zwischen den Felsen und Sträuchern hindurchwindend, stiegen sie in ein schon vom Dunkel der Nacht erfülltes Tal hinunter. Der jenseitige Hang hob sich vor ihnen zu einem abgerundeten Hügel, dessen schwarze Kammlinie sich gegen den fahlen Himmel abhob. Von dorther wehte ein vergessener Geruch, der kräftige und vertraute Geruch eines *beackerten Feldes*.

In der Dunkelheit war nichts zu sehen. Man ahnte nur die fette, feuchte, Frühlingsdüfte verströmende Erde, die offenen, von der Pflugschar aufgeworfenen Furchen.

Der alte Shapleigh ließ ein Gebrummel hören, das er mit spöttischem Kichern begleitete.

„Da haben wir's! Roger Stougton ist noch auf seinem Feld. Ah, wenn er nur die Nacht, die Sterne und den Schlaf abschaffen könnte, der seine Lider schwer macht, wie wäre da unser Roger Stougton glücklich! Er würde keinen Moment Ruhe geben. Er würde sich unaufhörlich abrackern, würde graben, scharren, hacken, ohne sich je eine Pause zu gönnen. Ohne auch nur einmal innezuhalten, würde seine Mistforke auf und ab fliegen wie die des Teufels im Grunde der Hölle."

„Die Forke des Teufels ist unfruchtbar, und die meine ist es nicht, alter Wirrkopf", antwortete eine dumpfe Stimme vom Felde her. „Mit den Zinken der Forke bearbeitet der Teufel den Abschaum der Seelen. Ich lasse Früchte aus der Erde sprießen, die der Herrgott segnet."

Eine sich kaum vom Dunkel abhebende Gestalt näherte sich.

„Und dieser Aufgabe werde ich nie genug Stunden meines Lebens weihen", fuhr die Stimme in salbaderndem Tone fort. „Für mich gilt anderes als für dich, alter Zauberer, der nicht fürchtet, seinen Geist durch die Berührung mit der ungezügelten Wildheit der Natur zu beschmutzen. Hola, wen bringst du uns da heute abend, Dämon der Finsternis? Wen schleppst du aus deinen Höllenbereichen heran?"

Der Bauer war stehengeblieben und reckte den Hals.

„Das stinkt nach Franzosen und Indianern", grollte er. „Halt! Keinen Schritt weiter!"

Man erriet mehr, als man sah, daß er eine Feuerwaffe angelegt hatte.

Der alte Shapleigh schien sich höchlichst zu amüsieren, da er den ganzen Monolog mit höhnischen Gluckslauten begleitet hatte. Die Pferde wurden unruhig, erschreckt durch die aus der Nacht dringende dumpfe Stimme. Cantor bot sein bestes Englisch auf, um den Bauern zu begrüßen, kündigte die kleine Rose Ann Williams an und beeilte sich, ohne auch nur im geringsten den Versuch zu machen, ihre französische Nationalität zu verbergen, den Namen seines Vaters zu nennen.

„Wenn Ihr irgendwelche Verbindungen nach Boston oder zur Cascobucht habt, müßt Ihr vom Grafen Peyrac in Gouldsboro gehört haben. Er hat mehrere Schiffe in den Werften Neuenglands bauen lassen."

Ohne ihn einer Antwort zu würdigen, kam der Bauer noch näher heran, strich um sie herum und beschnüffelte sie wie ein mißtrauischer Hund.

„Du ziehst also immer noch mit dieser niederträchtigen Bestie von einer Rothaut herum", sagte er, sich auch weiterhin nur an den alten „Medizinmann" wendend. „Besser wär's, einen Schwarm Schlangen in ein Dorf einzulassen als einen einzigen Indianer."

„Er kommt mit mir hinein", erwiderte der Alte aggressiv.

„Und wir werden morgen alle tot und von diesen Verrätern skalpiert erwachen, wie es den Kolonisten von Wells geschehen ist, wo sie an einem Unwetterabend eine arme Indianerin gastfreundlich aufgenommen hatten. Sie zog heimlich ihre rothäutigen Söhne und Enkel nach, öffnete ihnen das Tor des Forts, und alle Weißen sind massakriert worden. ‚Denn, sagt der Herr, ihr sollt niemals vergessen, daß das Land, welches ihr betretet, ein durch die Unreinheit der Völker dieser Gegenden besudeltes Land ist. Gebt eure Töchter nicht ihren Söhnen, und nehmt ihre Töchter nicht für eure Söhne, und sorgt euch niemals um ihr Wohlergehen, und so werdet ihr stark werden . . .' Du aber, Shapleigh, schwächst dich jeden Tag durch deinen Umgang mit diesen Indianern."

Nach diesem harten Bibelzitat breitete sich wieder Schweigen aus, und erst ein paar Momente später wurde Angélique klar, daß der Bewohner von Brunswick Falls sich endlich entschlossen zu haben schien, ihnen den Weg freizugeben.

Er setzte sich sogar an die Spitze der kleinen Gruppe und begann, den Hang vor ihnen hinaufzusteigen.

Oben angelangt, tauchten sie ins Dämmerlicht eines sich lange hinziehenden Frühlingssonnenuntergangs. Ein Windstoß trug ihnen Stallgerüche und die noch fernen Laute von den Weiden zurückkehrenden Viehs heran.

Zehntes Kapitel

Und plötzlich zeichneten sich gegen den blaß übergoldeten, von rötlichen Streifen durchzogenen Himmel die Umrisse eines großen englischen Bauernhofs ab.

Er lag einsam, und das Auge eines erleuchteten Fensters schien das dunkle Tal zu belauern, aus dem sie heraufgestiegen waren.

Als die Reisenden sich näherten, unterschieden sie hölzerne Gatter, hinter denen sich Schafe drängten. Es war eine Schäferei. Man war eben dabei, die Tiere zu scheren. Männer und Frauen wandten sich um und folgten den drei Pferden und den Fremden mit ihren Blicken.

Bei einer Wegkrümmung zeigte sich endlich das Dorf mit seinen Holzhäusern, die sich, eins über dem anderen, am Hang eines von Ulmen und Ahornbäumen gekrönten Hügels hinaufzogen. Sie beherrschten eine grasige Mulde, durch die sich ein Bach schlängelte.

Wäscherinnen kehrten von dort zurück, die aus Weidenruten geflochtenen, mit Linnen gefüllten Körbe auf den Köpfen tragend. An ihren Kleidern aus blauer Leinwand zerrte der Wind.

Jenseits des Bachs stieg das Wiesengelände sanft zu einem dicht stehenden Hochwald an.

Der Pfad wurde zur Straße, die nach einem leichten Abfall zwischen Häusern und Gärtchen den Hang hinaufführte.

Hinter den kleinen Pergamentvierecken der Fenster brennende Kerzen ließen hier und da im kristallenen Abendlicht Sterne von einem anderen, wärmeren, den Tag ablösenden Glanz aufleuchten und übertupften das friedliche Bild mit dem Gefunkel kostbarer Steine.

Trotz dieses Friedens mußte sich die Nachricht vom Eintreffen der Fremden mit unerklärlicher Schnelligkeit verbreitet haben, denn als sie am andern Ende des Dorfs vor einem stattlichen Haus mit Giebeln und Erkern anhielten, hatte sich fast die gesamte Einwohnerschaft von Brunswick Falls mit offenen Mündern und aufgerissenen Augen hinter ihrem Rücken versammelt. Man sah nur ein Gedränge blau oder schwarz gekleideter Gestalten, verdutzte Gesichter, weiße Hauben und spitze Hüte.

Als Angélique vom Pferd stieg und in die Runde grüßte, antworteten ihr ein undeutliches Gemurmel, ein erschrockenes Zurückweichen. Doch als Maupertuis herantrat und die kleine Rose Ann vom Pferd hob, schwoll das Gemurmel bedrohlich an, übertönt von verblüfften, entrüsteten, protestierenden Rufen.

„Was habe ich angestellt?" fragte Maupertuis erstaunt. „Sie müssen doch schon mal einen Kanadier gesehen haben. Und außerdem leben wir in Frieden, wie mir scheint!"

Der alte Medizinmann zappelte wie eine auf den Sand geworfene Plötze.

„It's here! It's here!" wiederholte er ungeduldig und wies auf die Tür des großen Hauses. Er jubilierte offensichtlich. Als erster kletterte er die Stufen hinauf und stieß energisch den Türflügel auf.

„Benjamin und Sarah Williams, ich bringe euch eure Enkelin Rose Ann aus Biddeford-Sébago und die Franzosen, die sie gefangen haben!" kreischte er mit schriller, triumphierender Stimme.

Wie in einem Blitz gewahrte Angélique im Hintergrund des Raums einen gemauerten, mit allerlei Utensilien aus Kupfer und Zinn geschmückten Kamin, rechts und links des Kamins zwei alte Leute, einen Mann und eine Frau, schwarz und feierlich gekleidet wie altertümliche Porträts, mit den gleichen gestärkten Rundkragen, die Frau mit einer imposanten Spitzenhaube. Kerzengerade thronten sie auf hochlehnigen, geschnitzten Armstühlen, der Alte mit einem gewichtigen Buch, zweifellos einer Bibel, auf den Knien, während die Frau Flachs von einem Spinnrocken fädelte. Zu ihren Füßen saßen Kinder und eine Magd, die ihr Spinnrad drehte.

Flüchtige Vision eines Augenblicks, denn bei dem bloßen Wort „Franzosen" fuhren die beiden hoch, Bibel und Spindel polterten achtlos zu Boden, und beide griffen mit überraschender Behendigkeit nach zwei über dem Kamin hängenden Gewehren. Die offensichtlich schon geladenen und schußbereiten Waffen richteten sie auf die Ankömmlinge.

Shapleigh meckerte nach Herzenslust und rieb sich die Hände.

Doch der Anblick Angéliques, die nun das kleine Mädchen vor sich her über die Schwelle schob, schien auf die beiden Alten einen noch erschreckenderen Eindruck zu machen als das Wort „Franzosen". Ihre Hände begannen zu zittern, die Waffen, zu schwer für ihre schwach werdenden Arme, senkten sich langsam.

„O Gott! O Gott!" murmelte die alte Dame mit blassen Lippen.

Angélique deutete eine Reverenz an, bat sie, ihr unvollkommenes Englisch zu entschuldigen, und drückte ihre Freude darüber aus, ein Kind, das großen Gefahren entgangen sei, gesund und munter wieder seinen Großeltern zuführen zu können.

„Es ist Eure Enkelin Rose Ann", wiederholte sie, da ihr schien, als hätten sie noch immer nicht recht begriffen. „Wollt Ihr sie nicht umarmen?"

Benjamin und Sarah Williams sahen höchst bekümmert auf die Kleine hinab, dann ließen sie gemeinsam einen tiefen Seufzer vernehmen.

„Gewiß", erklärte endlich der alte Ben, „gewiß, wir sehen, daß es Rose Ann ist, und wir wollen sie gern umarmen, aber zuvor . . . zuvor muß sie dieses abscheuliche rote Kleid ausziehen."

Elftes Kapitel

„Ihr hättet sie ebensogut ganz nackt und mit Teufelshörnchen im Haar anbringen können", flüsterte ein wenig später Cantor seiner Mutter zu. Angélique unterdrückte ein Lächeln.

„Was hätte ich erst zu hören bekommen, wenn mir Zeit geblieben wäre, die goldenen Schleifchen an das rote Kleid zu nähen!"

„Man könnte noch nachträglich das Zittern kriegen", sagte Cantor.

„Du hast in Neuengland gelebt und hättest mich warnen müssen. Dann hätte ich mir nicht die Finger geschunden, um ihr ein Festkleid für die Rückkehr zu so puritanischen Leuten zu verfertigen."

„Verzeiht, Mutter . . . aber wir hätten auch auf eine weniger intolerante Sekte stoßen können. Es gibt dergleichen. Und im anderen Fall hoffte ich, daß ich mich über ihre verdutzten Gesichter amüsieren würde."

„Du bist ein ebenso großer Tunichtgut wie dieser alte Apotheker, dem sie wie der Pest zu mißtrauen scheinen. Ich würde mich wundern, wenn er sich nicht schon beim Anblick des roten Kleids darauf gefreut hätte, sie reizen zu können. Bestimmt hat er sich nur deshalb dazu entschlossen, uns den Weg zu zeigen."

Man hatte sie und ihren unglücklichen Schützling Rose Ann in eine Art Salon neben dem großen Saal geführt, zweifellos um das in einem so verrückten, entehrenden Kleid steckende Enkelkind und seine Begleiterin, deren auffälliger und unschicklicher Aufputz nur zu deutlich ihre Herkunft und vom rechten Wege abgeirrte Religion verriet, möglichst schnell den Blicken der Frömmler draußen zu entziehen.

Seltsame Geschöpfe, diese Puritaner, angesichts deren man sich fragen konnte, ob sie überhaupt ein Herz – oder ein Geschlecht besaßen. Wenn man die Kälte ihrer Beziehungen zueinander entdeckte, schien es unfaßbar, daß irgendein Liebesakt der Begründung dieser selben Familie vorausgegangen sein sollte. Dennoch erwies sich die Nachkommenschaft von Mr. und Mrs. Williams als zahlreich. Wenigstens zwei Haushalte und die dazugehörigen Kinder waren in dem großen Haus in Brunswick Falls untergebracht.

Angélique hatte sich gewundert, daß sich niemand für das Schicksal der von den Wilden nach Kanada entführten jüngeren Williams zu interessieren schien. Die Nachricht, daß ihre Schwiegertochter irgendwo in den Wäldern niedergekommen war und daß sie nun ein weiteres Enkelkind hatte, ließ Mrs. Williams unberührt.

Und ihr Mann gab in einem langen Sermon seine Überzeugung kund, daß John und Margaret nur die gerechte Strafe für ihren Ungehorsam erhalten hätten.

Warum waren sie nicht in Biddeford-Saco, einer soliden und frommen Kolonie am Meer, geblieben, statt sich in ihrer Überheblichkeit durch den Herrn gesalbt und dazu auserwählt zu glauben, ihre eigene Niederlassung in für Seele wie Körper gefährlichen Einöden zu gründen und darüber hinaus auch noch die Kühnheit zu besitzen, diesen neuen Ort, Frucht des Hochmuts und der Disziplinlosigkeit, ebenfalls mit dem Namen des Ortes zu benennen, in dem sie das Licht der Welt erblickt hatten? Wenn sie jetzt in Kanada waren, geschah es ihnen nur recht. Er, Ben Williams, sei immer der Überzeugung gewesen, daß sein Sohn John nicht das Zeug habe, Führer seines Volkes zu sein.

Für den alten Ben war alles Land jenseits der großen Wälder im Norden, wo vom Teufel besessene Franzosen ihre Messer wetzten, um, von Weihrauchdämpfen umwölkt, jeden ordentlichen Christenmenschen zu skalpieren, schon so etwas wie die „Andere Welt", und in der Tat waren bisher nur wenige Engländer oder Engländerinnen von dort zurückgekehrt.

„Sei einmal ehrlich", sagte Angélique zu ihrem Sohn. „Ist auch an meiner Kleidung irgend etwas, das sie verstimmen könnte? Bin ich unanständig, ohne daß ich's weiß?"

„Ihr solltet hier etwas drüberlegen", erwiderte Cantor in ironisch-pedantischem Ton, auf den weiten Ausschnitt ihres Mieders weisend.

Sie lachten wie Kinder unter dem trübseligen Blick der armen Rose Ann, als zwei Mägde mit einem von kupfernen Reifen zusammengehaltenen Holzzuber und zwei Kannen mit heißem Wasser eintraten. Ein großer junger Mann, ernsthaft wie ein Pastor, holte Cantor ab, der im Hinausgehen den gleichen pedantischen, versorgten Ausdruck annahm, den ihre frischen Jünglingswangen Lügen straften.

Hingegen schienen die Mägde, freundliche Mädchen mit frischen, von der Luft der Felder belebten Gesichtern, weit weniger verschüchtert. Sobald sie außer Blickweite des gestrengen alten Herrn waren, lächelten sie bereitwillig, und Angéliques Erscheinen weckte ein neugieriges Glitzern in ihren flink umherhuschenden Augen. Die Ankunft dieser großen Dame aus Frankreich war für sie ein außerordentliches Ereignis. Sie musterten jedes Stück ihrer Kleidung, obwohl sie recht bescheiden war, und beobachteten jede ihrer Bewegungen, was sie jedoch nicht davon abhielt, sich gleichzeitig äußerst geschäftig zu geben, einen Seifenbrei in einer hölzernen Schale zu bringen und am Feuer gewärmte Handtücher zuzureichen.

Angélique kümmerte sich zuerst um das Kind. Sie wunderte sich nun nicht mehr, daß ihr die kleine Engländerin zuweilen ein wenig dumpf vorgekommen war, da sie nun sah, woher sie kam. Man brauchte sich nur in die Atmosphäre von La Rochelle zurückzuversetzen – und hier war es womöglich noch schlimmer!

Als Angélique ihr beim Wiederanziehen das für sie vorbereitete dunkle Kleidchen überstreifen wollte, geschah es dennoch, daß die stille, verschüchterte Kleine revoltierte. Ihr Aufenthalt bei den Franzosen war ihr gewiß nicht nützlich gewesen. Sowenig Zeit sie auch bei ihnen verbracht hatte, war sie dabei doch gründlich vom rechten Weg abgeirrt, würde ihr Pastor vermutlich sagen. Denn sie stieß plötzlich das trübselige Kleidungsstück heftig zurück, warf sich an Angéliques Brust und brach in Schluchzen aus.

„Ich will mein schönes rotes Kleid behalten!" jammerte sie.

Und wie um keinen Zweifel daran zu lassen, woher ihr diese rebellische Laune kam, wiederholte sie den Satz mehrmals auf französisch, was die Mägde förmlich niederschmetterte. Eine so gottlose Sprache im Munde einer Williams, diese schamlosen Äußerungen des Zorns und der Uneinsichtigkeit, diese offen eingestandene Putzsucht, all das war äußerst merkwürdig und verhieß nichts Gutes.

„Mrs. Williams wird niemals einverstanden sein", murmelte eine von ihnen zögernd.

Zwölftes Kapitel

Sehr aufrecht, sehr groß, sehr schmal, feierlich und imposant, bedachte die alte Sarah Williams ihre Enkelin und bei dieser Gelegenheit auch gleichzeitig Angélique mit einem nachdenklich-ernsten Blick.

Sie hatten die Großmutter aufgesucht, um der Debatte ein Ende zu machen, die offensichtlich nur auf einen totalen Verzicht hinauslaufen konnte.

Niemand beschwor besser die Idee der Gerechtigkeit und Entsagung als diese besonders aus der Nähe sehr beeindruckende Frau in ihrer dunklen Kleidung mit dem in Röhrenfalten gelegten runden Kragen, in den der Hals wie in einen Schraubstock gezwängt war.

Ihre schweren bläulichen Lider verdeckten ein wenig vorquellende Augen, deren schwarzes Feuer für flüchtige Momente in einem sehr blassen Gesicht aufblitzte, dessen schlaff gewordene Linien noch so etwas wie Majestät besaßen.

Wenn man ihre mageren, durchsichtigen, in einer frommen Geste zusammengelegten Hände betrachtete, konnte man die Schnelligkeit nicht vergessen, mit der diese selben Hände noch nach einer Waffe zu greifen vermochten.

Angélique streichelte das Haar Rose Anns, die sich noch immer nicht beruhigt hatte.

„Es ist doch ein Kind!" bat sie mit einem Blick, der bei der unnach-
giebigen Dame um Sympathie werben sollte. „Kinder lieben natürlich
alles, was ins Auge fällt, was fröhlich ist, was Anmut besitzt ..."

Während sie noch sprach, bemerkte sie, daß Mrs. Williams' Haar von
einer entzückenden Haube aus flandrischen Spitzen bedeckt war, einem
zumindest diabolischen und gerade jene ruchlose Eitelkeit verratenden
Putz, die der alte Ben vor kurzem noch strengstens verurteilt hatte.

Ihre schweren Lider senkend, schien Mrs. Williams zu überlegen.
Dann erteilte sie einen kurzen Befehl, und eins der Mädchen kehrte
mit einem weißen, sorgsam zusammengefalteten Kleidungsstück zurück.

Angélique sah, daß es eine Leinenschürze mit großem Latz war.

Mit einer Handbewegung deutete Mrs. Williams an, Rose Ann könne
das verdächtige Kleid unter der Bedingung wieder anziehen, daß sie
seine herausfordernde Pracht wenigstens teilweise mit der Schürze
verhülle.

Darauf wandte sie sich zu Angélique und zwinkerte ihr verständnisinnig zu, während der Schatten eines spöttischen Lächelns um ihre
strengen Lippen glitt.

Nachdem auf diese Weise Einvernehmen über die beiderseitigen Konzessionen erzielt worden war, fanden sich die Williams und ihre Gäste
zur Abendmahlzeit um die Tafel zusammen.

Maupertuis und sein Sohn hatten Nachricht geschickt, daß sie von
einem Mitglied der Gemeinde aufgenommen worden seien, mit dem
sie im Verlauf einer früheren Reise nach Salem Pelzgeschäfte getätigt
hätten.

Adhémar hingegen irrte gleich einer im Fegefeuer schmachtenden
Seele über die grasigen Wege der Kolonie, von einem Schwarm neu-
gieriger kleiner Puritaner gefolgt, die von Zeit zu Zeit den blauen Sol-
datenrock des Königs von Frankreich mit gleich wieder erschrocken
zurückzuckendem Finger berührten.

„Der Wald steckt voller Wilder", sagte er seufzend zu Angélique, die
ihn gesucht hatte. „Ich spür's genau."

„Aber wir sind doch während des ganzen Tages keiner lebenden Seele
begegnet! Kommt und stärkt Euch ein wenig, Adhémar."

75

„Soll ich mich vielleicht mitten unter diese Ketzer setzen, die die Heilige Jungfrau hassen? Niemals!"

Er blieb vor der Tür, klatschte Mücken auf seinen Wangen und erwog trübe die vielfältigen Möglichkeiten des Unheils, die überall in diesem gräßlichen Land auf sie lauerten. Dabei war er allmählich dazu gelangt, sich in der Nähe dieser Person sicher zu fühlen, die gewisse Leute diabolischer Eigenschaften verdächtigten, die aber wenigstens das Verdienst hatte, Französin zu sein. Und statt ihn herumzustoßen, sprach sie immerhin höflich und geduldig mit ihm. Warum sollte er sie also nicht verteidigen, wenn die Werber des Königs nun mal schon einen Soldaten aus ihm gemacht und ihm eine Muskete in die Hand gedrückt hatten?

Eine Magd hatte einen Napf mit lauwarmer Milch vor Angélique gestellt, in der ein geschlagenes Ei schwamm. Der fast schon vergessene Geschmack dieser einfachen Speise erfüllte sie mit Freude. Außerdem gab es gekochte Pute mit einer kräftig mit Minze gewürzten Soße, die das ein wenig fade Aroma des Fleischs überdeckte, und körnigen Mais. Dann wurde eine gefüllte Torte gebracht; den Ritzen des Teigdeckels entstieg feiner, nach Blaubeeren duftender Dampf.

Es beeindruckte die Engländer ungeheuer, daß der Graf Peyrac und seine Familie am oberen Kennebec mehr als vierhundert Meilen von der Küste entfernt gelebt hatten. Gewiß, es waren Franzosen, aber die Leistung blieb – vor allem, was die Frauen und Kinder betraf – höchst ungewöhnlich.

„Stimmt es, daß Ihr Eure Pferde essen mußtet?" fragten sie.

Vor allem die Jüngeren interessierten sich für diesen französischen Edelmann, Freund und Delegierten der Massachusettsbucht. Was hatte er für Pläne? Traf es zu, daß er ein Bündnis zwischen Indianern und Franzosen, seinen Landsleuten, zuwege bringen wollte, um die mörderischen Kriegszüge gegen Neuengland zu verhindern?

Der alte Benjamin hielt sich aus solchen Gesprächen heraus. Er hatte natürlich mancherlei über den Grafen Peyrac gehört, aber er zog es vor, sich erst gar nicht über die Fremden aller Nationen zu verbreiten, die heute Maine zu bevölkern behaupteten.

Genügte es nicht, daß man kaum noch wußte, wo man an den Küsten von Massachusetts seinen Fuß hinsetzen sollte? Es gefiel ihm ganz und gar nicht, daß außer den Mitgliedern seines kleinen Stammes noch andere Leute existierten.

Er wäre gern mit den Seinen allein in einer aus dem Dämmer der Geschichtslosigkeit erwachenden Welt gewesen, ein aus der Arche tretender Noah.

Immer war er in entlegene Gegenden geflohen, immer hatte er sich vorzustellen versucht, daß sie die einzigen seien, die den Schöpfer lobten, „die kleine, vielgeliebte, von Gott zu seinem höheren Ruhme gewollte Herde", doch immer hatte die Welt ihn eingeholt, ihn daran erinnert, daß der Schöpfer sein Wohlwollen auf wer weiß wie viele uninteressante und undankbare Menschen verteilen mußte.

Angélique, die ihn nur anzusehen brauchte – große, kühne, witternde Nase über weißem Bart, intolerante Blicke –, um sich das unruhige Leben des Patriarchen und Führers seines Völkchens vorstellen zu können, fragte sich, warum er wohl seinem Sohn so grollte, der doch nur dem Beispiel väterlicher Unabhängigkeit gefolgt war, als er Biddeford-Saco verlassen und in Biddeford-Sébago seßhaft geworden war. Aber das gehörte zu den üblichen Rätseln der Beziehungen zwischen Vater und Sohn, seitdem die Welt bestand. Die Verschrobenheiten des menschlichen Geschlechts waren auch unter harten und heiligen Schalen zu Hause, und Angélique konnte nicht umhin, für diese unzugänglichen, ehrlichen Leute so etwas wie gerührte Sympathie zu empfinden.

Es schien ihr, als breite sich nun, da sich alle durch die ausgezeichnete Mahlzeit gestärkt fühlten, eine Art Gemeinschaftswärme aus, die diese Menschen von düsterer Gewandung und ebensolchen Prinzipien miteinander verband.

Einmal verordnet und laut bestätigt, traten die Grundsätze zurück und machten menschlicheren Gefühlen Platz.

Rose Ann hatte ihr rotes Kleid behalten, und sie, Angélique, wurde, obwohl Französin und Papistin, deswegen an der Familientafel nicht weniger geehrt.

Cantors Anwesenheit gab ihnen allen Rätsel auf. Seines ausgezeichneten Englischs und seiner Kenntnis Bostons wegen wurde er einstimmig anerkannt. Doch dann erinnerte man sich, daß er ebenfalls Franzose und Papist war, und ein Rückschlag trat ein. Alle anwesenden Männer, der alte Benjamin wie seine Söhne und Schwiegersöhne, musterten ihn unter ihren buschigen Brauen mit Interesse, fragten ihn aus, ließen ihn reden, bedachten jede seiner Antworten.

Gegen Ende der Mahlzeit öffnete sich die Tür vor einem dickbäuchigen, massiv gebauten Mann, dessen Erscheinung einen eisigen Luftzug in die joviale, vertraute Atmosphäre wehen ließ, die sich allmählich ausgebreitet hatte.

Es war der Reverend Thomas Partridge. Von Natur aus mit sanguinischem Temperament und irischer Herkunft ausgestattet und somit weit größeren Schwierigkeiten ausgeliefert, sich in den Tugenden der Sanftheit, der Demut und Keuschheit zu üben, als jede andere irdische Kreatur, war sein Ruf moralischer Standhaftigkeit, dem er seine Einschätzung als einer der bedeutendsten Geistlichen seiner Zeit verdankte, nur seiner umfassenden, spitzfindigen und rechthaberischen Geistesbildung, der ständigen Denunzierung der Sünden anderer und häufigen polternden Ausbrüchen frommen Zorns zuzuschreiben, die er ebensowenig zu unterdrücken vermochte wie der Deckel eines Topfes mit kochendem Wasser das Herauszischen des Dampfes.

Abgesehen davon hatte er Cicero, Terenz, Ovid und Vergil gelesen, sprach lateinisch und kannte das Hebräische.

Er warf einen düsteren Blick über die Versammlung, ließ ihn mit einer Art geheucheltem Schauder bei Angélique verharren, als überstiege ihr Anblick noch seine schlimmsten Erwartungen, streifte mit verächtlicher Bekümmernis Rose Ann, die sich ohne Gewissensbisse mit Blaubeersaft beschmierte, und hüllte sich sodann fester in seinen weiten, langen Genfer Umhang, als müsse er sich zur Selbstverteidigung gegen soviel Verdorbenheit isolieren.

„Die Weisheit wächst dir also nicht mit dem Alter zu, Ben", sagte er mit hohlklingender, dumpfer Stimme, „da du es wagst, das Abbild derjenigen an deinen Tisch zu bitten, die das Menschengeschlecht in das größte Elend gestürzt hat: Eva, geschmückt mit all ihren unbewußten und desto verlockenderen Verführungskräften! Du wagst es, ein Kind in deine fromme Familie aufzunehmen, das nur Schande und Aufruhr in sie hineintragen kann. Schließlich wagst du es, den zu empfangen, der dem schwarzen Mann im Walde begegnet ist und das ihm von Satan selbst gereichte schändliche Buch mit seinem Blut unterzeichnet hat, weshalb er straflos heidnische Pfade wandeln kann und weshalb ihm für immer die Tür jedes frommen Hauses versperrt sein sollte . . ."

„Sprecht Ihr etwa von mir, Pastor?" unterbrach der alte Shapleigh den Redeschwall, indem er die Nase aus seinem Napf hob.

„Gewiß, von dir, Wahnwitziger!" donnerte der Reverend. „Von dir, der du dich ohne Sorge um dein Seelenheil mit Magie abzugeben wagst, um infame Neugierden zu befriedigen. Ich, den der Herr mit einem Blick für die Geheimnisse des Gewissens begabt hat, sehe ohne Mühe in deinem Auge den diabolischen Funken, der . . ."

„Und ich, Pastor", unterbrach ihn Shapleigh ungerührt von neuem, „sehe ohne Mühe an Eurem blutunterlaufenen Auge, daß Ihr drauf und dran seid, eines schönen Tages infolge einer bösartigen Temperamentsaufwallung tot umzufallen. Euer Blut mag nichts mit dem Satan zu tun haben, aber es ist zu dick und Eurer Gesundheit gefährlich."

Der alte Medizinmann erhob sich und näherte sich mit schmeichlerischer Miene dem sprachlosen Geistlichen. Er ersuchte ihn, sich zu bükken, und untersuchte das Weiße der Augen.

„Ich werde Euch nicht zur Lanzette raten", sagte er ihm. „Bei Euch müßte man damit immer wieder von vorn anfangen. Aber in meinem Sack habe ich ein paar dank meiner infamen Neugier aufgestöberte Kräuter, die es Euch erlauben werden, falls Ihr die Behandlung brav über Euch ergehen laßt, so oft, wie Ihr es für nötig haltet, risikolos in Zorn zu geraten. Begebt Euch also zu Bett, Pastor. Ich werde Euch pflegen. Und um die Dämonen zu vertreiben, werde ich Koriander und Fenchelsamen verbrennen."

Die Standpauke des Pastors wurde an diesem Abend nicht mehr fortgesetzt.

Dreizehntes Kapitel

Die grob zubehauenen Balken strömten Honigduft aus. In ihren Winkeln hingen hier und dort Sträußchen getrockneter Blumen.

Angélique erwachte zum erstenmal in dieser Nacht. Der Schrei der Nachtschwalbe erfüllte das von fernen Sternen getupfte Dunkel. Ihr unablässig auf zwei Noten wiederholter Ruf erinnerte an das bald nahe, bald entfernte Rad einer Spinnerin. Angélique erhob sich und blickte, mit beiden Händen aufs Fensterbrett gestützt, zum Wald hinüber. Die Bewohner Neuenglands erzählten sich, der monotone, zweitönige Ruf der Nachtschwalbe bedeute: „Weine, weine, armer Guillaume!", seitdem Guillaume Bérard seine Frau und seine Kinder ermordet vorgefunden habe. In der vorhergehenden Nacht hatte er den Schrei der Nachtschwalbe gehört, doch diesen Schrei hatten im Dickicht versteckte Indianer ausgestoßen, um ihren Stammesgenossen den Weg zur Hütte des weißen Kolonisten zu weisen.

Plötzlich verstummte der Ruf . . . Ein Schatten strich über den nächtlichen Himmel. Zwei schnittige, schnelle Flügel, ein rot phosphoreszierendes Auge, ein langer, abgerundeter Schwanz, ein weicher, von jähen Wendungen unterbrochener Flug. Die Nachtschwalbe jagte.

Ein mächtiges, an- und abschwellendes Konzert von tausend Grillen, Heuschrecken, Fröschen begleitete die Nacht. Wildgeruch wehte vom Wald herüber, vermengt mit den Düften der Walderdbeere und des Thymians, und verjagte die Stallgerüche.

Angélique kehrte in das hohe, eichene Bett zurück, dessen Kattunvorhänge der Wärme dieser Juninacht wegen zurückgeschlagen waren. An den Laken, von Sarah Williams mit eigenen Händen gewebt, haftete der gleiche frische, blumige Duft, der das Zimmer durchzog.

Unter dem Bett hatte man einen mit Gurten bespannten Holzrahmen hervorgezogen und einen Strohsack darübergeworfen: das Bett des Kindes im Schutz des Bettes der Eltern. Rose Ann schlief dort noch diese letzte Nacht.

Fast sofort versank Angélique wieder in Schlaf.

Als sie von neuem die Augen öffnete, war der Himmel über dem dunklen Fries der Ulmen auf dem Hügel resedafarben, und der feierlich-sanfte Gesang der Wanderdrossel ersetzte den klagenden Ruf der Nachtschwalbe. Die Düfte der Gärten vertrieben die Waldgerüche der Nacht. Die im Gras längs der Hausmauern unter ihren Blättergirlanden versteckten Kürbisse glänzten unter der Glasur des Morgentaus.

Wieder lehnte sich Angélique aus dem kleinen Fenster. Die unförmigen Umrisse der hölzernen Häuser mit ihren ungleich geschnittenen, zuweilen auf einer Seite fast bis zum Boden hängenden Dächern, ihren Taubenschlägen, ihren übereinandergesetzten Erkern und nach dem Vorbild elisabethanischer Schlösser mitten auf den Dachfirst gesetzten breiten, soliden Ziegelschornsteinen lösten sich nach und nach aus dem Frühnebel. Zumeist aus weißem Kiefernholz errichtet, verlieh ihnen das Morgenlicht einen silbrigen Schimmer.

Ihre Behaglichkeit rührte von der Aufmerksamkeit und Sorgfalt her, die man dem Leben zuwandte, der kostbaren Zeit, die nicht vertan werden durfte. Bestand das Dasein einer Siedlung in diesen entlegenen Tälern nicht aus einer Summe winziger und notwendiger Kleinigkeiten? So mußten überall reizende Gärtchen entstehen, doch weniger für das Vergnügen der Seele und der Augen als zum Anpflanzen heilkräftiger, aromatischer und für die Küche verwertbarer Kräuter.

Überrascht und verführt, dachte Angélique über diese Engländer nach, die es gewohnt waren, sich nur auf sich selbst zu verlassen, und die ihren Tag mit Anrufungen auf den Lippen begannen, Wesen, so verschieden von denen, mit denen sie selbst es für gewöhnlich zu tun hatte. Durch das starrköpfige Verlangen, auf ihre Art zu beten, und die Notwendigkeit, einen Ort dafür zu finden, nach Amerika getrieben, brachten sie einen Gott nach ihrem Bilde mit, der Schauspiele, Musik, Spielkarten und rote Kleider verbot, kurzum alles, was nicht Arbeit und Predigt bedeutete.

Aus der Redlichkeit gut ausgeführter, produktiver Arbeit schöpften sie die Erhöhung ihres Lebensgefühls. Die Überzeugung von ihrer Vollkommenheit ersetzte ihnen Genuß und Süße der Sinnlichkeit.

Doch Zweifel und Unruhe hörten nicht auf, in ihnen zu brennen wie die flackernde Kerze im Haus eines Toten. Land und Klima trugen dazu bei. An verlassenen Ufern aufgewachsen, bedrängt von den Urgewalten des Meeres und des Sturms und den heidnischen Gerüchen der Wälder, hielten sie die drohenden Predigten ihrer Pastoren in einem Zustand pathetischer Verletzlichkeit.

Da ihre Theologie die Heiligen und Engel unterdrückt hatte, blieben ihnen nur noch die Dämonen. Sie sahen sie überall. Sie kannten sie in allen Rangstufen, von den kleinen mit den scharfen Krallen, die die Getreidesäcke anbohren, bis zu den fürchterlichen, mit kabbalistischen Namen gekrönten Fürstlichkeiten. Und dennoch plädierte die Schönheit des Landes, in das der Ewige sie geführt hatte, für die Engel.

So zwischen Sanftmut und Gewalttat, Flieder und Dorn, Ehrgeiz und Entsagung zerrissen, durften sie nur in der ständigen Voraussicht ihres Todes leben. Und daß sie bei weitem noch nicht genug davon durchdrungen seien, war Reverend Partridges felsenfeste Meinung, die sich in seiner Predigt an diesem Sonntag auf eklatante Weise kundtat.

Am Fenster lehnend, war Angélique erstaunt, den Tag ohne jedwede Geschäftigkeit anbrechen und sich einrichten zu sehen. Abgesehen von einigen Frauen, die am Bach Wasser holten, verließ niemand die Häuser, und auch sie zeigten keinerlei Anzeichen von Eile.

Es war also ein Sonntag. Ein Sonntag! Auch für die Katholiken, wie es ihr Adhémar, der unter ihrem Fenster erschien, weinerlich in Erinnerung rief.

„Wir feiern heute den heiligen Antonius von Padua, Madame."

„Möge er Euch Euren Kopf und Euren Mut wiederfinden lassen", erwiderte Angélique, denn der Heilige stand im Rufe, bei der Wiederauffindung verlorener Gegenstände von Nutzen zu sein.

Der Soldat nahm die Sache keineswegs komisch.

„In Kanada ist es ein großes Fest, Madame, und statt einer schönen Prozession in einer guten, frommen französischen Stadt zu folgen, sitze ich hier bei den vierhundert Teufeln, mitten unter Ketzern, die unsern Herrn gekreuzigt haben. Ich werde bestimmt bestraft! Irgendwas wird passieren, ich spür's!"

„So schweigt doch", flüsterte Angélique, „und steckt Euren Rosenkranz weg. Sein Anblick belästigt die Protestanten."

Doch Adhémar fuhr fort, den Rosenkranz krampfhaft zwischen seinen Fingern zu pressen und murmelnd die Heilige Jungfrau und sonstige einschlägige Heilige um ihren Schutz anzuflehen, und wie tags zuvor folgte ihm ein Schwarm kleiner Puritaner, stets stumm, mit an diesem Tag besonders blank geputzten Schuhen, die Augen weit aufgerissen unter ihren runden Hüten oder schwarzen Häubchen.

Dieser Sonntag, den die Franzosen in ihrer Leichtfertigkeit nicht vorausgesehen hatten, durchkreuzte ihre Aufbruchspläne. Die Bevölkerung hätte Anstoß daran genommen.

Den alten Shapleigh, der sich, von seinem Indianer gefolgt, mit seinem Sack und der geschulterten Donnerbüchse ganz offensichtlich auf den Weg zum Walde machte, begleiteten schiefe Blicke, Gemurmel und selbst drohende Gesten. Er kümmerte sich nicht im mindesten darum, und Angélique beneidete ihn um seine Unabhängigkeit.

Der Alte flößte ihr das gleiche Vertrauen ein wie einstmals der rühmliche Savary. Allein mit seiner Wissenschaft beschäftigt, hatte er seit langem die Vorurteile seiner Glaubensgenossen abgestreift, die ihn bei der Befriedigung seiner Marotte hätten hemmen können. Und wenn er im Wald ein kleines Tänzchen vollführte und dazu mit seinen mageren Fingern schnalzte, dann nur, weil es ihm gelungen war, eine im Unterholz neu entdeckte Blüte oder Knospe zu bestimmen und mit ihrem lateinischen Namen zu benennen, worauf er ihren Standort sorgsam markierte.

Benahm sich Angélique nicht genauso, wenn sie in den Wäldern von Wapassou nach Heilkräutern suchte?

Der alte Shapleigh und sie hatten verwandte Seelen in sich entdeckt, und sie bedauerte es, ihn mitsamt dem Indianer in der schattigen Schlucht verschwinden zu sehen, die zum Ufer des Androscoggin führte.

Eine Glocke läutete auf dem Hügel. Die Gläubigen machten sich auf den Weg zum *meeting-house*, das sich inmitten von Ulmen über dem Dorf erhob. Das Versammlungshaus war hier die Kirche, diente aber ebenso weltlichen wie religiösen Zwecken.

Aus Balken und Brettern errichtet, unterschied es sich von den anderen

Gebäuden nur durch einen spitz überdachten Glockenstuhl und seine viereckige Form. Denn es diente zugleich auch als Fort, in das man sich bei einem indianischen Überfall flüchten konnte und in dessen oberem Stockwerk zwei Feldschlangen untergebracht waren, deren aus Schießscharten ragende schwarze Mäuler den Glockenstuhl, Symbol des Friedens und der Gebete, einrahmten.

Dorthin gingen die Leute von Brunswick Falls nach dem Vorbild der Väter Neuenglands, um ihre Versammlungen abzuhalten, den Herrn zu loben, die Bibel zu lesen, die Angelegenheiten der Siedlung zu regeln, zu ermahnen und sich ermahnen zu lassen, ihren Nachbarn zu verdammen und sich selbst der Verdammung auszusetzen, und mit all diesen Tätigkeiten war Gott aufs engste verknüpft.

Angélique zögerte, den ernsten Gruppen zu folgen. Ein Rest katholischer Erziehung weckte in ihr beklommene Gefühle bei dem Gedanken, einen ketzerischen Tempel zu betreten. Todsünde, unermeßliche Gefahr für die Seele des Gläubigen: Reflexe, deren Wurzeln bis in die für Eindrücke besonders empfängliche Kindheit zurückreichten.

„Soll ich mein rotes Kleid anziehen?" fragte die kleine Rose Ann.

Mit dem Kind auf dem Weg zur Kirche stellte Angélique fest, daß die Bewohner von Brunswick Falls zu Ehren des Herrn ihre gewohnte Strenge und Nüchternheit in puncto Kleidung ein wenig gelockert zu haben schienen.

Wenn sich auch keine weiteren roten Kleider zeigten, trugen einige der kleinen Mädchen doch rosafarbene, weiße oder blaue. Auch Spitzenhäubchen, Satinbänder und hohe, breitkrempige schwarze Hüte, geschmückt mit Silberschnallen oder Federn, waren zu sehen sowie kleine, bestickte Umschläge an den Hauben der Frauen, eine sehr graziöse und kleidsame englische Mode, die auch Angélique für sich übernommen hatte.

Bescheidene Eleganz, aber angepaßt der soliden Bescheidung der hellen, von Fliederbüschen umgebenen Häuser und der Sanftheit des flachsblütenfarbenen Himmels.

Es war ein schöner Sonntag in Newehewanik, der Erde des Frühlings, wie die Indianer den Ort nannten.

Wenn Angélique an ihnen vorbeischritt, versuchten es die Bewohner mit einem zagen Lächeln und einem kleinen Neigen des Kopfes. Und sie folgten ihr auf dem Pfad zur Kirche, glücklich, sie an diesem Morgen bei sich zu Gast zu sehen.

Cantor gesellte sich zu seiner Mutter.

„Ich glaube, daß wir jetzt nicht von Aufbruch sprechen können. Es wäre unanständig", sagte Angélique zu ihm. „Dabei erwartet uns das Schiff deines Vaters heute abend oder spätestens morgen an der Mündung des Kennebec."

„Vielleicht können wir uns nach der Predigt verabschieden? Ich habe vor kurzem Maupertuis gesehen. Er führte unsere Pferde zum Bach. Er will sie dort unter seiner Aufsicht grasen lassen und gegen Mittag zurückbringen. Dann können wir uns sofort auf den Weg machen, auf die Gefahr hin, nachts im Wald kampieren zu müssen."

Auf dem Vorplatz vor dem *meeting-house* erhob sich ein Gerüst mit einer Art Pult, das drei Löcher aufwies; das mittelste war das größte. Es sei das Loch für den Hals, erklärte Cantor, während die beiden andern nur für die Handgelenke bestimmt seien: der Pranger, an dem Übeltäter ausgestellt würden. Seitwärts des barbarischen Apparats war eine Tafel zum Aufschreiben des Namens des Betreffenden und der Gründe seiner Verurteilung angebracht.

Ein Pfahl zum Auspeitschen komplettierte die rechtspflegerische Ausrüstung der kleinen puritanischen Gemeinde.

Glücklicherweise war an diesem Morgen das Podium des Prangers leer. Die Predigt Reverend Partridges ließ indessen voraussehen, daß sich dieser Zustand vielleicht bald ändern würde.

Unter den reglos wie Wachsfiguren lauschenden Gläubigen sitzend, vernahm Angélique, daß die Eleganz, die sie heute beobachtet hatte, keineswegs dem erlaubten Wunsch zu verdanken war, den Tag des Herrn zu ehren, sondern einem Wind der Tollheit, der plötzlich über die undisziplinierten Schäflein des Geistlichen hinwegzubrausen schien. Einem Orkan ausländischer Herkunft ... Man brauche nicht weit nach der Inspiration für solche Liederlichkeiten zu suchen, denn sie stamme geradewegs aus einer halborientalischen Religion, deren Abgleiten im Laufe der Jahrhunderte unter dem Hirtenstab den Dämonen ergebener Führer die gesamte Menschheit hätte in die Verdammnis reißen können. Es folgte ein historisches Namensregister, das die Namen Clemens und Alexander in enge Beziehungen zu denen Astaroths, Asmodis und Belials brachte. Angélique verstand genug Englisch, um herauszuhören, daß der donnernde Pastor den gegenwärtigen Papst abwechselnd als Antichrist und Beelzebub behandelte, und sie fand, daß er da doch ein wenig übertriebe.

Es rief ihr Erinnerungen an ihre Jugend zurück, an ihre Kabbeleien mit hugenottischen Bauernkindern, an die ketzerischen Bauernhöfe im Poitou, streng getrennt von katholischen Gemeinden, mit ihren einsamen Gräbern im Schatten einer Zypresse. Eine naive und brutale Aufrichtigkeit, die weder etwas von den feinen Nuancen des Taktes ahnte noch einen Sinn für Lächerlichkeit besaß, charakterisierte diese braven Leute.

Thomas Partridge dröhnte mahnend, daß die Attribute äußerer Anmut flüchtig seien und am schnellsten schwänden.

Er ereiferte sich gegen die Mode zu langer Haare, bei den Männern wie bei den Frauen.

Zuviel unbescheidene Bürsterei und Aufsteckerei, verdammenswert und eitel!

„Berthos! Berthos!" brüllte er.

Beunruhigt fragte man sich, welchen Dämon er nun wieder beschwören mochte, aber es war nur der Küster, den er auf einen Unverschämten aufmerksam machte, der sich unterstanden hatte, trotz seines Gelärms sanft zu entschlummern.

Berthos, ein Gnom mit rundgeschnittenem Haar, sprang hinzu und verabreichte dem Schläfer mittels eines langen, mit einem Hirschfuß und einer Feder versehenen Stabs einen unsanften Schlag auf den Kopf. Die Feder diente auf zartere Weise dem gleichen Zweck bei den Damen; sie wurden mit ihr unter der Nase gekitzelt, wenn sie während einer allzu ausgedehnten Predigt Schläfrigkeit überkam.

„Unglücklicher! Unglückliche!" fuhr der Geistliche mit düsterer Stimme fort. „Eure Ahnungslosigkeit gemahnt mich an jene Leute aus der Bibel, die sich weigerten, an ihre Rettung und Verteidigung zu denken, während ihre Feinde schon die Messer wetzten, um sie abzuschlachten. Sie lachten, sie tanzten, sie glaubten, es gäbe keine Feinde mehr auf der Welt, sie wollten nicht sehen, was sich vorbereitete, und taten nichts, dem vorzubeugen ..."

„Vergebt! Ich protestiere!" rief der alte Benjamin Williams, sich kerzengerade aufrichtend. „Sagt nicht, daß ich nicht über das Heil der Meinen wache! Ich habe eine Botschaft an die Regierung von Massachusetts gesandt und Ihre Gnaden gebeten, uns acht bis zehn wachsame und kräftige Männer zum Schutze während der Ernte zu schicken ..."

„Zu spät!" brüllte der über die Unterbrechung wütende Geistliche. „Wenn die Seele nicht geläutert ist, sind alle Vorsichtsmaßnahmen des Menschen vergeblich! So prophezeie ich euch, daß ihr die Ernte nicht mehr erleben werdet! Wer weiß, wie viele von euch morgen – was sage ich? –, heute abend vielleicht schon tot sein werden?! Die Indianer sind in den umliegenden Wäldern, bereit, euch zu morden! Ich höre, wie sie ihre Skalpiermesser schleifen! Ja, ich sehe an ihren Händen rotes Blut, euer Blut ... und auch eures!" donnerte er, mit ausgestrecktem Zeigefinger auf ein paar erbleichende Zuhörer weisend.

Die Gemeinde versteinerte diesmal vor Schreck. Ein zerbrechliches, kleines altes Frauchen neben Angélique, das Elisabeth Pidgeon hieß und die jungen Mädchen der Siedlung unterrichtete, zitterte an allen Gliedern.

„Denn Rot ist nicht die Farbe der Freude", deklamierte Partridge in dumpfen Tönen, den Blick starr auf Angélique gerichtet, „sondern die Farbe des Unheils, und ihr habt sie bei euch aufgenommen, Wahnwitzige, die ihr seid! Bald wird die Stimme des Allmächtigen in den Wolken widerhallen, und sie wird euch sagen: ‚Du hast die Vergnügungen dieser Welt der Freude, mein Antlitz zu betrachten, vorgezogen. Geh also, zieh dich für immer von mir zurück!' Und ihr werdet für immer in die Finsternis der Hölle sinken, in den unergründlichen dunklen Schlund, für immer ... immer ... immer!"

Ein Schauder überlief die Versammlung. Zögernd traten sie auf den besonnten Vorplatz hinaus, verfolgt vom Widerhall der unerbittlichen, dröhnenden Stimme:

„For ever! ... For ever! ... For ever!"

Vierzehntes Kapitel

„Von diesem roten Kleidchen ist nun wirklich mehr als genug geredet worden", schimpfte Angélique.

Auch der Friedlichkeit einer von Bibelsprüchen begleiteten sonntäglichen Mahlzeit gelang es nicht, das durch die Predigt des Pastors heraufbeschworene Unbehagen zu verscheuchen.

Nach dem Mittagessen hielt sich Angélique im Kräutergarten auf, um die Pflanzen zu betrachten, ihre Blätter zwischen den Fingern zu zerreiben und sie an ihrem Geruch zu erkennen. Die überhitzte Luft summte vom geschäftigen Treiben der Bienen. Unversehens packte sie die Ungeduld, Joffrey wiederzusehen. Die Welt kam ihr leer vor, und ihre Anwesenheit in diesem englischen Dorf schien ihr wunderlich, unerträglich, so wie man sich in einem Traum zu fragen beginnt, was man an diesem Ort tue, und gleichzeitig etwas Verdächtiges bemerkt, das man sich nicht zu erklären vermag.

„Was treibt denn nur Maupertuis?" rief sie Cantor zu. „Sieh nach ihm! Die Sonne wird bald sinken, und er ist mit den Pferden noch nicht vom Wald zurück!"

„Ich gehe schon", gab Cantor zurück.

Sie sah ihm nach, während er sich in Richtung des grünen Waldes entfernte, der auf dieser Seite in weitem Bogen das Dorf begrenzte, und war schon nahe daran, ihm nachzurufen: „Geh nicht dorthin, Cantor! Cantor, mein Sohn, geh nicht in den Wald!"

Aber da war er schon hinter einer Biegung des zur Schäferei führenden Weges verschwunden.

Sie betrat das Haus der Williams, stieg die Treppe hinauf, schloß hastig ihren Ledersack, nahm ihre Waffen, warf sich den Mantel über die Schultern, stülpte den Filzhut auf und ging wieder nach unten. Mägde saßen träumend oder betend an einem der Fenster. Sie wollte sie in ihrer Versunkenheit nicht stören, ging hinter ihnen vorbei und trat auf die Straße der Kolonie hinaus. Die kleine Rose Ann lief ihr in ihrem roten Kleidchen nach.

„Oh, nicht fortgehen, liebe Dame", murmelte sie in ihrem ungeschickten Französisch, als sie sie erreichte.

„Ich *muß* jetzt fort, Liebling", erwiderte Angélique, ohne ihren Schritt zu verlangsamen. „Ich habe mich schon zu lange aufgehalten. Sonntags vergeht die Zeit hier, ich weiß nicht, wie, aber ich müßte schon an der Küste sein, wo das Schiff auf mich wartet. Es ist schon so spät, daß wir nicht vor Morgengrauen hinkommen werden."

Rührend in ihrer Fürsorge und Anhänglichkeit, versuchte die Kleine, ihren Ledersack zu tragen.

Gemeinsam stiegen sie den Hang hinauf, vorbei an den aus Rundhölzern errichteten, mit Gras oder Rinde gedeckten kleinsten und ärmlichsten Hütten des Dorfs, vorbei an der Scheune, in der Adhémar eine unruhige Nacht verbracht haben mußte, bis zu dem von Blumen umgebenen Häuschen Miß Pidgeons, der Schullehrerin. Weiter entfernt waren der Giebel und die Wetterfahne der Schäferei zu sehen, und jenseits davon senkte sich der Boden ins Tal hinab, aus dem sie gestern abend heraufgestiegen waren. Einige bearbeitete Felder am Rand des Hanges – und dann das Universum der Bäume, der rauschenden Bäche, der ragenden Felsen: der Wald.

Im Garten Miß Pidgeons überragte Sarah Williams' imposante Gestalt eine Phalanx von Stockrosen, von denen sie mit flinken Fingern die welken Blütenblätter zupfte.

Sie winkte herrisch, und Angélique setzte ihren Sack zu Boden und näherte sich ihr, um Abschied zu nehmen.

„Seht nur diese Rosen", sagte Mrs. Williams. „Sollen sie leiden, weil es der Tag des Herrn ist? Unser Reverend hat mich deswegen schon gerüffelt, aber ich habe ihn zum Schweigen gebracht. Wir sind beide dabei auf unsere Rechnung gekommen."

Mit der behandschuhten Hand wies sie auf das Häuschen hinter sich.

„Er ist drin und unterhält Elisabeth mit unerfreulichen Schilderungen ihres mehr oder weniger seligen Endes. Das arme Geschöpf!"

Sie nahm ihre Arbeit wieder auf. Ihre scharfen Augen spielten unter den schweren, malvenfarbenen Lidern, glitten aufwärts, während sich ein Winkel ihrer mürrischen Lippen in einem halben Lächeln hob.

„Vielleicht verdiene ich mir noch ein Anrecht auf den Pranger", murmelte sie. „Und auf die Tafel wird man schreiben: ‚Weil sie die Rosen zu sehr geliebt hat!'"

Angélique sah sie an, gleichfalls lächelnd und ein wenig verwirrt. Seit dem Vorabend, an dem sie ihr zum erstenmal begegnet war, schien sich die sittenstrenge Großmutter ein Vergnügen daraus zu machen, sich immer wieder von einer unerwarteten Seite zu zeigen. Angélique wußte nicht mehr, was sie von ihr denken sollte. Nun fragte sie sich, ob Mrs. Williams sich über sie lustig mache, ob sie scherze, provoziere, oder ob etwa sie, Angélique, die englischen Worte falsch verstehe. Auch streifte sie der Gedanke, ob vielleicht ein leichter Hang zu starken Getränken wie Gin oder Rum die ehrenwerte Puritanerin gelegentlich in zu Späßen geneigte Stimmungen versetze, doch sie verwarf ihn sofort, da sie ihn ungehörig und geradezu monströs fand. Nein, es mußte etwas anderes sein, eine Art von unbewußtem, aus sehr reiner Quelle aufsteigendem Rausch.

Und in diesem Moment, vor dieser stattlichen, soliden, fest wie Fels in sich ruhenden Frau, die sie um einen Kopf überragte und die plötzlich mit ungezwungener Vorurteilslosigkeit zu ihr sprach, empfand Angélique das gleiche Gefühl von Unwirklichkeit wie eben, etwas wie Zweifel, ob sie wirklich da sei, ein Gefühl, als ob ihre Umwelt schwanke, als ob ihr der Boden unter den Füßen schwinde. Und das Erwachen, das nahe ist und nicht kommt ...

Nichts! Die reglose Natur, schwer von Düften und vom Summen der Bienen ...

Sarah Williams' Blick streifte noch einmal über die Rosen, dann trat sie aus dem Beet.

„Nun sind sie glücklich", murmelte sie.

Sie stieß das Gatter auf und näherte sich Angélique, zog den Handschuh aus, versenkte ihn mit ein paar kleinen Gartenarbeitsgeräten in die an ihrem Gürtel hängende große Tasche, all das, ohne auch nur ein einziges Mal ihren Blick von dem Gesicht der fremden Frau zu wenden, die ihr gestern ihre Enkelin zurückgebracht hatte.

„Seid Ihr dem König Ludwig XIV. von Frankreich begegnet?" fragte sie. „Habt Ihr Euch ihm genähert? Ja, das spürt man. Der Widerschein der Sonne haftet an Euch. Ah, diese französischen Frauen! Welche Anmut! ... Geht, geht ein wenig", sagte sie mit einer aufmunternden Bewegung. „Geht ein wenig hin und her!"

Ihr seltsames halbes Lächeln verstärkte sich, wie angefacht von einer zum Ausbrechen bereiten Heiterkeit.

„Auch ich werde wie die Kinder. Ich liebe alles, was dem Auge gefällt, was Anmut besitzt und Frische ..."

Angélique machte einige Schritte, wie die alte Frau ihr befohlen hatte, und wandte sich wieder um. Ihr grüner Blick fragte, und auch ihr Gesicht trug unbewußt einen kindlichen Ausdruck. Die alte Sarah Williams faszinierte sie. Aufrecht inmitten des Weges – dieses einzigen Weges, der, zugleich Straße und Pfad, vom Wald durch den ganzen Ort zum *meeting-house* auf dem Hügel führte –, im Schatten des Laubwerks der hohen Ulmen, dessen grüne Reflexe ihre ohnehin wachsfarbenen Wangen bleichten, hatte sich die große Engländerin aufgepflanzt, so gerade, so lang und voller Eleganz der Hals über dem kleinen, gefältelten Rundkragen, daß jede Königin sie um ihre Haltung beneidet hätte. Ihre schmale, in ein Korsett gezwängte Taille wölbte sich, unterstützt durch einen Vertugadin, eine Art Wulst aus schwarzem Samt, der wie ein Gürtel um die Hüften gelegt wurde, zu angenehmen Rundungen. Mode vom Anfang des Jahrhunderts, die Angélique ihre Mutter und ihre Tanten hatte tragen sehen. Doch der schwarze, talarartige Mantel, ein wenig angehoben durch die in die Taille gestützte Hand, war kürzer als einst, und Mrs. Williams zeigte keinerlei Hemmungen, die ebenfalls schwarzen, feinen Reiterstiefel zu enthüllen, in denen sie sich beim Gehen über aufgeweichte Wege und Wiesen ganz zu Hause fühlen mußte.

„Wie schön diese Frau früher gewesen sein muß!" dachte Angélique. Vielleicht würde sie ihr eines Tages ähneln ... Sie sah sich, ebenso gestiefelt, mit schnellen, stolzen Schritten ihren Besitz durchstreifen.

Ein wenig gefürchtet, selbstsicher, frei und mit festlich gestimmtem Herzen beim bloßen Anblick einer blühenden Wiese oder eines kleinen, seine ersten Schritte wagenden Kindes. Zweifellos würde sie weniger steif, weniger rauh sein. Aber war Mrs. Williams denn so rauh? ... Eben trat sie näher heran, und ihr Gesicht mit den schweren, schlaff gewordenen, aber von Harmonie geprägten Zügen setzte sich dem smaragdenen Licht des Unterholzes aus und verriet ein Gefühl unvergeßlichen Glücks. Sie blieb neben Angélique stehen, wechselte plötzlich den Ausdruck.

„Spürt Ihr nicht den Geruch des Wilden?" murmelte sie, während ihre noch dunklen Augenbrauen sich runzelten. Schrecken und Abscheu schlichen sich in ihre Stimme. „Spürt Ihr ihn nicht?"

„Nein, wahrhaftig", erwiderte Angélique.

Doch ein Schauder überlief sie wider Willen. Und dennoch war ihr die Luft noch nie so aromatisch erschienen, hier, wo die Düfte des Geißblatts und der Lianen sich mit denen der blühenden Gärten mischten.

„Ich spüre oft diesen Geruch, zu oft", sagte Sarah Williams kopfschüttelnd, als werfe sie sich etwas vor. „Ich rieche ihn immer. Er durchdringt mein ganzes Leben. Und dabei ist es lange her, daß ich Gelegenheit hatte, mit Benjamin zusammen unser Heim gegen diese roten Schlangen zu verteidigen. Als ich noch ein Kind war . . . und später, als wir in einer Hütte bei Wells lebten . . ."

Sie unterbrach sich, schüttelte von neuem den Kopf, offenbar darauf verzichtend, die immer gleichen Erinnerungen an Angst und Kämpfe wachzurufen.

„Dort war das Meer . . . Als letzter Ausweg blieb immer die Flucht. Hier gibt's kein Meer . . ."

Noch ein paar Schritte.

„Ist es nicht schön hier?" fragte die Stimme, die nun nicht mehr herrisch klang.

Die kleine Rose Ann kniete im Gras und pflückte korallenfarbene Glockenblumen.

„Newehewanik", murmelte die alte Frau.

„Erde des Frühlings", sagte Angélique.

„Ihr wißt es also auch?" fragte die Engländerin, und wieder fixierten

92

ihre intensiv schwarzen Augen unter den fein geäderten Lidern die Ausländerin, die Französin, schienen in ihr lesen zu wollen, irgend etwas zu suchen, eine Antwort zu entdecken, eine Erklärung.

„Amerika?" sagte sie. „Also ist es wahr, Ihr liebt es? Und doch seid Ihr so jung . . ."

„So jung bin ich nun wieder nicht", protestierte Angélique. „Ihr müßt wissen, daß mein ältester Sohn siebzehn ist und daß . . ."

Das Gelächter der alten Sarah unterbrach sie. Es war das erstemal, daß sie lachte. Ein helles, spontanes Lachen, fast das Lachen eines kleinen Mädchens, das lange, gesunde Pferdezähne entblößte.

„O doch, Ihr seid jung!" wiederholte sie. „Pah! Ihr habt nicht gelebt, meine Liebe!"

„Wirklich?"

Angélique ärgerte sich fast ein wenig. Gewiß, die zusätzlichen fünfundzwanzig Jahre, die Mrs. Williams ihr voraushaben mochte, gaben ihr vielleicht das Recht, sich herablassend zu zeigen, aber Angélique fand, ihr eigenes Schicksal sei weder so kurz noch so friedlich gewesen, als daß sie nicht von sich sagen könne, sie wisse, was „leben" heiße . . .

„Euer Leben ist neu!" versicherte Mrs. Williams in einem Ton, der keinen Widerspruch duldete. „Es beginnt ja kaum!"

„Wirklich?"

„Euer Akzent ist reizend, wenn Ihr ‚wirklich' sagt. Ah, diese französischen Frauen, wie glücklich sie sind! Ihr seid wie eine Flamme, die in einer Welt der Düsternis, von der sie sich nicht mehr schrecken läßt, aufzuknistern und größer zu werden beginnt. Erst jetzt fangt Ihr an zu leben, spürt Ihr's nicht? Wenn man eine sehr junge Frau ist, hat man sein Leben noch aufzubauen, *Beweise zu liefern* . . . Es erdrückt, und man ist ganz allein dabei . . . Was gibt es Einsameres als eine junge Frau, sobald sie die Kindheit hinter sich gelassen hat? Mit vierzig, fünfzig kann man zu leben beginnen. Die Beweise hat man geliefert! Sprechen wir nicht mehr davon. Man wird wieder frei wie die Kinder, man findet sich selbst . . . Ich glaube, ich habe keine größere Befriedigung empfunden als an dem Tag, an dem ich konstatierte, daß mich die Jugend verließ, endlich verließ", seufzte sie. „Meine Seele schien mir plötzlich leicht, mein Herz wurde sanfter und empfindsamer, und meine

Augen sahen die Welt. Gott selbst schien mir ein Freund. Ich war immer allein, aber ich hatte mich daran gewöhnt. Ich kaufte bei einem vorbeiziehenden Händler zwei der schönsten Spitzenhauben, und weder der Zorn des Pastors noch Bens Mißbilligung konnten mich davon abbringen, sie zu tragen."

Sie lachte wieder, diesmal mit einer Spur von Schadenfreude. Ihre Hand streichelte Angéliques Wange, wie sie es bei einem Kind getan hätte. Angélique vergaß, daß sie aufbrechen mußte. Die Sonne schien in ihrem Lauf innegehalten zu haben und ruhte, sehr gelb noch, wie eine große, aufgeblühte Blume auf einem Bett weißer, flaumiger Wölkchen über dem Horizont.

Sie lauschte Mrs. Williams.

Die alte Engländerin nahm ihren Arm, und langsam gingen sie dem Dorfe zu. Die Mehrzahl der Häuser blieb ihnen durch die Biegung des Weges und das Bodengefälle halb verborgen, aber ein kristallinischer Dunst schien von ihnen aufzusteigen, Atem des kleinen Baches, der sich durch die Wiese zu ihren Füßen schlängelte.

„Ihr liebt dieses Land, Madame, nicht wahr?" begann Mrs. Williams von neuem. „Das ist ein Zeichen guter Rasse. Seine Schönheit ist so groß. Ich habe es nicht so kennengelernt, wie ich es gern gewollt hätte. Ihr werdet es besser kennenlernen als ich. Als ich jung war, litt ich unter der miserablen und gefährlichen Existenz an unseren Küsten. Ich wäre am liebsten nach London gereist, von dem uns die Seeleute oder unsere Väter erzählten. Ich war sechs Jahre alt, als ich es verließ. Ich erinnere mich noch an seine eilig klingelnden Glöckchen, an Gassen, eng wie Hohlwege, durch die Karossen knarrten. Als junges Mädchen träumte ich davon zu fliehen, in die Alte Welt zurückzukehren. Nur die Angst vor der Verdammnis hinderte mich daran. Nein", fuhr sie fort, als antworte sie auf eine Äußerung Angéliques, „nein, ich war nicht schön in meiner Jugend. Erst jetzt bin ich schön. Ich habe die Zeit meiner Sinnerfüllung erreicht. Aber als ich jung war, war ich mager, zu lang, ohne Glanz, bleich, wirklich häßlich. Ich war Ben immer dankbar, daß er nicht davor zurückscheute, mich im Austausch gegen das Grundstück und die Schaluppe zum Kabeljaufang, die er von meinem Vater wollte, zu heiraten. Auf diese Weise steigerte sich der Wert sei-

94

nes eigenen Grundes, zu dem eine kleine Bucht gehörte, denn unser beider Besitz grenzte aneinander. Es war ein gutes Geschäft für ihn. Er mußte mich heiraten, und er tat es."

Sie zwinkerte Angélique zu.

„Er hat es auch nicht bereut, glaube ich."

Sie lachte zufrieden.

„Aber in jenen Zeiten hätte mein Anblick nicht einmal in den Augen der Piraten, die bei unserer Siedlung anlegten, um ihren Rum und ihre in den Kariben gestohlenen Stoffe gegen unsere frischen Früchte einzutauschen, auch nur ein Fünkchen von Interesse geweckt. Es waren abenteuernde Kavaliere, oft Franzosen. Ich sehe noch ihre von der Sonne verbrannten Freibeutergesichter, ihre extravagante Kleidung, die so wenig zu unserer düsteren Tracht und unseren weißen Kragen paßte. Uns, die wir arm wie Hiob waren, hätten sie nie etwas zuleide getan. Sie waren es zufrieden, an dieser wilden Küste Weißen zu begegnen und die Gemüse und Früchte unserer Ernte zu essen. Sie, die Glaubens- und Gesetzlosen, und wir, die allzu Frommen, fühlten uns zur selben Familie gehörig, Ausgestoßene am Rande der Welt. Jetzt sind zu viele Leute an der Küste und zu viele verdächtige Schiffe in der Bucht. Darum zog es uns weiter zu den Grenzen . . ."

Für einen Moment schwieg sie wie in Gedanken.

„Ihr wundert Euch über meine Geständnisse, mein Kind . . . Aber vergeßt nicht, daß Euer Gott weniger schrecklich als der unsere ist. Wenn wir hier altern, bleibt uns nichts übrig, als närrisch, boshaft oder Hexe zu werden, falls wir nicht einfach über unseren Schatten springen und uns nach unserem Geschmack verhalten. Dann besänftigt sich alles, nichts ist mehr wirklich wichtig . . ."

Gestern abend noch so steif, so eisig zurückhaltend, und heute soviel Zartheit, eine Art Demut!

Von neuem fragte sich Angélique, ob die ehrenwerte Puritanerin nicht doch eine verborgene Schwäche für eine gleichfalls sorglich verborgene Flasche Pflaumen- oder Beifußschnaps habe. Doch angerührt durch die unerwarteten Konfidenzen und wie in einen Halbtraum versetzt, verjagte sie alsbald diesen Zweifel.

Später sollte sie diesen bewegenden Augenblick wiedererleben und seinen Sinn begreifen: Das Schicksal, noch schwebend, doch schon auf dem Marsch, riß eine Frau nahe ihrer letzten Stunde zu spontanen, fast unüberlegten Gesten hin, die im Eigentlichen Äußerungen der Seele waren, Ausdruck eines heißen Herzens, das unter der Schale der harten Religion immer mitfühlend und zärtlich geblieben war.

Die alte Sarah wandte sich zu Angélique, nahm ihr Gesicht zwischen ihre langen weißen Hände und hob es zu sich, um es mit mütterlicher Inbrunst zu betrachten.

„Die Erde Amerikas möge Euch gnädig sein, meine liebe Tochter", sagte sie halblaut und feierlich, „und ich bitte Euch . . . ich bitte Euch, rettet sie!"

Die Hände glitten herab, zogen sich zurück, und sie betrachtete sie, wie bestürzt über das, was sie getan und gesagt hatte.

Dann richtete sie sich starr auf, ihr Gesicht überzog wieder marmorne Kälte, während ihr brennender schwarzer Blick sich zum ungeheuren Himmel hob, der sich wie die Schale einer riesigen Muschel über dem Tal wölbte.

„Was geschieht?" murmelte sie.

Sie lauschte, setzte sich wieder in Bewegung.

Schweigend gingen sie ein paar Schritte, dann blieb Mrs. Williams von neuem stehen. Ihre Finger griffen nach dem Handgelenk der jungen Frau und preßten es mit solcher Kraft, daß Angélique zusammenfuhr.

„Hört!" sagte die Engländerin mit veränderter Stimme. Klar, präzise, eisig.

Und nun hörten sie einen Lärm, der in den Abend aufstieg.

Undefinierbar, nicht zu deuten. Ein Geräusch wie Meer, wie Wind, das ein ferner, schwacher, schriller Schrei durchdrang:

„Die Abenakis! Die Abenakis!"

Mit raschen Schritten zog Sarah Williams Angélique bis zur Biegung des Weges mit, die den Blick auf den größten Teil des Orts verwehrte.

Das Dorf wirkte ruhig und verlassen, schläfrig. Aber der Lärm wuchs grollend an, übertönt von den tragischen Rufen einiger Einwohner, die wie erschreckte Ratten zwischen den Häusern hin und her zu laufen begannen:

„Die Abenakis! . . . Die Abenakis!"

Angélique sah zu den Wiesen hinüber. Ein atembeklemmendes Schauspiel bot sich dort. Das, was sie gefürchtet, was sie vorausgeahnt hatte, was sie nicht hatte glauben wollen, war eingetreten! Eine Armee halbnackter, Beile und Dolche schwingender Indianer quoll aus dem Wald. Wie eine aus ihrem Bau vertriebene Ameisenhorde überschwemmte sie in wenigen Sekunden die Wiesen des Tals, sich ergießend gleich einer dunklen, rötlichen Woge, einer überschäumenden Springflut.

Die Flut erreichte den Bach, füllte ihn, überwand ihn, schäumte die andere Seite des Tals bis zu den ersten Häusern empor.

Eine Frau in blauem Kleid kam, schwankend wie eine Betrunkene, den Hang zu ihnen herauf. Weißes Gesicht, der Mund schwarz zu einem Schrei aufgerissen:

„Die Abenakis!"

Etwas stak in ihrem Rücken, das nicht recht auszumachen war. Plötzlich brach sie zusammen und blieb mit dem Gesicht im Gras liegen.

„Benjamin!" rief Sarah Williams. „Er ist allein unten im Haus!"

„Bleibt!"

Angélique versuchte, sie zurückzuhalten, aber die alte Dame war schon auf und davon, stürzte dem Hause zu, wo ihr vermutlich über der Bibel eingeschlummerter Mann Gefahr lief, von den Indianern überrascht zu werden.

Weniger als hundert Meter entfernt sah Angélique einen der Angreifer aus dem Dickicht auftauchen. Mit einigen geschmeidigen Sprüngen hatte er Sarah Williams erreicht und schlug sie mit einem einzigen Schlag seiner Keule zu Boden. Dann beugte er sich über sie, packte Haube und Haar und skalpierte sie im Handumdrehen.

Angélique wandte sich zur Flucht.

„Lauf!" schrie sie Rose Ann zu und wies zur Schäferei hinüber. „Dorthin! Lauf! Schnell!"

Sie selbst lief keuchend den Weg zurück. Vor Miß Pidgeons Garten hielt sie einen Moment inne, um ihren Ledersack aufzunehmen, den sie dort gelassen hatte. Sie stieß das Gatter auf, stürzte ins Häuschen, wo Reverend Partridge noch immer damit beschäftigt war, die alte Jungfer über die Voraussetzungen eines seligen Endes zu belehren.

„Die Wilden! . . . Sie kommen!"

In ihrer Erregung suchte sie sich vergeblich des englischen Ausdrucks zu erinnern.

„Die Wilden!" wiederholte sie französisch. „Die Abenakis . . . Sie sind im Dorf . . . Flüchten wir in die Schäferei . . ."

Das solide, offensichtlich befestigte Gebäude würde eine Belagerung aushalten und seinen Verteidigern Schutz gewähren.

Es gibt eine Gunst des Augenblicks. Auch eine der Erfahrung und Gewohnheit. Angélique sah den korpulenten Reverend auf die Füße springen, sah, wie er die kleine Miß Pidgeon wie eine Puppe in seine Arme nahm und mit seiner sprachlosen Last im Laufschritt den Garten durchquerte.

Im Begriff, ihm zu folgen, besann sich Angélique eines Besseren. Im Schutz der Haustür lud sie erst ihre beiden Pistolen, nahm die eine in die Hand und trat hinaus.

Die nähere Umgebung war zum Glück menschenleer. Die Frau, die weiter unten am Hang zusammengebrochen war, lag noch immer reglos. Der Schaft eines Pfeils ragte zwischen ihren Schulterblättern hervor.

Dieser abgelegene Teil des Dorfs hatte die Aufmerksamkeit der Indianer noch nicht erregt, abgesehen von dem einen, der Mrs. Williams skalpiert hatte und dann hangabwärts verschwunden war.

Das Getöse, das von dort unten heraufdrang, war ungeheuerlich, entsetzlich. Aber hier oben herrschte noch Ruhe, eine Art angstvoller, fiebernder Erwartung. Selbst die Vögel schwiegen.

Atemlos gelangte Angélique zur Scheune. Sie warf einen Blick hinein und entdeckte Adhémar in friedlichem Schlummer.

„Steh auf! Die Wilden! Lauf! Lauf zur Schäferei! Nimm deine Muskete mit!"

Während er verstört davonstolperte, bemerkte sie Maupertuis' Waffen und sein Pulverhorn, die an einem Haken hingen.

Sie war noch dabei, mit hastigen Bewegungen das Gewehr zu laden, als sie hinter sich ein Geräusch vernahm und einen Abenaki gewahrte, der durch eine Dachluke auf den hier gelagerten Maisberg gesprungen war und nun an seinem Abhang herunterrutschte. Sie fuhr auf den

Hacken herum, packte die Muskete beim Lauf, und die flache Seite des Kolbens traf den Wilden an der Schläfe. Er stürzte. Ohne noch einen Blick an ihn zu verschwenden, rannte sie der Schäferei zu.

Der schattige Weg unter den Bäumen lag noch immer verlassen. Ihr Herz klopfte zum Zerspringen. Plötzlich schien es ihr, als folge ihr jemand; sie warf einen raschen Blick über die Schulter zurück und bemerkte einen Indianer – der, den sie niedergeschlagen hatte, oder ein anderer? –, der ihr mit hoch geschwungener Axt auf den Fersen war.

Seine nackten Füße verursachten auf dem Grasboden keinerlei Geräusch. Stehenzubleiben und zu zielen war unmöglich. Ihr einziges Heil lag in schnellster Flucht. Ihr war, als ob ihre Füße schon nicht mehr den Boden berührten.

Endlich erreichte sie den Vorhof der Schäferei, warf sich in die Deckung eines Karrens. Die geschleuderte Axt des Indianers traf das Holz und blieb mit der Schneide in ihm stecken. Das wilde Stoßen ihres Atems unterdrückend, visierte Angélique und schoß. Der Wilde brach unmittelbar vor ihr zusammen, beide Hände in die pulvergeschwärzte Brust verkrampft.

Mit wenigen Schritten gelangte die junge Frau zum Tor des Gebäudes, das sich vor ihr zu einem schmalen Spalt öffnete, bevor sie noch hatte klopfen können.

Hinter ihr schloß es sich sofort und wurde durch zwei solide eichene Balken verriegelt . . .

7*

Fünfzehntes Kapitel

Außer dem Pastor und Miß Pidgeon, Adhémar und der kleinen Rose Ann waren die ganze Familie des Hausherrn Samuel Corwin – seine Frau und drei Kinder –, seine Gehilfen, zwei junge Männer, eine Magd, ein Nachbar, der alte Joe Carter, und das Ehepaar Stougton versammelt, das sich im Augenblick des Angriffs gleichfalls zu nachbarlichem Besuch in der Schäferei befunden hatte.

Es gab weder Tränen noch Gejammer. Die harten Notwendigkeiten ihres Daseins hatten längst die kriegerischen Instinkte der Kolonisten geweckt. Schon gingen die Frauen daran, mit schwarzborstigen Wischern die Läufe der von ihrem angestammten Platz über dem Kamin abgenommenen Gewehre zu reinigen.

Samuel Corwin hatte den Lauf seiner Waffe in eine der Schießscharten geschoben, mit denen das Gebäude wie alle Häuser Neuenglands und besonders die aus den ersten Zeiten reichlich versehen waren. Ein zweites Loch war den Augen vorbehalten. So hatten sie auch beobachtet, wie die Gräfin Peyrac, die Französin, den Indianer erschoß.

Sie warfen ihr einen schnellen, forschenden Blick zu: Sie trug Waffen. Sie war wie die anderen, tüchtig und flink. Der Pastor hatte seinen schwarzen Rock über eine Bank geworfen. Die Lippen über dem Raubtiergebiß geschürzt, bereitete er Pulverladungen vor. Er wartete darauf, daß eine Waffe für ihn frei würde. Angélique reichte ihm Maupertuis' Muskete und nahm die Adhémars, der wie Espenlaub zitterte.

Eins der Kinder begann zu weinen. Mit leiser Stimme wurde es zum Schweigen gebracht.

Die nähere Umgebung war still. Nur das ferne, zuweilen anschwellende Getöse war zu vernehmen wie das Brausen eines stürmischen Meers: der Lärm des Massakers.

Dann drangen dumpfe Detonationen herüber, und Angélique dachte an die kleinen Kanonen der befestigten Kirche. Es war also zu hoffen, daß es einem Teil der Einwohner geglückt war, sich in ihren Schutz zu flüchten.

„Der Ewige wird die Seinen schützen", hob der Pastor an, „denn sie bilden seine Armee ..."

Jemand winkte ihm heftig zu schweigen.

Auf dem Weg lief ein kleiner Trupp Indianer mit brennenden Fackeln vorbei. Sie schienen aus der Schlucht zu kommen und ließen die Schäferei unbeachtet.

Wieder weinte ein Kind. Angélique kam eine Idee. Sie untersuchte einen der großen, leeren Kessel, die offenbar zum Kochen des Käses benutzt wurden, und befahl Rose Ann, sich mit drei der Kleinsten in ihm zu verstecken. Sie wären geborgen wie in einem Nest. Nur dürften sie sich nicht rühren.

Sie legte den Deckel halb wieder auf. In ihrem Schlupfwinkel würden die Kinder weniger erschrecken und von den Kämpfenden nicht herumgestoßen werden.

Wenigstens in dieser Hinsicht beruhigt, kehrte sie zu ihrem Beobachtungsposten zurück.

Vier Indianer waren vor dem Gatter erschienen. Sie hatten den Leichnam des Gefallenen im Hofeingang bemerkt.

Sie sprachen erregt miteinander und sahen zum Haus herüber. Im rötlichen Dämmerlicht des Abends waren ihre mit grellen Kriegsfarben bemalten Gesichter alles andere als erfreulich anzusehen, und Angélique, die Ellbogen an Ellbogen zwischen den bedrohten Weißen stand, spürte, wie ein Schauer der Angst ihr die Haut zusammenzog.

Die Indianer stießen das Gatter auf und überquerten ein wenig gebückt den Hof der Schäferei, wilde, katzenartige Tiere, von Geheimnis und Grauen umgeben.

„Fire!" sagte Corwin halblaut.

Die Salve dröhnte.

Als der Pulverdampf sich verzog, wanden sich drei der Abenakis in Todeszuckungen am Boden; der vierte floh.

Dann setzte der Ansturm ein. Die Wilden kamen aus der Schlucht hinter dem Gebäude, Scharen brauner Gestalten, deren Geheul sich mit dem Dröhnen der Abschüsse mischte.

Die Belagerten in der Schäferei schossen automatisch, reichten die Waffen den Frauen, griffen nach den neugeladenen Musketen, während der Wischer schon durch den heißen Lauf glitt, eine Hand hastig das Pulverhorn kippte und das Schloß des Gewehrs zurückschnappen ließ. Der Pulverdampf brannte in den ausgedörrten Kehlen, der über die Gesichter rieselnde Schweiß schmeckte bitter auf halbgeöffneten Lippen, über die der Atem in rauhen Stößen pfiff.

Angélique warf ihre Muskete beiseite. Keine Munition mehr! Sie nahm ihre Pistolen, überzeugte sich, daß sie geladen waren, füllte ihre Taschen mit kleinkalibrigen Kugeln, stopfte noch eine Handvoll in den Mund, um sie schneller parat zu haben, und befestigte Pulverhorn und Luntenbüchse an ihrem Gürtel, um auch hier keine unnötige Zeit zu verlieren.

Ein Stück des Dachs im Hintergrund des Raums brach ein, und ein Indianer stürzte dicht neben Pastor Partridge zu Boden, der ihn mit einem Kolbenschlag unschädlich machte. Doch schon folgte ein zweiter. Seine Keule traf den zum Glück soliden Schädel des Geistlichen, der ächzend in die Knie ging. Der Wilde packte sein Haar und setzte mit einem Schnitt über die Stirn zum Skalpieren an, als er Angéliques Pistolenschuß mitten in die Brust erhielt.

Vor dem Angriff der Indianer durch das Dach zogen sich die Engländer in die Kaminecke zurück. Angélique stemmte sich gegen den schweren Tisch aus dickem Holz, warf ihn um und schob ihn als Schutzwall, der ihnen allen Deckung gewähren würde, schräg gegen die Mauer. Später würde sie sich fragen, woher sie die Kraft dazu genommen hatte. Es war die Verzweiflung des Kampfes, vermischt mit rasender Wut bei dem Gedanken, in diesem Dorf wildfremder Kolonisten törichterweise in eine Falle getappt zu sein, in der sie ihr Leben verlieren konnte.

Hinter ihrer Deckung hervor hatten die Bauern in zwei Richtungen zu schießen begonnen: zum Hintergrund des Raums, wo die Belagerer durch das Loch im Dach sprangen, und zur Tür, die den Axthieben nicht standgehalten hatte.

Ein wahres Blutbad war die Folge, und wenig hätte gefehlt, daß die Weißen dank ihres konzentrierten Kreuzfeuers in diesem zahlenmäßig ungleichen Kampf Sieger geblieben wären.

Doch ihre Munition ging zu Ende. Eine geschleuderte Axt traf Corwin in die Schulter. Er brach mit einem Aufschrei zusammen.

Sich windend wie eine Schlange, glitt ein Indianer zwischen Mauer und Tischrand, packte den Rock einer Frau, zerrte sie, die sich wie eine Teufelin wehrte, zu sich herüber.

Über den Tischrand hinweg ließ der alte Carter den Kolben seiner Muskete auf jeden auftauchenden Schädel krachen. Als er erneut die Arme hochriß, glitt ihm die scharfe Klinge eines Dolchs zwischen die Rippen. Sich krümmend, taumelte er zurück, ein kleiegefüllter Hampelmann mit schlenkernden Armen.

Plötzlich sprang jemand aus dem Hintergrund, flog, wie ein Tänzer die muskulösen Beine spreizend, über die Köpfe und landete auf der anderen Seite des Tischs zwischen den Engländern.

Es war der Sagamore Piksarett, Häuptling der Patsuikets und einer der größten Krieger Akadiens.

Angélique spürte den harten Griff seiner Hand um ihre Schulter.

„Du bist meine Gefangene", sagte er triumphierend. „Die Schwarze Kutte hat also recht behalten."

Sie ließ ihre nun unnütz gewordenen Waffen fallen. Weil sie ihn kannte, weil sein Nagergesicht mit den listigen Augen ihr von früher vertraut war, sah sie ihn nicht mehr als Feind, weder ihn noch seine Leute. Es waren Abenakis, deren Sprache sie kannte und deren primitive und durchtriebene Gedankengänge sie verstand. Der Feind war ein anderer, Piksarett hatte ihn eben genannt. Und plötzlich erinnerte sie sich des Unbehagens, das sie während des Ritts nach Brunswick Falls empfunden hatte: über das Ungewöhnliche ihres Aufbruchs, ohne Joffrey vorher noch einmal begegnet zu sein, ohne eine Zeile von seiner Hand, nur auf eine von Clovis überbrachte Anweisung hin. Nicht einmal Maupertuis hatte Joffrey vorher gesehen. Ihre vage Unruhe war berechtigt gewesen. Hinter alldem verbarg sich ein fremder Wille, ein dunkler Plan, dessen Urheber der Sagamore nun verraten hatte.

„Habt ihr das Dorf überfallen, nur um mich zu fangen?" schrie sie ihn an. „Hat dir die Schwarze Kutte Befehl dazu gegeben?"

Ihre grünen Augen forderten ihn blitzend heraus. Er starrte sie an. Welche Frau hatte es je gewagt, ihm mit solcher Kühnheit zu trotzen, während der Tod noch über ihr schwebte? Sie kannte wirklich keine Furcht.

„Du bist meine Gefangene", wiederholte er stur.

„Ich will gern deine Gefangene sein, aber du wirst mich weder töten noch der Schwarzen Kutte ausliefern, denn ich bin Französin, und ich habe dir meinen Mantel zum Einhüllen der Gebeine deiner Ahnen gegeben."

Um sie herum wogte noch immer der Kampf. Das wütende Handgemenge erreichte seinen Höhepunkt. Dann war unversehens alles zu Ende. Das Wutgeheul, die schrillen Schreckensschreie der Frauen, die Anfeuerungsrufe der Verteidiger verstummten und machten einer keuchenden Stille Platz, durch die das Ächzen der Verletzten zog.

Carter war skalpiert worden, aber die anderen Europäer lebten, denn den Abenakis kam es vor allem auf die Belohnung für ihre Gefangenen an.

Den Pastor hatte man unter den Leichen einiger Wilder hervorgezogen; mit blutüberströmtem Gesicht hielt er sich mühsam zwischen zwei Kriegern aufrecht.

In einer Ecke erhob sich Jammergeschrei: „Zu Hilfe, Madame, man will mir ans Leben!"

Es war Adhémar, der unter einem umgestürzten Möbel entdeckt worden war.

„Tötet ihn nicht!" rief Angélique. „Seht ihr denn nicht, daß es ein französischer Soldat ist?"

Es war beim besten Willen kaum festzustellen.

Angélique durchlebte Augenblicke der Selbstentrückung, verfolgt von der fixen Idee, unbedingt dieser Falle entkommen zu müssen, in die sie so leichtfertig hineingestolpert war. Die tragische Absurdität der Situation versetzte sie in einen Zorn, der ihre Verteidigungsreflexe intensivierte.

Seit einigen Momenten beherrschte sie ein Gedanke: *Sie kannte die Indianer.* Und diese Kenntnis würde ihr helfen, sich aus ihrer verzweifelten Lage zu retten. Denn es waren Raubtiere, aber Raubtiere konnten gezähmt werden. In der Maghrebwüste hatte Colin Paturel zu Löwen gesprochen und sie sich zu Helfern gemacht ...

Piksarett zögerte noch immer. Angéliques Worte hatten ihn verwirrt. „Ich bin Französin ..." Man hatte ihn nur gelehrt, den Engländer zu bekämpfen. Und andererseits konnte er das außergewöhnliche Ge-

104

schenk jenes Mantels nicht vergessen, das sie ihm für seine Ahnen gemacht hatte.

„Bist du getauft?" fragte er.

„Aber ja doch, ich bin es!" schrie sie gereizt.

In diesem Moment glaubte sie in der eingeschlagenen Tür die Gestalt eines kanadischen Waldläufers zu erkennen, die ihr vertraut schien. Sie rief ihn an:

„Monsieur de l'Aubignière!"

Es war in der Tat Drei-Finger aus Trois-Rivières. Er wandte sich suchend um und kam heran, blutbespritzt, eine kleine indianische Axt mit scharfer Schneide in der Hand. Seine blauen Augen funkelten in seinem von Staub und Pulverdampf geschwärzten Gesicht. Skalpe hingen an seinem bunten Gürtel, von denen Blut in klebrigen, langen Fäden tropfte.

Wie konnte sie diesen Mann beeinflussen, überlisten? Er war ein unbestechlicher Ritter, ein Krieger Gottes vom Schlage der Maudreuil, Loménie, Arreboust, verloren an seinen Traum von Rache und ewiger Seligkeit im Paradies . . .

Er erkannte sie.

„Sieh an! Madame de Peyrac!"

Sie packte ihn am Revers seines Büffelwamses. Er mußte ihr die Wahrheit sagen.

„Pater d'Orgeval hat Euch zum Angriff geführt, nicht wahr? Er wußte, daß ich mich in diesem Dorf aufhielt?"

Er starrte sie verkniffen an und schien nach einer Antwort zu suchen.

„Ihr habt Pont-Briand umgebracht", sagte er endlich, „und Ihr und Euer Gatte zerrüttet Akadien durch Eure Bündnisse. Wir mußten Euch in die Hand bekommen."

Das war es also.

Joffrey! Joffrey!

Man würde sie als Gefangene entführen, die Frau des gefürchteten Herrn von Wapassou, der durch seinen außerordentlichen Einfluß schon über ganz Akadien herrschte. Man würde sie nach Québec bringen. Man würde durch sie auf Joffrey Zwang ausüben. Sie würde ihn nicht mehr wiedersehen.

105

„Maupertuis?" fragte sie keuchend.

„Wir haben ihn und seinen Sohn erwischt. Sie sind Kanadier aus Neufrankreich. An einem Tag wie diesem gehörten sie zu ihren Brüdern."

„Haben sie sich an Eurem Überfall beteiligt?"

„Nein. Über ihren Fall wird in Québec gerichtet werden. Sie haben den Feinden Neufrankreichs gedient . . ."

Wie sollte sie ihn für sich gewinnen? Er war lauter, störrisch, leichtgläubig, schlau, gierig, launenhaft, glaubte an Wunder, an die Heiligen, an die Allmacht Gottes und des Königs von Frankreich, an die Überlegenheit der Jesuiten. Auch er eine Art Erzengel Michael. Er interessierte sich nicht für sie. Er hatte seine Befehle. Und in den Augen der allmächtigen Kuttenträger auch Sünden abzubüßen.

„Glaubt Ihr, daß mein Mann nach alledem Euch helfen wird, Eure Biberfelle in Neuengland zu verkaufen?" rief sie erbittert. „Vergeßt nicht, daß er Euch tausend Livres vorgeschossen und das Doppelte versprochen hat, falls er einen Gewinn erzielt!"

„Pst!" zischte er erblassend und sah sich mißtrauisch um.

„Helft mir aus dieser üblen Lage, oder ich werde auf dem Marktplatz von Québec von Euch sprechen."

„Verständigen wir uns", murmelte er, „es läßt sich noch alles arrangieren. Wir sind abseits vom Dorf. Ich habe Euch nicht gesehen."

Und zu Piksarett gewandt:

„Laß diese Frau gehen, Sagamore. Sie ist keine Engländerin, und ihre Gefangennahme würde uns Unglück bringen."

Piksarett legte seine dunkle, ölige Hand auf Angéliques Schulter.

„Sie ist meine Gefangene", wiederholte er ungerührt.

„Gut." Angélique sprach fieberhaft auf ihn ein. „Ich bin deine Gefangene, ich bestreite es nicht. Aber du wirst mich nicht nach Québec bringen – was hättest du dort schon von mir? ,Sie' werden dir keine Belohnung geben, denn ich bin schon getauft. Bring mich nach Gouldsboro. Mein Mann wird dir das Lösegeld zahlen, das du verlangst."

Es war eine gefährliche Pokerpartie. Die Raubtiere mußten gezähmt, verwirrt, überzeugt werden. Aber sie kannte sie. Gerade die absurdesten Argumente würden in diesen undurchsichtigen, dunklen Gehirnen, die sie für sich gewinnen mußte, ein Echo finden. Es hatte keinen Sinn,

Piksaretts Rechte auf sie zu leugnen. Eher würde er sie mit seinem Tomahawk niederschlagen, um sie zu beweisen, doch sie wußte, daß er eigensinnig, launenhaft und absolut unabhängig von seinen kanadischen Verbündeten war und daß er nun zögerte, weil er sich, da sie schon getauft war, um den Ruhm betrogen fand, eine Seele für das Paradies seiner lieben Franzosen gerettet zu haben, und infolgedessen an der Wichtigkeit seines Fanges zweifelte. Man mußte ihn dazu bringen, sich zu entscheiden, bevor andere Franzosen, die wußten, was mit Madame de Peyrac zu gewinnen war, oder vielleicht gar der schreckliche Jesuit in Person auf dem Schauplatz erschienen. Und außerdem hatte sie in l'Aubignière einen Komplicen.

Brennende Strohwische begannen ihnen auf die Köpfe zu fallen, denn während ihrer Auseinandersetzung hatten Piksaretts Abenakis mit ihren Fackeln methodisch die Schäferei in Brand gesteckt.

„Kommt! So kommt doch!" drängte Angélique und schob sie nach draußen. Sie half einigen der verletzten oder stumpf in ihr Geschick ergebenen Engländer, sich zu erheben. „O mein Gott, die Kinder!"

Sie lief zurück, hob den Deckel von dem großen Kessel und zog die vor Schreck verstummten Knirpse einen nach dem anderen heraus. Die Entdeckung des ungewöhnlichen Verstecks erregte die Heiterkeit der Indianer.

Sie bogen sich vor Lachen, klatschten sich auf die Schenkel und zeigten mit den Fingern auf das groteske Schauspiel.

Die Hitze wurde unerträglich.

Ein Dachbalken brach und krachte in einer Garbe aufstiebender Funken zu Boden.

Über Trümmer und Leichen hinweg stürzten die Verbliebenen in den Hof.

Der Anblick der nahen Bäume, der vom Wald überschatteten Schlucht spornte Angéliques Verlangen zu fliehen unwiderstehlich an. Die Augenblicke waren gezählt.

„Laß mich zum Meer, Sagamore", sagte Angélique zu Piksarett, „oder deine Ahnen werden dir zürnen, weil du so wenig Achtung für mich zeigst. Sie wissen, daß meine besonderen Dämonen es nicht verdienen, so leichtfertig und verächtlich behandelt zu werden. Wenn du mich nach Québec bringst, begehst du einen schweren Fehler. Aber du wirst es nicht bereuen, wenn du mit mir kommst."

Das Gesicht des großen Abenaki verriet den Kampf in seinem Innern. Angélique ließ ihm nicht die Zeit, sich aus dem Widerstreit seiner Gefühle herauszuwinden.

„Sorgt dafür, daß wir nicht verfolgt werden. Bezeugt, daß ich nicht in diesem Dorf war", rief sie Drei-Finger zu, den die Ereignisse und Angéliques keinen Widerspruch duldende Autorität gleichfalls ein wenig um seine Fassung gebracht hatten. „Wir werden Euch dankbar dafür sein. Wißt Ihr, wo mein Sohn Cantor ist? Habt Ihr ihn gefangen?"

„Ich schwöre Euch auf das heilige Sakrament, daß wir ihn nicht gesehen haben."

„Vorwärts also", sagte sie. „Wir brechen auf. *Come on! Come on!"*

„Heda!" rief Piksarett, als er sah, daß sie die überlebenden Engländer der Schäferei um sich versammelte. „Diese gehören meinen Kriegern!"

„Nun, so mögen sie auch mitkommen. Aber nur die Herren der Gefangenen."

Drei befiederte große Burschen stürzten mit Geschrei herzu, doch ein rauher Befehl Piksaretts dämpfte ihren Elan.

Schon hatte Angélique eins der Kinder auf den Arm genommen, zerrte eine Frau mit sich und stieß den bulligen, von dem aus seiner Wunde rinnenden Blut halb geblendeten Pastor vor sich her.

„Adhémar, hierher! Gib diesem Jungen die Hand! Laß ihn nicht los! Nur Mut, Miß Pidgeon!"

Sie lief den Abhang hinunter, wandte dem brennenden Dorf den Rücken, führte sie der Freiheit entgegen wie einst, wie immer, in La Rochelle, im Poitou und früher noch, in der Nacht ihrer Kindheit. Und an diesem Abend war die Seele der alten Sarah in ihr, während der Wald sie aufnahm und sie mit den überlebenden Engländern von Brunswick Falls in das Schweigen der dunklen Bäume tauchte.

Piksarett und die drei Indianer, die die Engländer als ihr Eigentum betrachteten, hatten sich ihnen auf die Fersen gesetzt. Sie folgten ihnen mit großen Schritten, wahrten jedoch Distanz und schienen nicht die Absicht zu haben, sie einzuholen.

Angélique wußte es, spürte es, und je mehr sie sich von der zerstörten Siedlung entfernten, desto weniger fürchtete sie sie, zumal es ihr nicht entging, daß ihre hysterische kriegerische Hochspannung nachließ.

Ihr Verhalten war für die Engländer ein Rätsel, die jedesmal, wenn sie sich umdrehten, die Wilden hinter sich entdeckten und sich verfolgt glaubten.

„Fürchtet nichts", beruhigte sie Angélique, „es sind nur vier statt hundert. Und ich bin bei euch. Sie werden euch nichts Böses tun. Ich kenne sie. Fürchtet nichts. Nur geht, geht, bleibt nicht stehen!"

Piksaretts Gedanken waren ihr so klar und verständlich, als hätte sie sie selbst im Gehirn eines Wilden formuliert.

Kindlich, wie er war, liebte er das Neue, das Ungewöhnliche.

Abergläubisch, amüsierten ihn die besonderen Dämonen Angéliques, aber zugleich setzten sie ihn auch in Schrecken.

Er folgte ihr, beruhigte mit einem Wort seine ungeduldigen Krieger, überaus neugierig zu erfahren, was nun geschehen würde und von welcher Art die boshaften, unbezähmbaren Geister waren, die er als grüne Funken in den Augen der weißen Frau hatte tanzen sehen.

Vom Talboden unter ihnen glitzerte das ruhige Wasser des Androscoggin zwischen den Zweigen zu ihnen herauf. Kanus waren auf den Sand des Ufers gezogen.

Sie schoben sie in den Fluß, kletterten hinein und glitten mit der Strömung dem Meere zu. Angélique lehnte sich aufatmend gegen die Bordwand. Sie war der Schwarzen Kutte entkommen . . .

Sechzehntes Kapitel

Die Nacht ... Am Fuße des Wasserfalls, in der vom Flimmern der Glühwürmchen durchwirkten, vom Rauschen des Falls und dem Quaken der Frösche erfüllten warmen Nacht, suchten die Europäer ein wenig Ruhe zu finden. Sie hatten sich neben den Rindenkanus gelagert. Trotz der Wärme und obwohl sie sich dicht aneinanderdrängten, zitterten sie. Einige beteten, andere stöhnten leise, von ihren Wundschmerzen wach gehalten ...

Sie erwarteten das Morgengrauen.

Stougton und seine Frau waren dabei, dazu die ganze Familie Corwin. Gott sei gelobt! Was gibt es Schrecklicheres, als das eigene Leben zu retten und ein geliebtes Wesen zurücklassen zu müssen? Auch Corwins Gehilfen und die Magd waren ihnen gefolgt.

Rose Ann schmiegte sich fest an Angélique, und auf ihrer anderen Seite wäre Adhémar nur allzu gern ihrem Beispiel gefolgt.

„,Sie' sind da", wisperte er. „Ah, ich hab's immer gewußt, seitdem ich in diesem Land der Wilden bin, daß ich hier eines Tages mein Haar lassen werde!"

Die zarte Miß Pidgeon war ohne einen Kratzer aus dem Kampf davongekommen und hatte es übernommen, den Körper ohne Kopf zu führen, zu dem der Reverend Partridge vorübergehend geworden war, denn abgesehen davon, daß ihn anfangs noch das rinnende Blut geblendet hatte, war er praktisch ohne Bewußtsein und hielt sich gleichsam nur durch die Kraft der Gewohnheit aufrecht. Der letzte Lebensfunke hätte schon in dem mächtigen Mannsleib erlöschen müssen, bevor er zusammengebrochen wäre. Die gute Lehrerin hatte ihm auch bei der ersten sich bietenden Gelegenheit das Gesicht abgewaschen und ihren Schal um die Stirn gewunden. Und im Kanu war es Angélique gelungen, die Tüte mit dem gelben Eisensalzpulver aus ihrem Ledersack zu fischen, das die Eigenschaft hatte, das Gerinnen des Blutes zu unterstützen, und die Blutung hatte nach der Anwendung sehr schnell aufgehört.

110

Von dem Skalpierversuch würde der englische Pastor zweifellos nur eine häßliche Schmarre quer über die Stirn zurückbehalten, die sein Äußeres sicher nicht einnehmender machen würde.

Das mühsame Atmen des Schlafenden füllte die kurzen Pausen der Stille mit rauhen Stößen. Unterhalb des Verbandes war eine Seite seines Gesichts geschwollen, schwarz, übergehend in dunkles Violett. Gut, daß man in der Nacht nicht viel davon sah, denn ohnehin von der Natur nicht gerade begünstigt, war der Pastor nun rundweg scheußlich anzusehen.

Eins der Kinder hatte sich aufgerichtet und schluchzte. Sein weißes Gesichtchen war ein heller Fleck in der Nacht.

„Du mußt schlafen, Mary, versuch zu schlafen", flüsterte Angélique ihr zu. „*You must try to sleep.*"

„Ich kann nicht. Die Heiden starren mich an."

Die vier Abenakis, unter ihnen der große Piksarett, hockten oben am Rande des Wasserfalls und blickten in die dunkle Tiefe, in der ihre unglücklichen Gefangenen ruhten. Im Schein eines kleinen Feuers, das sie angefacht hatten, waren ihre kupfernen Gesichter und funkelnden Schlangenaugen zu erkennen.

Immer wieder mußte Angélique ihre Schützlinge beruhigen.

„Jetzt werden sie uns nichts mehr tun. Wir müssen sie dazu bringen, uns bis zur Küste zu folgen. Dort wird mein Mann, der Graf Peyrac, sie zu unterhalten wissen und ihnen im Austausch für unser Leben und unsere Freiheit schöne Geschenke machen."

Sie starrten sie verblüfft an, und in ihren kalten, fanatischen Puritanerhirnen dämmerte die Ahnung, daß auch sie zu einer anderen, ein wenig erschreckenden, ja in ihrem Sinne sogar ein wenig abstoßenden Menschenart gehören mußte. Diese allzu schöne weiße Frau, die sich mit Indianern unterhielt, ihre Sprache sprach, schien die Gabe zu besitzen, in ihre düstere, scheußlich-heidnische Mentalität einzudringen, um sie sich desto besser gefügig zu machen.

Sie waren sich des Phänomens bewußt, das sie repräsentierte und das Furcht und Verachtung in ihnen weckte, Empfindungen, die auch ihr Verhältnis zu dem alten Shapleigh bestimmten. Aber sie begriffen, daß sie dieser Frau ihr Leben oder zumindest doch ihre Freiheit verdankten.

Ihrer geradezu unanständigen Vertrautheit mit diesen Wilden, ihrer Zungenfertigkeit, ihren heftigen Diskursen in der teuflischen Sprache der Heiden, die ihr geläufig über die schönen Lippen kam, war die Sinnesänderung der Indianer zuzuschreiben. Und dieses Wunders wie auch der Notwendigkeit bewußt, unter ihren Fittichen zu bleiben, suchten die Engländer ihre Andersartigkeit mit der Erklärung zu entschuldigen, daß sie eben Französin sei . . .

Um die Mitte der Nacht stieg Angélique zu den Wilden hinauf, um sie zu fragen, ob sie ein wenig Bärenfett oder Seehundsöl hätten, da sie die Brandwunden des neunjährigen Sammy Corwin behandeln wollte, der vor Schmerzen nicht einschlafen konnte.

Sie übergaben ihr bereitwillig eine Elentierblase mit dem zwar unerfreulich riechenden, aber reinen und heilsamen Öl.

„He! Vergiß nicht, Frau, daß dieser Junge mir gehört", sagte ihr einer der Krieger. „Pflege ihn gut, denn morgen will ich ihn zu meinem Stamm mitnehmen."

„Der Junge gehört seinem Vater und seiner Mutter", erwiderte Angélique. „Man wird ihn dir abkaufen."

„Aber ich habe während des Kampfs meine Hand auf ihn gelegt, und ich will ein weißes Kind in meinem Wigwam haben."

„Ich werde es nicht zulassen", erklärte Angélique mit unerschütterlicher Ruhe. Um den Zorn des Wilden zu beschwichtigen, fügte sie hinzu:

„Ich werde dir andere Dinge geben, damit du nicht um deinen Anteil an der Beute kommst. Morgen werden wir darüber beraten."

Davon abgesehen, verlief die Nacht ohne Zwischenfälle.

Im grauenden Morgen purzelte etwas den mit Gras und Gestrüpp bewachsenen Abhang hinunter, und Wolverine, der Vielfraß, war da und fletschte seine Zähne in einer Grimasse, die diesmal einem Willkommenslächeln ähnelte. Hinter ihm tauchte Cantor auf. Er trug ein englisches Kind in seinen Armen, einen kleinen, dreijährigen Jungen, der im Schlaf an seinem Daumen lutschte.

„Ich hab' ihn neben seiner skalpierten Mutter gefunden", erklärte er. „Sie sagte ihm immer wieder: ,Hab keine Angst. Sie werden dir bestimmt nichts Böses tun.' Als sie sah, daß ich ihn aufhob, schloß sie endlich die Augen und starb."

„Es ist der Sohn Rebecca Turners", sagte Jane Stougton. „Armes Kerlchen! Vergangenes Jahr hat er schon seinen Vater verloren."

Sie verstummte, da die vier Indianer sich näherten. Der, der den Corwin-Jungen für sich gefordert hatte, trat zu Cantor und streckte die Hände nach dem kleinen Kind aus.

„Gib es mir", sagte er. „Ich habe so lange davon geträumt, ein weißes Kind in meinem Wigwam zu haben, und deine Mutter wird mir nie das geben, das ich in Newehewanik gefangen habe. Gib mir dies, das weder Vater noch Mutter, weder Familie noch Heimat hat. Was willst du damit anfangen? Ich werde es mit mir nehmen, werde einen Jäger und Krieger aus ihm machen, es wird glücklich sein. Die Kinder sind glücklich in unseren Hütten."

Er sah Cantor flehend, fast kläglich an.

Piksarett schien ihn während der Nacht nicht ohne Schadenfreude davon überzeugt zu haben, daß Angélique ihm den kleinen Sammy Corwin niemals überlassen, ja daß sie ihn zweifellos für den Rest seiner Tage in ein Elentier verwandeln würde, falls er ihre Entscheidung nicht respektierte. Zwischen der Angst vor einem so traurigen Los und dem Gefühl seines guten Rechts hin und her gerissen, hielt er den Vorschlag, sich mit dem von Cantor geretteten Waisenkind zu begnügen, für einen annehmbaren Ausweg.

Angélique warf ihrem Sohn einen unsicheren Blick zu.

„Was hältst du davon?"

Sie wußte wirklich nicht, was sie tun sollte. Die Vorstellung, daß dieses kleine englische Kind in die Wildnis entführt werden sollte, brach ihr das Herz. Andererseits drängte sie ihr Gefühl für Gerechtigkeit und etwas wie diplomatische Klugheit, die bescheiden vorgebrachte Bitte dieses Abenakikriegers zu erfüllen. Sie hatte sie seit dem Vorabend genug an der Nase herumgeführt. Wenn man ihnen ihre Beute zu sehr streitig machte, konnten sie die Geduld verlieren.

Es quälte sie: Sie konnte es nicht zulassen.

„Was meinst du, Cantor?"

„Warum nicht?" sagte er. „Man weiß, daß weiße Kinder bei den Indianern nicht unglücklich sind. Es ist besser, wir geben den Kleinen hier fort, der ohnehin keine Familie mehr hat, als uns bei nächster Gelegenheit mit eingeschlagenen Schädeln wiederzufinden."

Die Stimme der Weisheit sprach aus seinem Mund.

Angélique wandte sich den Engländern zu, um sich ihrer Reaktion zu vergewissern. Mrs. Corwin preßte ihren Sohn leidenschaftlich an sich, da sie begriff, daß sein Schicksal auf dem Spiel stand, und die anderen ließen durch ihre Haltung erkennen, daß ihnen das künftige Los des kleinen Turner unter den obwaltenden Umständen ziemlich gleichgültig war. Wenn Pastor Partridge bei klarem Verstand gewesen wäre, hätte er vielleicht im Namen des Seelenheils des Kleinen Protest erhoben, aber er hatte noch immer nicht aus seinem stumpfen Zustand herausgefunden.

Natürlich war es richtiger, den verwaisten Jungen ziehen zu lassen, als der glücklich geretteten Familie Corwin ihren Sohn zu entreißen.

„Gib ihn ihm", sagte Angélique halblaut zu Cantor.

Der Indianer begriff, daß er das Ziel seiner Wünsche erreicht hatte, vollführte ein paar freudige Luftsprünge und streckte dann seine kräftigen Pranken nach dem Kleinen aus, der das sich über ihn neigende buntbemalte Gesicht ohne Furcht betrachtete.

Danach nahm der Abenaki hochbefriedigt von seinen Gefährten Abschied und schritt davon, das heidnische Kind, das er der Barbarei seiner Rasse entrissen hatte, zärtlich gegen das Kreuz und die Bärenzahnketten vor seiner Brust drückend.

Cantor berichtete, wie er auf der Suche nach Maupertuis und den Pferden im Walde verdächtige Gestalten bemerkt hatte. Von den Wilden gejagt, war er gezwungen gewesen, bis auf das Plateau hinauf zu flüchten, bevor er sie endlich abschütteln konnte.

Auf einem weiten Umweg zurückkehrend, waren die Geräusche des Kampfes zu ihm gedrungen. Um nicht als Geisel in die Hände der Kanadier zu fallen, hatte er sich unter tausend Vorsichtsmaßregeln genähert und dem Abmarsch der gefangenen Engländer nach Norden beigewohnt. Da seine Mutter sich nicht unter ihnen befand, hatte er daraus geschlossen, daß es ihr gelungen war zu entkommen.

„Bist du nicht auf die Idee gekommen, daß ich hätte umgebracht und skalpiert sein können?"

„O nein", sagte Cantor, als verstehe sich das von selbst.

Er war durch das brennende Brunswick Falls geschlichen und dabei Drei-Finger begegnet. Von ihm hatte er erfahren, daß sich Madame de Peyrac gesund und munter mit einer Handvoll dem Überfall Entkommener auf dem Wege zur Bucht von Sabadahoc befand.

Der Zwischenfall mit dem Kind schien eindeutig zu beweisen, daß die Indianer bis auf weiteres bereit waren, Angélique in Dingen, die sie alle betrafen, eine gewisse Freiheit der Entscheidung zuzugestehen. So seltsam diese Situation wenige Stunden nach dem Überfall der englischen Siedlung auch sein mochte, entsprach sie doch der sprunghaften Mentalität der Wilden.

Angélique hatte sie durch die Kraft ihrer Persönlichkeit von ihrem ursprünglichen Vorhaben abgebracht, und es fehlte nicht viel, daß sie den Grund ihres Angriffs vergessen hätten und was sie hier mit ihr und der Handvoll dummer Engländer überhaupt wollten. Vorläufig interessierte sie nur eins: die Fortsetzung des Abenteuers zu erfahren, das sie ihnen anbot.

Nichtsdestoweniger hielt es Piksarett für geraten, ein wesentliches Prinzip in Erinnerung zu bringen.

„Vergiß nicht, daß du meine Gefangene bist", sagte er und zeigte mit nachdrücklichem Finger auf Angéliques Halsansatz.

„Ich weiß, ich weiß. Ich habe dir schon gesagt, daß ich nichts dagegen einzuwenden habe. Hindere ich dich etwa, dort zu sein, wo auch ich bin? Frag deine Gefährten, ob ich mich wie eine Gefangene benehme, die sich davonmachen möchte?"

Leicht beunruhigt durch die Subtilität ihres Räsonierens, das ihm ein wenig verdächtig, andererseits aber auch recht drollig schien, legte Pik-

115

sarett den Kopf zur Seite, um den Fall gründlicher zu überdenken, und sein schräger Blick funkelte vor Vergnügen, während seine beiden Krieger heftig auf ihn einredeten.

„In Gouldsboro wirst du mich sogar meinem eigenen Mann verkaufen können", fügte Angélique hinzu. „Er ist sehr reich, und ich bin überzeugt, daß er sich großzügig zeigen wird. Jedenfalls hoffe ich's", verbesserte sie sich mit bekümmert zweifelnder Mimik, die das Gelächter der Indianer erregte. Bei der Vorstellung, daß ihr Mann gezwungen sein würde, seine Frau zurückzukaufen, kannte ihre Heiterkeit keine Grenzen mehr.

Es war entschieden sehr unterhaltsam, der weißen Frau vom oberen Kennebec und den Engländern in ihrem Schlepptau zu folgen.

Jeder wußte, daß es kein ungeschickteres Tier als einen Yenngli gab, und die, die sie vor sich hatten, noch unbeholfener als üblich wegen ihrer Angst und ihrer Wunden, ließen keine Gelegenheit vorübergehen, ohne lang im Schlamm hinzuschlagen oder die Kanus beim kleinsten Wirbel zum Kentern zu bringen.

„Ah, diese Yennglis! ... Wir werden uns ihretwegen noch zu Tode lachen", wiederholten die Indianer, sich krümmend. Dann jedoch, um sich zur Abwechslung wieder mal als Herren aufzuspielen:

„Vorwärts, Engländer, beeilt euch! Ihr habt unsere Missionare getötet, unsere Hütten verbrannt, unseren Glauben verhöhnt. Ohne die Taufe der Schwarzen Kutten seid ihr nichts für uns, obwohl eure weißhäutigen heidnischen Vorfahren Götter waren!"

So von ihrem Geschwätz und Geschrei begleitet, erreichte die kleine Karawane am Abend die Bucht von Sabadahoc, wo Androscoggin und Kennebec zusammenfließen.

Nebelschleier verhüllten den Horizont; in ihren feuchten, salzigen Dunst mischte sich verdächtiger Brandgeruch.

Angélique kletterte hastig den Abhang eines kleinen Hügels hinauf.

Kein Segel war in Sicht, kein Schiff war im verschwimmenden Grau der Bucht auszumachen, niemand war zum Rendezvous erschienen.

Feiner Regen begann zu nieseln. Angélique lehnte sich an den Stamm einer Kiefer. Der Ort roch nach Tod und Verlassenheit. Zur Linken bauschte sich ein schwärzlicher Rauchpilz träge gen Himmel. Sheepscott mußte in dieser Richtung liegen, eine englische Siedlung an der Mündung des Androscoggin, wie man ihr gesagt hatte. Dort hatte sie ihre Schützlinge lassen wollen, bevor sie an Bord des Schiffes ging.

Offenbar war Sheepscott niedergebrannt worden. Sheepscott existierte nicht mehr.

Unbezwingliche Angst bemächtigte sich Angéliques; sie spürte, wie ihre Kräfte sie verließen. Sie wandte sich um und bemerkte, daß Piksarett sie beobachtete. Sie durfte ihm ihre Angst nicht zeigen, aber sie konnte einfach nicht mehr.

„Sie sind nicht da", sagte sie ihm, fast verzweifelt.

„Wen hast du erwartet?"

Sie erklärte ihm, daß ihr Gatte, der Herr von Wapassou und Gouldsboro, sie hier mit einem Schiff hätte treffen sollen. Sie alle wären mit ihm nach Gouldsboro gefahren, wo er, Piksarett, die schönsten Perlen und das beste Feuerwasser der Welt bekommen hätte.

Der Wilde schüttelte betrübt den Kopf und schien aufrichtig an ihrer Enttäuschung und Sorge teilzunehmen. Unruhig musterte er die nähere Umgebung.

Indessen waren Cantor und die Engländer, von den beiden anderen Indianern gefolgt, langsam den Hügel heraufgestiegen. Trübselig und müde ließen sie sich unter den Kiefern nieder, um sich gegen den Regen zu schützen. Angélique erläuterte ihnen die Situation. Die drei Indianer begannen heftig aufeinander einzureden.

„Sie sagen, die Sheepscottindianer seien ihre schlimmsten Feinde", erklärte Angélique den Engländern. „Sie selbst sind aus dem Norden, Wonolanzets ..."

Sie wunderte sich nicht. Sie kannte die ewigen Streitigkeiten der Stämme untereinander, die dazu führten, daß sie bei Betreten fremden Gebiets, oft nur wenige Meilen von ihren Dörfern entfernt, ihr Leben riskierten, falls sie nicht in größerer Zahl und bewaffnet waren.

„*It just doesn't matter*", murmelte Stougton entmutigt. „Sheepscotts oder Wonolanzets, für uns ändert sich da nichts. Die einen wie die andern werden uns skalpieren. Wir hätten uns den Weg hierher sparen können. Unsere Stunde ist nahe."

Die stumme Meereslandschaft schien eine geheime Drohung zu verbergen. Hinter Baumgruppen oder Felsen konnten jeden Moment Indianer mit geschwungenen Tomahawks auftauchen, und schon zeigten sich Piksarett und die Seinen nicht weniger besorgt als ihre Gefangenen.

Angélique bemühte sich, ihre Angst zu überwinden.

„Nein, nein, sie sollen mich nicht unterkriegen", sagte sie sich und ballte die Fäuste, ohne recht zu wissen, an wen sie ihre Herausforderung richtete.

Sie mußten vor allem diese von kriegerischen Indianerhorden verseuchte Küste verlassen und um jeden Preis Gouldsboro zu erreichen versuchen. Vielleicht gab es andere Dörfer in der Nähe, vielleicht ließ sich dort ein Schiff auftreiben.

Gouldsboro! Das Fort Joffrey de Peyracs. Ihr Besitz. Ihre Zuflucht. Doch wie weit war es entfernt!

Vor nicht ganz vierundzwanzig Stunden erst hatte die alte Sarah Williams Angéliques Gesicht zwischen ihre Hände genommen und ihr gesagt: „Amerika! Ihr liebt es! Rettet es!"

Eine letzte, ein wenig närrische Botschaft, denn der Tod lauerte schon am Waldsaum, schickte sich an, sich auf sie zu stürzen.

War es eine Angst dieser Art, die Angélique an diesem nach Algen, Nebel und Blut riechenden Abend bedrückte?

Piksarett legte plötzlich eine Hand auf ihre Schulter und wies auf zwei menschliche Gestalten, die den Uferpfad entlangkamen. Für einen Moment stieg Hoffnung in ihr auf, doch dann erkannte sie an seinem spitzen Hut den alten Medizinmann Shapleigh, dem sein Indianer auf den Fersen folgte.

Sie lief ihm entgegen, um sich zu informieren. Er sagte ihr, daß er von der Küste komme und daß die Sheepscotts dort alles niedergebrannt hätten. Ob er ein Schiff gesehen habe? Nein.

Die mit dem Leben davongekommenen und nicht in Gefangenschaft geratenen Kolonisten hätten sich mit ihren Booten auf die Inseln geflüchtet.

Die Verzweiflung der Leute von Brunswick Falls und Angéliques

Bitte, ihnen zu raten, veranlaßten ihn schließlich zu dem reichlich widerwillig und mit allerlei wilden Grimassen geäußerten Vorschlag, sie zu einer Hütte zu führen, die er, etwa zehn Meilen entfernt, an der Bucht von Casco besaß. Dort könnten sie sich fürs erste ausruhen, ihre Wunden pflegen und im übrigen die Ankunft des Schiffes abwarten, falls es überhaupt eintraf.

Anfangs war die Mehrzahl der Flüchtlinge wenig geneigt, den Ort des Rendezvous zu verlassen – konnte das Schiff nicht schon in der nächsten Stunde aus dem Nebel auftauchen? –, aber die Aussicht, eine ganze Nacht bei diesem Wetter ungeschützt im Freien verbringen zu müssen, bewog sie endlich doch, sich, von Shapleigh geführt, auf den Weg zu machen, zumal Piksarett Angélique versprach, den Küstenstrich im Auge zu behalten. Er selbst und seine Abenakis hielten es in Anbetracht der Nähe ihrer Sheepscottfeinde für besser, sich vorübergehend von dem allzu auffälligen und schwer beweglichen Trupp zu trennen und im Wald zu bleiben. So, wie die Dinge lagen, waren ihnen ihre Gefangenen ohnehin sicher.

Siebzehntes Kapitel

Joffrey de Peyrac hob jäh den Kopf.

„Was? Was sagt Ihr da?"

Durch den Zimmermann Jacques Vignot, der ihm mit einigen Ballen Handelsware zum Kap Small in der Nähe Pophams nachgekommen war, wo sich der Graf seit zwei Tagen mit Saint-Castine aufhielt, hatte er eben wie beiläufig erfahren, daß Madame de Peyrac mit ihrem Sohn nach Brunswick Falls aufgebrochen war, um die kleine Engländerin ihrer Familie zurückzubringen.

„Wann hat sich die Frau Gräfin zu diesem seltsamen Schritt entschlossen?"

„Ein paar Stunden nach Eurem eigenen Aufbruch, Monsieur. Am gleichen Tag . . ."

119

„Hat sie denn meine Botschaft nicht erhalten, durch die ich sie wissen ließ, daß ich vermutlich einige Tage abwesend sein würde, und sie bat, geduldig im Handelsposten des Holländers auf mich zu warten?"

Vignot wußte nichts davon. „Was für ein Leichtsinn!" dachte Peyrac. „Bei all diesen Kriegsgerüchten . . ." Der Posten des Holländers war eine Art befestigtes Lager . . . keinerlei Risiko. Aber sich ins Innere des Landes zu wagen, fast ohne Eskorte . . .

„Wer begleitet sie?"

„Die beiden Maupertuis."

„Was für eine verrückte Idee!" rief er zornig aus.

Innerlich wetterte er gegen Angélique, unfähig, eine tiefsitzende Angst zu unterdrücken.

Wirklich, was für eine Idee! Es war unfaßbar. Sie tat einfach, was ihr paßte. Wenn er sie wiedersah, würde er ihr gehörig die Meinung sagen und ihr klarmachen, daß trotz ihrer privilegierten Stellung das Gebiet für sie durchaus nicht sicher war, schon gar nicht westlich des Kennebec.

Er rechnete, völlig die Gegenwart Saint-Castines vergessend, der neben ihm saß und an seiner Pfeife sog. Drei Tage waren seit seinem eigenen Aufbruch zur Küste und dem offenbar gleichzeitigen Angéliques zur Grenzsiedlung verstrichen. Wo mochte sie sich jetzt befinden?

Der unablässig fallende Regen, dichter Nebel und die Äquinoktialgezeiten mit ihren reißenden Strömungen hatten die Teilnehmer des Treffens, Europäer und Indianer, soweit sie für die Anreise auf den Wasserweg angewiesen waren, am rechtzeitigen Eintreffen gehindert.

Mateconando, der Oberhäuptling der Tarratinen, wünschte jedoch, alle seine Leute um sich versammelt zu sehen. So hatte man die Wartezeit zu Vorbesprechungen genutzt.

Heute morgen hatten sich nun auch die letzten eingestellt, die dem Ruf des Barons de Saint-Castine zuweilen nicht ohne Gefahr gefolgt waren, um Peyrac zu begegnen: Indianer der wichtigsten Stämme der

Region, aber auch eine Anzahl verstreut lebender Weißer, denen es ohne Ansehen ihrer unterschiedlichen Nationalitäten und der zwischen ihren Heimatländern herrschenden Streitigkeiten nur darauf ankam, gemeinsam mit dem Herrn von Gouldsboro über ihre gefährdete Situation zu beraten.

Es waren englische Händler vom Oyster-River, aus Wiscanet, Thomaston, vom Saint-George oder Leiter kleiner Handelsniederlassungen in den Fjorden der Muscongusbucht, am Damariscotta und in der Mündung des Kennebec, etwa zwanzig an der Zahl. Dazu ihre feindlichen Nachbarn, mit denen sie, wenn sie sich nicht gerade gegenseitig die Schädel einschlugen, Küchenutensilien und die Milch der raren Kühe tauschten: französische Akadier, Bauern oder Fischer, ein Dumaresque oder Galatin von der Schwaneninsel, die Blumen, Schafe und Kartoffeln zogen. Auch Holländer aus Campden waren dabei und sogar ein alter, weißhaariger Schotte von der Moneganinsel, der abgelegensten des Golfs, ein gewisser MacGregor, begleitet von seinen drei Söhnen, deren buntkarierte Tartanplaids drüben auf der anderen Seite des Kaps im Winde flatterten.

Den Engländern und Holländern hatte der Staat Massachusetts ausdrücklich empfohlen, sich an den Grafen Peyrac zu wenden, falls sie eines Tages in ihren einsamen Niederlassungen an der wilden, von Franzosen und blutdürstigen Indianern heimgesuchten Küste von Maine, wohin sich ohnehin nur halbe Narren wagten, Schutz brauchen sollten.

Die Akadier waren dem Beispiel des Barons de Saint-Castine gefolgt.

Die Schotten wiederum folgten nur ihrem eigenen Kopf.

Kurz, sie waren alle da, und das zeremonielle große Palaver hatte endlich beginnen können.

Peyrac hatte sich mit seiner spanischen Leibgarde in Brustharnischen und stählernen Helmen umgeben. Saint-Castine begleitete ihn.

Mateconando kam seinem Gast in einem prächtigen Gewand aus mit Muscheln und Stachelschweinborsten besticktem Wildleder entgegen. Auf seinem langen, fettigen, mit Seehundsöl gesalbten Haar thronte ein flacher, runder Hut aus schwarzem Atlas mit schmaler Krempe, geschmückt mit einer weißen Straußenfeder, die wenigstens hundert Jahre alt war.

121

Einer seiner Vorfahren hatte sie von Verrazano selbst erhalten. Der florentinische Forschungsreisende im Dienste des Königs Franz I. von Frankreich war hier mit seinem Hundertfünfzig-Tonnen-Schiff gelandet und einer der ersten gewesen, der dieses Land der Schönheit seiner Bäume wegen Arkadien nannte. Ein wenig abgeschliffen, war ihm dieser Name in der Folge geblieben.

Die lilienhafte Reinheit der kaum vergilbten Feder auf dieser Kopfbedeckung eines Hofkavaliers des 16. Jahrhunderts bezeugte die Sorgfalt, mit der die ansonsten so schmutzigen und liederlichen Indianer die Reliquie aufbewahrt hatten. Der Oberhäuptling trug sie nur bei besonders feierlichen Gelegenheiten.

Der Graf hatte ihm als Geschenk einen mit Gold und Silber damaszierten Degen, mehrere Etuis mit Rasiermessern, Messern und Scheren sowie zehn Scheffel blauer Glasperlen überreicht.

Als Gegengabe erhielt er von Mateconando einige perlmutterne Muschelschalen und eine Handvoll Amethyste.

Eine symbolische Geste der Freundschaft.

„Denn ich weiß, daß du nicht nach Pelzwerk gierst, sondern unser Bündnis suchst."

„Versteht", hatte Saint-Castine zuvor gesagt, „ich will meine Indianer aus diesen Kriegen heraushalten, sonst werden diese Menschen in wenigen Jahrzehnten nicht mehr existieren."

Der große Häuptling der Tarratinen warf dem Baron einen bewundernden Blick zu. Der kaum mittelgroße, aber unglaublich kraftvolle, behende, ausdauernde und sensible Mann hatte sich durch seine Loyalität die Ergebenheit aller Küstenstämme gewonnen.

„Ich werde ihn zu meinem Schwiegersohn machen", vertraute Mateconando Peyrac an, „und später wird er mir als Oberhaupt der Etscheminen und Mic-Macs folgen."

Das und das folgende Palaver waren am Vormittag gewesen. Dann hatte sich Peyrac mit Saint-Castine unter das für ihn errichtete Rindenschutzdach zurückgezogen, und bald darauf hatte ihm der eben eingetroffene Vignot die Nachricht von Angéliques Eskapade überbracht. Der Gedanke an sie ließ ihn von neuem innerlich gegen die Frauen wüten, deren zuweilen charmante, aber häufig zur denkbar ungeeignetsten Zeit auftretende Launen die Pläne der Männer nur unnötig komplizierten.

Wo mochte sie heute sein? War sie nach Hussnock zurückgekehrt, oder hatte sie, ihrer zuvor besprochenen Absicht entsprechend, inzwischen auf dem Androscoggin die Mündung des Kennebec erreicht, wo Corentin Le Gall sie mit dem kleinen Schiff *Le Rochelais* erwarten sollte? ...

Im Zweifel entschloß er sich, seinen Stallmeister, den Bretonen Yann Le Couénnec, rufen zu lassen. Mit einem entschuldigenden Wort zu Saint-Castine kritzelte er sodann ein paar Zeilen auf ein Stück Pergament, wozu ihm einer seiner spanischen Soldaten ehrerbietig das Tintenhorn hielt.

Als der Bretone erschien, reichte er ihm die Botschaft und fügte mündlich seine speziellen Instruktionen hinzu.

Nach Überprüfung seiner Waffen und seines Schuhzeugs habe er sich schnellstens zur Niederlassung des Holländers auf den Weg zu machen. Wenn er Madame de Peyrac dort anträfe, sollten sie ihr Gepäck zusammenpacken und hier zu ihm stoßen. Falls sie jedoch noch nicht aus Brunswick Falls zurückgekehrt sei, sollte er, Yann, sich ebenfalls dorthin begeben und versuchen, Madame de Peyrac um jeden Preis aufzustöbern, wo sie sich auch befinde, und sie auf kürzestem Weg nach Gouldsboro geleiten.

Der Mann nickte, grüßte und entfernte sich, und während sein Blick ihm noch folgte, kehrten Peyracs Gedanken zu Angélique zurück.

„Hoffentlich ist ihr nichts geschehen", grübelte er. „Ich hätte sie mit mir nehmen müssen. Saint-Castine hat mir keine Zeit gelassen. Ich darf mich niemals von ihr trennen, keinen Augenblick ... Meine köstliche, meine närrische Geliebte! ... Sie hat zu lange ein freies Leben geführt. Sobald man sie sich selbst überläßt, erwacht ihre Unabhängigkeit von neuem. Ich muß ihr die Gefahren, die uns umgeben, begreiflich machen. Diesmal werde ich in allem Ernst mit ihr reden ... Aber nun zu Saint-Castine. Er hat lange genug gewartet."

Achtzehntes Kapitel

Es hatte aufgehört zu regnen, aber Nebelfetzen zogen über das Kap, in denen die Lagerfeuer längs der Küste wie große, voll aufgeblühte rote Orchideen zitterten. Jedes Licht war von einem fahlen Hof umgeben.

Mit Einbruch der Dämmerung war das Brausen des Meeres tiefer geworden, übertönt vom Kreischen der Kormorane, die in ganzen Schwärmen in die Mündung einflogen.

„Es hat draußen Sturm gegeben", sagte der Baron, ihrem Flug mit den Blicken folgend. „Diese geflügelten Piraten suchen den Schutz des Festlands nur, wenn sie sich wegen des stürmischen Wellengangs nicht aufs Wasser niederlassen können."

Er sog die Luft in tiefen Zügen ein und seufzte, als er in ihr die zarten Gerüche des Waldes wahrnahm. Der Sommer würde kommen, und das bedeutete hier auch das Nahen der schlimmsten Sorgen.

„Bald werden wir wieder die Kabeljaufischer aller Nationen auf dem Halse haben", sagte er, „von den Seeräubern aus Santo Domingo ganz zu schweigen. Die Pest sollen diese Burschen kriegen! Wenn sie unsere armseligen Schiffe plündern, die aus Frankreich Waren für unsere akadischen Niederlassungen bringen, riskieren sie weniger als bei den schwerbewaffneten Spaniern. Dabei sind die Schiffe ohnehin schon spärlich genug. Fehlt gerade noch, daß sie uns vor der Nase weggeschnappt werden. Eine dreckige Sippschaft, diese Flibustier aus Jamaika."

„Goldbart?"

„Den kenne ich noch nicht."

„Ich glaube, ich habe von ihm gehört, als ich im Karibischen Meer war", erinnerte sich Peyrac. „Während meiner letzten Reise dorthin. Unter den Abenteurern sprach man von ihm als einem guten Seemann, einer Führernatur . . . Er hätte besser daran getan, auf den Inseln zu bleiben."

„Gerüchte besagen, er sei ein französischer Korsar, der kürzlich in

124

Frankreich einen Kaperbrief erhalten habe, um im Sold einer zu diesem Zweck gegründeten Gesellschaft die französischen Hugenotten zu bekämpfen, wo immer er sie finde. Das würde den Angriff auf Eure Leute in Gouldsboro erklären und paßte nicht übel zur Politik unserer Administration in Paris. Als ich zum letztenmal dort war, konnte ich beobachten, daß man mehr und mehr aufs Zeichen des Kreuzes setzt, um Karriere zu machen, was unsere Aufgabe in Akadien besonders kompliziert."

„Ihr meint, man solle sich lieber daran erinnern, daß die ersten Begründer der Kolonie dem protestantischen Glauben angehörten ..."

„Und daß der sehr katholische Champlain anfangs nur der Kartograph Pierre de Guasts, eines notorischen Hugenotten, war."

Sie lächelten einander zu. Sie waren glücklich zu spüren, daß sie sich aufs erste Wort in allem verstanden.

„Diese Zeiten sind fern", sagte Saint-Castine.

„Und sie entfernen sich mehr und mehr ... Eure Information interessiert mich, Baron. Ich verstehe nun besser, warum dieser Pirat Gouldsboro attackiert, obwohl es so versteckt liegt. Wer kann ihm den Hinweis gegeben haben, wenn es sich wirklich um eine heilige Mission gehandelt haben sollte?"

„Neuigkeiten verbreiten sich schnell. Es gibt hier keine drei Franzosen auf hundert Meilen, aber wenigstens einer von ihnen spioniert für den König – und die Jesuiten."

„Vorsicht, mein Sohn."

„Ihr lacht? Mir ist nicht nach Lachen zumute. Ich möchte hier mit meinen Etscheminen und Mic-Macs in Frieden leben. Die Leute aus Paris und die Korsaren in ihrem Sold haben kein Recht, hierherzukommen. Sie sind nicht aus der Bucht. Die baskischen Walfänger oder die Fischer aus Saint-Malo, die unsere Küsten mit ihren dörrenden Kabeljauen verpesten, sind mir da schon lieber. Sie kommen schon seit fünfhundert Jahren her und haben hier sozusagen Bürgerrecht. Nur ihr Schnaps und ihre Ausschweifungen mit den Indianermädchen ... O lala! Eine wahre Katastrophe! ... Alles in allem ziehe ich ihnen die Bostoner Schiffe noch vor, mit denen man wenigstens Eisenwaren und Stoffe tauschen kann. Aber es gibt zuviel von ihnen."

Mit einer Bewegung umfaßte er den ganzen Horizont.

„Hunderte ... Hunderte von englischen Schiffen, überall, überall. Gut bewaffnet, gut ausgerüstet. Und weiter im Süden Salem mit seinen Anlagen zum Dörren der Fische – und dann das Schiffspech, der Teer, Terpentin, Häute, Walfischbarten, Wal- und Seehundsöl ... Achtzig- bis hunderttausend Zentner Öl gewinnen sie jährlich ... Es stinkt, aber es bringt was ein. Und von mir fordert man, das französische Akadien mit meinen vier Kanonen, meinem zwanzig mal sieben Meter großen Fort aus Holz und dreißig Ansässigen für den König zu erhalten und den englischen Fischern mit meinen fünfzehn Schaluppen Konkurrenz zu machen."

„Ihr seid nicht gerade arm", sagte Peyrac. „Man erzählt sich, daß Eure Pelzgeschäfte ausgezeichnet gehen."

„Schön, ich geb's zu, sie haben mir schon viel eingebracht. Aber das ist meine Angelegenheit ... Und wenn ich reich sein will, dann nur, um meinen Indianern zu helfen, um dafür zu sorgen, daß es ihnen bessergeht. Die Etscheminen bilden den Hauptteil meiner Stämme, aber ich habe auch Mic-Macs vom Stamm der Tarratinen. Es sind Surikesen aus Kanada, die gleichen wie die in der Cascobucht, mit den Mohikanern verwandt. Ich spreche alle ihre Dialekte, fünf oder sechs ... Etscheminen, Wawenoks, Penobscots, Kanibas, Tarratinen, das ist mein Haufen, die besten unter den Abenakis. Für sie will ich reich sein, um sie zu zivilisieren, zu schützen ... Ja, zu schützen, diese verrückten, bewundernswerten Krieger."

Er sog mehrmals an seiner Pfeife, und von neuem hob er den Arm und wies nach Westen in die schaumgesäumte Dunkelheit.

„Dort drüben, in der Cascobucht, besitze ich eine Insel, die ich den Engländern vor kurzem abgenommen habe. Nicht nur, weil ich sie von dort verjagen wollte, sondern weil diese Insel eine Legende hat. Sie liegt an der Mündung des Presumpscot in den Gewässern von Portland, südlich der Cascobucht. Seit frühesten Zeiten ist sie für alle Mohikaner, Surikesen und Etscheminen der Ort eines uralten Paradieses gewesen, denn, so sagen sie, ‚wenn du einmal auf dieser Insel geschlafen hast, wirst du nie mehr derselbe sein wie zuvor'. In den Händen englischer Bauern seit mehreren Generationen, litten die Indianer darunter, nicht mehr zu ihren Festen dort zusammentreffen zu können, wenn die Augusthitze das Hinterland unerträglich macht. Also habe ich sie erobert und den Indianern zurückgegeben. Ihre Freude und Begeisterung könnt Ihr Euch nicht vorstellen. Aber was nützen alle Bemühungen, wenn der Frieden nicht gewahrt bleibt!"

„Glaubt Ihr, daß der Frieden bedroht ist?"

„Ich glaube es nicht nur, ich bin dessen sicher. Deshalb habe ich so auf das schnelle Zustandekommen Eurer Begegnung mit Mateconando gedrängt. Vor ihm konnte ich heute vormittag nicht so offen von meinen Sorgen sprechen wie jetzt mit Euch ... Ja, seit dem Vertrag von Breda geht es so lala. Ich hatte schon etwas organisiert: Alle Engländer, die an der Küste zwischen Sabadahoc und Pemaquid und noch weiter bis zur Französischen Bucht hinauf Handel treiben wollten, hatten der Uferbevölkerung Tribut zu entrichten. Auf diese Weise vergaß man, daß der Staat Massachusetts durch den Vertrag das Aufsichtsrecht erhalten hatte. Aber der Frieden wird gebrochen werden. Pater d'Orgeval, dieser Kreuzritter vergangener Zeiten, hat schon die Abenakis des Nordens und Westens um sich versammelt. Sie sind Söhne der Wälder und fast ebenso zu fürchten wie die Irokesen. Und wer könnte schon mit dem großen Piksarett, ihrem Häuptling, fertig werden, dem besten Christen, den je ein Missionar in diesem Land getauft hat? Schrecklich! ... Der Krieg steht unmittelbar bevor, Monsieur de Peyrac."

Immer mehr wuchs sich das Gespräch zu einem Monolog Saint-Castines aus.

„Pater d'Orgeval will ihn und hat ihn bestens vorbereitet. Ich bin überzeugt, er ist mit Befehlen und Anweisungen des Königs von Frankreich selbst herübergekommen, um den Konflikt mit den Engländern neu in Gang zu bringen. Es scheint ins Konzept unseres Souveräns zu passen. Und man muß zugestehen, daß dieser Geistliche der beste Politiker ist, den wir bisher in diesen Gegenden gehabt haben. Ich weiß, daß er einen seiner Vikare, den Pater Maraicher de Vernon, in geheimer Mission nach Neuengland und bis nach Maryland entsandt hat, um dort Vorwände für den Bruch des Waffenstillstands zu suchen, und zweifellos wartet er nur auf dessen Rückkehr, um die Offensive zu entfesseln. Und vor nicht langer Zeit erhielt ich den Besuch des Paters de Guérande, der mich aufforderte, mich mit den Stämmen meiner Freunde ihrem Kreuzzug anzuschließen. Gewiß, ich bin französischer Edelmann, Offizier und Kriegsmann, aber ..."

Er schloß plötzlich schmerzlich die Augen.

„Ich kann das nicht mehr sehen."

„Was?"

„Dieses Blutbad, diesen Opfergang, dieses ewige Hinschlachten meiner Brüder, diese unverzeihliche Ausrottung ihrer Rasse."

Als er „meine Brüder" sagte, war es Peyrac bewußt, daß er von den Indianern sprach.

„Klar, es ist ganz einfach, sie in einen Krieg hineinzulocken. Sie begeistern sich so schnell und sind leicht zu täuschen. Ihr wißt genausogut wie ich, Monsieur, daß unversöhnlicher Haß gegen ihre Feinde und vor allem gegen die Feinde ihrer Freunde die größte Leidenschaft der Wilden ist, eine Art Ehrenkodex. Ihre Natur läßt sie nicht in Frieden leben. Aber ich habe schon zu viele von ihnen, die ich liebte, sterben sehen, und für welches Ziel? Ihr werdet verstehen, was ich sonst niemand sagen kann ... Wir sind hier zu weit von der Sonne entfernt. Ihr begreift, was ich meine? Wir können den König von hier aus nicht aufklären. Wir sind vergessen, allein ... Die Regierung des Königreichs erinnert sich unser nur, wenn es sich darum handelt, ihren Anteil vom Pelzhandel einzustreichen oder von uns Truppen gegen die Engländer für die Jesuiten und ihre heiligen Kriege zu fordern. Aber es ist nicht wahr, daß wir Frankreich gehören. Niemand hier in Akadien gehört jemand. Auf all diesen Inseln, diesen Halbinseln, in all diesen Buchten und versteckten Winkeln leben nur freie Menschen. Franzosen, Engländer, Holländer, Nordländer, Fischer oder Händler, wir alle sitzen auf derselben Galeere: Pelze und Kabeljau, Tauschhandel und Küstenschiffahrt. Wir sind Bürger der Französischen Bucht, Bürger der Küsten des Atlantiks. Mit den gleichen Interessen, den gleichen Bedürfnissen. Wir müssen uns unter Eurer Führung zusammentun!"

„Warum unter meiner?"

„Weil es außer Euch niemand gibt", sagte Saint-Castine mit Überzeugung. „Nur Ihr seid stark genug, unverletzlich. Wie soll ich's Euch klarmachen? Wir wissen, daß Ihr ein Freund der Engländer seid, und trotzdem bin ich sicher, daß Ihr die ganze Gesellschaft in Québec in die Tasche stecken würdet, wenn Ihr Euch dorthin begäbt. Und außerdem... Wir Kanadier sind zweifellos mutig und einigermaßen klar von Verstand, aber uns fehlt etwas, das Ihr habt: der Sinn für Politik. Einem Pater d'Orgeval gegenüber wiegen wir nicht schwer. Nur Ihr... Ihr allein könnt ihm die Stirn bieten."

„Die Jesuiten sind ein mächtiger Orden, der mächtigste von allen", sagte Peyrac mit ausdrucksloser Stimme.

„Auch Ihr seid mächtig!"

Joffrey de Peyrac wandte ein wenig den Kopf, um seinen Gesprächspartner beobachten zu können. Ein mageres, jugendliches Gesicht, aufgezehrt von brennenden, bläulich umschatteten Augen, die ihm etwas Feminines verliehen. Vielleicht fand man deshalb, daß er den Indianern ähnelte, in deren bartlosen Gesichtern sich häufig Anzeichen einer gewissen Zweideutigkeit erkennen ließen. Bei ihm war es die Verfeinerung eines alten Geschlechts, in dem sich Iberer, Mauren und, wie es hieß, frühe asiatische Vorfahren mischten. Ähnliches Blut floß in den Adern Peyracs, der seine bei einem Gaskogner ziemlich seltene hochgewachsene Gestalt der englischen Abstammung seiner Mutter verdankte.

Der Baron de Saint-Castine sah halb ängstlich, halb erwartungsvoll zu dem Älteren hinüber.

„Wir sind bereit, uns unter Eurem Banner zu sammeln, Monsieur de Peyrac..."

Peyrac fuhr fort, ihn zu beobachten, prüfte ihn, als habe er ihn nicht gehört. Durch diese junge Stimme, die der Akzent Guyennes, ihrer Heimatprovinz, färbte, vertraute sich ihm also ein ganzes Volk an.

„Versteht mich doch!" fuhr die Stimme fort. „Wenn der Krieg fortgesetzt wird und immer von neuem ausbricht, wird er uns alle verschlingen. Und zuerst die Verletzlichsten, unsere Indianer, unsere Freunde, unsere Brüder, unsere Verwandten... Ja, unsere Verwandten, denn jeder von uns in Akadien hat einen Schwiegervater, hat Schwäger, Schwägerinnen, Vettern drüben im Wald. Es muß gesagt werden. Wir sind ihnen verbunden durch das Blut der indianischen Frauen, die wir geliebt und geheiratet haben. Und bald werde ich selbst Mathilde, meine kleine indianische Prinzessin, heiraten. Ah, welch ein Schatz, Monsieur, ist dieses Kind . . ."

Für einen Moment glitt ein Lächeln über seine Züge.

„Aber sie werden alle sterben, wenn wir sie nicht vor ihren kriegerischen Gelüsten schützen! Denn eines Tages werden die Engländer es müde werden, sich abschlachten zu lassen. Die Engländer unserer Küsten lieben den Krieg nicht. Ihr Zorn ist nicht so leicht zu wecken. Sie hassen nur die Sünde. Es braucht noch viele Skalpe an den Gürteln der Abenakis, bevor sie sich entschließen, sich zusammenzutun und zu den Waffen zu greifen. Aber dann bewahre uns Gott! Es dauert eine Weile, bis sie bereit sind, Ernst zu machen, aber wenn es soweit ist, führen sie Krieg, wie sie ihre Felder beackern . . . gründlich, methodisch, ohne Leidenschaft, ohne Haß . . . wie eine Pflicht, eine religiöse Pflicht. Sie werden das Land säubern, das der Herr ihnen gegeben hat . . . Sie werden meine Etscheminen und Surikesen ausrotten bis zum letzten Mann, wie sie vor vierzig Jahren die Pequots und vor kurzem die Narrangasetts ausgerottet haben . . . Bis zum letzten Mann, sage ich Euch, bis zum letzten Mann!"

Er schrie fast.

„Natürlich habe ich versucht, es denen in Québec zu erklären. Vergebens. Sie sagen, die Engländer seien Feiglinge, man müsse sie ins Meer jagen, müsse die Küsten Amerikas von dem ganzen heidnisch-protestantischen Gesindel säubern . . . Vielleicht stimmt's. Die Engländer sind Duckmäuser, aber sie sind auch zähe und dreißigmal zahlreicher als unsere Kanadier, und die Angst kann sie in furchtbare Gegner verwandeln. Ich kenne sie, ich habe genug mit ihnen zu tun gehabt. Niemand kann mir vorwerfen, ein schlechter Offizier des Königs von Frankreich zu sein. Mehr als hundert englische Skalpe trocknen an den Wänden meines Forts in Pentagouët, die ich mit meinen Indianern bei unseren Kämpfen gegen die Niederlassungen der Bucht gesammelt habe. Vor zwei Jahren sind wir fast bis Boston vorgestoßen. Wenn unser König uns nur ein einziges Kriegsschiff geschickt hätte, hätten wir die Stadt erobert. Aber er tat nichts für ‚sein' französisches Akadien . . ."

Er schwieg außer Atem.

Dann fuhr er bittend fort:

„Ihr werdet es doch tun, nicht wahr, Monsieur? Ihr helft uns? Ihr werdet mir helfen, meine Indianer zu retten?"

Peyrac hatte die Stirn in die Hand gestützt; er verbarg seinen Blick.

Es schien ihm, als habe er noch niemals zuvor so sehr nach Angéliques Nähe verlangt.

Wäre sie nur hier! Könnte er sie nur neben sich fühlen! Eine sanfte, barmherzige, weibliche Gegenwart. Schweigsam, wie nur sie es zuweilen sein konnte, auf eine subtile und geheimnisvolle Weise, die nur ihr eigen war.

Verständnisvoll in ihrem Schweigen. Mitfühlend.

Mit klarem Blick auch.

Seine Frau machte durch ihre Gegenwart alle heraufbeschworenen Verbrechen und Schrecken wieder gut.

Er hob den Kopf, stellte sich dem Geschick.

„Gut", sagte er. „Ich werde Euch helfen."

Neunzehntes Kapitel

Der Nebel breitete sich an diesem Tage so dicht über das weite Mündungsgebiet, daß die spitzen Schreie der Meeresvögel, unruhige Rufe büßender Seelen, fast in seinen dampfigen Schwaden erstickten.

Auf dem Rückweg nach Hussnock war Peyrac eben dabei, sich von Saint-Castine zu trennen, als sie ein Schiff gewahrten, das den Kennebec wie ein Phantom hinaufglitt. Langsam vom trägen Wind vorangetrieben, streifte es mit einem seidigen Rascheln dicht an ihnen vorbei. Es war ein kleines Handels- oder Kaperschiff von hundertzwanzig bis hundertfünfzig Tonnen, und sein höchster Mast, an dem ein orangegelber Wimpel flatterte, überragte kaum die Wipfel der großen, hundertjährigen Eichen am Ufer. Es verschwand wie ein Traum, aber ein wenig später hörten sie hinter der Nebelwand das Rasseln der fallenden Ankerkette. Das Schiff hatte beigedreht, und gleich darauf kam jemand den nur notdürftig ausgetretenen Uferpfad entlang: ein Matrose in rot-weiß gestreiftem Hemd. Sein Gürtel war mit Dolchen gespickt.

„Ist einer von Euch nicht der Seigneur de Peyrac?"

„Ich bin es selbst."

Der Seemann schob seine wollene Mütze in der Andeutung eines Grußes zurück.

„Ich soll Euch eine Botschaft von einem Schiff überbringen, das wir in der Bucht auf der Höhe der Seguininsel kreuzten, bevor wir in die Dresdenströmung einschwenkten. Falls wir Euch begegneten, sollten wir Euch mitteilen, daß es sich um die Jacht *Le Rochelais* gehandelt habe. Madame de Peyrac befinde sich an Bord und ließe Euch sagen, daß sie unterwegs nach Eurer Herrschaft Gouldsboro sei."

„Ausgezeichnet!" rief Peyrac erleichtert. „Wann hat diese Begegnung stattgefunden?"

„Gestern kurz vor Sonnenuntergang."

Heute war Mittwoch. Also hatte Angélique ihren unüberlegten Streich doch noch zu einem guten Ende geführt. Die vor der Mündung des Androscoggin kreuzende Jacht hatte sie wie vereinbart aufgenommen, und Corentin Le Gall war zweifellos durch besondere Gründe veranlaßt worden, ohne weiteren Aufschub zurückzusegeln.

Über das Schicksal seiner Frau und seines Sohns beruhigt, war es ihm gleichgültig, daß seine eigene Ankunft in Gouldsboro sich auf diese Weise vermutlich verzögern würde. Er würde schon andere Mittel finden, um schnellstens ans Ziel zu gelangen. Nicht einen Moment kam ihm der Verdacht, daß der Matrose gelogen haben könnte, denn Betrug und Täuschung sind in der Welt des Meeres selten.

„Kommt mit mir nach Pentagouët", schlug ihm Saint-Castine vor. „Die Wege über Land sind sicher noch schlammig und vom Tauwetter her mit heruntergebrochenen Ästen übersät, aber wir werden schneller vorankommen als auf dem Meer, wenn Ihr erst auf ein gutes Schiff warten müßt oder Euch mit Euren in Hussnock gebliebenen Booten begnügen wollt, die für die Fahrt ihre Zeit brauchen."

„Die Idee ist gut", stimmte Peyrac zu. „He, Ihr da!"

Er rief den Matrosen zurück, dessen Gestalt sich schon im Nebel entfernte.

„Das ist für Euch", sagte Peyrac, indem er ihm eine Handvoll Perlen reichte.

Der Mann starrte mit offenem Mund auf seine Hand.

„Rosa Perlen, Perlen von den Kariben . . ."

„Ja . . . Ich wette, Ihr könnt was damit anfangen. Nicht jeder besitzt dergleichen."

Das reiche Geschenk schien den Mann aus der Fassung zu bringen.

„Dank, Monseigneur", stammelte er schließlich.

Hastig vollführte er mehrere tiefe Bücklinge, und in seinem auf Peyrac gerichteten Blick glomm etwas wie Entsetzen.

Es wirkte wie Flucht, als er sich eilig davonmachte.

Das also war einer der Gründe, warum Angélique bei ihrem Eintreffen an der Küste die Bucht verlassen vorgefunden hatte.

Zwanzigstes Kapitel

Die Behausung des alten Shapleigh an der Maquoitbucht war nur eine baufällige, von den Stürmen schwer mitgenommene, aus Rundhölzern und Rinde zusammengezimmerte Hütte auf der von einzelnen windschiefen Zedern bestandenen Spitze einer felsigen Landzunge.

Die hölzerne Einfriedung, die den Ort abschloß, verdiente kaum den Namen Palisade. Aber Angélique und die Engländer hatten fast einen Tag gebraucht, um die zehn Meilen zurückzulegen, die den Androscoggin von dieser ausgefransten, schmalen Halbinsel trennten, und der Unterschlupf schien ihnen gut.

Eine alte, fette Indianerin, die dort hauste – vielleicht die Mutter des Wilden, der den gnomigen Medizinmann begleitete –, bewirtete sie mit Kürbisbrei und Clams, großen Muscheln mit rosigem, wohlschmeckendem Fleisch, die an bretonische Seemuscheln erinnerten. Eine Anzahl von Arzneimitteln fand sich in der Hütte, verschiedene Pülverchen, Kräuter und Salben, alle säuberlich in Rindenschachteln gefüllt, und Angélique machte sich daran, die Verletzten und Kranken zu behandeln.

Trotz des üppigen Blühens der Silbersterne der Trientala im jungen, zarten Gras der Wälder und des sanften Gurrens der Turtel- und Ringeltauben war der Marsch für sie sehr beschwerlich gewesen. Sie hatte die erschöpften, verängstigten Engländer unablässig stützen und aufmuntern müssen. Die bösen Geister, denen sie bei der Durchquerung der Sümpfe zu begegnen fürchteten, schienen Angélique reichlich harmlos, wenn sie an die immerhin naheliegende Möglichkeit dachte, daß irgendwo eine kreischende Schar grell bemalter, Tomahawks schwingender Indianer auftauchen könnte.

Was bedeuteten schon zwanzig den kreisenden Raubvögeln überlassene Leichen mehr in diesem Frühling, in dem an die dreitausend Krieger zur Vernichtung der Siedlungen Neuenglands aufgebrochen waren, mehr als fünfzig von ihnen verwüstet und mehrere hundert Kolonisten umgebracht hatten!

Buntleuchtende Blumenfelder, flaumige Kornelkirschenbäume, korallenrote Glockenblumen, schwankend auf ihren zarten Stielen im Schatten herrlicher Eichen – für Jahrhunderte würden die reizvollen Ufer des Androscoggin von einer schrecklichen Geschichte zu berichten wissen.

Hier war das Meer!

Jenseits des Vorgebirges breitete sich die Cascobucht mit ihren zahllosen Inseln.

Das Meer war überall, man spürte seinen Salz- und Tanggeruch im kräftiger wehenden Wind, die Schreie der Seehunde am Strand mischten sich mit dem Rauschen der Brandung.

Rund um die Hütte waren Mais, Kürbisse und Bohnen angebaut, und am Rande der Klippe, unter einer Gruppe kurzer, stämmiger Zedern, standen Bienenkörbe, deren Bewohner zu erwachen begannen.

Zwei Tage lang warteten sie auf das Erscheinen eines Segels. Dann kam ein Sheepscottindianer vorbei, ein Freund Shapleighs, und berichtete auf ihre Fragen, daß sich auch gegen den Androscoggin hin nirgends das Schiff eines Weißen gezeigt habe.

Was war mit der Jacht geschehen? Wo befand sich Joffrey? Angélique wurde ungeduldig, und in ihrer Phantasie sah sie schon die Flut der Abenakihorden gegen Gouldsboro branden.

Und wenn der Baron de Saint-Castine Joffrey nun in eine Falle gelockt hätte? Nein, das war unmöglich. Joffrey hätte es geahnt ... Aber hatte sich auch ihr Instinkt nicht zuweilen geirrt? Hatte sie nicht über den armen Adhémar gelacht, als er jammernd mit der Neuigkeit gekommen war, daß die Wilden ihre Kriegsmähler abhielten?

Adhémar schien jetzt völlig den Verstand verloren zu haben. Er murmelte unablässig Rosenkränze und warf ängstliche Blicke um sich. Aber er hatte auch diesmal recht. Auf dieser einsamen Felsspitze eines abgelegenen Küstenstrichs waren sie ebenso abseits allen Lebens, ebenso vergessen wie auf einer verlassenen Insel. Und trotzdem schützte sie ihre Isolierung nicht völlig vor herumstreifenden Wilden, denen es nach ihren Skalpen gelüstete.

Zu anderen Zeiten hätten die Kräftigsten von ihnen den Versuch machen können, zu Fuß irgendeine Kolonie der englischen Maineküste zu erreichen, wo es von kleinen Siedlungen wimmelte, um dort ein Boot aufzutreiben. Aber heute brannten die meisten dieser Orte. Westwärts gehen hieß, sich in die Messer der roten Schlächter zu stürzen.

Dann war's schon besser, abseits zu bleiben, sich in Vergessenheit geraten zu lassen, klägliche, weißhäutige Geschöpfe, gestrandet an der abweisenden, grausamen Küste eines ungezügelten Kontinents. Wenigstens hatten sie hier ein Dach über dem Kopf, Arzneien für die Kranken, Gemüse, Muscheln und Krebse, um sich zu sättigen, und ein Stück Palisade, das ihnen die Illusion vermittelte, geschützt zu sein. Doch ihr Mangel an Waffen beunruhigte Angélique. Außer der Donnerbüchse des alten Shapleigh mit ihrer äußerst knappen Munition und Adhémars Muskete ohne Pulver und Kugeln besaßen sie nur Dolche und einige Messer.

Die Sonne war zurückgekehrt.

Angélique beauftragte Cantor, die zwischen den fernen Inseln auftauchenden Segel zu beobachten; vielleicht näherten sie sich so weit, daß man sie durch Signale auf sich aufmerksam machen konnte. Aber die Schiffe schienen zu anderen Zielen zu fliehen. Mit ihren vom grellen Blau des Meers sich abhebenden weißen oder braunen Segeln, fern und taub für Rufe und Zeichen, verhielten sie sich fast menschlich, mit einer Gleichgültigkeit, die das Herz bedrückte.

Trotz seines lebhaften Mißtrauens gegen die Stämme dieses Gebiets hatte Piksarett in der mehr oder weniger aus vorsichtiger Entfernung durchgeführten Überwachung seiner Gefangenen – oder derer, die er dafür hielt – nicht nachgelassen. Aber sie trug durchaus freundliche Züge.

Als sie bereits in der Hütte hausten, erschien er und leerte eine Kalebasse mit wild gewachsenen Knollen vor ihnen aus, die die Engländer schätzten und Kartoffeln nannten.

In der Asche gebraten, schmeckten sie köstlich, weniger zuckrig als süße Pataten oder Topinamburs. Er brachte auch aromatische Flechten und einen riesigen Lachs, den er selbst am Stock briet.

Wenn die drei Abenakis auftauchten, zogen sich die armen Flüchtlinge von Brunswick Falls schleunigst zurück – trockneten nicht noch die Skalpe ihrer Verwandten und Freunde an den Gürteln der Wilden? – und kamen erst wieder zage zum Vorschein, sobald Piksarett und seine Kumpane waldwärts verschwanden.

Oft, wenn sie hinaustrat, um den Horizont zu beobachten, bemerkte Angélique sie auf der anderen Seite des tief eingeschnittenen Fjords, halb verborgen in den Baumwipfeln nach etwas Ausschau haltend, was sie nicht zu ahnen vermochte. Sie machten ihr lebhafte Zeichen und riefen ihr etwas zu, von dem sie nur einige Brocken verstand, die sich scherzhaft anhörten.

Man mußte sich an ihre ungezwungene Dreistigkeit, ihre zugleich gefährliche und beruhigende Sprunghaftigkeit gewöhnen, mußte sich bemühen, mit ihnen in der Vertrautheit wilder Tiere zu leben, die nur die Überlegenheit und der wirkliche Wert ihres Dompteurs unterjochen. Für den Augenblick hatte sie nichts von ihnen zu fürchten.

Nichts, solange sie nicht schwach wurde …

Piksarett hatte ihr seine beiden Krieger vorgestellt, deren Namen nicht ganz leicht zu behalten waren: Tenouïenant, was besagen will „Der sich in den Dingen auskennt", und Ouaouenouroue, „Der schlau wie ein Jagdhund ist".

Sie zog es darum vor, sie mit ihren katholischen Taufnamen zu nennen, die sie stolz verkündet hatten: Michel und Jérôme. Wie die Faust aufs Auge paßten die friedlichen Vornamen zu ihren grell bemalten Gesichtern – rot um die linke Augenhöhle, erste Verwundung, weiß um das andere Auge als Zeichen der Weitsicht, ein tiefschwarzer Balken quer über die Stirn, um den Feind zu schrecken, blau das Kinn, Finger des Großen Geistes –, das Ganze überwallt und eingerahmt von barbarischem Haargestrüpp, durchflochten mit Federn und Fellstreifen, Rosenkränzen und frommen Medaillen.

Rief sie nach ihnen – „Michel! Jérôme!" –, gelang es ihr oft kaum, ihre Lachlust zu unterdrücken, wenn sie sie mit bemalter und tätowierter Brust, flatterndem Lendenschurz, oft barfuß, fettbeschmiert und ausstaffiert mit all ihren Waffen, bereitwillig herankommen sah. Ihr Anblick weckte in ihr etwas wie Rührung.

Wie Piksarett erwies sich auch der alte Shapleigh ihr gegenüber als freundlich und gesprächig. Er hatte ihre botanischen Kenntnisse entdeckt, belehrte sie gern und stritt sich mit ihr herum, wenn sie ihm nicht in seinen besonderen Überzeugungen folgen wollte. Nachdem er die Heilkräuter, die sie in ihrem Reisesack mit sich führte, eingehend gemustert hatte, warf er ihr vor, Belladonna zu verwenden, das Kraut des Teufels, denn es sei im Garten der dreiköpfigen Hekate gesprossen.

Dagegen liebte er die Eberraute, „ein prächtiges Kräutchen aus dem Einflußkreis des Merkur und weit größerer Achtung würdig, als man ihm zumißt".

Denn auch die Gestirne und ihre geheimnisvollen Kräfte waren in seinen Schachteln eingeschlossen. So behauptete er, daß ein Stück Kupfer, ein Sproß Eisenkraut, eine Taube „venusisch" seien. Und über die Speerdistel äußerte er:

„Sie ist eine Pflanze des Mars, die unter dem Zeichen des Aries die Geschlechtskrankheiten heilt, aus Antipathie gegen Venus, die sie regiert. Ich verkaufe viel davon an die Schiffsleute. Sie holen es immer unter dem Vorwand, sie hätten die Pest an Bord, aber mir können sie nichts vormachen."

Sodann kehrte er plötzlich zur reinen Wissenschaft zurück, gab fast jedem der Kräuter, die sie kannte, einen lateinischen Namen, und unter allerlei Papieren fand sie auf dem Grunde einer alten Truhe ein Exemplar des Buches *Herbatum virtutibus* des Aemilius Maces und ein anderes des bemerkenswerten *Regimen sanitatis salerno*, wahre Schätze!

Zwei Tage verstrichen auf diese Weise. In der Ungewißheit ihres Schicksals glichen sie Schiffbrüchigen.

Wenn die Luft klar war, ließ sich im Südwesten die geschwungene Linie der Küste erahnen.

Dort drüben stiegen graue Rauchbüschel auf, mählich sich auflösend in dem verschwimmenden, milchigen Blau und Rosa über der Bucht. Farben feinen Porzellans ...

Diese grauen Flecken zeigten von indianischen Fackeln entzündete Brände an.

Freeport, Yarmouth und alle Ortschaften in ihrer Umgebung brannten. Portland war bedroht.

All das war sehr fern, viel zu weit entfernt, als daß man das Gewimmel der flüchtenden Boote hätte gewahren können. Die größeren Segler glitten über den Horizont und verschwanden wieder, ein weißleuchtender Flug mehr unter den unaufhörlichen der Möwen, Kormorane und Sturmvögel.

Es gab so viele Vögel hier, daß ihre Schwärme für Augenblicke das strahlende Junilicht in eine Art Dämmerung verwandelten, wenn sie kreischend über sie hinwegflogen, angezogen von den Zügen der Kabeljaue, Heringe, Thunfische und Makrelen, die in den Gewässern der großen Massachusettsbucht nach Laichplätzen suchten.

Am dritten Tag ihres Aufenthalts in der Hütte sagte Cantor zu seiner Mutter:

„Wenn morgen kein Schiff, kein Boot in diesem verdammten Winkel Anker wirft, mache ich mich zu Fuß auf den Weg. Ich werde der Küste ostwärts folgen, mich vor den Wilden verstecken und die Flußmündungen mit Kanus, die sich sicherlich finden lassen, überqueren. Ich werde Gouldsboro bestimmt erreichen. Allein werde ich unauffälliger vorankommen, als wenn eine ganze Karawane unterwegs wäre."

„Wirst du nicht Tage und Tage brauchen, um ans Ziel zu gelangen?"

„Ich marschiere ebenso schnell wie ein Indianer."

Sie stimmte seinem Plan zu, obwohl sie bei dem Gedanken, ihn fortgehen zu sehen, Angst verspürte. Seine kraftvolle Jugend, seine Fähigkeit, sich den ungewöhnlichen Forderungen des amerikanischen Lebens mühelos anzupassen, waren ihr immer ein Trost gewesen.

Aber sie mußten etwas tun. Sie konnten hier nicht ewig auf eine längst problematisch gewordene Hilfe warten.

An diesem Abend bezog sie wieder ihren Beobachtungsposten, durch die lichte Dämmerung begünstigt. Kreischende Vögel stießen auf die Flußmündungen nieder, die hauchfeinen Nebelschleier lösten sich auf. Ein leuchtend klarer Himmel breitete sich über der Cascobucht.

Das goldgefleckte Meer präsentierte seine Inseln mit ihren rauchtopasfarbenen, schwefelblauen, pechkohlenschwarzen Reflexen wie kostbare Schmuckstücke. Es sollte dreihundertfünfundsechzig von ihnen geben, ebenso viele wie die Tage des Jahrs.

Das Licht ließ nach, das Gold verblaßte, fahles, kaltes Weiß überzog das Meer, während das Festland mit seinen Buchten, Halbinseln, Klippen und Fjorden nach und nach im Dunkel versank.

Der rauhe Wind trug den Salzgeruch zu ihnen herauf.

Unmittelbar bevor die Sonne verschwand, gewahrte Angélique nach Osten zu an der Spitze von Harpwells ein Schiff. In den letzten Strahlen des Tagesgestirns wirkte es wie aus Gold. Im nächsten Augenblick sah sie es nicht mehr.

„Ich kenne es!" schrie der alte Medizinmann. „Ich könnte wetten, daß es eben dabei war, die Segel zur Rückkehr in den Hafen fallen zu lassen. Es ist das Gespensterschiff, das immer an der Harpwellsspitze auftaucht, wenn dem, der es sieht, ein Unglück blüht. Und der Hafen, in den es einlaufen will, ist der Tod."

„Es hat nicht die Segel fallen lassen", erwiderte Angélique gereizt.

Cantor, dem nicht entging, daß die Worte des alten Zauberers sie trotz ihrer schnellen Abwehr nicht wenig beeindruckt hatten, zwinkerte ihr verständnisinnig und beruhigend zu.

139

Dritter Teil

Coeur de Marie

Einundzwanzigstes Kapitel

Früh am nächsten Morgen kletterte Angélique, da sie nicht schlafen konnte, zum Strand hinunter, um zwischen den von der Ebbe freigelegten Felsen Muscheln zu sammeln. Ein Stückchen weiter tummelte sich eine Schar Seehunde und stieß jämmerliche Schreie aus, die an den Felsklippen widerhallten.

Die junge Frau beobachtete sie. Für gewöhnlich verhielten sich die Tiere friedlich. Ungeschickt und schwerfällig auf festem Boden, zeigten sich ihre dunkelglänzenden Körper im Geglitzer der Wellen von bezaubernder Geschmeidigkeit. Als sie sich ihnen an diesem Morgen näherte, entdeckte sie schnell die Ursache ihrer Unruhe.

Zwei oder drei Robben lagen reglos auf der Seite, offensichtlich tot und schon überschattet von Schwärmen kreischend kreisender Meeresvögel. Sie waren brutal erschlagen worden. Zwischen ihnen versuchten die großen Männchen, die Herren des Strandes, zornig die gefiederten, gefräßigen Räuber abzuwehren.

Der Anblick dieses Schauspiels alarmierte sie. Das Massaker der Tiere war Menschenwerk. Es mußten also Menschen gekommen sein, und es waren keine Indianer gewesen, denn die Wilden jagten den Seehund nur im Januar, im Winter.

Angéliques Blick glitt über die Bucht. Ein Schiff, zweifellos das Gespensterschiff, mußte, im nebligen Dunkel verborgen, letzte Nacht hier angelegt haben.

Sie kletterte wieder hinauf.

Die Sonne hatte den Wolkenstreifen am Horizont noch nicht überstiegen. Der Morgen war blau, klar und ruhig.

In diesem Moment nahm sie in der Frische der Luft den Geruch eines Grasfeuers wahr, nicht zu verwechseln mit dem des Rauchs, der aus dem kleinen Rohsteinschornstein auf dem Dach der Hütte stieg. Instinktiv sich in Deckung der Sträucher und wenigen Zedernstämme haltend, folgte sie mit leisen, raschen Schritten dem Klippenrand der Halbinsel über dem Fjord.

143

Der Rauchgeruch – Rauch von grünem Holz mit feuchtem Gras – wurde intensiver.

Sie beugte sich zwischen den Bäumen vor und bemerkte die Spitze eines Mastes mit eingerolltem Segel. Ein Fahrzeug lag dort vor Anker, halb verborgen durch eine der Krümmungen des schmalen Meeresein-schnitts, der sich ins Landinnere zog.

Von dort unten stieg der graublaue, dichte Rauch in trägen Spiralen auf und brachte Stimmengemurmel mit.

Angélique streckte sich auf dem Boden aus und schob sich bis zum Rand des steilen Felshangs vor. Sie konnte die auf dem von Algen ge-sprenkelten Kiesstreifen Biwakierenden nicht sehen, nur ihre Stimmen klangen näher. Französische und portugiesische Laute. Rauhe, grobe Stimmen.

Dagegen entdeckte sie nun das Schiff; es war nur ein einfaches Boot, eine Schaluppe.

Zweiundzwanzigstes Kapitel

Zur Hütte zurückkehrend, trieb sie die Kinder, die sich von den Stra-pazen des Marschs erholt hatten und eben zum Spielen herausgekom-men waren, schleunigst wieder in die Unterkunft.

„In der Bucht unten sind Männer. Sie haben ein Boot, in dem min-destens acht bis zehn von uns Platz finden könnten. Aber ich bin nicht sicher, ob diese Leute großherzig genug sein werden, uns mitzuneh-men."

Sie versprach sich nichts Gutes von Individuen, die ohne Notwendig-keit unschuldige Tiere umbrachten und nicht einmal daran dachten, sie mitzunehmen ...

Cantor schlich sich nun seinerseits zu dem ihm gewiesenen Beobach-tungsplatz und kehrte mit der Kunde zurück, daß er „sie" gesehen habe, daß es nicht mehr als fünf oder sechs seien, vermutlich Piraten von der Sorte, die während des Sommers an den Küsten Nordamerikas nach Beute suchten, die vielleicht nicht so märchenhaft, aber dafür auch nicht so schwierig zu erobern war wie die Schätze in den dickbäuchigen Rümpfen der spanischen Galeonen.

„Wir brauchen dieses Boot", beharrte Angélique, „und wäre es auch nur, um uns nach Hilfe umzusehen."

Sie wandte sich vor allem an Cantor und Stougton.

Pastor Partridge hatte hohes Fieber und war nur halb bei Bewußtsein. Corwin litt sehr durch seine Verletzung und brauchte alle ihm verbliebenen Kräfte, um die Flüche zu unterdrücken, die ihm die Nachbarschaft des Geistlichen verbot. Seine beiden Gehilfen, stämmige, schweigsame Burschen, waren zwar zu jedem Handstreich bereit, aber kaum in der Lage, irgendwelche Ratschläge zu erteilen. Der alte Shapleigh schließlich hatte vor, sich von seinen Gästen zu trennen. Er wollte sie an diesem oder am nächsten Abend verlassen, um in die Wälder zu gehen, denn die Nacht rückte heran, in der man das wilde Eisenkraut pflücken mußte. Und mit Adhémar war von vornherein nicht zu rechnen.

Es blieben also nur Stougton, der total phantasielose, aber mutige Bauer, und Cantor, Sohn eines Edelmanns, dessen kurzes Leben schon reich an Erfahrungen war.

Angélique schätzte an ihrem Sohn die klare Vernunft der ersten Jugend, eines Lebensabschnitts, in dem sich beim Kind zum ersten Erfassen der eigenen Kräfte instinktive Klugheit und eine schon männliche Kühnheit gesellen.

Cantor machte sich stark dafür, die Schaluppe vor der Nase der Seeräuber zu entführen und zur anderen Seite der Halbinsel zu bringen, wo der Rest der Flüchtlinge einsteigen könnte.

An diesem Punkt des Gesprächs erhob sich Angélique, ging zur Tür und öffnete sie. Sie wußte sofort, was sie nach draußen gezogen hatte.

Der Schrei der Nachtschwalbe klang mehrfach herüber, laut und beharrlich.

Piksarett rief sie.

Sie lief zum Rand der Halbinsel und bemerkte im Wipfel einer schwarzen Eiche am jenseitigen Ufer den Indianer, der ihr, halb im dichten Laub verborgen, Zeichen machte.

Er wies auf irgend etwas unterhalb ihres Standorts.

Sie sah zum Strandstreifen hinunter, und ihr Blut erstarrte. An Wacholderbüsche und Krüppelkiefern sich klammernd, die in den Spalten der Felswand wuchsen, kamen Männer heraufgeklettert.

Es mußten die Flibustier von der Schaluppe sein, und als einer von ihnen sein Piratengesicht aufwärts wandte, sah sie das Entermesser zwischen seinen Zähnen.

Offenbar hatten auch sie festgestellt, daß es an diesem weltvergessenen Ort Nachbarn gab, und als unverbesserliche Plünderer waren sie drauf und dran, sie zu überfallen.

Als sie sich bei ihrem Überraschungsangriff entdeckt sahen, stießen sie gräßliche Flüche aus und gaben alle Vorsicht beim Klettern auf, um nur schneller nach oben zu kommen.

Angéliques Blick fiel auf die Bienenstöcke in ihrer Nähe. Bevor sie floh, packte sie einen von ihnen, und als die Flibustier keuchend über dem Plateaurand auftauchten, schleuderte sie ihnen den Stock samt seinem summenden Inhalt entgegen.

Das Jammergeschrei, das sich gleich darauf erhob, bewies, daß es ein Volltreffer gewesen war.

Sie hielt sich nicht damit auf, ihrem Kampf mit dem wütenden Bienenschwarm zuzusehen. Im Laufen zog sie ihren Dolch, und gut war es, denn die Banditen hatten sich in zwei Gruppen geteilt, und zwischen ihr und Shapleighs Hütte tauchte plötzlich eine Art Hanswurst in bunt zusammengestückelten Fetzen und einem Dreispitz mit roten Straußenfedern auf. Der Mann schwang grinsend einen Knüppel.

Entweder war er leicht angetrunken, oder er mochte auch glauben, daß eine Frau kein sonderlich zu fürchtender Gegner sei, jedenfalls stürzte er sich auf sie, und als sie dem durch die Luft pfeifenden Knüppel auswich, stolperte er und spießte sich buchstäblich auf die scharfe Klinge, die sie vor sich gehalten hatte, um sich zu schützen.

Er stieß einen rauhen Schrei aus, und für einen kurzen Moment streifte sie sein nach Rum und fauligen Zähnen stinkender Atem. Der harte

Griff seiner Finger um ihre Arme löste sich. Um ein Haar hätte er sie in seinen Sturz hineingezogen. Vor Schreck wie gelähmt, stieß sie ihn mit einer heftigen Reflexbewegung zurück und sah ihn zu ihren Füßen zusammenbrechen, die Hände in seinen Bauch verkrampft. Die triefigen Augen des Schurken verrieten ungeheures Erstaunen.

Ohne die Unvorsichtigkeit zu begehen, sich weiter um sein Schicksal zu kümmern, erreichte Angélique mit drei Sprüngen die baufällige Palisade, deren Pforte sie schleunigst hinter sich verriegelte.

Dreiundzwanzigstes Kapitel

„Er verliert seine Innereien!"

Der düstere Schrei stieg in den klaren Juniabend über der Cascobucht.

„Er verliert seine Innereien!"

Drüben hinter den Sträuchern rief ein Mann einen zweiten an, und die in ihrer verbarrikadierten Hütte belagerten Engländer und Franzosen hörten den Schrei und das langgezogene Jammergeheul, in den er auslief.

Der Tag, der tragisch begonnen hatte, endete auf die gleiche Weise. Hier Angélique und die Engländer, nur spärlich bewaffnet, doch hellwach auf Posten hinter ihren hölzernen Mauern, dort die Piraten, blutdürstig und skrupellos, aber jetzt elend wie Tiere und zudem noch mit einem Verwundeten belastet, der seine Eingeweide verlor.

Zum Unglück für Angélique und ihre Gefährten hatten sie sich um den Brunnen in der Nähe der Hütte gesammelt, um ihre von den Bienen zerstochenen Gesichter und Glieder kühlen zu können.

Von dort aus war es ihnen möglich, jeden Versuch der Belagerten, die Hütte zu verlassen, schon im ersten Ansatz zum Scheitern zu bringen. Sie brüllten Beschimpfungen und jammerten dazwischen. Sie waren nicht zu sehen, aber ihr Hin und Her war hinter den Bäumen zu erahnen.

Und als die Nacht gekommen war, zerriß ihr Stöhnen, ihr Schmerzgeheul in kurzen Abständen die Stille, was im Zusammenklang mit den

Schreien der Seehunde unten am Strand eine schauerliche Symphonie ergab, die einem die Haare zu Berge treiben konnte.

Bald überflutete der Mond die Umgebung mit seinem Schein. Das Meer glitzerte silbern, und das tintenschwarze Geschwader der Inseln schien zu hellen Fernen die Anker zu lichten.

Gegen Mitternacht stieg Angélique auf einen Schemel und schob ein Rindenstück des Dachs beiseite, um die Situation von oben besser überblicken zu können.

„He, ihr Matrosen da drüben, hört!" rief sie mit lauter, klarer Stimme. Die schattenhaften Gestalten der Piraten rührten sich.

„Hört! Wir können uns verständigen. Ich habe Arzneien hier, die eure Schmerzen lindern werden. Ich kann euren Verletzten verbinden. Nähert euch bis auf zwei Klafter, und legt eure Waffen ab. Wir wollen nicht euren Tod. Nur unser Leben und euer Boot, das ihr uns leihen sollt. Dafür werde ich euch pflegen."

Zuerst war Schweigen die Antwort, dann trug der Wind aufgeregtes Gemurmel herüber.

„Ich werde euch pflegen", wiederholte Angélique. „Wenn sich niemand um euch kümmert, werdet ihr sterben. Mit Bienenstichen ist nicht zu spaßen. Und der Mann mit der Wunde wird ihr ohne Pflege erliegen."

„Was du nicht sagst! Erliegen . . .", polterte eine grobe Stimme im Dunkel. „Er verliert seine Kaldaunen und wird dran krepieren."

„Das tut seiner Gesundheit bestimmt nicht gut. Seid also vernünftig. Legt eure Waffen ab, wie ich's gesagt habe, und ich pflege euch."

Die klare Frauenstimme klang beruhigend in der Nacht und schien geradewegs vom Himmel zu kommen.

Dennoch ließen sich die Piraten nicht sofort überzeugen. Erst im Morgengrauen gaben sie nach.

„He! Frau!" schrie einer draußen. „Wir kommen!"

Ein metallisches Klirren war hinter den Sträuchern zu vernehmen, und eine schwankende, stolpernde Gestalt erschien mit einer stattlichen Sammlung von Dolchen, Messern, Entersäbeln zuzüglich einer Axt und einer kleinen Pistole in den Armen. All das deponierte er ein paar Schritte vor der Palisade im spärlichen Gras.

Gedeckt durch Shapleighs Donnerbüchse und Cantor mit seiner ungeladenen Muskete, ging Angélique dem Mann entgegen. Die Insektenstiche hatten sein Gesicht so anschwellen lassen, daß er fast blind war. Auch Hals, Schultern, Arme und Hände waren bedenklich mitgenommen.

Der alte Shapleigh stieß seinen hohen Puritanerhut zurück, hüpfte um ihn herum und beschnupperte ihn fröhlich.

„Der Kürbis scheint schon recht reif zu sein", bemerkte er kichernd.

„Helft mir doch", bat der Mann.

Sein schwärzliches, mit alten Blutflecken übersätes Hemd und die kurze Leinenhose, die seine haarigen Knie und Waden frei ließ, wiesen ihn als echten Seeräuber aus.

Der Gürtel, an dem eine ganze Anzahl verschieden großer, jetzt leerer Dolch- und Messerscheiden hingen, verriet unter Ausschaltung jeden Irrtums, daß er zur Zunft jener Männer gehörte, die auf den Inseln des Karibischen Meers die wilden Schweine und Rinder jagten, schlachteten und mit dem so gewonnenen Fleisch die vorüberkommenden Schiffe verproviantierten. Einfache Schlächter des Ozeans, nicht mehr, und Händler, wenn man will, nicht viel schlechter als andere, doch von den spanischen Eroberern, die in den Archipeln Amerikas niemand neben sich duldeten, in Freibeuterei und Piraterie getrieben.

Seine Kumpane hinter den Sträuchern waren noch schlechter dran als er. Ein kleiner, schwächlich wirkender Matrose schien schon nahe dem letzten Seufzer. Ein anderer, ein Portugiese offenbar mit olivenfarbenem Gesicht, ähnelte einem Kohlkopf und der letzte, leicht gebräunt, einer Koloquinte. Was den Verwundeten betraf . . .

Angélique hob den über ihn geworfenen dreckigen Lumpen an, und über die Lippen der Zuschauer kam ein Murmeln des Entsetzens. Sie selbst hatte Mühe, einen Anfall von Übelkeit zu unterdrücken.

Die wenigstens fünfzehn Zoll lange klaffende Wunde verlief von einem riesigen Durchbruch aus, einem wahren Nest sich windender, in krampfartigen Bewegungen sich blähender und ihre Form verändernder Schlangen: Vision eines fleischgewordenen Alptraums! Die bloßgelegten Eingeweide im aufgeschlitzten Bauch eines Menschen!

Keiner der Umstehenden vermochte sich zu rühren, nur Piksarett, der plötzlich erschienen war, beugte sich neugierig und fast ein wenig amüsiert über die schreckliche Verletzung.

Beinah sofort kam Angélique der Gedanke, daß sie versuchen mußte, alles zu tun, um alles zu erreichen. Keineswegs bewußtlos, sondern offensichtlich klar bei Verstand, beobachtete sie der Verletzte, mit einem schwachen spöttischen Funkeln in den von buschigen Brauen beschatteten Augen. Trotz seiner wächsernen Haut und der tief eingegrabenen Furchen fand Angélique in diesem abstoßenden Säufergesicht keine Todeszeichen. Überraschenderweise schien er entschlossen zu leben. Der Dolchstoß hatte keinen Teil der Eingeweide durchbohrt, was seinen Tod unvermeidlich gemacht hätte.

Er war es, der mit heiser-erstickter Stimme angriff und seinen Schmerz dabei mit Grimassen unterdrückte:

„Yes ... Milady ... Für einen Zufallstreffer kann man's nicht besser machen, das ist mal sicher ... Ein Stoß wie von einer Ägypterin, und ich kenn' mich da aus ... Jetzt wirst du mich zusammenflicken müssen."

Er mußte die ganze Nacht in seiner Todesangst daran gedacht und sich allmählich überzeugt haben, daß die Sache möglich sei. Dem Burschen fehlte es nicht an Intelligenz, auch wenn er, woran nicht zu zweifeln war, ein ausgemachter Schurke sein mußte. Man brauchte nur lange genug sein und seiner Kumpane Benehmen zu beobachten, um zu begreifen, zu welcher Kategorie alle fünf gehörten. Zum Ausschuß der Mannschaft!

Angéliques Blick glitt vom Gesicht des Mannes, der sich von so dämonischer Vitalität erwies, zu dem monströsen Durchbruch, von dem ein fauliger Geruch aufstieg, während schon die ersten Schmeißfliegen um die kleine Gruppe herumsummten.

„Es ist gut", entschloß sie sich. „Ich werd's versuchen."

Vierundzwanzigstes Kapitel

„Ich habe schon anderes gesehen", sagte sie sich mehrmals, während sie auf dem Hüttentisch hastig ein paar Instrumente zurechtlegte, die sie in einem Futteral ihrem Reisesack entnommen hatte.

Es stimmte nicht ganz ... Gewiß, im Lauf des Winters hatte sie in Wapassou recht unterschiedliche und immer kompliziertere Operationen durchführen müssen. Die außerordentliche Geschicklichkeit ihrer leichten, wie mit einem eigenen Leben begabten Finger, der sichere Instinkt ihrer heilenden Hände trieben sie zu Erfahrungen, denen es für die Zeit und den Ort nicht an Kühnheit fehlte.

So hatte sie im Frühling einen indianischen Häuptling behandelt, dem von einem Elenhorn der Rücken aufgeschlitzt worden war, und bei dieser Gelegenheit hatte sie zum erstenmal versucht, die Wundränder durch ein paar Nadelstiche einander zu nähern. Die Vernarbung war geradezu blitzartig vor sich gegangen.

Ihr Ruf hatte sich verbreitet, und in Hussnock war eine ganze Anzahl von Wilden erschienen, um sich von der Weißen Dame vom Silbersee pflegen zu lassen.

Den feinsten Nadeln eines Ballens von Handelswaren hatten die geschickten Uhrmacherfinger Monsieur Jonas' eine leicht gekrümmte Form gegeben, die Angélique für die von ihr erwartete delikate Arbeit für besonders geeignet hielt. Sie war froh, ihren kostbaren Reisesack durch alle Fährnisse der letzten Tage hindurch gerettet zu haben. Es war beinahe ein Wunder. In seinen Tiefen fand sie nun Dinge, die sie notwendig brauchte. So entdeckte sie in einem Beutelchen eine Handvoll zerstampfter Akazienhülsen. Dieses Pulver mit dem heilsamen Gerbstoff wollte sie als eine Art Pflaster verwenden, das möglicherweise die Verbreitung giftiger Säfte im Körper verhinderte, sobald die Wunde geschlossen war. Aber sie hatte nicht genug davon. Sie zeigte das Akazienpulver Piksarett, der es eingehend beschnüffelte, ihr beruhigend zunickte und sich dann gemessenen Schritts zum Wald hin entfernte.

„Kümmere dich mit einem der Engländer um das Boot", befahl Angélique Cantor. „Überzeug dich, ob es in einem Zustand ist, daß ein Teil unserer Leute mit ihm absegeln kann. Und bleibt auf eurer Hut, legt die Waffen nicht ab, obgleich die armen Burschen mir im Augenblick nicht danach aussehen, als ob sie uns schaden könnten."

Elisabeth Pidgeon bot sich Angélique schüchtern als Helferin an und wurde damit beauftragt, die trübseligen Opfer der Bienen mit Salbe einzuschmieren. Da das alte Fräulein außerdem noch Pastor Partridge zu versorgen hatte, würde es ihr nicht an Arbeit fehlen. Ihrer neuen Situation bewußt, suchte sich die einstige Lehrerin unter den Waffen der Piraten den handlichsten und am wenigsten schartigen Säbel aus, befestigte ihn an ihrem Gürtel und trottete zur Hütte, wo Shapleigh sich bereits an die Herstellung der Salbe machte.

Neben dem im Schatten eines Baums liegenden Verletzten säuberte Angélique indessen einen flachen Stein, breitete ihre Nadeln, Klammern, Scheren darauf aus und fügte eine Flasche sehr starken Branntweins sowie durch eine Umhüllung aus gummiertem Leinen vor Verschmutzung geschützte Scharpie hinzu.

Den Mann umzubetten, hielt sie für überflüssig; das Wasser des Brunnens war nahe genug. Sie fachte ein kleines Feuer an, hängte einen Tontopf mit ein wenig Wasser darüber und schüttete das Pulver aus zerstampften Akazienhülsen hinein.

Piksarett kehrte zurück, die Hände voller Hülsen. Sie waren noch grün. Angélique nahm eine, biß hinein und spie den Saft mit einer Grimasse wieder aus. Obwohl schon jetzt der Zunge alles andere als angenehm, fehlte ihm noch die herbe Schärfe des ausgereiften Gerbstoffs, der einen metallischen Tintengeschmack und die unschätzbaren Eigenschaften besitzt, Wunden zusammenzuziehen, die Vernarbung zu beschleunigen und schließlich durch seine belebende Wirkung Eiterbildungen zu vermeiden, die die rasche Heilung selbst sauberer Wunden verzögern. Diese grünen Hülsen würden weniger wirksam sein.

„Nun, wir müssen uns eben damit zufriedengeben."

Sie wollte zum Feuer, um sie zu kochen, als Piksarett sie aufhielt.

„Laß Maktera machen", sagte er.

Er wies auf die alte Indianerin, die Dienerin oder Gefährtin Shapleighs. Sie schien den Wert der Hülsen zu kennen. Nahe dem Feuer hockte sie sich nieder und begann, sie zu zerkauen. Den Brei legte sie in Häufchen auf große Blätter, und Angélique ließ sie gewähren, denn sie wußte – der alte Medizinmann des Lagers der Biber bei Wapassou hatte es sie gelehrt –, daß das so vorbereitete Mittel seine volle Wirkung ausübte.

Sie kehrte zu ihrem Patienten zurück, dessen immer offene Augen Hoffnung und auch Angst verrieten, als er sah, wie sie an seinem Lager niederkniete und ihr von schimmerndem Haar umrahmtes Gesicht mit einem solchen Ausdruck konzentrierter Entschlossenheit über ihn neigte, daß dem alten Freibeuter ungewohnt zaghaft zumute wurde und in seinem Blick ein rührendes Licht aufglänzte.

„Langsam, meine Schöne", raunte er mit schwacher Stimme. „Bevor du dich ins Zeug legst, müssen wir uns verständigen. Wenn du mich zusammenflickst und ich eines Tages wieder auf Deck bin, wirst du doch nicht verlangen, daß wir dir unsere Waffen und unsern alten Kahn ausliefern? Das ist nämlich alles, was uns dieser Dreckskerl Goldbart zum Überleben hier am Ende der Welt gegeben hat. Du wirst doch nicht schlimmer sein als er?"

„Goldbart?" Angélique spitzte die Ohren. „Ihr gehört also zu seiner Mannschaft?"

„Gehörten, willst du sagen ... Dieses Mistvieh hat uns hier abgeladen, ohne uns Pulver genug zu geben, um uns gegen die wilden Tiere, die Wilden und euch andere von der Küste verteidigen zu können. Man weiß ja, daß ihr alle Strandräuber seid ..."

„Schweigt jetzt", sagte Angélique, ihre Ruhe bewahrend. „Ihr seid zu geschwätzig für einen Todkranken. Später können wir darüber reden."

Das Sprechen hatte ihn erschöpft, und sein fahles Fleisch schien sich in die Höhlungen seines Schädels zurückzuziehen, schon jetzt eine Totenkopfmaske mit roten Ringen um die vorquellenden Augen.

Doch gerade diese blutunterlaufenen Lidränder verrieten letztlich seine Widerstandskraft. „Er wird leben", dachte sie und preßte die Lippen zusammen. Auf diese Goldbart-Geschichten würde sie später zurückkommen.

„Es ist noch zu früh, um Bedingungen zu stellen, Messire", fuhr sie laut fort. „Wir machen mit euren Waffen und eurem Boot, was uns beliebt. Ihr könnt froh sein, wenn Ihr am Leben bleibt."

Der Bursche kapitulierte nicht.

„Auf jeden Fall ... wird's Tage dauern ... bis Ihr den Kahn ... wieder flott habt", flüsterte er rauh.

„Euch wieder flott zu kriegen, wird auch Tage brauchen, Holzkopf. Und jetzt spart Eure Kräfte, mein Junge. Haltet den Mund."

Und sie legte ihre Hand auf seine schweißige, heiße Stirn.

Sie zögerte, ihm einen Beruhigungstrank zu geben, der die von Shapleigh so wenig geschätzte Belladonna enthielt. Nichts würde stark genug sein, die unmenschlichen Schmerzen des Eingriffs zu betäuben.

„Ein guter Grog", stöhnte der Verletzte, „ein anständiger heißer Grog mit einer halben Zitrone drin ... Könnt' ich nicht noch einen kriegen, bevor ich vielleicht abkratzen muß?"

Die Idee war nicht schlecht. Es würde ihm helfen, den Schock auszuhalten. Dieser Bursche war so mit Rum durchtränkt, daß ihn das möglicherweise retten würde.

„Heda!" rief sie den kräftigsten der Seeräuber an, der sich ihnen genähert hatte. „Habt ihr irgendwo noch einen Schluck Rum?"

Der Mann nickte, soweit ihm seine schmerzhaften Schwellungen Kopfbewegungen erlaubten. Von einem der Engländer begleitet, kletterte er zu ihrem Biwak in der Bucht herunter und kehrte mit einer langhalsigen Flasche aus schwarzem Glas zurück, zur Hälfte gefüllt mit einer der besten Rumsorten der Inseln, wenn man nach dem Duft schließen konnte, der ihnen in die Nasen stieg, als Angélique den Korken herauszog.

„Das wär's", sagte sie. „Trink das, mein Junge, soviel du willst, bis sich der Himmel über dir wie ein Kreisel dreht."

Da sie ihn plötzlich duzte, begriff er, daß der Augenblick ernst war.

„Es wird weh tun", röchelte er.

Und mit einem angstvollen Blick:

„Habt Ihr einen Beichtvater hier?"

„Ich", rief Piksarett und sank neben ihm in die Knie. „Ich bin oberster Katechet der Schwarzen Kutte. Der Herr hat mich auch erwählt, um Taufe und Absolution zu erteilen."

154

„Allmächtiger, ein Wilder! Das ist die Höhe, oder werd' ich etwa verrückt?" rief der Verletzte und fiel in Ohnmacht, ob vor Schreck oder der ausgestandenen Anstrengungen wegen, ließ sich nicht sagen.

„Es ist besser so", meinte Angélique.

„Ich werde die Wunde waschen", dachte sie. „Mit lauem Wasser, vermischt mit Belladonna-Essenz."

Sie suchte sich ein kleines, rinnenförmig gebogenes Rindenstück, mit dem sie den Wasserstrahl aus der von Piksarett gehaltenen Kalebasse besser dirigieren konnte, und beugte sich über den klaffenden Durchbruch.

Schon bei der ersten Berührung, so leicht sie auch war, zuckte der Mann zusammen und versuchte, sich aufzurichten. Stougtons kräftige Hände hielten ihn zurück.

Angélique befahl dem großen Piraten, sich mit dem Gesicht nach unten quer über die Schenkel seines Kumpans zu legen, und Shapleighs Indianer bemächtigte sich der Fußgelenke. Aber auch so ging es nicht, und der halb zu sich kommende Patient bat darum, seinen Kopf anzuheben, und trank noch ein paar tüchtige Schluck Rum, worauf er wieder in seinen Dämmerzustand versank und es ohne Sträuben geschehen ließ, daß man seine Handgelenke an zwei in den Boden geschlagenen Pflöcken festband. Angélique rollte ein Stück Scharpie zu einer Kugel und schob es ihm zwischen die Zähne; dann stützte sie seinen Nacken mit einem Strohbündel, sorgsam darauf bedacht, daß er ungehindert durch die Nase atmen konnte.

Auf die andere Seite hatte sich der alte englische Medizinmann gekniet. Er hatte seinen zuckerhutförmigen Filz abgenommen, und der Wind bewegte sein weißes, gelocktes Haar. Er war es auch, der sozusagen von Amts wegen und ohne erst lange Erklärungen ihrer Absichten zu brauchen die Rolle des Assistenten übernahm und die ersten Klammern zur Annäherung der Wundränder setzte. Es war so gut wie unmöglich, sie völlig zusammenzubringen, doch Angélique stieß mit schneller, entschlossener Bewegung die Nadel in das nur scheinbar schlaffe, in Wirklichkeit zähe und widerstrebende Fleisch, das sie mit ihren Fingern hielt, während sie mit einer leichten Drehung des Handgelenks, der man nicht ansah, welche ungewöhnliche Kraft und Geschicklichkeit dazu gehörte, den mit Talg eingeriebenen Faden durchzog und zu einer Schlinge knüpfte. Sie arbeitete schnell, regelmäßig, ohne Zögern, über den Mann gebeugt, reglos, abgesehen von den unerbittlichen Bewegungen ihrer beiden geschmeidigen Hände. Shapleigh folgte ihr, half ihr mit Klammern oder mit den Fingern, wenn die Klammern unter dem Druck des gequälten Fleischs nachgeben wollten.

Der unglückliche Märtyrer blieb in seinem Zustand halber Betäubung, doch seinen Körper durchliefen unablässig störende Zuckungen, und zuweilen war durch den Knebel ein schreckliches Röcheln zu hören, das sein letztes zu sein schien. Zudem drohte die schleimige, stinkende Masse der Eingeweide jeden Moment überzuquellen und mußte wie ein Tier, das erstickt werden soll, ins Innere zurückgedrängt werden. Die ständig zwischen den Wundrändern austretenden weißlichen und violetten Windungen bildeten immer wieder Geschwülste, deren Verletzung oder Platzen unweigerlich verhängnisvolle Folgen gehabt hätte. Aber sie hielten stand, und der letzte Stich wurde verknotet.

Der Mann lag wie tot.

Angélique nahm den Gerbstoffbrei, den ihr die Indianerin reichte, strich ihn über die gesamte Bauchoberfläche und zog die Enden eines breiten Leinwandstreifens, den sie zuvor unter dem Kreuz des Patienten durchgeschoben hatte, fest darüber zusammen.

So geschnürt und gegürtet, brauchte er sich nur noch an seine wieder in ihre ordnungsgemäße Lage zurückversetzten Innereien zu gewöhnen, die nun hoffentlich Vernunft annehmen würden.

Angélique richtete sich mit schmerzendem Rücken auf. Die Operation hatte länger als eine Stunde gedauert.

Sie ging zum Brunnen und wusch sich die Hände. Dann kehrte sie zurück, um Ordnung zu schaffen.

Von der Bucht hallten Hammerschläge herauf. Das Boot würde vor seinem schurkigen Kapitän zur Abfahrt bereit sein.

Angélique hob das Lid des Verletzten, horchte das Herz ab. Er lebte noch immer. Und während ihr Blick nachdenklich von seinen schmutzigen, durch Geschwülste entstellten Füßen über den reglosen Körper zu seinem struppigen Haarschopf glitt, empfand sie unversehens etwas wie Sympathie für dieses traurige Stück Menschheit, dessen armselige Existenz sie eben gerettet hatte.

Fünfundzwanzigstes Kapitel

Nicht alle, und schon gar nicht die Kranken und Verletzten, konnten an Bord der wieder in segelfähigen Zustand versetzten Schaluppe der Piraten Platz finden. Die Auswahl der Besatzung warf Probleme auf, die Angélique einmal mehr vor Gewissenskonflikte stellten.

Es lag auf der Hand, daß der in Navigationskünsten geübte Cantor das Kommando übernehmen und das Boot sicher nach Gouldsboro bringen mußte. Stougton und Corwin, beide an der Küste aufgewachsen, würden ihm dabei zur Hand gehen, und es war nur logisch, daß ihre Frauen und Kinder sie begleiteten. Ebenso natürlich war, daß ihre Dienstboten sie nicht verlassen wollten; ohne ihre Herrschaft würden sie nicht wissen, wo sie hingehörten. Damit war aber das Boot bereits gefüllt. Zusätzlich noch pflegebedürftige Kranke in ihm zu betten war außerhalb jeder Möglichkeit.

Angélique hatte vom ersten Moment an begriffen, daß sie gezwungen sein würde, mit ihnen zurückzubleiben, und ihr Verantwortungsgefühl hatte sie noch niemals soviel Überwindung gekostet. Besonders fühlte sie sich an das ächzende Knochengerüst ihres Operierten gebunden, der hartnäckig darauf bestand zu leben und im übrigen Aristide Beaumarchand hieß, wie einer seiner Kumpel ihr anvertraute. „Ein reichlich hochtrabender Name für diesen Burschen", hatte Angélique achselzuckend erwidert. „Holzkopf paßte jedenfalls besser auf ihn."

Cantor erhob lebhaften Protest. Es widerstrebte ihm äußerst, seine Mutter in so verdächtiger und gefährlicher Gesellschaft zurückzulassen.

„Wenn du dir's richtig überlegst", sagte sie ihm, „wird dir klarwerden, daß man keinen der Kranken an Bord nehmen kann. Sie würden die Schiffsmanöver stören, Pflege beanspruchen, die man ihnen unter diesen Umständen nicht geben kann, und womöglich unterwegs sterben."

„Schön. Dann sollen sie mit dem alten Shapleigh hierbleiben. Er soll sie pflegen."

„Shapleigh hat mir gesagt, daß er an einem der nächsten Abende fort will und seinen Abmarsch wegen des Mondes nicht länger aufschieben kann. Mir kommt's eher so vor, als ob er keinen Wert auf das Beisammensein mit dieser karibischen Kanaille legte . . ."

„Und Ihr? Drohen Euch keine Gefahren in ihrer Gesellschaft?"

„Ich kann mich verteidigen. Außerdem sind sie krank wie Tiere."

„Nicht alle. Einer von den Kerlen hat sich schon ganz hübsch erholt. Sein Blick sagt mir nichts Gutes."

„Nun, dafür gibt's eine Lösung. Du nimmst ihn mit an Bord, Corwin und Stougton werden ihn überwachen, bis ihr ihn auf irgendeiner Insel der Cascobucht aussetzen könnt. Dann segelt ihr so schnell wie möglich nach Gouldsboro. Wenn ihr guten Wind habt, kann es sein, daß ich dich in weniger als acht Tagen auf der *Rochelais* zurückkehren sehe. Bis dahin kann mir hier nichts Ernstliches passieren."

Sie wollte sich davon überzeugen, und Cantor gab schließlich zu, daß es, wie die Dinge nun einmal lagen, keine andere Möglichkeit gab.

Je früher der Anker gelichtet wurde, desto früher würden sie sich wieder alle im Schutz der Mauern von Gouldsboro zusammenfinden, das in ihren Augen so etwas wie ein Hafen des Friedens war, das Ende aller ihrer Sorgen. In Gouldsboro gab es Waffen, Überfluß an allem, Männer, Schiffe . . .

Jetzt waren sie nur noch zu acht auf der Spitze der Halbinsel über der Maquoitbucht.

Vor zwei Tagen war die Schaluppe der Flibustier voll aufgetakelt, wie es sich gehörte, und meisterlich von Cantor geführt, aus dem Fjord gesegelt und hatte, schräg wie eine Möwe im Winde liegend, Kurs auf die Inseln genommen.

An Bord waren die Familien Corwin und Stougton, ihre Dienstboten, die kleine Rose Ann und der am wenigsten kranke Pirat, den man bei der ersten günstigen Gelegenheit loswerden wollte. Vor dem Aufbruch hatte er noch lange in seinem Rotwelsch mit seinen Kumpanen gesprochen, aber man würde ihn sorglich im Auge behalten . . .

Zurückgeblieben war der kleine Sammy Corwin, dessen Verbrennungen noch nicht genügend verheilt waren, der noch recht geschwächte Pastor, von dem sich Miß Pidgeon nicht hatte trennen wollen, und natürlich Adhémar. Seine Angst vor dem Meer und den Engländern hatte ihn bewogen, bei Angélique zu bleiben, der er die Fähigkeit zutraute, ihn zu beschützen, mochten die Gründe dafür diabolischer Natur sein oder auch nicht. Angélique verwendete ihn zum Holz- und Wasserholen, zum Muschelsuchen und zum Fächeln der von Mücken geplagten Kranken. Ohnehin hätte die Schaluppe auch nicht eine Person mehr aufnehmen können, und es bedurfte schon der ganzen hemmungslosen Unverschämtheit Wolverines, des Vielfraßes, der sich wie ein Fischotter in Cantors Kielwasser stürzte, um an Bord noch Platz zu finden.

An diesem Morgen hatte Reverend Partridge die Augen geöffnet, erklärt, es sei Sonntag, und die Bibel verlangt, um seine Predigt vorbereiten zu können. Man glaubte, er deliriere im Fieber, und wollte ihn beruhigen, aber er tobte und wiederholte so energisch, es sei Sonntag, der Tag des Herrn, daß man sich schließlich der Tatsache beugen mußte: Es war wirklich Sonntag.

Eine Woche war seit dem Angriff auf die englische Siedlung verstrichen.

Angélique hoffte noch immer, daß eins von Joffreys Schiffen in der Kennebecmündung kreuzte, und Cantor hatte ihr versprochen, nach ihm Ausschau zu halten. Wenn er keins fände, würde er in zwei Tagen in Gouldsboro sein und von dort aus Hilfe schicken. Ein gutes, tüchtiges, großes Schiff, bestückt mit großen Kanonen, auf dem sie sich während der Fahrt übers Meer erholen und in aller Ruhe heimkehren könnten.

Welch erfreuliche Aussicht!

Aber nun waren schon zwei Tage vergangen, und nichts zeigte sich am Horizont.

Mit tremolierender Stimme las Elisabeth Pidgeon dem Pastor aus der Bibel vor. Mit argwöhnischen, verdrossenen Mienen lauschten auch die beiden kranken Piraten. Man mußte sie natürlich pflegen, war aber nicht sonderlich daran interessiert, sie rasch zu Kräften kommen zu sehen. Der dritte, der größte und kräftigste von ihnen, pendelte zwischen dem Lager Holzkopfs und seinen in der Hütte liegenden Kum-

159

panen hin und her und hielt mit ihnen endlose geflüsterte Beratungen ab. Das kümmerliche Benehmen, das er anfangs an den Tag gelegt hatte, verhärtete sich. Er wirkte riesig, schwer und irgendwie beunruhigend.

„Paß auf ihn auf", sagte Angélique zu Adhémar. „Sonst bringt er es fertig, sich eins ihrer Messer zurückzuholen und uns in den Rücken zu stoßen."

Das Verhalten des Mannes zeigte, daß er sich aufrichtig um den Operierten sorgte.

„Er ist mein Bruder", sagte er.

„Ihr seht euch nicht gerade ähnlich", stellte Angélique fest und verglich seine Scheunendrescherfigur mit dem mageren, dürftigen Körper, der sich unter der Wolldecke abzeichnete.

„Wir sind ‚Brüder der Küste'*. Wir haben unser Blut getauscht und schmeißen seit über fünfzehn Jahren unsere Beute zusammen."

Und mit einem häßlichen Lächeln in seinem von den Schwellungen der Bienenstiche entstellten Gesicht:

„Kann schon sein, daß ich Euch deshalb nicht abmurkse ... Weil Ihr Aristide gerettet habt."

Sie mußte die Nächte durchwachen. Sie hatte über dem Verletzten eine Leinwand aufgespannt, weniger um ihn gegen die Sonne zu schützen, die durch das Gezweig der Bäume ohnehin gedämpft wurde, als gegen den Nachttau oder plötzliche Regenfälle, vor denen man nie sicher war, oder gar gegen aufsprühenden Gischt, den der Wind bei Hochflut zuweilen bis zu ihnen herauftrieb.

Sie wachte über ihn, beharrlich, aufmerksam, überrascht, diesen scheinbar verurteilten Körper wirklich genesen zu sehen, und so beglückend war der allmählich sich abzeichnende Erfolg, daß sie den armen Aristide gelegentlich fast liebte.

* Französische Freibeuter, die sich unter dem Namen *Frères de la Côte* gegen die sie bekämpfenden Spanier zusammenschlossen und im Karibischen Meer Seeräuberei betrieben. D. Ü.

Noch am Abend der Operation hatte er die Augen geöffnet und Tabak sowie einen Grog gefordert: „Mit einer ganzen Zitrone drin, die du mir abpellst, Hyacinthe . . ."

Obwohl sie den Grog und die Zitrone durch eine gut passierte Fischbrühe ersetzte, erwachten seine Lebensgeister erstaunlich schnell.

Und dann war der berühmte Sonntag gekommen, an dem auch Reverend Partridge wieder aufzuleben begann . . .

„Ich werde Euch helfen, Euch aufzusetzen", sagte Angélique zu dem Verletzten.

„Mich aufsetzen? Willst du meinen Tod?"

„Nein. Aber Euer Blut muß zirkulieren, sonst wird es zu dick. Und im übrigen verbitte ich mir, daß Ihr mich duzt. Ihr seid jetzt nicht mehr in Gefahr."

„He! Was für ein Weib!"

„Kommt, helft mir, Ihr da, Bruder der Küste."

Zu zweit packten sie ihn unter den Armen, hißten ihn hoch und brachten ihn in sitzende Stellung. Er war blaß, und Schweiß perlte auf seiner Stirn.

„Schnaps! Gebt mir Schnaps!"

„Adhémar, bring die Flasche."

Als er getrunken hatte, schien er sich wohler zu fühlen. Sie lehnte ihn gegen einen Haufen Säcke, über die sie Felle gebreitet hatte, und musterte ihn befriedigt.

„Das hätten wir, Holzkopf! Jetzt braucht Ihr nur noch zu pissen und abzuprotzen wie jedermann, und Ihr seid ganz gesund."

„Sieh einer an", grinste er. „Ihr habt wenigstens keinen Schiß vor einem offenen Wort. Sie müssen wohl recht haben, die da erzählen, Ihr seid dem Schenkel des Teufels entsprungen . . . Weil's wahr ist!"

Er wischte sich über die feuchte Stirn. Sie hatte ihm seinen von Ungeziefer wimmelnden Bart abrasiert, und er bot nun den harmlosen Anblick eines von seiner Frau und seinen Gläubigern gepiesackten kleinen Spießbürgers.

11 Versuchung

„Neben Goldbart bin ich jetzt nichts mehr", quengelte er. „Außerdem hab' ich allmählich genug ..."

Sie half ihm, zusammen mit Hyacinthe, sich wieder auszustrecken. Später, als er sich ein wenig ausgeruht hatte, sagte sie:

„Plaudern wir ein wenig von diesem Goldbart und den Leuten, die behaupten, ich sei dem Schenkel des Teufels entsprungen."

„Oh, damit hab' ich nichts zu tun", verteidigte er sich.

„Ihr wißt also, wer ich bin?"

„So ganz genau nicht, aber Goldbart weiß es. Ihr seid die Französin von Gouldsboro, die eine Hexe sein soll und mit einem Zauberer zusammenlebt, der Gold aus Muscheln fabriziert."

„Warum nicht gleich aus Rum?" meinte Angélique ernst. „Das würde Euch besser passen, was?"

„Jedenfalls schwatzen so die Seeleute, denen wir in der Französischen Bucht begegnet sind. Unter Seeleuten muß man sich vertrauen."

„Seeleute wie ihr nennt man Freibeuter. Richtige Seeleute benutzen nicht euren Jargon."

„Von Hyacinthe und mir könnt Ihr so reden, wenn Ihr wollt", erklärte Holzkopf mit würdiger und gekränkter Miene, „aber nicht von Goldbart. Der ist ein Herr, jawoll! ... Und der beste Fahrensmann, den man rund um den Globus antreffen kann. Ihr könnt mir's glauben, wenn ich's Euch sage, denn ich hab' keinen Grund, ihm Honig ums Maul zu schmieren. Ihr habt ja gesehen, wie uns dieser Schuft behandelt hat! Uns einfach auszusetzen und so gut wie ohne Fressalien und Waffen in diesem Land der Wilden zurückzulassen! Wir entehrten sein Schiff, hat er gesagt."

Der Portugiese, dessen Schwellungen ein wenig zurückgegangen waren, hatte es gehört und nickte beifällig.

„Daß er ein verdammt tüchtiger Seemann ist, stimmt. Ich kenne Goldbart länger als du, Chef, seit Goa und Indien. Ich hab' mich nur wegen dieser Gouldsboro-Geschichte mit ihm verzankt, und es wird mir immer leid tun."

Der starke Wind wehte Angélique das Haar ins Gesicht, so daß sie es immer wieder zurückschieben mußte.

Etwas Betäubendes und Verwirrendes ging von diesem unablässigen

162

Brausen auf sie über, das sie daran hinderte, ihre Gedanken zu sammeln und klare Schlüsse zu ziehen.

„Wollt Ihr damit sagen, daß Ihr wußtet, wer ich war und daß *ich hier war*, als Goldbart Euch im Fjord zurückließ?"

„Nein, davon hatten wir keinen Schimmer", sagte Beaumarchand rasch. „Das war Zufall, der Zufall, der manchmal braven Kerlen wie uns zuzwinkert, wenn sie in der Scheiße sitzen. Es wär' nicht das erstemal, daß uns der Zufall an den Haaren da rausgezogen hätte, stimmt's, Hyacinthe?"

„Aber wie habt Ihr erfahren, daß ich da war?" beharrte sie ungeduldig.

„Ha, als wir merkten, daß jemand oben auf der Klippe war, schlichen wir näher, spitzten ein bißchen die Ohren, und als uns aufging, daß Ihr es wart, die Französin aus Gouldsboro, die Gräfin Peyrac, wie man sagt, Ihr und eine Bande Engländer, da dachten wir, wir hätten noch mal eine Chance erwischt."

„Was für eine Chance?"

„Teufel! Goldbart sagte, er hätte Befehl, den Grafen Peyrac, wenn nötig, zu töten und Euch zu kapern . . ."

„Nichts weiter? Und von wem kam der Befehl?"

Angéliques Herz tat in ihrer Brust einen Sprung. Der Trunkenbold vor ihr war in einer Hinsicht interessant: Geschwätzig wie eine Elster und ewig unter Alkohol, redete er ohne jede Hemmung und völlig unüberlegt.

Sechsundzwanzigstes Kapitel

Doch auf diese Frage antwortete er mit einer Grimasse, die seine Ahnungslosigkeit verriet.

„Er muß ihn haben, seitdem er vor seiner letzten Tour ins Karibische Meer nach Paris gegangen war, um seine Kaperbriefe vom Minister unterschreiben zu lassen. Hast du ihn nicht begleitet, Lopez?"

Der Portugiese nickte.

„Und deshalb habt ihr also versucht, mich zu fangen . . ."

„Teufel noch eins! Versetzt Euch doch in unsere Lage! . . . Und jetzt, nachdem Ihr mich aufgetrennt und wieder zusammengeflickt habt, weiß ich genau, daß Ihr eine Hexe seid."

Er blinzelte ihr zu, und sie war sich nicht sicher, ob dieses Blinzeln Komplicität oder Bosheit enthielt. Und um seinen Mund lag ein spöttisches, stummes Lachen.

„Warum hat euch euer Kapitän nun eigentlich ausgesetzt?" fragte sie.

„Wir waren uns über die Verteilung der Beute nicht einig. Aber das sind keine Weiberangelegenheiten. Nicht mal eine Hexe geht's was an", erklärte Aristide erhaben.

„Vermutlich wird ihm aufgegangen sein, daß ihr nicht in seine Mannschaft paßt, wenn er ein Herr ist, wie ihr sagt."

Man brauchte nicht erst lange Untersuchungen anzustellen, um zu merken, daß die fünf Freibeuter, die sich unten auf dem Uferstreifen des Fjords angefunden hatten, ebensolches Gesindel waren wie die, die Joffrey während seiner letzten Fahrt an den Rahen seines Schiffes hatte aufknüpfen lassen müssen.

An einem empfindlichen Punkt getroffen, hüllte sich Aristide in würdiges Schweigen.

„Was hatte denn euer Goldbart in Gouldsboro vor?" beharrte Angélique.

Er brachte es nicht fertig, sich länger würdig und stumm zu verhalten.

„Warum soll ich verrückt spielen? . . . Das ganze Land da wollte er sich unter den Nagel reißen, natürlich!"

Sie starrte ihn an.

„Ihr braucht Eure Gucker nicht so groß wie Rasierschüsseln aufzureißen, meine Schöne. Ich hab' Euch schon gesagt, daß der Sieur Goldbart ein Korsar ist, der alles hat, was er an Kaperbriefen braucht, ausgefertigt vom Minister, von seiner Gesellschaft in Paris und sogar vom Hauptquartier auf der Tortue-Insel. Außerdem –", und Aristide hob belehrend den Zeigefinger, – „außerdem hat er vom König von Frankreich als Konzession das ganze Gebiet zwischen der Spitze der Blauen Berge und der Bucht von Gouldsboro gekauft und erhalten."

„Was Ihr sagt!" rief Angélique aus.

„Die Idee ist Goldbart schon immer durch den Kopf geschwirrt, sosehr er auch Seemann ist. Sich mit seinen Leuten auf einem Stück Land einzurichten, um französischen Weizen zu pflanzen. Deshalb haben Lopes und ich uns auch mit ihm in die Haare gekriegt. Mir liegt's mehr, durch die Gegend zu stromern, bis die Haie mich schnappen, und ich hab' schließlich auch recht gehabt. So ausgekocht der Sieur Goldbart auch ist und sosehr der König ihn protegiert, sind seine großartigen Kolonisierungsideen doch nach hinten losgegangen. Man hat ihm glühende Kugeln in den Kiel geschossen ... Mit diesen Burschen von Gouldsboro ist nicht zu spaßen. Unsere arme *Coeur de Marie* ..."

„Was ist das?"

„So heißt unser Schiff."

„Merkwürdig", überlegte Angélique flüchtig, „je schlimmer Freibeuter sind, desto mehr liegt ihnen daran, ihre Schiffe mit frommen Namen zu schmücken, sicherlich in der Hoffnung, Schutz oder die Vergebung der Himmlischen zu erlangen."

Sie sah auf.

„Wußte euer Kapitän wirklich nicht, daß die Küste schon im Besitz eines anderen war und daß dort Leute lebten?"

„Man hat uns gesagt: Frauen gibt's da. Weiße Frauen, keine Indianerinnen. Das hat uns genügt. Wir würden das Land einkassieren und jeder von uns für den Anfang eine Frau. Dann würden wir richtig zu kolonisieren anfangen. Ja, denkste! Mit glühenden Kugeln haben sie uns empfangen, und als wir zu landen versuchten, haben uns diese Verrückten förmlich tranchiert. Das Schiff hatte schon Schlagseite und fing an zu brennen. Wir konnten uns gerade noch wie Hosenscheißer zwischen die Inseln verziehen. Und meinem hochgeehrten, aber dämlichen und mit seinen großartigen Ideen gestrandeten Goldbart war außer seiner prächtig gesiegelten Urkunde nichts von seinen schönen Plänen geblieben. Jawoll!"

Sein rauhes Gelächter endete in einem Hustenanfall.

„Hustet nicht!" sagte Angélique streng.

Sie überzeugte sich, daß die Vernarbung nicht gelitten hatte.

Ein scheußlicher Kerl, dieser Aristide, aber wenn zutraf, was er sagte, waren diese Auskünfte von großem Wert.

Sie zitterte bei dem Gedanken, daß ihre Rochelleser Freundinnen ohne die energische Verteidigung Gouldsboros durch die Hugenotten diesen Burschen in die Hände gefallen wären.

„Nein, Goldbart ist nicht so, wie Ihr glaubt", fuhr der Kranke beharrlich, aber mit schwächerer Stimme fort, als hätte er ihre Gedanken erraten. „Kaperbriefe, Rückhalt beim König als Korsar unter dem Lilienbanner und Fürsten, die ihm Geld pumpen, all das hat er, wie ich schon sagte ... Er ist hart mit mir umgesprungen, aber unter seiner Flagge hat keiner Grund gehabt, sich zu beklagen. Ein Herr ist er, Ihr könnt's mir glauben. Und alle Tage gab's ein Viertelliter Schnaps, wie auf den Schiffen des Königs. In seiner Mannschaft war man jemand, das ist sicher ... Habt Ihr nicht ein Stückchen Käse, Madame?"

„Käse? Ihr seid närrisch! Schlaft!" sagte Angélique.

Sie zog ihm die Decke bis zum Kinn, steckte sie unter ihm fest, wischte ihm den schlaffen Mund.

„Armer Holzkopf", dachte sie. „Du bist nicht den Strick wert, mit dem man dich hängen wird."

Und trotz der Kälte, der Schreie der Seehunde, der düsteren Mauer der Kiefern, die den Strand begrenzte, tauchten die Piraten des Mittelmeeres, das buntgemischte Völkchen seiner Abenteuer, vor ihr auf. Sie empfand von neuem Faszination und Angst ...

In Brunswick Falls hatte ihr Mrs. Williams erzählt, daß früher die abgebrühtesten dieser Kavaliere des Abenteuers vor den ärmlichen Dörfern der Kolonisten Neuenglands geankert hatten, ohne ihnen etwas zu tun; aber diese Zeiten waren vorbei.

Der aufblühende Reichtum an den Küsten Amerikas zog jetzt die Plünderer an.

Man mußte diesen Zustand beenden, die anarchischen Verhältnisse an den Küsten ordnen und zivilisieren. Und vor ihr stieg Joffreys hohe Gestalt auf. Zuverlässig, selbstsicher, beteiligt an allem, was Leben und Aktion war, erschien er ihr als das kraftvoll-männliche Prinzip der Neuen Welt.

„O mein Liebster! Ihn wollen sie töten ..."

Er würde sich nicht töten lassen.

Aber der wieder aufgeflammte indianische Krieg, der die terrorisierte Bevölkerung über die Buchten auf die Inseln jagte und alle Bündnisse fraglich machte, würde die Aufgabe erschweren, und die Piraten würden nach Belieben plündern können. Durch welche zufälligen oder vorausberechneten Verknüpfungen war sie selbst auf diese Halbinsel geraten, sie, die erst vor kurzem Wapassou verlassen hatte und überzeugt gewesen war, ohne sonderliche Zwischenfälle Gouldsboro zu erreichen?

„Lopes", sage sie laut, „Ihr wart mit diesem Goldbart in Paris, als er sich seine Kaperbriefe und sicher auch Geld holte, um sein Schiff auszurüsten. Wer protegierte ihn? Wer waren seine Reeder oder Teilhaber? Könnt Ihr mir einen Namen nennen?"

Der Portugiese schüttelte den Kopf.

„Nein ... Ich war drüben nur sein Diener. Manchmal kamen andere Diener und brachten Botschaften. Und dann gab's da einen ..."

Er schien zu überlegen.

„Ich weiß seinen Namen nicht. Aber wenn Ihr jemals einem großen Kapitän mit einem Weinfleck begegnet, einem violetten Mal hier –", er deutete auf seine Schläfe, „– nun, dann paßt auf, dann sind Eure Feinde nicht weit. Eine Hand wäscht die andere. Schließlich, ob Hexe oder nicht, habt Ihr meinen Kumpel gerettet ..."

Siebenundzwanzigstes Kapitel

Wieder sank der Abend über das Meer mit einem langgezogenen Streifen orangenen Leuchtens im Westen, wo die Küste in einem weiten Bogen südwärts zurückwich, wie um mit einer ungeheuren zärtlichen Geste das Universum der vielen Buchten und Inseln dieses riesigen blauen Kessels zu umfangen, in den sich mit den Strömungen des Nordens die blausilberne Ernte der Fische ergießt.

Fischnester der Welt sind diese Gewässer. Zusammenfluß warmer und kalter ozeanischer Strömungen, die reiche Planktonreserven mit sich führen und durch sie den Fisch anziehen, unausschöpfbare Jagdgründe für die Fischer aller Länder seit Beginn der Zeit.

Die aus Saint-Malo waren mit ihren Schaluppen hierhergekommen, lange bevor Christoph Kolumbus die Antillen entdeckte.

Nun ließ der Frühling auf den Fluten die weißen Segel der Schiffe wie weit geöffnete Blüten gigantischer Seerosen wuchern.

Und je tiefer die Nacht sich über alles senkte, desto zahlreicher wurden vor Angéliques Blick die rötlich aufglimmenden Feuer, über die ganze dunkle Weite verstreut, doch fern und verschwimmend wie Sterne.

„Er trinkt nicht", murmelte neben ihr Aristide. „Was haltet Ihr von einem Seemann, der nicht trinkt?"

„Von wem sprecht Ihr, mein Junge?"

„Von diesem verfluchten Goldbart ... Er trinkt nur, wenn er sich ein Weib nimmt. Aber das passiert nicht oft. Sieht ganz so aus, als ob er die Weiber nicht mag ... weder sie noch den Schnaps. Und dabei ist er ein toller Kerl. Beim Sturm auf Portobello hat er die Mönche vom Kloster San Antonio als Kugelfänger vor seinen Leuten herstolpern lassen. Die Spanier der Garnison flennten, als sie auf sie schossen."

Ein Schauder überlief Angélique.

„Dieser Mann ist gottlos!"

„Nicht so sehr, wie Ihr denkt. Bei ihm an Bord wird regelmäßig gebetet, und die schwierigen Brüder schickt er für zwanzig Rosenkränze auf die Bugsprietmars."

Angélique glaubte in ihrem Unbehagen, den goldfarbenen Bart des blutigen Flibustiers im nächtlichen Dunkel wehen zu sehen, und der Gedanke, daß das Schiff eines solchen Mannes eine Nacht lang am Fuß der Klippe geankert hatte, als die fünf Meuterer ausgesetzt worden waren, trieb ihr eine Gänsehaut über den Rücken.

„Er kommt zurück, Ihr werdet's sehen", ächzte der Kranke.

Von neuem schüttelte sie ein Schauder, und das Rauschen des Windes in den Kiefern klang ihr plötzlich unheilvoll.

„Schlaft, Freund."

Sie zog die Enden ihres Mantels um sich zusammen. Bis Mitternacht wollte sie aufbleiben, danach sollte der „Bruder der Küste" die Wache übernehmen. Auch er hatte sich ans Feuer gehockt, eine massive Gestalt, den Kopf tief zwischen die Schultern gezogen, und sie hörte, daß er sich den struppig wuchernden Bart kratzte, um das Jucken seiner gereizten Haut zu beruhigen.

In Gedanken mit tausend Dingen beschäftigt, mit dem Blick die Sterne suchend, sah sie nicht, daß er sie mit glänzenden Augen anstarrte. Jetzt, da er nicht mehr so elend war, kamen ihm beim Anblick dieser Frau allerlei komische Gefühle. Reglos in ihrem schwarzen Mantel wie eine Statue, ein Gesicht, das wie ein Mondstrahl im Dunkel schimmerte, eine goldene Strähne, die ihre Wange streichelte und die sie mit einer Handbewegung zurückstrich – diese Geste allein genügte, ihre verborgene üppige Schönheit, die feste Fülle ihrer Formen zu beschwören, die er bewunderte.

„Ihr könnt mir glauben, ich bin nicht wie Goldbart", murmelte er. „Ich mag die Frauen."

Er räusperte sich.

„Gönnt Ihr Euch nie ein kleines Vergnügen, Madame?"

Sie wandte langsam den Kopf in seine Richtung.

„Mit Leuten deiner Art? Nein, mein Junge."

„Was paßt Euch nicht an Leuten meiner Art?"

„Ein Kürbiskopf, der viel zu häßlich ist, als daß es einem Vergnügen machen könnte, ihn zu küssen."

„Man muß sich ja nicht küssen, wenn Euch das nichts sagt", meinte er versöhnlich. „Man könnte auch was anderes tun."

„Bleib an deinem Platz", befahl sie trocken, als sie sah, daß er sich näher heranschieben wollte. „Ich hab' schon andere für weniger als das aufgetrennt. Und bei dir würde ich mir nicht die Mühe machen, dich wieder zusammenzuflicken."

„Ah, Ihr seid nicht gerade umgänglich", grollte er, sich von neuem mit Hingabe kratzend. „Ich biete Euch doch bloß eine Gelegenheit. Wir sind allein, und Zeit haben wir auch. Ich heiße Hyacinthe ... Hyacinthe Boulanger. Sagt Euch das wahrhaftig nichts?"

„Ohne dich kränken zu wollen – nein. Im übrigen bin ich nur vorsichtig, Hyacinthe", sagte sie leichthin, um ihn sich nicht zum Feind zu machen. „Die Seeleute, die man an den Küsten aussetzt, sind nicht gerade immer von der allerersten Frische. Wenn ich dich so ansehe, könnt' ich wetten, daß du bis in die Knochen syphilitisch bist."

„Ah! Nein, das ist nicht wahr, ich schwör's Euch!" schrie der Pirat entrüstet. „Wenn ich solchen Schädel habe, dann nur wegen Eurer verfluchten Bienenstöcke, die Ihr uns in die Fresse gefeuert habt."

Aristides jammernde Stimme erhob sich:

„Hört endlich auf, so über meinen Kopf weg zu quatschen, als wenn ich schon abgekratzt wäre."

Schweigen breitete sich wieder aus.

Angélique sagte sich, daß sie keinen Grund habe, ein Drama aus dieser Geschichte zu machen. Sie hatte anderes erlebt. Aber in ihrem Zustand latenter Angst jagte ihr das Verlangen dieses düsteren Individuums in der unheimlichen Nacht dieser gottverlassenen, von Wind und Wogen gepeitschten Küste einen Schreck ein, den sie nicht abzuschütteln vermochte. Ihre Nerven waren aufs äußerste angespannt, und sie verspürte den unwiderstehlichen Drang davonzulaufen. Sie zwang sich, ihm nicht nachzugeben und gleichmütige Haltung zu bewahren, um ihn ihre Furcht nicht merken zu lassen. Schließlich nahm sie den erstbesten Vorwand zum Anlaß, aufzustehen und Hyacinthe zu empfehlen, auf das Feuer und seinen Kumpan zu achten, und ging der Hütte zu.

Rötlich übergossen vom Schein der Glut, über die sie sich bückte, wirkte Miß Pidgeon wie eine mit ihren Zaubertränken beschäftigte kleine Hexe.

Angélique beugte sich über Sammy Corwin, berührte seine laue Stirn, prüfte seine Verbände, dann lächelte sie dem alten Fräulein zu und trat wieder hinaus, um sich zu der Indianerin Maktera hinter die Hütte zu setzen.

Der Halbmond tauchte aus den Wolken auf. Es war eine jener Nächte, in denen man nicht schlafen konnte. Das unablässige, sich hastig überstürzende Zirpen der Grillen untermalte mit seiner eintönig-schrillen Melodie das dumpfere Brausen des Meers und des Windes.

Der alte Medizinmann erschien, in seinen weiten Mantel gehüllt, der zwischen Kragen und Hutkrempe nur die großen Gläser der Brille sehen ließ, in denen durch einen Reflex des Mondes plötzlich zwei gleißende Sterne aufblitzten. Der Indianer folgte ihm wie ein Schatten, auch er mit einer Decke um die Schultern, die Donnerbüchse unter dem Arm.

„Heute", sagte Shapleigh, „gehe ich, um das wilde Eisenkraut zu suchen, das heilige Kraut, das Kraut der Hexen. Man muß es pflücken, wenn der Stern Sirius am Firmament aufsteigt, in der Stunde, in der weder Sonne noch Mond über dem Horizont stehen und dem Pflücken beiwohnen und die Nacht nahe ist, in der die Zeichen zusammenfallen. Ich kann nicht mehr warten ... Ich lasse Euch zwei Pulverladungen für Eure Muskete hier und etwas, womit Ihr Eure Kranken betäuben könnt, um sie ungefährlicher zu machen. Seht Euch vor diesem Gesindel vor!"

Sie murmelte: „Thank you, Mr. Shapleigh."

Er entfernte sich einige Schritte und wandte sich dann um, um der zärtlichen fremden Stimme nachzulauschen.

Er betrachtete sie. Der Glanz ihrer grünen Augen im Licht des Mondes war kaum zu ertragen.

Ein spöttisches Gelächter verzog seinen zahnlosen Mund.

„Geht Ihr zum Hexensabbat?" fragte er. „Reitet Ihr auf Eurem Besen? Diese Nacht ist für eine Frau wie Euch wie geschaffen. Bei diesem Mond werdet Ihr dem Dämon mit den Gänsepfoten begegnen ... Habt

Ihr Euren Zauberstab nicht mit der Sabbatsalbe bestrichen? Ihr kennt das Rezept? Hundert Unzen Schmalz oder Menschenfett, fünf Unzen Haschisch, eine halbe Handvoll Hanfblüten, die gleiche Menge Blüten des Klatschmohns, eine Prise von der Wurzel der Christrose, zerstoßene Körner der Sonnenblume ..."

Da er englisch sprach, begriff sie nicht alles, was er sagte, aber er wiederholte ihr die Formel auf lateinisch, und sie erschrak.

Die alte Indianerin begleitete Shapleigh über die Halbinsel bis zur Waldgrenze und kehrte dann, füllig und schwer, in ihrem feierlichen Gang zurück. Angélique fragte sich, was für eine Rolle Maktera an der Seite dieses alten, närrischen Engländers wohl spielen mochte. Indianerinnen gaben sich selten dazu her, Dienstbotenaufgaben zu übernehmen. Vielleicht war sie seine Gefährtin gewesen, was auch die Verfemung des sonderbaren Gelehrten durch seine Landsleute besser erklären würde, die in den Rothäuten mindere, verächtliche Menschen sahen.

Eines Tages würde Angélique die Geschichte dieses seltsamen Pärchens erfahren, das an der wilden Küste der Maquoitbucht lebte, die Geschichte einer jungen Indianerin, der letzten Überlebenden des ausgerotteten Stammes der Pequots, die man vierzig Jahre zuvor auf den Marktplatz von Boston geführt hatte, um sie als Sklavin zu verkaufen. Ein junger, frisch mit seinem Apothekerdiplom in der Tasche gelandeter Engländer hatte sie für seinen Chef erworben. Und während er die noch Gefesselte auf dem Heimweg hinter sich herzog, mußten ihn wohl angesichts ihrer geschmeidigen Zartheit und der schwarzen, quellklaren Augen die dunkle Leidenschaft zum Guten, die Bereitschaft zur Tollheit überwältigt haben, die alle Söhne Shakespeares heimsuchen.

Und statt zum Haus zurückzukehren, war er geradewegs in den Wald gegangen. Gemeinsam hatten sie das verfluchte Königreich der Ausgestoßenen betreten.

Achtundzwanzigstes Kapitel

Quer über die braune, von Felsen glitzernde Fläche, die die Ebbe freigelegt hatte, näherte sich ein Mann. Leichten Schritts sprang er über die Lachen zurückgebliebenen Wassers.

Als er schon nahe war, erkannte Angélique Yann Le Couénnec, den Stallmeister ihres Mannes. Närrisch vor Freude lief sie ihm entgegen und schloß ihn freundschaftlich in die Arme.

„Yann, mein lieber Yann! Welch Glück, dich zu sehen! ... Wo ist mein Mann?"

„Ich bin allein", erwiderte der junge Bretone.

Und angesichts der Enttäuschung, die er in ihren Zügen las:

„Als der Herr Graf von Eurem Aufbruch nach dem englischen Dorf erfuhr, beauftragte er mich, um jeden Preis zu Euch zu stoßen. Seit acht Tagen folge ich Eurer Spur von Hussnock nach Brunswick Falls und dann den Androscoggin hinunter."

Er zog ein Pergament aus seiner Jacke.

„Ich soll Euch dies vom Herrn Grafen überbringen."

Sie entriß ihm gierig die Botschaft, glücklich, etwas von ihm in Händen zu halten, und es kostete sie einige Überwindung, vor dem Öffnen nicht ihre Lippen darauf zu pressen.

Gegen alle Wahrscheinlichkeit hoffte sie, daß Joffrey ihr sein Kommen ankündigte, sie an irgendeinem Punkt der Küste treffen wollte. Aber es waren nur einige ziemlich kühl gehaltene Zeilen: „Wenn diese Botschaft Euch in Brunswick Falls erreicht, kehrt mit Yann zur holländischen Niederlassung zurück. Solltet Ihr bereits in Hussnock sein, erwartet mich geduldig. Ich bitte Euch, zeigt Euch nicht allzu kühn und impulsiv."

Der Ton des Briefs, in dessen Worten etwas wie Gereiztheit schwang, bestürzte Angélique und ließ sie erstarren.

Der brave Yann erriet an ihrer Miene, daß es dem Brief seines Herrn an Freundlichkeit fehlen mußte – er erinnerte sich auch, daß der Graf bei der Übergabe des Schreibens sein finsterstes Gesicht aufgesetzt hatte –, und versuchte mit dem Takt der Einfachen, seine Wirkung zu mildern.

„Der Herr Graf sorgte sich um Euch der umlaufenden Gerüchte wegen."

„Aber . . .", sagte sie.

Ein Satz Yanns hatte sie betroffen gemacht: „Als der Herr Graf von Eurem Aufbruch nach dem englischen Dorf erfuhr . . ." Hatte er selbst sie denn nicht dorthin geschickt? . . . Sie suchte sich die näheren Umstände ihres Aufbruchs ins Gedächtnis zurückzurufen. Er lag nur wenige Tage zurück, und dennoch begannen sie sich schon in einem dunklen Chaos zu verlieren.

„Er hatte auch recht", fuhr Yann fort. „Westlich des Kennebec herrscht ein hübsches Durcheinander. In den Wäldern wimmeln ganze Ameisenheere von Wilden, Tomahawks und Fackeln in den Händen. Nichts als Asche und geschwärzte Balken und Leichen und aufflatternde Raben . . . Zum Glück plünderten noch ein paar Wilde in Newehewanik. Sie verrieten mir, daß Ihr mit Piksarett südwärts gegangen seid, nicht nach Norden wie die anderen Gefangenen. Ich mußte mich dann ständig verborgen halten, weil ich fürchtete, für einen Engländer gehalten zu werden, zumal ich ein bißchen rothaarig bin wie viele von ihnen . . ."

Sie musterte sein abgezehrtes, bärtiges, erschöpftes Gesicht und fand ihre Fassung wieder.

„Aber du mußt ja am Ende deiner Kräfte sein, mein armer Freund! Hast du dich unterwegs wenigstens ordentlich ernähren können? . . . Komm und stärke dich."

Yann war da und mit ihm die Nähe der Ihren, der Getreuen, der warmherzigen Gemeinschaft von Wapassou, und sehnsüchtig rief sie sich das ferne, kunstlos aus Baumstämmen gezimmerte Fort vor Augen – und Honorine . . .

All das schien weit weg wie am Ende der Welt.

Denn etwas war geschehen, was den Zauberkreis zerbrochen hatte, den Kreis der Liebe . . . den Kreidekreis der alten keltischen Legenden.

174

Der Abend sank. Angélique fühlte sich wieder wie einst von einer tiefen Angst ergriffen. Das Rauschen des Meers sprach ihr von ihrer früheren Einsamkeit, von dem erschöpfenden, ausweglosen Kampf, den sie ums nackte Leben hatte führen müssen, sie, eine Frau allein, zwischen den Fallen, die lüsterne Männer ihr stellten; und besonders des Meeres, seines rauhen Atems und der Stimmen der Piraten wegen, dachte sie ans Mittelmeer, damals, als sie noch ein gejagtes Wild gewesen war.

Bald gelang es ihr jedoch, diesen Anfall von Schwäche zu überwinden. Das Glück der letzten Monate hatte sie gefestigt.

Sie spürte, daß es ihr geglückt war, die die Entfaltung ihrer Persönlichkeit hemmenden Hindernisse zu überwinden, und daß sie allmählich jene innere Gelassenheit erlangte, die Zubehör ihrer Jahre und einer ihrer größten Reize war.

Ihrer selbst sicher, sicher einer Liebe, in die sie sich flüchten, in der sie sich ausruhen konnte, schien ihr die Welt weniger feindselig und leichter zu zähmen.

Noch ein wenig Geduld, und auch diese Prüfung würde ein Ende nehmen. Alles würde wieder in Ordnung kommen.

Sie wollte sich noch ein wenig länger mit Yann unterhalten, da sie seinem grundehrlichen Gesicht das Erstaunen ansah, sie in Gesellschaft der Galgenvögel wiederzufinden, aber ob durch Zufall oder infolge eines kleinen Komplotts, jedenfalls gelang es ihr nicht, im Laufe des Abends allein mit ihm zu sprechen. Die Piraten nahmen ihn unablässig in Beschlag, konnten aber seine Abneigung gegen sie nicht mindern.

„Iß, mein Junge", sagte Hyacinthe und gab sich, während er Yanns Napf großzügig mit Suppe füllte, alle Mühe, seinem noch immer verschwollenen Gaunergesicht einen bieder-herzlichen Ausdruck zu verleihen.

Yann bedankte sich höflich, blieb jedoch bei seiner Zurückhaltung und versuchte gelegentlich, Angéliques Blick zu begegnen, um eine stumme Erklärung zu fordern.

Es gab an diesem Abend eine Schildkrötensuppe, die Hyacinthe selbst gekocht hatte, und da Schildkrötensuppe die Wonne jedes Piraten ist, der auf sich hält, und Hyacinthe wie viele seinesgleichen ein ausgezeichneter Koch war, ließ sich nicht leugnen, daß diese besonders köstlich schmeckte.

„Ich spür's förmlich, wie ich wieder auflebe", sagte Aristide und schnalzte mit der Zunge.

„Ihr, mein Lieber, werdet bald wieder wie ein Kaninchen hüpfen", versicherte Angélique, während sie ihm die Decken für die Nacht zurechtzog.

Irgendwie hatte sie den Eindruck, daß nicht sie es war, die über ihn wachte, sondern daß sie sie belauerten.

Schließlich gelang es ihr, sich ein wenig mit Yann zu entfernen, um ihn über ihre reichlich ungewöhnlichen Gefährten aufzuklären.

„Ihr Kapitän hat sie an der Küste ausgesetzt, zweifellos wegen Widersetzlichkeit. Da sie ziemlich marode sind, können sie nicht gefährlich werden . . . wenigstens nicht für den Moment. Mir wär's trotzdem lieber, wenn Monsieur de Peyrac bald käme. Cantor muß schon in Gouldsboro angelangt sein . . . Hast du Munition?"

Sein Vorrat war erschöpft, da er hatte jagen müssen, um sich zu ernähren. Es war ihm nur ein wenig Pulver in seinem Horn geblieben.

Angélique bereitete die Muskete vor und legte sie neben sich.

Die Hitze war drückend, und der nächtlichen Seebrise gelang es nicht, ein Gefühl der Beklemmung zu zerstreuen.

Ihrer Gewohnheit entsprechend legte sich Angélique unter dem Baum nicht weit von dem Kranken entfernt nieder.

Eine seltsame Müdigkeit befiel sie, und bald hatte sie Mühe, ihre Augen offenzuhalten.

Der letzte visuelle Eindruck, den sie aufnahm, war der aus den Wolken tretende Halbmond, dessen langgezogene goldene Bahn sich entrollte und, über die dunklen Massen der verstreuten Inseln springend, mit einem Schlag die schweigende Bucht überquerte.

„Mein Mond . . . das ist mein Mond", dachte Angélique flüchtig, „der, der mich verliebt macht . . .", denn sie wußte sich zugänglicher in den Nächten, in denen das schwellende Gestirn wie ein lateinisches Segel über den Horizont glitt.

Dann sank sie in tiefen Schlaf. Sie träumte, und der Traum ängstigte sie: Viele Menschen umgaben sie, deren Gesichter sie nicht unterscheiden konnte, denn sie hoben sich wie schwarze Schattenrisse von einem kalt-rosigen Himmel ab.

Plötzlich durchlief sie ein Beben. Es war kein Traum, sie hatte die Augen geöffnet. *Viele Menschen umgaben sie.* Sie sah ihre dunklen Silhouetten, die sich schwer und langsam um sie herum bewegten, und der Himmel war rosig, denn die Morgenröte breitete sich über die Cascobucht.

Angélique richtete sich halb auf. Ihr Körper schien ihr wie Blei. Mechanisch fuhr sie mit der Hand über ihr Gesicht.

Dann bemerkte sie wenige Schritte entfernt Yann. Man hatte ihn aufrecht an einen Baumstamm gebunden. Er war gefesselt, und sein Mund war vor Wut verzerrt.

Und dann gewahrte sie Aristide Beaumarchand, der, sitzend und von zwei ihr unbekannten Matrosen gestützt, gierig den Inhalt einer frisch angebrochenen Flasche Rum schlabberte.

„Was sagt Ihr jetzt, meine Hübsche?" grinste er höhnisch. „Jetzt sind wir an der Reihe, Euch zu besitzen . . ."

Eine Stimme ließ sich vernehmen:

„Halt's Maul, Schafskopf! Es schickt sich nicht für einen abenteuernden Kavalier, der sich respektiert, den besiegten Gegner zu beleidigen . . . schon gar nicht, wenn es sich um eine schöne Dame handelt."

Angélique hob den Blick zu dem, der gesprochen hatte. Er schien jung, sah vorteilhaft aus und hatte in seinem Lächeln und seinen Manieren etwas von einem ehemaligen Pagen.

„Wer seid Ihr?" fragte sie mit tonloser Stimme.

Er zog seinen breitkrempigen, mit einer roten Feder geschmückten Hut, schwenkte ihn und verbeugte sich galant.

„Ich heiße François de Barssempuy."

Und mit einer zweiten, tieferen Verbeugung, die Hand auf dem Herzen:

„Ich bin der Leutnant Kapitän Goldbarts."

Neunundzwanzigstes Kapitel

Erst jetzt bemerkte sie, daß ein Schiff in der Bucht vor Anker lag. Am Fuße der Klippe.

Als erstes fiel ihr auf, daß es ein recht hübsches Schiff war, obwohl es ziemlich kurz schien und mit seinen hohen Aufbauten an Bug und Heck, deren in lebhaften Farben gehaltene Verzierungen in der aufgehenden Sonne leuchteten, veraltet wirkte. Mehr eine „Caraque", einer jener bauchigen portugiesischen Segler, als eins der schnittigeren Schiffe, wie sie jetzt die Ozeane befuhren.

Ein Boot wurde eben herabgelassen, senkte sich ins ruhige Wasser, in dem sich die Spiegelung der Ankerkette spitzwinklig brach . . .

„Die Schildkrötensuppe macht schläfrig, was?" sagte Hyacinthe. „Man braucht nur eine Kleinigkeit drunterzumischen . . . Hatte ja Auswahl genug unter Euren Arzneifläschchen."

Plötzlich war Angélique wach. Sie hatte begriffen, was geschehen war. Mit einer geschmeidigen Bewegung sprang sie auf, stürzte sich blitzschnell auf Beaumarchand, packte ihn an den Schultern und schüttelte ihn wie einen Pflaumenbaum.

„Dreckskerl, Ihr! Ich hab' Euch den Wanst wieder zugenäht, und Ihr habt mich dafür an Goldbart verkauft!"

Sie mußten sich zu viert dazwischenwerfen, um sie zu trennen.

Aristide war blaß wie eine Talgkerze, und Schweiß lief ihm übers Gesicht. Er schien schwer mitgenommen.

„Bestimmt wird alles wieder aufplatzen", ächzte er, beide Hände über dem Bauch.

„Hoffentlich!"

„Haltet sie bloß fest! Habt ihr gesehen, wie sie mich behandelt hat? . . . Eine Frau, die einen armen Kranken so malträtiert, verdient kein Mitleid."

„Kretin!" fauchte sie.

Mit einer Bewegung, die keinen Widerstand zuließ, befreite sie sich aus den Händen, die sie hielten.

„Weg mit den Pfoten!"

Hastig atmend, starrte sie Aristide an. Er fühlte sich sichtlich nicht wohl dabei. In seine Lumpen verkrochen, die um seinen abgemagerten Körper schlotterten, bot er einen alles andere als erfreulichen Anblick.

„Ihr seid ein widerlicher kleiner Affe", warf sie ihm verächtlich zu, „das niederträchtigste Geschöpf, das mir je begegnet ist. Ich würde Euch anspucken . . ."

„Nehmt ihr das Messer weg!" kreischte er.

Die Hand am Dolchgriff, wich sie einen Schritt zurück.

„Wagt es, Euch mir zu nähern!"

Die verdutzten Männer um sie herum glotzten sie an wie eine Erscheinung, diese Frau mit ihrem schimmernden, windzerwühlten Haar und den fahlgrünen Augen, in denen sich das Glitzern des Meers zu spiegeln schien.

„Madame", sagte Monsieur de Barssempuy sehr höflich, „Ihr werdet mir diese Waffe ausliefern müssen."

„Kommt und holt sie Euch."

„Vorsicht, Leutnant!" zeterte Aristide. „Sie weiß, wie man damit umgeht. Mit dem verfluchten Ding da hat sie mich aufgeschlitzt."

„Und uns hat sie Bienenkörbe in die Fresse geschmissen", bekräftigte Hyacinthe, der sich vorsichtig außer Reichweite hielt. „Was glaubt Ihr, wieso unsere Birnen noch wie Kürbisse aussehen?"

Die Männer brachen in schallendes Gelächter aus.

„Wirklich, sie ist gefährlich!" brüllte Hyacinthe entrüstet. „Ihr wißt ja, sie ist eine Hexe. Man erzählt sich's überall in der Bucht."

Das Gelächter schwoll womöglich noch an.

Es war klar, daß die Mehrzahl der Männer ihren einstigen Kumpanen, die sie, Angélique, so feige ausgeliefert hatten, wenig Sympathie entgegenbrachte.

Sie tat, als sei sie an diesen traurigen Erscheinungen nicht mehr interessiert, und wandte sich an den Leutnant de Barssempuy, der immerhin Franzose und zweifellos ein Adliger war.

„Wie haben sie es nur fertiggebracht, mich so zu verraten?" fragte sie, sich ihm ungezwungen nähernd. „Dieser Schmutzfink da war schwer verletzt, und die andern waren auch nicht viel besser dran. Und wir hatten sie zudem immer unter den Augen. Wie konnten sie Euch von meiner Anwesenheit hier unterrichten?"

„Martínez war's", erwiderte der junge Mann. „Wir sahen, wie er auf einer der Inseln der Bucht ausgesetzt wurde, wo wir zur Überholung verankert lagen. Er hat uns verständigt."

Martínez? . . . Der fünfte der Freibeuter, der mit Cantor und den Engländern abgesegelt war? Ein lästiger Begleiter, von dem sie sich schon vor dem Verlassen der Cascobucht hatten trennen wollen. Dem gerissenen Burschen war es natürlich ein leichtes gewesen, sich von ihnen an der Küste der Insel ausbooten zu lassen, auf die sich, wie er wußte, seine einstigen Gefährten verzogen hatten, um das Schiff auszubessern.

Die Nachricht, daß man sich ohne viel Mühe und nur wenige Meilen entfernt die Gräfin Peyrac würde einfangen können, hatte dem Meuterer sicher zu einem guten Empfang verholfen.

Und indessen plagte sich Angélique, diesen boshaften Gnom zu pflegen, der, obwohl halbwegs schon auf dem Totenbett, noch genug Atem übrig hatte, um vor dem Aufbruch von Martínez diesen Vertrauensbruch, diesen hinterhältigen Verrat anzuzetteln, dem sie nun zum Opfer gefallen war.

Yanns Ankunft konnte ihnen nicht gelegen gekommen sein, aber er war wenigstens allein gewesen.

Zweifellos durch ferne Signale über die Ankunft ihrer Komplicen unterrichtet, hatten sie am Abend zuvor ein Schlafmittel in die Suppe gemischt.

Sie sah sich um. Wo waren Adhémar, die Indianerin, die vier dem Massaker entkommenen Engländer? Undeutliche Laute und Geräusche unten am Strand ließen sie vermuten, daß man sie gefangengenommen hatte und jetzt vielleicht an Bord brachte.

Und Piksarett? Ihre Augen glitten zum Wald hinüber. Doch der Wald verschloß sich ihrem Blick, war reglos, versprach keine Hilfe. Vor ihr das Meer, begrenzt durch leichten malvenfarbenen Dunst, die Einfahrt der kleinen Maquoitbucht, in der ein buntscheckiges Schiff schaukelte und über der das Rosa der Morgenröte verblaßte und sich nach und nach in ein neutraleres Licht auflöste.

Angéliques Kaltblütigkeit war zurückgekehrt, und ihr Gehirn arbeitete fieberhaft. Sie erwog den Vorteil, der für sie darin lag, es mit einem französischen Korsaren zu tun zu haben. Die Abenteurer des Karibischen Meers waren etwa zur Hälfte französischer, zur anderen Hälfte britischer Obedienz. Engländer hätten sich vielleicht nicht um sie gekümmert und sie auf ihrer Halbinsel in Frieden gelassen, aber mit Landsleuten konnte sie wenigstens ungehemmt sprechen.

Dieser Goldbart! ... Schön. Er wollte den Krieg. Er würde sie ohne Frage gefangensetzen, um sich ihrer als Geisel gegen Joffrey zu bedienen. Gut. Er würde etwas von ihr zu hören kriegen, würde seinen Überfall noch bedauern! Wie dieser Mensch auch geartet sein mochte, sie fühlte sich imstande, ihm gehörig ihre Meinung zu sagen.

Goldbart! Ein Name, der Angst verbreiten sollte, ein „Hast-du-mich-gesehen"-Name, der Name eines Angebers, der glaubt, die Verkleidung mache den Mann! ... Aller Wahrscheinlichkeit nach kein ausgekochter Bursche! Und vielleicht zivilisierter, zugänglicher als viele seiner Kollegen.

Angélique beobachtete bei den Männern seiner Besatzung, die sie umgaben, eine Haltung und ungewöhnliche Sauberkeit, die jedenfalls nicht von vornherein die Möglichkeit ausschlossen, daß sie sich mit ihrem Herrn verstehen würde. Gewiß, sie waren auf reichlich auffällige, buntscheckige Art gekleidet wie die meisten dieser Seeleute, die, frei von allen Bindungen, die Taschen oft voller Gold, der Versuchung nicht widerstanden, sich mit Pfauenfedern zu schmücken. In jedem Mann, der keinen Beschränkungen unterliegt, schlummert ein nach Glanz dürstendes Kind. Aber in ihrer ganzen Haltung war nichts Schlampiges und wirklich Verkommenes, und sie verstand nun besser, warum das vor ihr aufgelesene Gesindel als unerwünscht an einer verlassenen Küste ausgesetzt worden war.

All das registrierte Angélique in wenigen Sekunden, während ihr Herzschlag zu seinem normalen Rhythmus zurückfand und sie ihre Pläne schmiedete.

„Wo ist Euer Kapitän, dieser Goldbart?"

„Dort, Madame. Er ist schon unterwegs zu uns."

Dreißigstes Kapitel

François de Barssempuy wies mit der Hand zu dem Boot hinüber, das sich vom Schiff gelöst hatte und mit schnellen Ruderschlägen näher trieb. Im Bug stand ein Mann von riesiger Gestalt. Im Gegenlicht gesehen, als dunkle, mächtige Silhouette, waren seine Züge nicht zu unterscheiden, nur daß er bärtig und langhaarig wie ein Wikinger war, denn seinen Kopf umgab eine Art flammender, gesträubter Lichtkrone. Er trug einen Rock mit breiten, goldgestickten Aufschlägen, über den schräg ein mit Waffen gespicktes Gehänge lief, und hohe Reiterstiefel, die ihm bis zur halben Schenkelhöhe reichten und auf eindrucksvolle Weise die kräftigen Säulen seiner Beine betonten. So abgehoben vom glitzernden Hintergrund der Bucht schien er Angélique gewaltig.

Ein paar Klafter vom Ufer entfernt, stülpte er sich plötzlich einen breitkrempigen Filz mit gelben und grünen Papageienfedern über den Kopf, den er bis dahin in der Hand gehalten hatte.

Eine quälende Befürchtung überfiel sie. Sollte der Kapitän etwa doch weniger zivilisiert und umgänglich als seine Mannschaft sein? . . .

Von dem Umstand profitierend, daß sich aller Blicke dem Ankömmling zuwandten, hatte sie sich unmerklich dem an seinen Baum gefesselten Yann genähert.

„Halte dich bereit", flüsterte sie. „Ich werde den Strick mit meinem Messer zerschneiden. Wenn dieser Goldbart landet, wird niemand auf dich achten, sie werden ihm alle entgegengehen. Dann flüchte in den Wald. Lauf, so schnell du kannst! Sag Monsieur de Peyrac, er soll sich meinetwegen nicht allzusehr beunruhigen. Ich werde versuchen, den Piraten so lange in diesen Gewässern aufzuhalten, bis Hilfe kommt..."

Sie sprach auf indianische Art, fast ohne die Lippen zu bewegen, den Blick auf das nahende Boot gerichtet.

Goldbart mußte in hoher Achtung bei seinen Leuten stehen, denn

Tatsache war, daß sie ihm alle entgegensahen und bewußt oder unbewußt ihre Haltung berichtigten.

In dem Moment, in dem er ins Wasser stieg und mit schwerem, gewichtigem Schritt dem Ufer zuging, glitt Angéliques Dolch hinter den Stamm zwischen Yanns Handgelenke. Ein einziger Schnitt genügte, um die Fessel zu lösen.

In tiefem Schweigen, in dem die schrillen Schreie der Möwen flüchtige Angstgefühle in ihr aufscheuchten, näherte sich der Pirat dem felsigen Hang und begann den Aufstieg.

Um die andern von Yann zu entfernen, schritt Angélique mutig vor ...

Yann galoppierte wie ein Hase, sprang über Gestrüpp, über Löcher und Spalten, wandte sich zwischen den Zedernstämmen hindurch, überkletterte Felsen, verschwand für Momente, tauchte in vollem Lauf wieder auf, am Ufer entlang, und erreichte endlich die andere Seite des Fjords.

Drüben hielt er an, sicher, daß ihm niemand folgte. Während er keuchend Atem schöpfte, spähte er zur Halbinsel hinüber. In der kleinen Bucht lag das Schiff vor Anker, Menschen bewegten sich auf dem Strand, auf der Höhe gewahrte er die Gruppe der anderen.

Er suchte mit den Augen Madame de Peyrac.

Und dann sah er ... *Er sah* ...

Das Kinn sank ihm herab, seine Augen weiteten sich, und Yann, der Seemann, der in seinem umhergetriebenen Leben doch allerlei gesehen hatte, fühlte, daß in seinem Innern eine Welt wie unter der Wucht eines Erdbebens zusammenbrach.

Goldbart stand dort drüben und hielt eine Frau in seinen Armen.

Eine Frau, die ihr verklärtes Antlitz zu ihm hob.

Und es war sie, *sie*, die Frau des Grafen Peyrac!

Und inmitten dieses Kreises wie festgewurzelter Männer, die fast ebenso bestürzt schienen wie Yann selbst, sahen Goldbart und Angélique sich an, umarmten und küßten sich selbstvergessen, ohne die Umstehenden zu beachten, waren wie Liebende, die sich wiederfinden ... *Wie Liebende, die sich wiederfinden!*

183

Einunddreißigstes Kapitel

„Colin!" sagte sie.

In der Kajüte des Schiffs, in die er sie geführt hatte, herrschte kühles Halbdunkel, und durch die offenen Fenster des Heckkastells sah man die glitzernde Oberfläche der Bucht und die leise schwankende Spiegelung einer Insel.

Das Schiff lag vor Anker.

Es wiegte sich sanft und träumerisch, gleichsam schlummernd in der Hitze des Tages. Kein Geräusch war zu hören außer dem leisen Plätschern der Wellen gegen seinen Rumpf. Es schien, als sei die *Coeur de Marie* von ihren Bewohnern plötzlich verlassen worden, als befänden sich auf ihr nur diese beiden Menschen, die das Schicksal jäh wieder zusammengeführt hatte.

„Colin! Colin!" wiederholte sie mit träumerischer Stimme.

Angélique betrachtete ihn, die Lippen leicht geöffnet. Noch hatte sie die atemlose Erregung, den aus Überraschung, Erschrecken und intensivem Glück gemischten Schock nicht ganz überwunden, den sie empfunden hatte, als sie in dem sich langsam nähernden riesigen Mann jemand zu erkennen glaubte, der . . . aber ja, diese breiten Schultern, dieser blaue Blick und, als er sie gewahrte, dieser unbeschreibliche Ausdruck, dieses Beben, das ihn durchzuckte und an den Boden bannte. Sie war zu ihm gelaufen. Colin! Colin! O mein guter Freund aus der Wüste!

Die hohe Gestalt dessen, den man heute Goldbart nannte, schien den engen Raum der Kabine völlig auszufüllen.

Er war stumm vor ihr stehengeblieben.

Es war sehr warm. Er hatte das Gehänge über den Kopf gestreift, dann den Rock ausgezogen und beides über den Tisch geworfen. Am Gehänge waren drei Pistolen und ein Handbeil befestigt. Sie glaubte noch den Schmerz zu spüren, als er sie gegen dieses ganze Arsenal gepreßt hatte, als wollte er sie zerdrücken. Aber zugleich hatte er sich zu ihr herabgebeugt und mit seinen Lippen die ihren gesucht, und es war ein spontaner, heftiger und köstlicher Eindruck gewesen.

Jetzt, da die Erregung dieses Moments fast abgeklungen war, sah sie den Piraten, zu dem er sich gemausert hatte, klarer und bedauerte den impulsiven Elan, der sie in seine Arme getrieben hatte.

Der weiße Kragen des über der massiven Brust geöffneten Hemdes, das Linnen der über die kräftigen Arme aufgerollten Ärmel tuschten grellweiße Flecken in das Schattendunkel der bedrückend aufragenden Gestalt.

Das letztemal hatte sie ihn in Ceuta, der spanischen Stadt auf sarazenischem Boden, gesehen.

Vier, nein fünf Jahre waren seitdem verstrichen. Heute befanden sie sich in Amerika.

Angélique faßte wieder Fuß, vergegenwärtigte sich die Tatsachen. An diesem Morgen hatte sie Goldbart, einen gefürchteten Piraten, einen Feind erwartet ... Statt dessen war Colin erschienen, ihr Gefährte, ihr Freund ... ihr Geliebter von einst. Eine beklemmende und zugleich erlösende Überraschung!

Eine Realität jedoch! Ein wenig verrückt, aber immerhin wahrscheinlich. Fanden sich nicht alle Abenteurer, alle Seemänner der Welt an all den Punkten des Globus wieder zusammen, zu denen das Meer Schiffe trägt?

Ein Zufall, mit dem sie nie gerechnet hatte, konfrontierte sie nun erneut mit dem Mann, mit dem sie aus Miquenez geflohen und der Berberei entkommen war ... Aber das war auf der anderen Seite der Erde gewesen, und sie hatten inzwischen jeder ein eigenes, dem anderen unbekanntes Dasein gelebt.

Diese hohe, schweigsame Gestalt, ähnlich der, die sie in ihrer Erinnerung bewahrt hatte, aber auch verschieden von ihr, ließ sie die Wirklichkeit der verflossenen Jahre deutlicher und dichter fühlen, als hätten sie den engen Raum der Kabine mit schwerem, ein wenig schlammigem Wasser gefüllt, das sie trennte. Und nun entfernten sie sich voneinander, durchschritten den Raum der Zeit. Die Zeit erhielt wieder ihre Form, wurde ein greifbares Element.

Angélique stützte ihr Kinn auf ihre Hände und bemühte sich zu lächeln, um die Verwirrung zu vertreiben, die ihre Wangen in Brand setzte und ihren Augen allzuviel Glanz verlieh.

„Du bist es also", murmelte sie ... und verbesserte sich rasch: „Ihr seid es also, mein lieber Freund Colin, dem ich heute in Gestalt des Korsaren Goldbart begegne, von dem man mir soviel erzählt hat ... Ich müßte lügen, wenn ich behaupten wollte, daß ich darauf gefaßt gewesen sei. Ich war hundert Meilen von jeder Vermutung dieser Art entfernt ..."

Sie unterbrach sich, da er sich bewegt hatte.

Er zog einen Schemel heran, setzte sich ihr gegenüber auf die andere Seite des Tischs, die Arme gekreuzt, leicht vorgebeugt, den Kopf ein wenig zwischen die Schultern gezogen, und beobachtete sie mit seinen klarblauen, nachdenklichen Augen, deren Blick kein Lidschlag störte.

Und unter diesem prüfenden Blick wußte sie nicht, was sie sagen sollte; sie war sich bewußt, daß er ihre Züge durchforschte und wiederfand, wie sie selbst in diesem gebräunten, vom blonden Bart halb überwucherten Gesicht, in dieser breiten, gefurchten Stirn unter dem wirren Schopf seines Wikingerhaars ein freundschaftlich vertrautes, ein beruhigendes, ja geliebtes Antlitz wiederentdeckt hatte. Und das war zweifellos eine Täuschung. Denn hatte er nicht im Laufe der letzten Jahre Verbrechen begangen?

Aber sie sah ihn trotzdem so wie damals, als er sich über sie beugte, wenn die Angst sie zittern ließ. Und unter seinem durchdringenden Blick wußte sie, daß sie ihm das Gesicht der Frau darbot, die sie geworden war, und daß das durchs Fenster fallende Licht perlmutterne Reflexe über ihr Haar spielen ließ. Die Züge einer Frau, die sich aus Stolz, aus freien Stücken nicht verbergen wollte, geprägt vom kaiserlichen Siegel der Reife. Größere Reinheit der Linien, der Harmonie des Knochenbaus, des Grates der Nase, der Brauen, der Kurven des Mundes, mehr Süße, Schatten und Geheimnis im meergrünen Blick, und die absolute Vollendung des ganzen Wesens, die sie ausstrahlte und die Pont-Briand bis zum Wahnwitz verzaubert hatte.

Zweiunddreißigstes Kapitel

Er öffnete den Mund und sagte:

„Es ist verblüffend. Ihr seid noch schöner, als ich Euch in Erinnerung behalten hatte. Und dennoch", fuhr er fort, „hat diese Erinnerung mich, weiß Gott, unablässig verfolgt."

Angélique schüttelte den Kopf, das Geständnis leugnend.

„Kein Wunder, wenn Ihr mich heute schöner findet als das armselige Wrack, das ich damals war ... Und mein Haar ist weiß geworden, seht nur hin."

Er nickte.

„Ich erinnere mich ... Auf dem Weg durch die Wüste fing es an zu bleichen ... Zu viele Schmerzen, die Ihr ertragen mußtet ... Arme Kleine! Armes, mutiges Kind ..."

In seiner leicht bäuerlich gefärbten Stimme, in ihrem tiefen Klang entdeckte sie wieder den Ton väterlicher Hätschelei, der sie damals so verwirrt hatte.

Mit aller Macht wollte sie ihre Unruhe unterdrücken, aber es gelang ihr nicht, die richtigen Worte zu finden.

Und die Bewegung, mit der sie sich statt dessen graziös und ein wenig gereizt über die Stirn fuhr, um ihr schimmerndes Haar zurückzustreichen, ließ ihn aufseufzen.

Angélique hätte ihrem Beisammensein gern mehr Leichtigkeit, mehr den Ton scherzender Plauderei gegeben, doch es schien ihr, als dränge Colin Paturels Blick in sie ein und lähmte sie.

Er war immer ernst gewesen, er lachte nicht leicht. Aber heute erschien er ihr noch ernster; ein drückender Ernst, der vielleicht Trauer oder List verbarg.

„Ihr wißt also, daß ich die Gattin des Grafen Peyrac bin?" begann sie wieder, um das Schweigen zu füllen.

„Gewiß, ich weiß es ... jedenfalls jetzt. Der Gräfin wegen bin ich hier. Um sie zu fangen, denn ich habe mit dem Herrn von Gouldsboro, dem Grafen Peyrac, ein Hühnchen zu rupfen."

Ein Lächeln glitt über seine Züge und verlieh ihnen unversehens einen Ausdruck offenherziger Freundlichkeit.

„Aber ich müßte lügen, wenn ich behaupten wollte, ich hätte erwartet, Euch unter diesem Namen zu finden", sagte er, sie imitierend. „Und nun seid Ihr da, Ihr, der Traum meiner Tage und Nächte seit so vielen Jahren."

Angélique war nahe daran, die Fassung zu verlieren. Ihr wurde klar, daß die letzten Tage der Flucht und des nutzlosen Wartens auf der Halbinsel ihre Widerstandskräfte erschöpft hatten und daß sie nun ohne Verteidigungsmöglichkeit einer nicht zu bewältigenden Prüfung ausgesetzt war.

„Ihr seid doch Goldbart!" rief sie aus, wie um sich gegen sich selbst zu verteidigen. „Ihr seid nicht mehr Colin Paturel . . . Ihr seid ein Verbrecher geworden."

„Aber nein! Was für eine Idee!" Er blieb friedlich, war nur überrascht. „Ich bin Korsar des Königs und habe gute Kaperbriefe, von ihm unterzeichnet."

„Trifft es nicht zu, daß Ihr bei der Einnahme Portobellos auf die Mönche habt schießen lassen?"

„Oh, das ist eine andere Geschichte. Der Gouverneur hatte sie vor uns aufmarschieren lassen. Sie glaubten, uns durch ihre Paternoster zu einem Vergleich überreden zu können, aber Verräterei bleibt Verräterei, ob sie sich nun in Kutten tarnt oder nicht. Wir waren gekommen, um den Spanier zu besiegen. Wir haben ihn besiegt. Die Spanier sind nicht von der gleichen Art wie wir aus dem Norden. Sie werden immer anders sein als wir. Sie haben zuviel maurisches Blut in den Adern. Und das ist wahrlich noch nicht alles . . . Ihre Grausamkeit in Christi Namen verabscheue ich. An dem Tage, an dem wir die Mönche marschieren ließen, brannten zehn Scheiterhaufen auf den umliegenden Hügeln, die anzustecken diese frommen Klosterbrüder befohlen hatten: Autodafés als Opfer für den Sieg, in den Flammen Hunderte von Indianern, die sich geweigert hatten, nach Gold zu schürfen oder sich bekehren zu lassen . . . Grausamer als die Mauren und habgieriger als Christen, so sind die Spanier. Eine erschreckende Mischung von Gewinnsucht und Fanatismus . . . Nein, mich beißt mein Gewissen nicht, weil ich in Portobello die Mönche als Schutzschild für meine Leute benutzte. Eins muß ich Euch allerdings gestehen, meine Hübsche: Ich bin kein so guter Christ mehr wie einst ...

Als ich Ceuta auf der *Bonnaventure* verließ, ging ich zuerst nach Ostindien. Ich fand Gelegenheit, die Tochter des Großmoguls zu retten, die Piraten entführt hatten, und aus Dankbarkeit belohnte dieser große asiatische Fürst mich reichlich. Darauf begab ich mich über die pazifischen Inseln nach Peru, dann nach Neugranada, endlich auf die Antillen, und nachdem ich mit dem großen englischen Kapitän Morgan gegen die Spanier gekämpft hatte – ich war mit ihm in Panama –, folgte ich ihm auf die Insel Jamaika, deren Gouverneur er ist. Mit meinem Beuteanteil und dem, was mir der Großmogul gegeben hatte, rüstete ich ein Schiff für Kaperunternehmungen aus. Das war letztes Jahr. Ja, ich geb's zu, nach Marokko hörte ich auf, ein guter Christ zu sein. Ich konnte nicht mehr zur Heiligen Jungfrau beten, weil sie eine Frau war und mich von Euch träumen ließ. Ich weiß, daß auch das nicht gut ist, aber ich fühlte, daß das Herz der Jungfrau nachsichtig gegen arme Menschen ist, daß sie alles begreift und besonders diese Dinge. Als ich Herr eines Schiffes wurde, habe ich es deshalb *Coeur de Marie* genannt."

Er streifte bedächtig seine ledernen Handschuhe ab und streckte ihr über den Tisch die beiden nackten Hände entgegen, die Handflächen geöffnet nach oben.

„Seht", sagte er. „Erkennt Ihr die vernarbten Einschnitte der Stricke? Sie sind noch immer da."

Von seinem Gesicht, dessen Mienenspiel sie gebannt hatte, glitt ihr Blick nach unten, und sie entdeckte die bläulichen Spuren der Kreuzigung. Eines Tages hatte ihn der Sultan Moulay Ismaël in Miquenez ans Holz eines Kreuzes am Stadtrand binden lassen. Er hatte es überlebt, weil ihn, den König der Sklaven, nichts, aber auch nichts zu fällen vermochte.

„Es gab eine Zeit, in der man mich unter den Seeleuten den Gekreuzigten zu nennen begann", fuhr er fort. „Ich drohte, daß ich jeden töten würde, der mich so riefe, und ließ mir Handschuhe machen. Denn ich wußte, daß ich eines solchen geweihten Beinamens unwürdig war. Aber ich bin deswegen kein Verbrecher. Nur ein Mann des Meers, der durch Kampf . . . und die ihm zufallende Beute sein eigener Herr hat werden können . . . Die Freiheit gewinnen, das war's! Nur wir können verstehen, daß das mehr ist als das Leben."

Er hatte lange gesprochen.

Und Angéliques Herz begann sich zu beruhigen, und sie war ihm dankbar, daß er ihr erlaubte, sich wieder zu fangen. Die äußere Wärme schien ihr weniger beschwerlich.

„Sein eigener Herr", wiederholte er. „Nach zwölf Jahren der Sklaverei und weiteren der Dienstbarkeit unter dem Befehl von Kapitänen, die den Strick des Henkers nicht wert waren, kann das schon das Herz eines Mannes erfreuen."

Seine Hände näherten sich den Händen Angéliques, schlossen sie ein, ohne sie zu berühren.

„Erinnerst du dich", sagte er, „erinnerst du dich an Miquenez?"

Sie schüttelte den Kopf und zog ihre Hände zurück, drückte sie an sich in einer Geste des Verweigerns.

„Nein, ich erinnere mich kaum noch, ich will mich nicht erinnern. Alles ist jetzt anders. Wir sind hier auf einem anderen Erdteil, Colin, und ich bin die Frau des Grafen Peyrac . . ."

„Ja, ja, ich weiß", murmelte er mit dem gleichen kleinen Lächeln wie zuvor. „Ihr habt es mir schon gesagt."

Doch sie sah sehr wohl, daß diese Bestätigung nichts für ihn bedeutete, daß sie in seinen Augen immer die einsame, verfolgte Sklavin sein würde, die er damals unter seinen Schutz genommen hatte, die Gefährtin der Flucht, das geliebte Kind der Wüste, das er auf seinem Rücken getragen, die, die er auf dem steinigen Boden des Rifs umarmt und durch die er die köstlichsten Wonnen der Liebe erfahren hatte.

Und plötzlich erinnerte sie sich, daß sie ein Kind von Colin empfangen hatte, und etwas durchfuhr sie, schneidend wie der Schmerz, der sie zerriß, als diese Frucht sich von ihr löste.

Ihre Lider senkten sich, und unbewußt neigte sie ein wenig den Kopf, während sie die mit ihr, der Gefangenen des Königs, über die Straßen Frankreichs dahinpreschende Karosse vor sich sah, während sie noch einmal den Unfall erlebte, den Schock des Sturzes, den jähen Schmerz, das Fließen des Bluts . . . Sie war damals von allen verlassen gewesen, und zurückblickend fragte sie sich nun verwundert, wie sie der erdrückenden Einkreisung der königlichen Verfemung hatte entrinnen und ein zweites Leben beginnen können. Es kam ihr unglaublich vor.

Der Mann, der sie beobachtete, sah wie durchschimmernd auf diesem ihn tief bewegenden Frauengesicht die Spuren einer nie offenbarten, nie eingestandenen Not, den Widerschein von Schmerzen, die die Frauen in sich bewahren, weil die Männer sie nicht verstehen . . .

Im schräg einfallenden Sonnenlicht beschwor das wie in Gold getauchte Antlitz Angéliques mit den zarten Wimpernschatten auf den Wangen das wundersame Erinnerungsbild, das ihn durch seine Tage und Nächte verfolgt hatte: das der neben ihm eingeschlummerten oder in seinen Armen vor Wollust vergehenden Frau.

Mit einer schnellen Bewegung richtete er sich halb auf und beugte sich zu ihr.

„Was ist, mein Engel? Bist du krank?"

„Es ist nichts", sagte sie schwach.

Die tiefe, beunruhigte Stimme Colins, so ähnlich der, die sie von früher her kannte, durchdrang sie von neuem, doch diesmal sanfter, eine geheime Erregung schürend, und sie erkannte die Verwirrung, die süße Woge des körperlichen Verlangens, die die Nähe dieses Mannes wider ihren Willen in ihr weckte.

„Ich bin so müde", murmelte sie. „Alle diese Tage des Wartens und dazu die Pflege dieses Schurken . . . wie heißt er nur?"

Seinem Blick ausweichend, fuhr sie sich nervös mit der flachen Hand über Stirn und Wangen.

Er richtete sich völlig auf, kam um den Tisch herum, blieb vor ihr stehen. Unter der niedrigen Decke erschien er ihr riesig. Die ganz aus Knochen und Muskeln bestehende Herkulesgestalt des stärksten unter den Sklaven Moulay Ismaëls hatte im Laufe der Jahre Fleisch angesetzt, was diesem Giganten, den nichts hatte beugen noch zerbrechen können, eine eindrucksvolle Statur verlieh, mächtige Schultern, einen runden, kraftvollen Hals, eine Brust wie ein Schild.

„Ruh dich aus", sagte er weich. „Ich werde dir Erfrischungen bringen lassen. Du mußt ruhen. Danach wird alles besser sein. Wir werden miteinander plaudern."

191

Er bewahrte den ruhigen, selbstsicheren Ton, der besänftigte, ihre Angst löste. Aber sie spürte, daß er, was sie betraf, einen unerschütterlichen Entschluß gefaßt hatte, und sie warf ihm einen fast flehenden Blick zu.

Er erzitterte, und seine Kinnbacken preßten sich zusammen.

Sie hoffte, daß er gehen würde, doch er kniete nieder. An ihrem Knöchel fühlte sie den Druck einer allzu warmen Hand, die nicht zuließ, daß sie sich entzog. Finger streiften den Saum ihres Kleides bis zum nackten Knie zurück.

Er enthüllte das Bein, zartweiße, perlmuttern überhauchte Haut, über die sich die bläuliche Furche der alten Narbe wand.

„Es ist da!" rief er, seine Erregung unterdrückend. „Auch das Zeichen der Schlange ist geblieben!"

Und tief sich beugend, preßte er inbrünstig seine Lippen darauf.

Fast sofort gab er sie frei, erhob sich, warf ihr einen verzehrenden Blick zu und entfernte sich endlich.

Sie war allein, aber das Brennen des Kusses auf der alten Wunde, die Colins Messer einst geritzt hatte, um sie vor den Folgen des Schlangenbisses zu retten, blieb.

Und an ihrem Knöchel spürte sie noch immer wie einen eisernen Reif den Druck seiner Finger. Druckspuren waren zurückgeblieben, die nur langsam schwanden.

So war es immer gewesen: Dieser im Grunde sanfte, friedliche, großherzige Mann kannte seine Kraft nicht. Er fügte Schmerz zu, ohne es zu wollen, wenn seine Gefühle ihn übermannten, und in der Liebe hatte er sie oft erschreckt und aufstöhnen lassen, so schwach und zerbrechlich kam sie sich in seinen Armen vor, immer in Gefahr, aus Versehen zerdrückt zu werden. Nach solchen Manifestationen unbewußter Gewalttätigkeit bat er: „Verzeih mir ... Ich bin ein Rohling, nicht wahr? Sag's mir! So sag's doch!" Und sie lachte: „Aber nein! Hast du nicht gespürt, daß du mich glücklich gemacht hast?"

Ein Beben überlief Angélique, und sie begann, in der engen Kabine auf und ab zu gehen, ohne ihr Unbehagen überwinden zu können. Die Hitze war widerwärtig, und das Abendlicht spielte ins fahl Orangenfarbene, Schweflige.

Ihr Kleid klebte an ihren Schulterblättern, und sie empfand das fast schon gereizte Bedürfnis, die Wäsche zu wechseln und kühles Wasser über sich laufen zu lassen.

Die Piraten hatten sie beim Erwachen früh am Morgen mit nackten Füßen überrascht, barfüßig war sie Goldbart entgegengelaufen – sie glaubte, noch die ungezügelte Kraft seiner Umarmung zu spüren –, und noch immer mit bloßen Füßen marschierte sie jetzt über den Plankenboden. Sie trat ans Fenster, schüttelte ihr Haar, um einen Hauch des Seewinds einzufangen, aber die Luft blieb dumpf und schwer. Sie war mit einem Geruch nach geschmolzenem Schiffsteer versetzt. Die Matrosen waren auch jetzt noch mit Ausbessern und Abdichten beschäftigt . . .

Mit einem Gefühl der Bedrückung dachte sie an den Zufall, durch den ihr aus der Vergangenheit ein Geliebter zugeführt worden war, von dem sie nicht ahnte, daß er in ihrem Herzen eine so lebhafte Erinnerung hinterlassen hatte. Und die widerlich süße Woge durchströmte sie erneut, als sie seine tiefe Stimme zu hören glaubte: „Was ist, mein Engel? Bist du krank?"

Einfache Worte, die sie jedoch stets in ihrem tiefsten Innern getroffen hatten. Wie seine primitive, aber vollständige Inbesitznahme, so überwältigend, daß sie sie mehr erduldete als mit ihm teilen konnte.

Alles kehrte zurück: Wie Kraft und Begierde des normannischen Riesen gleich einer sich überschlagenden Welle, die sie den Atem verlieren ließ, über sie hereinbrachen, wenn sie ihn durch einen Blick, der „ja" verhieß, aus seiner mühsamen Zurückhaltung löste. Und auch die vergessenen Empfindungen ihres ganzen Körpers kehrten zurück, die ungewöhnlichen Wonnen dieser Umarmungen in der Wüste.

Er konnte es nie erwarten, sie zu besitzen. Er wollte sie sofort. Er bettete sie auf den Sand und drang alsbald in sie ein. Ohne ein Wort der Liebe, ohne eine Zärtlichkeit. Und trotzdem hatte sie sein Verhalten nie verletzt. Jedesmal hatte sie im Stoß seiner Lenden, in diesem unerbittlichen Eindringen den Elan einer außerordentlichen, aber aus-

13 Versuchung

geglichenen, freigebigen Kraft verspürt, ein großartiges, gleichsam mystisches Geschenk des ganzen beteiligten Seins.

Unbekümmert um sie vielleicht, aber nicht um den Akt.

Ein selbstvergessener Priester der Liebe, der das Opfer, die Vereinigung, das Glück der Menschen auf dieser Erde zelebrierte.

War es frevelhaft zu denken, daß Colin Paturel liebte, wie er alles tat, gläubig, mit Frömmigkeit, Kraft und Leidenschaft? ...

Umarmungen, in denen es ihr zuweilen schien, als müsse sie sterben, zu schwach in ihrem durch die Entbehrungen erschöpften Körper, um ihre Erregungen zu ertragen und ihnen zu antworten, und die sie dennoch den Genuß der Unterwerfung, den Reiz gelehrt hatten, nichts mehr zu sein als die dargebotene Schale, aus der er trank, als dieses Instrument aus Fleisch, das seine Freude weckte, als dieser Körper, dieser ihm überantwortete, unter ihm vergessene weibliche Körper, der ihm trotzdem so vollkommene Ekstasen schenkte.

Selbstverleugnung, Verzicht, denen blitzartig die Belohnung entsprang, in jenem Moment, in dem ihr Bewußtsein in den Sog eines Strudels geriet, wenn der männliche Ansturm an sein Ziel gelangte und sie dem Nichts entriß, sie mit einem Schrei des Erwachens ins Leben zurückrief, einem Schrei der Wiedergeburt, der Erneuerung.

An diesem Erwachen ihres Fleisches erkannte sie die Kraft des Lebens.

„Ah, ich lebe, ich bin lebendig!" sagte sie sich immer wieder.

Es schien, als habe er sie durch seine blinde Brunst dem Todesschlaf entrissen, in den sie versunken war, und ihr Blut kreiste schneller, und sie staunte über dieses kostbare Wunder, die Augen weit geöffnet auf Colins so nahes Antlitz geheftet, sanft gestreift vom keuchenden Atem des Mundes im Gewirr des blonden Barts.

Ja, Colin hatte ihr nicht nur das Leben gerettet. Er hatte ihr nicht nur geholfen zu überleben, sondern ihr das Leben und die Lebensfreude wiedergegeben. Im Grunde hatte sie nur dank ihm den Mut und die Kraft gehabt, ihren Mann und ihre Söhne wiederzufinden.

Ach, warum hatten nur heute die Bewegung des Meers und das Rauschen des mit der Hochflut hereindrängenden Wassers mit solcher Kraft die Visionen der Vergangenheit heraufbeschworen? In den Wäldern Wapassous hätte sie Colin vergessen.

„Ich muß mich davon lösen", sagte sie sich, von einer Panik ergriffen.

Sie lief zur Tür und versuchte, sie zu öffnen, aber sie war verriegelt. Dann bemerkte sie, auf dem Boden abgestellt, ihren Reisesack und auf dem Tisch eine Platte mit allerlei Eßbarem, gerösteten Lachs mit gekochten Maiskörnern, einen Salat und in einer Glasschale eingemachte Zitronen- und Ananasscheiben. Der Wein im Flakon schien gut. Das Wasser im Krug war frisch.

Während sie geträumt hatte, mußte jemand eingetreten sein und all das abgestellt haben. Ihr Geist war so sehr mit anderem beschäftigt gewesen, daß sie nicht darauf geachtet hatte.

Sie aß keinen Bissen, trank nur ein wenig Wasser.

Sie öffnete den Reisesack und stellte gereizt fest, daß die Hälfte des Inhalts fehlte. Sie würde Colin bitten, einen dieser Tunichtgute von Matrosen an Land zu schicken, um alles zu holen.

Er würde ihr gehorchen. Er war ihr Sklave. Für ihn zählte nur sie. Sie wußte es, seitdem ihre Blicke sich begegnet waren und sie sich erkannt hatten.

Alles, wonach er verlangte, war *sie* . . . nach wie vor sie, immer sie. Und sie war ihm nun wiedergegeben worden . . .

Wie konnte sie ihm entkommen? Wie sich selbst entkommen?

Schon im Begriff, an die Tür zu trommeln und zu rufen, besann sie sich. Nein, sie wollte Colin jetzt nicht sehen. Die bloße Vorstellung, daß sein Blick auf ihr ruhte, genügte schon, sie in Unruhe zu versetzen. Sie fürchtete, die Situation könnte ihr über den Kopf wachsen.

Ah, wenn Joffrey nur bald käme, um sie zu holen!

„Hoffentlich beeilt sich Yann."

Sie sah hinaus. Der Abend war nahe. Die Sonne war hinter einer Wolkenbank verschwunden, und durch das graue Gewölk zuckte für Momente Wetterleuchten, während das Schaukeln des vor Anker liegenden Schiffes zunahm.

Angélique entledigte sich ihrer Kleidung.

Sie goß kaltes Wasser aus dem Krug über ihren Nacken und ließ es an ihrem Körper herunterrieseln. Danach fühlte sie sich besser. Sie schlüpfte in ein Hemd aus feinem Linnen und nahm ihren ungeduldigen Gang durch die kleine Kabine wieder auf, im dichter gewordenen

Dunkel einem bleichen, unruhigen Schatten gleich. Das kurze Hemd war angenehm und leicht auf ihrem fiebrigen Körper, und an ihren nackten Beinen spürte sie vom Fenster her einen kühlenden Hauch, Vorboten eines noch unbeständigen Windes, der überraschend die Kämme der Wellen kräuselte, bevor sie weich zurücksanken.

„Ein Sturm droht . . . Deshalb ist das Schiff vor Anker geblieben, statt die Segel zu setzen", dachte sie. „Colin hat das Gewitter vorausgeahnt."

Sie griff nach dem über das Lager gebreiteten indianischen Stoff und schlug ihn um sich. Dann streckte sie sich aus.

Sie wollte schlafen.

Wirre Gedanken kreuzten sich in ihrem Gehirn. Warum hatte Goldbart sie fangen wollen? Was waren das für Eigentumsrechte, die er auf Gouldsboro zu haben behauptete? Warum hatte Joffrey sie, Angélique, zu der englischen Siedlung geschickt? . . . Ah, später. Später würde sie sich all das durch den Kopf gehen lassen.

Dumpfes Donnergrollen dröhnte auf und weckte die Echos der nahen Küste. Doch das nächste Dröhnen klang schon ferner.

„Das Gewitter zieht weiter draußen vorüber . . ."

Das Schwanken des Schiffs versetzte sie in einen Zustand sanfter Betäubung. Colin . . . damals . . . in der Wüste . . .

Er küßte sie erst danach, wenn seine Sinne ihren schlimmsten Hunger gestillt hatten. Er streichelte sie erst danach . . . Ihre Küsse waren sanft, zaudernd, behutsam, denn ihre durch Trockenheit und Sonnenbrand aufgesprungenen Lippen bluteten oft . . . Ein Schauer durchlief sie, eine Art Krampf bei der Erinnerung an die trockenen, wunden Lippen Colins auf den ihren, an die Lippen Colins, die über ihren Körper glitten . . .

Sie drehte sich heftig um.

Müde und am Ende ihrer Nervenkraft, sank sie endlich in tiefen Schlaf.

Dreiunddreißigstes Kapitel

„Nein, Colin, nicht das, ich flehe dich an . . . nicht das!"

Goldbarts Arme, die muskulösen Arme Colins, zogen sie unwiderstehlich hoch, hoben sie zu ihm, und an seine harte, nackte Brust gepreßt, spürte sie Colins Finger zwischen ihren Brüsten am Saum des feinen Linnenhemdes, spürte, wie durch eine einzige mühelose Bewegung der Schleier zerriß . . . Colins Hände auf ihren Lenden, auf ihren Hüften, sie bemächtigten sich ihrer, erkundeten sie, erkannten sie wieder . . . Die Hand des Mannes zwischen ihren Schenkeln, dort, wo die Haut seidig und zart ist, und wieder aufwärts gleitend in einer Liebkosung ohne Ende.

„Nein, Colin, nicht das, ich flehe dich an . . . ich bitte dich!"

Um sie die tiefe Nacht, mit goldbraunen Lichtern getupft.

Der Mann hatte hinter sich auf den Tisch eine Kerze gestellt.

Doch für die nackt und erlöschend in Colins Armen liegende Angélique war alles nur Nacht. Er selbst war Nacht, ungeheuer wie ein Abgrund, eine über sie geneigte schwarze Gestalt, die sie mit ihrer ganzen dunklen, ungezügelten Leidenschaft umhüllte. Und während er sie an sich drückte und beharrlich liebkoste, versuchte sein Mund, ihre Lippen zu finden, die sie ihm in einer letzten Verteidigungsreaktion mit schnellen Wendungen des Kopfes entzog.

„Schmusekätzchen, mein Schmusekätzchen", murmelte er, um sie zu besänftigen.

Früher hatte er sie so genannt.

Endlich glückte es ihm, ihr Manöver zu vereiteln. Sie fühlte die laue, prickelnde Wärme des Barts und die Frische seiner Lippen, die sich der ihren bemächtigten.

Dann verharrte er reglos. Ihr Nacken war in die eiserne Klammer seines Arms gezwängt, aber er versuchte nicht, das Bollwerk ihre fest geschlossenen Lippen mit Gewalt zu nehmen. Und nach und nach war sie es, die das Geheimnis dieses wie ein Siegel auf den ihren gepreßten Männermundes zu wecken, zu ergründen suchte, dieses Mundes, der

197

den ihren beleben wollte, sein Antworten forderte und endlich sein zögerndes Öffnen spürte. In einer Art gierigem, stummem Schrei gab sie nun nach, überwältigt von einem jähen Hunger, und überließ sich der intimen und mysteriösen Vereinigung des Kusses.

Stummer, schwindelnder Dialog, sanfteres, zarteres Erforschen als im anderen Besitzen, zaudernde Neugier, Erkundung, Geständnis, Entdeckung und der aufsprühende, unaufhörlich sich knisternd erneuernde Funke, der Verlangen und Süße ins Blut schwemmt und im Kopf die Sonne zerbersten läßt, endloses Berühren, niemals gelöschter Durst, paradiesischer Geschmack des Nichts, köstliches Fruchtfleisch, dargebracht einem Hunger, Antwort, Antwort ... jedesmal zärtlicher, totaler, bis der begehrte, umworbene Leib nur noch ungeduldiges Opfer ist, Festmahl der Liebe, zubereitet für die Zelebrierung der Riten.

Colins Kraft riß die Kraftlose nieder, zwang sie aufs Bett.

„Nein, Colin! ... Ich bitte dich, Liebster, nicht das ... Hab Mitleid. Ich kann dir nicht mehr widerstehen."

Colins Knie drängten sich zwischen die zusammengepreßten Beine, um sie, einer Pflugschar gleich, unbarmherzig voneinander zu trennen. Da erhob sich ein Schrei:

„Ah! Ich werde dich hassen!"

Angélique hatte ihn ausgestoßen, fast ohne es zu wissen.

„Bei Gott, ich werde dich hassen, Colin!"

Und er erstarrte, wie vom Blitz getroffen, und lauschte dem Echo des Schreies nach, der wie die Klinge eines Dolchs in ihn eingedrungen war.

Ein langer Augenblick verstrich, wie schwebend in der Stille. Das flackernde Licht der Kerze warf das immer gleiche Schattenbild menschlicher Nächte an die Wände, die ineinander verschmolzenen Silhouetten eines Mannes und einer Frau, die sich zur Liebe umschlangen ...

Mit einer schnellen, geschmeidigen Bewegung entwand sich Angélique seinen mächtigen Armen und stieß in der Hast, mit der sie das Lager verließ, fast den Tisch um. Die Kerze fiel zu Boden und erlosch.

Sie hatte den indianischen Stoff mitgezerrt, in den sie sich vor dem Einschlafen gehüllt hatte. Nun schlug sie ihn von neuem fieberhaft um sich und mühte sich, den Tisch als Schutzwall zwischen sich und Colin zu bringen.

Sie sah ihn nicht mehr, denn das Dunkel in der Kabine war undurchdringlich geworden. Die Nacht draußen war mondlos, eine Nacht der Wolken und ziehenden Nebel. Sie spürte, daß der Mann sich gleich einem sprungbereiten Tier aufrichtete.

„Angélique! Angélique!" rief Colins Stimme in der Finsternis, und in diesem Ruf schwang nicht nur die Enttäuschung des um die Erfüllung seines Verlangens Betrogenen, auch Verzweiflung.

„Angélique!"

Er näherte sich taumelnd mit ausgestreckten Armen, stieß gegen den Tisch.

„Schweig!" sagte sie leise, die Zähne zusammengepreßt. „Schweig und laß mich. Ich kann mich dir nicht geben, Colin. Ich bin die Frau des Grafen Peyrac."

„Peyrac!" keuchte die rauhe Stimme. „Dieser Verbrecher, dieser Abenteurer, der an der Küste Akadiens den Fürsten, den König spielt . . ."

„Ich bin seine Frau!"

„Du hast ihn geheiratet, wie alle Huren heiraten, die sich auf den Antillen herumtreiben . . . Seines Goldes wegen, seiner Schiffe wegen, des Geschmeides wegen, mit dem er dich schmückte, des Essens wegen, das er dir gab . . . Auf welchem Felsen hast du ihn gefunden, he? Wolltest du dir nicht einen reichen Korsaren einfangen? . . . Und er hat dir Smaragde und Perlen geboten. Stimmt's? Sag's mir!"

„Ich bin dir keine Erklärungen schuldig. Ich bin seine Frau, ich habe ihn vor Gott geheiratet."

„Kinkerlitzchen! . . . Das vergißt sich!"

„Lästere nicht, Colin!"

„Auch ich kann dir Smaragde und Perlen schenken. Ich kann ebenso reich werden wie er . . . Du liebst ihn?"

„Es geht dich nichts an, ob ich ihn liebe!" rief sie verzweifelt. „Ich bin *seine Frau*, und ich kann mein Leben nicht damit verbringen, heilige Eide zu verraten."

Sie hörte, daß er sich bewegte. Rasch fuhr sie fort:

„Wir können das nicht tun, Colin. Es ist unmöglich. Zwischen uns ist es zu Ende . . . Du würdest mein Leben zerstören."

Er fragte mit dumpfer Stimme:

„Ist es wahr, daß du mich hassen würdest?"

„Ja, es ist wahr! Ich würde dich hassen. Ich würde selbst die Erinnerung an dich, selbst die Vergangenheit hassen ... Du würdest für mich zum Werkzeug meines eigenen Unglücks werden, mein schlimmster Feind ... das Werkzeug meiner schlimmsten Versündigung ... Ich würde mich selbst hassen. Töte mich lieber, ich zöge es vor ... Ja, töte mich!"

Colins Atem ging in schnellen, keuchenden Stößen, als litte er Todesqualen.

„Laß mich! Laß mich, Colin!"

Sie hatte mit leiser Stimme gesprochen, aber die unterdrückte Leidenschaftlichkeit verlieh jedem ihrer Worte schneidende Eindringlichkeit.

„Ich kann dich nicht lassen", antwortete er dumpf. „Du gehörst mir. Du gehörst mir in all meinen Träumen ... Und jetzt, da du hier bist, dicht vor mir, werde ich nicht verzichten ... Was hätte es sonst zu bedeuten, daß ich dich wiederfand? Daß dich der Zufall mir in den Weg führte? ... Du hast mir zu sehr gefehlt, in den Nächten und Tagen ... Ich habe zu sehr durch die Erinnerung an dich gelitten, um jetzt zu verzichten. Ich muß dich besitzen."

„Dann töte mich! Töte mich sofort!"

Nur ihre Atemzüge waren im dichten Dunkel zu hören. Angélique klammerte sich an den Tisch im Schaukeln des Schiffes, das ihr schwindelnd schien, weil es nicht abzumessen war, ein Schwindel, wie Blinde ihn empfinden, in dem sich das Entsetzen vor ihrer eigenen Schwäche mit der Angst vor dem verband, was geschähe, wenn jemals dieses „Unabwendbare", das sie wieder nahen fühlte, Wirklichkeit würde ... Und es traf zu, daß sie es in diesem Augenblick vorzog zu sterben.

Als sie Colin sich bewegen hörte und das Gefühl hatte, daß er sich ihr näherte, stieg ein lautloser Schrei aus ihrem Innern, ein Schrei, wie sie ihn noch niemals in sich ausgestoßen hatte und von dem sie nicht wußte, daß er ein Hilferuf war, gerichtet an etwas Stärkeres als ihre Schwäche, etwas Klareres, Gütigeres ...

Dann nahm sie allmählich die Reglosigkeit der Dinge um sich wahr, einen wieder eingetretenen Frieden, eine Leere. Sie wußte, daß sie wieder allein war.

Colin hatte sie geschont. Colin war gegangen.

Vierunddreißigstes Kapitel

Es war ein sehr harter Augenblick für sie, ein Moment der Verwirrung, der Verzweiflung, in dem alles, was an ewig Kindlichem in einer Frau lebt, mit Unlogischem, wirren Gefühlen des Bedauerns, trotziger Herausforderung der Realität ihr Bewußtsein überschwemmte, in dem ihr gequälter Leib, ihr erregter Geist in einem unerträglichen Dilemma zappelten. Es schien ihr, als schmerze sie ihr ganzer Körper bis in die Fingerspitzen.

Endlich beruhigten sich ihre Nerven, und tastend suchte sie vergeblich nach der heruntergefallenen Kerze. Sie mußte in irgendeinen Winkel gerollt sein. Doch ein zunehmender milchiger Schein kündigte das Auftauchen des Mondes zwischen zwei Wolken an, und Angélique lehnte sich taumelnd und wie betrunken gegen die Balustrade aus vergoldetem Holz, die den winzigen Balkon vor der offenen Fenstertür umgab.

Sie stützte sich auf, atmete mehrmals tief.

Der Mond enthüllte sich nun ganz und ergoß sein läuterndes Licht.

Von Wolkenstreifen überzogen, breitete sich der Himmel über ihr wie eine schimmernde Muschel, erfüllt vom unaufhörlichen Brausen der Brandung, in dem zuweilen das sehnsüchtige und ein wenig unheimliche Bellen der Seehunde am Strand hörbar wurde.

Angéliques Blick glitt ziellos umher, und während sich die Verwirrung ihrer Sinne allmählich legte, wurde ihr langsam klar, welcher Gefahr sie eben mit knapper Not entgangen war, und ein Beben überlief sie.

„Um ein Haar hätte ich ‚es' getan", sagte sie sich. Und kalter Schweiß brach ihr aus.

Je mehr Sekunden verstrichen, desto mehr zerbröckelte elementare Angst die lockende Fata Morgana der Versuchung.

„Wenn ich ‚es' nun getan hätte!"

Im selben Moment, gestand sie sich ein, wäre sie wie eine Tote gewesen ... wie ... Sie fand keine Worte, um das Gefühl totaler Vernichtung zu definieren, das sie empfunden hätte, wenn ...

Von nun an würde sie wissen, daß die Begierde, das Verlangen nach Befriedigung zu den gewaltigsten irdischen Erschütterungen zählte, im gleichen Range wie Springfluten, Zyklone und Erdbeben, ein Akt jenseits aller Vernunft, der die blinde materielle Kraft in menschlicher Schwachheit weckte.

Wie war es ihr gelungen, sich dem zu entziehen?

„Wie konnte ich . . .?"

Sie berührte ihre Lippen.

„Und dieser Kuß . . . Ich hätte es nicht gedurft . . . Ich hätte Colin nicht so küssen dürfen . . ."

Zunge an Zunge.

Sie schlug die Hände vors Gesicht.

„Unverzeihlich! Unverzeihlich! . . ."

Joffrey!

Sie empfand abergläubische Angst davor, an ihn zu denken. Es schien ihr, als stehe er hinter ihr, die glühenden Augen auf sie gerichtet.

„Joffrey hat mir gezeigt, was Küsse sein können . . . damals und jetzt wieder. Er hat mich gelehrt, so zu küssen. Und mit ihm liebe ich diese Küsse, die kein Ende finden; ich möchte mein Leben an seiner Brust verbringen, meine Arme um seinen Hals geschlungen, mein Mund unter seinem . . . Er weiß es. Wie konnte es dazu kommen, daß ich ihn fast verleugnet hätte! . . . Nur die Trennung von ihm hat mich schwach werden lassen . . ."

Nie ist eine Frau verletzlicher, als wenn sie über eine Trennung hinweggetröstet werden will. Die Männer, die Ehemänner sollten das wissen.

Als sie so entdeckte, daß der Ursprung ihrer Verwirrung in der unerträglichen Leere ihres Alleinseins, ihres Fern-von-ihm-Seins zu suchen war, begann sie sich allmählich Absolution zu erteilen.

„Er hätte mich nie allein lassen sollen . . . Und ist es denn so schlimm? Selbst wenn wir es getan hätten? Eine Umarmung? . . . Hätte es mich wirklich von ihm getrennt? Es ist so wenig . . . Es ist, als tränke man, wenn man Durst hat. Es ist keine Sünde zu trinken . . . Wenn wir Frauen so betrogen werden, wäre es unsinnig, große Dramen daraus zu machen . . . Ein Anfall von Verlangen, von Heißhunger . . . so wenig

202

im Grunde. Von jetzt an werde ich mich für männliche Streiche dieser Art nachsichtiger zeigen ... Und wenn Joffrey eines Tages ... mit einer anderen Frau? ... Nein, das nicht! Ich ertrüge es nicht ... ich würde dran sterben! Oh, jetzt weiß ich, wie ernst es ist! Verzeih mir ... Warum nur führt ein so unwesentlicher Akt seit Anbeginn der Welt zu so vielen Tragödien? ... ‚Der Geist ist willig, aber das Fleisch ist schwach!' Wie wahr das ist!

Warum bedeutet Colin, ein fast Fremder, eine so unwiderstehliche Versuchung für mich? ... Die Liebe ist eine Angelegenheit der Haut ... Joffrey sagt mir das, zynisch, wie er sein kann, wenn er mich necken will ... Die Liebe ist eine Angelegenheit der Haut, der sich anziehenden Wellen ... Nein, es ist nicht nur das. Aber vielleicht ist es eine der fundamentalsten Bedingungen ... Mit manchen Männern war es früher sicher nicht unangenehm, doch ich wußte, daß da irgend etwas war, was fehlte ... Dieses Etwas, das ich sofort mit Joffrey fühlte, auch wenn er mir zuerst Angst einjagte ...

Und mit Colin? ... Mit ihm war immer irgend etwas an ‚mehr', das ich mir nicht erklärte ... Auch mit Desgray, wie mir scheint, und – jetzt, da ich dran denke, es ist drollig – mit dem dicken Hauptmann aus dem Châtelet. Hätte ich ihn für Cantors Rettung ‚bezahlen' können, wenn ...? Er hat mir keine so schlimme Erinnerung hinterlassen ... Aber mit dem König? Nun, das verstehe ich besser ... ‚Es' fehlte ... es fehlte, dieses so eigenartige, so bizarre Erkennen der Haut zwischen manchen Menschen, das sich nicht erklären läßt.

Zwischen Colin und mir existiert es ... das ist die Gefahr. Ich darf niemals allein mit ihm bleiben."

Träumend in der einlullenden Bewegung des Schiffs, ließ sie ihre Gedanken sich im Mondlicht verlieren, ließ sie die Schatten der Männer, die sie einst gekannt hatte, zu sehr spezieller Auslese an sich vorüberdefilieren, und unter ihnen gewahrte sie, ohne recht zu wissen, warum, das offene Antlitz des Grafen de Loménie-Chambord und, fern, feierlich, aber so gütig, die edle Gestalt des Abbés von Nieul.

Fünfunddreißigstes Kapitel

Unterhalb der Balustrade hing an der Schiffswand ein Mann.

Durch ein winziges Geräusch aus ihren Spekulationen über die Inkonsequenz und Unlogik menschlichen Verhaltens in der Liebe gerissen, hatte sie sich vorgebeugt und die schattenhafte Gestalt eines struppigen Mannes entdeckt, dessen Kleidung, soweit sie sie erkennen konnte, nur aus Fetzen bestand.

Er klammerte sich an die sogenannte „Galerie", schräg vorspringende geländerartige Verzierungen, die um die beiden Etagen des Heckkastells herumliefen.

„He! Ihr da!" flüsterte sie. „Was macht Ihr da?"

Da er sich ertappt sah, kletterte er seitwärts, und gleich darauf gewahrte sie ihn ein wenig tiefer, diesmal an dem Schnitzwerk hängend, das die große Tafel umrahmte, auf die eine von Engeln umgebene allegorische Darstellung des Schiffsnamens *Coeur de Marie* gemalt war.

Der mysteriöse Akrobat warf ihr einen drohenden und zugleich flehentlichen Blick zu.

An seinen Handgelenken waren blutige Striemen.

Angélique begriff. Auf Goldbarts Schiff befanden sich Gefangene, und diesem da war es offensichtlich gelungen, sich seiner Fesseln zu entledigen und zu flüchten.

Sie winkte ihm zu, um anzudeuten, daß er von ihr nichts zu befürchten habe, und zog sich in die Kabine zurück.

Der Mann mußte die Bedeutung ihres Zeichens verstanden und wieder Mut gefaßt haben, denn gleich darauf hörte sie, wie er ins Wasser sprang.

Als sie wieder hinaussah, war alles ruhig. Sie suchte ihn im Schatten der Schiffswand, aber er tauchte bereits fünfzig Meter entfernt in die dunkle Spiegelung einer Insel und begann, mit kräftigen Stößen zu schwimmen.

Eine entsetzliche Sehnsucht überkam Angélique. Auch sie wäre um ihr Leben gern geflohen, geflohen, diesem Schiff entronnen, auf dem sie sich in der Falle ihrer eigenen Schwächen gefangen fühlte. Morgen würde Colin wieder zu ihr kommen.

„Ich muß dieses Schiff um jeden Preis verlassen", sagte sie sich. „Um jeden Preis . . ."

Sechsunddreißigstes Kapitel

Am Fuß des Mont Désert sprudelt eine kühle, überschattete Quelle, deren klares Wasser nach Tonerde schmeckt. Hier labte sich der Sieur Pierre du Guast de Monts, als er im Jahre 1604 hier landete und die erste europäische Siedlung in Nordamerika gründete. Er war ein reicher hugenottischer Adliger, den sein Freund Heinrich IV. von Frankreich zum Vizekönig der atlantischen Küste der Neuen Welt ernannt hatte. Der Geograph Samuel Champlain begleitete ihn, desgleichen der Dichter Lescarbot, der „die süßen Gewässer Akadiens" besang.

Von der ersten Niederlassung ist nichts geblieben als ein halb umgestürztes, angefaultes, einst vom Jesuitenpater Biard aufgerichtetes Kreuz und eine baufällige Kapelle, deren Silberglöckchen die Winde zum Klingen bringen, zuweilen auch, neugierig und ängstlich, die spielenden Kinder des Cadillac-Stamms.

Ein alter Indianerpfad endet dort, der, aus dem Norden, vom fernen Mont Katthedin herkommend, Seen streift, durch Wälder verläuft und schließlich von Felsbrocken zu Felsbrocken den flachen Meeresarm vor der Insel überquert.

In diesem Frühling zogen das grüne Gras und die zarten Triebe der Birken Herden von Bisons an, brüllende, düstere, uralten Zeiten zugehörige Rinder mit kantigen Stirnen und buschigen Widerristen.

Ihre massigen, dunklen Körper, die zwischen den grünenden Büschen sichtbar wurden, flößten Furcht ein, aber es waren in Wirklichkeit friedliche, sanfte Tiere.

Die Indianer der Wälder jagten sie kaum; sie zogen Damhirsche, Hirsche und Rehe vor. Deshalb ließ sich auch das an diesem Morgen im hohen Gras am Fuß des Berges weidende Rudel nicht im geringsten stören, als der Wind ihren empfindlichen Nüstern die Witterung einer Schar Männer zutrug.

Joffrey de Peyrac hatte seine Schebecke in dem geschützten Hafen auf der Ostseite der Insel verlassen und schickte sich nun an, in Begleitung des Normannen Roland d'Urville, des Flibustiers Gilles Vanereick aus Dunkerque und des Rekollektenpaters Erasme Baure den Berg zu ersteigen. Weniger als eine Meile übers Meer von Gouldsboro entfernt und von zwei mächtigen Zwillingskuppeln aus rosa Granit gekrönt, war der Mont Désert mit seinen fünfhundert Metern der beherrschende Punkt der ganzen Umgebung.

Hatte man die Zone der Laubbäume hinter sich, deren grüner Schaum den Fuß des Bergs umwogte, schwand alle höher wachsende Vegetation mit Ausnahme der düsteren Schöpfe einiger Krüppelkiefern.

Mit jedem Meter der Höhe zu wurde der Wind schneidender und eisiger.

Gefolgt von ihrer Eskorte von Matrosen, die die Musketen trugen, stiegen die vier Männer mit schnellen, gewandten Schritten an, ohne Weg noch Steg zu beachten. Die großen Platten aus rosafarbenem oder hellviolettem Granit zogen sie förmlich dem Gipfel zu wie die ausgetretenen Stufen einer bequemen Treppe.

Tausend kleine, zarte Blüten von Hauswurz, Steinbrech und Fetter Henne sprossen in jedem Spalt, jedem Riß, in die der Wind ein wenig fruchtbare Erde geweht hatte, und umsäumten die großen Brocken nackten Steins mit ihrer zarten Stickerei. Prächtige purpurne und goldgelbe Teppiche von Zwergrhododendren breiteten sich hin und wieder über größere Bodenflächen.

Völlig ungerührt durch diesen zugleich lieblichen und wilden Anblick, stieg Peyrac mit gesenktem Kopf bergan, nur darauf bedacht, zum Gipfel zu gelangen, bevor ihm das immer mögliche Aufziehen eines Nebelschleiers die weite Sicht einengen könnte.

Das Panorama, das sich ihm von dort oben bieten würde, zu überblicken, jede einzelne Insel zu mustern, jede Bucht, jeden Einschnitt genau zu durchforschen, das war das Ziel, das er sich gesetzt hatte, als er zu dieser Besteigung aufgebrochen war.

Die Zeit war gemessen. Die Tage überstürzten sich in dieser unruhigen Jahreszeit, im Tumult der erwachenden Dinge und Lebewesen. Die Indianer kamen an die Küsten, um Handel zu treiben, die Schiffe der Weißen erschienen zum Fischfang, die Kolonisten stürzten sich in die Arbeit, holzten ab, bestellten die Felder, pflanzten, die einen wie die anderen vom Fieberrausch der allzu kurzen warmen Jahreszeiten gepackt.

Die Ereignisse kreuzten sich, überschnitten sich. Zehn Tage zuvor war Peyrac, nachdem er in Pentagouët am Penobscot seinen jungen Verbündeten, den Baron de Saint-Castine, verlassen hatte, nach Osten in Richtung auf Gouldsboro aufgebrochen.

Er hatte sich unterwegs aufgehalten.

Der noch kaum gangbare Pfad führte in der Nachbarschaft zweier ihm gehörender kleiner Minen vorüber, in denen Silber und Sylvanit gefördert wurde, ein schwarzes, unsichtbares Gold enthaltendes Erz. Er war kurz geblieben, hatte den Fortschritt der Arbeit geprüft, seine Leute, die den Winter dort verbracht hatten, ermuntert, hatte ihnen Clovis als Aufseher dagelassen und sich von neuem auf den Weg gemacht. Ein paar Meilen weiter erwartete ihn der Kaplan Saint-Castines, der Rekollektenpater Baure, mit einer Botschaft des Barons.

Durch sie erfuhr er von den Massakern im Westen. Die Abenakis hatten das Kriegsbeil ausgegraben und verwüsteten jetzt die englischen Siedlungen in Maine auf Boston zu.

„... Es ist mir gelungen, meine Stämme an der Leine zu halten", schrieb Saint-Castine. „In unseren Gebieten wird sich also nichts rühren. Ich habe den englischen Händlern in Pemaquid und Wilcasset, meinen Nachbarn, mitteilen lassen, daß sie diesmal nichts zu befürchten hätten und in ihren Niederlassungen bleiben könnten. Trotzdem haben sie sich mit Lebensmitteln und Munition auf die Insel Newagan geflüchtet. Ich kann jedoch garantieren, daß mit Eurer Hilfe der Friede in unserem Bereich gewahrt bleibt."

So gelangte Peyrac nach Gouldsboro.

Dort erfuhr er einerseits, daß Angélique nicht in Gouldsboro eingetroffen war, obwohl der unbekannte Matrose ihm gemeldet hatte, daß sie sich in der Bucht von Sabadahoc auf die Jacht *Le Rochelais* eingeschifft habe, und andererseits, daß sein Sohn Cantor eine Schaluppe mit englischen Flüchtlingen nach Gouldsboro gebracht hatte und mit der besagten Jacht und ihrem Kapitän Le Gall sofort wieder in See gegangen war, um sie in der Cascobucht zu suchen, wo sie sich in Gesellschaft von einigen Kranken und Verwundeten befinden sollte.

Zugleich über das Schicksal seiner Frau halbwegs beruhigt wie über die immer wieder auftauchenden Hindernisse, das reichlich unverständliche Verhalten der einen wie des anderen verärgert, zögerte Peyrac, seinem Sohn zu folgen, und entschloß sich endlich angesichts der Unruhe, die in seiner Küstenniederlassung herrschte, fürs erste zu bleiben und sich in Geduld zu fassen.

Nichtsdestoweniger beunruhigte ihn die Begegnung mit dem Matrosen und dessen Schiff in der Kennebecmündung auch weiterhin. Wer waren diese Leute, die ihn belogen hatten? Hatten sie nur eine Auskunft falsch verstanden, die ihnen im Nebel von einer Schiffsreling zur anderen zugerufen worden war?

Er mußte wohl oder übel die Rückkehr Angéliques und Le Galls abwarten, um in dieses Durcheinander Licht zu bringen. Das Wichtigste war einstweilen, daß er sich um Angélique keine Sorgen zu machen brauchte. Trotzdem, das wußte er, würde er erst ganz beruhigt sein, wenn er sie in seinen Armen hielte.

Dies hatte sich also vor vier Tagen ereignet, und in der Eile, mit der Peyrac den Mont Désert erstieg, verbarg sich vielleicht auch die geheime Hoffnung, als erster ein Segel am Horizont zu entdecken, das ihm seine letzten Befürchtungen abnehmen würde.

Hinter ihm wechselten seine Begleiter Scherzworte, die ihnen die Windstöße vom Munde rissen. Gilles Vanereick, der Nationalität nach Franzose, getaufter Reformierter und lebenslustiger Diener des Königs von Frankreich – er zog es allerdings vor, seinem Souverän in der Ferne zu dienen –, trug einen Rock aus gelbem Satin, als dessen Knöpfe echte spanische Goldmünzen herhalten mußten, pflaumenfarbene Seidenhosen und grüne, gefältelte Strümpfe. Unter dem mit Papageienfedern geschmückten Hut hatte er einen mit Blumen gemusterten indianischen Schal um die Stirn gewunden, und eine Schärpe aus dem gleichen blumigen Gewebe umspannte seine wohlgepolsterte Leibesmitte. Trotz seiner Korpulenz flink und behende, stand er im Rufe, im Kampf ein wahrer Teufel und niemals auch nur leicht verwundet worden zu sein. Die einzige an ihm sichtbare Schramme war die tief eingeprägte Spur, die das Stichblatt seines Entersäbels mit der Zeit auf seinem Handrücken hinterlassen hatte, da er sich Tag und Nacht seiner zu bedienen pflegte ... man verstehe recht: Tag und Nacht! ...

Als Mann des Nordens, aus jenem Flachland, das so lange von Karl V. und seinen Nachkommen beherrscht worden war, hatte er dunkle Augen und trug den aufgezwirbelten schwarzen Schnurrbart nach spanischer Art, wozu sich flämische Gutmütigkeit und Sinnlichkeit gesellten.

Mit dem Grafen Peyrac hatte er sich im Karibischen Meer angefreundet und war nun der von Europa zurückkehrenden *Gouldsboro* nordwärts gefolgt.

Die *Gouldsboro* brachte Handwerker und einige hugenottische Flüchtlinge mit. Auf Vanereicks Schiff dagegen befanden sich Frauen von mehr oder minder dunkler Hautfarbe, darunter eine spanisch-indianische Mestizin von großer Schönheit: die Mätresse des Korsaren. Sie begann alsbald am Ufer zum Klang der Kastagnetten und zum größten Mißvergnügen der Herren Manigault und Berne zu tanzen, denen es oblag, im Hafen Disziplin zu halten und über die Moral der kleinen protestantischen Gemeinde zu wachen.

In der Sonnwendnacht hatte es dieserhalb einige nicht unerhebliche Schlägereien gegeben. Zwar hatte die Anwesenheit Joffrey de Peyracs verhindert, daß die Dinge allzu böse Ausmaße annahmen, aber der Gouverneur d'Urville erklärte, daß er von diesen Tollwütigen nun genug habe und seinen Posten abgeben wolle.

Am Tage nach dieser bewegten Nacht hatte Peyrac sie auf den Mont Désert mitgenommen, um ihre Stimmung ein wenig aufzulockern. Und auch er selbst verspürte das Bedürfnis, sich ein wenig Distanz zu schaffen und über die Lage klarzuwerden.

Dazu war ihm zu jenem verdächtigen Schiff, dem sie auf dem Kennebec begegnet waren und dessen orangefarbenen Wimpel er über den

14 Versuchung

209

Baumwipfeln hatte flattern sehen, eine Idee gekommen. Er wollte seine Vermutung überprüfen.

Zerstreut lauschte er auf die Stimmen hinter sich, während er weiter über die Granitplatten bergan stieg.

D'Urville fragte eben Vanereick nach den Gründen, die ihn, den Korsaren des Antillenmeers, dazu bewogen hatten, sein Glück in der Massachusettsbucht und der Französischen Bucht zu versuchen.

Der Flame hielt mit seinen Motiven nicht hinter dem Berge.

„Ich bin ein zu kleines Würstchen für die bis an die Zähne bewaffneten und von einer wahren Meute eskortierten spanischen Sechshunderttonnengalionen, denen man jetzt im Karibischen Meer begegnet. Dagegen könnte ich ganz gut mit Monsieur de Peyrac Handel treiben: Zukker, Melasse, Rum, Baumwolle gegen Stockfisch, Holz für Mastwerk und dergleichen . . . und vielleicht könnten wir uns auch zusammentun, um einige seiner Feinde zu attackieren."

Peyrac wandte sich um.

„Wir werden sehen", erwiderte er. „Frischt Euch erst einmal auf. Erholt Euch auf unserem Besitz ohne Umschweife. Ich habe tatsächlich schon daran gedacht, daß Ihr mir in kurzem Beistand gegen Goldbart leihen könntet, den Piraten, von dem Ihr sicherlich auch in Jamaika gehört habt."

Sie hatten jetzt den Gipfel erreicht.

Der Wind, der mit scharfer Klinge den kahlen Schädel des Mont Désert rasierte, warf sich mit solcher Gewalt gegen sie, daß sie Mühe hatten, sich aufrecht zu halten. Vanereick gab sich als erster geschlagen. Mit der Erklärung, er sei an wärmere Länder gewöhnt und bereits bis auf die Knochen durchgefroren, zog er sich hinter einen Felsvorsprung auf der dem Wind am wenigsten ausgesetzten Hangseite zurück. Nicht viel später gesellte sich Roland d'Urville zu ihm, mit beiden Händen die Krempe seines Huts umklammernd. Pater Erasme Baure hielt es mit flatterndem Bart ein Paternoster und ein Ave lang aus, dann fand er ebenso wie Vanereicks Matrosen, es sei des Guten genug.

Nur Enrico Enzi blieb stoisch bei Peyrac, gelb wie eine Quitte, eingehüllt in seine Schärpen, Schals und Turbane nach arabischer Art, die die übliche Bekleidung des Mittelmeerbewohners aus Malta bildeten.

„Geh, geh!" sagte der Graf zu ihm. „Geh und schütz dich."

Er blieb allein auf dem Gipfel des Mont Désert, stemmte sich gegen den unablässigen, starken Wind und wurde es nicht müde, das weite Panorama vor seinen Augen zu betrachten.

Dort war ausgebreitet, eingegraben in Hieroglyphen aus Erde und Wasser, der ganze Zauber, das Riesenhafte und Mannigfaltige eines zu seiner Vollkraft erwachenden Landes, das für jeden Moment ungewöhnliche Schauspiele in Reserve hielt.

Überall das ins Land dringende Meer, überall das mit Halbinseln und aufragenden Vorgebirgen in die blaue, schillernde Fläche des aufgewühlten Ozeans vorstoßende Land, dieses Ozeans, der, von so hoch oben gesehen, die Weichheit und Zartheit von Seide zu haben schien. Inseln, von ebenholzschwarzen Tannen gekrönt, Inseln, grüngolden überschäumt vom Laub frühlingshafter Birken.

Im Hintergrund der Bucht dort unten ein Sockel schwach rötlichen und roten Gesteins, zutage tretende Grießablagerungen, die Eisenerz führten, uralte Schichtungen, deren zuweilen fast malvenfarbene Tönung den übermächtigen Druck urzeitlicher riesiger Gletscher verriet. Hier durch den gigantischen Hobel des Eises glatt gerundeter Granit und an anderen Orten jäh abfallende Klippen, Bruchstellen von Einstürzen, die ihre Wunden im Gewässer tiefer Fjorde spiegelten.

Und die Buchten, die Inseln, die durch Sandbänke verriegelten Flüsse, in die man nur eindringen konnte, wenn die Hochflut kam mit ihrem Gefolge von Nebel und Stürmen, die Strände, auf denen sich die Seehunde tummelten, die Uferwälder, die von Pelztieren wimmelten, in denen die schwarzen Bären am Wasserrand mit einem Tatzenschlag Fische fingen, von Indianern wimmelnd, die ihre Pelzbeute bei den Matrosen der Schiffe gegen Waren eintauschten, dieses ganze Land rings um die Französische Bucht, die wie ein kleines Mittelmeer ist, ebenso gespickt mit Piraten und Händlern wie die Nostra Madre, ebenso blau zuweilen, reicher an Fischen, jungfräulicher, neue Ufer statt uralter, hier rosige oder weiße Streifen Sandes oder auch bläuliche, manchmal sogar himbeerrote, diese Wildnis, dieses Paradies, dieser Hexenkessel, dieser winzige und dennoch riesige Ausschnitt der amerikanischen Welt hatte schon eine Geschichte nach seinem Bilde, unbekannt, grausam und verstreut über die Weiten und Abgründe der verlorenen Horizonte, eine Geschichte voller Trauer und Schmerzen.

Peyrac beugte sich vor, um das geschützte Hafenbassin der Insel zu sehen und in ihm, winzig, seine schlanke, schmal geformte Schebecke. Das Schiff war nach seinen Plänen in Kittery in Neuengland gebaut worden, einer schon alten Stadt am Meer, am Ufer des Pistaquataflusses im Staat Massachusetts. Was war wohl zu dieser Stunde von der geschäftigen Werft geblieben? Asche vielleicht? Der neu angefachte indianische Krieg würde für alle unübersehbare Umwälzungen zur Folge haben.

Vögel umflatterten in kreischenden Runden die Zwillingsgipfel. Sie kündigten einen der Herrscher des Ortes an: den Nebel ...

Peyrac schob sein Fernrohr wieder zusammen und gesellte sich zu seinen Gefährten, die sich mit tief in die Kragen versenkten Nasen geduldig in ihre unerfreuliche Lage schickten.

Er setzte sich zu ihnen, in seinen weiten Mantel gehüllt. Der stürmische Wind zerrte an den bunten Federn ihrer Hüte. Der lautlose Überfall des um die rosigen Flanken des Berges spülenden Nebels überrollte sie plötzlich mit graufeuchten Schwaden, hüllte sie ein, versetzte sie ins Ungewisse. Zugleich ließ der Wind nach, entfloh raunend, ließ beklemmende Stille zurück. Die weißen Männer, allein in einem blinden Universum, saßen wie in einer Wolke über einer entschwundenen Welt.

„Nun, Monsieur d'Urville, es scheint, als macht Ihr Euch bereit, mir Eure Demission als Gouverneur von Gouldsboro zu überreichen", sagte Peyrac.

Der Normanne errötete, wurde gleich darauf blaß und starrte den Grafen an, als verdächtige er ihn der beunruhigenden Fähigkeit, selbst die verborgensten Gedanken zu lesen. Dabei konnte in diesem Fall von irgendwelchen übersinnlichen Ahnungskräften nun wirklich keine Rede sein. Hatte Peyrac nicht erst tags zuvor gesehen, wie er sich die Haare gerauft hatte angesichts der in seinem Herrschaftsbereich neu aufgetauchten Schwierigkeiten?

Es gebe jetzt zuviel Volks in Gouldsboro, erklärte er. Bei all den Hu-

212

genotten, Bergleuten, Piraten und Matrosen aller Nationalitäten sei er mit seinem Latein am Ende, mit dem es ohnehin niemals sehr berühmt gewesen sei. Wo sei die schöne Zeit geblieben, in der er gleichsam als unumschränkter Herr dieses Winkels einen lukrativen Pelzhandel mit den Indianern und den seltenen Schiffen habe betreiben können, die sich in den noch nicht hergerichteten und schwer zugänglichen Hafen wagten?

Heute sei Gouldsboro zu einer Art kontinentalem Jahrmarkt geworden, und er, d'Urville, normannischer Edelmann von der Cotentin-Halbinsel, habe nicht einmal mehr die Zeit, seine schöne indianische Frau, Tochter des örtlichen Abenaki-Kakou-Häuptlings, mit seinen Gunstbezeigungen zu beehren, geschweige denn, sich unter dem Vorwand, irgendeinen entfernten französischen oder englischen Nachbarn zu besuchen, ein wenig auf den Fluten des Ozeans zu zerstreuen.

„Monseigneur", rief er, „glaubt nicht, daß ich Euch nicht mehr dienen wollte. Ich werde Euch immer nach meinen besten Kräften unterstützen, wenn es darum geht, sich auf Eure Feinde zu stürzen, Eure Besitztümer mit Kanonen oder selbst dem Degen in der Hand zu verteidigen, Eure Soldaten und Seeleute zu kommandieren, aber da, wo zugleich die Heiligen, die Dämonen und die Bibel im Spiel sind, fehlt es mir, wie ich zugeben muß, an den rechten Fähigkeiten. Eure Hugenotten sind arbeitsam, mutig, fähig, geschickt, und im Handeln nehmen sie es mit dem Leibhaftigen auf. Sie werden aus Gouldsboro eine sehr propre Stadt machen, aber wir werden nie aus dem Palavern herauskommen, weil wir nie wissen werden, welchem Gesetz man sie unterstellen soll. Trotz allem, was man ihnen in La Rochelle angetan hat, kommen sich diese Leute wie verstümmelt vor, weil sie sich nicht mehr als Untertanen des Königs von Frankreich fühlen können, aber es braucht nur ein Franzose mit einer Medaille der Jungfrau um den Hals aufzukreuzen, und schon packt sie höllische Angst, und sie wollen ihm sogar die Süßwasserversorgung verweigern. Wir haben uns in diesem Winter nicht schlecht verstanden; wir plauderten oft am Kaminfeuer, während der Sturm draußen tobte. Ich bin nicht allzu glaubensstark – verzeiht mir, Pater –, und die Gefahr war deshalb nicht allzu groß, daß ich ihnen mit meinen Paternostern hätte lästig werden können. Und wir haben uns recht gut gemeinsam geschlagen, als dieser Pirat Goldbart uns dazu zwang. Aber eben deshalb, weil ich sie jetzt zu gut kenne, fühle ich mich nicht genug Diplomat, um die Gegensätze zwischen gereizten Protestanten allzu verschiedener Nationalität und all diesen Piraten ausgleichen zu können."

Peyrac schwieg. Er dachte an seinen Freund, den Kapitän Jason. Als verfolgter Hugenotte, der im Mittelmeer mit den Charaktereigentümlichkeiten lateinischer Völker vertraut geworden war, hätte er in der von d'Urville aufgegebenen Rolle zweifellos Außerordentliches geleistet. Aber Jason war tot, desgleichen auch der vortreffliche arabische Gelehrte und Arzt Abd el Mecchrat, der ihn bei seiner Aufgabe hätte unterstützen können. Der fidele und alles andere als törichte d'Urville drückte sich gewiß nicht aus Feigheit, nicht einmal aus Faulheit, obwohl ein Dasein unbeschränkter Freiheit in ihm einen gewissen Hang zur Bequemlichkeit geweckt hatte.

Er war sich nur seiner Mängel bewußt; als jüngster Sohn hatte er eben nichts Rechtes gelernt, außer einen Degen zu halten und ein Pferd zu besteigen. Selbst lesen konnte er kaum. Nach einem Duell auf Leben und Tod war er nach Amerika geflüchtet, um seinen Kopf vor den von Kardinal de Richelieu erlassenen Gesetzen zu retten. Nichts anderes hätte ihn hierhergebracht, denn ein Leben außerhalb der Tavernen und Spielhöllen von Paris vermochte er sich nicht vorzustellen. Zum Glück für ihn stammte er von der Halbinsel Cotentin, diesem Weinbergsschneckenfühler Frankreichs, der mit seinem vorgestreckten Gastropodenauge England beäugelt, fast eine Insel mit der wilden Einsamkeit ihrer Küsten, ihren Gehölzen und Heideflächen.

Aufgewachsen in einem alten Schloß auf dem Cap de la Hague, liebte und verstand d'Urville das Meer, seine Amme. Heute wäre er an seinem richtigen Platze als Kommandeur der kleinen Flotte Gouldsboros, die sich jedes Jahr um neue Einheiten erweitern würde, aber Peyrac begriff auch die Notwendigkeit, seine Schultern von einer Last zu befreien, die seine Kompetenzen überstieg.

„Und Ihr, Monsieur Vanereick, könnte Euch das ehrenvolle Amt eines Vizekönigs in unseren Breiten nicht verlocken, wenn Ihr des spanischen Abenteuers müde seid?"

„Vielleicht! ... Aber erst, wenn ich mir ein Holzbein eingehandelt

haben werde. Es wäre mir jedenfalls lieber, als Radieschen und Kokosnüsse auf den Straßen der Schildkröteninsel zu verkaufen ... Doch
Scherz beiseite: Meine Truhen sind noch nicht genügend gefüllt. Man
muß reich sein, um Eindruck bei einer halb aus Abenteurern, halb aus
Hugenotten bestehenden Bevölkerung zu schinden. Die letzteren hab'
ich schon mit meiner Inés aufgebracht. Habt Ihr Inés gesehen?"

„Ich habe Inés gesehen."

„Ist sie nicht entzückend?"

„Sie ist entzückend."

„Ihr versteht, daß ich auf diese charmante Kreatur noch nicht verzichten kann. Später ja ... die Sache würde mir recht gut gefallen.
Seht Euch Morgan an. Der größte Pirat und Plünderer unserer Zeit ist
heute Gouverneur von Jamaika, und ich kann Euch sagen, er scherzt
nicht mit der Ordnung, und die Fürsten selbst ziehen vor ihm den
Hut ... Ich fühle mich von seinem Schlag. Ich bin nicht so dumm, wie
ich aussehe, müßt Ihr wissen."

„Ebendeshalb habe ich Euch in vollem Vertrauen diesen Vorschlag
gemacht."

„Ihr seht mich überaus geehrt, mein lieber Graf ... Später! Später.
Ich habe mich noch nicht ausgetobt, alter Jüngling, der ich bin."

Siebenunddreißigstes Kapitel

Der Nebel verzog sich.

Peyrac stand auf und kehrte zur Plattform des Gipfels zurück.

„Sucht Ihr Goldbart? Hofft Ihr, ihn in irgendeinem versteckten Winkel zu entdecken?" fragte d'Urville.

„Vielleicht."

Was suchte er wirklich, was hoffte er, in diesem zu seinen Füßen ausgebreiteten Labyrinth aus Wasser und Bäumen zu entdecken? Was
ihn zu diesem Aussichtspunkt getrieben hatte, hatte weniger mit logi-
schen Schlüssen als mit der Witterung des Jagdhundes zu tun.

Der Matrose ... Der Mann, dem er am Ufer des Kennebec die rosigen Perlen geschenkt hatte ... der Mann, der ihn belog ... hatte es sich um einen Komplicen Goldbarts gehandelt? Und das mysteriöse Schiff? War es das Schiff des Piraten gewesen? Und warum hatte man zweimal versucht, ihm falsche Auskünfte über Angéliques Schicksal zu geben?

Waren diese „Irrtümer" Zufälligkeiten? Er glaubte nicht daran. Auf See werden die von Mund zu Mund übermittelten Nachrichten nur selten nicht in ihrem vollen Wahrheitsgehalt weitergegeben. Die Solidarität der Seeleute fordert das ... Warum also diese wiederholten Täuschungen? Welche neue Gefahr zeichnete sich da ab?

Wie mit einem Flügelschlag fegte ein weiterer Windstoß die Bucht bis zur Horizontlinie klar. Der weißblaue, reine Himmel schwebte über dem Meer wie eine Schwinge, wie eine perlmuttschimmernde, klingende Muschel.

Vorgebeugt, Schritt für Schritt, mußte der Graf sich vorwärts kämpfen wie gegen eine sich ihm entgegenstemmende Kraft. Als er den vorderen Rand des Plateaus erreicht hatte, streckte er sich auf dem Boden aus, um dem Wind weniger Widerstand zu bieten.

Mit dem Fernrohr durchforschte er Punkt für Punkt jeden Winkel der verstreuten Inselgruppen.

Dort entdeckte er ein ankerndes Schiff, dort eine Barke, dort eine Flottille indianischer Kanus, die eine Enge durchfuhr, dort zwei Schaluppen von Kabeljaufischern und nicht weit davon entfernt vor einem Inselchen das Mutterschiff selbst.

Die Mannschaft war an Land gegangen. Deutlich war der Rauch zu erkennen, der von den Feuern, über denen Teer zum Kalfatern erhitzt wurde, von den Röstpfannen und Räucherhütten aufstieg.

Je länger er seine Musterung fortsetzte, desto schmerzhafter spürte er den Druck der harten Kanten des granitenen Bodens gegen seine Brust. Es war wie ein Leiden, wie eine Bedrückung.

Würde er finden, was er hatte suchen wollen, als er auf den kahlen, von eisigen Böen gepeitschten Berg gestiegen war?

Im Westen, allmählich aus den Nebelfetzen sich lösend, entrollte sich im Gegenlicht die Kette der Blauen Berge.

So blau waren sie, daß die Bucht an ihrem Fuß nach ihnen benannt war: *Blue Hills Bay.*

Dort, hinter ihnen, befand sich Angélique vielleicht in Gefahr ...

„Angélique! Angélique, mein Leben!"

An den fühllosen Stein geklammert, rief er sie mit einer Leidenschaft, für die es keine Entfernungen zu geben schien.

Sie war zu einer plötzlich weit entrückten Wesenheit geworden, gesichtslos, aber warmherzig, unendlich beseelt und anziehend in ihrem einzigartigen Zauber.

„Angélique! Angélique, mein Leben!"

Der Nordwind pfiff schneidend über ihn hinweg, es klang wie ein grausam zischendes Flüstern:

„Er wird euch trennen! Ihr werdet schon sehen! Ihr werdet sehen!"

Die Prophezeiung Pont-Briands, des Mannes, den er getötet hatte, weil er Angélique begehrte, zischelte in seinen Ohren: „Er wird euch trennen ... Ihr werdet sehen!"

Von jäher Angst gepackt, fuhr er sich mechanisch mit der Hand an die Brust. Dann beruhigte er sich wieder:

„Was habe ich denn zu fürchten? ... Morgen, spätestens übermorgen wird sie hiersein ... Angélique ist keine hilfsbedürftige, unerfahrene Frau mehr wie früher. Mehr als einmal hat sie mir bewiesen, daß sie sich vom Leben nicht so leicht aus dem Sattel werfen läßt. Sie könnte sich allem und jedem gegenüber behaupten. Hat sie es nicht erst vor kurzem gezeigt, als sie – Gott weiß wie – diesem seltsamen Hinterhalt in Brunswick Falls entkam? ... Ja, meine Unbezähmbare stammt aus dem Geschlecht der Krieger und Paladine! Man möchte meinen, daß die Gefahr sie stärker macht, gewandter, klarer ... und schöner noch ... als ob sich ihre unglaubliche Lebenskraft davon nährte! ... Angélique! Angélique! ... Wir werden durch alles hindurchgehen, nicht wahr, Liebste? Alle beide ... Wo du auch bist, ich weiß, daß du zu mir kommen wirst ..."

Ein Zittern durchlief ihn. Während er grübelte, hatte sein schweifender Blick im Gewirr der Inseln eine ungewöhnliche Einzelheit erspäht: einen orangenen Wimpel an der Spitze eines zwischen Baumwipfeln aufragenden Mastes. Lange blieb er reglos wie ein Jäger auf dem Anstand, das Auge aufmerksam am Fernrohr. Dann erhob er sich nachdenklich.

Er hatte gefunden, was zu suchen er auf den Mont Désert gestiegen war.

Achtunddreißigstes Kapitel

„Monseigneur! Monseigneur!"

Als Peyracs Schebecke eben die Shoodicspitze umsegelte, rief ihn von einem französischen Fischfangsegler, der einige Kabellängen entfernt vor dem Wind trieb, jemand an.

An der Reling gewahrte er Yann Le Couénnec, den er von Popham aus auf die Suche nach Angélique geschickt hatte.

Nachdem die beiden Schiffe wenig später am Kai von Gouldsboro vor Anker gegangen waren, ging der Graf mit hastigem Schritt dem Bretonen entgegen.

„Sprich! Schnell, sprich!"

Yanns Gesicht zeigte nicht den gewohnten offen-freundlichen Ausdruck, und Peyrac spürte dumpfe Angst in seinem Herzen.

„Hast du die Frau Gräfin angetroffen? Warum ist sie nicht bei dir? Seid ihr nicht der *Rochelais* begegnet?"

Der arme Yann senkte den Blick. Nein, der *Rochelais* sei er nicht begegnet. Ja, es sei ihm gelungen, die Frau Gräfin zu treffen, nachdem er das von den Indianern in Brand gesteckte und geplünderte Gebiet am Androscoggin durchquert habe, und er habe sie in mißlicher Lage an der Cascobucht vorgefunden.

„Das weiß ich alles ... Cantor hat uns benachrichtigt. Er ist wieder aufgebrochen, um sie zu holen."

„Zu spät!" Yann war den Tränen nahe. Cantor würde den Ort verlassen finden. Goldbart habe Madame de Peyrac als Geisel gefangengenommen. Um die Wirkung der niederschmetternden Nachricht zu mildern, fügte er eilig hinzu, er glaube nicht, daß die Frau Gräfin sich in Gefahr befinde. Sie wisse sich zu verteidigen, und dieser Plünderer halte seine Mannschaft offenbar straff am Zügel. Sie habe die Kaltblütigkeit besessen, ihm, Yann, noch rechtzeitig die Flucht zu ermöglichen, damit er über das Vorgefallene berichten könne.

Er erzählte sodann, unter welchen Umständen sich seine Flucht abgespielt hatte.

„Ich bin losgelaufen, und zum Glück haben sie mich nicht verfolgt. Den ganzen Tag hindurch bin ich an der Küste entlangmarschiert. Gegen Abend stieß ich dann in einer kleinen Bucht auf den dort ankernden französischen Kabeljaufischer. Die Mannschaft war an Land gegangen, um Süßwasser aufzutreiben. Sie nahm mich an Bord und änderte meinetwegen ihre Pläne, um mich so schnell wie möglich hierherzubringen."

Peyracs Gesicht war unter der Bräune blaß geworden. Er ballte die Fäuste.

„Goldbart! Immer wieder dieser Bandit! . . . Ich werde nicht eher ruhen, bis ich ihn getötet habe! Letzten Monat hat er schon den Hauptmann meiner Söldner gefangen und nun meine Frau . . . Unverschämtheit!"

Mit Sorge dachte er an Le Gall und Cantor, die möglicherweise diesen gefährlichen Seeräubern begegnet waren, nachdem sie den Ort des Zusammentreffens verlassen vorgefunden hatten. Würde Cantor nicht der Versuchung erliegen, sich in eine voreilige Kriegsaktion zu stürzen, wenn er entdeckte, daß seine Mutter sich in ihren Händen befand? Nein! Der Junge war vernünftig. Im Mittelmeer hatte er die Tricks und Listen des Korsarendaseins kennengelernt. Zweifellos würde er sich damit begnügen, Goldbarts Schiff zu überwachen, und gleichzeitig versuchen, ihn, Peyrac, über die Situation zu unterrichten.

Unglücklicherweise würde die *Gouldsboro* erst in etwa zwei Tagen zu einem ernsthaften Einsatz bereit sein. Wenn man die Nacht durcharbeitete, konnte sie vielleicht schon am folgenden Abend mit der Schebecke, die man mit zwei zusätzlichen Kanonen ausrüsten würde, und Vanereicks Schiff in See gehen. Man mußte hoffen, daß sich der Pirat durch diese Entfaltung an Kampfkraft weit genug einschüchtern lassen würde, um sich zu Verhandlungen bereit zu finden.

Peyrac wandte sich wieder dem Bretonen zu.

„Was gibt es da noch, was du mir nicht zu sagen wagst? Was du mir verschweigst?"

Sein brennender Blick bohrte sich in den verstörten Yanns, der heftig verneinend den Kopf schüttelte.

„Nein, Monseigneur, ich schwör's Euch ... Ich schwör's auf die Bilder der Jungfrau und der heiligen Anna ... Ich hab' Euch alles gesagt ... Warum? Was soll ich Euch denn verbergen?"

„Ist ihr irgend etwas geschehen? ... Sie ist verletzt, nicht wahr? ... Krank? ... Sprich!"

„Nein, Monseigneur, dergleichen würde ich Euch nie verschweigen ... Madame de Peyrac ist bei guter Gesundheit ... sie hält all die anderen aufrecht ... Wenn sie dort geblieben ist, dann nur der Kranken und Verwundeten wegen ... Sie hat sogar den Bauch eines dieser Schmutzfinken geflickt, eben des Kerls, der sie verraten hat."

„Auch das weiß ich."

Peyracs durchdringender Blick durchforschte das ehrliche Gesicht des Mannes, der ihm während des vergangenen Winters zum Gefährten und Freund geworden war. Weder der Irokese noch das Nahen des Hungers hatte ihn zum Zittern gebracht. Heute jedoch zitterte Yann. Peyrac legte seinen Arm um die Schultern des jungen Bretonen.

„Was hast du?"

Und Yann war es, als müsse er wie ein Kind in Schluchzen ausbrechen. Er senkte den Kopf.

„Ich bin viel marschiert", murmelte er, „und es war nicht leicht, den kriegerischen Wilden zu entgehen."

„Das ist wahr ... Geh und ruh dich aus. Unterhalb des Forts gibt es eine Art Herberge. Madame Carrère und ihre Töchter bewirtschaften sie. Sie kochen gut, und ab heute kann man dort einen eben aus Europa eingetroffenen Bordeauxwein trinken. Frische deine Kräfte wieder auf, und halte dich bereit, morgen mit mir in den Kampf zu ziehen, wenn das Wetter uns günstig ist."

Graf Peyrac und Roland d'Urville versammelten in einem der Säle des Forts, der als Beratungsraum diente, Manigault, Berne, Pastor Beaucaire und weitere hugenottische Notabeln. Auch Vanereick und dessen Erster Offizier wurden dazu gebeten, desgleichen Erikson, der Kapitän der *Gouldsboro*. Pater Baure nahm ebenfalls an der Ratssitzung teil.

Don Juan Álvarez, der Kommandeur der kleinen spanischen Leibgarde, hielt sich stumm hinter dem Grafen, eine düstere, hierarchische Figur, die über sein Wohl wachte.

Peyrac unterrichtete die Runde kurz über die letzten Ereignisse. Die Tatsache, daß die Gräfin Peyrac in die Hände ihres Feindes gefallen sei, verpflichte sie zu äußerster Vorsicht. Wer auf den Karibischen Inseln gelebt habe, kenne die Sitten der abenteuernden Kavaliere, und Gilles Vanereick könne ebenso wie er selbst bezeugen, daß Madame de Peyrac nicht Gefahr laufe, schlecht behandelt zu werden, solange sie als Geisel einen Wert repräsentiere. Niemals habe sich eine große Dame, sei sie Spanierin, Französin oder Portugiesin gewesen, in der Gefangenschaft über ihre Kerkermeister zu beklagen gehabt, während sie das großzügige Lösegeld erwartete, das ihr gestatten würde, in die Freiheit zurückzukehren. Man berichtete sogar, daß einige unter ihnen, die stattlich aussehenden Flibustiern in die Hände gefallen seien, es nicht allzu eilig gehabt hätten, ihre Gefangenschaft enden zu sehen. Aber man wisse auch, daß manche dieser zu allem bereiten Bestien, wenn sie verfolgt, in die Enge getrieben und zum Kampf gestellt würden, in ihrer Hoffnung auf Lösegeld enttäuscht, nicht zögerten, ihre Drohungen gegen die Geiseln in die Tat umzusetzen.

Man müsse sich auch klarmachen, daß die Niederlassung im Falle eines Angriffs auf Gouldsboro nur über Verteidigungsmittel zu Lande verfügen würde. Vor dem Aufbruch werde man die Verteilung der Munition vornehmen.

Bei diesem Punkt schob der draußen wachestehende spanische Posten seinen schwarzstählern behelmten Kopf durch den Türspalt und rief:

„Excelencia! Jemand fragt nach Euch!"

„Wer ist es?"

„Ein *hombre*."

„Laß ihn eintreten."

Ein kräftig gebauter, stark bärtiger, nur mit einer zerlumpten, feuchten Seemannshose bekleideter Mann erschien auf der Schwelle.

„Curt Ritz!" rief Peyrac aus.

In dem Eintretenden hatte er die „andere" Geisel Goldbarts erkannt, den schweizerischen Söldner, den er bei einer Fahrt nach Maryland als Anwerber engagiert hatte. Auch die Bewohner Gouldsboros erkannten ihn, denn er war im Mai mit den von ihm für den Dienst beim Grafen Peyrac angeworbenen Soldaten an ihrem Kai an Land gegangen. Kurz vor seinem Aufbruch ins Hinterland hatte er sich am Ufer von den Gouldsboro belagernden Leuten Goldbarts erwischen lassen. Das war kurz vor dem entscheidenden Kampf gewesen, der den Piraten schließlich zum Rückzug gezwungen hatte. Allgemein war befürchtet worden, daß Ritz die Kosten dieser Niederlage hatte bezahlen müssen. Doch nun war er wieder da, offenbar bei guter Gesundheit, wenn auch, wie es schien, durch einen langen Marsch erschöpft.

Peyrac nahm ihn herzlich bei den Schultern.

„Grüß Gott! Wie geht es Euch, mein Lieber? Ich habe mich um Euer Schicksal gesorgt."

„Es ist mir endlich geglückt, diesem verdammten Piraten zu entfliehen, Monseigneur."

„Wann war das?"

„Erst vor drei Tagen."

„Vor drei Tagen", wiederholte Peyrac nachdenklich. „Befand sich Goldbarts Schiff zu diesem Zeitpunkt im Norden der Cascobucht, in der Nähe des Kaps Maquoit?"

„Monseigneur, Ihr habt die Gabe des Zweiten Gesichts! . . . Das war tatsächlich der Ort, von dem ich die Leute der Besatzung habe reden hören . . . Wir hatten im Morgengrauen geankert . . . Es gab viel Unruhe an Bord und ein ständiges Hin und Her zwischen Schiff und Küste . . . Gegen Abend bemerkte ich, daß der Verschlag, in den man mich gesperrt hatte, schlecht verschlossen war. Der Schiffsjunge, der mir meinen Fraß zu bringen pflegte, hatte vergessen, den Riegel fest vorzuschieben. Ich wartete bis tief in die Nacht, dann schlich ich hinaus. Ich befand mich unter der Deckskajüte im Heck. Alles schien verlassen. An Land bemerkte ich Feuer, es sah so aus, als hätte sich die Mannschaft drüben zu einem festlichen Schmaus versammelt. Die Nacht war mondlos. Ich kletterte auf die Kajüte und kroch nach hinten. Ans Gesims geklammert, stieg ich bis zum Balkon der Kapitänskabuse und noch ein Stückchen weiter hinunter. Von da tauchte ich und schwamm zu einer benachbarten Insel. Als ich mich überzeugt hatte, daß kein Alarm gegeben worden war, hielt ich nach einer entfernteren Insel Ausschau und versuchte mein Glück, obwohl ich kein besonders guter Schwimmer bin. Im Morgengrauen hatte ich sie erreicht. Auf der Westseite kampierten englische Flüchtlinge. Ich hielt mich von ihnen fern und blieb östlich des Felskamms. Im Laufe des Tages sah ich indianische Kanus vorbeifahren – Tarratinen, Sebagots, Etscheminen, die mit Skalpen an den Gürteln nach Norden zurückkehrten. Ich rief sie an und zeigte ihnen das Kreuz, das ich um den Hals trage. Im oberen Rhonetal sind wir nämlich alle katholisch. Sie nahmen mich mit und setzten mich irgendwo an der Mündung des Penobscot ab. Ich bin Tag und Nacht marschiert, die Fjorde habe ich nicht umgangen, sondern durchschwommen. Mehr als einmal ließ ich mich von den Strömungen tragen ... und so bin ich nun hier."

„Gott sei Dank!" rief Peyrac. „Monsieur Berne, haben wir nicht eine Flasche guten Weins zur Hand, um den größten Salzwasserschwimmer der Waldkantone zu stärken?"

„Sofort."

Von einem Wandbrett nahm Maître Berne eine Flasche Bordeauxwein und einen Zinnbecher.

Der Mann leerte den Becher in einem Zug. Das salzige Meerwasser hatte ihn durstig gemacht, aber er hatte seit langem nichts gegessen, und der starke Wein stieg ihm zu Kopf und trieb ihm das Blut ins Gesicht.

„Uff! Schmeckt großartig. Ein feiner Wein. Ich bin von den Wellen so herumgeschaukelt worden, daß sich mir der Kopf dreht."

„Ihr habt Glück gehabt", sagte jemand. „Die Äquinoktialstürme stehen bevor, sind aber noch nicht losgebrochen."

Der Schweizer genehmigte sich einen zweiten Becher und wirkte wieder völlig aufgemuntert.

„Habt ihr meine gute Hellebarde aufbewahrt?" erkundigte er sich.

223

„Ich hatte sie nicht dabei, als ich zwischen den Felsen spazierenging und diese Schurken mich angriffen."

„Sie ist noch im Waffenständer", sagte Manigault und wies auf eine Reihe von Ringhaken in der Mauer, in denen Lanzen verschiedener Länge standen, unter ihnen eine besonders lange Pike, deren elegante Kunstschmiedearbeit die furchtbare tödliche Wirkung verbarg, die derlei Waffen in den Händen eines Kundigen, vor allem eines Schweizers entfalten können: Der angelhakenartige Sporn dient zum Festnageln und Heranholen des Feindes, die scharfe, halbmondförmige Schneide zum Spalten der Köpfe, die feingeschliffene Spitze bohrt sich in Bäuche und Herzen.

Ritz griff aufseufzend nach der Pike.

„Ah, da ist sie endlich! Wie viele Wochen habe ich auf diesem verfluchten Schiff damit verbracht, an meinen Fäusten zu knabbern! Und was ist aus meinen Männern geworden?"

„Sie sind im Fort Wapassou."

Während sie ihn betrachteten, dachten sie daran, daß er am selben Tag geflohen sein mußte, an dem Angélique de Peyrac in die Hände des Piraten gefallen war. Hatte er es gewußt? Hatte er die Gräfin gesehen? Eine unerklärliche Vorahnung hielt sie – wie auch Peyrac selbst – davor zurück, ihn über diesen Punkt zu befragen.

„Hat man Euch mißhandelt?" ließ sich Peyrac zögernd vernehmen.

„Ganz und gar nicht. Goldbart ist kein übler Kunde, er ist ein guter Christ. Jeden Morgen und Abend traten seine Leute auf Deck zum Gebet an. Aber er will Euren Tod, Herr Graf. Er behauptet, die Ländereien in Maine, die Ihr in Besitz genommen habt, gehörten ihm und er sei mit seinen Leuten gekommen, um hier eine Kolonie zu gründen. Man habe ihm versprochen, daß die Frauen, die sich in Gouldsboro befänden, für ihn und seine Männer bestimmt seien. Es handelte sich um aus Frankreich ausgewiesene Mädchen."

„So eine Unverschämtheit!" brauste Manigault auf.

„Deshalb hat ihn auch die hartnäckige Verteidigung überrascht. Und meine Entführung sollte ihm zu einer Verhandlungsmöglichkeit verhelfen, denn er ist halsstarrig wie ein Maulesel. Nachdem er von den hier anwesenden Herren mit glühenden Kugeln beschossen worden war,

224

hat er sich zum Ausbessern der Schäden auf eine Insel der Cascobucht zurückgezogen, aber er wird wiederkommen."

Der Schweizer hob von neuem den Becher. Er geriet allmählich in einen Zustand schwebender Euphorie.

„Oh, ich könnte Euch mancherlei über Goldbart erzählen! Ich hab' mit den Matrosen gesprochen und auch mit Goldbart selbst, der ein rauher, aber ehrlicher Bursche ist. Ja, ehrlich ... Er jagt denen Angst ein, die ihn von der Ferne sehen, aber seine Absichten sind aufrichtig... Und dann ist da noch eine Frau ... Seine Mätresse ... Sie ist am Kap Maquoit zu ihm gestoßen ... Sie muß alles eingefädelt haben, jedenfalls sieht sie mir ganz nach einer großartigen Type aus ... Eine von den Frauen, die reihenweise Zahlen aufs Pergament werfen, ohne sich auch nur einmal zu irren, die ihre Truhen füllen und irgendeinen gutmütigen Biedermann in den Krieg schicken, damit sie noch voller werden ... In ihrem Dienst ... Schließlich haben sie ja auch was, womit sie bezahlen können, die Hexen. Schön wie Venus und höllisch intelligent. Der, der keine Lust hat, sich für sie umbringen zu lassen, liebt weder das Leben noch die Liebe ... Goldbarts Mätresse ist eine Frau von diesem Schlag ... Und schön dazu ... Das ganze Schiff war in Aufregung, als sie an Bord kam. Es ist eine Französin. Sie erwartete ihn dort, am Kap Maquoit. Augen hat sie wie Quellwasser und Haare wie ein Sonnenstrahl ... Ihr hab' ich's zu verdanken, daß ich an diesem Abend fliehen konnte. Goldbart hatte drei Pinten Rum pro Nase verteilen lassen, um das Ereignis zu feiern. Was ihn betrifft ..."

Ritz warf den Kopf zurück und lachte lautlos. Dann schüttete er noch einen Becher Wein hinunter.

„Ich hätt's wahrhaftig nicht geglaubt ... Aber er ist verrückt nach ihr. Zwischen den Brettern meines Verschlags hab' ich ihn auf der Schanze vorbeigehen sehen. Er hielt sie am Arm und sah sie an ... sah sie an ..."

Die Weindämpfe stiegen ihm zu Kopf, er schwadronierte, ohne sich über ihr Schweigen zu wundern, ohne sich dadurch stören zu lassen, daß er sie nur noch wie in einem trüben Lichtschein sah, erstarrt wie Kerzen, Gesichter ohne Lächeln, verhärtet, vereist.

„Der Name dieser Frau?" fragte die Stimme des Grafen kurz. Die

Stimme schien aus einem wattigen Universum zu kommen, klang dumpf und fern. Die Männer im Raum fühlten sich von einer Panik ergriffen, von einem wilden Verlangen zu fliehen.

Ritz schüttelte den Kopf.

„Weiß ich nicht! Ich weiß nur, daß sie Französin ist . . . und schön, verteufelt schön! Und daß Goldbart zum Verrücktwerden in sie verknallt ist . . . *Ich hab' sie gesehen* . . . nachts . . . in der Kapitänskajüte, durchs Fenster des Heckkastells . . . Das Fenster stand offen . . . Ich bin dran vorbei nach unten geklettert, und ich hab' ein Auge riskiert . . . Auf dem Tisch stand eine Kerze, und ich hab' sie gesehen . . . Die Frau lag nackt in Goldbarts Armen . . . Ein Körper wie eine Göttin . . . Ihr Haar fiel über ihre Schultern . . . In der Sonne hatte ich geglaubt, es sei blond, aber da sah ich, daß es wie fließendes Mondlicht war . . . Ein Wasserfall bleichen Goldes . . . Feenhaar . . . Es war etwas an dieser Frau, was keine andere besitzt, etwas . . . Wundervolles . . . Ich kann's verstehen, daß sie ihn närrisch macht, den Piraten . . . Des offenen Fensters wegen wagte ich nicht zu springen . . . Selbst Leute, die damit beschäftigt sind, sich zu lieben, können feine Ohren haben . . . Und Goldbart ist ein tüchtiger Bursche: immer auf der Hut . . . Ich mußte ein Weilchen warten . . .“

Er redete und redete. Er war jetzt betrunken und sprach unbekümmert um das lastende Schweigen, ohne sich klar darüber zu werden, wie seltsam und beunruhigend es war, daß man ihn so schwatzen, die Liebesszene beschreiben, ihn endlos bei ihr verweilen ließ.

Unfähig, seinen schwimmenden Kopf ruhig zu halten, wiederholte er:

„Woher die Frau kommt? Keine Ahnung. Sie ist am Kap dort zu ihm gestoßen . . . Ihr Name . . . Wartet, ich glaube, ich erinnere mich. Ich hab' ihn gehört . . . Richtig! Während er sie liebte, rief er sie: ‚Angélique! Angélique!‘ Ein Name, der zu ihr paßt . . .“

Schreckliche Stille breitete sich aus.

Und plötzlich entglitt die Hellebarde der Hand des Schweizers. Der Mann schwankte, taumelte zurück, lehnte sich gegen die Mauer, das Gesicht leichenblaß, die weit aufgerissenen Augen auf Peyrac gerichtet.

„Nein, nein . . . tötet mich nicht, Monsieur!“

Doch niemand hatte sich gerührt. Nicht einmal der Graf. Er stand

226

noch immer reglos vor ihm. Aber in seinem düsteren Blick hatte der Schweizer den Blitz des Todes aufzucken sehen. Auf den Schlachtfeldern heimisch, hatte er gespürt, daß der Tod über ihm lauerte. Ernüchtert, ohne zu begreifen, hilflos von Peyracs Blick gebannt, war er sich nur der tödlichen Gefahr bewußt.

Zugleich ging ihm die bestürzende Ahnung auf, daß alle Beteiligten an dieser ihm unerklärlichen Szene, die wie Gespenster in einem Grabesschweigen verharrten, es samt und sonders vorgezogen hätten, taub, stumm und blind sechs Fuß unter der Erde zu liegen, als den eben vergangenen Augenblick in diesem abgeschlossenen Raum zu ertragen.

Er schluckte mühsam.

„Was ist geschehen, Messires?" wimmerte er. „Was habe ich gesagt?"

„Nichts!"

Dieses „Nichts!" fiel wie ein Fallbeil von den Lippen Peyracs. Wieder schien seine Stimme wie aus einer anderen Welt zu kommen.

„Nichts, was Ihr Euch vorzuwerfen hättet, Ritz. Geht ... geht jetzt. Ihr bedürft der Ruhe ... In einigen Tagen werdet Ihr zu Euren Männern in den Appalachen, in Fort Wapassou stoßen müssen."

Taumelnd ging der Mann zur Tür. Als er den Raum verlassen hatte, beeilte sich ein jeder, ihm schweigend zu folgen, nicht ohne sich zuvor tief vor dem Herrn von Gouldsboro verneigt zu haben, als verließen sie nach einer Audienz den König.

Draußen stülpte ein jeder seinen Hut auf den Kopf und entfernte sich ohne ein weiteres Wort zu seiner Behausung. Alle außer Gilles Vanereick, der d'Urville beiseite zog und ihm zuflüsterte: „Erklärt mir doch ..."

Neununddreißigstes Kapitel

Joffrey de Peyrac wandte sich zu Juan Fernández.

„Schickt mir Yann Le Couénnec."

Als Yann den Ratssaal betrat, befand sich außer dem Grafen niemand im Raum. Er beugte sich über eine ausgebreitete Karte und schien sie aufmerksam zu betrachten.

Sein volles Haar, das an den Schläfen eine winzige Spur Silber zeigte, verdeckte halb sein scheinbar auf die Karte konzentriertes Gesicht, und seine gesenkten Lider verbargen seinen Blick.

Doch als er sich aufrichtete und Yann zuwandte, durchlief den Bretonen ein Beben. Ein Gefühl kalter Angst stieg in ihm auf.

„Was hat er denn? Was hat mein Herr?" fragte er sich. „Krank? Verwundet? Durch irgend etwas getroffen? ... Man möchte meinen ... innerlich getroffen ... tödlich getroffen."

Peyrac kam um den Tisch herum und näherte sich ihm. Er war so ruhig und ging so straff und aufrecht, daß der andere zu zweifeln begann.

„Nein, es ist nichts ... Was bilde ich mir da ein?"

Peyracs Blick musterte ihn, beobachtete ihn mit durchdringender Aufmerksamkeit. Mittelgroß, reichte ihm Yann bis zur Schulter. Kräftig gebaut, wirkte er mit seinem lebhaften, beherzten Gesichtsausdruck immer weit jünger als seine dreißig Jahre. Dabei hatte er sich durch sein bewegtes Leben die Seele eines abgehärteten, alten Fuhrmanns zugelegt. Doch für Peyrac würde dieses französisch-keltische Gesicht immer ohne Geheimnis sein. Er konnte in ihm lesen wie in einem offenen Buch.

„Und nun, Yann", murmelte er, „sag mir, was du mir nicht zu sagen wagtest."

Der Bretone erblaßte und wich einen Schritt zurück. Vergebliche Ableugnungsversuche schwirrten ihm durch den Kopf. Aber diesmal, das wußte er, würde er sich nicht herausreden können. Er hatte den Grafen schon bei der Arbeit gesehen, wenn er ein Ziel verfolgte, wenn er sich hartnäckig auf die Spur einer Wahrheit setzte, die ihm sein diabolisches

Ahnungsvermögen verraten hatte: Wie ein Jäger würde er die Spur verfolgen und seinen Gegner in die Enge treiben.

„Was hast du? Was ist es, was du mir nicht sagen kannst? Glaubst du, ich sähe nicht deinen verstörten Blick? Sag mir, was ist geschehen? Es war am Kap Maquoit, dort, wo du die Gräfin verlassen hast? ... Was hast du gesehen, was hast du beobachtet, das dich so erschüttern konnte?"

„Aber ... ich ...", Yanns Arm hob sich in einer hilflosen Geste, „... ich habe Euch alles gesagt, Monseigneur."

„Es war dort unten, nicht wahr? Antworte! Was geschah dort unten?"

„Ja", murmelte der arme Kerl mit gesenktem Kopf. Sein Gesicht barg sich in beiden Händen.

„Was hast du gesehen? Wann war es? War es, bevor du flohst?"

„Nein", klang es dumpf zwischen den Händen hervor.

„Dann also danach? ... Du bist geflohen, hast du mir gesagt. Du liefst ... und dann hast du dich umgedreht und hast etwas gesehen ... So war's doch, nicht wahr? Etwas Seltsames, Unbegreifliches ..."

Ah! Wie hatte er es erraten können! ... Es war teuflisch.

Ein Schwindel überkam ihn.

„Was hast du gesehen?" wiederholte die unerbittliche Stimme. „Was hast du gesehen, als du dich zur Küste umdrehtest, wo du sie verlassen hattest? ... Was hast du gesehen?"

Und plötzlich spürte Yann eine schreckliche Hand in seinem Nacken, eine stählerne Pranke, die seinen Hals umklammerte, als wollte sie ihn erwürgen.

„Sprich!" sagte die leise, drohende Stimme.

Dann bemerkte der Graf, daß der junge Bretone dem Ersticken nahe war, löste den Griff, beherrschte sich.

Etwas Sanftes, tief Anrührendes schwang in seinen überredenden Worten:

„Sprich, mein Junge ... ich bitte dich darum!"

Und Yann brach zusammen. Er sank auf die Knie, klammerte sich wie ein verirrter Blinder an Peyracs Rock.

„Verzeiht mir, Monseigneur! Verzeiht mir!"

„Sprich ..."

229

„Ich lief . . . ich lief . . . ich war losgelaufen, als Goldbart gerade das Ufer betrat und alle ihm entgegensahen . . . Die Frau Gräfin hatte mir geraten, diesen Moment zu nutzen . . . Ich lief, ich lief . . . und um zu sehen, ob man mich verfolgte, drehte ich mich schließlich um . . . zum Ufer . . ."

Sein gequälter Blick suchte Peyracs Gesicht.

„Sie war in seinen Armen, Monsieur!" schrie er und klammerte sich an den Grafen, als sei er es, der geschlagen würde, den die schlimmsten Schläge trafen. „Sie war in Goldbarts Armen . . . und sie küßten sich . . . Ah! Verzeiht mir, Monseigneur, tötet mich . . . Sie küßten sich wie Liebende . . . wie Liebende, die einander nach langer Zeit wiederfinden!"

Vierter Teil

Im Labyrinth

Vierzigstes Kapitel

Drei Tage zuvor.

Im Norden der Cascobucht.

Ein Boot auf dem Meer.

Unter so vielen anderen. Aber das Meer ist so riesig, und so zahlreich sind die Inseln, die in ihm schwimmen, daß es scheint, als sei das Boot auf ihm allein. Schleichend, ein verfolgtes Wild, bedroht durch die Tücke der Strömungen und Felsen. Schräg vor dem Winde liegend, gleitet es vorüber; man sieht es Vorgebirge umsegeln, mit dem Schatten einer Klippe verschmelzen. Wieder in die Sonne tauchen, und zuweilen begleitet es der Duft der blühenden Erde, und zuweilen bäumt es sich auf unter dem salzigen Atem des Windes.

Man sieht an den Ufern der Inseln menschliche Gestalten die Arme schwenken, laufen, man hört ihre Rufe. Barken und Schiffe liegen in den schmalen Buchten verborgen. Andere kreuzen, gleiten dahin oder fischen hinter Felsen, und wieder andere tauchen erst auf, wenn das Boot verschwunden sein wird.

Immer allein quer durch das Labyrinth der dreihundertfünfundsechzig Inseln der Cascobucht. Seit dem Kap Maquoit folgt das Boot der Küste in südlicher Richtung ...

Angélique hatte den Rest der Nacht damit verbracht, sich den Kopf zu zergrübeln, wie sie Colin entkommen könnte.

Am Morgen war er in ihrer Kajüte erschienen. Sie hatte kaum geschlafen. Sie war müde und niedergeschlagen, aber auch fest entschlossen, ihre Freiheit von ihm zu erlangen.

Er war ihr zuvorgekommen.

„Kommt, Madame", hatte er sie sehr kühl aufgefordert.

Er war ruhig und reserviert, eindrucksvoll in seiner kriegerischen Aufmachung, und sie war ihm auf Deck gefolgt. Ein Teil der Mannschaft zögerte die üblichen Morgenbeschäftigungen hinaus, offensichtlich um einen Blick auf die zeitweilige Gefangene ihres Kapitäns werfen zu können, und am Fuß der Schiffswand schaukelte ein Boot; ein dickes Strohbündel war an seinem Bordrand befestigt, um die Stöße abzudämpfen.

Es war eine englische Schaluppe, eine jener behäbigen Barken, die zwischen New York und Pemaquid und noch weiter hinauf von Bucht zu Bucht und von einer Niederlassung zur anderen segelten. Der Schiffer, ein stämmiger Bursche mit mürrischer Miene, mußte an diesem Morgen von den Flibustiern der *Coeur de Marie* zum Anlegen gezwungen worden sein, und niemand wußte, was er wohl von den Passagieren dachte, mit denen man eben seine Schaluppe füllte. Die Erfahrungen langer Jahre der Seefahrt in diesen Breiten mochten ihn belehrt haben, sich den ungebetenen Gästen aus dem Karibischen Meer gegenüber vorsichtig zu verhalten.

Über die Reling gebeugt, erkannte Angélique unter den zahlreichen Insassen des Bootes das Bulldoggengesicht Reverend Partridges, die anhängliche, zarte Miß Pidgeon, den kleinen Sammy Corwin und Adhémar, dessen Gejammer sich in die besonders klare Luft dieses glyzinienfarbenen Morgens erhob.

„Ah! Auch noch Piraten in die Hände fallen! Man kann wahrhaftig sagen, daß mir nichts erspart bleibt!"

An der Fallreepspforte, deren hölzerne Füllung zurückgeschoben war, baumelte eine Strickleiter.

„Da wären wir", sagte Colins gedämpfte Stimme. Er stand dicht neben ihr, sprach nur für sie. „Es ist besser, wir trennen uns, nicht wahr, meine Kleine? Der Schiffer dieses Boots hat mir gesagt, daß er zum Penobscot unterwegs ist. Wenn die Brise so bleibt und er Kurs Ostnordost hält, kannst du in höchstens vier Tagen dort sein ..."

Trotz aller Bemühungen konnte er es nicht lassen, sie zu duzen, und sie begriff, daß es jedesmal, wenn sie ihm nahe war, so wie damals in der Wüste sein würde, als er der einzige gewesen war, der sie betrachten und in die Arme nehmen konnte ...

Sie hob ihren Blick zu ihm, durch den sie ihm begreiflich zu machen suchte, was sie empfand: Freundschaft und Dankbarkeit.

Voller Freude dachte sie, daß sie vielleicht schon in vier Tagen bei Joffrey sein würde und daß dann der Alpdruck ein Ende fände.

Sie würde aufatmen und ein wenig Ordnung in ihre Gedanken bringen können. Durch seine geliebte und für sie so süße Stimme beruhigt, würde sie versuchen, wieder klar zu sehen. Sie würden miteinander reden ...

Ein schmerzlicher Ausdruck verzerrte Colins Züge angesichts des strahlenden Lächelns, das sie ihm schenkte.

„Ah! Du liebst ihn, ich sehe es", murmelte er.

Sie hörte ihn kaum.

Sie wußte, daß sie sich nicht rühren lassen durfte, daß sie sich so schnell wie möglich von ihm trennen mußte. Die Gelegenheit nutzen mußte, bevor er sich wieder in die Hand bekam. Schon weil sie ihn in dem freimütigen, großherzigen Entschluß, sie gehen zu lassen, so ganz erkannte, spürte sie ein undefinierbares Bedauern wie einen Druck um ihr Herz.

Sie griff nach dem Reisesack, den ein Matrose ihr reichte, und warf ihn sich ohne Umstände über die Schulter.

Sie war noch immer barfuß, aber was tat's! Wozu brauchte man Schuhe auf dem glitschigen Deck einer Schaluppe? Im letzten Moment wollte sie sich noch nach dem Ergehen Beaumarchands, ihres Operierten, erkundigen, unterließ es jedoch, um nur keine Sekunde zu verlieren. Sie lehnte die Hilfe eines Mannes ab, der sie auf der Strickleiter stützen wollte, indem sie munter rief:

„He! Laßt nur, Freund! Ich hab' mich lange genug im Mittelmeer herumgetrieben."

Colins Hand legte sich auf ihre Schulter. Im Augenblick der Trennung zerbrach seine Zurückhaltung. Er sah sie intensiv an, umfing sie ganz mit seinem erstaunlich klaren blauen Blick, dem in seinem zerfurchten, gehärteten Gesicht, umrahmt von der Aureole des Haars und Barts, aus der er ein Symbol des Schreckens hatte machen wollen, eine Art kindlicher Frische geblieben war. Es schien, als versuche er, sie zurückzuhalten, wie man ein Schemen, ein Blendwerk des Geistes zu halten versucht, als sei sie nicht völlig wirklich. Doch kam ihr von irgendwoher die Ahnung, daß er nicht nur an seine Leidenschaft für sie

235

dachte, sondern an etwas Drängenderes, Konkreteres, ja Ernsteres, das ihn beunruhigte. Zweimal sah es aus, als wollte er sprechen.

„Nimm dich in acht", flüsterte er endlich, „nimm dich in acht, mein Lämmchen . . . Sie haben Böses gegen dich vor! . . . Sehr Böses!"

Dann ließ er sie gehen. Sie kletterte flink hinunter, erreichte die Spitze des Boots im gleichen Moment, in dem der Schiffer es mit dem Bootshaken abstieß, ohne sich darum zu kümmern, daß Angélique schwankte und um ein Haar ins Wasser gestürzt wäre.

Sie begrüßte ihn deshalb nicht weniger herzlich auf englisch. Als Antwort warf er ihr einen Blick zu, nicht ausdrucksvoller als der eines toten Fischs. Zweifellos wieder ein Puritaner, der in einer jungen, heiteren Frau mit zerzaustem Haar die Inkarnation des Teufels selbst sah.

Angélique richtete sich zufrieden neben Adhémar und Sammy ein, während ein Schiffsjunge mit flachsblondem Haar das Klüver- und Großsegel hißte und der Schiffer mit ein paar Ruderschlägen weiter vom Schiff des Korsaren ablegte, um sein Boot vor den Wind zu bringen.

So begann das Boot des Engländers Jack Merwin quer durch die Cascobucht zu kreuzen, zwischen den Inseln hindurch, wie ein schöner, über die Wellenkämme streichender Vogel.

Drei weitere Passagiere befanden sich noch an Bord der Schaluppe, die Angélique, ihren französischen Soldaten und ihre englischen Flüchtlinge aufgenommen hatte: ein herumziehender Krämer aus der Kolonie Connecticut, ein Negerjunge, der ihm als Gehilfe diente, und – ein Bär.

Dieser letztere war es, den Angélique zuerst bemerkte, unwiderstehlich angezogen durch das Gespür eines schlauen, abschätzenden und amüsierten Blicks, den sie auf sich gerichtet fühlte, ohne daß sie hätte sagen können, woher er kam.

Es war der Bär. Plötzlich entdeckte sie ihn in der Nische unter dem falschen Heckdeck, die er sich als zeitweilige Höhle erkoren hatte. Die spitze Schnauze zwischen die Pfoten gedrückt, beobachtete er sie mit seinen kleinen, glitzernden Augen. Der Krämer stellte ihn ihr vor:

„Mr. Willoughby . . . Glaubt mir, Milady, ich könnte keinen besseren Freund besitzen als dieses Tier."

Er selbst nannte sich Elie Kempton. In weniger als einer Stunde wußte

Angélique alles über ihn. In Massachusetts geboren, hatte er mit acht Jahren gemeinsam mit seinen Eltern und etwa hundert anderen Bewohnern die kleine Siedlung Newton verlassen, um unter Führung des Gemeindepastors Thomas Hooker, eines liberalen Mannes, dem die harte Herrschaft der Puritaner mißfiel, durch die Wälder zu den grauen, ruhigen Fluten des Connecticut zu marschieren. An seinem Ufer hatten sie an einem Ort, wo bis dahin nur ein kleiner holländischer Pelzhandelsposten gewesen war, Hatford gegründet.

Jetzt war es ein hübsches Städtchen, fromm und fröhlich, das vom Meerhandel lebte.

„Es ist nicht so leicht, an den Ufern eines Flusses wie des Connecticut sein Feld zu bestellen. Die Strömung ruft einen unablässig zur Mündung. Unser bißchen Boden gab nicht viel her."

Mit zwanzig Jahren war Elie mit einem Quersack voller Waren aufgebrochen, und sein Bär, Mr. Willoughby, war ihm gefolgt.

„Ich habe ihn aufgezogen, und wir haben uns seitdem nie getrennt."

Er erzählte, daß der Bär ihn auf allen seinen Reisen begleitete, was zuweilen Komplikationen mit sich bringe, andererseits aber auch die Stimmung selbst derjenigen Kunden auflockere, die am wenigsten geneigt seien, ein paar Taler lockerzumachen. Der Bär könne tanzen und ein paar Kunststückchen vollführen. Unschlagbar aber sei er im Ringkampf. Die stämmigsten Burschen der Dörfer maßen sich mit ihm. Er sei kein Spielverderber und lasse ihnen anfangs ihre Chance, doch dann triumphiere er mit einem freundschaftlichen und gleichsam wie aus Versehen ausgeteilten Prankenschlag über die Maulhelden.

„Willoughby . . .", sagte Reverend Partridge nachdenklich. „Mir ist, als hätte ich einen Pastor dieses Namens in der Gegend von Watertown gekannt."

„Das ist gut möglich", gab der andere zu. „Mein hier anwesender Freund ähnelte derart diesem ehrenwerten Geistlichen, der mir in meiner Jugend mächtig viel Angst einjagte, aber auch Vergnügen machte, daß ich ihn nach ihm nannte."

„Ein ausgesprochenes Zeichen mangelnden Respekts", bemerkte Partridge streng und fuhr drohend fort: „Es könnte Euch in ernstliche Scherereien verwickeln."

„Connecticut ist nicht Massachusetts, laßt Euch das gesagt sein, Reverend. Die Leute bei uns sind liberal und lachen gern."

„Land der Kneipen", brummte der Pastor, „der Rumtrinker von Geburt an."

„Aber wir haben eine eigene Verfassung, und wir reisen am Sonntag nicht, um dem Herrn Genüge zu tun."

Höchst zufrieden mit sich, zog Elie Kempton darauf Tabak, Bilder, Spitzen und kleine Uhren aus seinen Taschen. Er trug alles nur Mögliche bei sich, was die entlegensten Kolonisten oder vielmehr die Frauen der Kolonisten selbst entlegenster Siedlungen möglicherweise zu interessieren vermochte, und da er in allen Winkeln aller Buchten herumgekommen war, wußte er besser als jeder andere, was es hier gab und was dort fehlte, was die Augen junger Mädchen aufleuchten ließ oder schiefe Mäuler hervorrief, was ein Kind oder einen Großvater entzücken und als geliebter oder unentbehrlicher Gegenstand noch die bescheidenste Hütte mit Freude erfüllen konnte.

Er sagte, daß er zur Bartlettinsel östlich des Penobscot unterwegs sei, um dort nach besonders lebhaft indigoblau- oder rotgefärbten Wollstoffen zu fahnden, denn die Schafe dieser Insel nährten sich von hundert verschiedenen Blumensorten, und die Einwohner tauschten sich bei den karibischen Schiffen Cachou ein.

„Diese Insel muß doch in der Nähe von Gouldsboro liegen", bemerkte Angélique und nahm sich vor, dort Einkäufe zu machen.

Kempton kannte Gouldsboro nur vom Hörensagen. Geschäfte waren dort bisher nicht für ihn zu machen gewesen, da es an seiner üblichen Kundschaft – den Frauen der Kolonisten – gefehlt hatte.

„Jetzt gibt's dort Frauen, und ich werde Eure erste Kundin sein", versicherte ihm Angélique.

Entzückt warf sich der Krämer vor ihr auf die Knie, aber nur, um unverzüglich die Maße ihrer Füße zu nehmen, denn er betätigte sich auch als ambulanter Schuhmacher und versprach, ihr ein Paar entzückender Schuhe aus geschmeidigem Leder mit Schnürsenkeln und kleinen Kupferplättchen unter Hacken und Spitze zum Schutz gegen Abnutzung zu fertigen. Auf der Insel der Füchse im Norden habe er einen alten, einsamen Schotten, der die weichsten Häute für ihn gerbe. Vorausgesetzt natürlich, daß alle diese Engländer noch am Leben wären, denn es könne sehr gut sein, daß sie sich inzwischen von den Indianern hätten skalpieren lassen.

Schweigsam und verächtlich die Insassen seines Boots übersehend, widmete der Schiffer seine ganze Aufmerksamkeit den Segelmanövern. Der freundliche Krämer war es, dem sie wenigstens die Kenntnis seines Namens – Jack Merwin – verdankten. Er habe ihn, fuhr Kempton fort, in New York gefunden und als einen Mann kennengelernt, der zwar seine Launen habe, aber ein ausgezeichneter Schiffer sei.

Und wirklich mußte man die zugleich lässige und reaktionsschnelle Meisterschaft bewundern, mit der Merwin seine Schaluppe quer durch die glitzernden Strömungen und über die gefährlichen, schaumgekrönten Untiefen führte.

Abgesehen von der Handhabung des kleinen Klüversegels, die der Schiffsjunge nach seinen Weisungen vornahm, kam er allein mit seinem Steuerruder und dem viereckigen Großsegel zu Rande, dessen straff gespanntes Seil er zuweilen nur mit dem großen Zeh hielt.

Wenn das Wetter gut blieb, würde die Fahrt mit ihm schnell vonstatten gehen. Aber nach einigen Stunden beunruhigte es Angélique doch, daß das Boot beharrlich südlichen Kurs einhielt. Sie fragte den Schiffer, der so tat, als sei er außerstande, ihr holpriges Englisch zu verstehen. Reverend Partridge mahnte ihn darauf mit feierlichem Nachdruck zu antworten, wenn man das Wort an ihn richte. Den Blick irgendwohin ins Weite gewandt, fand sich Merwin schließlich zu der Auskunft bereit, daß der kürzeste Weg, um aus diesem Dreckslabyrinth der Inseln in der Cascobucht herauszukommen, ohne seine Haut und sein Boot zu verlieren, noch immer der über Portland sei. Von dort aus lasse sich mittels der Strömung zwischen der Peaks- und Cushinginsel, auch Weißhut genannt, am ehesten der Riegel dieses heimtückischen Archipels überwinden. Solange man nicht den Weißhut bemerke, schloß er, müsse man der Küste nach Süden folgen. Der kleine Sammy begann, die Augen aufzureißen, um diesen berühmten Weißen Hut zu entdecken.

Über den mangelnden Respekt einem Geistlichen wie ihm gegenüber entrüstet, musterte Partridge argwöhnisch den Schiffer und murmelte etwas wie, daß der Mann ihm ganz nach einem Virginier aussehe, einem Angehörigen jener Kolonie, die nur von Erzgaunern, Taugenichtsen, Sträflingen und sonstigem Abschaum der Menschheit bewohnt sei ... und daß diese Leute sich durch ihren Virginiatabak unverdient bereichert hätten, sei noch lange kein Grund, ihre Gottlosigkeit bis in die Massachusettsbucht zu tragen. Er fuhr fort, Miß Pidgeon auf diese Art über die Geschichte Virginiens zu belehren, während Adhémar, der allenfalls die Hälfte davon verstand, kläglich jammerte:

„Wenn dieser Kerl da ein Sträfling ist, und er sieht mir ganz so aus, wird er uns bestimmt auf einer verlassenen Insel aussetzen."

„Keine Insel hier in der Gegend ist verlassen, mein armer Adhémar", beruhigte ihn Angélique.

Trotz allem war es ein außerordentliches Erlebnis, so allein zwischen Himmel und Meer, Fels und Küste zu sein, rundum wie in einem Kaleidoskop Segel, eine Kanuflottille, die Holzhäuser eines Dorfs, eine Schiffswerft, Trockengerüste von Kabeljaufischern, eine ferne Prozession dickbäuchiger Barken sich drehen zu sehen, Männer in bunten Fetzen rings um ein Feuer zu beobachten, über dem in einem riesigen Kessel Teer geschmolzen wurde oder auch Seehundsfett, und andere in Wollmützen, die sich geschäftig um ausgespannte Netze und Austernkörbe tummelten, und wieder andere in spitzen schwarzen Hüten und dunklen Röcken, dazu Frauen in weißen Hauben und blauen oder schwarzen Kleidern, die zwischen den Felsen Muscheln suchten und sich dann um die Suppentöpfe auf dem einzigen Herd versammelten, der ihnen geblieben war.

Seit mehr als einem halben Jahrhundert bestand die ansässige Einwohnerschaft des Cascoarchipels aus einem reichlich seltsamen Sammelsurium von Schotten, Iren, Engländern und selbst französischen Hugenotten, zu denen sich in den Zeiten der großen Wanderung der Kabeljaue und Thunfische die Seeleute der Fischfangflotten aus Saint-Malo, Dieppe oder Boston, die Matrosen der baskischen Walfischfänger und an diesem glühheißen und tragischen Juniende die Flüchtlinge von der Küste gesellten.

Vom unteren Kennebec und Androscoggin aus hatten die Fackeln der Abenakis ihre feurige Spur durch die Wälder gezogen, und nach Newehewanik waren Brunswick Freeport, Yarmouth, Falmouth, Portland, Saco und Biddeford in Flammen aufgegangen. Als das Boot sich gegen Abend an der Mündung des Presumpscot, zwei Meilen von Portland entfernt, befand, trug ihnen die frische Landbrise, vermischt mit dem balsamischen Duft der Kiefern, den schrecklichen Geruch kaum ausgeglühter Brände und verwesender Leichen zu. Ganz nah lag eine mit Nadelbäumen bestandene kleine Insel. Mit Besorgnis sahen die Insassen der Schaluppe, wie sie den von der Brandung der Flußmündung umschäumten Felsen zutrieben. Sie schaukelten und tanzten nur wenige Kabellängen von der Insel entfernt, und ihre Blicke wandten sich angstvoll Jack Merwin zu, der sich nicht darum zu kümmern schien. Dieser kalte Bursche segelte wahrhaftig ganz nach Laune.

Im Laufe des Tages hatte er sich schon mehrfach der einen oder anderen Insel genähert, so daß sie schon glaubten, er wolle anlegen. Aufmerksam musterte er die Ufer, als suche er etwas oder jemand, und Angélique kam schließlich auf den Gedanken, daß er unter den Flüchtlingen einen Angehörigen suchen müsse, was schon bewies, daß er kein Virginier sein konnte. Zuweilen rief er auch ein Schiff an und informierte sich über das Vorrücken der Indianer an der Küste . . .

Einundvierzigstes Kapitel

Plötzlich ließ er vor der Insel die Segel fallen, das Boot rollte weich auf den Wellen und näherte sich, von der Dünung getrieben, unmerklich dem Ufer. Einer smaragdenen Krone gleich, lag die Insel im Schein der untergehenden Sonne, der die grünen und blauen Wälle glänzend gelackter Nadeln aufglitzern ließ. Trotz des Geräuschs der Brandung und des Windes schien es, als käme von dieser Insel eine himmlische Musik wie von tausend Vogelstimmen.

„Das ist die Mackworthinsel", erklärte der Pastor gedämpft. „Das Paradies der Indianer. Seid vorsichtig", fügte er hinzu, sich an den Schiffer wendend. „Ich könnte wetten, daß diese Insel heute von Wilden verseucht ist. Sie kommen aus dem Innern des Landes über den Sébagosee und den Presumpscot. Ihrer Überlieferung nach ist sie ihr einstiges Paradies, und es war ihnen immer unerträglich, Engländer dort zu wissen. Im vorigen Jahr hat sich dieser verdammte Franzose aus Pentagouët, der Baron de Saint-Castine, mit seinen Wilden ihrer bemächtigt. Seitdem ist die Insel verlassen ..."

Er hatte kaum das letzte Wort gesprochen, als das Boot um eine Landzunge glitt, hinter der eine schmale Bucht sichtbar wurde, auf deren Sandstrand, dicht nebeneinander aufgereiht, rötliche Kanus gezogen waren. Im goldenen Licht des Abends schimmerten die zerbrechlichen Rindenboote unter ihrer Harzschicht durchsichtig wie Flügeldecken von Insekten, Maikäfern oder riesigen Skarabäen. Im selben Moment schien sich der Himmel wie vor einem Gewittersturm zu verdunkeln, als Tausende von Vögeln plötzlich in Schwärmen von allen Zweigen der Insel aufflogen und sich zu einer dichten, zwitschernden und kreischenden Wolke vereinten, die in wenigen Sekunden einen Schleier vor das Tageslicht zog.

Und stumm vor Schreck in dieser jähen, flatternden Finsternis, sahen sie zwischen den roten Stämmen der Kiefern wie rote Gespenster eine Unzahl Indianer mit scheußlichen, grell bemalten Gesichtern auftauchen.

Schutz suchend, drängten sie sich aneinander, und später erinnerte sich Angélique, daß sie sowohl Sammy wie Elie Kempton, den Krämer aus Connecticut, an sich gepreßt hatte. Reglos verharrten sie so, immer heftiger von den Wellen durchschüttelt, die sie unmerklich dem Eingang der Bucht zutrieben.

Verstört sah Angélique zu Jack Merwin hinüber. Der Schiffer schien plötzlich zu erwachen, packte das Steuerruder, hißte mit einer Geschwindigkeit, die seine Unvorsichtigkeit wiedergutmachte, das Großsegel und entriß wie mit einem Flügelschlag die Schaluppe den gefährlichen Brechern. Er dachte jedoch nicht an Flucht, sondern wechselte gleich darauf wieder den Kurs und kehrte zur Mackworthinsel zurück, wobei er sich außerhalb der Reichweite einer Salve von Pfeilen hielt, aber doch so nah heranfuhr, daß ihm nicht die kleinste Einzelheit der Ausrüstung der Indianer entging und sie sie zwischen den Bäumen und

Felsen der Insel sehen konnten als Bestandteile eines erstarrten und erschreckenden Bildes. Das gewaltige Quirlen der Vögel über ihren Köpfen hielt sie auch weiterhin in einem unheimlichen Dämmerlicht. Merwin fuhr fort, die Indianer zu beobachten, während er in aller Seelenruhe vor dem Strande kreuzte. War es Trotz, Neugier, Provokation? Selbst der Schlauste hätte seinem Gesicht nicht entnehmen können, welche Gefühle ihn bewegten.

Endlich gab er lässig dem Schiffsjungen ein Zeichen, das Klüversegel zu hissen, wandte den Bug südostwärts und entfernte sich diesmal endgültig von der Mackworthinsel, dem Paradies der indianischen Legenden.

Nach und nach wurde es lichter. Nur ein paar Seemöwen begleiteten sie noch ...

Angélique zitterte fast ebensosehr wie die Engländer. War es Täuschung oder eine Art von Zwangsvorstellung, jedenfalls hätte sie schwören können, in der seltsamen Düsternis, die sie plötzlich eingehüllt hatte, zwischen den Bäumen das spöttische Gesicht des Sagamores Piksarett gesehen zu haben.

„Ihr laßt es an der nötigen Vorsicht fehlen, Merwin", bemerkte ärgerlich der Krämer. „Die drei Wochen, in denen ich mit Euch reise und Eure makabren Launen ertragen muß, haben sich mir auf den Magen geschlagen. Jedesmal, wenn Ihr fast einen Felsen streift oder Euch gerade dann zum Aufbruch entschließt, wenn eben ein Gewitter losbricht, glaube ich mein letztes Stündlein gekommen. Und Mr. Willoughby erst, das arme Tier! Seht Ihr nicht, daß er vor lauter Aufregung schon ganz mager ist? Das Fell schlottert ihm förmlich um die Flanken. Er rührt sich kaum mehr, will nicht einmal mehr tanzen ..."

„Um so besser, wenn er sich nicht rührt", brummte Merwin. „Was fingen wir in diesem Boot mit einem tanzenden Bären an, frage ich Euch?"

Und er spuckte verächtlich in die Fluten.

Angélique konnte ihre Lachlust nicht unterdrücken. Es war die Reaktion auf ihre Angst. Und schließlich mußte man zugeben, daß es dem in dieser Nußschale versammelten Grüppchen nicht an pittoresken Aspekten fehlte. Der in eine Decke aus grobem rotem Wollstoff gewickelte Negerjunge, rundes schwarzes Radieschen mit aufgerissenen weißen Augen, wirkte in alldem wie eine Art Fragezeichen, wie ein stummer Vorwurf, treuherzige Unwahrscheinlichkeit.

Wo war eigentlich Adhémar? In Ohnmacht gefallen? Nein, er war seekrank. Schlaff über dem Bordrand hängend, erbrach er sich. Das Meer war ihm noch nie sonderlich gut bekommen.

„Und als es Euch einfiel, vor diesem Haufen roter Schlangen auf und ab zu kreuzen, Merwin", fuhr der Krämer, der endlich sein Herz erleichtern wollte, in seiner Strafpredigt fort, „habt Ihr da nie daran gedacht, daß zum Beispiel eine Flottille ihrer Kanus hinter der Landzunge hätte hervorbrechen und uns den Rückweg abschneiden können?"

Der Schiffer schien durch die Vorwürfe des kleinen Mannes ebensowenig berührt wie etwa durch den Stich einer Nähnadel aus dessen Warenvorrat.

Unversehens neugierig geworden, musterte Angélique Merwin genauer. Unter seiner verwaschenen roten Wollmütze hing langes, sehr schwarzes Haar hervor, wie es Engländer zuweilen haben, ohne daß man recht weiß, warum. Übliche, unbestimmte Züge in einem langen Gesicht, ein lebhafter Teint, weder gebräunt noch rot von Natur, der Teint eines Europäers von solider Gesundheit, leicht vom Meerwind gegerbt.

Vierzig Jahre. Vielleicht mehr. Vielleicht weniger ... Schwarze Augen unter schweren Lidern, die oft ihren Glanz dämpften und ihnen einen Ausdruck von Abwesenheit oder Beschränktheit verliehen.

Er kaute fortgesetzt einen Priem, aber wenn er ins Meer spuckte, tat er es mit einer Art nachlässiger Vornehmheit.

Unter dem am Halse offenen Hemd aus grobem Leinen und der Weste mit Hornknöpfen waren seine Schultern schmal, aber kraftvoll. Er trug Hosen aus Drogett, einem derben, unverwüstlichen Stoff, die unterhalb der Knie endeten. Seine Waden waren wie geflochtene Taue. Er machte alles mit seinen Waden und Füßen.

Angélique kam zu der Überzeugung, daß dieser Merwin ihr nicht ge-

244

fiel. Colin schien keine glückliche Hand gehabt zu haben, als er gerade ihn zur Aufnahme der Passagiere gezwungen hatte. Aber zweifellos war ihm keine andere Wahl geblieben. Colin . . .

Für einen Moment verspürte sie Angst, etwas wie Scham. Der Tag war bisher so reich an Eindrücken aller Art gewesen, daß die Erinnerung an Colin davor zurückgetreten war. Insgeheim war sie über dieses Ende der Dinge erleichtert. Aber nun, da sie sich vor ihrer eigenen Schwäche sicher fühlen konnte, empfand sie in der Unlogik ihrer femininen Natur plötzlich ein jähes Bedauern und vage Trauer. Colin . . . Die Tiefe seiner blauen Augen, die sich an ihrer Gegenwart berauschten, die Kraft seiner primitiven Umarmung. Etwas, das sie kannte, das ihr allein gehörte. Ein geheimer Schlupfwinkel. Warum konnte man nicht nach dem Verlangen seines Herzens, seines Körpers lieben? Warum mußten Qualität und Kraft einer Liebe von der schwierigen Auswahl des Besten abhängen? Als ob die Streuung der Gefühle und der Hingabe verhinderte, daß man die größte Intensität erreichte! War das eine Wahrheit oder eine Illusion, hervorgerufen durch die Einflüsse einer Erziehung, die der ehelichen Treue den ersten Rang unter den Ehrenverpflichtungen der Frau zumaß? Verwickelte sie sich nicht in unnütze Zwänge? Welch köstliches Erlebnis, wenn sie Colin nachgegeben hätte . . . und Joffrey hätte niemals davon erfahren.

Sie errötete bei diesem Gedanken und fühlte sich erniedrigt, weil sie ihn überhaupt bei sich hatte formulieren können.

Ungeduldig schüttelte sie den Kopf.

Sie mußte vergessen . . . mußte vergessen um jeden Preis.

In der Ferne versank die Mackworthinsel, in der grünlichen Dämmerung mehr als je einer Krone aus blitzendem Geschmeide ähnlich.

„Da! Dort drüben! Ich sehe den Weißen Hut!" schrie der kleine Sammy.

Old Whitehead war ein mächtiger granitener Kegel, der sich über die kleine Cushinginsel erhob und mit seinen fünfzig Metern Höhe die geschützte Einfahrt des Hafens von Portland beherrschte.

Die Vermischung des von der Küste einfließenden Süßwassers mit dem salzigen Wasser des Ozeans erzeugte unter der Einwirkung der starken Brandung einen weißlich-seifigen Schaum, den der Wind gegen die Flanken des Kegels warf, wo er trocknete und ihm je nach Beleuchtung das Aussehen eines riesigen Hutes oder eines Männerkopfes mit weißem Haar verlieh.

Bei näherem Zusehen ließ sich der Schnee des Schaums von dem ebenso dicken unterscheiden, mit dem die zum Brüten oder zum Rasten gekommenen Vögel noch den kleinsten Felsvorsprung garnierten. Ein wahrer weißer Wirbel erhob sich, als sie sich näherten und unter dieser flaumigen Gefiederwolke die Insel und ihr wimmelndes Leben entdeckten.

Es war nicht übertrieben zu sagen, daß es an diesem Juniende – Ende eines vom schnellen, intensiven Blühen seiner Blumen erfüllten Junis – strandauf, strandab ebenso von Puritanern wie von Seehunden wimmelte, beide in engster Gemeinschaft, umschwirrt vom heiteren Kreisen der Vögel, und wer immer versuchte, zwischen den Seemöwen, Seeschwalben und Elstern des Meeres zu landen, wer immer versuchte, den Fuß auf einen vom Schaum oder von ausgezupften Flaumfedern geweißten Stein zu setzen, konnte ebensogut auf einen schwankend aufgerichteten Seehund wie auf einen ernsten, in seinen Genfer Umhang gewickelten Puritaner stoßen, einer ebenso feierlich wie der andere, ebenso streng blickend und empört über solche Nachbarschaft, aber letzten Endes doch willig, das Beste daraus zu machen. Man zerquetschte Eier in den Vogelnestern, man trat auf Haufen von Venus- oder Jakobsmuscheln, auf Langusten oder Krabben, Austern oder Miesmuscheln, die auf dem Seegrasteppich rund um die Feuer lagen, und um einander verstehen zu können, mußte man eine schrillere Stimme besitzen als alle Vögel des Meeres zusammen.

„Kommt nicht her! Kommt nicht her!" riefen die Flüchtlinge, als sie das Boot sich nähern sahen. „Wir haben nicht genug Nahrung hier. Wir sind zu viele. Bald werden die Muscheln nicht mehr für alle reichen, und mit unserer Munition ist es nicht mehr weit her."

Merwin kreuzte in einiger Entfernung. Der kleine Sammy Corwin legte die Hände trichterförmig um seinen Mund.

„Der Felsen von Mackworth drüben ist voller Indianer!" schrie er mit seiner hellen Kinderstimme, die den Tumult der Brandung und das Vogelgekreisch übertönte. „Nehmt euch in acht, daß sie nicht herüberkommen und euch umbringen!"

„Woher bist du, Kleiner?"

„Aus Brunswick Falls an der Grenze."

„Was ist da oben passiert?"

„Alle sind tot!" Die Worte des Jungen verhallten wie die Töne einer Flöte.

Die Flut hatte fast ihren höchsten Stand erreicht. Das Boot war ziemlich weit in die Landebucht eingedrungen, aber die energische Abweisung durch die früher Eingetroffenen hielt Merwin davon ab anzulegen. Er beschränkte sich darauf, aufmerksam und neugierig um sich zu blicken.

Eine dicke Frau, die mit hochgeschürztem Rock in den Vertiefungen der Felsen nach Langusten suchte, rief sie im Vorbeigleiten an.

„Seid ihr von der Küste?"

„Nein, ich komme von New York."

„Und wohin fahrt ihr?"

Er wies mit dem Kinn nach Norden.

„Gouldsboro."

„Ich kenn's", sagte jemand. „Es liegt am Eingang der Französischen Bucht. Ihr werdet euch von den Franzosen und ihren Wilden skalpieren lassen . . ."

Merwin griff zum Steuerruder und machte sich daran, das Boot aus dem kleinen Hafen herauszumanövrieren. Als sie sich eben einem Felsvorsprung näherten, kam eine andere Frau herzugelaufen. Sie zog ein junges Mädchen mit einem kleinen Bündel in der Hand hinter sich her und winkte heftig mit dem freien Arm.

„Nehmt sie mit!" rief die Frau. „Sie hat keine Familie mehr, nur einen Onkel droben an der Küste der Französischen Bucht, auf der Matinicusinsel, wenn's nicht die Lange Insel ist. Da habt ihr sie!"

Von ihr gestoßen, sprang das verdutzte junge Mädchen in das Boot, das im selben Augenblick vom Sog einer zurückflutenden Woge davongetragen wurde.

247

„Old fool!" schrie Merwin, aus seiner Ruhe gebracht. „Haltet Ihr mich für einen Sammler von Waisen? Ich hab' mehr zu tun, als mich um all diese Bibelleser zu kümmern, die der Teufel holen soll!"

„Ihr redet wie ein Heide", zeterte die Frau zurück. „Baal Peor hat Euch bei Eurer Geburt doppelt das Herz gehärtet ... Aber bringt dennoch dieses Kind an sicheren Ort, oder der Böse wird Euch ersticken, so weit Ihr Euch auch entfernt. Dafür garantiere ich."

Merwin, den der Zorn von der Bank hochgetrieben hatte, riß das Steuerruder herum und vermied im letzten Moment einen vom Wasser fast völlig überspülten Felsen.

„Old fool!" knurrte er noch einmal. „Was warten sie noch, wenn sie die Hölle auf ihrer Seite haben, um die Welt zu beherrschen!"

„Diese Frau hat recht. Eure Worte ...", hob Reverend Partridge an, aber eine überschlagende Welle, die sie gründlich durchnäßte, unterbrach die Diskussion. Merwin befahl dem Schiffsjungen, das Boot auszuschöpfen.

Das Meer wurde unruhig, und das Schwanken der Schaluppe nahm zu. Die Durchführung der Manöver forderte die ungeteilte Aufmerksamkeit des Schiffers, und es war keine Rede mehr davon, zum Weißen Hut zurückzukehren und das junge Mädchen wieder abzuliefern.

Ein perlfarbener, graurosiger Nebel kündigte den Abend an, aber noch verhielt die lange Junidämmerung über dem Meer. Es war höchste Zeit, einen Hafen für die Nacht zu suchen. Merwin schien sich glücklicherweise in diesen Bereichen auszukennen. Er segelte an den Ufern der Peakinsel entlang, dann an denen der Langen Insel, die als nächste in der Prozession folgte. Etwa in ihrer Mitte ließ er das Boot auf einen Kieselstrand auflaufen. Der Ort wirkte weniger bevölkert als die meisten andern zuvor. Merwin sprang ins Wasser, machte die Schaluppe an einem Felsstück fest und überließ es den Damen, so gut es ging, an Land zu kommen. Sie taten es ohne Angst, daß ihre Röcke naß werden könnten. Nach den langen Stunden der Unbeweglichkeit war es köstlich, im kalten Wasser zu waten und über den Sand zu laufen. Das junge Mädchen von der Cushinginsel, das Esther Holby hieß, erzählte Miß Pidgeon von dem Unglück, das sie betroffen hatte. Mr. Willoughby kroch aus seiner Nische hervor und plätscherte zum Strand, mit be-

248

weglichen Nüstern die Waldgerüche schnüffelnd. Er war, wie Angélique nun entdeckte, ein mächtiges, gemächliches und friedliches Tier. Der Bär machte sich daran, zwischen den Wurzeln der Bäume zu wühlen. Hin und wieder rief Elie Kempton ihn zurück, um zu verhüten, daß er die Nachbarschaft erschreckte.

Esthers Haltung weckte Angéliques Achtung für das arme Mädchen. Nach dem tragischen Verlust ihrer ganzen Familie in die Gesellschaft ihr völlig fremder Menschen geraten, unter ihnen eine französische Papistin und – ein leibhaftiger Bär, hatte sie sich keineswegs erschreckt gezeigt und die Situation mit viel Würde hingenommen. Den Engländern fehlte im Unglück die temperamentvolle Redseligkeit der Franzosen. Als versänke alles in ihnen wie ein Stein im Grund eines dunklen Brunnens, ohne daß sich die Oberfläche auch nur regte.

Merwin kehrte mit einem Arm voller Reisig zurück und zündete ein Feuer an. Er füllte einen eisernen Kessel mit Wasser, warf ein Stück gesalzenes Schweinefleisch hinein und ließ es kochen. Seine Bewegungen waren präzise und überlegt, die Bewegungen eines Menschen, der es gewohnt war, allein zu leben. Mit erstaunlicher Pünktlichkeit zog das Meer sich zurück und hinterließ eine weite bräunliche Ebene voller Algen und schimmernder Tümpel.

Die Nacht sank hinter den schwarzen Bäumen, und Himmel und Meer waren wie durchtränkt von der köstlichen Farbe reifer Orangen, die sich mehr und mehr vertiefte und schließlich zu glühendem, leuchtendem Rot wurde, das nie erlöschen zu wollen schien.

Kleine englische Kinder, die zwischen den Felsen Muscheln gesucht hatten, kamen, selig über ihre Ernte, heran, um den neu Angekommenen ihre Körbe zu zeigen. Merwin kaufte ihnen zwei Pinten Kammmuscheln ab.

Um ihnen zu danken, rief Kempton seinen Bären, der sich zum großen Staunen der Kleinen auf den Hinterpfoten aufrichtete, sie feierlich begrüßte und, als er darauf aufgefordert wurde, das hübscheste Mädchen oder den tapfersten oder streitsüchtigsten Jungen zu bezeichnen, gründlich zu überlegen, zu zögern schien und schließlich vor dem Kind seiner Wahl eine Stoffblume, irgendeinen Firlefanz oder ein Geldstück niederlegte.

249

Eine ganze Gesellschaft versammelte sich alsbald um das Feuer der Fremden. Als Kempton unter ihnen einen athletischen Burschen mit muskelbepackten Armen sah, forderte er ihn auf, sich mit Mr. Willoughby zu messen. Der Kampf wurde ehrlich ausgetragen. Der Athlet durfte sich seiner Fäuste bedienen, der Bär verpflichtete sich, seine Krallen aus dem Spiel zu lassen. Mit der Kunst eines erfahrenen Komödianten tat er mehrmals, als brächten ihn die Schläge bedrohlich ins Wanken, doch als sein Gegner schon an seinen Sieg zu glauben begann, wischte er ihn wie mit einem Fingerschnalzen zu Boden.

Nachdem sich Gelächter und Beifall gelegt hatten, rief der Pastor alle Welt zum Gebet, und man ging auseinander.

Angélique konnte nicht schlafen. Die Nacht war kalt, und selbst in der Nähe des Feuers gelang es ihr nicht, sich zu erwärmen. Die anderen wikkelten sich in ihre Mäntel, Umhänge oder Decken, und der Krämer und Mr. Willoughby schnarchten im Verein einer in den Armen des anderen. Angélique beneidete den kleinen Mann aus Connecticut um die Wärme, die von seinem rauhen Schlafgenossen auf ihn übergehen mußte.

Ein Entschluß war fällig: Von nun an würde sie, wo immer sie sich auch befand, niemals einschlafen, ohne ihren Mantel, ihre Pistolen und ihre Schuhe in Reichweite zu haben, und bevor sie noch beim Erwachen die Augen öffnete, würde sie als erstes nach diesen lebensnotwendigen Dingen greifen. Erst danach würde sie sich darum kümmern, was um sie her vorging. Da sie beim Erwachen unter den Augen der Piraten nicht so prompt reagiert hatte, ließ in dieser Nacht ihre Bluse aus dünnem Wollstoff die Arme halb nackt, und die Kälte durchdrang sie bis auf die Knochen.

Sie erhob sich und begann am Ufer entlangzugehen. Merwins Laterne, durch deren Hornscheiben trüber gelblicher Schein auf den Lagerplatz fiel, blieb hinter ihr zurück. Auf dem schmalen Sandstreifen hatten sich Seehunde versammelt, und hier und da hoben sich einige der großen Männchen, die man die Herren der Strände nennt, aufgerichtet gleich düsteren Monolithen von der glitzernden Weite des Meeres ab, in der sie irgend etwas zu beobachten schienen, während um sie herum die kleineren, schwarzglänzenden Weibchen kauerten. Ein friedfertiges Völkchen von ernster Unschuld, beunruhigt durch das Treiben der Menschen in diesen Gefilden, in denen sie so lange allein geherrscht hatten, ertappte man sich dabei, sie mit einer Art von Mitgefühl und Zärtlichkeit zu betrachten. Um sie nur nicht zu stören, ging Angélique am Waldsaum entlang, und die großen Männchen wandten ihre dicken, schnurrbärtigen Köpfe nach ihr.

Ein Jahrhundert zuvor hatte ein Reisender die Robben überrascht so beschrieben: „Ihr Kopf ist wie der der Hunde gebildet, ohne Ohren, und ihr Fell ist von der Farbe der braunen Kutten bettelnder Eremiten, wie sie bei uns die Paulinermönche tragen . . ."

Angélique hatte das gelesen, als sie noch Kind gewesen war und davon träumte, nach Amerika zu fahren . . . Und nun stand sie an dieser entlegenen Küste Amerikas, nicht mehr das träumerische, exaltierte Kind aus dem alten Schloß Monteloup, sondern eine Frau auf der Höhe ihres Daseins, und dennoch schien es ihr, als hätte sich wenig in ihr verändert. „Alles ist in uns gesagt vom Kindesalter an . . . Man ändert sich nur, wenn man sich verleugnet."

Was bedeutete es eigentlich, sich zu verleugnen? . . . Joffrey hatte sich niemals verleugnet . . .

Die Arme über der Brust kreuzend, rieb sie sich Schultern und Oberarme, um sich zu erwärmen. Die letzte Nacht hatte sie auf Goldbarts Schiff verbracht, und Colin hatte sie mit seinen Armen umfangen. Ein Beben durchlief sie, als sie daran dachte . . . Dies alles kam ihr nun vor wie eine Art verwirrender Traum, den sie vergessen, verschütten, aus ihrer Erinnerung tilgen mußte . . .

Am Ende des Uferstreifens zeichnete das Skelett eines gestrandeten Wals die weißen Linien seiner makabren, riesigen Architektur in das lichte Dunkel – ein durchsichtiger Wald von Gebeinen, über die perlmutterne Reflexe spielten, und durch den Käfig der wie mit Kreide auf die Nacht gemalten großen Rippenbögen sah man die Sterne am Horizont flimmern . . . Von neuem überlief sie ein Schauer.

Eine Frau erschien und näherte sich ihr, bleich und weiß im milchigen Licht.

„Du frierst, Schwester", sagte sie mit sanfter Stimme. „Nimm meinen Mantel, ich bitte dich. Gib ihn mir zurück, wenn die Sonne aufgegangen ist."

Des feierlichen Du-Sagens ungewohnt, das sie bei Engländern nur gehört hatte, wenn sie sich an ihren Gott wandten, sah Angélique sie an, ohne völlig überzeugt zu sein, daß sie wirklich einen lebendigen Menschen vor sich hatte.

„Aber werdet dann Ihr nicht unter der Kälte leiden, Madame?"

„Ich werde den Mantel meines Gatten mit ihm teilen", erwiderte die Frau mit einem fast engelhaften Lächeln.

Und mit der Hand Angéliques Stirn berührend:

„Möge der Ewige dich segnen!"

Als Angélique, in den wärmenden Umhang der barmherzigen Unbekannten gehüllt, wieder zum Lager zurückkehrte, gewahrte sie Jack Merwin, der auf einem Felsen saß und Wache zu halten schien. Sie blieb stehen, um ihn zu beobachten.

Dieser Mann gab ihr mehr und mehr zu denken. Als sie ihn am Morgen zum erstenmal gesehen hatte, hatte sie ihn für einen Seemann vom üblichen rohen Schlag gehalten, aber während sie ihn nun in seiner nachdenklichen Haltung betrachtete, kam es ihr vor, als gehöre er zu den ungewöhnlichen Menschen, wie sie sich häufig in den Winkeln ferner Meere verbergen. Seine Reglosigkeit war so intensiv – er kaute nicht einmal seinen ewigen Tabakpriem –, daß eine fast beunruhigende Einsamkeit von ihm ausging, die wie eine steile, glühende Flamme in ihm zu brennen schien.

„Er muß ein ehemaliger Pirat sein", dachte sie, „vielleicht gar von adligem Herkommen. Ein Mann, der seiner Verbrechen müde geworden ist, der vergessen und auch von allzu gefährlichen Kumpanen vergessen werden will ... Sind sie es, nach denen er überall Ausschau hält, die er fürchtet, die er sucht, von Gewissensbissen oder Angst gejagt?... Oder ist er der jüngste Sohn einer verarmten großen Familie Englands, der in der Hoffnung auszog, daß das Abenteuern einen Fürsten aus ihm machen würde? Und hat er, von den Gefährten auf den Schiffen enttäuscht, alles aufgegeben und ist zur Einsamkeit des Meers zurückgekehrt? Er muß auch einen großen Liebeskummer haben. Ich habe das Gefühl, daß er die Frauen verabscheut . . ."

In der Linie der Schultern des Mannes war etwas wie Versteinerung. Als sei die Seele aus diesem Körper geflüchtet und schwebe nun woanders, als sei nur die leere Hülle zurückgeblieben. Was hörte er, was beobachtete er, was entdeckte er im Geheimnis dieser Abwesenheit? Waren es indianische Kanus, die er draußen über das schimmernde Meer gleiten sah?

Es war eine seltsame Nacht, voll von ungewissen Gefahren, von zärtlichem, poetischem Zauber, vielleicht auch von Hexerei.

Angélique verlangte es danach, den Mann seiner eigentümlichen Lethargie zu entreißen, die sie fast erschreckte.

„Die Nacht ist schön, nicht wahr, Mr. Merwin?" sagte sie laut. „Sie regt zum Nachdenken an, findet Ihr nicht?"

Schlief er? Seine Augen waren geöffnet, aber ihr Blick war stumpf und leer. Erst nach einigen Sekunden wandte er ihr sein Gesicht zu.

„Die Schönheit dieses Landes fasziniert mich", fuhr Angélique fort, von einem unwiderstehlichen Impuls getrieben, wenigstens zu versuchen, sich ihm mitzuteilen. „Man atmet hier . . . ich weiß nicht, wie ich mich ausdrücken soll . . . atmet jenes unbekannte, so restlos aus Europa verschwundene Etwas, daß selbst der Begriff dort fremd geworden und nur an diesen Küsten hier zu finden ist . . . jenes mysteriöse und berauschende Etwas, das ich die Essenz selbst der Freiheit nennen möchte . . ."

Sie dachte laut und war sich dabei der Tatsache bewußt, daß der Gedanke, den sie aussprach, kompliziert und verworren war und daß aller Wahrscheinlichkeit nach der Schiffer kein Wort davon verstehen würde, zumal sie sich in ihrem noch unsicheren Englisch ausdrücken mußte. Es überraschte sie deshalb zu sehen, daß es ihr dennoch geglückt war, ihn aus seinen Träumen zu reißen.

Sie bemerkte, daß seine Züge sich belebten, daß seine Augen Glanz bekamen – und daß im nächsten Moment die gleichen Züge und Augen in einem spöttisch-verächtlichen Lächeln erstarrten, während in seinem düsteren Blick ein Blitz des Abscheus, fast des Hasses aufflammte.

253

„Wie könnt Ihr es wagen, Euch solche Worte, ein solches Urteil zu erlauben?" fragte er und verlieh seiner trägen Stimme einen nachlässigen, vulgären Akzent. „Von Freiheit reden, Ihr, eine Frau!"

Er lachte schneidend auf. Und durch ihn hindurch glaubte sie ein höhnisches, feindseliges Gesicht zu sehen, das Gesicht eines höheren Wesens, das sie verachtete und verwarf ... Ein Dämon! ... Das war es, was sich unter seiner seltsamen Hülle versteckte, ein lauernder Dämon unter den Menschen ...

Von einem eisigen Gefühl befallen, wich sie zurück und entfernte sich von ihm.

„Wartet doch!" rief er.

Er rief sie in herrischem Ton zurück.

„*Wait a minute.* Wo wart Ihr eben?"

„Ich bin ein Stückchen gegangen, weil ich unter der Kälte litt."

„Nun, seht zu, daß Ihr Euch nicht mehr zu irgendeinem Hexensabbat im Wald davonmacht. Ich will im Morgengrauen fort und denke nicht daran, auf jemand zu warten."

„Was für ein Grobian!" sagte sich Angélique, während sie sich nahe dem Feuer ausstreckte.

Das war er: ein Grobian! Ganz einfach. Ein Grobian nach angelsächsischer Art. Das Land war für die verschlagenen Burschen bekannt, die es hervorbrachte ... Die unerfreulichsten Barbaren der Welt ...

Sie wickelte sich in den Mantel der Frau mit den schwärmerischen Augen. Diese Engländer waren alle ein wenig verrückt! ...

„Von Freiheit reden, Ihr, eine Frau! ... *You, a woman!*"

Sie hörte seine verächtliche Stimme.

„*You ... a woman! ... You ... a woman!*"

Und in der Müdigkeit dieser Nacht fühlte sie sich unversehens wie eine Waise, niedergedrückt durch Kräfte, die nichts und niemand je würde überwinden können. Und verrückt war auch sie, gegen sie anzurennen!

Zum Glück gab es einen Mann auf Erden, dessen Gefährtin sie war und der sie liebte ...

„Joffrey, mein Liebster", flüsterte sie.

Sie sank in Schlaf.

Zweiundvierzigstes Kapitel

Beim Erwachen sah Angélique, daß dicker Nebel alles einhüllte und daß es schon ziemlich spät sein mußte, da die hinter den träge ziehenden Schwaden zu erahnende Sonne schon recht hoch über dem Horizont zu stehen schien.

Merwin hatte wieder sein übliches brummiges Aussehen angenommen; er war eben dabei, mehrere Tönnchen mit Süßwasser sorgsam in seinem Boot zu verstauen. Das war ein gutes Zeichen. Es bewies, daß der Schiffer der Schaluppe mit einer langen Überfahrt ohne Zwischenlandungen rechnete und vermutlich darauf verzichten würde, zwischen den Inseln herumzutrödeln. Irgendwo hatte er auch ein halbes Käserad und ein Weizenbrot aufgetrieben. Seine Passagiere brauchten jedenfalls nicht zu befürchten, während dieser Etappe Hungers zu sterben.

„Der Nebel hat unseren Aufbruch verzögert", erklärte Miß Pidgeon. „Wir haben Euch deshalb auch schlafen lassen, meine Liebe."

„Ich muß unbedingt diese barmherzige Person wiederfinden, die mir ihren Mantel geliehen hat", sagte Angélique.

Doch Merwin drängte plötzlich zu unverzüglichem Aufbruch.

„Wie wollt Ihr denn in dieser Erbsensuppe Euren Weg finden!" protestierte Kempton. „Wir fahren in den sicheren Tod!"

„In den Tod? Das ist doch unvernünftig", jammerte Adhémar, der von Tag zu Tag mehr Englisch verstand. „O Madame, hindert ihn, in See zu gehen. Diese Nacht habe ich einen schrecklichen Traum gehabt. Ich spür's, daß er wahr werden wird."

Adhémar war einfachen Geistes, und in den französischen Provinzen neigt man dazu, die Einfältigen mit der Gabe des Zweiten Gesichts auszustatten ...

„Was hast du geträumt, mein armer Junge?"

„Ihr seid ertrunken, Madame! Ich sah Euch tief unten im Meer, wo es grün ist wie das Glas einer Lampe aus Venedig, und Euer Haar trieb hinter Euch her wie Algen ..."

„Ach, schweig!" rief Angélique. „Wenn du schon deinen Mund aufmachst, dann nur, um Schrecken zu verbreiten. Du könntest doch froh sein, wenn ich ertränke, da du mich ja für eine Dämonin hältst."

„Sprecht nicht so, Madame", stammelte Adhémar, sich mehrfach bekreuzigend.

Der Pastor warf ihm einen schiefen Blick zu und kniff die Lippen zusammen. Er hatte mehr als genug von dieser papistischen Nachbarschaft, zu der sich auch noch die ständige Gegenwart des offensichtlich gottlosen und ungläubigen Merwin gesellte. Er hatte schon daran gedacht, auf der Langen Insel zu bleiben, war aber von Miß Pidgeon davon überzeugt worden, daß er nach Gouldsboro müsse, wenn er den Rest seiner Schäflein aus Brunswick Falls wiederfinden wolle.

„Los, steigt ein!" knurrte Merwin und fügte einen englischen Ausdruck hinzu, den Angélique nicht kannte, der aber ungefähr die Mitte zwischen „Ihr Schlappschwänze" und „Nichtsnutzige Bande" hielt.

Trotz seines Befehls beeilte sich niemand sonderlich.

„Ihr habt da den Mantel einer Quäkerin", bemerkte plötzlich Reverend Partridge und wies auf das Kleidungsstück, das Angélique jemand zum Zurückbringen anvertrauen wollte. „Solltet Ihr mit einem Mitglied dieser schändlichen Sekte gesprochen haben? Unglückselige! Das kann Euer Seelenheil aufs schlimmste gefährden. Ihr habt recht, Miß Pidgeon. Es ist nicht gut, an einem Ort zu bleiben, wo man Gefahr läuft, diesen Leuten zu begegnen. Ich hatte geglaubt, man habe Neuengland von ihnen gereinigt. Man wird also noch einige von ihnen hängen müssen, um die andern zu entmutigen."

„Ich sehe nicht ein, warum Menschen gehängt werden sollen, die kein anderes Verbrechen begehen, als ihren Mantel denen zu leihen, die frieren", protestierte Angélique.

„Aber die Quäker sind sehr gefährlich für die öffentliche Ordnung", versicherte der Pastor.

„Sie ziehen nicht einmal vor dem König selbst den Hut", fiel Miß Pidgeon ein, „und sie nennen ihn Bruder und duzen ihn ... Sie sagen, sie befänden sich in direkter Beziehung zu Gott."

„Die Unehrerbietigkeit selbst", dröhnte Partridge.

„Sie wollen den Kirchen nicht den Zehnten zahlen ..."

„Die Lehre muß rein bleiben!" hob der Reverend zu einem ausgedehnten Sermon an, als Jack Merwin explodierte. Zuerst ließ er zwei oder drei Flüche hören, die nicht von der zahmsten Sorte sein konnten, denn Miß Pidgeon und die junge Esther stießen Schreckensschreie aus und verstopften sich die Ohren.

„Gotteslästerer!" brüllte der Reverend.

„Schweigt, Kretin!" gab Merwin mit echtem Haß im Ausdruck seines bitteren Mundes zurück. „Ihr könnt nur reden, um Unordnung und Zwietracht zu säen."

„Und Ihr, Elender? Ich habe sofort begriffen, daß Ihr ein Ruchloser seid, ein Sohn Luzifers, dessen, der seinem Gott ins Antlitz zu sehen und ihm zu sagen wagt: ,Ich bin dir gleich!'"

„Es wäre besser, wenn ein Ignorant wie Ihr sich nicht unterstände, über seine Nächsten zu richten. Er riskiert es, schwere Irrtümer zu begehen."

Der Reverend wollte und konnte nicht dulden, daß ein ganz gewöhnlicher Seemann, vermutlich aus irgendeiner Strafkolonie, in diesem Ton und mit solchen Worten zu ihm sprach, schon gar nicht vor schwachen Frauen, deren Verhalten nur zu oft von dem Vertrauen abhing, das sie in ihren Pastor setzten. Nahm er es hin, auf so demütigende Weise von seinem Piedestal gestoßen zu werden, mußte das arglose, treue Seelen in Zweifel stürzen. Bevor sich Thomas Partridge theologischen Studien gewidmet hatte, war er ein junger, energiestrotzender Bursche gewesen und hatte sich im englischen Boxen geübt. Seine Kräfte, die er sich bewahrt hatte und die nach seiner Verletzung nun zurückgekehrt waren, machten ihn noch immer zu einem gefährlichen Gegner. Er packte Merwin am Kragen seines Hemdes und hätte ihm die Faust ins Gesicht geschmettert, wenn sich der andere, ein ebenso reizbarer Kämpfer, nicht prompt mit einem trockenen Schlag der Handkante auf das Gelenk der ihn haltenden Faust von ihm gelöst hätte. Der Pastor stieß einen Wutschrei aus und lief violett an.

Angélique warf sich zwischen die beiden Männer.

„Ich bitte Euch", sagte sie mit dem Einsatz ihrer ganzen Autorität, „ich flehe Euch an, Messieurs, verliert nicht den Kopf!"

Sie stand zwischen ihnen, die Hände energisch gegen die muskulösen Körper stemmend, und spürte ihren kochenden, explosionsbereiten Zorn wie das Grollen eines Vulkans kurz vor dem Ausbruch, doch ihr gebieterischer Blick war stärker, und es glückte ihr, sie auseinanderzuhalten.

„Pastor! Pastor!" bat sie. „Bringt es über Euch, dem zu vergeben, der nicht die gleiche geistige Erleuchtung empfangen hat wie Ihr. Vergeßt nicht, daß Ihr einen Gott vertretet, der Gewalttätigkeit mißbilligt."

Die mühsame Bezähmung seiner Wut und die schmerzhafte Wirkung des Schlags, mit dem ihm Merwin fast das Handgelenk gebrochen hatte, waren die doppelte Ursache der Blässe des Pastors.

Auch Merwins Teint wirkte wächsern. Eine Ader an seiner Schläfe klopfte heftig, und seine ausdruckslosen Augen glänzten metallischer denn je.

Angélique spürte den unregelmäßigen, hastigen Schlag seines Herzens unter ihren Fingern. In diesem Augenblick schien er ihr von neuem menschlich und verletzlich.

„Ihr seid auch nicht vernünftiger", sagte sie zu ihm, als spreche sie zu einem Kind, dem man zürnt. „Es gehört sich nicht für einen guten Christen, eine mit kirchlicher Autorität bekleidete Person zu beleidigen, zumal dieser Geistliche verletzt ist. Vor wenigen Tagen erst ist er von Indianern halb skalpiert worden."

Die Augen des Seemanns ließen keinen Zweifel an seiner Meinung, daß damit eine gute Chance verpaßt worden sei.

Reverend Partridge gab als erster nach.

„Ich beuge mich, um Euch gefällig zu sein, Milady, obwohl Ihr Französin seid und einer vom rechten Wege abgeirrten, babylonischen und fanatischen Religion angehört. Ich beuge mich, weil Ihr uns Eure Freundschaft bewiesen habt. Aber dieser da . . ."

„Auch dieser da . . . Auch er hat uns seine Freundschaft bewiesen. Er nahm uns in sein Boot auf und bringt uns nach Gouldsboro, wo wir Schutz finden und endlich außerhalb jeder Gefahr sein werden."

Und sie ließ ihre Hand auf Merwins Brust, bis sie spürte, daß sein Herzschlag sich beruhigt hatte, bis er, wieder Herr seiner selbst, einen Schritt zurücktrat.

Nachdem der Streit so ein Ende gefunden hatte, nahm ein jeder, einschließlich Mr. Willoughby, seinen Platz im Boot wieder ein. Der Nebel hob sich, als sie den kleinen Hafen verließen, und sie gewahrten am Ufer Gruppen von Menschen, die ihnen nachwinkten. Die Quäker in runden Hüten und großen weißen Hauben hielten sich abseits wie Pestkranke, zeigten aber deshalb ihre Teilnahme nicht weniger demonstrativ.

Angélique rief ihnen zu, sie habe den Mantel an ihrem Strand bei einer gefälligen Person zurückgelassen.

Gleich darauf glitten sie schon der Spitze der Clippinsel zu, und dann war die Juweleninsel an der Reihe. Obwohl in der Cascobucht am weitesten von der Küste entfernt und deshalb am wenigsten durch einen eventuellen indianischen Angriff gefährdet, wurde ihre Verteidigung mit einer Schnelligkeit vorbereitet, die ihrem Oberhaupt, Kapitän Joseph Donnel, alle Ehre machte.

Kolonisten aus Boston, Freeport und Portland, die er mit seiner kleinen Flotte geholt hatte, arbeiteten Tag und Nacht an Befestigungswerken, und in weniger als einer Woche war bereits ein kleines Fort mit Wällen und Schießscharten entstanden, das sich am Landeplatz der Insel erhob. Sie hatten Öfen zur Gewinnung von Kalk aus Muscheln errichtet, um Mörtel herstellen und die Zwischenräume zwischen Bohlen und Balkenträgern zustopfen zu können. Und andere Gruppen säten in Erwartung einer langen Belagerung Getreide und bearbeiteten den Boden. Schon beim Landen hatte man die Kinder sortiert. Diejenigen, Mädchen oder Jungen, die alt genug waren, um ein Messer zu handhaben, wurden zum Fischen oder als Helfer beim Urbarmachen des Landes eingesetzt. Die Kleineren tummelten sich in der Obhut von Aufseherinnen nackt und rosig zwischen Tümmlern und Robben im Meer.

So informiert, legten sie nach kurzem wieder ab. Nun lag das offene, weißblaue, goldflimmernde Meer vor ihnen. Nur wenige Segel waren hier und da zu sehen.

Angélique freute sich des weiten Horizonts. Die Inseln waren hinter ihnen zurückgeblieben. Der Kurs war nun Ostnordost. Jede Minute entfernte sie mehr von der bedrohten Küste, brachte sie Gouldsboro näher.

Der Tag verstrich schnell mit den Geschichten des Krämers und einigen Bibelseiten, die der Pastor vorlas. Während dieser Lektüre beobachtete Angélique Merwin aus den Augenwinkeln. Doch der Schiffer des *White Bird* – so hieß die Schaluppe – hatte seinen gewohnten verächtlich-teilnahmslosen Ausdruck wiedergefunden, kaute lässig seinen Priem und spie arrogant Strahlen bräunlichen Speichels ins Wasser, deren weite Flugbahn die Bewunderung Sammys und des kleinen Negerjungen Timothy erregte.

Unaufhörlich geschah etwas, was die Passagiere zerstreute. Lange Zeit folgte ein weißer Tümmler dem Boot. Er war groß wie ein Ochse und flink wie eine Natter. Er entfernte sich, stieß mit voller Geschwindigkeit wieder auf sie zu, amüsierte sich über das Geschrei der Kinder und schien ihnen jedesmal aus seinen Schweinsäuglein einen schelmischen Blick zuzuwerfen.

Gegen die Mitte des Nachmittags kam die Moneganinsel in Sicht, eine ziemlich abgelegene, einsame Insel im Süden des Damariscove-Archipels und der Küste von Pemaquid. Man nennt sie auch Insel des Meers, weil sie allein liegt, einzigartig wie ein kostbarer Stein mit ihren blauen und rosigen Klippen und dem Diadem ihres Waldes mit tausend verschiedenartigen wilden Blumen.

Je mehr sie sich ihr näherten, desto deutlicher gewahrten die Insassen der Schaluppe eine über ihr schwebende schwarze Wolke. Sie verstummten, von vager Angst bedrückt.

Die düstere Wolke schien über der Insel zu verharren. Zuweilen nahm sie die Form eines flachen Pilzes mit scharfen Rändern an, dann veränderte sie plötzlich ihre Gestalt.

„Ist es Rauch?" murmelte Angélique.

Selbst Merwin schien ausnahmsweise interessiert, sagte jedoch nichts. Die junge Esther, die von der Küste stammte, fand als erste die Lösung des Rätsels. Es seien Vögel, erklärte sie.

Aus allen Richtungen des Horizonts gekommen, kreisten sie über Monegan, zweifellos durch eine auserlesene Beute angezogen.

Sie täuschte sich nicht.

Schon nach kurzer Zeit drang das schrille Kreischen der zahllosen kreisenden Vögel bis zu ihnen.

Später erfuhren sie, daß ein baskisches Schiff in den umliegenden Gewässern einen Wal harpuniert und nach Monegan geschleppt hatte, wo die Mannschaft dabei war, ihn einzutonnen.

Dreiundvierzigstes Kapitel

Geschickt führte Merwin den *White Bird* zwischen kaum die Oberfläche überragenden, kantigen Felsen hindurch und steuerte ihn ohne Zwischenfall in einen schmalen Schlauch, der kaum den Namen Bucht verdiente, aber in einem kleinen, zum Wald hin ansteigenden Sandstrand endete.

Er sprang bis zur Brust ins Wasser und schob das Boot, bis er das Reiben des Sandes unter dem Kiel spürte. Dann kletterte er auf den nächsten Felsen, um die Bootsleine festzumachen. Während er sich noch beeilte, damit zu Rande zu kommen, gab er seinen Passagieren ein Zeichen, die Schaluppe zu verlassen.

„Schnell! Schnell! Beeilt euch! Bleibt nicht dort! Lauft zum Wald hinauf!" rief er ihnen zu.

Er wußte, welche Gefahren dem Menschen drohen, der sich an der Ostküste der Moneganinsel unnötig im Uferbereich aufhält. Folgsam hasteten sie mit ihren Säcken und den Körben, die die Nahrungsmittel enthielten, den Strand hinauf.

„Quickly! More quickly!" schrie Merwin, ohne daß man recht wußte, warum.

In diesem Moment brach das Unheil über sie herein...

Die Grundwogen, die sich gegen die steilen Felshänge des Schwarzkopfs und des Weißkopfs an der Ostküste der Moneganinsel werfen, sind schrecklich.

Sie kommen heimtückisch und niemals von der Seite, von der man sie erwartet, brechen urplötzlich über ihre Beute herein und fluten sofort mit ihr zurück.

Es begann mit einer hohen, schneeig schäumenden Fackel, die zur Rechten schräg vor der Gruppe der Frauen und Kinder jäh aufstieg, als sei dort plötzlich ein Geiser aus dem Boden gebrochen, um ihnen den Weg zu verlegen. Er fiel in einem sprühenden Tropfenregen zurück, und als sie noch hinübersahen, schwoll hinter ihnen lautlos eine zweite Woge heran, rundrückig, riesig und schillernd, und schlug über ihnen zusammen. Von den Füßen gerissen, durcheinandergewirbelt, wurden sie vom zurückströmenden Wasser über den Sand geschleift und ebenso plötzlich losgelassen. Die meisten von ihnen rappelten sich rasch auf, klammerten sich an Felsen, sammelten ihre schwimmenden Habseligkeiten und hasteten wieder den Strand hinauf. Einige lachten sogar über die unvorhergesehene Dusche, doch Angélique hatte im Umdrehen den Kopf des kleinen Sammy aus dem schäumenden Wasser ziemlich nah dem Eingang des schmalen Hafenschlauchs auftauchen sehen. Ohne zu zögern, lief sie am Ufer der Halbinsel entlang und warf sich im gleichen Moment ins Wasser, in dem die Rückflut das Kind auf sie zutrieb.

Sie packte es und fühlte sich im nächsten Augenblick in einem wahnwitzigen Wirbel davongeschwemmt. Zum Ufer spähend, gewahrte sie auf dem äußersten Felsvorsprung der Halbinsel, die sie eben verlassen hatte, die stämmige Gestalt Merwins. Er hatte sich genau am richtigen Ort aufgebaut. In rasendem Galopp trug das Meer sie dicht an ihm vorüber.

„Haltet ihn!" schrie Angélique und hob ihm den kleinen Engländer entgegen.

Der Seemann fing ihn förmlich im Flug. Angélique versuchte, sich an einen Felsen zu klammern, aber der Sog war so schnell und unwiderstehlich, daß sie weiter hinausgetragen wurde. Die Wellentäler sogen sie in ihre Tiefe wie jäh sich unter ihr öffnende Gruben, dann fand sie sich plötzlich auf dem Grad eines so hoch sich bäumenden Wogenkamms, daß es ihr schien, als würde sie in halber Höhe gegen den Felshang geschleudert. Ihr Rock war wie mit Bleigewichten beschwert, sie konnte die Beine nicht mehr bewegen, um sich an der Oberfläche zu halten. Von neuem wurde sie wie von einer aus Urtiefen aufwallenden

262

Woge in schwindelnder Schnelligkeit dem Felsvorsprung zugespült, zu dem Merwin zurückgekehrt war, nachdem er das gerettete Kind in Sicherheit gebracht hatte.

Allein stand er dort, gegen den Wind gestemmt, der weiße Schaumfetzen in die Lüfte jagte und an seinen langen schwarzen Haaren zerrte. Seine rote Mütze leuchtete wie ein rasch sich näherndes Licht. Sie streckte die Hand zu ihm aus, um die seine zu packen. Aber entgegen ihrer Erwartung rührte er sich nicht, blieb reglos, die Arme gekreuzt.

Er reichte ihr nicht die Hand. Angéliques Finger griffen ins Leere, schürften sich wund am rauhen Stein, zu schwach, um sich an ihm festzuhalten, und als der ungeheuerliche Sog sie erneut hinauszog, schrie sie auf. Es war der Schrei eines Kindes, ein Schrei der Todesangst und des fassungslosen Staunens... Ah! Wenn er mir nur diesmal die Hand entgegengestreckt hätte, wäre ich ... *Er hat mir nicht die Hand entgegengestreckt* ...

Das salzige Wasser drang ihr in den Mund, und sie rang nach Atem. Ihre ganze Energie zusammenraffend, zwang sie sich zur Ruhe, um an der Oberfläche zu bleiben, sich von der Strömung tragen zu lassen, die sie früher oder später wieder zum Ufer spülen würde. Ihre einzige Rettungschance war dieses rasende Karussell der Wogen, die sich unablässig in die von der Brandung eingefressenen Höhlungen stürzten, in denen ihr Zusammenprallen mit der Felswand kanonenschußartig dröhnte ...

Die schwarze Welle verschlang sie, wirbelte sie mit der Wut eines Sturzbachs herum, riß sie mit sich fort, und die Augen Merwins erschienen ihr diesmal ganz nah.

Und sie begriff.

Er stand nicht dort, um sie zu retten, sondern um sie sterben zu sehen.

Denn er wollte ihren Tod.

Dieser Entschluß stand deutlich auf seinem teilnahmslosen Gesicht geschrieben, in dem zwei Augen aus dem Jenseits brannten, die durch sie hindurchsahen, über diesen armseligen, geschundenen Körper hinaus, diesen Frauenkörper, den das Meer schon zerfetzen wollte und der für den Mann auf dem Felsvorsprung nur noch ein gleichgültiges Wrack war.

Und als sie ihn so sah, wie durch einen letzten Blitz herausgerissen aus seiner Zwielichtigkeit, schien er ihr noch dämonischer als in der vergangenen Nacht. Ein Schrei der Todesqual stieg von ihren Lippen auf.

„Joffrey! Joffrey!"

Sie schrie verzweifelt. In ihrem Innern rief eine Stimme: „Joffrey! Zu Hilfe! Zu Hilfe! Die Dämonen wollen meinen Tod! Sie sind hier ..."

Und dann, wie überflutet von jäher Klarheit: „Schuft von einem Engländer! ... Ich hätte ihm mißtrauen müssen! *You, a woman*, hat er gesagt, und es macht ihm Vergnügen, mich sterben zu sehen, mich, eine Frau!"

In ihrer Panik schlug sie wild um sich und versank dadurch nur noch tiefer. Plötzlich war ihr, als packe sie eine brutale Faust und zerre sie noch mehr in den Abgrund. Sie stieß mit dem Fuß, um sich zu lösen und wieder die Oberfläche zu erreichen, und wurde sich mit Entsetzen klar, daß ihr Rock sich zwischen zwei Felsen verfangen hatte. Die Strömung flutete an ihr vorbei und warf sie von einer Seite zur andern. Ihre Schläfenadern pochten, als wollten sie platzen. Und jedesmal, wenn sie sich gewaltsam aus der Umklammerung zu befreien versuchte, spürte sie den Schock, den Widerstand, die Unmöglichkeit, zu entkommen, sich zur freien Luft emporzuschnellen. Das in den unterseeischen Klüften kauernde Monstrum der Legenden hielt sie in seinen Klauen, in Reichweite seiner Höhle, und die Gefangene wand sich in seinem Griff, drehte sich im Strudel des meergrünen Wassers zwischen den Algen, die sie umschlangen.

Sie konnte nicht mehr. Sie würde den Mund öffnen, atmen, den Tod einatmen.

Ein jäher Ruck befreite sie. Ihr Rock war gerissen. Sie fand sich wieder im Tageslicht, aber sie war so kraftlos, daß sie kaum ihre Lungen füllen konnte, bevor sie von neuem versank.

Die bittere Flut wirbelte sie herum, knetete sie, verschlang sie, die sich ihr erschöpft und ohnmächtig überließ.

„Nein, nein, ich will nicht sterben!" schrie es verzweifelt in ihr. „Ich will nicht ertrinken ... es ist zu schrecklich. Joffrey, Joffrey, ich will dich wiedersehen ... ich will nicht allein sein, fern von dir, auf dem Grunde des Meers ..."

Hatte Adhémar sie nicht in dieser Nacht im Traum über den Meeresboden treiben sehen, über den Grund der grünen Tiefen, das Haar nachschleppend wie Algen ... allein ... allein ... eingeschlafen für immer?

Ein Stoß gegen die Schläfe. Wie ein brutal eingeschlagener Nagel. Ein Stein, gegen den sie geschleudert worden war. Der Schmerz weckte sie aus ihrer Lähmung, warf sie für einen kurzen Moment an die Oberfläche.

Gleißendes, blendendes Sonnenlicht und zur Rechten noch immer die reglose Gestalt ... die, plötzlich, sich belebte, sich zum Sprung spannte, tauchte.

Eine Wahnvorstellung ...

Sie sank, glitt hinab, verschwand für immer.

Vierundvierzigstes Kapitel

Jemand schleifte sie an den Haaren an den Strand. Angélique spürte, wie ihr Körper dem Wasser entrissen wurde, bleierne Schwere gewann und, noch immer gezogen, eine tiefe Furche in den steinigen Sand des Ufers grub. Sie war überall zerschunden, zerkratzt, Schmerz durchlief sie in dumpfen Wellen. Jack Merwin, am Ende seiner Kräfte auch er, holte sie ein, wie man ein Boot einholt, ein totes Tier.

Er hielt erst an, nachdem sie die letzte Linie angeschwemmten Tangs hinter sich hatten, am Rande des Waldes, wo das Meer sie nicht mehr erreichen konnte. Dann brach er neben ihr zusammen. In ihrem Zustand halben Bewußtseins hörte sie seinen Atem keuchen wie einen Blasebalg.

Es war ein furchtbarer Kampf gewesen, in dem sie sich krampfhaft an ihn klammerte und er sie hatte schlagen müssen, um sie zu betäuben, in dem das Meer sie zwanzigmal so weit hinausgerissen hatte, daß sie die Küste nur noch wie einen schemenhaften Schatten wahrzunehmen schienen, unerreichbar für sie, und endlich waren sie weit von ihrem Ausgangspunkt entfernt wieder an Land getrieben.

Angéliques Lungen brannten wie Feuer. Vergeblich bemühte sie sich zu atmen. Jedesmal war ihr, als zerreiße etwas in ihrer Brust.

Sie versuchte, sich auf Händen und Knien aufzustützen wie ein sterbendes Tier, das sich im letzten Lebensimpuls auf seine vier Beine stellen will. Blind tastend, klammerte sie sich an den Mann neben ihr. Übelkeit stieg in ihr auf, sie mußte sich erbrechen. Der salzige Erguß schien ihr im Aufsteigen die Kehle zu zerfressen. Sie fiel auf die Seite zurück.

Merwin richtete sich auf. Für einen Moment durch die Erschöpfung wie erschlagen, hatte er seine Selbstbeherrschung wiedergefunden. Er riß sich die beschmutzte Weste vom Leibe und warf sie fort, dann zog er sein Hemd aus, drückte sorgfältig alles Wasser heraus und legte sich das zusammengedrehte Hemd um den Hals.

Sich über Angélique beugend, packte er ihren Oberarm und zwang sie zuerst auf die Knie, dann auf die Füße.

„Vorwärts! Geht! *Go on!*"

Er stieß sie, schob sie vor sich her, zerrte sie mit sich, und in seiner Stimme schwang etwas wie unterdrückter Zorn, aber auch eine Spur von Ratlosigkeit, Bestürzung ... Es gelang ihr, ein paar Schritte zu tun, obgleich sie ihre Füße nur mit übermenschlicher Anstrengung heben konnte. Der Boden schwankte, entzog sich ihr. Sie fiel mit dem Gesicht in den Sand, der an ihren Wangen haftete.

„Joffrey! Joffrey! ... ‚Sie' wollen mich töten ... ‚Sie' haben mich töten wollen!"

Merwin versuchte, sie wieder auf die Beine zu stellen. Sie fiel von neuem, immer wieder. Sie weinte und erbrach sich, und ihre Kehle schmerzte sie so, daß sie Blut zu schmecken glaubte. Sie zitterte und klapperte mit den Zähnen, schluchzte, wischte sich mechanisch das Gesicht ab.

„Laßt mich ... Laßt mich sterben ... Hier will ich gern sterben ... nur nicht im Meer. Nicht ertrinken, das ist zu schrecklich."

Merwin war ohne sie weitergegangen. Nun drehte er sich um, gereizt, sie wieder am Boden zu sehen, und kehrte zu ihr zurück. Er schien zu resignieren, entschloß sich jedoch anders und packte sie erneut, diesmal, um sie flach auf den Bauch zu wälzen, die Arme vor sich gestreckt, das Gesicht zur Seite gewandt.

Sein Messer aus dem Gürtel ziehend, schlitzte er das Kleid der jungen Frau über dem Rücken auf und riß den durchnäßten, schon halb zerfetzten Stoff von ihrem erstarrten Fleisch. Er entblößte sie bis zu den Lenden.

Dann preßte er beide Hände mehrmals gegen ihre Flanken oberhalb der Hüften, und sie fühlte sich sofort erleichtert. Durch das rhythmische Pressen unterstützt, wurden ihre Atemzüge tiefer und regelmäßiger. Sie spürte, daß Luft in ihre Lungen drang.

Danach begann er, ihren Rücken energisch mit den Handflächen zu massieren. Nach und nach zirkulierte wieder das Blut in ihren Adern. Der Krampf in ihrem Innern löste sich. Ihre Nerven entspannten sich, das nicht zu unterdrückende Klappern der Zähne hörte auf, sanfte Wärme verbreitete sich durch ihren Körper, und ihre Gedanken fanden besänftigt zu einer schwebenden Klarheit zurück.

„Dieser Mann mag böse wie eine Giftkröte sein ... aber seine Hände sind gut ... ja, seine Hände sind gut. Welche Wohltat! ... Ah, welche Wohltat, am Leben zu sein!"

Der Boden tanzte nicht mehr, wurde wieder fest und sanft unter ihrem ausgestreckten Leib.

„Er wird mir noch die Haut abziehen, wenn er so weitermacht. Hat er die eingebrannte Lilie bemerkt? ... Ich habe Angst ... Ist auch er vielleicht ein Bandit, ein Galgenvogel? ... Wenn er mich verriete! ... Pah! Er ist Engländer. Er kann gar nicht wissen, was die Lilie bedeutet ..."

Da sie sich besser fühlte, stemmte sie sich auf, setzte sich.

„*Thank you*", murmelte sie. „*I am sorry.*"

„*Everything all right?*" fragte Merwin kurz angebunden.

„*Yes.*"

Aber sie hatte ihre Kräfte überschätzt, denn der schwarze Schleier senkte sich von neuem vor ihren Augen herab, und sie ließ den Kopf gegen Merwins Schulter sinken.

Sie war hart wie Stein, aber tröstend und verläßlich. Eine Männerschulter.

„Mir ist wieder gut", murmelte sie auf französisch.

Ihre Gedanken verschwammen. Sie wurde sich ihrer Entblößung be-

267

wußt und versuchte instinktiv, ihre Brust mit den Fetzen der Bluse zu verhüllen.

Merwin legte einen Arm um ihre Schulter, schob den andern unter ihre Knie und hob sie mühelos auf. Angélique träumte, sie sei wieder ein Kind. Nichts Böses konnte sie mehr erreichen, und das Brausen des Meers schwand, während er sie mit großen Schritten auf einem Pfad unter den Bäumen dahintrug.

Wie lange es dauerte, wußte sie nicht. Nicht allzulange, vermutlich. Sie mußte eingeschlafen sein. Es war keine Ohnmacht, sondern ein kurzer, tiefer Schlaf, aus dem sie gestärkt erwachte. Sie saß am Fuß eines Baums, gegen den Stamm gelehnt, und über ihr vernahm sie Merwins herrische Stimme, die der jungen Esther befahl, einen ihrer Röcke und ihr Hemd auszuziehen und Angélique beides zu geben. Das junge Mädchen verschwand eilig hinter einem Gebüsch und kehrte gleich darauf zurück, um ihr die Kleidungsstücke zu reichen. Nun zog sich Angélique hinter das Strauchwerk zurück.

Der Rock und das Hemd hatten die laue Wärme des Körpers der kleinen Engländerin bewahrt, und das tat ihr gut.

Sie spülte im Strahl einer aus einem bemoosten Felsspalt sprudelnden Quelle die Salz- und Sandkrusten aus ihrem Haar und kehrte zu ihren Gefährten zurück.

Der brave Elie Kempton hatte ein kleines Feuer in Gang gebracht, um den in den Überrock des Pastors gewickelten Sammy zu wärmen. Sie starrten sie mit aufgerissenen Augen an. Offenbar hatten sie nicht erwartet, sie je wiederzusehen.

„Setzt Euch dicht neben Mr. Willoughby, Madame", drängte der Krämer. „Doch, doch! Ihr werdet schon sehen, wie warm er Euch hält."

„Wir müssen aufbrechen", mischte sich Merwin ein. „Auf der anderen Inselseite werden wir Hilfe finden."

Im Gänsemarsch betraten sie die Kathedrale der Kiefern. Die Nacht war warm und trocken und voller knisternder Funken. Aber war es wirklich Nacht?

Noch immer leuchtete ein klarer, türkisfarbener Himmel zwischen den Baumkronen.

„Es ist die Johannisnacht", sagte Adhémar, „die Nacht, in der die Sonne nicht stirbt, in der die Farne blühen. Man sagt, es seien fuchsrote, kleine Blüten, die Zauberkraft besitzen und nach ein paar Stunden welken. Wer die Farne blühen sieht, soll nie zurückkehren ... Hoffentlich kommen wir bald aus dem Wald heraus. Hier wimmelt's von Farnen, und die Nacht wird bald sinken ... die Johannisnacht."

Angélique bewegte sich wie eine Schlafwandlerin voran. Ihr Schlafbedürfnis nahm überhand, und in ihrem Magen spürte sie noch immer etwas wie eine eisige Kugel.

Merwin warf ihr von Zeit zu Zeit einen kurzen Blick zu.

„How are you feeling?"

„Quite well", antwortete sie, „aber ich glaube, ich fühlte mich besser, wenn ich einen tüchtigen Schluck Rum oder etwas Warmes in den Magen bekäme."

An einer Biegung des Pfads tauchte endlich das Dorf an der Westküste vor ihnen auf, überstrahlt von der sinkenden Sonne, und mit den kreischenden Schreien der Meervögel und den Rufen der Fischer drangen ihnen die kräftigen Gerüche nach faulendem Fisch und vor allem nach geschmolzenem Fett entgegen.

Ein schindelgedecktes Bauernhaus erhob sich zur Linken, es war das erste des Dorfs.

Merwin klopfte an die Tür, und da niemand antwortete, trat er ohne weitere Umschweife mit seinen Schützlingen ein. Die sakrosankte Gastfreundschaft in Anspruch nehmend, die in den entlegenen Kolonien der Neuen Welt als Regel gilt und die jeden Hungernden oder Verirrten dazu berechtigt, die erstbeste menschliche Behausung, die ihm die Vorsehung in den Weg schickt, als die seine zu betrachten, ging er geradewegs zum Geschirrschrank, nahm einen tiefen Teller aus weißblauer Fayence und eine zinnerne Suppenkelle heraus, trat zum Herd und hob die Deckel der Kochtöpfe.

Aus einem schöpfte er eine tüchtige Portion heißer Kammuscheln, aus einem andern drei gekochte Kartoffeln, dann goß er über das Ganze Milch, die in einem Topf am Rande der Glut warm gehalten wurde.

„Eßt", sagte er und stellte den Teller vor Angélique auf den Tisch. „Eßt schnell."

Und er fuhr fort, mit lässiger Gewandtheit Teller mit Suppe zu verteilen, als habe er nie etwas anderes getan.

Fünfundvierzigstes Kapitel

Später sollte Angélique immer wieder erklären, daß sie nie etwas Schmackhafteres, Köstlicheres, Stärkenderes gekostet habe als diese Muschelsuppe, die sie in dem ärmlichen Bauernhaus eines Kolonisten der Moneganinsel aß, nachdem sie um ein Haar ertrunken war.

An diesem Abend begegnete sie so zum erstenmal dem Nationalgericht dieser Landschaft zwischen dem Kap Cod und dem Sankt-Lorenz-Golf: der *chaudrée*, wie die Franzosen, Kanadier und Akadier, dem *chowder*, wie die Engländer es nannten, der nahrhaften, göttlichen Suppe, die alle Schätze der Küsten vereint: die Kartoffel, Wildfrucht Amerikas, die segensreiche Muschel, Frucht des mütterlichen Meeres, und die Milch, Wonne und Reiz der Alten Welt, Erinnerung an eine ferne Erde mit fetten Weideplätzen, Luxus der schwer zu zähmenden neuen Erde, die voller Überraschung einige wenige exilierte und ziemlich ratlose Kühe an den Säumen indianischer Wälder grasen sieht . . .

All das ist in diesem edlen, köstlichen Duft verströmenden Gericht enthalten.

Man füge eine saftige Zwiebel, eine Prise Pfeffer oder Muskat, einige Würfel gesalzenen Schweinefleischs und im letzten Moment pro Portion ein nußgroßes Stückchen Rahmbutter hinzu . . .

Bei einer solchen Muschelsuppe, in einer silbernen – oder auch goldenen, warum nicht? – Terrine serviert, hätten die Verträge besprochen und abgeschlossen werden müssen, die über diesen Teil der Welt entschieden. Jeder hätte sich dabei besser befunden . . .

Sechsundvierzigstes Kapitel

Sie aßen gierig. Nur Seufzer wohligen Behagens oder ein entzücktes Zungenschnalzen waren hin und wieder zu hören.

„Heda! Geniert euch nur nicht, ihr Engländer", ließ sich eine französische Stimme vernehmen.

Eine hochgewachsene, stattliche Bäuerin stand auf der Schwelle. „Süßer Jesus, was ist das?"

„Nur ein Bär", knurrte Kempton und leckte die letzten Tropfen der Suppe vom Löffel.

„Das sehe ich, Tölpel! Aber ist es nötig, daß sich ein leibhaftiger Bär in meinem eigenen Haus breitmacht? Muß ich auch ihm seinen Fraß in einem meiner schönen Teller servieren, die meine selige Mutter vor fünfzig Jahren aus dem Limousin mit herübergebracht hat und von denen noch kein einziger in Scherben gegangen ist?"

„Seid Ihr Französin, Madame?" erkundigte sich Angélique in der gleichen Sprache. „Sind wir in einer akadischen Siedlung?"

„Meiner Treu, vielleicht stimmt's, vielleicht auch nicht. Was wir hier auf Monegan für Leute sind, könnt' ich Euch nicht sagen. Was mich betrifft, bin ich aus Port-Royal auf der Halbinsel Akadien, wo ich im Alter von fünf Jahren – es ist schon ziemlich lange her – mit Monsieur Pierre d'Aulnay angekommen bin. Mit zwanzig hab' ich unseren Nachbarn MacGregor, einen Schotten, geheiratet, und mit ihm lebe ich seit bald fünfunddreißig Jahren hier auf Monegan."

Merwin wandte sich auf englisch an sie, fragte, ob die Indianer versucht hätten, die Insel anzugreifen, ob sie sich in der Penobscotbucht rührten. Sie schüttelte den Kopf und antwortete ihm in einem Englisch mit stark französischem Akzent.

Die Indianer in dieser Gegend verhielten sich ruhig, sagte sie. Diesmal würden sie gewiß nicht das Kriegsbeil ausgraben, denn dem französischen Herrn von Gouldsboro sei es geglückt, die Weißen der Bucht und besonders den verrückten, kleinen Saint-Castine zu überreden, sich aus dieser üblen Sache herauszuhalten. Erst vergangene Woche sei ihr Mann, der alte MacGregor, mit seinen drei Söhnen zur Pophamspitze marschiert, um dort den „Grandseigneur von Gouldsboro" zu treffen, und alle Weißen der Gegend und die wichtigsten Häuptlinge der Flußstämme hätten dort ein Bündnis geschlossen, Zusagen ausgetauscht und die Friedenspfeife geraucht. Der Herr von Gouldsboro sei mächtig und reich. Er habe eine eigene Flotte und Gold, soviel er nur wolle. Er habe versprochen, diejenigen gegen ihre Regierungen zu schützen, die möglicherweise belästigt werden würden, weil sie sich an diese Friedensvereinbarung gehalten hatten. Und das sei nur richtig! Man habe hier genug davon, wie Brummkreisel nach der Pfeife der Könige von Frankreich oder England zu tanzen, die sich wohl hüteten, selbst den Fuß in die Kolonien zu setzen.

Angélique war vor freudiger Erregung errötet, als sie den Namen ihres Mannes hatte nennen hören. Sie bedrängte die gute Frau mit Fragen und erfuhr auf diese Weise, daß Joffrey das Mündungsgebiet des Kennebec verlassen habe und nach Gouldsboro aufgebrochen sei. Sie würde ihn also aller Wahrscheinlichkeit nach dort antreffen, wenn sie morgen hingelangte, was durchaus möglich war, falls das Meer trotz der Äquinoktialgezeiten gnädig blieb.

Als sie herausfand, daß ihre bescheidene Behausung die Gattin des „Grandseigneurs von Gouldsboro" in höchsteigener Person beherbergte, geriet Mrs. MacGregor förmlich in Ekstase, vollführte eine tiefe Reverenz, wie sie ihr ihre Mutter für allfällige Begegnungen mit „Herrschaften" beigebracht hatte, und bemühte sich geschäftig um sie, abwechselnd französisch und englisch parlierend, je nachdem, an wen sie sich gerade wandte.

Angélique berichtete von dem Mißgeschick, dem sie bei der Landung auf der Insel beinah zum Opfer gefallen war. Die Akadierin verhehlte ihr nicht, daß dergleichen hier fast jeden Tag passiere. In jeder Familie gebe es mehr Ertrunkene als Lebendige. Das sei nun einmal so!

„Ich werde Euch jetzt ein paar gute Kleidungsstücke holen, Madame", schloß sie, völlig ungerührt.

„Habt Ihr nicht auch ein paar Kniehosen für meinen Retter? Die seinen sind noch immer durchnäßt."

„Kniehosen? Nein. So etwas hab' ich nicht im Haus. Alle meine Männer tragen nur ihre großen karierten Decken, Tartans, wie sie sie nennen. Ein Schotte kann nicht anders als mit dem Arsch in der frischen Luft herumspazieren, mit Verlaub gesagt. Aber nebenan bei Mr. Winslow, dem Ladengehilfen, der aus Plymouth stammt, werden diese Herren alles finden, was sie brauchen."

Sie schickte die Männer samt dem Bären zu den Engländern und behielt nur die Frauen und Kinder, den kleinen Negerjungen eingeschlossen.

„Ein wahres Teufelchen", bemerkte sie bei seinem Anblick mit hochgezogenen Augenbrauen, „wie von der Hölle ausgespuckt. Aber schließlich ist heute Johannisnacht, stimmt's? In solcher Nacht kommen Kobolde und Irrwische von überallher . . . Seht nur! Seht! Wie hell der Himmel noch ist . . . Um Mitternacht werden die Basken die Feuer anzünden und tanzen!"

Denn man war fröhlich in Monegan, trotz all der traditionellen Ertrunkenen. Zudem hatten die Basken aus Bayonne erst am Vortag einen Wal harpuniert.

Nach einem erbitterten Kampf, der sie durch Schwanzschläge zertrümmerte und in die Luft geschleuderte Boote und einen Toten gekostet hatte, war die Beute unter einer kreischenden Wolke räuberischer Vögel zur Küste geschleppt worden. Schon von den Messern der Zerstückler in rosigweiße Blöcke zerteilt, schwamm der Wal noch zwischen dem ankernden Schiff und einem schmalen, sandigen Uferstreifen, auf dem drei riesige Kessel über Holzfeuern aufgehängt waren. Ein Vermögen klatschte da im Wellengang der Brandung gegen Monegans Inselflanke, und die zu Würfeln geschnittenen Fettstücke, die die Matrosen in die Kessel warfen, hatten sich in ihren Tagträumen schon in Goldtaler verwandelt. Aus den gewaltigen Höhlungen des Walkopfs schöpfte man Eimer voll Walrat, jener öligen weißen Substanz, die zur Herstellung von Luxuskerzen diente. Die Barten wurden bei der Fertigung von Kleidungsstücken, Federbüschen, Hutfedern, Korsagen und Fächern verwendet. Die Zunge, eine kulinarische Köstlichkeit, würde gesalzen und an fürstlichen Tafeln serviert werden, während der Speck den Armen und der Fastenzeit vorbehalten blieb. Die Knochen würden Träger, Deckenstützen und Zaunlatten abgeben.

18 Versuchung

Der große Harpunierer Hernani d'Astiguarra, der auch der Kapitän des kleinen Hundertfünfzig-Tonnen-Schiffs war, stolzierte, auf seine Harpune wie ein Indianer auf seine Lanze gestützt, höchlichst mit sich zufrieden am Hafen umher. Wenn die ersten Sterne am Firmament flimmern und die Umrisse des Waldes sich dunkel gegen den grünen Himmel abzeichnen würden, wollte er die Arbeit beenden und große Scheiterhaufen am Ufer anzünden lassen. Denn schließlich war es Johannisnacht, und man wollte tanzen und durch die Feuer springen.

Während dieser Zeit verhandelte Angélique mit Mrs. MacGregor über den Kauf eines Mantels aus Seehundsfell. Die samtene Weiche des Fells hatte sie verführt.

„Ich habe gegenwärtig nichts, womit ich Euch bezahlen könnte, aber sobald ich in Gouldsboro bin, werde ich Euch eine Börse und ein kleines Geschenk schicken, das Ihr Euch nach Eurem Geschmack auswählen könnt."

„Hört", sagte die alte Akadierin, „wir sind mit allem gut versorgt, und es ist kaum der Mühe wert, Euch soviel Ungelegenheiten zu machen. Man sagt, daß Ihr Heilkräfte besitzt. Wenn Ihr mir meinen Enkelsohn Alistair wieder auf die Beine bringen könnt, werde ich reichlich bezahlt sein. Es wäre ein richtiges Glück für den Kleinen."

Sie suchten den Jungen auf. Mrs. MacGregor hatte zwölf Kinder gehabt. Die überlebenden Söhne und Töchter, samt und sonders auf der Insel verheiratet, bildeten noch immer einen stattlichen Stamm. Um keine Geschichten mit den Nationalheiligen des französischen wie des schottischen Familienteils zu haben, waren die Kinder abwechselnd auf einen französischen und einen schottischen Vornamen getauft worden. So ging einem Ogilvy ein Léonard voraus, und einem Alistair folgte eine reizende Janeton.

Einige Tage zuvor war dem jungen Alistair ein merkwürdiges Mißgeschick zugestoßen: Auf der Flucht über die Felsen vor der einströmenden Flut hatte er einen Spalt überspringen wollen und auch richtig die andere Seite erreicht, aber seitdem hinderte ihn ein scheußlicher Schmerz, mit beiden Füßen aufzutreten.

Angélique erkannte schnell, daß infolge des krampfhaften Anklammerns mit den Zehen an der Felskante sich Nerven und Muskeln ver-

274

spannt hatten. Die Wiederherstellung des normalen Zustands ging nicht ohne Schmerz vonstatten, doch schon nach etwa einstündiger Massage setzte der Junge, noch ein wenig ängstlich und ungläubig, aber immerhin hocherfreut, wenigstens nicht mehr leiden zu müssen, seinen Fuß auf die Fliesen und fiel alsbald ins andere Extrem, indem er vorgab, noch an diesem Abend den Tanz der gekreuzten Degen tanzen zu wollen. Angélique brachte ihn gründlich davon ab. Das Wichtigste für ihn sei Ruhe, erklärte sie, denn der Fuß müßte sich erst erholen. Sie bat um gutes Murmeltierfett, von dem jede Hausfrau, die auf sich hält, immer ein paar Tiegel zur Hand hat, und nach einer letzten Massage wies sie ihn an, sich fürs erste auf einen Stock zu stützen. So würde er wenigstens dem Fest beiwohnen können ...

Ein ganzes, in Tartans mit rot-grünen und grün-schwarzen Karos – den Farben des MacGregor- und des MacDayline-Clans – gewickeltes Völkchen, blaue Mützen mit Pompons auf den Köpfen, hatte dem Wunder beigewohnt. Unter diese staunende Versammlung mischten sich die dunklen Überröcke der englischen Kaufleute und Kolonisten. Ihre Familien stammten von den ersten Bewohnern von Plymouth an der Kap-Cod-Bucht ab. Es waren Nachkommen der Pilgerväter, und gleich dem alten Josua Higgins, den Angélique in Hussnock getroffen hatte, war ihnen allen trotz ihrer strengen Sitten eine heitere Unbeschwertheit eigen, die Reverend Partridge sehr mißfiel. Es gab auch zwei Familien irischer Fischer und eine weitere französischen Ursprungs, die Dumarets. Diese rühmten sich, in ihrer Familie den Rekord an Ertrunkenen zu halten. Wie sollte man auch in diesem Land, in dem sich ein Kind, kaum daß es sich auf den Beinen halten konnte, rittlings auf einer Planke in die Wellen stürzte, dergleichen verhindern? Sie schipperten ständig zwischen den Inseln herum, besonders da, wo das Meer heimtückischer war als anderswo, und eines Tages und vor allem gegen das vierzehnte, fünfzehnte Jahr, in dem Alter, das nichts fürchtet und noch nicht genügend Erfahrungen hat, ertranken sie, die unermüdlichen Vagabunden der Küstengewässer.

In der Familie Dumaret sah die Großmutter immer solches Unheil voraus. Bei Tag und Nacht konnte man sie sich erheben und die Kleidungsstücke des Kindes, das sich gerade auf dem Meer befand, säuberlich zusammenfalten und in die Truhe legen sehen. „Es ist eben ertrunken", sagte sie.

Angélique hörte allerlei Schauergeschichten dieser Art, während man sie im Ort herumführte und mit ihr die einzelnen Gehöfte besuchte. Die Inselleute fühlten sich durch ihren Besuch höchst geehrt, und die Heilung des kleinen Alistair vervollständigte die sie umrankende Legende.

An diesem Abend hatten sich Seeleute aus Dieppe, die mit zwei Booten gekommen waren, um ihren Süßwasservorrat zu ergänzen, zur Bevölkerung des Dorfs gesellt. Überall war ein seltsames Sprachgemisch aus indianischen Dialekten, Französisch und Englisch zu vernehmen. Ein paar friedfertige, mit den Bewohnern verschwägerte Mic-Macs verließen schon den Wald, legten Pelzwerk und Wild vor die Türschwellen und hockten sich neugierig nieder, um dem Fest der Weißen beizuwohnen.

Gegen zehn Uhr abends glaubte Angélique, ihren gesellschaftlichen Verpflichtungen ausreichend gefrönt zu haben und in Erwartung des Festes doch noch ein wenig schlafen zu müssen.

Sie hatte bei Mrs. MacGregor ein Bad genommen. Ihr schweres Haar war von der warmen Nachtluft getrocknet worden, und nun übermannte sie endlich die Müdigkeit.

In ihren schönen Mantel aus Seehundsfell gehüllt, setzte sie sich ein wenig abseits an den Stamm einer mächtigen Eiche.

Morgen würde sie in Gouldsboro sein. Gebe Gott, daß das Meer sich gnädig erweisen würde!

Unter ihr ging es rings um die Häuser und am Strand, wo Reisigbündel aufeinandergeschichtet wurden, immer lebhafter zu.

Man schleppte Fäßchen und Becher herbei und stellte Teller auf rasch improvisierte Brettertische. Die Nacht rückte vor, aber die großen Johannisfeuer würden nicht vor der letzten Stunde, vor Mitternacht aufflammen. Kinder rannten kreischend vorbei, einander an den Händen haltend, unter ihnen der kleine Negerjunge Timothy, Abbial, der Schiffsjunge, und Sammy Corwin.

Das ewige Monegan, die Mutter aller seefahrenden Völker, lebte einmal mehr einer magischen Nacht entgegen. Sein Herz schlug im dumpfen Aufprall der Wogen gegen die Klippen und in den ersten Schlagsalven der baskischen Trommler, die in der Nähe ihres Lagers einen Tanz probten.

Vor drohendem Nebel Schutz suchend, waren um das Jahr tausend Schiffe mit Drachen am Bug in diese schmale, tief eingeschnittene Bucht geglitten und hatten dieselbe Landschaft wie an diesem Tage vorgefunden: mit Blumen bedeckte granitene Hügel. Die Erinnerung bewahrten auf dem grauen Inselgestein normannische Gesichter mit blonden Bärten und Haaren.

Nach ihnen waren John Cabot, Verrazzano, der Florentiner, für Frankreich, der Spanier Gómez, der Engländer Rut, André Théot, ein französischer Priester, Sir Humphrey Gilbert, Gosnold, Champlain und George Weymouth und schließlich John Smith gekommen, der 1614 den Auftrag erhalten hatte, „Nordamerika nach Gold und Walfischen zu durchforschen".

Es war eine lange, von Menschen wimmelnde, bunte Geschichte, eine wildbewegte Saga, deren Nachhall noch in den vielfältigen Rufen, dem gälischen Klang der irischen und schottischen Stimmen, den urwüchsigen Gerüchen, den vielsprachigen Flüchen, dem Lachen der Männer, Frauen und Kinder, ja noch in den Kleidungseigentümlichkeiten aus allen Himmelsstrichen schwang: den Tartans der Schotten, den roten Mützen der Basken, den schwarzen Hüten der Calvinisten, den seidenen Tüchern einiger Bukanier aus Barbados und den Wollmützen in allen Farben, die die Seeleute aus aller Welt trugen.

Die Begleitmusik zu alldem lieferten die im Gras versteckten Heuschrecken und Grillen mit ihrer schrillen Sarabande.

Und am safranfarbenen Horizont, dort, wo sich endlich die Nacht zusammenzog, mählich sich verdunkelnder Schaum des grünen Firmaments, zogen noch immer Segel vorüber.

Und plötzlich, wie mit einem Schlag, war nichts mehr da: Das Meer war verlassen, die Küste leer. Angélique war allein angesichts des Meers und des verödeten Strands ... Allein ist sie. Die Wale sind fort, die Züge der Kabeljaue, der Sardinen, flirrend wie große Schilde aus Silber, sind fort, die in riesigen Wolken schwärmenden Vögel sind fort wie auch die Seehunde in ihren Paulinerkutten, die weißen Tümmler, die blauen Pottwale, der wilde Butzkopf, der sanfte Delphin ...

Aber nicht nur das bedrückt ... Mutlosigkeit erfüllt das Sein, unendliche, schmerzliche Sehnsucht bemächtigt sich der Seele ... Dumpfe Trostlosigkeit verlassener Buchten ...

Zu viele Erinnerungen, zu viele Kämpfe, zu viele Gemetzel, zu viele Ertrunkene, zu viele Begierden, zu viele Leidenschaften, zu viele irrende Seelen, bangende, vergessene, klagend im Nebel, im Wind, im Schaum der Wogen, mitgerissen von gigantischen, furchtbaren Fluten, die sich brausend und schluchzend auf die Ufer stürzen. So viele nackte Ufer ...

Spiegelnde Nebel, fein und schwer, über Zedernwäldern, über der grünen Nadel der Kiefer, über dem glasierten Blatt des Ahorns und der Rotbuche, über den Feldern wilder Lupinen und Rhododendren, über den Fliederbüschen nahe einem zerstörten Haus, über den Rosen eines vergessenen Gartens.

Land der Phantome:

Franzosen, Engländer, Holländer, Schweden, Finnen, Spanier, Bretonen, Normannen, Schotten, Iren, Piraten, Bauern, Fischer, Walfischfänger, Waldläufer, Puritaner, Papisten, Jesuiten und Franziskaner, Indianer, Etscheminen, Tarratinen, Mic-Macs, wo seid ihr? Wo seid ihr, Phantome Akadiens, des Landes mit den hundert Namen, des Königreichs der Buchten und Halbinseln, der belaubten Schlupfwinkel, an denen die Segel vorübergleiten? ...

Der Duft des Waldes und der Duft der Algen, der Geruch des Indianers, der Geruch der Skalpe, der Geruch der Brände, der Geruch der Küsten, Ausdünstungen des Meeres und der Erde, die einen berauschen und einschläfern, und über alldem ein unerschütterlicher und kalter Blick, der einen sterben sieht ...

Und ein Schrei zerriß die Stille, ein schriller, ungewöhnlicher Laut, der Angélique mit klopfendem Herzen aus ihrem Schlaf und ihrem Alptraum am Fuß des Baumes weckte.

„Was ist? Wird ein Schwein geschlachtet?"

Nein, es waren nur die Dudelsäcke der Schotten, die unten am Strand zu spielen begannen.

Einige Schritte von ihr entfernt gewahrte Angélique Jack Merwin. Er hockte auf der Erde, das Gesicht dem Ufer zugekehrt, wo man eben die großen Reisighaufen angezündet hatte.

Die Schotten tanzten um gekreuzte Degen oder übten sich im Ringkampf mit dem schwarzen Bären.

„Ich hatte einen Traum", sagte Angélique gedämpft. „Durch ihre brudermörderischen Kämpfe hatten die Menschen diese Landschaft hier in eine Einöde verwandelt."

Merwins Rücken war ebenso reglos wie der Fels. Seine Unterarme ruhten auf seinen Knien, und die Hände hingen herab. Sie bemerkte zum erstenmal, daß es trotz ihrer Schwielen lange, edel geformte Hände waren.

Das Gefühl der Unruhe, das sie oft empfunden hatte, wenn sie ihn betrachtete, kehrte stärker zurück und mit ihm die Erinnerung an sein seltsames Verhalten, als er es unterlassen hatte, ihr die Hand zu reichen, um statt dessen unerschütterlichen und kalten Blicks ihrem Sterben zuzusehen.

Was hatte diesen Engländer dazu gebracht, sie verzweifelt und bis zur völligen Erschöpfung mit den Wellen kämpfen zu lassen und dann, als es schon fast zu spät war, ins Meer zu tauchen und sie mit übermenschlicher Anstrengung im letzten Augenblick zu retten? Er war ihr wirklich ein Rätsel. War er nicht vielleicht doch verrückt? . . .

„Gebt mir Eure Hand, Merwin", sagte sie unvermittelt. „Ich möchte aus ihren Linien Euer Schicksal lesen."

Er warf ihr einen wütenden Blick zu und preßte seine Hände fest aneinander, um ihr ja keinen Zweifel darüber zu lassen, daß er es vorzog, sie für sich zu behalten.

Angélique lachte plötzlich. Sie konnte entschieden noch nicht ganz wach sein, wenn sie es wagte, sich einem so weiberscheuen und feindseligen Menschen gegenüber ein wenig kokett und provozierend zu verhalten. Ihr Herz war wie eine Gondel, deren Segel sich blähte, bereit, dem Horizont entgegenzufliegen, und all dies Getriebe und Gelärm, ja selbst die quäkenden Ritornelle der Dudelsäcke entzückten sie.

„Es ist herrlich, am Leben zu sein, Merwin. Ich bin glücklich . . . Ihr habt mich gerettet."

Er zog ein mürrisches Gesicht und preßte die Hände noch fester zusammen. Offensichtlich bestärkte ihr Monolog ihn noch mehr darin, sie für eine Närrin zu halten.

Sie lachte von neuem, wie berauscht und verzaubert von der Juninacht.

Der rhythmische Ruf der Querpfeifen und Trommeln drang von unten herauf und übertönte die Dudelsäcke.

Angélique sprang auf die Füße.

„Miß Pidgeon, Mrs. MacGregor, Mrs. Winslow und ihr da, Esther, Dorothy, Janeton, kommt, kommt ... Tanzen wir die Fandarole mit den Basken."

Sie nahm sie bei der Hand und lief mit ihnen den Abhang hinunter.

Die Basken bewegten sich einer hinter dem anderen barfuß und auf Zehenspitzen mit jähen Drehungen und wirbelnden Sprüngen voran, großartige Tänzer voller Grazie und Schwung. Im Schein der Feuer leuchteten ihre roten Mützen wie Klatschmohnblüten.

Ein langer, geschmeidiger Teufel schwenkte vor ihnen ein mit klirrenden Kupferstücken besetztes Tamburin in der Luft, das er mit flinken Fingern schlug.

Als Angélique und ihre Gefährtinnen im Lichtkreis der lodernden Reisighaufen auftauchten, stießen die Tänzer ein herzliches Begrüßungsgeheul aus und machten ihnen zwischen sich Platz.

„Beim heiligen Patrick", schrie der Ire Parsons, „diese Teufelin bringt unsere Weiber zum Tanzen!"

„Man erzählt sich allerlei Dinge über sie", sagte der Engländer Winslow bedenklich. „Sie soll wahrhaftig eine Dämonin sein."

„Eine Dämonin?" Der alte MacGregor brach in dröhnendes Gelächter aus. „Halt 's Maul, du verstehst nichts davon. Eine Fee ist sie! Ich weiß, was das ist. Ich bin ihnen ein paarmal in der Heide begegnet, als ich noch Kind in Schottland war. Ich hab' sie sofort erkannt. Laß nur, Nachbar, es ist die närrische Nacht. Ich brauch' nur diese baskischen Flöten zu hören, und schon kribbelt's mir in den Fußsohlen. Komm tanzen, Nachbar, es ist die närrische Nacht."

Die Fandarole nahm ihren sich schlängelnden, tanzenden Verlauf zwischen den Feuern, den Häusern, den Felsen und Bäumen hindurch.

Jede Frau, ob alt oder jung, Großmutter, Mutter, Tochter und Enkelin, mußte in der Johannisnacht tanzen. Der große Kapitän und Harpunierer Hernani d'Astiguarra hatte Angélique die Hand gereicht und ließ, während er sie mit sich zog, keinen Blick von ihr. Er stellte rasch fest, daß sie die meisten der Schritte kannte, aus denen sich die baskische Fandarole traditionsgemäß zusammensetzt, und als sie zum Strand zurückgekehrt waren, führte er sie schwungvoll in die Mitte des Kreises. Und dort tanzte sie mit ihm, hingerissen vom treibenden Rhythmus der Musik eine komplizierte Figur an die andere reihend, hüpfend, wirbelnd und anmutig den baskischen Volkstanz.

In Toulouse, in Aquitanien hatte sich Angélique schon mehr als einmal in diesen Figuren geübt. In den Schlössern zog man sie den gespreizten höfischen Tänzen vor, und Joffrey de Peyrac war mit seiner jungen Frau mehrmals ins baskische Land, in die Pyrenäen gereist, um den großen Volksfesten beizuwohnen, bei denen sie in ihrer Rolle als Lehnsherrin an den Vergnügungen ihrer Lehnsleute teilgenommen hatte.

Alle diese Erinnerungen zog die leidenschaftliche Musik nach und nach wieder in ihr ans Licht.

Der kurze Rock der jungen Esther erleichterte ihr die schnellen Schritte, bei denen die Beine hochgeschleudert werden mußten. Sie lachte, mitgerissen von dem unwiderstehlichen Kapitän, während ihre leichten Füße kaum den Boden berührten und ihr lichtes Haar um ihren Kopf flog, bald hinter ihr wehend wie ein Banner, bald sich um ihre Wangen legend und ihr Gesicht in sein seidiges Gespinst hüllend.

Er sprach zu ihr auf baskisch oder französisch, wenn die Figuren des Tanzes sie in seine Nähe führten und sein eiserner Arm sie jedesmal ein wenig besitzergreifender umspannte.

„Eine Fee muß für die Johannisnacht dem Meer entstiegen sein", sagte er. „Monegan ist eine glückliche Insel. Alles scheint Magie, Madame. Wie könnt Ihr unsere Tänze kennen?"

„Weil ich die Gräfin de Peyrac de Morens d'Irristru bin."

„Irristru? . . . Ein Name der Heimat."

„Da habt Ihr's."

„Ihr seid also aus Aquitanien?"

„Ja, aber durch Heirat."

„Warum läßt Euer Gatte Euch so allein an den Grenzen der Welt herumvagieren?"

„Er ist nicht weit. Seht Euch vor, Messire."

„Madame", sagte er auf baskisch, „Ihr habt die schönste Taille, die ich je in meinen Händen gehalten habe, und Eure Augen berauschen mich ... Kennt Ihr den Tanz der Weinlese?" fuhr er auf französisch fort.

„Ich glaube."

„Dann also los."

Er zog sie ausgelassen mit sich, und sie wirbelte, bis ihr schwindlig wurde; der nachtblaue Himmel über ihr geriet ins Schwanken, neigte sich, kippte in die roten Flammen der Scheiterhaufen, lachende Gesichter umschwebten sie hüpfend wie Bälle.

„Ich kann nicht mehr", rief sie. „Mir dreht sich der Kopf."

Er zügelte seinen Elan, nicht ohne sie zuvor mit beiden Armen hochgestemmt und mehrmals im Kreise gedreht zu haben. Beifall brach aus.

Angélique lachte atemlos, während man ihr den Schlauch aus Ziegenleder reichte. Man trank daraus, indem man sich den Weinstrahl direkt in die Gurgel sprudeln ließ. Neuer Beifall begrüßte auch diese Leistung.

Weiter oben am Hang lehnten der Reverend Partridge, der solches Treiben verwerflich fand, und der Seemann Jack Merwin, der nicht in der Stimmung war, dabei mitzutun, jeder am Stamm eines Baums und beäugten die Szene mit dem gleichen mißmutig-tadelnden Blick.

Angélique entdeckte sie und brach in helles Gelächter aus. Die beiden waren wirklich zu komisch.

Ihr herzhaft-fröhliches Lachen weckte die Heiterkeit der anderen, und schon begann man wieder zu tanzen, die Erwachsenen in Paaren, die Kinder im Kreis. Die Dudelsäcke fielen in den Rhythmus der Trommler ein, auf die Bourrée des Limousin folgten die schottische Gigue und der Cornwaller Reigentanz, während die, die nicht mehr gelenkig genug zum Tanzen oder schon erschöpft waren, sich darauf beschränkten, im Takt der Tänze in die Hände zu klatschen.

Zuweilen strandete man an den Brettertischen, um einen Schoppen Bier, eine Pinte Wein zu picheln. Die Schiffe im Hafen hatten ihre Festreserven preisgegeben: spanische Weine von den karibischen Inseln,

282

Weine aus Frankreich und sogar einen herben, duftenden Wein aus wilden Trauben der Matinicusinsel. Man vermengte sie ein wenig, und diese im Grunde der Gläser sich mischenden Sonnen aller Kontinente erzeugten eine verteufelte Wärme in der Magengrube und befeuerten zumindest vorübergehend die bald darauf wieder gefährlich erschlaffenden Waden.

An einem der Tische öffneten zwei alte Frauen des Orts, eine von ihnen die Großmutter Dumaret, die in ihren Träumen die Ertrinkenden sah, unablässig Muscheln und Austern mit flinkem Messer.

Kapitän d'Astiguarra führte Angélique vor, wie man auf gute Art die „loubinkas" aß, das Lieblingsgericht der Béarnaiser und Basken.

Er hatte Vorsorge getroffen, Bayonne nicht ohne einen stattlichen Vorrat dieser kleinen, stark gepfefferten Würstchen zu verlassen. Man briet sie über dem Feuer, verbrannte sich gehörig den Mund, wenn man die erste hinunterschlang, und schlürfte darauf eine rohe Auster.

Gipfel der Gaumenwollust! Ein glühheißes Würstchen, eine frische Auster. Ein kleines Tänzchen, ein Schlückchen hellen Pyrenäenweins. Und von neuem eins dieser teuflischen Würstchen, deren pfeffrige Würze Tränen in die Augen treibt, und von neuem die grüne, kalte, von Meerwasser feuchte Auster, aus ihrer perlmuttenen Muschel geschlürft. Tanz, Gelächter, taktschlagende Hände, bernsteinfarbener Wein, der hell und singend schmeckt wie der Ruf der Querpfeifen . . .

Schon schwanken ein paar, setzen sich oder sinken zu Boden oder fangen an zu lachen, ohne wieder aufhören zu können. Ein paar fühlen sich ein wenig elend, ein wenig krank, aber niemand schert sich weiter darum.

Oben, nahe den Häusern an der Waldgrenze, beobachten die Mic-Macs fast ebenso ernst wie der Reverend Partridge die Vergnügungen der Weißen. Sie finden es überflüssig, Wein zu trinken, der nicht genug berauscht. Das Feuerwasser allein ist göttlich und magisch. Wenn sie bei den Seeleuten viel Feuerwasser gegen ihr Pelzwerk eingetauscht haben, werden sie tief im Wald ein gewaltiges Trinkgelage veranstalten und sich um den Geist der Träume versammeln . . . Sie werden sich nicht damit begnügen, zu lachen und albern herumzutanzen wie die Weißen und nur ein paar kümmerliche Muscheln zu essen . . .

283

Unten sprang jetzt der erste durch die Flammen wie ein schwarzer Teufel.

Und – hopp! – einer nach dem andern springen die Basken mit den eisernen Waden, fliegen sie durch die Flammen, die Beine gespreizt, die Arme hochgerissen, und jeder Sprung wird von den Zuschauern mit einem Schrei des Schreckens und der Bewunderung begrüßt.

„Dem, der das Johannisfeuer durchspringt, kann der Teufel das ganze Jahr durch nicht schaden", sagte d'Astiguarra.

„Dann laßt auch mich springen!" rief Angélique.

„Frauen können es nicht", protestierte ein in seinem Traditionsgefühl verletzter Baske entrüstet.

„Ihr wollt die Frauen also dem Teufel überlassen", erwiderte Angélique und zog ihm die Mütze auf die Nase herunter.

Sie war ein wenig närrisch und ein wenig betrunken, aber was tat's? Eine solche Gelegenheit würde sich vielleicht nie mehr ergeben, und sie hatte immer davon geträumt.

„Diese da kann's!" erklärte der Kapitän und verschlang sie mit seinem feurigen Blick. „Aber Euer Haar, Madame ... Ihr müßt Euch in acht nehmen", fügte er hinzu, während er mit der Hand zart über Angéliques Kopf strich – eine Geste, die ihr im rauschhaften Fieber der Stunde nicht voll bewußt wurde.

„Fürchtet nichts! Ich bin eine Tochter des Schützen, des Zeichens des Feuers, und gehöre zur Legion der Salamander, denen die Flammen nichts anhaben können! Ich *muß* springen! Eure Hand, Monsieur d'Astiguarra!"

Er geleitete sie ein paar Schritte der knisternden Feuerstätte zu, und tiefe Stille breitete sich aus.

Angélique streifte die Schuhe ab, die sie sich von Mrs. MacGregor geliehen hatte. Der Sand unter ihren Sohlen war kühl. Vor ihr stiegen die brausenden Flammen hoch und golden in die Nacht.

Glühheiße „loubinkas" und hitzigen Wein im Magen, den beizenden Salzgeschmack des Meerwassers auf der Zunge, fühlte auch sie sich wie eine zum Auflodern bereite Flamme.

Der Kapitän reichte ihr eine kleine, flache Kürbisflasche. Sie schnupperte, erkannte den Duft.

„Armagnac! ... Tausend Dank, Messire."

Sie nahm einen tiefen Schluck.

Aller Blicke waren auf sie gerichtet. Man erinnerte sich kaum mehr ihres Namens, aber was man von ihr erzählte, schwebte noch vage in den benebelten Gehirnen.

Mit bloßen Füßen, schon zum Sprung bereit, erschien sie ihnen wie die Inkarnation einer Göttin, nicht ganz irdisch und dennoch beherrschend durch die selbstverständliche Unabhängigkeit der in sich ruhenden Kreatur.

Sie sahen, daß ihre schlanke Taille alles andere als zerbrechlich war, daß ihre ebenmäßigen Schultern trotz ihrer Anmut harte Erfahrungen auf sich genommen hatten, und sie erahnten am Glanz ihrer Augen, daß diese Herausforderung der Flammen wie ein Siegel war, das sie schon durchmessenen anderen Feuern aufprägen wollte.

Angélique hingegen dachte an nichts dergleichen; sie gehörte ganz ihrem schwierigen, faszinierenden Unterfangen.

Zuerst war es nur ein Impuls ihres durch die warme Nacht erregten, vor kurzem erst dem fast schon sicheren Tode entrissenen Körpers gewesen, sich diesem Abenteuer hinzugeben, doch nun war es ihr, als sähe sie im Zucken der Flammen ein zugleich herrliches und furchtbares Gesicht, das sie zu rufen schien, den mythischen Geist der Johannisnacht, die verführerische Sukkuba mit abwechselnd nachtdunklem und purpurnem Haar, die Dämonin! ...

Das Tamburin klirrte auf. Hernani d'Astiguarra packte Angéliques Hand, zog sie voran, schneller und schneller ...

Die goldene Mauer stieg vor ihr auf.

Die Faust des Basken schleuderte sie in die Lüfte, und sie flog dahin, fühlte den Atem der Glut, durchstieß den wabernden, weißglühenden Vorhang, spürte den flüchtig sengenden Biß, den gelbrot fauchenden Strudel, der sie umfangen, verzehren wollte, und entrann ihm, stürzte auf der anderen Seite in die Frische der Nacht, wo ein anderer Baske sie erwartete und aus der Nähe des Feuers, aus aller Gefahr riß.

Zwei Männer liefen herzu, um mit bloßen Händen den glimmenden Saum ihres Rocks zu löschen.

Ein leichter Geruch von versengtem Haar umgab sie. Angélique schüttelte ihre Mähne.

„Es ist nichts! Ich bin durchgekommen! Gott sei Dank!"

„Ihr werdet mich noch krank machen!" jammerte Adhémar schluchzend. „Habt Ihr daran gedacht, was aus uns anderen geworden wäre, wenn die Flammen Euch behalten hätten? ... Genügt Euch nicht das Wasser zum Sterben? Braucht Ihr auch noch das Feuer?"

Im übrigen war er total betrunken.

Die Musik setzte von neuem ein, wenn auch ein wenig holprig und wirr.

Der große Hernani umschlang Angéliques Taille und zog sie beiseite.

Seine schwarzen Augen glitzerten wie Karfunkel. Er sprach auf baskisch in drängendem Ton auf sie ein:

„Ihr seid für mich ein unvergeßliches Erlebnis, Madame. Ihr habt meine Seele entzückt. Wir beenden die Nacht zusammen, nicht wahr?"

Angélique löste sich von ihm, um ihn besser im Auge zu haben, und ihre Verblüffung galt nicht seinen reichlich kühnen Worten, sondern der Tatsache, daß sie ihr eigentlich hätten unverständlich bleiben müssen, da er sich des Baskischen bediente.

„Das ist wahrhaftig mehr als merkwürdig", rief sie aus. „Mir scheint, ich verstehe baskisch! ... Ich und baskisch! Dieses unverständliche Kauderwelsch, das niemand lernen kann, der nicht an den Ufern der Soule geboren ist! ... War Eurem Armagnac irgendein Zaubertrank beigemischt, Monsieur d'Astiguarra?"

„Nein ... Aber ... sagt man nicht, daß Ihr gewisse Dialekte der akadischen Stämme sprecht, Madame?"

„Allerdings. Ich kann mich mit den Abenakis im Kennebecgebiet verständigen."

„Da haben wir die Erklärung des Wunders. Unsere Sprache und die dieser Indianer sind verwandt. Vermutlich sind unsere Völker von Asien aus in umgekehrter Richtung um die Erde gewandert. Sie blieben hier hängen und wir in Bayonne. Als meine Vorfahren auf der Waljagd bis in diese Gewässer kamen, hatten sie keinerlei Schwierigkeiten, sich mit

den Wilden zu verständigen, und konnten, ohne je etwas gelernt zu
haben, zwischen ihnen und den Missionaren als Dolmetscher dienen."

Er zog sie von neuem zu sich heran.

„Nun, habt Ihr meine kühnen Worte verstanden, Madame? . . . Wie
lautet die Antwort?"

Sie legte ihm zwei Finger auf den Mund.

„Pst, Messire! In der Johannisnacht sagt man viele Dummheiten, aber
man darf sie nicht begehen. Es ist ein Feenmärchen, die Körper haben
nichts darin zu suchen."

Für die sittsamen Damen schien der Moment gekommen, sich zurückzuziehen. Miß Pidgeon an einem Arm, mit dem andern Mrs. MacGregor abschleppend, die wiederum eine ihrer Töchter stützte, an deren
Rockzipfel zwei Enkel hingen, erklomm Angélique nicht ohne Mühe
den Abhang. Jedesmal, wenn sie ins Stolpern gerieten, lachten sie, daß
ihnen die Tränen kamen.

Reverend Partridge empfing sie mit richterlicher Strenge.

„Ich mißbillige Euer gegenwärtiges Benehmen aufs äußerste, Miß Elisabeth Pidgeon", hob er dröhnend an. „Ihr, sonst so gottesfürchtig . . ."

„Laßt doch das arme Geschöpf", unterbrach Angélique ihn in einem
Ton, der heiserer klang, als ihr lieb war. „Schließlich hat sie seit zwei
Wochen ihr volles Maß an Schrecken und Leiden durchmachen müssen.
Sie hat wahrhaftig das Recht, sich ein bißchen zu amüsieren, da wir
nun außer Gefahr sind."

Sie wirbelte die kichernde Miß Pidgeon herum und begann wieder zu
tanzen.

„Ich nehme Euch nach Gouldsboro mit, wo Euch niemand mehr etwas
anhaben kann . . . Können wir unter Eurem Dach ein wenig schlafen,
Mrs. MacGregor?"

„Aber ja doch, meine Schönen!" sang Mrs. MacGregor, die völlig be-
schwipst war. „Mein Haus gehört Euch."

Sie streckten sich zum Schlafen auf Seegrasmatratzen aus, die im
Wohnraum auf den Boden gelegt worden waren, und hatten kaum ihre

richtige Lage gefunden, als auch schon Matrosen an die Fensterläden trommelten und Frauen verlangten.

Im flatternden Hemd und mit der Muskete in der Hand sprang der alte MacGregor auf die Schwelle und drohte, jeden in ein Sieb zu verwandeln, der es wagen würde, die Ruhe der Frauen zu stören.

Danach wurde es sehr schnell wieder ruhig. Und unversehens war die Morgendämmerung da.

So endete die närrische Johannisnacht auf der Moneganinsel, die kürzeste Nacht des Jahres, die heidnische Nacht der Sommersonnenwende, in der die Feuer auf den Hügeln und an den Ufern lodern, in der das Farnkraut im Unterholz blüht, in der der alte Shapleigh die Wälder der Neuen Welt durchstreift, um das wilde Eisenkraut zu pflücken ... Tränen der Juno ... Blut des Merkur ... Freude der Einfachen ...

Siebenundvierzigstes Kapitel

Der dritte Reisetag war angebrochen. Der Tag nach dem Fest ... Nebel, der sich jeden Augenblick in feinen Regen lösen konnte, breitete sich über die Insel und bewahrte noch die Gerüche erloschener Feuer und toter Fische. Die Möwen, Kormorane und Meerelstern hatten ihre kreisenden Flüge wiederaufgenommen und ließen ihr Klatschweibergeschrei erschallen. „Jetzt sind wir an der Reihe!" schienen sie zänkisch zu protestieren.

Als Angélique, von Adhémar und dem kleinen Sammy begleitet, zum Hafen hinunterging, kam Mrs. MacGregors Tochter mit ihren beiden kleinen Mädchen hinter ihr hergelaufen.

„Nehmt sie mit, ich bitte Euch!" rief sie atemlos. „Nehmt sie mit nach Gouldsboro. Es soll dort eine Schule geben. Man wird ihnen gutes Französisch beibringen, wie es meine Großmutter gesprochen hat, und auch Gebete. Seit drei Jahren haben wir hier keinen Pastor mehr. Wenn die Ärmsten hierbleiben, werden sie nur alle Gotteslästerungen der Erde lernen."

288

Von Dorothy und Janeton flankiert, fühlte sich Angélique bei ihrem Erscheinen am Landungsplatz nicht ganz frei von Verlegenheit.

„Ich werde Euch die Passage dieser Kleinen bezahlen, wenn wir in Gouldsboro sein werden", sagte sie zu Merwin.

Er wandte sich mit der angeekelten Miene eines Mannes ab, dessen Schiff man für einen Schuttabladeplatz hält.

Gähnend und nicht ganz sicheren Schritts nahmen die Passagiere des *White Bird* wieder ihre gewohnten Plätze ein.

Zu guter Letzt tauchte noch der Kapitän Hernani d'Astiguarra ebenso munter wie am Vorabend aus dem Nebel auf und deponierte ein ziemlich schwergewichtiges Abschiedsgeschenk auf Angéliques Knien.

„Das ist für Eure Freunde in Gouldsboro", murmelte er. „Ich weiß, daß sie aus der Charentegegend sind. Sie werden es zu schätzen wissen ..."

Es war ein Tönnchen aus hellem Eichenholz, das reinsten Armagnac enthielt. Ein unbezahlbarer Schatz!

Mit einem entrüsteten Stoß des Bootshakens schob Merwin sein Boot vom Ufer ab, so daß Angélique dem liebenswürdigen Kapitän kaum danken konnte.

„Besucht uns in Gouldsboro!" rief sie ihm noch zu.

Breitbeinig blieb er am Ufer stehen und schickte ihr Küsse nach, bis auch der rote Farbfleck seiner Mütze vom Nebel aufgeschluckt wurde.

Sehr rasch wurde deutlich, daß es nahezu an Verrücktheit grenzte, in einer solchen Erbsensuppe in See zu gehen.

Zum Glück war niemand in der rechten Verfassung, sich Gedanken darüber zu machen. Daß keiner von ihnen so recht zum Schlafen gekommen war, lähmte die Geister noch mehr. Angélique hingegen beglückwünschte sich zu dem eiligen Aufbruch. An diesem Abend noch würde sie in Gouldsboro sein, und nichts konnte sie aus ihrer erwartungsfrohen Stimmung bringen: weder die noch immer dräuende Stirn des schmollenden Reverend Partridge, den Miß Pidgeon mit der Miene eines reuigen Schäfleins betrachtete, noch das diesige Wetter und schon gar nicht der Gesichtsausdruck Jack Merwins, der feindseliger und eisiger denn je wirkte.

Die beiden kleinen Schottinnen mit ihren runden Frätzchen, die neugierig aus großen, rot und grün karierten Plaids herauslugten, in die ihre Besitzerinnen vom Kopf bis zu den Füßen gewickelt waren, fand sie bezaubernd. Jede hatte ein Bündel neben sich, ein paar in ein großes Taschentuch geknotete Habseligkeiten, und die Jüngere drückte eine aus Maisgrannen fabrizierte primitive indianische Puppe an ihre Brust, deren Wangen mit Himbeersaft gefärbt waren und deren Haar aus trockenem Gras bestand.

Angélique dachte an Honorine und an die Anmut der Kindheit, die das Dasein erhellt.

Nur ein Zwischenfall ereignete sich im Laufe dieses Tages.

Sie wurden von einem akadischen Boot gestellt, das offensichtlich darauf aus war, Engländer zu fangen.

Des sich verdichtenden Nebels wegen hatte Merwin dem Schiffsjungen befohlen, das Warnhorn ertönen zu lassen. Der Junge blies eben mit prallen Backen in die riesige Muschel, als die Umrisse einer großen Fischereischaluppe sich in den träge ziehenden Schwaden abzuzeichnen begannen. Im ersten Moment sah es so aus, als sei niemand an Bord. Doch dann ertönte ein gellender Schrei, der Kriegsruf der Rothäute. Während sie wie versteinert hinüberstarrten, schob sich der Lauf einer langen Pistole über den Rand der Schaluppe, und die Stimme eines unsichtbaren Mannes rief sie in französischer Sprache an:

„Beim heiligen Sakrament, seid Ihr Engländer?"

„Franzosen! Franzosen!" erwiderten Angélique und Adhémar hastig.

Die Schaluppe lag nun Bord an Bord mit dem *White Bird*. Enterhaken hielten sie zusammen.

Ein junges, bartloses, gebräuntes Gesicht, eingerahmt von langen schwarzen Strähnen unter einem Hut mit Adlerfedern, tauchte plötzlich auf, und zwei prachtvolle schwarze Augen musterten schnell die Passagiere des Boots.

„Ho! Ho! Mir scheint, ich bemerke da dennoch eine Anzahl von Engländern!"

Er richtete sich zu voller Größe auf.

Ein silbernes Kreuz und ein paar Medaillen klimperten auf seiner auf indianische Art gegerbten und mit Fransen verzierten Büffelhautjoppe. Im Gürtel trug er einen Dolch und eine Axt, doch in der Hand hielt er eine Sattelpistole mit perlmutteingelegtem Kolben. Hinter ihm zeigten sich die Galgengesichter einiger Matrosen, unter ihnen zwei oder drei Mic-Macs mit spitzen, perlengeschmückten Mützen.

Der mißtrauische Blick des jungen Anführers überflog Angélique, und seine Lider kniffen sich zusammen.

„Seid Ihr sicher, Französin und keine Engländerin zu sein?"

„Und Ihr", gab sie zurück, „seid Ihr ganz sicher, Franzose und kein Indianer zu sein?"

„Ich?" protestierte er entrüstet. „Ich bin Hubert d'Arpentigny vom Kap Sable. In Akadien und der Französischen Bucht kennt mich alle Welt!"

„Und ich, junger Mann, bin die Gräfin Peyrac, und ich glaube, daß alle Welt in Akadien und der Französischen Bucht meinen Gatten kennt!"

Unerschüttert sprang Hubert d'Arpentigny in Merwins Boot.

Wenn es auch von mütterlicher Seite her einen großen Häuptling der Wälder unter seinen Vorfahren gab, war da andererseits ein Großvater väterlicherseits, der ihm als einstiger Stallmeister König Ludwigs XIII. höfische Sitten beigebracht hatte.

Elegant küßte er Angéliques Hand.

„Madame, ich erkenne Euch an dem Ruf, der Euch vorangeht: schön und kühn. Fern sei mir der Gedanke, Euch irgendwelchen Schaden anzutun. Aber es will mir scheinen, als hättet Ihr als Gefährten eine Handvoll Engländer, die mir als Geiseln zum Wiederverkaufen gut in den Kram passen würden."

„Sie gehören mir, und ich muß sie meinem Gatten, dem Grafen Peyrac, zuführen."

Der junge d'Arpentigny stieß einen tiefen Seufzer aus.

„Und ... sollte es nicht etwelche Vorräte oder Handelswaren auf dieser Schaluppe geben? Der Winter hat uns in unserem Bezirk übel mitgespielt, und wir warten vergebens auf ein Schiff unserer Kompanie aus Bordeaux, das uns mit Lebensmitteln versorgen sollte. Falls es gesunken ist oder Piraten sich seiner bemächtigt haben, wird es uns an allem fehlen."

„Und da zieht Ihr es vor, die andern zu plündern", sagte Angélique, während sie sich nach Kräften bemühte, das ihr von Hernani d'Astiguarra geschenkte Tönnchen Armagnac unter ihren Röcken zu verbergen. „Ich bin untröstlich, aber Ihr werdet hier nichts finden. Wir sind arm wie Hiob."

„Höchst betrüblich ... Und du, *Yenngli*-Schiffer, tritt ein wenig zurück, damit ich einen Blick in deine Truhe werfen kann."

Mit einer gebieterischen Bewegung seines Pistolenlaufs scheuchte er Merwin beiseite. Seine Untergebenen hielten mit ihren Haken die Boote Bord an Bord, wechselten Scherzworte in indianischer Sprache, warfen der jungen Esther hitzige Blicke zu, musterten verstohlen Angélique und mokierten sich unverhohlen über den ketzerischen Pastor.

Angélique fragte sich noch, wie das alles wohl enden werde, als sie d'Arpentigny schon mit einem Sprung in sein eigenes Boot zurückkehren sah. Ihr zugewandt, schwenkte er mehrmals respektvoll den Hut und begleitete seinen Gruß mit einem Lächeln bis zu den Ohren.

„Segelt dahin, Madame! Ihr seid mit Euren Geiseln frei. Gott schütze Euch!"

„Tausend Dank, Monsieur. Kommt nur nach Gouldsboro, wenn Ihr vor der Ernte in Not geratet."

„Ich werde nicht verfehlen. Monsieur de Peyrac ist immer sehr großzügig zu uns gewesen. Und Ihr seid wahrhaftig genauso schön, wie man sich's in der Französischen Bucht erzählt. Ich habe meinen Tag nicht verloren ..."

„Was für ein junger Narr!" sagte sich Angélique, mit den Schultern zuckend.

Von neuem trieben sie allein durch den Nebel. Brummelnd hißte Merwin wieder die Segel und suchte sich zu orientieren. Der Krämer wischte sich über die Stirn. Wenn die Akadier sein Gepäck geplündert hätten, wäre er ruiniert gewesen.

„Ich danke Euch, Milady. Ohne Euch ..."

„Dankt mir nicht. Ich habe nichts damit zu tun."

Sie stand in der Tat unter dem Eindruck, daß die jähe Meinungsäußerung des zum Plündern ausgezogenen Edelmanns keineswegs nur ihrer Person zu verdanken war. Hatte die Entdeckung Mr. Willough-bys in seinem Winkel sie bewirkt? Nein, ganz gewiß nicht. Ein Hubert d'Arpentigny ließ sich kaum durch einen Bären einschüchtern, ob ge-zähmt oder nicht.

Sie ertappte sich bei einem verstohlenen Rundblick, der in den Lüften endete. Hatte dieser Franzose aus Akadien, der wie alle seinesgleichen mit dem Meer ebenso vertraut war wie mit den Wäldern, etwa ein an-deren Augen unsichtbares Vorzeichen entdeckt, das auf einen nahen-den Sturm hinwies und ihn zu überstürztem Rückzug veranlaßte?

Schon glaubte sie zu bemerken, daß das Meer stürmischer wurde. Mer-win schien den Lauf des Bootes zu dämpfen. Zweifellos wollte er das Warnhorn nicht wieder ertönen lassen, um sich nicht andere Piraten auf den Hals zu ziehen. So richtete er den Bug gegen den Wind, kreuz-te durch die Nebelschwaden und richtete seine ganze Aufmerksamkeit darauf, mögliche Hindernisse vorherzusehen.

Angélique beobachtete ihn besorgt.

„Werden wir heute abend in Gouldsboro sein?" fragte sie.

Er tat, als ob er sie nicht hörte.

Glücklicherweise hellte sich der Nebel auf. Nach und nach wurde er durchscheinend wie feines Porzellan, schien in Gazefetzen auszufran-sen, und plötzlich enthüllte sich der Horizont in funkelnden, wie gla-sierten Farben. Die Sonne stand noch hoch am Himmel, das Meer blieb unruhig, von blauschwarzen, schaumgekrönten Wellen durchfurcht, aber die Küstenlinie wurde schon sichtbar, und in ihrem übergrünten Profil war etwas, das unwiderstehlich an die Landschaft um Gouldsboro er-innerte.

Angéliques Herzschlag wurde schneller. Sie dachte nur noch an das nahe Wiedersehen, dem fernen Küstenstreifen gespannt zugewandt, während sie zerstreut den Worten ihrer Gefährten lauschte, die eben-falls zufrieden dem Ende der Reise entgegensahen.

„Joffrey, mein Liebster!"

Endlose Zeit war verstrichen, seitdem eine unvorhergesehene Wen-dung sie voneinander getrennt hatte.

Mehr als die schlimmen Ereignisse, die sich ihr seitdem entgegengestellt hatten, fürchtete sie ein Hindernis immaterieller Art, etwas, gegen das man nicht ankämpfen konnte wie gegen widrige Schicksalsschläge. Sie würde erst ganz beruhigt sein, wenn sie bei ihm wäre, wenn sie ihn berühren, seine Stimme hören könnte. Dann würde alles Hemmende schwinden. Sie kannte den Blick, den er ihr – und nur ihr – zuwandte, so gut, diesen Blick, in dem sie las, daß sie schön und für ihn die eine Einzige war, diesen Blick, der sie in den Zauberkreis seiner Liebe ein-schloß. Er besaß im höchsten Maße die Gabe der Isolierung, der Ab-sonderung, die das Erbteil der Männer ist, wenn die Freude der Liebe sie überflutet. Diese kategorische Seite des männlichen Charakters hatte Angélique zuweilen verletzt, denn sie war eine Frau und vermengte alles, Gefühle, Leidenschaft, Beunruhigungen, Wünsche, wie die Stru-del und Wirbel vor der Mündung der Flüsse.

So ist die weibliche Natur, immer bedrängt von allzu vielen Gefühlen im gegenwärtigen Augenblick, und sie folgte ihm nicht immer, aber sie mußte ihm folgen, und er verstand es, sie dazu zu zwingen, denn dann schien es, als bleibe ihr nichts anderes übrig, als ihn zu lieben und es ihm zu beweisen. Er verstand es so gut, sie zu überzeugen, daß Zweifel, Ängste, Gefahren vor der Schwelle des Liebesnestes zurückblieben, ver-stand es so gut, sie in eine Welt zu locken, in der sie allein waren, Herz und Körper erfüllt von Freude und Staunen.

Daher wußte sie, daß sie ihm nicht sofort von Colin erzählen würde. Nein! Später ... *Danach* ... Wenn sie wieder Macht über sein Herz gewonnen hätte, wenn sie sich in der Trunkenheit der Umarmung wie-dergefunden hätten, wenn sie sich in der Freiheit ihres rückhaltlos sei-nen Zärtlichkeiten ausgelieferten Körpers gelöst haben würde, wenn sie von dem rauschhaften Gefühl, nackt und schwach in seinen Armen zu liegen, überwältigt worden wäre ...

Angéliques Blick begegnete dem auf sie gerichteten Merwins.

Wie lange mochte er sie schon so beobachten? Wieviel von ihren Ge-danken hatte er von ihrem träumerischen Gesicht ablesen können?

Fast sofort wandte er den Kopf ab. Sie sah ihn einen Strahl bräun-lichen Tabaksafts ins Meer spucken. Ruhig und fast pedantisch nahm er den Priem aus dem Mund, deponierte ihn nach Art der Seeleute in seiner Wollmütze und setzte sie wieder auf. Er legte in diese vertrauten, alltäglichen Gesten etwas seltsam Endgültiges, das sie erst später verstehen sollte. Dann schien er in den Wind zu wittern.

Als habe er einen Entschluß gefaßt, ließ er das schwere Boot mit fast in die Wellen gedrücktem Bordrand eine jähe Wendung von annähernd neunzig Grad vollführen und brachte es so dicht gegen den Wind, daß es eben noch Antrieb von ihm erhielt.

Angélique stieß einen Schrei aus.

Er galt keineswegs diesem Geschicklichkeitsbeweis, der, von einem weniger fähigen Seemann versucht, sie alle ins Wasser hätte befördern können, sondern der Entdeckung, daß sie der Küste sehr nahe waren. Bäume waren zu sehen, und man hörte das Rauschen der Brandung am Fuß der Klippen.

Die beiden rosiggrauen Kuppeln hingegen, „Zwiebeln des Mont Désert" genannt, hinter denen sich Gouldsboro befand, entfernten sich mehr und mehr und begannen am östlichen Horizont zu verschwinden.

„Aber Ihr schlagt ja die falsche Richtung ein!" rief Angélique. „Gouldsboro ist dort drüben. Ihr kehrt ihm den Rücken."

Ohne ein Wort der Erwiderung behielt der Engländer seinen Kurs bei, und sehr schnell waren die Zwiebeln unsichtbar.

Der *White Bird* wandte sich in nordöstliche Richtung und glitt in eine weite Bucht mit vielen Inseln. Die junge Esther, die schon einmal ihren Onkel auf der Matinicusinsel besucht hatte, erkannte sie als die Mündungsbucht des Penobscot.

Angélique sah zur Sonne auf, um sich zu orientieren, wie spät es etwa sein mochte. Das Gestirn hatte mit seinem Niedergang kaum begonnen. Wenn Merwin hier nicht allzuviel Zeit verlor, konnten sie mit ein wenig Glück und mit Hilfe der langen Juniabende noch vor der Nacht im Hafen sein.

„Wo führt Ihr uns noch hin?" erkundigte sie sich bei ihm.

Sie hätte ebensogut ein Holzscheit fragen können.

Die Fahrt die Flußmündung hinauf dauerte fast eine Stunde. Als das Boot zur Linken in den schmalen Lauf eines überschatteten Flüßchens einbog, wechselte Angélique mit Elie Kempton einen erbitterten Blick. Beide verspürten sie die mörderische Lust, sich auf den Schiffer zu stürzen und ihm das Ruder zu entreißen.

Im Schutz der Bäume ließ der Wind nach. Nur noch ein leichter, lauer Hauch stieß das Boot weich gegen die Strömung. Der Engländer ließ das Segel fallen und griff zu den Rudern. Bald darauf steuerte er einem mit Weiden und Erlen bestandenen Uferstück zu. Dahinter erhoben sich Eichen, Kiefern, Ahornbäume und Buchen in einem prunkenden Durcheinander, aus dem der warme Duft sommerlichen Unterholzes aufstieg. Der Atem des Meers gelangte nicht bis hierher. Das Summen wilder Bienen vertiefte die Stille.

Der Schiffer sprang ins Wasser und zog das Boot zur Böschung, wo er es an einem Baumstamm verankerte.

„Ihr könnt aussteigen", sagte er mit nüchterner Stimme. „Wir sind angelangt."

„Aber wir müssen heute abend in Gouldsboro sein!" schrie Angélique außer sich. „Oh, dieser verdammte Engländer macht mich noch wahnsinnig! . . . Ihr seid ein . . ."

Sie suchte ein angemessenes Wort, um die Gefühle, die ein so stumpfes, unerfreuliches Individuum in ihr weckte, auszudrücken, und fand keins . . . schon gar nicht auf englisch.

„Ihr seid unvernünftig, Jack Merwin", begann sie, sich zur Ruhe zwingend, von neuem. „Es kann Euch nicht unbekannt sein, daß in dieser Gegend ein gefürchteter Sammler englischer Skalpe, der Baron de Saint-Castine, sein Wesen treibt, und wenn er uns mit seinen Etscheminen überfällt, bin ich nicht sicher, mich ihm kenntlich machen zu können, bevor wir alle das Zeitliche auf unsanfte Art gesegnet haben."

„Habt Ihr gehört, was sie Euch sagt, verdammter Narr?" fiel der Krämer ein. „Hier stinkt's förmlich nach Franzosen und Indianern, und wir haben keine Waffen. Wollt Ihr uns alle massakrieren lassen?"

„Steigt schon aus", wiederholte Merwin gleichgültig.

Mr. Willoughby, der Bär, war frohen Herzens seiner Aufforderung gefolgt. Die Düfte der Erde schienen ihm überaus verlockend. Es mußte wilden Honig in der Nähe geben. Er richtete sich auf seinen Hinterbeinen auf und begann, vergnüglich brummend, seine Krallen an einem Kiefernstamm zu wetzen.

Seufzend gehorchten nun auch die anderen Passagiere. Der Ort sagte ihnen nichts Gutes. Sie fühlten sich beklommen.

Neugierig beobachteten sie Merwins Treiben. Er schien sich nach irgendwelchen Merkzeichen umgesehen zu haben, kniete nun am Fuß eines Baumes nieder und machte sich daran, mit den Händen in der dicken Humusschicht zwischen dessen Wurzeln zu graben.

„Was macht er da?"

„Hat er hier vielleicht seinen Schatz vergraben?"

„Das ist gut möglich. Viele Piraten kommen an diese Küste, um ihre Beute zu verstecken."

„He! Merwin! Verdammter Halunke!" rief der Krämer hinüber. „Besteht Euer Vermögen aus spanischen Dublonen, portugiesischen Moedoren oder Silberpesos?"

Ohne zu antworten, wühlte der Schiffer weiter. Nach einer Schicht verfaulter Blätter förderte er ein Gewirr von Zweigen ans Licht, sodann Moos, lockere, fette Erde und Steinchen. Endlich zerrte er aus dem entstandenen Loch ein ziemlich umfangreiches, in alte Häute und gewachstes Leinen gewickeltes Paket.

Nachdem er noch ein zweites, kleineres geborgen hatte, erhob sich der Engländer befriedigt.

„*Well*, erwartet mich hier", sagte er. „Ich werde nicht lange brauchen. Nutzt meine Abwesenheit, um ein wenig zu essen. In der Truhe findet Ihr Käse, Brot und eine Kürbisflasche Wein, die mir Mrs. MacGregor gegeben hat."

Die Bergung der Pakete aus ihrem Versteck schien ihn so aufgeheitert zu haben, daß er fast liebenswürdig wurde.

Er wiederholte:

„*Wait just a minute!*"

Dann verschwand er im Unterholz zwischen den Weiden.

Angélique diskutierte noch einen Moment mit ihren Gefährten, mahnte sich und sie, da ihnen ohnehin nichts anderes übrigblieb, zur Geduld und ging zum Boot zurück, um den Proviant zu holen. Wenn sich nun schon einmal die Gelegenheit ergab, konnten sie sich ebensogut ein wenig stärken. Der Ort war abgelegen und wirkte verlassen. Wenn die Rast nicht allzulange dauerte, hatten sie noch immer die Chance, verschwinden zu können, bevor sie den immer auf der Lauer liegenden Instinkt der Wilden dieser Gegend alarmiert hatten.

Es hatte keinen Sinn, sich nervös machen zu lassen. Sie mußten sich nun einmal den Launen und Stimmungen des Bootsführers fügen. Berücksichtigte man den unmöglichen Charakter dieses *Yenngli*-Schiffers, die Gefahren des Kriegs und dazu die Tatsache, daß sie sich alle noch vor drei Tagen in der Maquoitbucht in Goldbarts Händen befunden hatten, mußte man zugeben, daß diese Fahrt besonders schnell und alles in allem aufs beste vor sich gegangen war.

Sie kehrte zu ihren Begleitern zurück und begann, von Sammy unterstützt, auf einem großen, flachen Stein die Portionen für jeden einzelnen vorzubereiten. Danach ließen sie es sich schweigend schmecken. Als Angélique jedoch gegen Ende der Mahlzeit den Kopf hob, um jemand zu bitten, ihr den Wein zu reichen, entdeckte sie, daß die ihr gegenübersitzenden Engländer mit bleichen, entsetzten Gesichtern auf irgend etwas hinter ihr starrten, dessen Natur ihr nicht klar war. Sie mußte sich mit aller Kraft zwingen, sich umzudrehen und der neu aufgetauchten Gefahr ins Auge zu sehen.

Zwischen den Weiden, deren längliche Blätter von blassem Grüngold sich im Wind leise regten, war ein Jesuit in schwarzer Kutte erschienen.

Achtundvierzigstes Kapitel

Die erste Reaktion Angéliques bestand darin, aufzuspringen und sich zwischen den Ankömmling und die vor Schreck wie gelähmten Engländer zu stellen. Ihr zweiter Reflex veranlaßte sie, mit den Augen am Kruzifix des Priesters den Rubintropfen zu suchen, der es als Eigentum Pater d'Orgevals kennzeichnen würde. Sie fand nichts dergleichen. Also konnte dieser Mann auch nicht der gefürchtete Gegner sein.

Der Geistliche in der schwarzen Kutte, reglos im dichten Schatten der Weiden, war groß und hager, glattrasiert, und sein dunkles Haar fiel ihm auf die Schultern. Der hohe schwarze Kragen, aufgehellt durch einen schmalen Überschlag aus weißem Leinen, umspannte einen langen, muskulösen Hals, der einen Kopf mit noblen, feinen Zügen trug.

Einer der Arme hing wie leblos herab, während die andere Hand auf seiner Brust lag und mit zwei Fingern das Ende des an einem schwarzen Seidenband um den Hals hängenden Kruzifixes hielt, als wolle sie es zeigen.

Zwei dunkle, unerschütterliche Augen fixierten die versteinerte Gruppe und schienen sie alle wie hypnotisierte Tiere an den Boden bannen zu wollen.

Endlich rührte er sich, verließ den Schatten der Bäume, trat in die Sonne, in die Helligkeit des schmalen Uferstreifens hinaus. Und erst jetzt bemerkte sie, daß die Füße des Jesuiten unter dem Saum der abgetragenen, zerknitterten Soutane nackt waren. Und diese Füße schienen ihr vertraut.

„Hello, fellows! How do you do?" sagte die Stimme Jack Merwins. *„Don't you recognize me?"*

In Salzsäulen verwandelt, gaben Angélique und die Engländer auf diese Frage, die – Hexerei oder Halluzination? – direkt aus dem Munde des Jesuiten gekommen zu sein schien, keinen Ton von sich.

Der Jesuit näherte sich ihnen weiter, und sie wichen im gleichen Maß zurück, bis der Fluß ihnen Halt gebot.

Ihr Entsetzen ließ ihn von neuem stehenbleiben.

„Nun", sagte er mit einem leichten Lächeln auf englisch, „dies ist der Schatz, den ich vor kurzem aus meinem Versteck geborgen habe: die armselige Soutane des Priesters, die ich hier bei meinem Aufbruch zurückließ und nun, nach acht Monaten der Abwesenheit, endlich wieder anziehen kann."

Und auf französisch zu Angélique gewandt:

„Hat Euch meine Verwandlung so überrascht, Madame? Dabei glaubte ich, längst Euren Verdacht erregt zu haben."

„Merwin", murmelte sie. „Ihr seid Jack Merwin?"

„Höchstselbst. Und ich bin auch der Pater Louis-Paul Maraicher de Vernon von der Gesellschaft Jesu. Und so kann es geschehen, daß sich gelegentlich ein verdammter Engländer in einen verfluchten Franzosen und noch dazu in den abscheulichsten aller Papisten verwandelt."

Eine Spur von Humor erhellte sein verwandeltes Gesicht.

Er erklärte:

„Letzten Herbst bin ich von meinem Oberen mit einer geheimen Mission in Neuengland betraut worden. Diese Seemannsverkleidung ist nur eine der vielen Masken, in die ich dort schlüpfen mußte, um meine Aufgabe durchzuführen, ohne dabei erkannt zu werden. Gott sei Dank bin ich nun wohlbehalten auf den Boden des französischen Akadiens zurückgekehrt."

Er sprach ein kultiviertes Französisch, das jedoch einen leichten englischen Akzent bewahrte, vermutlich dank der Macht der Gewohnheit, da er sich seit vielen Monaten sicherlich nur dieser Sprache bedient hatte.

„Aber . . . seid Ihr auch Franzose?" stammelte Angélique, die sich noch nicht von ihrer Überraschung erholt hatte.

„Gewiß bin ich das. Meine Familie ist in der Normandie zu Hause. Aber ich habe von Kindheit an englisch gesprochen, da ich Page bei der englischen Königsfamilie während ihres Exils in Frankreich war. Später ging ich nach London, um die Sprache völlig beherrschen zu lernen."

Trotz dieser höflichen Erklärungen fiel es Angélique schwer, sich klarzumachen, daß sie Jack Merwin, den Schiffer ihres Boots, vor sich hatte. Sie mußte sich demnach eingestehen, während dreier Tage in der Obhut eines Mannes gereist zu sein, ohne auch nur einen Moment lang geahnt zu haben, daß es sich bei ihm nicht um einen englischen Seemann niedriger Herkunft, sondern im Gegenteil um einen französischen Jesuiten von nobler Abstammung und noch dazu zweifellos um einen vertrauten Mitstreiter Pater d'Orgevals handelte.

Diese Verwandlung überraschte sie so, daß sie kein Wort hervorzubringen vermochte, und angesichts ihres halb geöffneten Mundes und der noch immer zweifelnd auf ihn gerichteten Augen konnte er es sich nicht verkneifen, laut aufzulachen.

„Faßt Euch, Madame, ich bitte Euch! Einige Eurer Äußerungen haben mir Sorgen gemacht. Aber ich sehe jetzt, daß ich nichts zu fürchten hatte. Ihr habt nichts von meiner wahren Identität geahnt."

Zum erstenmal sahen sie Jack Merwin lachen, und paradoxerweise erkannten sie ihn gerade daran. Der Mann in der so verhaßten und gefürchteten schwarzen Kutte war wirklich der Schiffer, in dessen Boot sie bis hierher gelangt waren, derselbe, der vor kurzem noch lässig sei-

300

nen Priem gekaut, mit muskulösem Fuß das windgeblähte Segel beherrscht hatte und von Insel zu Insel gestreift war, neugierig, schweigsam und in sich verschlossen ...

Wie im grellen Schein eines Blitzes ergab sich für Angélique ein plötzlicher Einblick in die verschwiegene Persönlichkeit Merwins, die ihr so viele Rätsel aufgegeben hatte.

Aber es war ja klar! ... Natürlich war er ein Jesuit!

Wie kam es nur, daß sie es nicht sofort bemerkt hatte? Sie, die in einem katholischen Kloster erzogen worden war, ständig überwacht von Mitgliedern des angesehensten und mächtigsten Ordens der Zeit – jede Woche hatten die Zöglinge einem der hochwürdigen Patres beichten und selbst den leisesten Schatten auf ihrem Gewissen bekennen müssen –, wie hatte sie sich so hinters Licht führen lassen können!

Warum hatte sie trotz zahlreicher verräterischer Zeichen keinen Augenblick Verdacht geschöpft?

Etwa in der ersten Nacht, als er so „abwesend" auf dem Felsen gesessen hatte, daß sie darüber erschrocken war. Natürlich hatte er gebetet, wie es nur die Söhne des großen Ignatius vermochten, und was ihn damals erfüllt und was sie für „Abwesenheit", für Lethargie gehalten hatte, war Ekstase gewesen, mystische Ekstase!

Und als er ihnen auf Monegan zu essen gab, hätte sie da nicht in seiner zupackenden Art die flinke Gewandtheit der Ordensleute erkennen müssen, die, welchen Ranges oder Ordens auch immer, von ihrem Noviziat her daran gewöhnt waren, die Suppe der Armen zu verteilen?

Und erst heute ... War der plötzliche Wandel im Verhalten des jungen Akadiers d'Arpentigny nicht darauf zurückzuführen, daß er in dem angeblichen englischen Seemann den Missionar erkannt hatte, mit dem er vielleicht gar einst zur ersten Kommunion gegangen war? Sicher hatte ihm dieser heimlich ein Zeichen gegeben zu schweigen.

Der Bär näherte sich dem Jesuiten und beschnupperte ihn. Da er den vertrauten Geruch des Schiffers des *White Bird* erkannte, rieb er sich an seiner Soutane, und die Hand des Jesuitenpaters streichelte seinen dicken, pelzigen Kopf.

„*In fact we've already made acquaintance,* Mr. Willoughby", murmelte er.

Denn seit vielen Tagen, seit New York schon, teilten sie miteinander das gleiche, von den Wogen hin und her geworfene Bretterasyl.

Mr. Willoughbys Anhänglichkeit überzeugte nun auch den Ungläubigsten. Niedergeschmettert starrten sie einander an, überzeugt, daß ihr Schicksal entschieden, daß es mit ihnen aus sei. Angélique brachte kein Wort hervor. Niemals hatte sie sich so gedemütigt gefühlt, und wenn sie an die Folgen dachte, die diese Mystifizierung für sie und ihre Begleiter haben mußte, fand sie nicht einmal mehr den Mut, sich über ihre totale Blindheit lustig zu machen.

Sie dachte: „War es ein Zufall, der das Boot des falschen Jack Merwin in die Nähe von Colins Schiff geführt hat, oder bin ich auch da wieder in eine für mich vorbereitete Falle getappt?"

In dem Gefühl, besiegt zu sein, senkte sie den Kopf, und zwei bittere Fältchen zeigten sich an ihren Mundwinkeln.

Der Jesuit hatte sich den Engländern zugewandt.

„Fürchtet nichts", sagte er. „Hier seid Ihr unter meinem Schutz."

Er näherte sich dem Uferrand, legte die Hände trichterförmig um seinen Mund und stieß einen indianischen Ruf aus, den er mehrmals wiederholte.

Gleich darauf bevölkerte sich das Bild mit lärmenden Wilden, die teils vom jenseitigen Ufer her den Fluß überquerten, teils aus dem nahen Dickicht brachen, sich vor dem Pater auf die Knie warfen, seinen Segen erbaten und ihn mit tausend Freundschaftsbezeigungen überschütteten. Und natürlich erschien auch triumphierend der große Sagamore Piksarett.

„Du dachtest, du seist mir entkommen", sagte er zu Angélique. „Aber ich habe immer gewußt, wo du warst. Ich habe mich um dich gekümmert, und die Schwarze Kutte hat dich mir zurückgebracht. Du bist meine Gefangene."

Lachend fuhren Indianer dem mehr toten als lebendigen Elie Kempton durch das spärliche Haar. Der gezähmte Bär knurrte drohend. Die überraschten Wilden griffen hastig nach ihren Speeren und Bogen.

Mit einem Wort stellte der Jesuit die Ruhe wieder her. Sie betrachteten ihn mit Verehrung, als er seine Hand auf den Kopf des Tiers legte, doch erstaunt waren sie nicht.

302

Einer Schwarzen Kutte war eben alles möglich.

„Das Fort Pentagouët, das der Baron de Saint-Castine befehligt, ist nicht weit", sagte Pater Maraicher zu Angélique. „Wollt Ihr die Güte haben, mir zu folgen, Madame. Wir werden uns dorthin begeben."

Während sie sich auf den Weg durchs Unterholz machten, ließ sich plötzlich Adhémars Stimme vernehmen.

„Klar, ich hätt's mir doch gleich denken können!" rief er erfreut. „Ihr müßt ein Bruder von Jack Merwin sein, Pater. Ihr seht ihm verteufelt ähnlich. Wo ist der Bursche denn hingeraten? Es wär' nämlich an der Zeit, das Segel zu setzen und sich schleunigst aus dem Staub zu machen. Es gibt mir hier zu viele Wilde in der Gegend."

Neunundvierzigstes Kapitel

„Seht nur, seht", sagte der Baron de Saint-Castine, indem er mit bombastischer Geste auf die mit Reihen englischer Skalpe geschmückte Wand wies. „Seht, Pater, bin ich nicht ein guter Offizier im Dienste Gottes und Seiner Majestät? Ich habe mit meinen Etscheminen und Mic-Macs mehr Kriegszüge gegen die ketzerischen Engländer hinter mich gebracht, als ich zur Erlangung der ewigen Seligkeit brauche. Ist es da gerecht, mir die angebliche Lauheit meiner religiösen Gefühle vorzuwerfen, mir, der ich die Bekehrung des großen Häuptlings Mateconando und seiner Kinder bewirkte, ja sogar Pate von allen bin, da bei ihrer Taufe an dieser stiefmütterlich behandelten Küste sonst niemand zur Hand war, der diese christliche Rolle hätte übernehmen können. Und da schreibt mir Pater d'Orgeval, Euer Superior, und tadelt mit unangebrachter Schärfe, was er mein Kneifen, ja sogar meinen Verrat an dem neuen Heiligen Kriege nennt, in den er die Abenakis verwickelt hat. Zunächst muß ich Euch sagen, daß mir dieses Unternehmen zu frühzeitig und unerwartet ausgelöst zu sein scheint. Die Indianer sind noch mit ihren Handelsangelegenheiten und ihrer Aussaat beschäftigt, beides für sie lebenswichtige Dinge."

„Ein Kreuzzug kann plötzlich dringend werden", antwortete Pater Maraicher, „wenn er mit Hilfe aller tapferen Herzen unternommen wird. Vielleicht ist es gerade Euer ... Kneifen, das zu einer Verlängerung führen und den Indianern nicht die Zeit lassen wird, rechtzeitig ihre Tauschgeschäfte zu erledigen und ihre Aussaat zu betreiben."

„Jedenfalls werden meine davon verschont bleiben", erklärte Saint-Castine düster.

„Ihr seid also nicht der Meinung, daß es ihre Pflicht wäre, für den Gott zu kämpfen, in dessen Namen sie getauft wurden?"

Es war am Tage nach ihrer Ankunft in Pentagouët.

Zu dritt saßen sie im Saal des Forts. Die Mittagsmahlzeit, die sie vereint hatte, ging ihrem Ende entgegen.

Angélique hatte an einem Ende des derben Holztischs Platz genommen. Pater Maraicher de Vernon nahm eine der Längsseiten ein. Saint-Castine marschierte vor ihnen auf und ab; seine Erregung versetzte die Federn seines indianischen Kopfschmucks in stürmische Bewegung.

Seit dem Morgengrauen umschloß sie dichter Nebel in einer grau und undurchsichtig gewordenen Welt, die die schrillen Schreie unsichtbarer Möwen wie Rufe irrender Seelen durchdrangen.

Das französische Fort war recht bescheiden.

Saint-Castine hatte Angélique eine kleine Kammer zur Verfügung gestellt, die offensichtlich seine eigene war, aber sie hatte es vorgezogen, wenigstens einen Teil der Nacht in dem Schuppen zu verbringen, in dem die Engländer untergebracht waren.

Sie hatte versucht, die Niedergeschlagenen aufzumuntern, so gut es gehen wollte.

Da sie wieder in die Hände der Franzosen gefallen waren, fürchteten sie nun, nach Québec gebracht und an die schrecklichen Papisten Kanadas verkauft zu werden, falls der Baron de Saint-Castine nicht etwa mit Boston über ihren Freikauf verhandelte. Reverend Partridge konnte fest damit rechnen, daß seine Amtsbrüder im Verein mit befreundeten Notabeln ihn nicht im Stich lassen und schlimmstenfalls eine Steuer

304

erheben würden, um die erforderliche Summe zusammenzubekommen, aber Miß Pidgeon, die keinerlei familiären Rückhalt besaß, mußte darauf gefaßt sein, den Rest ihres Lebens in Gefangenschaft zu verbringen. Das Unerfreulichste war, daß sie dabei auch noch ständigen Aufforderungen, ihrem Glauben abzuschwören und sich katholisch taufen zu lassen, ausgesetzt sein würde.

Ihre Müdigkeit veranlaßte die Engländer schließlich, sich niederzulegen, nachdem sie ein wenig Mais und Fisch gegessen hatten. Angélique grübelte noch lange, wie sie wohl ihrem Gatten eine Botschaft zukommen lassen könnte.

Alles ging in ihrem Kopf durcheinander. Durch welchen unglücklichen Zufall war es dazu gekommen, daß Colin ausgerechnet das Boot aufgebracht hatte, in dem der verkleidete Jesuit nach Beendigung seiner Spionagemission nach Akadien zurückkehrte? Und wußte Colin, *wer* der Tabak kauende englische Schiffer war, der so zielsicher ins Meer zu spucken verstand? ... Hatte er ihr deshalb zugemurmelt: „Nimm dich in acht. Sie haben Böses gegen dich vor."

Der Schatten Piksaretts schien allgegenwärtig über ihren Irrfahrten zu schweben. Er war am Kap Maquoit gewesen, am Vorabend des Tages, an dem Goldbarts Schiff dort geankert hatte. Sie hatte ihn auf der Mackworthinsel zu sehen geglaubt, und nun hatte er sie auch an den Ufern des Penobscot erwartet.

Sie entschloß sich, Saint-Castine um eine Unterredung zu bitten, aber er kam ihr zuvor, denn schon tags darauf lud er sie ein, die Mittagsmahlzeit mit dem Jesuiten und ihm zu teilen.

Pater Maraicher war seit seiner Ankunft sehr beschäftigt gewesen. Durch Trommelsignale benachrichtigt, strömten aus allen Richtungen Indianer herbei, um ihm zu begegnen. Offenbar hielten sie es für einträglicher, von der Schwarzen Kutte getauft zu werden als von den bescheidenen, braven Rekollektenmönchen.

Das Hochamt wurde zelebriert, und die Gesänge drangen bis zu den Ohren der Gefangenen.

Der Baron de Saint-Castine zwinkerte Angélique aufmunternd zu. „Fürchtet nichts. Es wird sich schon alles arrangieren", schien er ihr mit seinem Blinzeln sagen zu wollen. Nichtsdestoweniger hielt er seine Redseligkeit in Gegenwart des Jesuiten im Zaum. Der Pater hatte das Tischgebet gesprochen und sodann mit gesenkten Augen bescheiden und ohne Hast gegessen. Erst danach war die Debatte in Schwung gekommen.

„Vergeßt nicht, Pater", erklärte Saint-Castine eben, „daß wir in diesem Jahr Frieden hatten. Als Ihr vor Eurem Aufbruch nach Neuengland hier mit den Patres d'Orgeval und Jean Rousse zusammentrafft, ist fest vereinbart worden, daß nichts gegen die Ketzer unternommen werden sollte, solange Ihr nicht zurückgekehrt wärt, denn Ihr solltet ja erst die Vorwände zum Bruch der bestehenden Verträge bringen. Nun hat aber Pater d'Orgeval schon mehr als zehn Tage vor Eurem Kommen das Kriegsbeil ausgegraben, wie man bei uns Indianern sagt."

„Zweifellos hat er einen besseren Anlaß dafür gefunden als den, den ich ihm hätte liefern können", erwiderte der Pater ungerührt. „Gott leitet ihn, und ich habe selten gesehen, daß er sich in ein Unternehmen einließ, ohne zuvor sorgfältig alle Konsequenzen zu prüfen."

„Ich glaube, Euch den Anlaß nennen zu können, der ihn dazu bewog, den Krieg vom Zaun zu brechen, ohne auf Euch zu warten", warf Angélique ein.

Pater Maraicher de Vernon, der sich während des Gesprächs nur an Saint-Castine gewandt oder die Augen nachdenklich auf die Reste seiner frugalen Mahlzeit gesenkt hatte, wandte ihr langsam den düsteren, rätselhaften Blick Jack Merwins zu.

„Ja", bekräftigte Angélique, „ich bin überzeugt, daß Pater d'Orgeval eine günstige Gelegenheit sah, mich von den Kanadiern gefangennehmen zu lassen, als ich mich allein nach Brunswick Falls begab. Er hat sofort den Krieg entfesselt, denn er wußte, daß ich mich schon wenige Tage später in Gouldsboro in Sicherheit befinden und daß eine solche Möglichkeit nicht so bald wiederkehren würde."

Zu ihrem Erstaunen nickte der Jesuit zustimmend.

„Es könnte sich in der Tat so abgespielt haben. Was wolltet Ihr eigentlich in diesem englischen Dorf, Madame?"

Angélique warf ihm einen herausfordernden Blick zu.

306

„Eine kleine Gefangene, die wir den Abenakis abgekauft hatten, zu ihrer Familie zurückbringen."

„Also findet Ihr, eine französische Frau und Katholikin, es richtig und angemessen, ein unschuldiges Kind in sein vom Aberglauben der Ketzerei verdunkeltes Nest zurückzusetzen, obwohl das Schicksal – die Vorsehung, sollte ich sagen – vielleicht beschlossen hatte, ihm seine Chance zu geben, das wahre Licht Christi in Kanada zu entdecken?"

Angélique war es noch nicht gewohnt, Jack Merwin eine solche Sprache führen zu hören. Scherzhaft und mit einem schwachen Lächeln antwortete sie:

„Sein Nest, ja!... Kinder sind wie die Vögel. So dunkel ihr Nest auch sein mag – sie fühlen sich nur dort wohl."

„Ihr habt Euch also den Absichten widersetzt, die Gott mit ihm haben mochte", unterbrach er sie streng. „Und ... wie kommt es, daß Ihr nach diesem ... diesem Hinterhalt nicht nach Québec gebracht worden seid?"

„Ich habe mich gewehrt!" rief sie wild. „Ich habe mein Leben und meine Freiheit verteidigt!"

Und in Erinnerung an seinen verächtlichen Blick im Mondlicht des Strandes der Langen Insel beharrte sie: „Meine Freiheit!"

„Ihr habt auf die Soldaten Christi geschossen?" fragte er.

„Ich habe nur auf Wilde geschossen, die mich skalpieren wollten."

„Aber ..."

„Und ich habe das Glück gehabt, mich mit dem Sagamore Piksarett, Eurem Obertäufling, verständigen zu können."

Der Jesuit runzelte die Stirn. Zweifellos war es das, was ihm an dieser ganzen Geschichte am unwahrscheinlichsten vorkam.

„Und warum möchte sich Eurer Meinung nach Pater d'Orgeval Eurer Person versichern und Euch nach Kanada bringen lassen, Madame?"

„Ihr wißt es ebensogut wie ich."

„Ich bitte um Vergebung, Madame. Ich habe diese Gegenden vor mehreren Monaten verlassen, in deren Verlauf ich nur unter größten Schwierigkeiten mit meinem Superior hätte korrespondieren können. Wären die Engländer, unter denen ich mich befand, sich meiner Rolle als Spion für Christus und den König von Frankreich bewußt geworden, hätten sie mir zweifellos übel mitgespielt. Und bei meinem Aufbruch wart Ihr kaum in Gouldsboro gelandet."

„Aber in Euren Augen waren wir schon Störenfriede, wenn nicht gar Feinde, die sich auf eine Weise in Gouldsboro einrichteten, wie es wenigen Kolonisten möglich ist. Was für ein prächtiger Trick, meinen Gatten in Verruf zu bringen und dem fanatischen Abscheu der Völker Neufrankreichs auszuliefern, indem man seine Frau als Inkarnation der Dämonin bezeichnet!" sagte Angélique bitter. „Ich bin sicher, daß Ihr davon wißt ... Beschrieb Eure von Visionen heimgesuchte Nonne nicht eine Küstenniederlassung, die weiß Gott welche hätte sein können, in der böswillige Geister aber ausgerechnet Gouldsboro sehen wollten? ... Kündigte sie nicht durch das Symbol des Einhorns, des mythischen Tiers, auf dem die Dämonin bei ihrer Erscheinung ritt, die von uns mitgebrachten Pferde an? ... Und als ich mich während unseres Marschs ins Hinterland beritten zeigte, drängte sich die Identifizierung gleichsam von selbst auf, und alle Kanadier sanken in die Knie – vor Schreck. Dabei sind es nur Spiele des Zufalls."

„Gewiß", sagte der Jesuitenpater nachdenklich, „wenn teuflische Dinge in Bewegung geraten, ist oft zu bemerken, daß der Zufall denen seine Hilfe zu gewähren scheint, durch die das Böse geschieht. Es geht sehr schnell ..."

„Aber wer will das Böse in dieser Sache?" rief Angélique. „Und warum muß gerade ich Eure Dämonin sein? Schließlich gibt es noch andere Frauen in Akadien, denen Ihr diese zweifelhafte Rolle hättet übertragen können. Saint-Castine, habt Ihr mir nicht von dieser Person irgendwo an der Französischen Bucht erzählt, die ein ausschweifendes Leben führt und von aller Welt die schöne Marcelline genannt wird?"

Der Baron brach in Gelächter aus.

„Oh! Nicht die! Nein, das wäre zu komisch. Sie taugt bestenfalls dazu, mit allen im Hafen ankernden Kapitänen Kinder zu machen und schneller als jede andere Frau in der Bucht Muscheln zu öffnen. Man sagt, sie bringe es fertig, ihr Messer an den Spalt zu legen und die Hälften voneinander zu trennen, bevor noch die zuvor geleerte und fortgeworfene Muschel den Boden berührt habe ... Eine fingerfertige Taschenspielerin, das ja!"

„Warum sollte sich in solcher Geschicklichkeit nicht auch etwas Magisches verbergen?" fragte Angélique lachend. „Antwortet, Pater!"

Doch der Jesuit blieb eisig und ließ sich bei einem so ernsten Thema nicht auf die Pfade der Leichtfertigkeit locken. Er schien ihre Frage zu überdenken, dann schüttelte er den Kopf.

„Marcelline Raymondeau? . . . Nein, sie ist nicht intelligent genug."

„Muß eine Dämonin denn intelligent sein?"

„Natürlich. Überlegt nur. Wem anders ist die größte Intelligenz nach der Gottes eigen als Luzifer, dem Herrn der Dämonen? Es ist eine anerkannte, da oftmals beobachtete Tatsache, daß die sukkubischen, das heißt weiblichen Dämonen, die sich in einem Frauenkörper inkarnieren, während ihres Aufenthalts auf dieser Erde die größten Schwierigkeiten haben, ihre brillante Intelligenz zu verschleiern. Man verdankt ihre Demaskierung zuweilen gerade dieser vorherrschenden Eigenschaft, die sich bei sterblichen Frauen ja nur selten findet. Vergessen wir nicht, daß die wichtigsten unter den höllischen Geistern, Behemoth, das Großtier, Mammon, die Habsucht, und Abadon, der Vernichter, sukkubische Geister sind."

„Ich hab's!" rief Saint-Castine triumphierend. „Zweifellos handelt sich's um die Demoiselle Radegonde de Ferjac, die Gouvernante der Kinder Monsieur de La Roche-Posays in Port-Royal. Sie ist bösartig wie ein Wiesel, ebenso geizig wie Euer Mammon und häßlich wie die sieben Todsünden."

Doch wiederum schüttelte der Jesuit den Kopf.

„Ihr irrt, mein Lieber. Eure Vermutung wird allein schon dadurch hinfällig, daß die genannte Person von der Natur höchst benachteiligt ist. Und es ist eine unbestrittene Tatsache, daß sich die Weiblichkeit eines sukkubischen Geistes niemals im Körper eines häßlichen Frauenzimmers manifestiert."

„Und was ist mit den Hexen?"

„Hexen sind nur menschliche Wesen, die mit dem Dämon Umgang pflegen, während der höllische Geist, der in den Körper einer Frau eingeht oder sich bei der Geburt in ihm inkarniert, wirklich ein Dämon ist, einer der gefallenen Engel, die Luzifer in den ersten Stunden der Welt bei seinem Sturz in die Hölle folgten."

„Aber Ihr könnt doch nicht so von mir denken!" rief Angélique empört. „Ich habe nichts getan, nichts begangen, das mir einen so furchtbaren Ruf einbringen könnte."

„Dennoch ist die Prophezeiung formell. Eine sehr schöne, verführerische Frau..."

„Bin ich denn so schön?"

Ihre Verwirrung nahm der Frage auch die letzte Spur herausfordernder Koketterie. Strahlend warf Saint-Castine ihr einen bewundernden Blick zu.

„Ja, Madame, Ihr seid es. Aber ich käme nie auf die Idee, Euch deswegen anzuklagen."

„Und verführerisch?" beharrte Angélique, sich an den Jesuiten wendend. „Habt Ihr etwas davon bemerkt, Pater, Ihr, in dessen Gesellschaft ich die letzten drei Tage verbracht habe?"

Er richtete seinen zuweilen düsteren, zuweilen funkelnden und dann wieder ausdruckslosen Quecksilberblick auf sie, aus dem sich nichts herauslesen ließ, und rieb sich nachdenklich das Kinn.

„Verführerisch?... Ich weiß nicht... Aber sicherlich verführend. Die Johannisnacht auf Monegan..."

Angélique unterbrach ihn, besorgt, daß die in ihre Wangen steigende Röte auch noch auf die Stirn übergreifen könnte.

„Nun schön, ja! Die Johannisnacht... Sprechen wir ruhig darüber... Was kann man mir vorwerfen? Ich habe gelacht, ich habe getrunken, ich habe getanzt – sei es! Aber da Ihr dabei wart, könnt Ihr auch bezeugen, daß ich nichts Ehrloses getan habe. Sollte sich die katholische Kirche ebenso streng in der Verurteilung harmloser Vergnügungen zeigen wie die reformierte?... Ich gebe zu, wenn ich eine Ahnung gehabt hätte, wer Ihr wirklich seid..."

Nun war er es, der sie lebhaft unterbrach:

„Solltet Ihr wahrhaftig nichts geahnt haben, Madame? Ich fürchtete zuweilen Euren scharfen Blick."

„Nein! O nein!... Macht Euch keine Illusionen. Allenfalls dachte ich, daß Ihr ein ehemaliger Piratenkapitän sein könntet, ein Freibeuter oder dergleichen. Ihr seht also, daß ich keineswegs hellseherische Gaben habe, trotz der Zauberkräfte, die man mir zuschreibt. Wenn ich, wie

310

gesagt, gewußt hätte, daß Ihr ein Jesuit seid, hätte ich mich sicherlich weniger … übermütig, hätte ich mich zurückhaltender benommen. Aber dies zugestanden, bedauere ich nichts …"

Für einen Moment träumte sie sich in die zaubervolle Nacht zurück. Dann fuhr sie fort:

„Wie soll ich Euch die Freude erklären, die ich nach den zuvor bestandenen Gefahren in dieser schönen Juninacht empfand? Hatte mich nicht am gleichen Tag der Tod schon gestreift? Ihr wißt es besser als jeder andere, Ihr, die Ihr mich aus dem Wasser gezogen habt …"

Sie verstummte, als sich ihr unversehens die Tatsache aufdrängte, daß sie wirklich der mit der Hand am Kruzifix vor ihr sitzende Geistliche an den Haaren auf den Strand gezogen, wieder zum Leben zurückgebracht und schließlich in seinen Armen zum Feuer getragen hatte.

Angélique war in ihrem ganzen Leben noch nie so verwirrt und verlegen gewesen, und sie suchte noch nach Worten, die ihr aus dieser Verfassung heraushelfen sollten, als sie an einem Zittern der Lippen des Paters Maraicher de Vernon, an einem flüchtigen Glitzern der Augen, an einer fast unmerklichen Regung seiner marmornen Züge merkte, daß er nahe daran war, vor Lachen herauszuplatzen.

In Wahrheit lachte er schon seit dem Beginn des Gesprächs mit ihr. Er lachte innerlich, es amüsierte ihn, sie zu verwirren, in die Irre zu führen und alle möglichen Dummheiten sagen zu lassen.

„Und dazu macht Ihr Euch auch noch über mich lustig!" rief sie aus.

„Meiner Treu! …"

Und nun lachte er wirklich frei heraus. Dann fixierte er sie mit einem ironischen Blick, aber auch mit einer Spur von Wärme. Und zum erstenmal entdeckte sie den in diesen ernsten Augen versteckten menschlichen Funken. Sie glaubte etwas wie freundschaftliche Komplicität in ihnen zu lesen.

Durfte sie hoffen, daß er sie im Laufe dieser zwischen dem Bären und dem Negerjungen im Boot Jack Merwins verbrachten drei Tage klar erkannt hatte? Er glaubte nicht mehr, daß sie die Dämonin sei. Sein Blick verriet es ihr.

„Laßt mich fort, Merwin", murmelte sie drängend und neigte sich zu ihm.

Die Augen des Priesters entzogen sich ihr sofort. Seine langen Wimpern senkten sich, und über sein Gesicht breitete sich wieder ruhige Kühle.

„Aber . . . Ihr könnt fort, Madame. Wer hindert Euch daran? . . . Ihr seid nicht meine Gefangene, soviel ich weiß . . . Ihr seid nur die Gefangene Piksaretts."

Fünfzigstes Kapitel

Wie oft hatte Joffrey de Peyrac seit dem Vorabend die furchtbare Enthüllung in seinen Gedanken um und um gewendet?

Die Nacht war verstrichen, ohne daß er sich rührte. Er saß an seinem Tisch, die Stirn in die Hand gestützt, die Augen geschlossen.

Wie oft hatte er nicht im Laufe dieser Nacht den Widerhall der spöttischen, rauhen Stimme des schweizerischen Söldners gehört!

„Ihr Name? . . . Ich weiß nicht . . . Aber wartet, ich hab' ihn gehört . . . Während er sie liebte, nannte er sie Angélique . . . Angélique! . . ."

Und jedesmal durchzuckte ihn der gleiche, wahnwitzige Schmerz.

Und dann Yanns Worte, die ihn vorübergehend hatten klarsehen lassen. Wenn man in dieser schrecklichen Affäre, die über das Antlitz der Geliebten plötzlich eine häßliche Maske legte, überhaupt von Klarheit sprechen konnte.

„Sie küßten sich wie Liebende, die einander nach langer Zeit wiederfinden . . ."

War das die Lösung des Rätsels? Die Erklärung ihres Verrats? Ein Geliebter von einst? Ein Mann aus der Vergangenheit, aus jener Zeit, die sie zweifellos zurücksehnte, in der sie frei gewesen war, in der sie ein weniger rauhes Leben führte, in der die Launen ihres charmanten Körpers nach ihrem Belieben Befriedigung hatten finden können, ohne daß sie die Blitze eines eifersüchtigen Gatten fürchten mußte?

Er sah nun, wie die Dinge geschehen sein mußten . . . Der Unbekannte, der Mann von einst, war auf Angéliques Namen gestoßen, hatte erfahren, daß sie sich in der Gegend aufhielt, und ihr Nachricht nach Hussnock gegeben. Und sie hatte seine, Peyracs, Abwesenheit genutzt, war angeblich zu dem englischen Dorf aufgebrochen, in Wirklichkeit aber, um sich mit dem andern zu treffen. Dann hatte ein Komplice des Mannes ihm, dem Gatten, am Kennebec eine falsche Botschaft überbracht, um ihn desto sicherer – und länger – auszuschalten ...

Nein ... All das stimmte nicht zueinander. Es mußte also etwas anderes sein ... Und Angélique erschien ihm wie an jenem letzten Abend in Wapassou, als sie mit hochgewandtem Gesicht dem Chor der Wölfe gelauscht hatte und der letzte rosige Schimmer des Nordlichts auf sie herabgerieselt war. Der Glanz ihres träumerischen, unergründlichen, staunenden Blicks hatte in ihm eine Woge der Anbetung aufwallen lassen, denn er las in ihm die Gewißheit, daß sie eine einzigartige Frau war, die keiner anderen glich – einzigartig und nur ihm allein gehörend.

Was für ein anmaßender Naivling er doch gewesen war! Dreimal lächerlich! Warum hatte er nicht schon damals begriffen, daß sie nur ein frivoles Weibchen war, reich an Erfahrungen, prächtig ausgerüstet mit allen Hexenkünsten ihres Geschlechts, und daß sie sich über all das, was sie von ihresgleichen so unterschied, leichtfertig hinwegsetzte, wenn ihre Wünsche und Lüste sie dazu trieben, ebenso zu sein wie die andern? Ebenso, das hieß treulos, hinterhältig, ehrlos, ohne Erinnerung ... Für diese Geschöpfe gab es nichts Heiliges. Das Vergnügen des Augenblicks kam zuerst. Später war noch immer Zeit, die geschlagenen Wunden durch ein Lächeln, einen Blick zu heilen ... Es ist so leicht, einen verliebten Mann wieder zu erobern, so verlockend für diesen Mann zu glauben, was ein schöner Mund ihm versichert: daß sie ihn liebe, daß sie immer nur ihn geliebt habe! Aber ja, trotz allem, trotz des Verrats ...

Für Momente belebte ihn eine verrückte Hoffnung. All das war nur ein böser Traum. Gleich würde Angélique erscheinen und mit einem Wort alles erklären ... Und er würde sie wiederfinden, seine Freundin, seine Geliebte, ihm allein gegeben, zärtlich und leidenschaftlich wie in der Einsamkeit der winterlichen Wälder, in der Wärme des großen Bettes oder im Frühling, wenn sie zusammen durch die Wiesen mit den wilden Hyazinthen gegangen waren und sich frei gefühlt hatten, berauscht durch die Erneuerung dieser Erde, über die sie gleich triumphierenden Souveränen herrschten. Und er würde sie entzückt betrachten, würde sie umarmen und küssen, immer wieder, immer wieder, bis sie nicht anders mehr konnten, als, ihrer Einsamkeit sicher . . .

In Angéliques zu den Bäumen erhobenen Augen würde sich das junge Grün des Frühlings spiegeln. Und lachend würde sie sagen: „Ihr seid närrisch, mein liebster Herr . . .“

Dann gehörte sie ihm. Und durch ihn allein fände sie Wollust . . .

So würde er sie wiederfinden . . . Es konnte nicht anders sein. Doch in diesem Moment rannte sich sein Gedankengang an der unumstößlichen Wirklichkeit der Tatsachen fest:

„Während er sie liebte, nannte er sie Angélique! . . . Angélique!“

Ein Schlag, ein dumpfer Laut. Jedesmal durchfuhr ihn die Erinnerung, wie eine scharfe Klinge.

Er konnte seine Gedanken nicht daran hindern, immer wieder zum selben Punkt zurückzukehren, zu dem Tatbestand, daß sie nackt und hingegeben in Goldbarts Armen gesehen worden war.

Die Idee, am Bericht des Schweizers zu zweifeln, hatte ihn nicht einmal gestreift. Der Mann hatte absolut unbefangen gesprochen, da er nicht wußte, daß er an die private Sphäre seines Herrn rührte. Durch den Wein, den er auf leeren Magen getrunken hatte, war sein Verstand auch nicht für einen Moment getrübt worden; er hatte ihm allenfalls die Zunge gelockert. In nüchternem Zustand wäre ihm die peinliche Verlegenheit seiner Zuhörer aufgefallen, und da er von Natur aus zur Vorsicht neigte, hätte er sich vermutlich gehütet weiterzusprechen.

Nein, es gab keinen Grund, daran zu zweifeln. In dieser Nacht hatte sich Angélique fern von ihrem Gatten den Zärtlichkeiten eines unbekannten Mannes hingegeben. Sie, die Gräfin Peyrac, seine Frau, war von dem Flüchtenden in den Armen des Piraten Goldbart *gesehen* worden: Diese Tatsache war nicht zu leugnen . . .

Die andere, die Anbetungswürdige, entschwand Joffreys Blick. Es blieb nur die Fremde, die er früher einmal in ihr vermutet hatte, eine hochmütige, sinnliche Frau mit einer bewegten, freizügig gelebten Vergangenheit, eine verteufelte Komödiantin, um so unwiderstehlicher in ihrer Wirkung, als sie sich ihrer Listen oft genug nicht bewußt war und sie natürlich und notwendig fand.

Das Leben hatte sie gezeichnet, und sie hatte gelernt, es mit kühler Herzlosigkeit zu meistern. Nur die Befriedigungen des Augenblicks zählten noch für sie. Wurzelte die auch von ihm beobachtete bezwingende Ausstrahlung dieser Frau auf alle Männer nicht gerade in ihrem spontanen Einverständnis mit ihnen? Sie kannte die Männer zu gut, sie war ihnen zu nah ... Ob Bauerntölpel oder adlige Herren, ihr genügten ein Lächeln, ein Wort, um sie für dumm zu verkaufen und einzuwickeln. Ihr Einfühlungsvermögen rührte zweifellos daher, daß sie zu lange und zu jung schon ein Opfer der Männer gewesen war. Nun war es zu spät, das Unheil war geschehen, die furchtbare Realität war da ... Sie war jetzt stärker als alle Männer, hatte nichts mehr von ihnen zu fürchten, nahm sich die, nach denen sie verlangte ... Alle Männer gleich welcher Art gefielen ihr, das war das Geheimnis ihres Zaubers und ihrer unfehlbaren Macht über sie. Ausgenommen vielleicht die von sich selbst und ihrer männlichen Überlegenheit eingenommenen Dummköpfe wie dieser Pont-Briand. Diesen Mann zurückgewiesen zu haben, konnte man ihr nicht als Verdienst anrechnen. Sie mochte ihn eben nicht. Aber Loménie-Chambord? Das herzliche Verhältnis, das sich zwischen ihnen angebahnt hatte, war ihm, Peyrac, keineswegs entgangen, und er begann sich zu fragen, ob der tugendsame Edelmann ihn nicht unter seinem eigenen Dach betrogen hatte! War sie nicht imstande, selbst einen Heiligen in die Hölle zu locken?

Angélique! Angélique!

Der rote Schleier der Rache senkte sich vor den Augen Peyracs herab.

Es verlangte ihn danach, aufzubrechen, im Labyrinth der Inseln Goldbarts Schiff zu suchen ... es nachts zu entern, beide zu überraschen ... zu töten ...

Mit übermenschlicher Anstrengung bekam er sich wieder in die Gewalt.

Der Tag graute über Gouldsboro. Nebel verwandelte die Landschaft in feuchtkalte, von den trübseligen Rufen der Warnmuscheln in der Bucht durchzogene Ungewißheit.

Peyrac ahnte nicht, daß etwa zur gleichen Zeit Angélique nur wenige Meilen entfernt im Fort Pentagouët erwachte, daß sie einige Stunden später, von Pater Maraicher, Saint-Castine und Piksarett zum Landeplatz geleitet, mit ihren Schützlingen freudig und ungeduldig, ihn wiederzusehen, im Boot des Jesuiten zur letzten Etappe aufbrechen und abends in Gouldsboro landen würde.

Erschöpft betrachtete er im Grunde seines Herzens ein zerstörtes Bild, zu müde, um noch Entschuldigungen für eine Realität zu suchen, mit der er sich in ihrer ganzen Bitternis abfinden mußte, und darum endlich bereit, sie so zu sehen, wie sie war, wie sie, so meinte er, niemals aufgehört hatte zu sein: gemein, verächtlich und trügerisch ... wie alle die anderen ... Eine Frau wie die anderen!

Der Tag war da und mit ihm die erdrückende Last vielfältiger Aufgaben, von deren Bewältigung menschliche Leben abhingen.

Graf Peyrac begab sich zum Hafen hinunter – allein in dieser wattigen weißen Welt, durch die er von nun an allein würde gehen müssen mit dieser seltsamen Trauer, dieser unerwarteten Wunde, deren ganzen Schmerz er noch nicht zu ermessen vermochte: Angélique.

Während er dem Strand zuschritt, erfüllte ihn sein Verlangen nach Kampf mit wachsender Ungeduld. Diese Kraft würde ihn in den kommenden Tagen aufrecht halten, und er sagte sich, daß nichts Besseres hätte eintreten können als dieser Nebel, denn der Zustand keiner seiner Schiffe hätte es erlaubt, heute mit ihm in See zu gehen und die Jagd nach dem Piraten aufzunehmen. Der Nebel bewahrte Peyrac vor nachteiliger Übereilung und ließ ihm Zeit, seine Schiffsbatterien instand zu setzen.

Morgen, spätestens übermorgen könnte dann die mörderische Jagd beginnen, und nichts würde ihn aufhalten, bevor er nicht Goldbart gefunden und mit eigener Hand getötet hatte ...

Die notwendige Ausrüstung der *Gouldsboro*, der Schebecke und zweier weiterer Logger, die am Kai lagen, wurde alsbald in die Wege geleitet.

Er war so ausschließlich mit seinen Rachegedanken beschäftigt, daß er auf die von Indianern überbrachte Nachricht, zwei englische Schiffe befänden sich vor der Shoodicspitze in Seenot, zunächst gleichgültig und schließlich zunehmend gereizt reagierte. Mochten sie doch zum Teufel gehen, Engländer, Franzosen oder was sie auch waren!

Doch dann besann er sich.

Niemand sollte von ihm sagen können, daß eine Frau ihn seine Pflichten und Aufgaben vergessen ließe und ihn in solchem Maße zerrüttete, daß er menschlichen Leben gegenüber, die nur er zu retten vermochte, teilnahmslos bliebe.

Gouldsboro, das er geschaffen hatte, war der Leuchtturm der Französischen Bucht. Jeder erwartete von ihm Hilfe, Leben, Rat. Wie gleichgültig ihm das alles plötzlich geworden war! Aber er durfte nicht wanken, keinen Augenblick. Die kleinste Schwäche könnte den Zusammenbruch des Ganzen nach sich ziehen, und was erwarteten die von ihm, die wußten? Sollte er bis zu diesem Tag gelebt und so viele Klippen, so viele Gefahren überwunden haben, nur um in wenigen Stunden einer verfluchten Liebe wegen alles zu verdammen und zu vernichten?

Seine starke innere Disziplin, verbunden mit seinem angeborenen Sinn für Verantwortlichkeiten, die ihn schon immer vor anderen ausgezeichnet und zur Führerpersönlichkeit prädestiniert hatte, wirkte sich in ihm aus und half ihm, sich seinen Verpflichtungen zu stellen.

Sich seinen Verpflichtungen stellen! . . .

Augenblicks begab er sich an Bord seines Schiffs, rief die Mannschaft zusammen, lief mit Kurs auf die Shoodicspitze aus und hatte das Glück, die kleine Flotte, die vom Staat Massachusetts in die Französische Bucht entsandt worden war, um Rache für die von den Franzosen angestifteten Abenaki-Massaker zu nehmen, aus ihrer gefährdeten Situation herauszuführen. Eins der Schiffe befehligte der Bostoner Phips, das andere der englische Admiral Sir Barthelemy Sherrilgham.

Im sicheren Hafen von Gouldsboro angelangt, war der englische Admiral gern bereit, die großzügige Gastfreundschaft des Grafen Peyrac anzunehmen. Sehr elegant, mit gepuderter Perücke, den Degen an der Seite, ließ er keinen Zweifel daran, daß ihm diese Expedition gegen einen Gegner, der sich unsichtbar zu machen verstand, indem er bei Gefahr einfach in eine der zahllosen Buchten oder Flußmündungen verschwand, alles andere als Vergnügen bereitete. Aber schließlich mußte man diesen verdammten Franzosen eine Lektion erteilen und womöglich bei der Regierung in Québec erreichen, daß sie die Horden ihr ergebener Wilder im Zaum hielt. Nun hatte man durch Spitzel erfahren,

317

daß sich Monsieur de Ville d'Avray, der Gouverneur Akadiens, auf einer Rundreise im Gebiet des Saint-Jean-Flusses befand, wo er seinen besten Freund, den Chevalier de Grand-Bois, besuchte. Wenn man ihn dort in die Enge trieb und gefangennahm, wäre das eine ausgezeichnete Sache für die englische Regierung.

Peyrac gelang es ohne allzuviel Mühe, ihn davon zu überzeugen, daß dieses Unternehmen nur zur Auslösung eines Krieges zwischen Franzosen und Engländern führen konnte, da Québec jeder Vorwand recht sein würde, den Konflikt auszudehnen, und daß er besser daran täte, sich seiner Jagd auf die Piraten anzuschließen, die die Französische Bucht verpesteten und die englischen wie auch die portugiesischen und französischen Kabeljaufischer daran hinderten, ihre alljährlichen Fangzüge durchzuführen.

Hingegen weigerte sich der Bostoner Kapitän, zu dessen näherer Verwandtschaft eine stattliche Anzahl von den Kanadiern und ihren Abenakis skalpierter Personen zählte, seine Beute fahrenzulassen, und brach wieder auf, sobald der Nebel sich hob. Doch da er allein und nicht mehr in Gemeinschaft mit dem englischen Admiral handelte, würde die politische Tragweite seiner Aktion erheblich weniger gewichtig und die Schlacht am Saint-Jean-Fluß weniger blutig sein.

Nachdem sich Peyrac die verschiedenen Möglichkeiten, den Vorgang noch weiter zu entschärfen, durch den Kopf hatte gehen lassen, ließ er die örtlichen Etscheminenhäuptlinge zu sich rufen und vereinbarte mit ihnen, Botschaften an die Maleziten und Surikesen im Osten zu schikken. Wenn sich die Notwendigkeit dazu ergab, sollten sie den Franzosen, denen sie durch Freundschafts- und Familienbande verbunden waren, beistehen, aber nach Möglichkeit so, daß keine Engländer dabei ums Leben kämen. Welchen Vorteil hätten die ohnehin durch die grausame Hungersnot des Winters dezimierten Stämme schon zu erwarten, wenn das Kriegsbeil in der Französischen Bucht ausgegraben würde? Und wer würde sie dann vor den Einfällen irokesischer Horden schützen, die man immer fürchten mußte, wenn der Sommer kam?

Anfangs mußte sich Peyrac zu jeder dieser Aktionen um den Preis übermenschlicher Anstrengung zwingen. Erst allmählich glitt er in einen Zustand halber Betäubung, und die Durchführung dieser sich selbst auferlegten, unbedingt notwendigen Aufgaben wirkte zumindest vorübergehend wie Balsam auf einer brennenden Wunde. Eine Art von Vergessen.

Doch so überstürzt und ausgefüllt dieser Tag auch verlief, schien er ihm doch länger, tödlicher und grausamer als jeder andere seines Daseins.

Zwischendurch trieb er die Vorbereitung der Schiffe für die Expedition des folgenden Tages gegen Goldbart voran.

Er konnte nicht nachgeben.

Auch seine Rache mußte er kaltblütig durchführen, ohne das Interesse aller aus den Augen zu verlieren. Er hatte nicht das Recht dazu.

Und dennoch, was kümmerten ihn die andern, was kümmerte ihn sein Werk, was kümmerte ihn das Leben ... *ohne sie!*

Gegen Abend rief er erneut dieselben Persönlichkeiten wie am Vorabend zusammen, um die Ratssitzung wiederaufzunehmen, die durch die Ankunft des Schweizers Curt Ritz so dramatisch unterbrochen worden war. Auch der Admiral wurde dazu gebeten.

Abgesehen von diesem letzteren, der die verwirrende Peinlichkeit der Situation nicht kannte, betraten alle mit niedergeschlagenen Augen und zögernden Schritten den Saal.

Peyrac erwartete sie hinter dem reichverzierten Holztisch, auf dem sich sein Schreibzeug, seine Federn, eine Sandbüchse, seine Meßinstrumente und, wie tags zuvor, ausgebreitete Karten befanden.

Er bat sie freundlich, näher zu treten und Platz zu nehmen.

Beim Klang seiner ruhigen Stimme, deren wie gesprungener, rauher Ton ihnen seit langem vertraut war, hoben sie die Augen und – erzitterten, obgleich seine Züge ihren gewohnten Ausdruck trugen.

Er war in ein prachtvolles Kostüm aus elfenbeinfarbener, durch Perlenstickerei in rautenförmig angeordneten Fältchen gehaltener Seide gekleidet, über die bei jeder Bewegung, ausgehend von den aufsprin-

319

genden Schlitzen der Fältchen, scharlachflammende Reflexe spielten –
ein Kleidungsstück, das ebenso wie die engen Stiefel aus rotem Leder
und die Stulpenhandschuhe von der *Gouldsboro* aus London mitgebracht worden war. Peyrac schätzte die englische Mode, deren Anhänglichkeit an Wams, Kniehosen und schmale Stiefel ihm für sein aben-
teuerliches Leben angemessener schien als die langen Röcke, Westen
und Stiefel mit allzu breiten Umschlägen nach französischer Art. Die
mit Perlen verzierten Spitzen seines Halstuchs und seiner Manschetten
waren dagegen nach Pariser Geschmack.

Das sein narbiges Gesicht umrahmende üppige schwarze Haar verlieh
ihm das Aussehen eines Piraten, das auf beunruhigende Weise mit dem
Raffinement und der Eleganz seiner sonstigen Erscheinung kontrastier-
te, und die lichteren grauen Strähnen an seinen Schläfen unterstrichen
mit unerwarteter Sanftheit seinen von Sonne und Wind dunkel gebeiz-
ten Abenteurerteint. Verbarg sich unter dieser Bräune Blässe, hinter
der gleichmütigen Miene ein Gefühl, im Glanz des durchdringenden
Blicks, der sich ohne abzuschweifen auf sie richtete, ein Leid? Niemand
hätte es zu sagen vermocht, und es waren sie, die seinem Blick aus-
wichen und tausend Tode zu erleiden schienen.

„Eine Lektion!" sollte der Flibustier Gilles Vanereick später häufig
wiederholen. „Eine Lektion hat dieser Peyrac uns an jenem Abend erteilt! Uns Männern, die von Art und Geburt her dazu bestimmt sind,
eines Tages Hörner zu tragen. Ich sag's Euch: Niemals sah man einen
Hahnrei vor aller Welt soviel Haltung beweisen!"

„Messieurs", begann Peyrac, „Ihr wißt, daß mir ein Kriegszug bevor-
steht, und ich weiß nicht, welches Schicksal der Himmel meinen Waffen
vorbehält. Auch drohen von allen Richtungen des Horizonts Gewitter.
So möchte ich Euch wenigstens in genauer Kenntnis einer Situation zurücklassen, bei deren Bewältigung Euch Euer Mut, Euer Verstand und
Eure Geschicklichkeit unterstützen werden. Und ich füge hinzu: Euer
Friedenswillen. Wir haben keine Feinde. Das kann unsere Stärke ausmachen.

Ich wende mich besonders an Euch, meine Herren Rochelleser, denn
Euch übergebe ich jetzt das Geschick dieser Niederlassung und die Sorge
um ihre Verteidigung zu Lande. Monsieur d'Urville wird mich ebenso

320

wie Monsieur Vanereick und unser englischer Verbündeter Sir Barthelemy Sherrilgham auf die Verfolgung jenes Piraten begleiten, der uns allen schon viel Verdruß bereitet hat. Wir müssen seinem Treiben diesmal ein Ende setzen. Und deshalb wollen wir gemeinsam unsere Pläne zur Verteidigung, Verfolgung und Attacke beraten. Vor allem müssen wir die Zählung und Verteilung der Munition vornehmen, die uns zur Verfügung steht."

Die Pläne und Berechnungen nahmen sie so in Anspruch, daß sie die Nacht nicht hereinbrechen sahen. Ein Spanier trat ein, um die Kerzen in den Handleuchtern und dem von der Decke hängenden schmiedeeisernen Kronleuchter anzuzünden.

Nach und nach vergaßen sie, vollauf mit ihren Angelegenheiten beschäftigt, den Zwischenfall des vorhergehenden Abends. Und so glaubten sie, die Wiederholung eines bösen Traums zu erleben, als derselbe Posten, der schon Curt Ritz angekündigt hatte, wiederum den Kopf durch den Türspalt schob und Peyrac zurief:

„Monseigneur! Da ist jemand für Euch!"

Aber diesmal war es nicht der aus der Haft des Piraten entkommene Ritz.

Diesmal war sie's.

Sich umwendend, erblickten sie vor dem dunklen Hintergrund der Nacht ihre betörende Erscheinung . . .

Einundfünfzigstes Kapitel

Sie betrachtete sie mit ihrem strahlenden Lächeln. Und sehr schnell suchten ihre Augen drüben am anderen Ende des Raums die hohe Gestalt des Grafen Peyrac. Joffrey! . . . In einem Kostüm, das sie nicht an ihm kannte. Er war da . . .

Schweigend und wie versteinert sahen sie ihr entgegen.

Der samtene und goldene Schimmer des weiten Seehundsmantels, der sie umhüllte, belebte den warmen Ton ihrer Haut, und gegen die Nacht glänzte ihr Haar so licht, daß man von einer Aureole hätte sprechen können.

Es war der kleine Laurier Berne gewesen, der Angélique zur Pforte des großen Saals des Forts geführt hatte, wo, wie er wußte, sein Vater und die Notabeln wie auch die Freibeuterkapitäne und der englische Admiral mit dem Grafen Peyrac berieten.

Sie erkannte das veränderte Gouldsboro kaum wieder. Der im Vorjahr noch so gut wie verödete Strand wimmelte bis in diesen dunkelnden Abend hinein von einem solchen Leben, daß sie sich in einer anderen Kolonie geglaubt hätte, wenn sie nicht schon bei den ersten Schritten ihren Freundinnen Abigaël und Séverine Berne begegnet wäre.

Ihre Ungeduld, sich so schnell wie möglich der Anwesenheit Joffreys in Gouldsboro zu versichern und ihn wiederzusehen, ließ sie nicht sofort die Verlegenheit und Kühle der Begrüßung durch die beiden Rochelleserinnen empfinden. Später sollte sie sich daran erinnern und die Ursache verstehen. Aber der kleine Laurier war plötzlich mit einem Korb voller Muscheln auf der Schulter vor ihr aufgetaucht und ihr mit dem Ungestüm seiner zehn Jahre um den Hals gefallen. „Dame Angélique! Oh, Dame Angélique! . . . Welche Freude!"

Auf ihre Bitte hatte er sie durch die Gassen des neuen Gouldsboro geführt. In der Nähe des Forts waren sie einem Mann mit einer Hellebarde begegnet.

„Das ist der Schweizer", hatte Laurier geflüstert. „Er ist gestern abend gekommen."

„He, Ihr da! Habe ich Euch nicht schon mal gesehen?" rief Angélique dem Mann zu, dessen sie streifender scheuer Blick sie mit jähem Unbehagen erfüllte.

„Gewiß doch, Madame!" erwiderte er. „Ihr habt mich gesehen." Etwas wie Verachtung schwang in der rauhen Stimme.

Doch schon hatte sie Laurier die hölzernen Stufen hinaufgezogen, und die Pforte des Ratssaals öffnete sich vor ihr.

In tiefem Schweigen – einem erdrückenden Schweigen, dessen Ungewöhnlichkeit sie fast sofort empfand – schritt sie voran. Bekannte Gesichter, Gesichter aus Stein . . .

„Monsieur Manigault, ich grüße Euch . . . Oh, Maître Berne, wie bin ich glücklich, Euch wiederzusehen! . . . Lieber Pastor, wie geht es Euch?"

Zwischen den Reformierten in ihren eng anliegenden schwarzen Rökken bunt schillernde Unbekannte, ein französischer Freibeuter, ein englischer Offizier und dort ein Rekollektenmönch in grauer Kutte . . .

Niemand antwortete ihr. Niemand . . . Niemand . . . Blicke folgten ihr . . . Und alle diese Leute . . . waren erstarrt wie hölzerne Heiligenfiguren. Selbst Joffrey rührte sich nicht, während er ihr entgegensah.

Sie stand vor ihm, und ihre Augen versuchten vergeblich, den seinen zu begegnen. Dennoch lag sein Blick seltsam starr und düster auf ihr. Ein Alptraum! Joffrey neigte sich über die Hand, die sie ihm reichte, aber sie spürte seine Lippen nicht auf ihrer Haut, es war nur eine Scheingeste der Höflichkeit . . .

Sie hörte sich wie von fern mit, wie ihr schien, bebender Stimme fragen:

„Was ist geschehen? Hat sich ein Unglück in Gouldsboro ereignet?"

Unversehens geriet Leben in die Versammlung. Einer nach dem andern verneigte sich und zog sich zurück. Niemand fiel es ein zu lächeln. In der gleichen Katastrophenatmosphäre wie am Vorabend vollzog sich von neuem das gleiche Zeremoniell.

Und draußen vor der Pforte:

„War sie das?" fragte Gilles Vanereick keuchend.

„He! Wer soll es sonst schon gewesen sein?" brummte Manigault.

„Aber sie . . . sie ist ja großartig! Sie ist wundervoll! . . . Das ändert ja alles, Messires . . . Wie soll eine so schöne Frau nicht bei jedem ihrer

Schritte Eroberungen machen und auch zuweilen nicht selbst den von ihr geweckten zärtlichen Gefühlen erliegen? Das wäre ja geradezu unmoralisch!... Ich fühle mich selbst... O mein Gott, was wird jetzt geschehen?... Entsetzlich! Er wird doch nicht...? Nein, er bringt sie nicht um, sie ist viel zu schön... Meine Beine tragen mich nicht mehr... Ich bin sehr sensibel, müßt Ihr wissen..."

Er mußte sich in den Sand setzen.

Zweiundfünfzigstes Kapitel

„Was ist geschehen?" wiederholte Angélique, sich an ihren Gatten wendend. „Ist jemand gestorben?"

„Vielleicht... Woher kommt Ihr?"

Die Augen zu Joffreys eisigem, finsterem Gesicht erhoben, suchte sie zu begreifen.

„Wie? Woher ich komme?... Ist Yann denn nicht zu Euch gelangt? Hat er Euch nicht gesagt, daß..."

„Gewiß. Er hat es mir gesagt... Er hat mir gesagt, daß Ihr Goldbarts Gefangene seid... Er hat mir auch andere Dinge gesagt... Curt Ritz desgleichen."

„Curt Ritz?"

„Der in meinem Dienst stehende Schweizer Söldner, den Goldbart gleichfalls im letzten Monat gefangengenommen hatte... Vor drei Tagen gelang es Ritz, ihm zu entkommen... Vorher hat er Euch auf Goldbarts Schiff gesehen... Er ist nachts über das Heckkastell geflohen... Das Fenster stand offen... Er hat Euch gesehen... auf dem Schiff... in der Kajüte... mit ihm... *mit ihm*..."

Joffrey de Peyrac sprach in kurzen, abgehackten Sätzen, dumpf und schrecklich, und mit jedem weiteren Wort zeichnete sich die Wahrheit für Angélique deutlicher ab.

Wie gelähmt durch das Übermaß dieser furchtbaren Überraschung, sah sie diese Wahrheit wie ein monströses Tier auf sich zukommen, das jeden Augenblick zum Sprung ansetzen und sie mit seinen Krallen zerreißen konnte ... Der Mann! ... Der Mann, der in jener Nacht in der Cascobucht flüchtete ... dieser Mann war also der Schweizer Söldner gewesen ... Ein Diener Joffreys ... Und er hatte sie gesehen ... Er hatte Colin eintreten und sie in seine Arme nehmen sehen ...

„Das Fenster war offen", fuhr die rauhe, wie von fern her klingende Stimme fort. „Er hat Euch gesehen, Madame! Ihr wart nackt ... nackt in Goldbarts Armen, und Ihr habt seine Küsse, seine Zärtlichkeiten erwidert ..."

Was für ein Echo hatte er zu hören gehofft? Einen Schrei der Empörung, erbittertes Leugnen, vielleicht ein Lachen? ... Nein! Es blieb still.

Eine solche Stille! ... Nichts war entsetzlicher nach solchen Worten.

Und in diese Stille, der jede neue Sekunde Tropfen für Tropfen ihr eigenes Bleigewicht zutrug, glaubte Joffrey de Peyrac vor Qual zu sterben.

Die Zeit verging. Der Augenblick des Heils war verstrichen. Jede neue Sekunde, Tropfen geschmolzenen Bleis, hatte das Unabwendbare bestätigt, das Geständnis verdeutlicht ... das schon ihre jähe Blässe und der gejagte Ausdruck der großen, geweiteten Augen verrieten.

Angéliques Gehirn war unfähig, auch nur zwei Gedanken zugleich zu fassen. Alles stieß sich wie in undurchdringlichem Nebel.

„Colin! Colin! ... Ich muß ihm sagen, daß es Colin war ... Nein, das wäre noch schlimmer ... Er haßte ihn schon früher ..."

Selbst wenn sie es gewollt hätte, wäre sie nicht imstande gewesen, auch nur die leiseste Erklärung zu geben, das kleinste Wort auszusprechen. Ihre Kehle war wie zugeschnürt. Sie zitterte an allen Gliedern. Schwäche überkam sie. Sie mußte sich gegen die Wand lehnen und die Augen schließen. Und sie so die Lider senken zu sehen, mit dem weichen, schmerzlichen und verschwiegenen Ausdruck, der ihn immer zutiefst bewegte und zuweilen auch reizte, das entfesselte endlich seinen Zorn.

„Senkt nicht die Augen!" brüllte er, den Tisch mit einem Faustschlag fast zerbrechend. „Seht mich an!"

Er packte sie an den Haaren, riß brutal ihren Kopf zurück.

325

Sie glaubte, ihr Genick sei gebrochen. Über sie gebeugt, durchforschte er mit brennendem Blick dieses ihm unergründlich und fremd gewordene Gesicht. Er sprach vielleicht, aber sie hörte ihn nicht mehr. „Also ist es wahr! Du! . . . Du! Du, die ich so hoch gestellt hatte!"

Wütend schüttelte er sie in dem rasenden Verlangen, das falsche Bild zu zerbrechen, das sie ihm bot, und das andere wiederzufinden, das andere, das der Geliebten.

Und plötzlich schlug er sie mit der ganzen Kraft seines erhobenen Arms, mit solcher Wucht, daß ihr Kopf hart gegen die Holzwand prallte. Ein roter Schleier zog sich über ihre Augen. Er ließ sie los, stieß sie zurück. Sie wußte nicht, wie es ihr gelang, auf den Füßen zu bleiben.

Joffrey de Peyrac ging zum Fenster, sah durch die kleinen Karos der Scheibe in die feuchte Nacht hinaus und atmete tief, um seine Selbstbeherrschung wiederzufinden.

Als er sich von neuem seiner Frau zuwandte, hatte sie sich noch immer nicht gerührt, und ihre Augen waren nach wie vor geschlossen. Ein kleines Blutrinnsal lief von der feinen Nase über die Oberlippe.

„Geht! Geht hinaus!" sagte er mit eisiger Stimme. „Euer Anblick ist mir widerlich. Geht hinaus, sage ich. Ich will Euch nicht mehr sehen! Ich will Euch nicht töten!"

Dreiundfünfzigstes Kapitel

Sie taumelte, strauchelte, stieß sich im Halbdunkel eines Zimmers, in das der Mond gelegentlich zwischen zwei Wolken sein fahles Licht warf, an Mauervorsprüngen und unbekannten Möbeln. Das blinde Verlangen, sich zu verbergen und auf immer zu verschwinden, hatte sie sich dem Innern des Forts zuwenden lassen, und statt dem Meerwind zu trotzen, sich in das Getriebe des Dorfs, in die furchtbare, zufluchtlose Einsamkeit der Weite, unter feindliche Wesen hinauszuwagen, hatte der Instinkt des verletzten Tiers, das sich irgendwo verbirgt, um zu sterben, sie durch Flure und über Treppen getrieben bis zu jenem großen, verschlossenen Zimmer, von dem sie, ohne es wiederzuerkennen, wußte, daß es ihrer beider Zimmer war, das, in dem sie sich letztes Jahr geliebt hatten, in dem wieder mit ihm vereint zu sein ihr sehnsüchtiger Traum gewesen war.

Sie tastete sich weiter, stieß gegen Ecken, blieb endlich in der Mitte des Raumes stehen, und plötzlich drang ins Zentrum des höllischen Chaos, das sie vernichtete, der erste ihr vernehmbare Laut: das Geräusch zweier sich mischender Atemzüge, die einander antworteten und – nach einem kurzen Moment tödlichen Erschreckens erst wurde es ihr klar – nur das Echo ihres eigenen stoßenden Atems und des gedämpften Rauschens der Brandung waren, die draußen am Fuße des Forts gegen die Felswand schlug.

Sie war allein.

Die Angst, die für einen Moment ihre Wahrnehmungsfähigkeit betäubt hatte, wich, und das niederschmetternde Bewußtsein kehrte zurück, eine nicht wiedergutzumachende Katastrophe zu durchleben. Ihr war, als sei ihr Schädel mit einem unförmigen Auswuchs behaftet, wie man ihn bei Kürbissen findet, von dem Schmerz über die ganze Kopfseite ausstrahlte, als sei diese Geschwulst aus glühendem Eisen. Vorsichtig tastend hob sie die Hand, aber da war keine Geschwulst, nur der Schmerz wuchs durch die bloße Berührung der Kopfhaut mit ihren Fingern zu einem schrillen Furioso an, und in diesem Moment sah sie alles wieder in mitleidsloser Klarheit vor sich. Colin! ... Seine Arme, die sie umschlangen, seine Hände, die ihren Körper suchten, seine Lippen, die sich ihres Mundes in einem Kuß bemächtigten, der nicht enden wollte.

Der draußen im Dunkel verborgene Mann hatte es im Licht der Kerze gesehen ... Und jetzt wußte es Joffrey ... Er beschuldigte sie des Schlimmsten! ... Wie konnte sie es ihm begreiflich machen, ihm erklären, ihn zu der Einsicht bringen, daß ...?

Die bloße Nennung des Namens Colin würde ihm genügen, sie zu töten. Vorhin erst hätte er es um ein Haar getan. Sie hatte es in ihrem erschauernden Fleisch gespürt, unfähig zu reagieren, sich auch nur mit der kleinsten Bewegung zu verteidigen. Er hatte also die Macht, sie zu vernichten, restlos zu vernichten. Weil *er* für *sie* alles war!

So blieb sie im Dunkel des Raums, kaum atmend jetzt, da sie fürchtete, zugleich mit dem stechenden physischen Schmerz Fetzen einer grausamen Vision zu beschwören: Joffrey! Joffrey und sein schreckliches Gesicht ... Die Reflexe seines Wamses, das bei jeder Bewegung das scharlachrote Futter der elfenbeinfarbenen Fältchen sehen ließ, als ob in ihnen Blutstropfen rännen, blutige Tränen regneten. Blut – Blut! – rieselte jetzt auf ihrem Gesicht. Ihre Finger waren damit beschmiert, und auf ihren empfindungslosen Lippen fand ihre Zunge den salzigen Geschmack. Sie spürte ihm in einer Art ungläubiger Verwunderung nach. Er hatte sie geschlagen! ...

Er hatte sie geschlagen, und sie verdiente es! Ein bodenloser Abgrund hatte sich unter ihren Füßen aufgetan ...

Lauernd in der Finsternis, an allen Gliedern zitternd, starrte sie in den offenen Abgrund, und nun tauchte die Angst mit tausend Dämonen von neuem aus dem Schlund, kroch mit höhnischem Gekicher und glitzernden Augen näher ...

Es war zu schnell gekommen, gerade jetzt, da sie geglaubt hatte, die Monate in Wapassou hätten die Bande zwischen ihnen für immer neu und verläßlich geknüpft und ihre Liebe sei unvergänglich, unangreifbar geworden.

Wie ein Orkan, wie ein Erdbeben war es gekommen und zugleich auch heimtückisch, hinterlistig.

Ein vom Höllenpfuhl ausgespienes Tier, dessen grausame Augen ihr bis zuletzt entgangen waren, hatte sich an sie herangeschlichen und sie attackiert.

Eine Falle hatte sich über ihr – über ihnen – geschlossen, deren Natur und Mechanismus sie nicht genau auszumachen vermochte, deren grausamen Zangengriff sie jedoch schon zu spüren begann. So geschickt war sie vorbereitet worden, daß ihr erster Zugriff sie und Joffrey mitten ins Herz getroffen hatte.

„Joffrey! Joffrey! Ich bitte dich, komm! ... Laß mich nicht allein! Ich habe Angst!"

Das Zimmer wimmelte von gefährlichen Schatten, und zitternd ermaß sie die unüberwindliche Distanz, die sie von ihm trennte, ihm, ihrem geliebten Mann, den sie tödlich beleidigt hatte.

Eine Hand packte sie an der Gurgel, würgte sie, erstickte sie fast.

Nahe daran, die Besinnung zu verlieren, preßte sie beide Hände auf ihren verschwollenen Mund, um den Aufschrei zu ersticken, der ihr über die Lippen wollte. Und der Ansturm unerträglicher Qual weckte ihr noch immer halbbetäubtes Bewußtsein, bis sie endlich unter dem Einfluß des Schmerzes und der grell aufblitzenden Vision all dessen, was sie verloren hatte, kindlich-verzweifelt schluchzend ihr Leid herausschrie:

„Wenn er mich nicht mehr liebt ... was soll dann aus mir werden?"

Vierundfünfzigstes Kapitel

Es schien ihm, als sei der eben durchlebte Augenblick der schrecklichste seines ganzen Lebens gewesen.

Zwei Männer hatten einen wahnwitzigen Kampf in ihm ausgefochten. Und wäre es ihm, hätte er nicht den einen verjagt, wirklich gelungen, dem Verlangen, sie in seine Arme zu reißen – ebenso mächtig wie das, sie zu töten –, länger zu widerstehen? Zwei Wesen in ihm in jenen furchtbaren Minuten, die sich seinen Leib, sein Blut, seine Seele geteilt, die ihn gespalten hatten in einen, der nach Rache dürstete, und einen, der in Anbetung und Wollust schwelgen wollte.

In seinen Adern glühten gemeinsam Haß und Liebe.

War er sich nicht der seidigen Glätte, der weichen, lauen Wärme bewußt geworden, als seine Hand in ihr Haar gegriffen hatte? Und als er sich über sie beugte, über das gewaltsam zurückgebogene Gesicht, über die Stirn, weit und glatt wie ein perlmuttern schimmernder Strand, hatten da seine Lippen, die grausame Worte ausstießen, nicht brennend danach verlangt, sie leidenschaftlich zu küssen? Und blitzartig hatte ihn ein Gedanke gestreift: „Welch schöne Stirn sie hat!"

Der zweifache Sturm des Zorns und der Begierde hatte ihn bebend und gedemütigt zurückgelassen, geschüttelt von rasender Wut gegen sie, der er diese Enthüllung seines anderen Selbst verdankte, fähig blinder Gewalttätigkeit, unbezwinglichen fleischlichen Hungers und feiger Nachsicht, fähig, gegen jede Vernunft den Impulsen seiner Sinne und Gefühle nachzugeben . . .

Ein so prachtvolles Geschöpf der Liebe! . . . Das war es, was er gedacht hatte. Das war es, was sie alle gedacht hatten, als sie ihnen auf der Schwelle der Pforte erschienen war, und die Offensichtlichkeit ihrer Schönheit und Weiblichkeit hatte sie wie ein Schlag getroffen, so daß in einem einzigen, flüchtigen Augenblick Groll, Verdächtigungen, Entrüstung, Verachtung, Mißtrauen schwanden und den überraschten, unterjochten Männern nur eines blieb: der unsagbare Zauber ihrer Gegenwart. Ein so prachtvolles Geschöpf der Liebe! . . . O ihr Götzen anbetenden, schwachsinnigen, wollüstigen Männchen! Immer bereit, vor der Göttin in die Knie zu sinken!

Eine unkontrollierte Regung trieb Peyrac nach draußen, in das tiefe Schweigen der Nacht.

Über den Mond aus mattem Silber zogen Wolken, und in seinem Licht zeichneten sich die schwarzen Vertikalen der Schiffsmaste ab, leicht schwankend im Wellenschlag des Hafenwassers. Feuer flackerten im Wind, in deren Schein hin und wieder ein schläfrig patrouillierender Wachtposten auftauchte.

Die Welt war tot.

Wo war sie? „Angélique! Angélique! . . . Meine Liebste!"

Er kehrte ins Innere des Forts zurück und sprang mit lautlosen Sätzen die hölzerne Treppe hinauf. Hinter der Tür hörte er ihr lautes Schluchzen. Er blieb stehen, von neuem ergriffen, verzehrt von einer wild auflodernden Flamme, der Körper bis zur Qual gespannt in unerträglicher Versuchung. Es verlangte ihn danach, diese Tür aufzustoßen, einzutreten, allein mit ihr zu sein, ganz allein, sich über sie zu beugen, sie in seine Arme zu schließen, an sein Herz zu pressen und zu vergessen, zu vergessen im Glück der Gesten, der Zärtlichkeiten, der murmelnden Stimmen, der sich mischenden Atemzüge, der Küsse, der geflüsterten heißen Worte: „Liebste! Meine Liebste! Es ist ja nichts . . . Ich liebe dich! . . ." Zu vergessen, alles zu vergessen . . .

Er fand sich allein im Saal unten wieder, wo die Wachslichter in den Leuchtern herunterbrannten, die Stirn gegen das Fenster gelehnt, hinter dessen Karos der Morgen graute.

Nein, es würde Angélique nicht gelingen, aus ihm einen Gescheiterten zu machen, einen Sklaven im Dienste einer unwürdigen Frau!

Nein, das niemals! . . .

Warum weinte sie so dort oben? Hatte sie nicht gewußt, was sie tat, als sie sich den Zärtlichkeiten des anderen, des Unbekannten, ausgeliefert hatte? . . . Sie, die er so hoch erhoben hatte! Hatte sie nicht gewußt, was sie zerstörte? . . . Nein, nein! Sie hatte es nicht gewußt! . . . Weibchen! Ein verantwortungsloses Weibchen wie die andern!

„Sie" wollen alles haben. Zerstören alles!

„Ich hätte ihr damals nicht verzeihen dürfen . . . Sie sind alle gleich! Alle gleich!"

Bei Hochflut würde er mit seinen Schiffen in See gehen. Er würde Goldbart finden, und wenn er ihn bis ins Karibische Meer verfolgen müßte. Und bevor er ihn mit eigener Hand tötete, würde er von diesem unbekannten und verabscheuten Gesicht den Schleier der Vergangenheit reißen. Dann würde er wissen, welchem anderen Mann Angélique ihr Antlitz der Liebenden gezeigt hatte.

„Ah, wenn ich sie aus meinem Herzen reißen könnte! Ich könnte es, wenn ich's müßte."

Ein so prachtvolles Geschöpf! . . .

Die *Gouldsboro* hatte aus Frankreich Kleider für sie mitgebracht!

Er ging zu einer Truhe im Hintergrund des Raums, schlug den Deckel zurück. Seine Hände hoben schillernde Seiden, hauchzarte Spitzen heraus, und wie mechanisch verliehen seine Finger den schweren Falten eines Rocks und einer Korsage die Formen eines Frauenkörpers.

„Wie schön wäre sie darin gewesen! Dieses rosig überhauchte silberne Gewebe um ihre königlichen Schultern drapiert! . . . Ich hätte sie nach Québec mitgenommen . . . und sie hätte über alle triumphiert!"

Seine Hände verkrampften sich in die weibliche Schattengestalt, die zu welken, verlöschen, ihr ephemeres Leben in seinem Zugriff auszuhauchen schien.

Mit unbeherrschter Geste preßte er den zerknitterten Stoff an sein Ge-

sicht und blieb lange in dieser Haltung, abwesend, verloren an seine
Sehnsucht, an den zarten Duft nach Blumen und Frau, den das prachtvolle Gewebe ausströmte.

Draußen tauchten im Nebel vor ihm rasch sich nähernde Gestalten auf.
„Monseigneur! Gott ist mit uns. Das Schiff Goldbarts, des Verfluchten, ist nicht fern . . . Es ist zwischen den Inseln gesichtet worden."

Fünfter Teil

Goldbarts Niederlage

Fünfundfünfzigstes Kapitel

Es gab viele Kinder in Gouldsboro. Immer barfüßig, in fröhlichen Schwärmen, mit flatternden Haaren – die der kleinen Mädchen unter runden Mützen oder weißen Häubchen hervor, die der Jungen unbehütet und frei im Wind –, Röckchen und Hosen geschürzt, um besser in den Pfützen waten, in die Boote klettern, am Strand herumspringen und den Seehunden nachlaufen zu können, immer dabei, eine Muschel oder Möweneier auszuschlürfen, an einer Blume zu saugen ... Herumquirlend mit kleinen, nackten Indianern und sich hier und da in ihren schweifenden Zügen zu kurzen Atempausen niederlassend.

Neugierig preßten sie ihre Gesichtchen gegen die Wände des Schuppens, um durch die Spalte zwischen den Latten einen Blick auf die gefangenen Piraten zu werfen; dann liefen sie zum Hafen, um das schöne bunte Bild am Heck der *Coeur de Marie* zu bewundern, des an diesem Morgen gekaperten Schiffs; schließlich holten sie Wasser von der Quelle im Wald und knieten sich neben die Verwundeten, um ihnen zu trinken zu geben.

Dieser Tag hatte für Gouldsboro die Niederlage des Piraten Goldbart gebracht.

Am Morgen war Angélique durch fern grollenden Kanonendonner geweckt worden.

Seelisch und körperlich wund, begriff sie anfangs nicht, wo sie war, und brauchte einige Zeit, um sich klarzumachen, daß sie sich in Gouldsboro befand. Dann hatte sie im Spiegel ihr verschwollenes Gesicht betrachtet. Eine Seite war bläulich angelaufen, und im Mundwinkel hatte sich eine schwärzliche Blutkruste gebildet. Es machte ihr Mühe, den Kopf zu bewegen. Sie hatte das Zimmer untersucht und dabei in Truhen Leinenzeug und Kleidungsstücke gefunden, die sie im vergangenen Herbst vor dem Verlassen des Forts sorglich zusammengefaltet hatte. Unfähig, einen Gedanken zu fassen, hatte sie sich angekleidet und frisiert.

Sie mußte unbedingt eine Salbe, einen Balsam auftreiben, irgend etwas, womit sie die entstellende Wirkung von Joffreys Schlag mildern konnte.

Als sie den Laden des Fensters zurückschlug, hatte sie am Horizont vor dem Winde segelnde Schiffe bemerkt, klar sich abhebend von einem regengestreiften Himmel, in dessen Grau zuweilen ein roter Blitz aufzuckte. Dann erst drang das Grollen der Explosion bis zu ihr. Ein Seegefecht spielte sich vor Gouldsboro ab, in dem offenbar drei oder vier Schiffe einen einzigen Gegner angriffen, der sich mit geschickten Manövern der Attacke zu entziehen suchte und, von den andern verfolgt, flüchtend dem Blickfeld Angéliques entschwand.

Bald darauf hatte sie eine Frauenstimme aus den Tiefen des Forts gerufen:

„Dame Angélique! Dame Angélique! Wo seid Ihr? . . . Ah, hab' ich Euch endlich gefunden! Gott sei gelobt! Kommt, kommt schnell, Madame! Verwundete sind eingetroffen! Überall Blut!"

In der kleinen Frau, die so auf sie einsprach, erkannte Angélique Madame Carrère, die letztes Jahr mit ihren zehn Kindern und ihrem Advokatengatten von La Rochelle aus in die Neue Welt emigriert war.

„Was ist geschehen? Woher kommen diese Verwundeten?"

„Sie haben heute früh mit diesem verdammten Goldbart abgerechnet."

„Wer ‚sie'?"

„Nun, der Herr Graf, der Freibeuter Vanereick, der englische Admiral, eben alle, die sich's geschworen hatten, diesen Schuft dazu zu zwingen, um Gnade zu winseln. Heute früh erfuhren sie, daß er sich wieder zwischen den Inseln herumtreibt. Der Herr Graf ist sofort aufgebrochen, um ihn zu jagen. Man hat ihn gestellt und zur Schlacht gezwungen. Monsieur d'Urville brachte die Siegesnachricht, aber es scheint, daß es beim Entern ein wahres Blutbad gegeben hat. Die Schaluppen sind schon mit vielen Verletzten in den Hafen zurückgekehrt. Monsieur de Peyrac hat uns wissen lassen, daß Ihr hier seid und daß man Euch benachrichtigen solle, damit Ihr Euch mit der Pflege all dieser armen Teufel befassen könnt."

„Ihr . . . Ihr seid ganz sicher, daß mein Mann Euch hat bitten lassen, mich zu benachrichtigen?"

„Aber gewiß doch! Was könnten wir auch schon tun ohne Euch? Man erzählt, der Chirurg der *Sans-Peur* sei ebenfalls verletzt und nicht imstande, sein Amt auszuüben. Und unseren Arzt Parry kennt Ihr ja. Bei einer solchen Schlächterei ist er bestimmt keine große Hilfe ... Allmächtiger! Was ist Euch denn geschehen, Ärmste? Ihr seid ja total zerschunden!"

„Es ist nichts."

Angélique hob die Hand an die Wange. „Ich ... ich hatte einen Schiffbruch vor der Moneganinsel und wurde gegen einen Felsen geworfen ... Wartet, ich komme gleich mit. Laßt mir nur die Zeit, einige unerläßliche Instrumente in meine Tasche zu tun ... Habt Ihr genügend Scharpie?"

Einem Automaten gleich, suchte sie methodisch alles zusammen, was sie vielleicht brauchen konnte, während sich in ihrem Gehirn quälende Gedanken stießen.

Colin ... Colin war durch Joffreys Hand getötet worden ... Wenn sie gestern abend gesprochen hätte ... Wenn sie den Mut gehabt hätte zu sprechen ... Aber nein, es wäre unmöglich gewesen! Sie konnte nichts sagen, nichts erklären ... Und nun hatte Joffrey Goldbart getötet ... Und er ließ sie zur Pflege der Verletzten rufen ... Er erinnerte sich also, daß sie existierte. Warum? Plante er eine andere Rache? Wenn er ihr Colins Leichnam vor die Füße würfe! Sie könnte es nicht ertragen. Sie würde niederknien, Colins großen, bärtigen Kopf in ihre Hände nehmen und weinen.

„Mein Gott", flehte sie, „mach, daß Joffrey nicht etwas so Böses begeht. O mein Gott, wie konnte es geschehen, daß wir, er und ich, uns plötzlich so feindselig gegenüberstehen?"

Hinter Madame Carrère hastete sie die Treppe hinunter und lief dem Platz zu, auf dem die Einwohner Seegrasmatratzen, Decken und Ledersäcke mit Süßwasser zusammentrugen. Eben begann man, die ersten Verwundeten an Land zu bringen und auf den nackten Boden zu betten, jämmerliche Gestalten, die stöhnten oder lauthals Flüche von sich gaben.

Der Rest des Vormittags wurde zu einem wahren Alptraum, in dem Angélique nicht mehr zum Denken kam. Unablässig forderten neue Wunden chirurgische Eingriffe, mußte gereinigt, vernäht, verbunden werden, lief sie vom einen zum andern, forderte Hilfe, organisierte ein Lazarett, schickte sie Kinder in alle Himmelsrichtungen, die Kräuter suchen, Leinen, Wasser, Rum, Öl, Faden, Nadeln, Scheren holen sollten.

Die Ärmel hochgekrempelt, die Arme bis zu den Ellbogen mit Blut bespritzt, kam sie unaufhörlich den drängenden Forderungen des Augenblicks nach, mußte sie die Verantwortung für Diagnose und Wundbehandlung übernehmen und für die Zusammenstellung von Salben und Heiltränken sorgen. Sehr schnell bildete sich um sie die Ordnung von einst. Sie erkannte die Frauen wieder, die sich ihr spontan zur Verfügung stellten. Die trotz ihrer Schwangerschaft flinke und tüchtige Abigaël, die aktive Madame Carrère, die hilfsbereiten und gelehrigen jungen Mädchen, die sich, den Älteren nacheifernd, auch angesichts von Tod und Leid mutig zeigten. Plötzlich gewahrte sie neben sich Tante Anna, die ihr präzise und aufmerksam die chirurgischen Instrumente zureichte, und als Trösterin eines Sterbenden die alte Rebecca.

Ein junger Bursche folgte ihr unablässig mit einem großen Kupferbekken, dessen klares Wasser er ständig erneuerte, damit sie sich die Hände waschen und Umschläge zur Kühlung anfeuchten konnte. Erst nach einer gewissen Zeit erkannte sie in ihm Martial, den ältesten Sohn Maître Bernes.

Sie hatte also im ersten Anlauf ihren Platz unter ihnen wieder eingenommen. Doch während sie sich mit gewohnter Sorgfalt ihren Aufgaben widmete, registrierte ihre überreizte Empfindsamkeit Nuancen in ihrem Benehmen ihr gegenüber. Ein leichter verächtlicher Unterton einer Stimme, plötzlich zusammengekniffene Lippen, ein feindseliger Blick ... Vielleicht wär es nur eine Täuschung? ... Nein! Die Leute von Gouldsboro wußten Bescheid ... Alle Welt wußte Bescheid.

Madame Carrère allerdings hatte sich ihr gegenüber ungekünstelt und herzlich benommen. Aber Madame Carrère war auch niemals eine von denen gewesen, die sich über andere das Maul zerrissen. Die in Gouldsboro umlaufenden Gerüchte, die Gräfin Peyrac habe ihren Gatten mit dem Piraten betrogen, nahm sie nicht zur Kenntnis ... Die verstohlenen Blicke, die Angélique an diesem Morgen folgten, während sie sich unermüdlich ihrer Arbeit hingab, überschlugen heimlich das Ausmaß oder die Möglichkeit der Verleumdung. Das Schrecklichste aber war, daß es sich nicht um Verleumdung handelte, sondern um die Wahrheit ... zum mindesten um eine halbe Wahrheit. Sie hatte in Goldbarts Armen gelegen, sie hatte auf seine Zärtlichkeiten reagiert. Nur zu gern hätte sie ihnen allen ins Gesicht geschrien, daß sie nicht schuldig sei. Nur zu gern hätte sie es vor sich selbst geleugnet, wäre sie wieder „wie vorher" geworden. Mit unendlicher Zartheit, unendlichem Mitgefühl beugte sie sich über die Wunden, denn auch in sich spürte sie eine offene, mit jedem Moment schmerzhaftere Wunde, und sie hätte es sich gewünscht, daß sich eine mitfühlende Hand auf sie lege. Aber niemand würde es tun.

„Rettet mich, Madame", flehten die Schwerverwundeten.

Wen würde sie anflehen können: „Rettet mich!"

Ihr Schmerz verdiente kein Mitgefühl. Zuweilen durchzuckte er sie mit solch grausamer Schärfe, daß sie sich wie gelähmt fühlte.

„Joffrey liebt mich nicht mehr ... Wie konnte ich ihm das nur antun, ihn so vor aller Welt demütigen? ... Er wird mir niemals verzeihen. Er hat mich bitten lassen, die Verwundeten zu pflegen ... Warum? Natürlich, weil er mich brauchte. Die Sorge um seine Leute kommt zuerst, sein Groll danach ... Ich erkenne ihn darin ... Aber sobald ich meine Arbeit getan habe, wird er mich verjagen, verstoßen. Er wollte mich nicht mehr sehen ... Er rief es mir zu: ,Ich will Euch nicht mehr sehen!'"

Trotz allem empfand sie diese Verpflichtung, für ihn zu arbeiten, gleichsam an seiner Seite, wie eine Art Waffenstillstand. Der Gedanke, daß er sie hatte rufen lassen, weckte in ihr eine vage Hoffnung.

Er hatte sie rufen lassen. Er hatte sich ihrer erinnert. Sie zählte also noch. Und sie wandte sich mit um so größerer Hingabe ihrer Aufgabe zu.

Die Unglücklichen, über die sie sich aufmunternd beugte, glaubten einen vom Himmel herabgestiegenen Engel vor sich zu sehen und beruhigten sich, sobald sie ihre Hand auf ihre Stirnen legte.

„Ist das die Dame de Peyrac?" fragten die, die sie nicht kannten.

„Ja", riefen die anderen. „Du wirst schon sehen, sie wird dich wieder auf die Beine bringen."

Und all das Vertrauen, das sie umgab, belebte Angéliques Mut, besänftigte nach und nach ihr eigenes Leid, half ihr, wieder den Kopf zu heben, ihn hochzuhalten, obwohl sie sich ihres verunstalteten und nun schweißbedeckten Gesichts bewußt war.

Sie spitzte die Ohren, um aus Gesprächsfetzen etwas über den Verlauf des Kampfes zu erfahren.

Aber niemand sprach von Goldbarts Tod.

Nur von dem furchtbaren, blutigen Handgemenge zwischen den Mannschaften, das sich nach dem Entern auf dem Deck der *Coeur de Marie* abgespielt hatte. „Und Monsieur de Peyrac war der erste, der rübersprang."

Um die Mitte des Vormittags kehrten die Schiffe mit ihrer Prise in den Hafen zurück.

Schräg im Wasser liegend, mit verstümmelten Masten, von träge ziehenden Rauchschwaden wie von einer Wolke des Unheils umgeben, wurde die *Coeur de Marie* an einem Inselchen inmitten der Bucht festgemacht.

Ebenfalls von den Schaluppen an Land gebracht, bewegten sich die Gefangenen zwischen Matrosen der *Gouldsboro* und Soldaten der Garnison den Strand hinauf.

Monsieur d'Urville ließ sie in die Maisscheune schaffen, einen grob zusammengezimmerten, aber ziemlich geräumigen Schuppen, der nur einen Ausgang hatte, was die Bewachung erleichterte.

Einer der gefangenen Piraten brüllte wie ein Besessener, während man ihn hinter den anderen herzerrte.

„Laßt mich los, verdammte Schurken! Ich bin verwundet, ich sag's euch doch . . . Schwer verwundet! Ihr werdet mich noch umbringen!"

Die kreischende Stimme kam Angélique bekannt vor, und als sie hinübersah, erkannte sie auch wirklich den scheußlichen Beaumarchand, Holzkopf genannt, den sie an der Cascobucht operiert hatte.

340

Schleunigst lief sie zu den Männern hinüber.

„Dieser Taugenichts sagt die Wahrheit. Vor allem darf er nicht gehen. Legt ihn auf den Boden."

„Ah, da seid Ihr ja endlich! Hat lange genug gedauert!" ächzte Beaumarchand. „Wohin seid Ihr denn verschwunden, Madame? Ein starkes Stück, sich nicht um mich zu kümmern, wo ich diese Näherei quer über den Bauch habe."

„Schweigt! Nach dem üblen Streich, den Ihr mir gespielt habt, hättet Ihr's hundertmal verdient, vom Teufel geholt zu werden."

Nichtsdestoweniger untersuchte sie ihn gründlich und stellte befriedigt fest, daß die riesige Narbe Beaumarchands einen gesunden Eindruck machte und bald völlige Heilung erwarten ließ. Ein wahres Wunder, denn seine Kumpane von der *Coeur de Marie* schienen sich nicht sonderlich um ihn gekümmert zu haben, seitdem sie ihn wieder an Bord genommen hatten.

„Kann Euch gar nicht sagen, wie Ihr mir gefehlt habt, Madame! Kann's gar nicht sagen!" wiederholte er. „Die Schufte hätten mich am liebsten in einem Winkel verrecken lassen, bei den Ratten, wie ein Stück Unrat."

Sie erneuerte seinen Verband, wickelte ihn fest in Leinen wie ein Neugeborenes und ließ ihn einstweilen im Sand.

Ein wenig später kniete sie neben Monsieur de Barssempuy, um seine von einem Dolchstoß aufgeschlitzte Schulter zu behandeln. Es war der junge Leutnant Goldbarts, Zweiter im Kommando auf der *Coeur de Marie*, der sie an der Maquoitbucht gefangengenommen hatte. Heute trug sein pulvergeschwärztes Gesicht einen erschöpften Ausdruck.

„Was ist mit Eurem Kapitän? Mit Goldbart?" fragte sie gedämpft. „Wo ist er? Was ist mit ihm geschehen? Ist er verletzt? Tot?"

Er warf ihr einen bitteren Blick zu und wandte den Kopf ab.

Sie blieb also weiterhin ihrer Angst und Unruhe überlassen.

Die Sonne stand in ihrem Zenit. Die Hitze steigerte die Qualen der Verletzten und ließ die, die sich um sie bemühten, ihre Müdigkeit lähmender spüren.

Um diese Zeit etwa suchte jemand nach Madame de Peyrac und bat sie, die Güte zu haben, sich an Bord des Piratenschiffs zu begeben und dort die Schwerverletzten zu bestimmen, die man möglicherweise ohne Gefahr für ihren Zustand an Land transportieren könne, zum Unterschied von denen, die man besser an Bord sterben ließe.

Von Martial begleitet, der nach wie vor die Tasche mit den wichtigsten Instrumenten und Heilmitteln, ein Tönnchen Süßwasser und das Kupferbecken trug, kletterte sie in eine Schaluppe.

Am Fallreep empfing sie ein Mann in einem durchlöcherten, vom Pulverdampf verfärbten schwarzen Rock, drollig gekrönt von einer verrutschten, mottenzerfressenen Perücke, und geleitete sie humpelnd zur Batterie.

„Ich bin Nessens", sagte er, „der Chirurg Monsieur Vanereicks. Eine Kugel ist auf die Kombüse gefallen, wo ich operierte . . . Was meinen Kollegen von der *Coeur de Marie* betrifft, hat man ihn mausetot über einem Leichnam gefunden. Ohne Eure Anwesenheit in Gouldsboro, Madame, hätten sich die Verletzten in einer bösen Lage befunden. Sobald sie erfuhren, daß Ihr an Land seid, faßten sie wieder Mut, und ich gab Befehl, so viele wie nur möglich zu evakuieren, um sie Euren Händen anzuvertrauen, da ich selbst daran gehindert bin, meiner Aufgabe voll nachzukommen. Euer Ruf ist so groß, daß er bereits über die Meere zu dringen beginnt. Ich habe mich heute darauf beschränkt, drei Schiffe zu räumen, aber es gibt da noch einige arme Burschen, über die ich nicht entscheiden möchte . . ."

Es war schwierig, sich an Bord des Schiffs zu bewegen, dessen Deck sich in einem besorgniserregenden Winkel neigte. Fässer mit Apfelwein waren durchlöchert worden, das ausfließende säuerliche Getränk hatte sich mit Blut vermischt und schwappte in wahren Lachen, wo immer es sich in Winkeln und vor Schwellen sammeln konnte. Zuweilen watete man in dieser widerlichen Mischung, immer in Gefahr auszurutschen, und mußte sich irgendwo anklammern, um voranzukommen.

Man hatte Befehl gegeben, das Schiff am Sinken zu hindern, und aus den Laderäumen drangen die Rufe der Mannschaft herauf, die sich schon ans Abdichten gemacht hatte.

„Vor allem auf diesem Kahn hier hat es Schaden gegeben", erklärte Nessens. „Er wurde von vier Schiffen geentert, der Schebecke Monsieur de Peyracs, der *Gouldsboro*, der *Sans-Peur*, und ein wenig später ist noch die *Rochelais* dazugekommen. Es war eine gelungene Polizeiaktion. Die Hälfte dieser Banditen ist außer Gefecht gesetzt."

Der Chirurg war ein junger Mann in den Dreißigern. Als er hatte feststellen müssen, daß ihn sein fachliches Können in Frankreich nicht zum Praktizieren berechtigte, da er zur reformierten Religion gehörte, hatte er keine andere Chance für sich gesehen, als auszuwandern und das gefährliche Metier eines Bordchirurgen auf Korsarenschiffen zu ergreifen.

Nachdem Angélique gemeinsam mit ihm die Sterbenden untersucht hatte, schlug sie ihm vor, ihn erst einmal selbst ordentlich zu verbinden. Und als sie bemerkte, daß sein Humpeln nicht von einer Verletzung herrührte, sondern von einer Verrenkung der Hüfte, die er sich durch einen unglücklichen Sturz während der Kanonade zugezogen hatte, renkte sie sie ihm ein, massierte ihn kräftig, um die gequetschten und überdehnten Sehnen wieder in die Reihe zu bringen, und verließ ihn fast völlig gehfähig.

Beim alles andere als mühelosen Rückweg übers Deck zum Fallreep rief sie eine schwache Stimme an:

„Madame! Señorita! . . ."

Es war ein zwischen der Reling und einigen durch die Schrägung des Decks bis zu ihm gerutschten Taurollen eingequetschter Mann, der in seiner versteckten Lage im Durcheinander nach dem Kampf bisher offenbar noch nicht bemerkt worden war. Sie befreite ihn aus seiner Bedrängnis, zog ihn ein wenig höher und lehnte ihn gegen den Fuß des Fockmastes. Aus seinem gelblich-wächsernen Gesicht sahen sie zwei große schwarze Augen an, die ihr nicht unbekannt schienen.

„Ich bin Lopes", flüsterte er.

„Lopes? . . . Lopes?"

Sie durchforschte ihr Gedächtnis. Mit einem vagen Lächeln um die grauen Lippen half er nach:

„Ihr wißt doch . . . Lopes! An der Maquoitbucht . . . Die Bienen."

Sie erinnerte sich. Er war einer der Flibustier, gegen die sie sich hatte wehren müssen, indem sie ihnen einen Bienenkorb an den Kopf warf. Heute, wieder in Goldbarts Mannschaft eingereiht, durchlebte er seine letzte Stunde.

„Es ist im Bauch", murmelte er. „Ihr müßt so was mit mir anstellen wie mit Beaumarchand. Ihr habt ihn doch wieder zusammengeflickt, ich hab's gesehen. Und jetzt läuft er herum wie ein Kaninchen . . . Ich . . . ich bitte Euch, Madame . . . Ich möcht' noch nicht sterben . . ."

Er war noch jung, dieser kleine Portugiese. Ein bedauernswertes Kerlchen, einst Herumtreiber auf den Kais von Lissabon, der sich bis zum Alter von zwölf Jahren nur von Staub, Sonne und einer gelegentlichen Handvoll Feigen ernährt hatte. Und danach das Meer. Das war alles.

Um ihr Gewissen zu beruhigen, schlitzte Angélique seine Kniehose über dem durch die schwärende, faulige Wunde schon angeschwollenen, von Blut und Eiter beschmutzten Leib auf. Die eingefallenen Augenhöhlen des Mannes hatten ihr schon genug gesagt. Selbst wenn man ihn rechtzeitig hätte behandeln können, wäre er nicht mit dem Leben davongekommen.

„Ihr werdet doch was mit mir anstellen?" wiederholte er.

Sie beruhigte ihn durch ein Lächeln.

„Ja, mein Kleiner. Zuerst werde ich dir Erleichterung verschaffen. Schluck das hinunter."

Sie schob ihm eine der letzten ihr verbliebenen, aus Mandragora und indischem Mohn zusammengesetzten Pillen zwischen die Lippen.

Er konnte sie nicht hinunterbringen, behielt sie aber auf der Zunge, und schon schläferte sie ihn ein wenig ein.

„Bist du ein guter Christ, mein Kleiner?" fragte sie noch.

„Ja, Señorita, ich bin's."

„Dann bete zum lieben Gott und zur Heiligen Jungfrau, während ich dich heilen werde."

Sie faltete ihm selbst die Hände auf der Brust, hielt sie zusammen und teilte ihm so in seinem letzten Kontakt mit der Welt, die er verließ, ihr Leben, ihre Wärme mit, damit er sich nicht allein fühlte, wenn er die letzte Schwelle überschritt.

Seine bleifarbenen Lider öffneten sich wieder.

„Mamma! Mamma!" hauchte er, während er sie unverwandt ansah . . .

Sie ließ seine nun kalten, leblosen Hände los und drückte ihm die Augen zu. Dann bedeckte sie das Gesicht des Toten mit dem leichten Tuch, das sie sich am Morgen hastig um die Schultern geknüpft hatte. Das gewaltsame Sterben der Männer während des Kampfes, die schlagartige

Verwandlung lebendiger, vor kurzem noch lachend in der Sonne sich tummelnder Wesen in reglose, stumme Körper, die für immer von dieser Erde verschwinden und deren Persönlichkeit bald aus den Herzen der Bleibenden gelöscht sein würde, hatte sie niemals gleichgültig gelassen. Dennoch hatte sie zuweilen mit eigenen Händen getötet, aber die Unlogik des Todes, seine irreparable Grausamkeit verletzte ihre weibliche Empfindsamkeit jedesmal tief. Obwohl sie wußte, wie wertlos die armselige Kreatur war, die da eben ihre irdische Laufbahn beschlossen hatte, stiegen ihr unbewußt Tränen in die Augen.

Sechsundfünfzigstes Kapitel

Als sie sich aufrichtete, fand sie sich unversehens Joffrey gegenüber. Seit einigen Momenten schon hatte er dort gestanden und auf die über den Sterbenden gebeugte Frau hinuntergesehen.

Gilles Vanereick, der ihn auf diesem letzten Inspektionsrundgang begleitete, hatte als erster den blonden Haarschopf der Frau erkannt, erster tröstlicher Anblick nach den harten Stunden des Kampfes, und seine Hand auf den Arm des Grafen gelegt. Ihren Gang unterbrechend, hatten sie sie betrachtet und ihre mitleidig gemurmelten Worte verstanden: „Dann bete zum lieben Gott und zur Heiligen Jungfrau, während ich dich heilen werde."

Dann hatten sie gesehen, wie sie sich bekreuzigte, ihr Tuch löste und das Gesicht des armen Burschen verhüllte. Tränen glitzerten in ihren Wimpern.

Beim Anblick Peyracs geriet sie in einem Maße außer Fassung, daß Vanereick Mitleid mit ihr spürte. Verwirrt wandte sie sich ab, unter dem Vorwand, sich die Hände in dem Becken spülen zu müssen, das Martial ihr reichte.

„Habt Ihr alle Verletzten ausgesucht, deren Zustand den Transport an Land zuläßt, Madame?" fragte Peyrac in einem Ton, dessen reservierte Kühle keine Regung verriet.

„Der da ist gestorben", sagte sie mit einer Geste zu dem reglos liegenden Körper.

„Das sehe ich", erwiderte er trocken.

Beharrlich entzog sie ihr Gesicht seinem Blick, um ihn die bläuliche Verfärbung nicht sehen zu lassen. Seit der schrecklichen Szene des Vorabends sah sie ihn jetzt zum erstenmal, und diese Begegnung erfüllte sie mit einem Gefühl des Fröstelns, als fände sie sich plötzlich einem völlig Fremden gegenüber ... Eine Mauer hatte sich zwischen ihnen aufgerichtet.

Der flämische Kapitän, der Peyrac begleitete, schien munter und gutmütig. Sein gelber Rock, geschmückt mit im Winde flatternden Schleifchen, seine roten Straußenfedern, die Manschetten und das Halstuch aus Spitze entsprachen ganz dem prachtliebenden Geschmack der karibischen Freibeuter. Im Gegensatz dazu war sein joviales Gesicht von blutverkrusteten Kratzern gezeichnet, die ihn zwangen, ein Auge halb zu schließen.

Um sich Haltung zu geben, wandte sich Angélique ihm zu.

„Kann ich etwas für Euch tun, Monsieur?"

Entzückt über die Möglichkeit, ihr näherzukommen, beeilte sich Vanereick, seine Hilfsbedürftigkeit zu erkennen zu geben.

Sie hieß ihn, sich auf ein umgedrehtes Faß zu setzen, und während Peyrac sich entfernte, reinigte sie ihm vorsichtig die Wunden und fragte sich dabei, welche Art Waffe sie ihm wohl beigebracht haben mochte.

Er schnitt bei der Behandlung Grimassen und wimmerte wie ein Hündchen.

„Ihr stellt Euch für einen abenteuernden Kavalier reichlich empfindlich an", sagte sie. „Wenn man so zimperlich ist wie Ihr, sollte man sich nicht unter Kämpfende mischen."

Er warf sich in die Brust.

„Ich bin der Kapitän der *Sans-Peur!*"

„Man möchte es nicht glauben."

„Es ist ja nur deshalb, weil ich in meinem Leben niemals verwundet worden bin, meine Teure. Fragt überall herum, und man wird Euch sagen, daß Gilles Vanereick noch aus jedem Gefecht ohne Kratzer herausgekommen ist."

346

„Diesmal jedenfalls nicht."

„Doch, auch diesmal. Was Ihr da mit Euren Feenfingern behandelt, sind keine Kriegsverletzungen, das ist mal sicher. Ich verdanke die Kratzer Inés' Tobsuchtsanfall gestern abend."

„Inés?"

„Meine Mätresse! Sie ist eifersüchtig wie eine Tigerin, deren scharfe Krallen sie besitzt, und sie hat mir höchst übelgenommen, daß ich unausgesetzt Eure strahlende Schönheit rühmte."

„Aber ich kenne Euch kaum, Monsieur."

„Gewiß . . . Ich befand mich gestern im Ratssaal, als Ihr uns erschienen seid. Natürlich schmeichle ich mir nicht, daß Ihr meine bescheidene Person bemerkt haben könntet, denn ich weiß, daß Ihr nur Augen für Monsieur de Peyrac, Euren Gatten und meinen teuren und verehrten Freund von den karibischen Inseln, hattet."

Angélique, die ihm gerade einen Stirnverband anlegte, fiel es schwer, ihn nicht an den Haaren zu ziehen, um sich für seine Ironie zu rächen. Vanereicks schwarze Augen spähten von unten zu ihr auf, voller Bewunderung, aber auch nicht ohne ein leises boshaftes Glitzern, als er die bläulichen Spuren in ihrem bezaubernden Gesicht bemerkte, die am Vorabend noch nicht dagewesen waren.

Offenbar, so vermutete er, war die eheliche Szene stürmisch verlaufen, und die beiden Gatten schmollten noch miteinander, aber diese Frau war zu schön, als daß sich die Dinge nicht schließlich doch arrangieren mußten. Ein wenig Eifersucht würzte nur die Glut der Liebe. Er hatte da mit seiner Inés ganz andere Geschichten erlebt. Und wie Peyrac schätzte er es ganz und gar nicht, teilen zu müssen. Aber das waren nun einmal Zwischenfälle, denen man sich aussetzte, wenn man sich mit Schönen einließ, die von der Natur mit all den lieblichen Gaben ausgestattet worden waren, von denen das Glück der Männer abhing, einschließlich der Gabe, allenthalben Lüsternheit zu wecken und auf sich zu ziehen.

Auch diese da, die tolle, vagabundierende Gräfin Peyrac, besaß diese Gaben und wußte sie weidlich zu nutzen. Um so schlimmer für ihren Gatten! . . .

Während sie zart seine Schrammen betupfte, ergötzte sich Vanereick mit bebenden Nüstern an ihrem so nahen, hauchleichten Duft nach gemähtem Gras, dem köstlichen Frauenduft der echten Blondine, der Lust darauf machte, noch tiefer in die Mysterien ihrer bräunlich überhauchten, warmen Haut einzudringen.

Die angebliche Schwäche des vom Kampf mitgenommenen Kriegers als Vorwand nutzend, hatte er beim Setzen seine Hand um Angéliques Hüfte gleiten lassen.

Sie hatte eine prächtige Taille, aber er konnte sie nur flüchtig streifen, denn sie entzog sich ihm sofort.

Als erfahrener Frauenkenner sagte er sich, daß sie nackt opulente Kurven aufweisen müsse, und trotzdem schien sie dank der Anmut und Geschmeidigkeit ihrer Bewegungen schlanker, als sie in der unter der Kleidung verborgenen Wirklichkeit ihres herrlichen Körpers vermutlich war. Das geübte Auge des lebensfrohen Korsaren erriet die vollkommene Schönheit eines Leibes, der vom Nacken bis zu den Lenden nur aus harmonischen Formen bestehen konnte. Eine Venus gekreuzt mit Diana, der Göttin der Jagd. In jedem Fall außerordentlich kraftvoll! Es wurde ihm klar, als sie durch eine bloße Drehung des Handgelenks seine Träumerei ohne Berufungsmöglichkeit unterbrach und ihn jäh auf die Beine stellte, wie sie es auch mit einem für ihren Geschmack ein wenig zu weichlichen kleinen Jungen gemacht hätte.

„Ihr seid von den Folgen des Grolls der Dame Inés geheilt, mein Lieber. Morgen wird so gut wie nichts mehr davon zu sehen sein."

Er zwinkerte ihr mit seinem halbgeschlossenen Auge verständnisinnig zu.

„Ich wünsche Euch das gleiche, allzu schöne Dame! Ich sehe, daß die Planeten Venus und Mars gestern im Herzen des Firmaments einen kleinen Zusammenstoß hatten und daß wir beide Opfer dieses Zerwürfnisses der Götter geworden sind . . ."

Die Pflichten des Vormittags hatten Angélique ihre Verzweiflung allmählich vergessen lassen. Dank einer natürlichen Reaktion ihres unbezähmbaren Wesens gewann ihr Optimismus wieder die Oberhand, und Vanereicks Bemerkung über das Zerwürfnis zwischen den Göttern der Liebe und des Kriegs hatte sie fast zum Lachen gebracht.

Als er spürte, daß sie zahmer wurde, beugte er sich zu ihr.

„Hört", flüsterte er, „ich verstehe die Liebe und bin nachsichtig mit den Schwächen hübscher Personen, selbst wenn ich nicht der Glückliche bin, der davon Nutzen zieht. Wünscht Ihr, von mir Neuigkeiten über Goldbart zu hören?"

Angéliques Gesicht vereiste, und sie warf ihm einen zornigen Blick zu, doppelt gedemütigt, weil er sie mit dreister Nachsicht leichtfertigen Frauen gleichsetzte und weil er damit unbeabsichtigt auch Joffrey beleidigte. Diesmal ließ sich nicht daran zweifeln, daß die vertraulichen Mitteilungen des Schweizers Ritz nicht geheimgehalten worden waren. Alle Welt wetzte die Zungen an ihren angeblichen Streichen und dem Kummer, den sie Joffrey bereitet hatte.

Doch beunruhigte sie Colins Schicksal so sehr, daß sie sich nicht hindern konnte, mit kaum bewegten Lippen zu murmeln:

„Ja! ... Was ist mit Goldbart geschehen?"

„Nun, um die Wahrheit zu sagen, weiß niemand etwas Genaues. Er ist verschwunden."

„Verschwunden?"

„Ja. Offenbar ein zufälliges Zusammentreffen. Stellt Euch vor, er war nicht an Bord, als wir sein Schiff angriffen. Sein Deckoffizier leitete die Verteidigung. Einige erzählen, er habe die *Coeur de Marie* während der Nacht in einem kleinen Boot verlassen, ohne zu sagen, wohin er fahre oder wann er zurückkehre. Er hatte seinem Leutnant Barssempuy befohlen, sich in den Gewässern Gouldsboros zu halten, natürlich zwischen den Inseln versteckt, bis er selbst zurückkehren werde, um weitere Befehle zu geben. War er unterwegs, um neue Wege zu erkunden, auf denen er diesmal die Niederlassung angreifen wollte? Man weiß es nicht. Jedenfalls sind wir ihm zuvorgekommen. Noch bei Morgengrauen stöberte die Schebecke Monsieur de Peyracs die vor Anker liegende *Coeur de Marie* auf. Verfolgung, Enterung, Nahkampf folgten Schlag auf Schlag, und wir aus Gouldsboro sind Sieger geblieben. Was Goldbart betrifft, wo immer er auch steckt, ist es mit seiner Herrschaft über die Meere fürs erste zu Ende, denke ich."

„Ich danke Euch, Monsieur."

Angélique kehrte an Land zurück. Die Sonne schien noch immer nicht hinter den Horizont versinken zu wollen. Staubwolken und Rauchschwaden färbten sich in pastellenen Gold- und Schwefeltönen. Die Hitze, die trotz des unaufhörlichen Windes drückend gewesen war, ließ endlich nach.

Angezogen durch die Kanonade, waren Indianer aus dem Wald aufgetaucht. Sie brachten Felle zum Tauschen mit den Seeleuten und allerlei Wild mit, das angesichts des neuen Zustroms zu stopfender Mäuler nicht zu verachten war. Englische und französische Matrosen, Flibustier, ja sogar Verwundete, die sich eben notdürftig schleppen konnten, versammelten sich um sie, so mächtig war an diesen Küsten der Hang zum Pelzhandel und die Verlockung des Gewinns, der sich mit ihm erzielen ließ. Man tauschte, was man gerade zur Hand hatte: Mützen, Tabak, Branntwein, Ohrringe, ja selbst hölzerne und zinnerne Löffel, obwohl sie zusammen mit dem Messer zu den kostbarsten Utensilien des Seemannsdaseins gehörten.

Sogar die Gefangenen drängten sich hinter den Latten des Schuppens, forderten die Indianer mit Geschrei zum Nähertreten auf und reichten ihnen allerlei Firlefanz zum Tausch.

Übrigens entdeckte Angélique bei dieser Gelegenheit unter ihnen einen weiteren ihrer alten Bekannten vom Kap Maquoit.

So viele brave Burschen waren im Kampf gefallen, doch Hyacinthe Boulanger hatte ihn überlebt. Er machte Skandal, und man hatte ihn schon mehrmals niederschlagen müssen, um ihn zu veranlassen, sich ruhig zu verhalten.

„Er ist ein Bukanier, ein Büffeljäger und -schlächter. Gebt ihm also als Schlächter zu tun", befahl Angélique. „Bei diesem Geschäft kann er sich uns wenigstens nützlich erweisen."

Sie fuhr ihn gehörig an:

„Bringt uns nicht dazu zu bedauern, daß wir Euer Leben geschont haben, Dummkopf! Wenn Ihr es vorzieht, an Händen und Füßen gebunden zu werden, statt selbst über Eure Person verfügen zu können – nach Eurem Belieben! Aber ich befehle Euch, mir zu gehorchen, sonst werden wir Euch hängen wie einen nutzlosen, schädlichen Rohling, der Ihr seid."

„Gehorch ihr, Hyacinthe!" rief ihm Aristide von seinem Lager aus zu. „Du weißt doch, es führt zu nichts, sich mit ihr zu streiten, und vergiß nicht, daß sie deinem ‚Bruder der Küste‘ immerhin den Bauch wieder zugenäht hat."

Der gräßliche Schlächter gab durch ein Zeichen zu verstehen, daß er sich fügen wolle, und trollte sich, mit seinen langen Affenarmen baumelnd, davon, um grünes Holz für seine Räucherfeuer zu sammeln. Angélique las unter den Gefangenen noch zwei oder drei weitere Schlächter von Beruf heraus und schickte sie gemeinsam mit Hyacinthe Boulanger auf ein abgelegeneres kleines Stück Strand, wo sie unter Aufsicht eines bewaffneten Postens die von den Indianern gebrachten Hirsche und Damhirsche in handliche Stücke zerlegen und teils braten, teils räuchern sollten.

Der köstliche Duft der Braterei, der sich alsbald durch die goldene Abendluft verbreitete, erinnerte sie daran, daß sie den ganzen Tag lang nichts gegessen hatte, auch nichts am Abend zuvor und selbst ... Wahrhaftig, ihre letzte Mahlzeit war die in Pentagouët gewesen, mit dem Baron de Saint-Castine und dem Jesuitenpater Maraicher de Vernon, auch Jack Merwin genannt. Eine Ewigkeit! ... Es schien schon so fern, und dabei ahnte sie, daß sie noch längst nicht am Ende ihrer Leiden war.

Plötzlich verspürte sie Hunger.

Die Begegnung mit Vanereick hatte sie alles in allem ein wenig aufgeheitert. Und da sie nun wußte, daß Colin nicht unter den Toten war, fühlte sie sich besser. Hatte Vanereick schließlich nicht recht? Mußte man aus einer Bagatelle ein Drama machen und zwei Leben, mehrere Leben zerstören? Gewiß war Joffrey kein Ehemann, mit dem man es leicht aufnehmen konnte, aber sie mußte sich eben dazu entschließen und ihre Angst überwinden ... „Ich werde ihm sagen ... Nun, ich werde ihm einfach die Wahrheit sagen ... Daß ich ihn nicht so betrogen habe, wie er glaubt ... Daß Goldbart Colin ist ... Er wird verstehen ... Ich werde schon die richtigen Worte finden, um es ihm verständlich zu machen. Gegen gestern ist die Situation schon besser geworden. Wir arbeiten wieder zusammen ... Das Leben hat ihn gezwungen, sich wieder an mich und alles, was uns vereint, zu erinnern ... Haben wir nicht Schlimmeres hinter uns, schlimmere Trennungen ... schlimmeren ... Verrat? Und wir haben es überwunden, haben uns von neuem geliebt, inniger als je."

Schließlich waren sie keine Kinder mehr, waren sie über die Unduldsamkeit und Unerfahrenheit der Jugend hinaus. Das Leben war über sie hinweggegangen und hatte sie den Preis der wahren Gefühle gelehrt, hatte ihnen beigebracht, was man hinnehmen oder opfern muß, um das bewahren zu können, was dieses Leben an Besserem, Unschätzbarem aufzuweisen hatte.

Und zu viele Menschen hingen von ihnen ab. Auch das mußte sie ihm sagen. Sie hatten nicht das Recht, schwach zu werden, zu enttäuschen. Sie dachte an ihre Kinder, besonders an Cantor, der jeden Augenblick hier auftauchen konnte.

Jemand hatte ihr gesagt, ihr jüngerer Sohn sei zur Cascobucht zurückgekehrt, um sie zu holen, und sie war erleichtert gewesen, ihn nicht in Gouldsboro zu wissen. Aber vorhin hatte ihr Vanereicks Chirurg Nessens berichtet, daß die *Rochelais* noch rechtzeitig zurückgekehrt sei, um am Gefecht dieses Morgens teilzunehmen. Nach allem, was sie wußte, patrouillierte die Jacht noch zwischen den Inseln.

Auch mit Rücksicht auf Cantor mußte ihre Auseinandersetzung, ihre Versöhnung schnellstens erfolgen, bevor die Gerüchte und Klatschereien dem empfindsamen Jungen zu Ohren kamen. Noch an diesem Abend würde sie versuchen, unter vier Augen mit Joffrey zusammenzutreffen.

Aber der Tag war noch nicht zu Ende, zahllose Aufgaben warteten noch auf ihre Erledigung.

In der Herberge Madame Carrères stärkte sie sich mit einem Maiskolben, den sie in aller Schnelle über der Kaminglut röstete und ebenso rasch knabbernd verspeiste, während sie die Zubereitung eines Kräuterabsuds überwachte. Es fehlten ihr Schierling und Mandragora zur Herstellung von Beruhigungspillen, aber notfalls konnte man sich auch mit Weihrauch, Gewürznelken und orientalischem Mohn behelfen. Sie stöberte ein wenig in den Häusern herum und durchwühlte die Vorräte des Forts. Jemand erzählte ihr, auf der *Sans-Peur* gebe es einen „Gewürzmann", wie man ihn auf vielen Schiffen finde, einen Matrosen, der in seinen Taschen und den Ecken seiner Seemannskiste immer eine Handvoll von diesem und eine Prise von jenem habe, Mitbringsel aus allen Gegenden des Globus. Sie könne ihn an der schwarzen Klappe erkennen, die er vor einem seiner Augen trage. Außerdem folge ihm ständig sein Sklave, ein Karibe mit olivenfarbener Haut, um dessen Hals an einer Baumwollschnur ein grüner Zauberstein hänge. Die schwarze Augenklappe allein hätte nicht als Erkennungszeichen genügt, denn unter den kampflustigen Meerfahrern gab es nicht wenige Einäugige.

Ein Teil der Mannschaften war an Land gegangen und biwakierte am westlichen Ende des Strandes. „Sie werden heute abend sicher betrunken sein", sagte Madame Carrère mit verständnisvoller Miene. Sie hatte während des ganzen Nachmittags an die gesunden Männer unablässig Bier, Wein, Rum und Branntwein ausgeschenkt. Immerhin zahlten sie zuweilen in Perlen und manchmal sogar in Golddukaten.

Die Beute der *Coeur de Marie* war mit Booten zum Hafen geschafft worden. Gezählt und numeriert, breitete sie sich, in Gestalt von Fässern, Tönnchen, Kisten und Säcken säuberlich aufgereiht, vor den befriedigten Blicken der Seeleute aller Nationen aus, von denen jeder aus diesen Beständen für den vorangegangenen Kampf eine Prämie erhalten würde.

Die Ladung des Korsaren Goldbart stand im Rufe, reich und vielfältig assortiert zu sein.

Die Rechnungsführer jedes Schiffs betätigten sich geschäftig um die Waren, riefen sich Zahlen zu und legten Siegel an. Es gab da Tabak aus Brasilien, Zuckersirup, Rohzucker, weißen Zucker, Reis, Rum und alle möglichen Weine, dazu die üblichen Vorräte an Lebensmitteln, die ein Handelsschiff mit sich führt: Fässer mit Erbsen, Bohnen, gesalzenem Schweinefleisch, Zwieback und an besonderen Delikatessen sieben Tönnchen mit Schweineohren, sieben Töpfe mit Gänsekeulen, Schinken, verschiedene Käsesorten, getrocknete Früchte, Flaschen mit Essig und Öl, einige Töpfchen mit Weintraubenkonfitüre, und schließlich war da eine kleine, genagelte und überaus gewichtige Truhe, die angeblich kostbare Steine, darunter die berühmten Smaragde von Caracas enthalten sollte … Zwei Posten mußten die Truhe bewachen, bis sie ins Fort des Grafen Peyrac transportiert werden würde.

Den Saum ihres Rockes schürzend, bahnte sich Angélique einen Weg durch die lärmende Menge. Angelockt von dem bunten Treiben, schlenderten die englischen Puritaner aus dem Champlainlager und die Rochelleser Hugenotten wohlmeinend zwischen den Gruppen herum, und an den Feuern waren englische und französische Stimmen zu vernehmen, die den Kindern atemberaubende Piratenabenteuer vor dem blitzblauen Hintergrund des Karibischen Meers erzählten, wo unter Palmen endlose weiße Strände schimmern und man den Rum vermischt mit dem milchigen, frischen Saft dicker, haariger Kokosnüsse trinkt.

Ein Mädchen in einem roten Kleidchen sprang Angélique um den Hals, die es an dieser Spontaneität gewiß nicht erkannt hätte.

„Rose Ann, mein Liebling, wie freue ich mich, dich wiederzusehen!"

Die kleine Engländerin schien sich ebenso wie ihre Gefährtinnen Dorothy und Janeton von der Moneganinsel bestens zu amüsieren.

Endlich entdeckte Angélique den von seinem halbnackten Kariben begleiteten Gewürzmann und handelte sich bei ihm Verschiedenes ein.

Im Abendlicht begann das Gold des Bildes der Jungfrau am Heck der *Coeur de Marie* sanft zu glühen. Die Spiegelung seiner Farben und Konturen zitterte im leicht bewegten Hafenwasser, und je tiefer die Dämmerung wurde, desto mehr wirkten die Gestalten der Jungfrau und der Engel wie sehnsuchtsvolle, liebliche Erscheinungen, die über die am Ufer versammelte buntscheckige Menge wachten. Der durchdringende Jodgeruch schwarzer Algen stieg plötzlich von der Bucht auf, denn die See zog sich zurück, und in dieser Woge von Meeresweihrauch, die der Wind mit dem Rauch brennenden Holzes und brodelnden Teers vermischte, tauchte eine Frau auf, die sich zu aufpeitschenden Kastagnettenrhythmen in einen wilden Tanz stürzte. Ihr weiter, gestickter feuerfarbener Rock umgab sie für Momente mit einer rotgoldenen Aureole, und ihr Blick glitzerte heiß und provozierend zwischen übertrieben mit Khôl geschwärzten Wimpern. Er folgte lange der vorbeigehenden Angélique.

„Das ist Inés", sagte man ihr, „die Mätresse Monsieur Vanereicks. Sie soll mit dem Säbel ebensogut umgehen können wie mit den Kastagnetten."

Angélique blieb einen Moment stehen, um den katzenhaft anmutigen, feurigen Sprüngen und Drehungen der „Tigerin" zuzusehen.

An diesem Abend wurde in Gouldsboro viel gelacht, gesungen und gelärmt, aber auch das Stöhnen und Jammern der Verletzten, Sterbenden und Besiegten war zu vernehmen.

Und in diesem fiebrigen Treiben, in dieser aus Sieg und Niederlage geborenen Unordnung, die die Gehirne ebenso verwirrt und mystifiziert wie das tönende Brausen der Fluten und des Windes, hatte der Teufel mit dem Pferdefuß leichtes Spiel, Intrigen zu spinnen, die Keime des Unheils und der Zwietracht zu säen und mit allen unsichtbaren Geistern des Bösen sein höllisches Ballett aufzuführen ...

Siebenundfünfzigstes Kapitel

Angélique erschien er im hereinbrechenden Abend in Gestalt eines bleichen Mannes, der, von Fels zu Fels springend, die Bucht bei Ebbe überquert hatte und zu Fuß aus den Weiten des Meeres gekommen zu sein schien. Sie stand auf der Schwelle der Herberge Madame Carrères, hatte sich zum soundsovielten Male an diesem Tage in einem Becken neben der Regenwassertonne die Hände gewaschen und versuchte nun verstohlen, die blutunterlaufene Stelle an ihrer Schläfe mit ein wenig Balsam zu behandeln. Seit dem Morgen hatte sie keine Zeit dazu gefunden. Sie fühlte sich erschöpft und wie zerbrochen.

„Monsieur de Peyrac bittet Euch, zu dem Inselchen dort drüben zu kommen", sagte der Mann. „Ihr sollt Euch sofort auf den Weg machen."

„Sind noch Verletzte dort?" fragte Angélique mit einem schnellen Blick auf die geöffnete Tasche zu ihren Füßen, die sie keinen Moment verlassen hatte.

„Vielleicht ... Ich weiß es nicht."

Sie zögerte den Bruchteil einer Sekunde. Madame Carrère hatte ihr eben angekündigt, daß sie einen Napf frisch gesalzenes Schweinefleisch mit Kohl für sie aufwärmen werde, um sie wieder auf die Beine zu bringen und ihr für diesmal die ewigen Muscheln zu ersparen. Aber da war noch etwas anderes, das sie zurückhielt, ohne daß sie im Moment hätte definieren können, was dieses Etwas war.

„Wo liegt Euer Boot?" erkundigte sie sich.

„Unnötig, ein Boot zu nehmen. Die Bucht ist so gut wie trocken."

Sie folgte ihm über die vom Meer freigegebene Ebene zwischen dem Ufer und der bezeichneten Insel. Schleimige Algen brachten sie immer wieder in Gefahr auszugleiten.

Die funkelnden Reflexe der tiefstehenden Sonne in den zahllosen Tümpeln blendeten Angélique und taten ihren Augen weh.

Die Insel erhob sich etwa eine Meile entfernt, vorgeschobener Vorposten einer Kette von Riffen, bewachsen mit den üblichen lanzenartigen schwarzen Tannen, Pinien, grünem Buschwerk und Birken. Ein altrosafarbener Sandstrand stieg sanft zu den schattigen Baumkronen des kleinen Waldes auf.

„Da drüben ist es", sagte der Mann, zur Baumgrenze weisend.

„Ich sehe niemand . . ."

„Ein Stückchen weiter ist eine kleine Lichtung. Dort befindet sich Monseigneur de Peyrac und erwartet Euch mit noch anderen Personen."

Er sprach mit eintöniger, gleichgültiger Stimme.

Angélique betrachtete ihn. Sie wunderte sich über die kränkliche Blässe seines Gesichts und fragte sich, zu welcher Mannschaft er wohl gehören mochte.

Langsam ging sie den Strand hinauf, in dessen feuchtem Sand ihre Füße versanken, erreichte grasigen Boden und trat unter die Bäume.

In der Tat zeigte sich nach wenigen Schritten eine Lichtung und in deren Mitte ein altes, gestrandetes Schiff. Seine gespenstigen Umrisse ragten in der grünen Dämmerung schräg aus hohem Gras, Sträuchern und einem Gewirr von Lianen. Es war eine kleine Caraque aus dem vergangenen Jahrhundert von kaum hundertzwanzig Tonnen. Ein Bruchstück eines geschnitzten Geländers war zu erkennen und am Bug die ungewisse Form der von Würmern zerfressenen, halb verfaulten Galionsfigur, allem Anschein nach der von einer Haarmähne umrahmte Kopf und die muskulösen Schultern irgendeines Meergottes. Das Heckkastell war beim Aufprall gegen die Felsen eingedrückt worden, die Maste waren bis auf den Fockmast gebrochen, der sich, mit rotem Baumkrebs und schwarzen Champignons bedeckt, schräg im Laubwerk verlor.

Ein Sturm, eine Grundwelle, eine Äquinoktialflut, höher und gewaltiger als die anderen, mußte das Wrack bis in diesen umwucherten Winkel gespült und sich dann, es für immer seinem Schicksal überlassend, zurückgezogen haben.

Ein Vogel pfiff, ein reiner, heiterer Laut. Sein Gesang vertiefte die Stille. Der Ort war verlassen.

Im gleichen Augenblick erinnerte sich Angélique dessen, was sie anfangs hatte zögern lassen, dem bleichen Mann zu folgen, ohne daß sie sich gleich hätte klarmachen können, warum. Hatte sie nicht ein paar Minuten zuvor Joffrey am Strand auf dem Wege zur Scheune der Gefangenen gesehen? Er konnte also nicht zugleich dort drüben und hier sein!

Sie wandte sich nach dem Unbekannten um, der sie geführt hatte. Er war verschwunden.

Verblüfft und im schnell aufschießenden Gefühl einer drohenden Gefahr sah sie wieder zu dem alten Schiff hinüber. Nur das Geplätscher der Wellen zwischen den Felsen war zu hören und hin und wieder der Gesang eines Vogels, wollüstige Triller, die sich in regelmäßigen Abständen wiederholten wie ein Ruf ... eine Warnung.

Angéliques Hand glitt zum Gürtel, aber sie wußte, daß sie dort keine Waffe finden würde.

Bedrückt, wagte sie nicht zu rufen, die schwere, laue Stille zu stören, irgend etwas Schreckliches, dessen Natur sie nicht ahnte, heraufzubeschwören.

Als sie sich endlich zu vorsichtigem Rückzug entschlossen hatte, hörte sie das Geräusch eines Schrittes. Es kam von jenseits des Wracks.

Es war ein schwerer Schritt, der ihr, obwohl durch Gras und Moos erstickt, die Erde bis in ihre Tiefen zu erschüttern schien.

Angélique stützte sich gegen die morsche Schiffswand. Ihr Herzschlag stockte.

Am Abend eines langen, erschöpfenden Tages nach einer quälenden Nacht des Leids und der Tränen traf sie das Nahen dieses unerbittlichen, langsam und schwer wie das Schicksal herankommenden Schritts, der weder ihrem Mann noch einem der mit Vorliebe barfuß gehenden Matrosen oder Indianer noch – wer konnte es wissen! – überhaupt einem menschlichen Wesen gehörte, mitten im Zusammenbruch ihrer Kräfte und weckte in ihr alle abergläubischen Schrecken der Kindheit.

Als ein mächtiger Schatten am Bug des Wracks auftauchte, vage sich abhebend vom meergrünen Halbdunkel des Unterholzes, glaubte sie einen Menschenfresser oder Riesen vor sich zu haben.

Achtundfünfzigstes Kapitel

Ein durch das Laubwerk sickernder schwacher Lichtstrahl ließ blondes Haar und einen struppigen Bart aufschimmern. Goldbart!

„Bist du's?" fragte er.

Da sie stumm blieb, kam er mißtrauisch näher. Seine schweren Stiefel, deren heruntergeschlagene Umschläge gebräunte, nackte Knie enthüllten, zertraten die zarten Blüten im Gras. Er trug kurze Kniehosen, ein weißes Hemd mit offenem Kragen und eine ärmellose Lederweste, über die sich ein breites Degengehänge zog. Aber in diesem Gehänge fehlte der Entersäbel, und von seinen vier Pistolen war nichts zu sehen. Auch er, der Korsar, war waffenlos.

Wenige Schritte von Angélique entfernt blieb er stehen.

„Warum hast du mich kommen lassen?" fragte er. „Was willst du von mir?"

Sie schüttelte entschieden den Kopf.

„Ich habe dich nicht kommen lassen", brachte sie endlich hervor.

Die blauen Augen des Normannen beobachteten sie aufmerksam. Der Zauber, gegen den er sich nicht zur Wehr setzen konnte, sobald er sich in ihrer Nähe befand, wirkte schon auf ihn. Der Ausdruck des gejagten Wildtiers schwand aus seinen Zügen, und ein weiches Gefühl stieg in ihm auf.

„Wie blaß du bist, mein Lämmchen!" sagte er sanft. „Und was hast du da im Gesicht? Bist du verletzt?"

Er streckte die Hand aus und berührte mit den Fingerspitzen die blutunterlaufene Stelle an der Schläfe.

Angélique überlief ein Zittern, hervorgerufen durch den Schmerz, den selbst diese zarte Berührung verursacht hatte, wie durch einen erschrekkenden Gedanken, der sie plötzlich durchzuckte. Sie war allein auf dieser Insel mit Colin! Und wenn Joffrey käme . . .

„Es ist nichts!" rief sie wild und verzweifelt. „Aber du darfst nicht bleiben, Colin! Geh! Geh schnell! . . . Und auch ich muß fort!"

Sie wandte sich ab, lief über den grasigen Boden dem Strande zu.

Doch als sie unter den letzten Bäumen angelangt war, blieb sie stehen, wie versteinert vor Angst.

Mit seiner spiegelnden Transparenz die Felsen überspülend, die es vor kurzem erst freigegeben hatte, breitete sich vor ihren Augen lässig das Meer. Eine schaumgekrönte Welle stürmte rauschend gegen den Strand.

Angélique rannte wie eine Wahnwitzige über den Sand, schwang sich auf einen noch freiliegenden Felsen, dann auf einen anderen. Eine Welle spülte über ihre Füße, eine zweite hätte sie fast aus dem Gleichgewicht gebracht.

Eine kräftige Hand packte ihren Arm, zog sie zurück.

„Was tust du?" fragte Colin Paturel. „Du siehst doch, daß die Flut zurückgekehrt ist."

Sie hob ihre schreckgeweiteten Augen zu ihm.

„Wir sind auf der Insel eingeschlossen", murmelte sie.

„Es sieht mir ganz so aus."

„Aber wir müssen fort!"

„Es gibt kein Boot", sagte Colin.

„Aber das ist unmöglich! Du mußt ein Boot haben! Wie bist du hierhergekommen?"

„Ich weiß nicht, wie ich hierhergekommen bin", antwortete er reichlich rätselhaft.

„Und wo ist der Mann, der mich hergebracht hat? Bist du ihm nicht begegnet? Sein Gesicht war weiß wie Talg."

Plötzlich überkam Angélique Schwäche. Sie klammerte sich an Colins Weste.

„Es war der Dämon, Colin! Ich weiß es!"

„Beruhige dich", sagte er und nahm sie in die Arme. „Bei Morgengrauen setzt Ebbe ein . . ."

Sie entzog sich seiner Umarmung mit einem klagenden Schrei.

„Nein! Es ist unmöglich! ... Ich kann nicht die ganze Nacht hier verbringen ... mit dir ... vor allem nicht mit dir!"

Von neuem lief sie dem Wasser zu, begann im Laufen, ihr Kleid aufzuhaken. Colin riß sie zurück.

„Was willst du tun? Bist du verrückt?"

„Ich werde schwimmen, wenn's nötig ist. Um so schlimmer! Lieber nackt in Gouldsboro ankommen als hierbleiben. Laß mich los!"

„Du bist verrückt!" wiederholte er. „Die Strömung ist gefährlich. Du wirst ertrinken!"

„Um so schlimmer! Ich würde lieber ertrinken ... Laß mich, sag' ich dir!"

„Nein, ich lass' dich nicht."

Sie setzte sich wütend gegen ihn zur Wehr. Vergeblich. Der eiserne Griff, mit dem Colin ihre Arme umspannte, tat ihr weh, aber er ließ sie nicht los, und sie wußte, daß sie gegen seine herkulische Kraft nichts würde ausrichten können. Plötzlich hob er sie wie einen Strohhalm hoch und trug sie, ohne zu straucheln, den mählich ansteigenden Strand hinauf, bis sie, am Ende ihrer Kräfte und Nerven, schluchzend gegen seine breite Brust sank.

„Ich bin verloren! ... Ich bin verloren! ... Niemals wird er mir verzeihen."

„Hat ‚er' dich geschlagen?"

„Nein! Nein! Nicht er! ... Oh, Colin, es ist schrecklich! ... Er hat es gewußt! ... Er hat es gewußt! ... Und jetzt liebt er mich nicht mehr! ... Was soll aus mir werden? ... Diesmal wird er mich töten!"

„Beruhige dich."

Er wiegte sie sanft, drückte sie fest an sich, um das Zittern niederzukämpfen, das sie schüttelte. Als sich ihre Erregung ein wenig gelegt hatte, hob Colin die Augen zu dem ersten Stern, der am smaragdenen Himmel aufblitzte.

Nächtlicher Nebel hatte sich wie ein Vorhang vor die Lichter Gouldsboros gezogen. Sie waren wirklich allein. Colins Blick kehrte zu dem an seine Schulter geschmiegten blonden Kopf zurück.

„All das ist nicht so ernst", sagte er mit seiner tiefen Stimme. „Vor-

360

derhand bleibt nichts anderes zu tun, als den Tag zu erwarten. Die Flut ist nun mal die Flut! Alles Weitere wird sich finden. Beruhigt Euch, Madame de Peyrac."

Seine Mahnung und das unerwartete „Euch" wirkten auf Angélique wie ein Peitschenhieb. Sie beruhigte sich, noch zitternd zwar, doch durch Colin wieder ihrer Würde als Frau und Gattin des Grafen Peyrac bewußt.

„Geht's schon besser?" erkundigte er sich.

„Ja, aber . . . laßt mich los."

„Ich werde Euch erst loslassen, wenn Ihr mir das Versprechen gebt, Euch nicht ins Wasser zu stürzen, sondern artig zu warten, bis der Weg durch die Bucht gefahrlos ist. Also?"

Er beugte sich forschend über ihr Gesicht, betrachtete sie mit zärtlicher Ironie wie ein unvernünftiges Kind, das es zu überzeugen gilt.

„Versprochen?"

Angélique nickte stumm.

Er ließ sie gehen, und sie entfernte sich zögernd ein paar Schritte, bevor sie sich in den Sand gleiten ließ.

Alles tat ihr weh: die Arme, der Nacken, der Kopf. Sie fühlte sich überall wie zerschlagen. Dieses Tages und ihrer Rückkehr nach Gouldsboro würde sie sich noch lange erinnern! . . . Unversehens befiel sie ein Magenkrampf.

„Und zu allem sterbe ich vor Hunger!" rief sie zornig. „Das fehlte mir noch!"

Wortlos ging Colin davon, kehrte mit einem Armvoll trockenem Holz zurück, zündete zwischen drei Steinen ein Feuer an und entfernte sich von neuem. Bald darauf tauchte er wieder mit einem großen, tropfenden bläulichen Hummer auf, der entrüstet seine mächtigen Scheren schwenkte.

„Der Bursche hier wird uns helfen, die Zeit totzuschlagen", verkündete er.

Geschickt drehte er das Krebstier über dem Feuer, bis es sich schön grellrot gefärbt hatte. Dann zerbrach er die glühendheiße Schale und reichte den besseren Teil Angélique. Nachdem sie den ersten Bissen des köstlich schmeckenden weißen, festen Fleischs verschlungen hatte, fühlte sie sich schon ein wenig gestärkt und begann, ihre Situation unter weniger tragischen Aspekten zu sehen.

Colin sah ihr zu, wie sie aß, fasziniert durch ihre Bewegungen, die er wiedererkannte und die ihn schon immer durch ihre unnachahmliche Grazie entzückt hatten. Warum hatte er trotz seiner Naivität nicht schon damals, wenn er ihr nur beim Essen zusah, erkannt, daß sie eine große Dame sein mußte? . . . Wie sie die Nahrung ohne jede Unbeholfenheit zwischen den Fingern hielt, die Ungezwungenheit, mit der sie ihre Zähne ohne jede Vulgarität in sie grub, gehörte das eine wie das andere nicht zu den Feinheiten, die man allein an der Tafel der Könige lernte? . . .

Angélique sättigte sich gierig, aber so in ihre Gedanken eingesponnen, daß sie sich Colins Blick nicht bewußt wurde.

Oft hatte sie in Wapassou davon geträumt, nach ihrer Rückkehr nach Gouldsboro in Gesellschaft der Kinder und ihrer Freundinnen in einer Felsvertiefung einen Hummer oder eine Languste zu rösten. Eine rundherum erfreuliche, vergnügliche Stunde sollte es sein. Niemals wäre es ihr eingefallen, daß die Dinge sich so, gleichsam in der Düsternis eines halbdiabolischen Alptraums, abspielen könnten. Wapassou war sehr weit entrückt. Sehr weit entfernt schien ihr schon der Pater Maraicher de Vernon, Jack Merwin mit dem undurchdringlichen Blick, in dem sie zuweilen Funken hatte aufsprühen sehen, wenn er sich ihr zuwandte. Es war erst gestern, nein, vorgestern gewesen! . . . Vorgestern erst hatte die träumerische Stimme des Jesuiten gemurmelt: „Wenn teuflische Dinge in Bewegung geraten, geht alles sehr schnell . . ."

Die Zeit blieb stehen . . . Alles geschah außerhalb der Zeit.

Drei Nächte zuvor hatte sie sich amüsiert und auf Monegan getanzt. Ihr Gewissen war ruhig gewesen, hatte ihr nichts Ernstliches vorzuwerfen.

Heute begriff sie, daß sie in Gefahr war, für immer Joffreys Liebe und vielleicht ihr Leben zu verlieren.

„Ich habe Angst", sagte sie halblaut. „Hier gibt es böse Geister. Ich spüre, daß sie uns umschleichen, uns belauern, daß sie unser Verderben wollen."

Halb ausgestreckt auf der anderen Seite des Feuers, auf einen Ellbogen gestützt, ließ der Normanne sie nicht aus den Augen. Sie schien ihm so bleich im Schein des Feuers, daß er kein Wort zu sagen wagte.

Sie erhob sich, um am Rand des Wassers ihre Finger zu spülen, und dieses Spülen erinnerte sie wieder an die Strapazen dieses Tages, der sie nun in das Schweigen des Abends entlassen hatte, geistig abgestumpft und mit schmerzenden Gliedern.

Das träge, laszive Anschwellen und Zurückfluten der Wellen verursachte ihr ein Schwindelgefühl. Ihren Rock ausschüttelnd, trat sie wieder zum Feuer.

„Meine Kleidungsstücke riechen nach Blut, Pulver, dem Schweiß der Unglücklichen, nach Tod ... Wie viele Seelen haben heute die Erde verlassen ... Ich kann nicht mehr."

Sie setzte sich von neuem, und ohne es zu wollen, hatte sie sich ihm genähert.

„Berichtet mir", sagte Colin, „was sich in Gouldsboro und der Bucht ereignet hat. Unerfreuliches, möchte ich wetten. Hatten sie es auf mein Schiff abgesehen?"

„Genau! Und sie haben es erwischt. Es liegt jetzt im Hafen, halb vollgelaufen mit Wasser. Die Hälfte Eurer Leute ist tot, die anderen sind gefangen oder verwundet ... Es ist zu Ende mit Euch, Goldbart! Ihr werdet nicht länger den ehrlichen Leuten auf die Nerven gehen ... Wo wart Ihr während dieser Zeit?"

Während sie sprach, wunderte sie sich über die bissige Aggressivität, die in ihren Worten mitschwang, über das plötzliche Verlangen, ihn zu treffen, zu verletzen.

Die Arme um die Knie geschlungen, saß sie angespannt da und sah nach Gouldsboro hinüber, verzehrt von dem Wunsch, jetzt dort drüben zu sein.

Der Nebel war nicht dicht genug, um die auf den äußersten Spitzen der Felsvorsprünge und auf einigen der Riffe angezündeten Positionsfeuer völlig zu verhüllen. Gleich großen rötlichen Sternen schimmerten sie schwach herüber. In windgeschützten Gitteröfen würden die ganze Nacht hindurch Harzstücke brennen und die Schiffe vor den gefährlichsten Klippen warnen.

Wenn das Rauschen der Brandung nachließ, kam es Angélique zuwei-

363

len vor, als höre sie das summende Gelärme des Hafens, und verschiedene Male glaubte sie, das ferne Flimmern erleuchteter Fenster oder das Licht der Lampen ankernder Schiffe wahrzunehmen, das heller und konzentrierter war als das der Leuchtfeuer.

Was ging dort drüben vor? Hatte man ihre Abwesenheit bemerkt? Suchte man sie? „Was auch immer", sagte sie sich, „ich bin verloren ... verloren!"

Colin war stumm geblieben, als hätten ihm die Neuigkeiten, die sie ihm so brutal mitgeteilt hatte, die Sprache verschlagen.

Hinter ihnen hob sich ein riesiger, plumper, vergoldeter Mond in einem Hof, den ihm die Nebelschleier verliehen. Sein sich mählich verbreitendes Licht erhellte die lässigen Wellen, den Sandstreifen des Strandes und stritt mit dem verglühenden Schein des Feuers. Eine Schleiereule kreischte. Und gleich darauf glaubte Angélique in einer Mischung aus Angst und Hoffnung menschliche Gestalten zu sehen, die sich zwischen den Felsen bewegten und schwimmend von der Dünung herangetragen wurden. Aber es war nur ein kleiner Trupp Seehunde, die nach kurzem Tummeln wieder im Dunkel verschwanden, offenbar verscheucht durch die Anwesenheit von Menschen auf ihrem Ruhestrand. Ihr abgehacktes Kläffen entfernte sich, war noch einmal sehnsüchtig zu vernehmen und verstummte.

Niemand würde in dieser Nacht zur Insel des alten Schiffes kommen. Noch einmal würde Angélique mit Colin eine jener Nächte außerhalb des Daseins verleben, eine jener Nächte unendlicher Einsamkeit, die nur Flüchtlinge, heimlich Liebende, Verurteilte, Verfolgte und solche kennen, die sie einst in der Wüste miteinander geteilt haben. Nächte voller Zauber oder Angst, in denen das Bewußtsein, von einer feindseligen Welt umzingelt zu sein, die bedrückten Herzen und bebenden Körper zueinander treibt.

Colin Paturel rührte sich.

„So habe ich also alles verloren", murmelte er, als spräche er zu sich selbst. „Es ist das zweitemal ... Nein, das dritte ... alles in allem vielleicht sogar das viertemal. So ist das Leben des abenteuernden Kavaliers und des armen Matrosen. Man bricht auf ... über die blauen Fluten ... in weite Fernen. Gewinnt einmal, ein zweites Mal. Und dann kreuzt man ein Schiff, erwischt man im unrechten Augenblick eine starke Bö, und schon kentert das Dasein, und das Schicksal zwingt uns in ein neues ... Zwölf Jahre Gefangenschaft in der Berberei ... Man entflieht, macht sich von neuem auf, gewinnt ein Vermögen ... Und wieder nichts ... nichts als das Warten auf den Tod ... oder irgendein neues Leben. Nichts als ein Strand, auf dem man allein bleiben kann, das ist alles."

Angélique lauschte seinem Monolog, das Herz von vagen Gewissensbissen bedrängt.

„Auch Euch habe ich verloren", fuhr er fort, den Blick zu ihr hebend, dessen blaue Klarheit sie immer wieder verwirrte, sosehr sie sich auch dagegen wehrte. „Vorher wart Ihr mir geblieben, eine Gegenwart, ein Traum, das Gesicht einer Frau, mein Reichtum. Heute ist alles ausgelöscht."

„Colin!" rief sie. „Colin, mein guter Freund, Ihr foltert mich! Habe ich Euch denn so viel Leid zugefügt, ich, die ich Euch so liebte? ... Warum diese Klagen? Ich bin sie nicht wert. Ihr habt ich weiß nicht welche Erinnerung vergöttert, mit der Ihr nun unnütz Euer Herz quält. Ich bin nur eine Frau wie alle anderen, die Euren Weg gekreuzt hat, wie so viele die Wege eines Seemanns kreuzen. Und ich frage mich, was es so Verführerisches an der Unglücklichen gab, die ich war, dieser Frau mit der verbrannten Haut, den staubigen Füßen, dem bis aufs Skelett abgemagerten Körper, die sich mühselig über die steinigen Pfade schleppte, Euer Vorwärtskommen behinderte und Euch mit ihrer Schwäche zur Last fiel."

„Gebt Euch keine Mühe, zu zerstören oder zu erklären", erwiderte Colin ruhig. „Eure armen, blutenden Füße, Eure aufgesprungenen Lippen, Eure Tränen, die salzige Spuren auf Euren Wangen hinterließen, Euer Körper, der unter dem Burnus immer magerer und zerbrechlicher wurde, aus alledem habe ich das geheime Paradies meiner Tage gemacht ... Und dann – wie solltet Ihr wohl wissen, welchen Zauber eine Frau wie Ihr auf einen einfachen Mann ausüben kann, der nicht über genügend Waffen verfügt, um sich zu verteidigen? Was Eure Augen und Euer Lächeln versprechen, erfüllt Euer Körper nur zu gut ... Davon erholt man sich nicht so leicht. Weil es nicht eine Frau unter tau-

365

send gibt, die ... Man kann die ganze Erde durchstreifen, ohne sie zu finden, ohne sie je wiederzufinden. Danach haben die anderen Frauen nichts mehr zu bedeuten. Danach sind die anderen Frauen die Hölle!"

Er hatte die letzten Worte mit Bitterkeit gesprochen und war überrascht, sie lachen zu hören.

„Das, nein, das glaube ich Euch nicht", sagte sie.

„Was?"

Er richtete sich fast wütend auf.

„Wenn Ihr sagt, daß es mit den anderen Frauen die Hölle ist, dramatisiert Ihr, um mich weich zu stimmen, aber ich glaube Euch nicht. Ihr Männer seid viel zu wollüstig, um nicht von einer liebenswürdigen Gelegenheit zu profitieren, sogar mit einer ewigen Liebe im Herzen."

„Ah! Glaubt Ihr das?"

Mit finsterem Gesicht öffnete und schloß er die Fäuste, als wollte er sie erwürgen.

„Man sieht's, Ihr sprecht als Frau. Ihr bildet Euch ein, daß ein Mann ... Es war die Hölle!" wiederholte er zornig. „Und ich weiß, was ich sage. Wenn ich mir einmal ein Mädchen nahm, weckte und steigerte es nur mein Verlangen nach Euch. Und ich trank, um zu vergessen ... Und ich schlug das arme Geschöpf, das nichts dafür konnte, aber ... Seht Ihr, das habt Ihr aus mir gemacht, Madame! Und Ihr lacht! Ah, ich erkenne nur zu gut die Anmaßung der noblen Gräfin, die ihrem Lakaien ein Liebesalmosen gab! ... Das war mal eine hübsche Abwechslung, wie? Es war mal etwas anderes, Euch statt mit den schönen Prinzen und gepuderten Marquis des Hofs einmal mit einem armen Schlucker wie mir zu verlustieren! Es amüsierte Euch, einen armseligen Dummkopf, der weder lesen noch schreiben kann, wie ein Tier zu Euren Füßen sich winden zu sehen! Wie oft habe ich nicht den Augenblick wieder durchlebt, in dem ich in Ceuta die hundsgemeine Entdeckung machte, daß Ihr eine noble Dame des Hofes seid! ... Zwanzigmal glaubte ich vor Scham und Demütigung zu sterben, nur dieser Erinnerung wegen."

„Ihr seid hochmütig, Colin", sagte Angélique kalt, „und ein Narr dazu. Ihr wißt genau, daß es niemals so verächtliche Beziehungen zwischen Euch und mir gegeben hat. Der Beweis dafür ist, daß Ihr mich nie während unserer ganzen Flucht in Verdacht hattet, eine noble Dame des Hofs zu sein, wie Ihr sagtet, mit allem, was das an Dünkel, Boshaftigkeit und Berechnung in Euren Augen bedeutet. Und außerdem habt Ihr Euch meines Wissens nie zu meinen Füßen gewunden. Was mich betrifft, so bewunderte ich Euch, achtete ich Euch, verglich ich Euch mit dem König selbst. Ich sah in Euch meinen Herrn, und . . . Ihr habt mir eine Höllenangst eingejagt. Später seid Ihr der gewesen, der mich trug, der mich schützte, der mich glücklich machte –", ihre Stimme sank zu einem Murmeln herab, „– sehr glücklich! Colin Paturel, Ihr werdet mich für das, was Ihr eben gesagt habt, um Verzeihung bitten. Ihr braucht Euch nicht gleich zu meinen Füßen zu winden, aber niederknien müßt Ihr jetzt."

Er hatte ihr fasziniert zugehört. Langsam richtete er seinen massiven Körper auf, sank vor ihr in die Knie.

„Verzeiht", sagte er, „verzeiht, Madame."

Er sah, daß um ihre schönen, blassen Lippen ein nachsichtiges, mütterliches Lächeln zu spielen begann.

„Ihr seid töricht, Colin."

Ihre Hand hob sich, streifte über die breite, gebuckelte Stirn, die zarten Finger glitten durch das dichte Haar wie durch das eines Kindes. Im Fluge fing er die leichte Hand und küßte die Handfläche.

„Wie du mich beherrschst", murmelte er. „Sicher deshalb, weil du eine große Dame bist und ich ein armer Bauerntölpel."

„Nein, du bist ein König, Colin."

„Ich bin ein Bauerntölpel."

„Nun, dann bist du eben der König der Bauerntölpel!"

Sie lachten fröhlich zusammen, und das Licht des Mondes weckte für einen flüchtigen Moment perlmutternen Glanz auf Angéliques Zähnen. Sie waren einander so nah, so zärtlich vertraut, daß eine winzige Bewegung genügt hätte, ihre Lippen zu vereinen.

Angélique wußte es, am Rande des Taumels. Und die Bewegung, mit der sie ihre Hand aus der Colins zog, war so jäh, als habe sie sich verbrannt, und sie durchfuhr den Mann bis ins Mark.

Dieses Zurückweichen war eine Huldigung für ihn. Sie bestätigte ihm eine Macht, an der er während so vieler Jahre gezweifelt hatte.

Er erhob sich und trat ein paar Schritte zurück. Er, Colin, hatte also die Macht, diesen hochmütigen, prachtvollen und fürstlichen Leib zu erregen, und das Glück, das er ihr gab, war nicht nur Lüge. Gewiß, in Miquenez hatte es ihm an Überlegung und Unterscheidungsvermögen gefehlt, obwohl er doch „den Blick hatte", wie es ihm seine Untertanen, die Gefangenen, gern zugestanden. Trotz der maurischen Schleier, die die Haremssklavin umhüllten, hätte er an ihrem Verhalten, ihren Neigungen, ihrer nuancenreichen Stimme, ihren immer gewählten Worten mit ihren zuweilen gewagten Anzüglichkeiten, ihren Feinheiten, ihrer Langmut und … ihrer Ungeduld, ihrer Art, sich jedem gegenüber gerecht und gut zu verhalten, ihrem Mut auch, dem Mut eines uralten Herrengeschlechts, bemerken müssen, daß er es mit einer großen Dame und nicht mit einem Dorfgretchen zu tun hatte.

Er hatte seine Verirrung teuer bezahlt.

Welch grausames Erwachen schließlich in Ceuta! Was für ein Schlag für ihn!

„Mach dich fort, Bursche! Diese Frau ist ohne jeden Zweifel die Marquise du Plessis-Bellière! Einer der größten Namen des Königreichs, guter Mann … Die Witwe des Marschalls von Frankreich … Eine sehr große Dame und, wie man sich zuflüstert, die Favoritin Seiner Majestät … Der König selbst läßt sie zurückholen. Laß sie los … Laß sie uns in die Räumlichkeiten des Herrn Gouverneurs tragen …"

Und „sie" hatten sie seinen Armen entrissen … Und „sie" hatten sie fortgetragen, leblos, hatten sie von ihm getrennt. Ihr Herz! Ihre Liebe. Ihre Schönheit. Seine Schwester der Wüste. Sein angebetetes Kind … Und er war dort geblieben, mit Wunden, Schweiß und Sand bedeckt, wie stumpfsinnig, Stunden hindurch, als hätten „sie" ihm das schlagende Herz aus der Brust, ja selbst die Eingeweide aus dem Leib gerissen und an ihrer Stelle große, blutende Löcher zurückgelassen …

Ein ruheloses Phantom auf allen Straßen der Welt war diese Frau für ihn geworden!

Nun hatte er sie wiedergefunden. Sie hatte sich nicht verändert, war schöner, weiblicher noch. Sie hatte noch immer ihre patrizische Anmut, hinter der sich soviel Tapferkeit, soviel … Feuer verbarg.

Gestern Madame du Plessis-Bellière, heute Gräfin Peyrac. Immer unstet, immer unerreichbar. „Mach dich fort, Bursche." Und er erinnerte sich mit unsagbarer Erschütterung, wie gut und zärtlich sie sein konnte. Und fröhlich ... und wie anschmiegsam und munter sie in der Liebe war. Die natürlichste Frau der Welt, die wahrhaftigste, die ihm nächste, die er je in seinen Armen gehalten hatte ...

Aber wenn es zutraf, daß sie ihn nicht verachtete, würde er es zuwege bringen zu verzichten, sich mit dem Schatz der Vergangenheit zu entfernen, sie dem „anderen" zu überlassen. Hatte sie ihn nicht gebeten, ihr zu helfen, heilige Eide zu respektieren?

Neunundfünfzigstes Kapitel

„Wie kommt es, daß Ihr auf dieser Insel seid, Colin? Wer hat Euch hergebracht? Und warum wart Ihr nicht während des Kampfs an Bord?"

Angéliques Stimme riß ihn aus seiner Träumerei. Sie klang beunruhigt. Er spürte, daß sie nach einer Ablenkung suchte, um die Versuchung von sich abzuwehren, und liebte sie darum nur um so mehr.

Er kam näher, setzte sich und unterrichtete sie über die seltsamen Ereignisse, deren Opfer er an diesem Tage geworden war. Er selbst gestand sich ein, daß sich unheilvolle Kräfte ins Spiel gemischt zu haben schienen, um sie zusammenzubringen und in diese Falle zu locken.

Im Morgengrauen des vergangenen Tages, während er noch in einer kleinen Bucht der Shoodic-Halbinsel vor Anker lag, wo er sich seit einigen Tagen versteckt hielt, um, wie er zugab, einen neuen Angriff auf Gouldsboro vorzubereiten, hatte sich ein Boot mit drei Matrosen der *Coeur de Marie* genähert. Die Männer behaupteten, Träger einer Botschaft Madame de Peyracs zu sein, die sie von Gouldsboro aus zu Kapitän Goldbart geschickt habe, mit dem Auftrag, ihn zu einer Zusammenkunft aufzufordern, da sie seine Hilfe erbitten wolle. Die Sache müsse äußerst geheim durchgeführt werden, und er dürfe sich von keinem seiner Leute begleiten lassen.

„Haben diese Unbekannten Euch nicht eine Botschaft oder angebliche

Botschaft oder irgendeinen Gegenstand von mir überbracht?" fragte Angélique verblüfft.

„Meiner Treu, nein. Und ich habe keinen Moment daran gedacht, dergleichen von ihnen zu fordern. Ich gebe zu, wenn es sich um Euch handelt, läßt mich meine übliche Vorsicht im Stich. Ich wußte Euch nah, in Gouldsboro, und ... ich sehnte mich danach, Euch wiederzusehen. Kaum hatte ich das Schiff meinem Leutnant anvertraut, sprang ich schon ohne weitere Erklärungen in ihr Boot. Der Nebel war so dick, daß ich nicht hätte sagen können, auf welche Insel sie mich brachten, wo angeblich das Rendezvous mit Euch stattfinden sollte. Wir machten uns ans Warten, und es dauerte lange. Ich glaubte, der Nebel verzögere Euer Kommen. Als der Lärm der Kanonade zu mir drang, begann ich ungeduldig zu werden. Ich weiß nicht, warum, aber ich ahnte, daß es mein Schiff war, das da angegriffen wurde. Ich forderte die Matrosen auf, mich an Bord zurückzubringen. Sie machten Ausflüchte und schoben den Aufbruch immer wieder hinaus, bis ich mich schließlich zu ärgern begann. Es gab eine Prügelei. Es könnte gut sein — jedenfalls kann ich das Gegenteil nicht garantieren —, daß einer der Burschen dabei draufgegangen ist. Ich für mein Teil bekam auch einen Schlag, der mich bewußtlos zu Boden warf. Mein Nacken schmerzt mich noch immer. Als ich zu mir kam, war ich auf diesem Inselchen, ohne meinen Dolch, meinen Säbel, meine Pistolen. Der Abend sank. Bald darauf — ich fühlte mich schon ein wenig besser — machte ich einen Rundgang um die Insel und ... begegnete Euch in der Nähe des gestrandeten Schiffs."

Er hatte sich erhoben, und da er während seines Berichts auf und ab ging, erhob auch sie sich schließlich und gesellte sich zu ihm. Langsam schritten sie Seite an Seite dahin, hin und her über den kleinen Sandstreifen, der vor dem nächtlichen Dunkel der Bäume matte Helligkeit auszustrahlen schien. Ihrer beider Schatten glitten über den Sand, langgestreckt und tintenschwarz.

„Was waren das für Männer, die Euch holten?" erkundigte sich Angélique.

Er zuckte mit den Schultern.

„Seeleute, wie man sie hier oder auf den karibischen Inseln antreffen kann. Ein Mischmasch aus allen Rassen. Das spricht ein wenig alle Sprachen. Aber nein, ich glaube nicht, daß es alles Fremde waren. Eher Franzosen."

Angélique hatte ihm beunruhigt zugehört. Die bedrückende Gewißheit drängte sich ihr gegen ihren Willen auf, daß sie Opfer böser Geister waren, die ihr Spiel mit ihnen trieben, um sie in Verwirrung zu bringen. Die Ereignisse überstürzten und komplizierten sich mit solcher Tücke, daß sie schon nicht mehr wußte, welchen Faden sie packen sollte, um den Knoten aufzuknüpfen und die Lösung des Rätsels zu finden.

„Wußtet Ihr, wer der Mann war, dem Ihr mich in der Cascobucht anvertrautet, Colin? Der englische Schiffer der Schaluppe?"

„Der Jesuit?"

Angélique starrte ihn verdutzt an.

„Ihr wußtet es also?" rief sie aus.

Colin blieb stehen und musterte nachdenklich den dunklen Horizont.

„Er kam an jenem Morgen", sagte er. „Er machte sein Boot an einem der Poller fest und kam an Bord. Er sprach englisch, und ich hielt ihn für irgendeinen Schiffer. Er wollte unter vier Augen mit mir sprechen, und in meiner Kabine sagte er mir dann, wer er sei. Er gehöre zur Gesellschaft Jesu; er sei in geheimer Mission und bitte mich, ihm Madame de Peyrac zu übergeben. Ich zweifelte keinen Moment an seinen Erklärungen. Er hatte eine Art, sich auszudrücken und mich mit seinen schwarzen, durchdringenden Augen anzusehen, die nicht trog.

Und plötzlich sah ich in dieser Aufforderung eine Gelegenheit, dich fortzuschicken, ein helfendes Eingreifen Gottes, und gerade weil es ein Jesuit war, dachte ich, daß es Gott sei, der mir ein Zeichen geben wolle. Ich . . . ich glaube nicht, daß ich dich ohne ihn, ohne diesen Jesuiten, der da plötzlich aufgetaucht war, je fortgelassen hätte. Seit dem Abend zuvor sagte ich mir immer wieder, daß ich auf dich verzichten müsse, aber ich konnte nicht . . . Es war schlimmer als in Ceuta . . . fast schlimmer. Wenn du geblieben wärst – ich glaube, ich hätte versucht, dich von neuem an mich zu reißen . . . und wäre zur Ursache deines Unglücks geworden. Es war besser so. Ich sagte also: ‚Gut, ich verstehe. Es wird sein, wie Ihr es wünscht.' Darauf schärfte er mir ein, dich nicht wissen zu lassen, wer er sei. Du solltest ihn für den Schiffer des Boots, einen Engländer, halten. Das gefiel mir schon nicht mehr so sehr, aber ich habe mich immer vor der Macht der Priester gebeugt. Ich glaube, sie wirken für das Gute und wissen, was sie tun. Trotzdem hat's mir nicht gefallen. Mir blieb das Gefühl, als ob ‚man' dir Böses antun wolle ... Hat er dir Böses getan?"

Sie schüttelte den Kopf.

„Nein", murmelte sie.

Jetzt begriff sie, was in Jack Mervin, dem Jesuiten, vorgegangen war, als er auf dem Felsen gestanden und ihrem Sterben zugesehen hatte.

Am Kap Maquoit hatte er sich ihrer Person versichert, um sie anderen zuzuführen, die sie von den Ihren trennen und sie letztlich vernichten wollten. Und dann schien das Meer sich dieser grausamen Aufgabe anzunehmen. Alles war auf diese Weise vereinfacht. „Gott will es!" mußte er gedacht haben, und er hatte die Arme über der Brust gekreuzt und sich geweigert, ihr die rettende Hand zu reichen.

Aber es ist ein Ding, von einem Menschen zu sagen: „Er muß sterben", und ein anderes zuzusehen, wie er mit dem Tode ringt.

Er hatte nicht den „heiligen" Mut gehabt, ihrem Todeskampf bis zum Ende beizuwohnen, den unbeteiligten Zuschauer zu spielen, während sie in den Wellen versank, um nie mehr aufzutauchen.

Er war ins Wasser gesprungen.

„Meine stillen Teilhaber in Paris und Caen gehören zur Gesellschaft des heiligen Sakraments", bemerkte Colin. „Ich habe versprochen, den Missionaren der neuen Gebiete beizustehen, in denen ich Fuß fassen wollte. Aber ich dachte nicht, daß es so schwierig sein würde, diesen Bissen zu schlucken. Man hatte mir versichert, das Gebiet von Gouldsboro sei frei von englischen Niederlassungen."

„Wir sind keine englische Niederlassung", sagte Angélique. „Diese Ländereien gehören meinem Mann, da er sie als erster in Besitz nahm und durch seine Arbeit nutzbar machte."

„Warum habt Ihr ihn geheiratet, diesen Herrn von Gouldsboro?"

Der bloße Gedanke, ihm eine Antwort geben zu müssen, entmutigte Angélique. Es war eine zu lange Geschichte, und zudem spürte sie, daß sie in allem, was an den privaten Bereich ihres Lebens mit Joffrey rührte, zu empfindlich war und daß es ihr widerstrebte, durch Worte etwas zu materialisieren, was nur Joffrey und ihr allein gehörte, was Teil ihrer gemeinsamen Träume war, der ersten Tragödie, der Prüfungen und Kämpfe und schließlich auch ihres Glücks, alles dessen, was jenes unantastbare Band zwischen ihnen knüpfte, ihr gemeinsames Leben, das unaufhörlich bedrohte, von Stürmen geschüttelte Schifflein ihres Daseins, in dem sie sich seit so langer Zeit schon umschlungen hielten, umschlungen, ja, trotz allem umschlungen, und niemand würde sie trennen können, niemals sie trennen. „Niemand, niemand", dachte sie, während sie sehnsüchtig zu den vom Mond mit goldenen Fransen versehenen Wolken des nächtlichen Himmels aufsah. Und zum erstenmal seit dem Vorabend litt sie grausam, als habe der Schlag, der ihr Gesicht getroffen hatte, nach langem Wege durch die unbewußten Zonen der Hoffnung endlich ihr Herz erreicht. Joffrey! ... Es war zu Ende. Er verabscheute sie, verachtete sie, glaubte nicht mehr an sie.

„Warum habt Ihr ihn geheiratet?" beharrte Colin. „Was kann an diesem Manne sein, daß eine Frau wie Ihr den Wunsch verspürt, ihr Dasein an ihn zu binden, und den Mut aufbringt, ihm zu diesen gottverlassenen Küsten zu folgen?"

„Was könnte ich Euch schon sagen?" murmelte Angélique entmutigt. „Er ist mein Mann, und trotz der Schwächen, die in mir sind und mich zuweilen verraten, bedeutet er mir mehr als alles auf der Welt."

Sie schwiegen lange.

„Ihr wißt, wie Ihr mich nehmen müßt", sagte Colin Paturel endlich mit bitterer Ironie. „Der Respekt vor heiligen Eiden! ... Ihr habt das gefunden, und es war das einzige, was mich aufhalten konnte. Ich bin trotz meiner Mängel gläubig geblieben ... Man vergießt nicht zwölf Jahre lang sein Blut, um seinem Gott die Treue zu halten, ohne sich ihm zu guter Letzt nicht fester verbunden zu fühlen als allem, was man sonst Gutes auf Erden findet. Er braucht mir nur ein Zeichen zu geben ... Halt, Colin! Dein Herr hat gesprochen."

Mit tiefer Gläubigkeit fügte er gedämpft hinzu:

„Und ich weiß zu erkennen, wann Er mir ein Zeichen gibt."

Weniger einfach als Colin und durch vielfältigere Erfahrungen gegangen, fiel es Angélique schwerer, diese Einmischung des Göttlichen in die Logik – oder Unlogik – ihrer Handlungen hinzunehmen.

„Sind wir so stark an die Belehrungen der Kindheit gebunden, daß sie

373

uns auch weiterhin leiten, gegen unseren Willen, ja vor allem gegen unseren Willen?" fragte sie. „Sollten wir nur in der Angst vor uns eingetrichterten Anschauungen leben?"

„Nein", sagte Colin, „es sind nicht nur die angelernten Dinge, die uns leiten. Es gibt Momente, in denen sich der Mensch, ob er will oder nicht, in der Flugbahn der Wahrheit befindet. Es wäre ebenso schwer, ihn daran zu hindern, ihr zu folgen, wie einen Stern zu hindern, das Firmament zu durchdringen."

Er gewahrte auf Angéliques Antlitz etwas wie Abwesenheit.

„Hört Ihr mir zu?" fragte er leise.

„Ja, ich höre Euch zu, Colin Paturel. Ihr sprecht so gut. Wie viele Dinge habt Ihr mich gelehrt, die sich meinem Herzen eingeprägt haben..."

„Ich bin glücklich darüber, Madame, aber das, was ich Euch eben sagte – ich erinnere mich gut –, hat mich der Obereunuch gelehrt, Osman Ferradji, der große schwarze Teufel, der im Harem Moulay Ismaëls über Euch wachte. Damals in Miquenez ließ mich der König oft rufen, hieß mich in meinen dreckigen Lumpen auf seine goldgestickten Kissen setzen. Und gemeinsam hörten wir zu, während Osman Ferradji sprach. Was für ein großer Weiser war dieser Neger! Was für ein großer, braver Bursche! Er hat mehr als jeder andere meine Seele geformt. Er war wirklich ein Weiser."

„Ich liebte ihn sehr! Ich liebte ihn!" Schmerzliche Sehnsucht hatte Angélique bei dieser Erinnerung gepackt. „Keiner war mir ein Freund wie er."

Sie unterbrach sich, ins Herz getroffen bei dem Gedanken, daß Colin selbst es gewesen war, der den edlen Eunuchen mit einem Dolchstoß in den Rücken getötet hatte, um sie, Angélique, zu retten.

„Schweigen wir", sagte Colin gedämpft. „Schweigen wir, diese Erinnerungen tun Euch weh. Ihr seid müde, und wir sind jetzt weit, sehr weit von jenen Orten entfernt und weiter entfernt noch auf dem Weg unseres Daseins. Wenn ich wenigstens von mir sagen könnte, daß ich in den Jahren, die auf Ceuta folgten, vorangekommen, auf irgend etwas zugegangen wäre ... Mich nicht nur von meinem Ziel entfernt und das, was ich im Bagno Gottes erworben hatte, achtlos vergeudet hätte."

„Man kommt immer voran, wenn man leidet und trotzdem nicht verzichtet, nicht unterliegt, nicht endgültig dem Guten den Rücken wendet", sagte Angélique inbrünstig.

In Gedanken an den langen, dunklen Weg, den sie, strauchelnd und sich wieder aufraffend, fern von Joffrey hatte durchmessen müssen, glaubte sie das Recht zu haben, Colin zu ermutigen.

„Ihr seid nicht so malade, wie Ihr vorhin behauptet habt, Colin, mein lieber, lieber Freund. Ich weiß es. Ich spür's. Jeden Augenblick, so will mir's scheinen, kann der Colin von einst wieder vor mir auferstehen in seiner Größe und Goldbarts fadenscheinige Maskierung abstreifen... Ja, ich sehe ihn sogar noch größer, stärker, gerüsteter für die Aufgabe, die ihn erwartet."

„Welche Aufgabe? Allenfalls die, mich erwischen und wie einen gemeinen Briganten des Meers an einer Rahe aufknüpfen zu lassen."

„Nein, nein, nicht du, Colin! Das wird nicht geschehen. Fürchte nichts. Ich weiß nicht, wie die Dinge zurechtkommen werden, aber ich weiß, daß Gott dir treu sein wird. Du wirst sehen. Er kann dich nicht verlassen, dich, der für Ihn gekreuzigt wurde."

„Er hat mich schon recht lange verlassen."

„Nein, zweifle nicht, Colin! Du bist gläubig ... dein Glaube ist die Essenz deines Wesens. Nicht umsonst hat Er dich mit so vielen unschätzbaren Eigenschaften begabt. Du wirst sehen ... Ich zweifle keinen Augenblick an dir."

„Oh, du ... du bist anbetungswürdig", sagte er dumpf und nahm sie in seine Arme.

Ein Beben durchlief ihren ganzen Körper.

In ihrem unbändigen Verlangen, ihm zu helfen, ihn wie eine Woge zu jenen Ufern zu tragen, wo er sich endlich selbst wiederfinden würde, hatte sie mit Feuer gesprochen, ihren strahlenden Blick ihm zugewandt, in dem er etwas lesen konnte, das dem Mann kostbarer ist als alle Reichtümer der Welt: der Glaube einer Frau. An ihn, an seine Kraft, an seine Größe, an seine Möglichkeiten, an sein das übliche Maß überragendes Schicksal.

Und nun, an ihn gelehnt, im Zauberkreis seiner Umarmung, spürte sie die Verwandlung ihrer schwärmerischen Zärtlichkeit in einen wilden, wollüstigen Strom der Gefühle, den sie mit Entsetzen wiederer-

375

kannte. Denn der Arm, mit dem Colin ihre schmale Taille umspannte, dieser allzuoft seiner Macht unbewußte stählerne Arm, preßte sie mit unwiderstehlicher Leidenschaft an sich, und der harte Kontakt weckte in ihr ein Verlangen, das einer jäh aufquellenden Grundwelle glich, reißend, süß und köstlich.

Von Kopf bis Fuß wie mit ihm verschmolzen, warf sie ihr Gesicht zurück ins Licht des Mondes, die Augen geschlossen, wie sterbend ...

„Fürchte nichts, mein Leben", sagte er mit tiefer, leiser, liebkosender Stimme, die ihr direkt zum Herzen ... und in die Eingeweide drang, „du brauchst dich nicht mehr vor mir zu fürchten. Es ist das letztemal ... Ich verspreche dir, es ist das letztemal, daß ich dich an mein Herz drücke. Aber ich möchte noch eine Antwort ... Sag mir, hast du geweint ... habt Ihr geweint, Madame du Plessis-Bellière, als ich in Ceuta davonging, als ich Euch den Rücken zuwandte, um Euch für immer zu verlassen?"

„Ja, du weißt es doch", hauchte sie, „du weißt es genau ... Du hast es gesehen ..."

„Ich war nicht sicher ... Jahre hindurch habe ich mich gefragt ... Diese Tränen, die Tränen, die ich in den Augen jener großen Dame glitzern sah, waren sie echt? ... Galten sie mir? ... Habt Dank! Habt Dank, meine Liebste."

Er preßte sie noch einmal fest an sich, dann ließ er sie los, schob sie sanft von sich. Er weigerte sich, ihre sich ihm anbietenden, halb geöffneten, bebenden Lippen zu sehen.

Er richtete sich auf, reckte unter dem mondhellen Himmel seine herkulische Gestalt.

„Jetzt weiß ich, was ich wissen wollte. Ich habe alle Antworten erhalten. Und aus deinem Mund! Aus deinem Mund! ... Mir ist, als atmete ich leichter. Dank, meine Kleine. Du hast mir zurückgegeben, was ich verloren hatte. Geh! Geh jetzt, du mußt ruhen. Du bist am Ende deiner Kräfte."

Und da sie taumelte, nahm er sie bei den Schultern, stützte sie mit unendlicher Zärtlichkeit und führte sie zum Feuer zurück. Sie setzte sich nicht in den Sand, es war eher ein Fallenlassen. Er fachte die Glut ein wenig an, dann entfernte er sich zum anderen Ende des Strandes,

376

wo er sich ausstreckte, unsichtbar im schwarzen Schlagschatten der Bäume, um selbst ein wenig Ruhe zu finden.

Als sie kurz zuvor über den Strand gegangen war, hatte eine unternehmungslustigere Welle Angéliques Knöchel umspült. Ihre Schuhe waren feucht. Sie streifte sie ab, zog die Füße unter ihren Rock und kauerte sich fröstelnd zusammen, die Arme um die Knie geschlungen.

Das nahe Feuer wärmte sie nicht, und hin und wieder überlief sie ein Schauer.

„Wie schwach mein Körper vor der Liebe ist!" sagte sie sich voller Bitterkeit und Beschämung. „Ich habe unrecht getan, so lange das Beten zu vernachlässigen. Nur das Gebet verleiht die Gnade, Überraschungen solcher Art widerstehen zu können." Sie war zornig auf sich, verachtete sich ein wenig. Während eines guten Teils der Nacht war sie sich sehr vernünftig vorgekommen und durchaus fähig, allen Erinnerungen und der Nähe Colins zum Trotz die Versuchung von sich fernzuhalten, und dann, ganz plötzlich, diese warme, gierige Woge! . . .

Wenn man's genau nahm, war es, obgleich sie sich zur rechten Zeit getrennt hatten, ein Verrat gewesen. Sie preßte ihr von heißer Röte überflutetes Gesicht gegen ihre Knie. Wie lang die Nacht war! „Verzeih mir, Joffrey, verzeih mir, es ist nicht meine Schuld. Es geschah, weil du nicht bei mir bist . . . Ich bin schwach. Du hast mich allzu gut geheilt, allzu gründlich zum Leben erweckt, mein Zauberer. Wie fern ist die Zeit, in der ich in Epilepsie verfiel, wenn ein Mann mich berührte . . . Auch das ist deine Schuld. Du hast mir den Geschmack an der Süße der Küsse, an . . . allem wiedergegeben. Ich bin jetzt schwach!"

Sie sprach ganz leise zu ihm, um ihre Angst zu bannen, und es war der Geliebte, der anbetungswürdige und angebetete Gatte, an den sie sich wandte, der, der sie während des ganzen Winters in der warmen Mulde des großen Bettes von Wapassou an sein Herz gedrückt hatte, nicht der andere, den sie vergessen wollte, der furchteinflößende Mann, von dem sie gestern abend an den Haaren gepackt und geschlagen worden war.

„Wenn er es erfährt . . . wenn er von dieser sinnlosen Begegnung auf der Insel erfährt . . . die ganze Nacht mit diesem Piraten, der für ihn nur Goldbart ist . . . Wenn er es erfährt, wird er mich töten, unaus-

weichlich ... Er wird mich töten, bevor ich noch den Mund öffnen kann
... Ich werde ebensowenig dazu imstande sein wie gestern abend ...
O mein Gott, wie wehrlos man ist, wie voller Angst, wenn man zu sehr
liebt! ... Helft mir, mein Gott ... helft uns! Ich fürchte mich ... Ich
verstehe nicht mehr, was um mich geschieht ... Ich weiß nicht mehr,
was ich tun soll ..."

Doch trotz der sie bedrängenden Angst brachte sie es nicht über sich,
den Zufall, der Colin und sie in dieser Nacht auf der Insel des alten
Schiffs vereint hatte, ohne Einschränkung zu bedauern. Seitdem sie ihn
hatte sagen hören: „Dank, meine Kleine. Du hast mir zurückgegeben,
was ich verloren hatte", empfand sie eine Erleichterung, eine Linde-
rung ihrer Gewissensbisse. Sie befand sich in dem Abschnitt des Lebens,
in dem man sich der Last der Vergangenheit entledigen muß. Gott sei
gelobt, wenn sich vor dem Vergessen Gelegenheit zum Wiedergutma-
chen bot.

In der Fülle der Gaben, die aus ihr eine echte Frau gemacht hatten,
erreichte sie jenes außerordentliche Alter, in dem sich für jede Frau
das Dasein ohne Unterbrechung seines meteorischen Laufs erleichtert,
verfeinert, sich in der Apotheose einer teuer erworbenen und darum
nur um so kostbareren Freiheit der Seele und des Geistes erneuert, in
der die Bürde der Irrtümer, die oftmals nur das Lehrgeld des harten
Metiers des Lebens sind, ihr Gewicht verliert.

Es ist gestattet, die Last des Vergangenen am Wege zurückzulassen,
zu vergessen, was vergessen werden kann, sich nur des Reichtums dieses unvollkommenen und schwierigen Abenteuers zu erinnern, das sich
Leben nennt.

Sie stellte fest, daß sie Colin, ihrem Geliebten aus der Wüste, gegenüber lange Zeit an einer Gewissensschuld getragen hatte.

Jetzt waren sie quitt.

Nur eines würde er nie erfahren: daß sie ein Kind von ihm getragen
hatte. Die allzu intimen Bindungen ihrer Gemeinsamkeit mußten ver-
wischt werden. Ah, wie schwierig es für menschliche Wesen war, einander zu helfen!

Ein Funke von Humor flatterte zwischen den schläfrigen Gedanken
auf, die sie nicht losließen – sie kannte diesen drolligen Vogel nur zu

gut, der häufig gerade in den schwärzesten Stunden seine Schwingen in ihr regte. Und sie sagte sich, daß sie gern eine alte Dame wäre. Das Alter erlaubt, dem Nächsten, den Freunden zu helfen, ohne dabei weder ihr Leben noch das eigene zu komplizieren.

Es erlaubt den Elan des Herzens in voller Aufrichtigkeit, die frei gegebene, wirksame Unterstützung seinesgleichen. Es gibt das Recht, freimütig zu leben, in Übereinstimmung mit dem eigenen Herzen, so wie es ist, ohne sich mit dem ewigen Widerstreit von Vorsicht, guten Absichten, Bedenken, Entgegenkommen und erneuten Bedenken plagen zu müssen, den die Verführung des Fleischs und ihre Gefahren den Gefühlen auferlegt.

„Es wird wirklich gut sein, eines Tages alt zu werden", sagte sich Angélique lächelnd; dann lachte sie ganz leise nur für sich. Sie zitterte, sie hatte eisige Füße, und ihre Stirn war zu warm.

Schritte näherten sich knirschend über den Sand, unterbrachen das leichte, seidige Rascheln der Wellen, alarmierten sie. Colin trat zu ihr.

„Du mußt schlafen, Kleine", sagte er leise, sich über sie beugend. „Es ist unvernünftig, so zusammengekauert hocken zu bleiben wie ein armes Ding und über was weiß ich zu spintisieren. Streck dich aus, du wirst dich besser fühlen. Der Tag wird bald kommen."

Sie gehorchte ihm, vertraute sich wie einst seiner Fürsorge an, seinen geschickten, geduldigen Händen, während er sie sorgsam in ihren Mantel hüllte und seine eigene Büffelhautweste über ihre Füße breitete.

Sie schloß die Augen. Die glühende Verehrung für sie, die Colin ausstrahlte, wirkte wie Balsam auf ihre wunde Seele, wie ein Beruhigungsmittel auf ihr von Sorgen und Kummer gequältes Herz, das erst allmählich das volle Maß des Leids zu spüren begann, nachdem es den Schock überwunden hatte.

„Schlaf jetzt", raunte Colin. „Hörst du? Du mußt schlafen."

Und tief hinabsinkend in das schwarze Gewässer des Schlafs, glaubte sie, ihn in der nächtlichen Einsamkeit der Maghrebwüste murmeln zu hören:

„Schlaf, mein Lämmchen, schlaf, mein Engel. Morgen haben wir beide einen langen Weg vor uns, durch die Wüste . . ."

Vielleicht murmelte er es wirklich?

Sechzigstes Kapitel

Und Colin war von neuem da, hob sich vom rosigen Himmel der Morgendämmerung ab und schüttelte sie sanft.

„Das Meer zieht sich zurück."

Angélique stützte sich auf einem Ellbogen auf und strich sich das wirre Haar aus dem Gesicht.

„Der Nebel ist noch dicht genug", sagte Colin. „Wenn du dich beeilst, kannst du die Bucht überqueren, ohne daß man dich sieht."

Angélique sprang sogleich auf die Füße und klopfte sich den Sand aus den Kleidungsstücken.

Der Augenblick erfüllte in der Tat ihre Hoffnungen. Der Nebel stagnierte in kurzer Entfernung vor dem Ufer, zwar nur ein leichter, lichtgesättigter Dunst, doch immerhin eine schützende Wand zwischen der Insel und Gouldsboro. Noch war nichts vom Wind zu spüren; es war die ruhige Stunde, in der sich das Gurren der Tauben sanft in die Morgenstille mischte und sie noch lautloser und bezaubernder zu machen schien.

Die Möwen, winzige Statuen aus Alabaster auf den braunen Spitzen aus dem Wasser ragender Felsen, nahmen an der Reglosigkeit des frühen Morgens teil, und wenn Leben in sie kam, dann nur zu einem langsam gleitenden, geräuschlosen Flug, einem sanften Schweben durch den rosiggoldenen Dunst.

Von den weiten, schlammigen, mit Algen bedeckten Flächen, die die zurückweichenden Fluten freigegeben hatten, trieb starker Tanggeruch herüber.

Angélique hoffte, nach Gouldsboro zurückkehren zu können, ohne von jemand bemerkt zu werden. Vielleicht war sogar ihre Abwesenheit dank einem Zusammentreffen wundersamer Umstände niemandem aufgefallen. Wen konnte es schon interessieren zu erfahren, ob sie die Nacht in ihrem Zimmer verbracht hatte oder nicht? . . . Allenfalls Joffrey. Aber in Anbetracht der eisigen Kälte ihrer Beziehungen seit dem Abend ihrer Ankunft war es ihm gewiß nicht eingefallen, sich von ihrer

Anwesenheit zu überzeugen. Mit ein wenig Glück konnte ihre unvermutete und unerklärliche Eskapade ihr Geheimnis bleiben.

Sie hastete zum Uferrand hinunter. Colin folgte ihr und betrachtete sie stumm, während sie mit dem Fuß nach den ersten Steinen der Furt tastete.

„Und du? Was wird aus dir?" fragte sie plötzlich.

„Oh, ich . . ."

Er hob den Arm und wies unbestimmt ins Weite.

„Zuerst werd' ich zusehen, die zu finden, die mir meinen Dolch und die Pistolen gestohlen haben. Und dann . . . versuchen zu entwischen . . ."

„Aber wie?" rief sie. „Du bist allein, Colin! Du hast nichts mehr!"

„Sorg dich nicht um mich", antwortete er ironisch. „Ich bin kein Wickelkind. Ich bin Goldbart . . . vergiß das nicht."

Sie blieb zögernd stehen, einen Fuß vorgestreckt, konnte sich nicht entschließen, ihn zu verlassen.

Sie fühlte die furchtbare Not, die auf diesem Manne lastete. Er besaß nicht einmal mehr Waffen. Sie sah ihn vor sich, am Rande der verlassenen Insel, einen Riesen mit leeren Händen, und wenn der Nebel sich zerstreute, wäre er nur noch ein gejagtes Tier, eine dem scharfen Blick seiner Feinde ausgelieferte Beute.

„Geh! Geh!" sagte er ungeduldig. „Geh!"

Sie dachte: „Ich werde Joffrey aufsuchen müssen . . . Ihm alles sagen . . . Er soll ihn wenigstens entkommen, fliehen, aus der Französischen Bucht verschwinden lassen . . ."

Und ein letztes Mal wandte sie sich ihm zu, um das Bild seines Wikingergesichts mit den blauen Augen, die wie zwei Himmelstropfen waren, mit sich zu nehmen.

In Angéliques plötzlich entsetztem Blick erkannte er die über ihn hereinbrechende Gefahr.

Er fuhr herum, die mächtigen Arme ausgestreckt, die Hände weit geöffnet, bereit, zu packen, zu würgen, zu schlagen, zu töten.

Ein Mann in schwarzem Brustharnisch warf sich auf ihn, dann waren es vier, dann sechs, dann zehn. Sie kamen von überall, aus dem kleinen Wäldchen, aus der Deckung der Felsen.

Die Spanier Joffrey de Peyracs . . . Angélique erkannte sie wie in ei-

381

nem Alptraum, als seien sie Dämonen, die ihre unmenschlichen Züge hinter vertrauten Gesichtern versteckten.

Die Männer hatten sich herangeschlichen und waren aufgetaucht, ohne das leiseste Geräusch, ohne die Stille durch ein Knacken oder Klirren zu stören.

Sie hatte sie sich auf Colin stürzen sehen, aber nicht sofort begriffen, was vorging. Es war wie eine verrückte Vision, ein Traum ihrer aufgestörten Phantasie.

Sie vergaß, daß diese von Peyrac ausgewählten Söldner einstige Krieger des peruanischen Dschungels waren; die List der Schlange, die lautlose Annäherung der Katze, die Grausamkeit des Indianers hatten sie geformt, und maurisches Blut floß in ihren Adern.

Pedro, Juan, Francisco, Luis ... Sie kannte sie alle, aber in diesem Moment erkannte sie sie nicht mehr wieder. Sie waren zur Inkarnation einer bösen, erbarmungslosen, auf Colin gehetzten Kraft geworden.

Er wehrte sich wie ein von einer Meute schwarzer afrikanischer Windhunde bedrängter Löwe. Mit bloßen Fäusten schlug er zu, verletzte sich an der Zier eines stählernen Helms und entzog sich ihren Griffen mit so wütenden Ausfällen, daß es ihm mehrmals gelang, einige der Männer zu Boden zu schleudern.

Schließlich brach er unter ihrem Gewicht in die Knie. Fäuste rissen ihn zurück, eine Pike hob sich über ihn.

Angéliques Schrei durchdrang den Lärm:

„Tötet ihn nicht!"

„Seid unbesorgt, Señora", hörte sie die Stimme Don Juan Álvarez'. „Wir wollen ihn nur unschädlich machen. Wir haben Befehl, ihn lebend zu fangen."

Sein hochmütiger, mit feierlicher Mißbilligung gesättigter schwarzer Blick richtete sich auf Angélique. Sein langes, asketisches, immer ein wenig gelbliches Gesicht ragte wie gewöhnlich aus einem altmodischen, in Röhrenfalten gelegten Rundkragen.

„Wollet uns folgen, Señora", sagte er in geschraubtem, aber herrischem Ton.

Sie spürte, daß er nicht zögern würde, Gewalt anzuwenden, wenn sie sich auflehnte. Er gehorchte dem Grafen Peyrac, und da sie Monate

382

hindurch im Fort Wapassou in zwangsläufiger Vertrautheit mit ihnen gelebt hatte, wußte sie, daß die Befehle des Grafen für Don Juan und seine Männer geheiligt waren.

Namenlose Angst stieg in ihr auf vor dem, was zu begreifen sie sich wehrte.

In den Augen Don Juans las sie ihre Verurteilung. Für ihn war diese Frau, die er als Gemahlin des Grafen Peyrac geehrt hatte, in den Armen eines Liebhabers gefunden worden. Alles brach zusammen. Und etwas wie Schmerz dämpfte die Arroganz der Miene des alten Spaniers.

Angélique sah zum Wald hinüber, aus dem sie vor kurzem aufgetaucht waren, düstere Gestalten in schwarzen Harnischen, die Lanzenspitzen auf Colins Rücken gerichtet, und sie erwartete, nun auch „ihn" dort erscheinen zu sehen, ihren Herrn, der ihnen befohlen hatte, Goldbart aufzugreifen und sie, die Komplicin des Piraten, ein verächtliches Weib, wie eine Gefangene zurückzubringen.

Doch das tückische Laubwerk öffnete sich nicht, bewegte sich nur leise im Atem des Winds.

Durfte sie hoffen, daß „er" noch nichts wußte, daß nur der Zufall die spanischen Soldaten auf dieses Inselchen geführt hatte? Suchte man seit dem Vortag nicht überall nach Goldbart?

„Ihr müßt mir folgen, Señora", wiederholte der Hauptmann der Leibwache.

Er legte seine Hand auf ihren Arm.

Sie schüttelte sie ab und schritt vor ihm her.

Es wäre vergeblich zu versuchen, sich in den Augen eines Álvarez reinzuwaschen. Für ihn war sie schuldig, und schuldig würde sie bleiben. Und sie verdiente den Tod.

Wapassou, das sie unter dem Druck des Winters in einer ruhigen, respektvollen Freundschaft verbunden hatte, war fern.

Eine Folge unkontrollierbarer, diabolischer Ereignisse hatte sie in einen Strudel gestürzt, in dem Achtung und Freundschaft versanken.

Blut rieselte von Colins Stirn.

Von Wächtern umringt, blieb er stumm, hatte es aufgegeben, sich zu wehren. Man hatte ihm die Arme auf dem Rücken gebunden und die

Fußknöchel aneinandergefesselt. Ein kurzes Stück Strick zwischen ihnen erlaubte ihm zu gehen.

Gouldsboro, dessen hölzerne Häuser und rosige Klippen in der Ferne aus dem Morgendunst aufzutauchen begannen, den Rücken kehrend, durchquerte der Angélique und den Gefangenen eskortierende kleine Trupp am Wrack des gestrandeten Schiffs vorbei die Insel. Auf der anderen Seite fielen die Felsen steil ins Meer ab. Zwei Boote warteten in einer kleinen Bucht. Die Ebbe hatte eine schmale Fahrrinne hinterlassen, die es gestattete, das offene Meer zu erreichen.

Um ihr beim Einsteigen in eins der Boote zu helfen, reichte ihr Don Juan die behandschuhte Hand. Sie ließ sie unbeachtet.

Er setzte sich ihr gegenüber. Es fiel ihr auf, daß er noch gelber als gewöhnlich war und daß der von seiner Folterung durch die Atakapaindianer herrührende Tick, ein nervöses Zucken, das plötzlich seine Zähne entblößte und seinem Gesicht einen blutgierigen Ausdruck verlieh, ihn besonders häufig heimzusuchen schien. Zum erstenmal bemerkte sie graue Fäden in dem Kinnbärtchen, das er nach Art spanischer Adelsherren des vergangenen Jahrhunderts trug. Es ließ sich nicht übersehen, daß Don Juan Álvarez in den letzten zwei Tagen um zehn Jahre gealtert war. Heimlich suchte sie seinen Blick, und was sie sah, rührte sie.

Zerrissen zwischen der Anhänglichkeit an den Grafen Peyrac und der, die ihm – oh, ganz ohne sein Zutun! – die noble Gräfin einflößte, die so heroisch mit ihnen überwintert hatte, durchwandelte der edle Spanier einen wahren Leidensweg.

Ein feierlicher Wächter und würdiger Wahrer der Gerechtigkeit, so saß er vor ihr. Matrosen und Söldner, die am Strand gewartet hatten, kletterten an Bord und stießen das Boot ins Fahrwasser. Das zweite Boot nahm den Rest des Trupps auf.

Sie sagte sich:

„Ich werde sterben. Wenn er's erfährt, wird er mich töten."

Vielleicht war es kindisch, aber sie konnte ihre Gedanken nicht von dieser Gewißheit lösen. Ihr Gehirn war wie erstarrt. Die Müdigkeit eines erschöpfenden Tages, den sie mit der Pflege der Verwundeten verbracht hatte, und einer allzu kurzen Nacht lieferte sie wehrlos ihren Befürchtungen aus. Sie fühlte sich krank, und sie war wirklich krank.

Bleich bis zu den Lippen, schlotternd trotz der zunehmenden Wärme dieses Sommertages, versuchte sie nichtsdestoweniger, Haltung zu bewahren. Die Feindseligkeit der sie umgebenden Männer spürte sie wie einen über ihre Schultern gelegten bleiernen Mantel.

„Dabei habe ich jedem einzelnen von ihnen Arzneien und Kräuteraufgüsse gebracht", dachte sie bitter.

Aber sie war eine Frau, die ihren Gatten entehrt hatte, und in den Augen dieser fanatischen Männchen – und einer reizbaren Eifersucht – verdiente sie den Tod. Ein sinnloser Akt, aber auf jungfräulicher, ungezähmter Erde schien die Unduldsamkeit der Natur selbst alles möglich zu machen. Sogar im feinen, sensiblen Gewebe dieses schönen Sommermorgens lauerten Zorn, Raserei, Eifersucht, Haß und Tod, sengende Glut im Herzen der Menschen.

Im Wind des offenen Meers, der ihr ins Gesicht blies, witterte sie den gleichen Hauch, der die Leidenschaften im Herzen des nur seinen Trieben ausgelieferten Menschen anfacht. Die Gereiztheit ihrer Nerven ließ sie die Einsamkeit all dieser Männer und Frauen ohne Nation noch Gesetz in einer ungezähmten Natur empfinden und wie sehr sie, auch gegen ihren Willen, im Lauf der Zeit von der Wildheit des Kontinents berührt und geprägt werden mußten. Unter solchen Umständen war ein einziger Mann, ein Führer, alles. Und von ihm, seinen Handlungen und seinen Gefühlen, hingen Leben und Tod ab. So will es das Gesetz der Horden und Völker, seitdem der Mensch über die Erde irrt. Das, was sie von Joffreys geheimer Kraft selbst in seinen hingebenden, zärtlichen Momenten verspürt hatte, ließ sie heute fast ohne Hoffnung und, je mehr die Boote sich ihrem Ziel näherten, zutiefst erschreckt.

Doch wohin fuhren sie? Sie hatten östlichen Kurs eingeschlagen, an der Küste entlang. Die Spitze einer Halbinsel war einige Kabellängen entfernt, und als sie das Kap umsegelt hatten, gewahrten sie fast sofort einen von Felsen geschützten Strand und an dessen äußerstem Ende eine Gruppe bewaffneter Männer. Der Ort lag versteckt, von Gouldsboro und jeder menschlichen Behausung entfernt.

Nahe der Gruppe bemerkte sie Joffreys hohe Gestalt. Sein weiter Mantel flatterte im Wind.

„Er wird mich töten", wiederholte sie für sich, wie versteinert in einer

Art Resignation. „Mir wird nicht einmal die Zeit bleiben, den Mund zu öffnen. Im Grunde liebte er mich nicht, denn er kann mich nicht verstehen. Ah, wie schön wär's, wenn er mich tötete ... Wozu wäre das Leben gut, wenn er mich nicht liebt?"

Ihre Erschöpfung trug viel zu solchen Gedanken bei, die sie, wirr und vage, bedrängten.

„Und Cantor? Was wird Cantor sagen? Mein Sohn darf nicht in diese Dinge verwickelt werden!"

Die Boote legten an. Die Brandung war ziemlich stark, und diesmal mußte Angélique die Faust Don Juan Álvarez' annehmen, um ans Ufer zu gelangen. Sie hätte es in jedem Fall getan, denn ihre Beine trugen sie kaum. Sie fand sich neben Colin wieder, dicht von den spanischen Söldnern umringt, während die Seeleute die Fahrzeuge festmachten.

Peyrac löste sich von der fernen Gruppe und kam ihnen entgegen. Niemals hätte Angélique geglaubt, daß der Anblick ihres Mannes solche Befürchtungen in ihr wecken könnte, schon gar nicht nach den langen – und zeitlich noch so nahen – Monaten der Liebe und Freundschaft, die sie zusammen in Wapassou verbracht hatten ... Aber ... aber ... der Küstenwind hatte alles davongetragen, und der, der sich dort näherte, war nicht mehr der Mann, den sie liebte. Es war der Herr von Gouldsboro, von Katarunk, von Wapassou und anderen Orten, ein Herrscher ... und zugleich ein Gatte, den seine Frau vor den Seinen, seinen Männern und fast seinem Volk verhöhnt hatte.

„Ist das er?" fragte Colin leise.

„Ja", murmelte Angélique mit ausgedörrter Kehle.

Der Graf Peyrac hatte keine Eile.

Mit hochmütiger Lässigkeit, die in diesem Fall einer Beleidigung gleichkam, Mißachtung bezeigte, aber auch die Bedrohung verschärfte, schritt er heran. Besser wäre es gewesen, wenn er sich außer sich gezeigt hätte, schäumend vor Wut wie an jenem Abend. Angélique hätte jede Raserei diesem schrecklichen Warten vorgezogen, dieser Annäherung des Raubtiers, das sich zum Springen sammelt.

Von neuem ergriff sie eine Panik, die ihr Gehirn von jedem Gedanken entleerte, da Colins Schicksal nun auf dem Spiel stand. Es war ein Gemisch aus Schuldgefühlen Joffrey gegenüber, aus dem Verlangen, ihn nicht zu verlieren, und aus Treue zu Colin, das sie lähmte, sie bis ins Innerste band und sie zugleich durch ein Übermaß von Angst um ihre besten Fähigkeiten brachte.

So die des Worts. Und der Bewegung. Statt ihm entgegenzulaufen, blieb sie stumm und wie versteinert an ihrem Platz. Zum Ausgleich dafür registrierte ihr Blick fast mechanisch die kleinste Einzelheit der Kleidung Peyracs, was in einem solchen Moment offenkundig nutzlos war und ihr nicht helfen konnte, das unentwirrbare Dilemma zu entwirren, in dem sie sich alle befanden.

Es war ein Kostüm aus grünem Samt – im vergangenen Jahr hatte sie es auf der *Gouldsboro* an ihm gesehen –, eine jener dunklen, reichen Farbnuancen, die er liebte und deren Raffinesse durch die Wahl flandrischer Spitzen für den Umschlagkragen noch erhöht wurde, der mit den Enden seines durch silberne Fäden betonten Filigrans auf die Schultern fiel. Aus der gleichen silbrig durchwirkten Spitze bestanden die Manschetten, und sie schmückte auch die Umschläge der englischen Stiefel aus feinem, gefälteltem Leder. Ein glatter schwarzer Castorhut mit einem Busch weißer Federn, an denen der Wind zerrte, bedeckte sein üppiges Haar. Seine Waffen trug er an diesem Tag nicht im Gürtel. Zwei Pistolen mit silbernen Kolben steckten vor seiner Brust in den Schlaufen des reichgestickten Gehänges, das von der Schulter schräg über das Wams zur Hüfte verlief und seinen Degen hielt.

Ein paar Schritte vor den Spaniern blieb er stehen.

Angélique setzte zu einer Bewegung an, sie wußte nicht, welcher.

Colin grollte:

„Stell dich nicht vor mich. Ich dulde es nicht."

Drei der Spanier hatten Mühe, ihn zu bändigen.

Peyrac beobachtete ihn noch immer mit äußerster Aufmerksamkeit. Den Kopf ein wenig zur Schulter geneigt, musterte der Herr von Gouldsboro reglos den normannischen Flibustier, und Angélique, die ihren Blick nicht von ihrem Gatten zu lösen vermochte, sah, wie seine Augen sich verschleierten. Dann kräuselte ein spöttisches Lächeln die sichtbare Wange, deren Narben an diesem Morgen deutlicher hervortraten als sonst, blasser vielleicht durch den inneren Kampf um Selbstbeherrschung.

Mit der linken Hand zog er endlich seinen Hut und näherte sich weiter dem Gefangenen. Vor ihm angelangt, hob Joffrey de Peyrac in einem orientalischen Gruß die Rechte zur Stirn und legte sie dann auf sein Herz.

„Salam analeïkom", sagte er.

„Aleïkom Salam", antwortete Colin mechanisch.

„Gegrüßt seist du, Colin Paturel, König der Sklaven von Miquenez", fuhr Peyrac arabisch fort.

Colin betrachtete ihn forschend.

„Auch ich kenne dich", sagte er in derselben Sprache. „Du bist der Rescator, der Freund Moulay Ismaëls. Ich sah dich oft an seiner Seite auf gestickten Kissen sitzen."

„Und ich sah dich oft auf dem Marktplatz gefesselt und in Gesellschaft von Wucherern und Taugenichtsen an den Pranger gebunden."

„Ich bin noch immer gefesselt", antwortete Colin einfach.

„Und wirst zur Abwechslung vielleicht an einem Galgen hängen", gab der Graf mit dem gleichen kalten Lächeln zurück, das Angélique erbeben ließ.

Sie hatte das Arabische nicht verlernt und dem merkwürdigen Dialog im wesentlichen folgen können.

Obwohl nicht ganz so groß wie Colin, schien Joffrey durch irgend etwas schwer zu Bestimmendes, Stolzes in der Haltung seines mageren Körpers seinen massigen Gegner zu beherrschen. Es waren zwei total gegensätzliche Wesen, von zwei verschiedenen Horizonten stammend. Ihre Begegnung, dieses Abwarten Auge in Auge, war nichts weniger als fürchterlich. Und die Sekunden verstrichen in anhaltendem, tiefem Schweigen, während sich der Graf offenbar in Grübeleien verlor.

Nichts Gewalttätiges, nichts, was er hätte unterdrücken müssen, war in seinen Bewegungen gewesen, nicht einmal ein gefahrkündendes Funkeln war in seinen Augen aufgeblitzt. Doch Angélique spürte, daß sie für ihn nicht existierte, oder wenn sie existierte, dann allenfalls als lästiges Objekt, dessen Dasein man um jeden Preis ignorieren möchte. Gleichgültigkeit oder Verachtung? Sie wußte es nicht. Und das schien ihr unvorstellbar, unerträglich. Es wäre ihr lieber gewesen, wenn er sie geschlagen, getötet hätte. Dies war schlimmer. Durch sein Benehmen zwang er ihr die Rolle der Frau auf, die sie nicht sein wollte, *die sie nicht war*, die Rolle der als Ehebrecherin angeprangerten, aus seinem Herzen verstoßenen, bis zum endgültigen Verdikt an der Seite des „mitschuldigen Liebhabers" belassenen Gattin. Doch selbst das wurde ihr bei ihren verzweifelten Versuchen, auch nur einen einzigen Blick von ihm aufzufangen, irgendein Zeichen zu erhalten, nach und nach unerheblich wie die Männer, die sie umstanden, wie ihre ganze Umgebung.

Würde er, da er nun wußte, *wer* Goldbart war, ihre ... Schwäche ein wenig verstehen? ... Sie hätte ihm nur zu gerne mutig gesagt: „Sprechen wir uns aus ..." Aber sie wußte, daß kein Ton über ihre Lippen kommen würde. Die Gegenwart der Soldaten und Matrosen lähmte sie, ganz zu schweigen von den Edelleuten, die sie stumm im Kreis umstanden und ihre Neugier hinter ein wenig übertriebener Gleichgültigkeit verbargen: Gilles Vanereick, der flämische Korsar, Roland d'Urville, ein weiterer Franzose, den sie nicht kannte, und schließlich der sehr elegante englische Admiral und sein womöglich noch mehr mit Bändern und Schleifen geschmückter Erster Offizier.

Warum hatte Joffrey sie zu diesem tragischen Rendezvous mitgebracht, bei dem seine Ehre als Ehemann in Frage gestellt werden konnte?

Vor allem aber war da die Angst. Die Angst, die ihr dieser Unbekannte einflößte, der ihr doch so nahe war, Joffrey de Peyrac, der Magier, der Rätselhafte, ihr Gatte! ... Man hat Angst, wenn man zu sehr liebt. Man verliert sein Selbstvertrauen ... Ihr Herz zerriß. Er würde ihr keinen einzigen Blick zuwerfen.

So niedergeschmettert war sie, daß ihr der Blick entging, den Colin ihr statt dessen verstohlen zuwarf. Er gewahrte den Ausdruck ihrer Not, die marmorne Blässe dieses schönen Frauengesichts, das durch einen bläulichen Bluterguß an der Schläfe verunstaltet wurde, und was er aus ihren Augen an Gefühlen für den, der sie geschlagen hatte, herauslas, ließ ihn besiegt die Stirn senken.

Er hatte die ganze Wahrheit gesehen.

Diesen Mann dort, nur ihn, liebte sie. Diesen Rescator, den er in Miquenez hatte einziehen sehen, von einer prächtigen Eskorte begleitet.

Ein Renegat mehr, der das Elend der um ihres Glaubens willen Gefangenen beleidigte. Gold und Silber verliehen ihm den Strahlenkranz eines unvergleichlichen Prestiges. Moulay Ismaël empfing ihn mit höchsten Ehren.

Heute war er es, den Angélique liebte. Er war es, der sie besaß. Dieser magere, düstere Kavalier, kraftvoll wie ein Maure oder Spanier, besaß sie, dieser häßliche Mann mit den beunruhigenden, von Duellspuren gezeichneten Zügen, die dennoch schön waren durch das Leuchten des Geistes in seinen feurigen Augen. Es war dieser mit einem großen Erbe beladene Grandseigneur, der sie besaß.

Und sie war von ihm besessen ... bis ins Mark, bis in den Leib ... bis ins Herz. Man sah es. Man brauchte sie nur zu betrachten. Den verzehrenden und wiederum auch kindlich bestürzten Ausdruck zu deuten, den er nie an ihr, der Tapferen, gekannt hatte ... Aber wenn das Herz der Frauen angerührt ist, bleibt ihnen weder Scham noch Stolz, bleibt nichts. Sie werden wieder zu Kindern. Er begriff.

Er, Colin – Colin der Normanne, Colin der Gefangene –, bedeutete ihr nichts. Trotz der weiblichen Schwächen, die sie zuweilen ihm gegenüber an den Tag gelegt hatte. Er brauchte sich keine Illusionen darüber zu machen.

Neben diesem Mann dort war er nichts für sie. Und was tat's schließlich? Er würde sterben. Dieser verlassene, einsame Fleck auf amerikanischem Boden war für ihn das Ende der Reise! ...

Und sein großmütiges Herz verlangte glühend danach, noch irgend etwas für sie zu tun, für Angélique, seine Schwester aus dem Bagno, die das ganze Licht – warm, paradiesisch, blendend – seines rauhen Daseins gewesen war.

Er war es ihr schuldig. Und er würde es tun, denn es war das einzige, was für sie zählte.

„Monseigneur", sagte er, stolz den Kopf hebend, den blauen Blick auf die undurchdringlichen Augen Peyracs gerichtet, „Monseigneur, ich bin heute in Euren Händen, und das ist nicht unfair. Ich bin Goldbart, und ich hatte diesen Küstenwinkel für mein Unternehmen gewählt. Meine Gründe waren die meinen, und Eure, mich an meinen Absichten zu hindern, die Euren. Dem Geschicktesten und Schnellsten gehört das Kriegsglück. Ich habe verloren! . . . Ich beuge mich, und Ihr könnt mit mir machen, was Euch paßt. Doch bevor Ihr Euch entschließt, muß alles klar sein, und wenn Ihr mich hängt, dann nur, weil ich ein Pirat und Euer Gegner bin, ein Brigant der Meere in Euren Augen, ein Flibustier, dessen Geschäfte sich nicht mit den Euren vertragen und der beim Wettlauf verloren hat, aber . . . *nicht anderer Dinge wegen*, Monseigneur! Es gibt nichts anderes, ich schwör's!

Erinnerungen, das ist alles. Ihr müßt es wissen, denn Ihr habt mich wiedererkannt. Man bleibt einander freund, wenn man zusammen in der Berberei gefangen war . . . und wenn man zusammen christlichen Boden erreicht hat. Das sind Erlebnisse, die man nicht vergißt . . . wenn man sich durch die Zufälle des Lebens wiederbegegnet. Das muß man verstehen. Aber jedem sein Schicksal. Und ich kann Euch unter Eid versichern, Monseigneur, daß die dumme Geschichte dieser Nacht weder von mir noch von ihr –", er wies mit dem Kopf in Angéliques Richtung, „– beabsichtigt worden ist. Man scherzt hier nicht mit der Flut, das wißt Ihr ebensogut wie ich, und wenn man auf einem Inselchen von ihr eingeschlossen wird, bleibt einem nichts anderes übrig, als sich in Geduld zu fassen und zu warten.

Aber ich schwör's hier noch einmal auf meine Seemannsehre vor Euren Leuten und vor diesen Herren, die mir zuhören, daß in dieser Nacht nichts geschehen ist, was den guten Ruf Eurer Frau, der Gräfin Peyrac, antasten und Eure Ehre als Ehemann beflecken könnte."

„Ich weiß", antwortete Peyrac mit seiner rauhen, modulationslosen Stimme, „ich weiß. Ich war auf der Insel."

Einundsechzigstes Kapitel

Diesmal packte Angélique der Zorn, schüttelte sie wie ein Zyklon, und es gab Augenblicke, in denen sie sich sagte, daß sie Joffrey de Peyrac von ganzer Seele haßte.

Der Schock hatte sie aus ihrer angstvollen Betäubung gerissen, als er mit ironischer Grimasse gemurmelt hatte: „Ich weiß, ich war auf der Insel."

Und sich abwendend, hatte er herrisch das Zeichen zum Rückmarsch nach Gouldsboro gegeben.

Er hatte sich geweigert, den entsetzten Ausdruck auf Angéliques Gesicht zur Kenntnis zu nehmen, den sie bei seiner überraschenden Eröffnung nicht völlig hatte unterdrücken können, und während sie alle in lastendem Schweigen den chaotischen Pfad am Meeresufer entlang einschlugen, ging er rasch und nach seiner Gewohnheit mit hoch erhobenem Haupt voran, von seinem weiten Mantel umflattert, ohne sich nach dem von seinen Wächtern zu größerer Eile getriebenen Gefangenen oder nach der jungen Frau umzusehen, die, in sich verschlossen, allein dahinschritt.

Er hätte in ihren grünen Augen nur den erbitterten Groll einer Frau gesehen. Alles in ihr wurde von ihm beherrscht. Dem aus einer brennenden Demütigung geborenen Groll, einer ihr angetanen Schmach, deren Natur sie nicht analysierte.

In ihrer Verwirrung machte sie sich nicht klar, daß sie vor allem in der Intimität der Scham ihrer Gefühle litt. Er hatte ihre Freundschaft, ihre Zärtlichkeit für Colin beobachtet. Er hatte gesehen, wie sie ihre Hand auf Colins Stirn legte, hatte sie mit ihm lachen hören, und dazu hatte er kein Recht. Das gehörte ihr, war ihr geheimer Garten. Selbst der geliebteste Gatte hatte nicht das Recht, alles zu sehen, alles zu wissen. Und zudem war er ihr kein geliebter Gatte mehr, sondern ein Feind.

Plötzlich umschaltend, fand sie zu dem alten Bild zurück: der Mann Feind der Frau, tiefer noch gehaßt, weil er ihre Erwartungen hinterging und enttäuschte.

Dann half ihr erneut jäh aufflackernde Wut, wieder Fuß zu fassen und nun gleichfalls mit hoch erhobenem Haupt ihren Weg fortzusetzen.

Daß er sie beleidigt und geschlagen hatte, nahm sie hin; sie beugte sich vor den Ausbrüchen eines gerechten Zorns. Aber die Abscheulichkeit dieser diabolischen Falle zerstörte ihn in ihren Augen, zerstörte das Vertrauen und die unbegrenzte Achtung, die sie ihm entgegenbrachte. Alles war also zunichte geworden! Alles! Er hatte mit dem Herzen seiner Frau, mit ihren Sinnen gespielt, deren Anfälligkeit er kannte, er hatte sie in die Arme eines anderen Mannes gestoßen ... um zu sehen! ... Um zu sehen! ... Um sich zu amüsieren! ... Wenn er nicht etwa, als er sie in eine neue Versuchung stürzte, in seiner eifersüchtigen Raserei und seinem verletzten Stolz nur auf einen Vorwand gehofft hatte, sie zu töten ... Sie! Seine Frau! Sie, die glaubte, einen privilegierten Platz in seinem Dasein, seinem Herzen einzunehmen! ... Haha! ...

Ein Schluchzen würgte Angélique. Mit übermenschlicher Anstrengung gelang es ihr, es zu unterdrücken, die Tränen zurückzuhalten, die ihr schon in die Augen steigen wollten, und sie schob das Kinn herausfordernd vor.

Bei allem hatte sie sich noch nicht einmal gefragt, was mit ihr geschehen würde. Würde er sie einsperren und im Fort bewachen lassen? Würde er sie fortjagen, außer Landes weisen? In jedem Fall ließe sie ihn nicht so einfach mit ihr umspringen; diesmal würde sie ihre Sache zu vertreten wissen. Colins Geschick schien ihr dagegen unvermeidlich tragisch, und als bei ihrer Annäherung an die Niederlassung ein Gewirr von Schreien und Gejohle wie fernes Gewittergrollen aus den Wäldern aufstieg, traten ihre eigenen Gefühle und Überlegungen zurück, und es blieb nur die bittere Angst um Colin. Sie raffte ihre Kräfte zusammen, um ihn notfalls mit Wort und Tat ohne Rücksicht auf ihr eigenes Ansehen gegen alle zu verteidigen, denn das durfte nicht sein; nie würde sie es ertragen, Colin gehängt, ermordet, sein Leben um ihretwillen zerstört zu sehen.

Sie würde sich über seinen Körper werfen, würde ihn verteidigen wie eins ihrer Kinder. Hatte er sie nicht auf seinem Rücken durch die Wüste getragen?

Die Schreie, die sich aus dem Wald erhoben, waren die einer zum Töten bereiten Meute.

Durch den unsichtbaren Boten benachrichtigt, der, möchte man sagen, im Wind der wilden Küsten vorbeizieht, kam ihnen die gesamte Bevölkerung Gouldsboros entgegen, die im Sommer noch durch die fremden Matrosen, herumziehende Akadier und zum Tauschhandel erschienene Indianer verdoppelt wurde. Sie liefen herzu, trabten die Abhänge herunter, überquerten die von der Ebbe freigegebenen schlammigen Flächen, und die weißen Hauben der Frauen mischten sich wie ein Schwarm Möwen in die dunkle oder buntscheckige Flut der Männer. Mit den Rochellesern und den Matrosen der Schiffe kamen die englischen Flüchtlinge und die Indianer, die, neugierig und gutmütig, immer sofort dabei waren, sich die Streitigkeiten und Leidenschaften ihrer Freunde zu eigen zu machen.

„Goldbart ist gefangen!"

Und „sie" war bei ihm. Auch das wußten sie schon. Sie hatte die Nacht auf der Insel des alten Schiffs mit ihm verbracht. Man schaffte „sie" jetzt zurück, gefesselt.

Schreie, Johlen, Schimpfworte schufen einen ungeheuren Lärm, der auf sie zukam, ihnen entgegenbrandete, und als die Menge aus dem Wald brach und vom Strand heraufflutete, mußten sie spanischen Söldner mit ihren Piken schleunigst einen Wall bilden, um zu verhüten, daß der Gefangene, überschwemmt, eine Beute der Wütenden wurde.

„Tötet ihn! Tötet ihn!" johlten sie. „Da bist du, Goldbart! Bandit! Heide! ... Du wolltest unser Hab und Gut! Jetzt bist du gefesselt! Wo sind deine Smaragde? Wo ist dein Schiff? ... Jetzt sind wir an der Reihe! Haha! Dein Goldbart wird dich nicht retten! Er wird uns dazu dienen, dich zur Strafe für all deine Räubereien an ihm aufzuhängen!"

Die entfesselten Matrosen und Kolonisten, wie selten vereint im selben Abscheu gegen den einstigen Gegner, der drauf und dran gewesen war, sie durch seine Belagerung der kaum den Schrecken des Winters entronnenen kleinen Niederlassung zu ruinieren, und der heute, nach dem erbitterten Kampf des Vortags, in dem so mancher von ihnen sein Leben hatte lassen müssen, nur ein geschlagener Koloß war, sprühten vor Haß, in den sich Triumph, Erleichterung, aber auch Bit-

394

ternis mischten. Ihr Sieg war zu teuer erkauft, er hatte Spuren in ihren ungezähmten Herzen hinterlassen.

Neben Goldbart stand sie, die Dame von Gouldsboro, die Dame vom Silbersee, die Fee mit den heilenden Händen. Es traf also zu, was man sich über sie und den Piraten erzählte! Und diese Bestätigung zu erhalten war furchtbar!

Dieser Plünderer niedrigster Herkunft hatte eine Kraft zerstört, die ihnen in der Not ihres Exils kostbar geworden war – die Achtung, die sie, anfangs mehr oder weniger widerwillig, zwei höheren Wesen entgegenbrachten: dem Grafen und der Gräfin Peyrac.

In dem sie umtosenden Tumult entging Angélique der einzige Blick, den Joffrey ihr an diesem Morgen zuwarf.

Hätte sie ihn gewahrt, wäre der bohrende Schmerz in ihrem Inneren vielleicht durch ihn gemildert worden. Denn dieser Blick war ein besorgter Blick, mit dem er sich hastig versicherte, daß auch sie sich im Schutz der spanischen Piken befand.

„Gottloser! Frauendieb! Schweinehund!"

Das Hohngeschrei, die spöttischen Rufe brandeten immer von neuem auf. Mit gebundenen Händen, vorwärts gezerrt, gestoßen, bewegte sich Colin zwischen den Söldnern voran, so gut es gehen wollte.

Der Wind wühlte in seinem langen Haar, seinem wirren Bart. Über die Köpfe seiner Widersacher hinweg suchte sein unter buschigen Brauen düster hervorblitzender Blick die Ferne, ein zweiter Prometheus, Sohn des Titanus, wehrlos an seinem Felsen den Geiern ausgeliefert.

Am Eingang des Orts mußte die kleine Gruppe unter dem Druck der herandrängenden Menge erneut haltmachen, die d'Urvilles Befehle, Vanereicks Drohungen und die wenig einnehmenden Mienen der Wächter nicht zu beruhigen vermochten.

Ein pfeifend heranfliegender Stein streifte Colin an der Schläfe, ein zweiter rollte vor Angéliques Füße. Von irgendwoher erhob sich ein Schrei:

„Dämonin!"

Die Verwünschung hallte lange in der vibrierenden Luft des Morgens nach, und plötzlich verstummte das Volk, wie erschreckt durch seine eigene Explosion.

Und nun konnten sie die Stimme des Grafen hören, dessen beherrschte Haltung ihre Wirkung auf ihre überreizten Nerven nicht verfehlte. Er hatte Frieden gebietend die Hand erhoben.

„Beruhigt euch", sagte diese rauhe, aber ruhige, feierliche und feste Stimme. „Goldbart, euer Feind, ist gefangen! Überlaßt ihn meiner Gerechtigkeit!"

Die Köpfe neigten sich, die Menge wich zurück.

Das Fort war nahe.

Angélique hörte, daß Befehl gegeben wurde, den Gefangenen in den Arrestraum zu bringen und unter verdoppelter Bewachung zu halten.

Für sie selbst öffnete sich mit dem Palisadentor die Zuflucht ihres Zimmers im Turm.

Doch sie blieb stehen und wandte sich plötzlich um, der sich drängenden Menge zu, die sie beobachtete. In den ersten Reihen sah sie die Hugenotten aus La Rochelle.

Ihr wurde klar, daß sie bei ihrem nächsten Erscheinen riskierte, gesteinigt zu werden, wenn sie sich jetzt wie eine Schuldige benahm und ihre Furcht hinter den Mauern des Forts verbarg.

Sie kannte den unduldsamen Charakter der Rochelleser, die abergläubische Impulsivität der Seeleute und die womöglich noch schlimmere Unversöhnlichkeit der Engländer. Wenn man erst einmal anfinge, sich auf ihre und ihres Mannes Kosten die Mäuler zu zerreißen, würde sich jeder seinen Anschauungen entsprechend mit Weihwasser oder, weit gefährlicher, mit Musketen bewaffnen, wie es die Rochelleser schon bei der Meuterei auf dem Schiff während der Überfahrt getan hatten.

Das einzige Mittel, diese mißtrauischen Seelen zu bändigen, bestand darin, sich ihnen aufzuzwingen, die Klatschereien durch den Augenschein eines reinen Gewissens zu entmutigen und angesichts der Unmöglichkeit, das Gesicht der ehebrecherischen Frau, das man ihr lieh, zu verbergen, die Stirn zu besitzen, es allen in seiner ganzen Blässe, mit den die Augen umziehenden Ringen und den wenig ruhmvollen Spuren der ehelichen Ahndung, die es verunzierten, zu zeigen.

Sie riß sich von einer Hand los, vielleicht der des Don Juan Álvarez, der sie in den Vorhof hinter die Palisade ziehen wollte. Sie ließ sich weder richten noch in die Rolle der Gefangenen drängen, es sei denn durch Gewalt, und es würde sich schon erweisen, ob Joffrey es wagte, all den Beleidigungen, die er ihr zugemutet hatte, diese neue hinzuzufügen.

Ehebrecherin! Sei es! Nun, wie mußte sich eine Ehebrecherin verhalten, wenn sie die Flut der Verleumdungen abwenden, ihre Würde und auch die ihres Gatten wahren und retten wollte, was gerettet werden konnte? Indem sie Front machte. Indem sie tat, als ob nichts geschehen, nichts ruchbar geworden sei, indem sie sich benahm „wie zuvor".

„Ich möchte mich unverzüglich vom Zustand der Verletzten von gestern überzeugen", sagte sie sehr laut und in ihrer gewohnten bestimmten Art zu der ihr nächststehenden Frau. „Wohin hat man die Leute der *Sans-Peur* gebracht?"

Die Frau wandte sich heftig ab. Doch Angélique machte sich beherzt auf den Weg quer durch Gouldsboro, wie man über ein tiefes Gewässer geht, fest entschlossen zu zeigen, wer sie war und was sie in aller Augen zu bleiben gedachte.

Auf ein Zeichen des Grafen folgten ihr zwei der spanischen Söldner. Auch das kümmerte sie nicht. Sie würde ihnen schon Respekt aufzwingen, und der Klatsch würde bei ihrer Annäherung aus Mangel an nährenden Vorwänden schweigen. Und Angélique wollte nicht, daß auch noch der Geist und das jugendliche Herz ihres Sohnes Cantor durch diese Dinge beunruhigt würden.

All das drehte sich in ihrem durch Hunger und Erschöpfung geleerten Gehirn, aber sie würde nicht eher ruhen, bis sie Gouldsboro wieder in der Hand hätte, und ohne nachzulassen und schwach zu werden, ging sie vom einen Verletzten zum anderen.

Die meisten Leute der *Sans-Peur* waren auf ihr Schiff im Hafen zurückgekehrt. Die am schwersten Verwundeten jedoch wurden ebenso wie die von der *Gouldsboro* von den Einwohnern gepflegt.

Angélique betrat die Häuser, forderte Wasser, Leinen, Salben und Hilfe, und Rochelleser wie Rochelleserinnen fanden sich schließlich zögernd bereit, sie zu unterstützen.

Die Verwundeten empfingen sie ungeduldig und voller Hoffnung, und ihre Stimmung hob sich wieder, während sie die blutfleckigen, eitrigen

Verbände wechselte. Die klaffenden Wunden, deren Heilung ihre Fähigkeiten bestätigte, gaben ihr ihre Würde zurück.

Diese unrasierte, leidende Menschheit fühlte sich in der Tat durch die Gerüchte um die schöne Nobeldame, die ihnen eines Tages im wilden Amerika begegnet war, erheblich weniger berührt als durch die Annehmlichkeiten, die ihr Kommen und ihre Gegenwart mit sich brachten.

„Werdet Ihr mein Auge retten, Madame? . . ."

„Madame, ich habe wegen all dieser Stechmücken die ganze Nacht nicht schlafen können . . ."

Die verletzten Piraten der *Coeur de Marie* waren zu den gesunden Gefangenen in die von einem Kordon schwerbewaffneter Posten umgebene Maisscheune geschafft worden. Außerdem lag der Schuppen im Schußfeld einer kleinen Eckbastion des Forts, und diese Vorsichtsmaßnahmen waren keineswegs übertrieben, denn die Posten sagten Angélique, daß die Gefangenen reichlich unruhig geworden wären, nachdem sie von Goldbarts Gefangennahme erfahren hätten. Es sei gefährlich, sich unter sie zu mischen.

Zwei Matrosen boten sich an, sie mit schußbereiten Musketen und brennenden Lunten in den Schuppen zu begleiten, aber sie lehnte ab.

„Was soll schon sein? Ich kenne diese Leute."

Auch den beiden spanischen Söldnern befahl sie, draußen zu bleiben, und das mit einem so gebieterischen Blick, daß sie keinen Einspruch wagten. Zwischen der für sie geheiligten Autorität des Grafen Peyrac und der bezaubernden Angélique hatten der arme Pedro und sein nicht minder bedauernswerter Kumpan Luis noch nie so gelitten wie an diesem harten Tag.

Angélique empfand keine Angst davor, allein unter den Piraten der *Coeur de Marie* zu sein. Im Gegenteil. Sie fühlte sich bei ihnen wohler, denn sie waren wie sie selbst heute: unglücklich und bedroht. Verwundete, die sich Pflege und ein wenig Tröstung von einer Hand erhofften, von der sie wußten, daß sie geschickt war und heilende Kräfte besaß. Was die gesunden Gefangenen betraf, verbargen sie ihre Besorgnisse vor einer wenig beneidenswerten Zukunft, die sich mit großen Schritten näherte. War es der letzte Morgen, den sie grüßten? Der Sieger, der Herr von Gouldsboro, war am Abend zuvor gekommen, um sie zu mustern und seinen Adlerblick über ihre Galgengesichter gleiten zu lassen.

„Monsieur", hatte der Leutnant de Barssempuy zu fragen gewagt, „welches Schicksal werdet Ihr uns bereiten?"

„Den Strick für alle", antwortete Peyrac barsch. „Es fehlt nicht an Rahen an den Masten der Schiffe."

„Wir haben schon ein Pech!" jammerten die Piraten. „Ausgerechnet auf einen Bluthund mußten wir stoßen, der noch schlimmer als Morgan ist!"

Selbst nicht minder blutdürstig, jedenfalls die meisten, mit einem stattlichen Schuldkonto an Folterungen aller Art, abgeschnittenen Händen, Gehängten oder über offenen Feuern Gerösteten belastet, denn die heiße Sonne der Kariben läßt die Lust am Bösen im Herzen des Menschen aufflackern, erhofften sie auch für sich keinerlei Sanftmut. Die Besseren unter ihnen beglückwünschten sich nicht mehr zu ihrer einstigen Absicht, sich „zu rangieren".

„Wenn man bedenkt, daß wir Kolonisten und Familienväter werden wollten! Und dabei hat uns gerade der letzte Zug ins Verderben gebracht."

In der schwarzen Verzweiflung oder grauen Resignation, die sie abwechselnd überkamen, wirkte das Erscheinen Angéliques wie ein Lichtstrahl. Die Welt des Mannes ist hart. Die der Abenteurer des Meers noch härter. Kein Spalt, kein Riß in der rauhen Schale eines Daseins, das sie mit einem Dolch in der Faust, dem Durst nach Gold im Herzen und dem nach Rum in der Kehle bewältigt haben. Plötzlich nun füllte eine Frau die Leere ihrer Herzen, trat zwischen sie, eine Frau, die weder Beute noch Hure war, und bevor man sich noch fragen konnte, was sie eigentlich wirklich war, hatte sie einen in der Hand, war man unterjocht, ohne andere Alternative, als sie zu respektieren und ihr demütig zu gehorchen.

Für alle war es eine Erleichterung, sie an diesem Morgen, an dem Goldbart erwischt worden war, von neuem in die Scheune treten zu sehen, ihren Sack mit Scharpie und Arzneien in der Hand. Sie kniete am Lager der Kranken nieder und machte sich unverzüglich daran, sie zu behandeln und zu verbinden. Einigen von ihnen kam die Idee, sich ihrer als Geisel zu bemächtigen und ihre eigene Haut durch ein kleines Tauschgeschäft zu retten. Man würde mit diesen Schuften von Gouldsboro verhandeln und je nachdem, was sich an Resultaten dabei herausschlagen ließe, ihrem Eheherrn, diesem „Bluthund", der sie alle hängen wollte, ein Fingerchen, ein Auge oder eine Brust der Schönen schicken, und es müßte mit dem Teufel zugehen, wenn man mit Hilfe eines solchen Manövers nicht hier herauskommen würde. War es in ihrer mehr als prekären Situation nicht ein hübsches Plänchen, und hatte man dergleichen nicht schon früher getan ... mehr als einmal? An diesem Punkt blieb ihr Tatendrang allerdings stecken. Glänzende Augen folgten dem lichten Haar Angéliques, die in dem übelriechenden Halbdunkel vom einen Lager zum anderen ging. Aber niemand äußerte ein Tönchen oder rührte sich. Nur der junge Barssempuy wagte sich aus seiner Stummheit hervor, um ihr eine Frage zu stellen.

„Ist es wahr, Madame, daß Goldbart erwischt worden ist?"

Angélique nickte wortlos.

„Was wird ihm geschehen?" fuhr der Leutnant mit angstvoller Stimme fort. „Es ist doch nicht möglich, daß er hingerichtet wird, Madame ... Er ist ein so außerordentlicher Mensch! Wir lieben unseren Kapitän, Madame."

„Sein Geschick hängt von den Entscheidungen Monsieur de Peyracs ab", erwiderte Angélique schroff. „Er ist der Herr."

„Stimmt! Aber Ihr führt ihn an der Nase herum", kreischte aus dem Hintergrund Aristide Beaumarchand. „Was man so hört ..."

Er verstummte unter Angéliques blitzendem Blick, kauerte sich noch mehr zusammen, kreuzte die Arme über seinem Bauch, den er unablässig schützte, wie eine schwangere Frau, die geschlagen zu werden fürchtet, ihre kostbare Last schützt.

„Du tätest besser dran, deinen Mund zu halten", warf sie ihm kalt zu. „Sonst bring' ich dich um."

Die andern lachten in einem Anflug von Entspannung. Nachdem sie ihre Arbeit beendet hatte, verließ sie die Scheune. Sie fühlte sich nicht in Stimmung, mit diesem Pack zu scherzen, doch sobald sich die Tür hinter ihr geschlossen hatte, war ihre Verärgerung über sie schon verraucht.

Wie sie auch mit sich rechten und sich dagegen wehren mochte, schließlich taten ihr Verwundete oder Besiegte doch immer leid. Wer es auch war, Briganten oder Soldaten, Waldläufer oder Matrosen – sobald sie sie gepflegt hatte, mußte sie sie lieben. Diese unwiderstehliche Zuneigung hatte etwas mit den Kenntnissen zu tun, die sie durch sie erwarb, wenn sie sich über ihre Schmerzen neigte.

Der kranke Mensch ist verletzlich. Er überläßt sich gern fremder Fürsorglichkeit, und wenn er Widerstand leistet, ist es nicht schwer, ihn zu überlisten. Auch ein verbitterter, ungezügelter, unnachgiebiger Charakter streckt im Zustand der Schwäche die Waffen, und Angélique brachte es schließlich immer zuwege, das einfache, kindliche Herz zu erreichen. Wenn sie wieder auf den Beinen standen, blieben sie abhängig von ihr. Sie spürten, zuweilen erschreckt, daß sie sie besser kannte als sie sich selbst.

Draußen befahl sie, den Gefangenen Tricktrackbretter, Spielkarten und Tabak hineinzubringen, um ihnen die Stunden ihrer Gefangenschaft erträglicher zu machen.

Zweiundsechzigstes Kapitel

Eine andere Sache war es, den Damen von Gouldsboro gegenüberzutreten!

Dort gab es keine Gnade! Sie wußte, daß sie nicht auf Nachsicht rechnen durfte. Ihre Tugend sonderte von Natur aus den Geist der Rechtlichkeit und Verdammung ab und war in dieser Hinsicht mit einer Fähigkeit zur steten Erneuerung der Virulenz begabt, die nichts zum Versiegen bringen konnte.

Aber auch ihnen mußte sie den Mund stopfen, bevor die Fluten der Gehässigkeit sie alle in einen Schlamm der Verbitterung geschwemmt hätten, aus dem sie nicht mehr herausfinden würden.

Bevor sie die Tür zur Herberge unterhalb des Forts aufstieß, wo sie vermutlich beisammensaßen, zögerte sie einen Moment, ein Zögern, das unwillkürlich die Form eines vorsichtshalber zum Himmel entsandten Gebets annahm, und natürlich waren sie alle da in ihren dunklen Kleidern und weißen Hauben. Madame Manigault thronte am Tisch, imposanter denn je, Madame Carrère tummelte sich geschäftig, Abigaël Berne saß bleich und würdig neben dem Kamin, einen entschlossenen Ausdruck auf ihrem schönen flämischen Madonnengesicht. Angéliques Eintritt schien eine Diskussion unterbrochen zu haben, bei der Abigaël ihren Gefährtinnen durch die Gutartigkeit ihrer Ansichten mißfallen haben mußte.

„Madame Carrère", sagte Angélique, zur Herrin des Hauses gewandt, „habt die Güte, mir ein Abendessen auf mein Zimmer im Wehrturm bringen zu lassen. Desgleichen ein Becken mit warmem Wasser, damit ich mich waschen kann."

„‚Alles Wasser der Flüsse kann die schuldbeladene Seele nicht reinwaschen, und alle Nahrung der Erde kann sie nicht sättigen, die dahinstirbt, weil sie den Herrn beleidigt hat'", zitierte Madame Manigault vor sich hin ins Leere.

Der Partherpfeil traf Angélique, aber sie hatte ihn erwartet.

Bei all ihrer Erbitterung und Gereiztheit gegen die braven Gevatterinnen wußte sie, die diese Frauen nach wie vor als Freundinnen anzusehen geneigt war, daß sie zu ihrem Kummer von gegensätzlichen Auffassungen hin und her gerissen wurden.

Hinter der Unduldsamkeit der Damen von Gouldsboro, was Angéliques mutmaßlich skandalöses Benehmen anbetraf, verbarg sich die Entrüstung, einen Mann betrogen zu sehen, für den mehr oder weniger alle tiefe Bewunderung empfanden, wenn nicht gar ein kleines zärtliches Gefühl. Ein verschämtes, verstecktes Gefühl, aber dennoch ein Gefühl unter dem Eis ihrer strengen hugenottischen Erziehung, die die Empfindsamkeit ihrer Herzen nicht ganz hatte abstumpfen können.

Das „Ich hab's schon immer gesagt" Madame Manigaults hatte in diesen Tagen leichtes Spiel, sich überall zu proklamieren und zu entfalten wie an einem papistischen Fronleichnamsfest quer über die Gassen gespannte Kattunstreifen. Hatte sie Angélique, die Magd Maître Bernes, nicht schon immer beschuldigt, eine gefährliche Störenfriedin zu sein? ...

Worauf Abigaël erwiderte, das gegenwärtige Benehmen Madame de Peyracs beweise, daß ihr Gewissen ihr nichts vorwerfe.

„Eine Hochmütige!" schoß Madame Manigault zurück. „Ich hab's schon immer gesagt."

Und überdies, was wisse man schon über das, was wirklich geschehen sei, wandten die Getreuen Angéliques ein. Kolportierte Gerüchte, Anspielungen und halb verschwiegene Hintergedanken ... Der Schweizer sei total betrunken gewesen, als er für sie höchst beleidigende Äußerungen von sich gegeben habe. Monsieur Manigault und Monsieur Berne könnten es selbst bezeugen ... Und nun war Angélique in eigener Person in Erscheinung getreten, stand mitten unter ihnen und antwortete mit einem ein wenig verächtlichen Lächeln auf die von Madame Manigault hingeworfene fromme Anspielung.

Ihnen nahe und doch so verschieden, wie sie es schon damals gewesen war, als sie ihr Verfolgtendasein in La Rochelle geteilt hatte.

Und sie erinnerten sich, daß Angélique mit ihnen über die Heide geflüchtet war, um den Dragonern des Königs zu entkommen, daß sie sie mitgeschleppt hatte, um sie zu retten ...

„Ein schönes Wort und eine schöne Wahrheit", sagte Angélique, die stattliche Dame mit einem ruhigen Blick messend, „und mir scheint, Ihr habt sie für mich geäußert, um mir Anlaß zum Nachdenken zu geben, nicht wahr, Madame Manigault? Ich danke Euch, aber in diesem Fall handelt es sich weniger darum, meine Seele, ob schuldbeladen oder nicht, zu sättigen, sondern ganz schlicht um die Wiederherstellung meiner Kräfte. Ich möchte Euch darauf aufmerksam machen, meine Damen, daß ich seit meiner Ankunft hier vor zwei Tagen nichts außer einem Maiskolben zu beißen bekommen habe, was nicht eben für die großzügige Gastfreundschaft sprechen würde, die bei Euch geübt wird, wenn ich nicht von den Sorgen und Pflichten wüßte, die uns alle gestern reichlich belastet und ausgefüllt haben. Wenn ich um die Möglichkeit, mich zu stärken, bat, gab ich nur einem sehr natürlichen Verlangen Ausdruck, das Ihr gleichfalls zu empfinden scheint, meine Damen."

Ein Teil der braven Rochelleserinnen saß nämlich in der Tat vor einem gemütlich dampfenden Ragout und Bechern mit Wein. Seit dem Vortag mit den Sorgen um ihren Haushalt, ihre Kinder, ihr Stück Land und die verwundeten Opfer des Kampfs vollauf beschäftigt, waren auch sie am Ende ihrer Kräfte und hatten eine kurze Ruhepause benutzt, um ihren Lebensgeistern in der gastlichen Herberge Madame Carrères ein wenig auf die Beine zu helfen. Sozusagen bei einer Abweichung von der gewohnten Kargheit in flagranti erwischt, saßen sie, die Löffel in der Hand, stumm und betreten da.

„Bitte, bitte", drängte Angélique herablassend, „laßt Euch nicht durch mich stören. Fahrt nur fort. Ich werfe nicht den ersten Stein auf Euch. Ihr habt völlig recht, Euch zu stärken, meine Lieben. Aber erlaubt, daß die Gräfin Peyrac dasselbe tut. Schickt mir also so bald wie möglich dieses Gericht, Madame Carrère . . . Abigaël, meine Liebe, könnt Ihr mich einen Augenblick begleiten? Ich möchte Euch ein paar Worte unter vier Augen sagen."

Einen Fuß auf der untersten Stufe der Treppe, die zu ihrem Zimmer führte, hob sie ihren offenen Blick zu der jungen Frau Maître Bernes.

„Zweifelt Ihr an mir, Abigaël?"

Ihre Maske zerbrach, ihre Erschöpfung ließ sich nicht mehr übersehen. Ein jähes Gefühl trieb Abigaël zu ihr.

„Nichts kann die Freundschaft erschüttern, die ich für Euch empfinde, Madame, wenn Ihr keine Beleidigung darin seht."

„Ihr verkehrt die Rollen, meine süße Abigaël. Ich bin es, die Eure Freundschaft immer als etwas Kostbares empfunden hat. Glaubt Ihr, ich könnte je vergessen, wie gut Ihr zu mir wart, als ich mit meinem Kind im Arm nach La Rochelle kam? Ihr habt die arme Magd, die ich damals war, nicht verachtet. Laßt also diesen ehrerbietigen Ton, der zwischen uns nicht am Platze ist. Und Dank für das, was Ihr mir eben gesagt habt. Ihr macht mir wieder Mut. Ich kann Euch noch nicht erklären, was geschehen ist, aber nichts ist so schwerwiegend, wie die Böswilligen Euch einreden möchten."

„Ich bin zutiefst überzeugt", versicherte die Tochter des Pastors Beaucaire.

Welchen Zauber besaß die keusche und reine Abigaël aus La Rochelle in dem Erblühen ihrer bevorstehenden Mutterschaft!

Das Glück hatte sie noch geadelt.

Ihre klaren Augen bestätigten ihre Zuneigung. Angélique gab ihrer

Erschöpfung nach und ließ ihre Stirn gegen Abigaëls Schulter sinken. „Ich habe Angst, Abigaël. Es kommt mir vor, als sei ich in einen höllischen Strudel geraten ... als tauchten überall Drohungen auf ... mich zu umzingeln. Was soll aus mir werden, wenn er mich nicht mehr liebt? ... Ich bin nicht schuldig ... nicht so schuldig, wie man sagt. Aber alles verbindet sich, um mich zu verdammen."

„Ich kenne die Aufrichtigkeit Eures Herzens", sagte Abigaël und strich besänftigend über Angéliques Stirn. „Ich bleibe an Eurer Seite, und ich liebe Euch."

Im Glauben, das Geräusch eines Schritts zu hören, richtete Angélique sich hastig auf. Niemand außer Abigaël sollte sie schwach sehen. Doch die Güte ihrer Freundin hatte ihr ihre Kräfte wiedergegeben.

Sie zwinkerte ihr wie einer Komplicin zu.

„,Sie' möchten mich gern verschwinden sehen, nicht wahr?" fragte sie. „Sie haben schon genug von meiner sündigen Anwesenheit in Gouldsboro. Aber fürchtet nichts, Abigaël. Ich bin hergekommen, um Euch bei Eurer Niederkunft beizustehen, und ich werde so lange bei Euch bleiben, wie Ihr mich braucht, und sollten sie mir das Leben zur Hölle machen."

Ach, es kam alles anders, als sie gehofft hatte!

Sie hatte davon geträumt, an den Kaminen ihrer Freundinnen zu sitzen und Neuigkeiten auszutauschen. Dann hätte man die verschiedenen Einrichtungen besucht. Man hätte gemeinsam Rechnungen geprüft und Feste organisiert, zu denen die Mannschaften der im Hafen liegenden Schiffe eingeladen worden wären. Während des Sommers gibt es immer irgend etwas zu feiern. Schnell, schnell vergehen die Tage der milden Jahreszeit. Man muß doppelt und dreifach leben, anhäufen, in die Scheuern bringen, tauschen, fieberhafte Aktivität, die die Menschen an die Küsten treibt. Schnell! Schnell! Nicht lange, dann kommt der Winter.

Doch nichts ähnelte dem, was sie sich erträumt hatte. Alles andere als festlich, waren diese Sommertage wie ein schlammiger Fluß, der Leidenschaften, Kummer, Verzweiflung mit sich führte und von Stunde zu Stunde durch eine Flut mysteriöser Gefahren anwuchs.

Dreiundsechzigstes Kapitel

Was dachte Joffrey? Wozu hatte er sich für sie entschlossen? ... Und für Colin?

Dieses Schweigen, diese Abwesenheit wurden ihr unerträglich.

Jeden Augenblick dieses Tages, der Jahrhunderte zu dauern schien, fürchtete und hoffte sie abwechselnd, daß er sie rufen lassen würde. Sie würde vor ihm wie vor Gericht erscheinen, nun gut, aber alles war der Ungewißheit vorzuziehen, in der er sie dahindämmern ließ. Schreien, toben, bitten, flehen, ihrerseits anklagen – all das hätte sie dem Leben wiedergegeben.

Wut, Stolz, Selbsterhaltungstrieb, die sie noch am Morgen aufrecht gehalten hatten, ließen in dem Maße nach, wie die Stunden verstrichen. Indem er sie beiseite schob, sie ignorierte, unterwarf er sie einer wahren Tortur, die ihre seelischen Kräfte unterminierte. Nur mit Überwindung brachte sie ein paar Bissen der Mahlzeit herunter, um die sie gebeten und die Madame Carrère ihr hatte bringen lassen.

Nachmittags verließ sie das Fort, um nach Cantor zu suchen, und fand ihn stark beschäftigt in der Nähe des Hafens.

„Hör nicht auf das Geschwätz, das über mich umgeht", sagte sie nervös. „Du kennst die abergläubischen Vorstellungen der Leute, die uns umgeben. Hat man mich in Québec nicht schon zur ... Dämonin befördert? Es genügt, daß eine Frau sich von einem Piraten einfangen läßt, um die Verleumder zum Spinnen ihrer Fäden zu bringen. Goldbart hat sich ritterlich gegen mich benommen, und eines Tages werde ich dir erklären, wer er ist und warum ich Freundschaft für ihn empfinde."

„Auf jeden Fall werde ich nicht dabeisein, wenn man ihn hängt", erklärte Cantor, der sich offenbar über diese Dinge nicht weiter auslassen wollte. „Ich gehe noch heute bei Eintritt der Flut mit der *Rochelais* wieder in See. Mein Vater hat mir ihr Kommando übergeben."

Er reckte sich in den Schultern, viel zu prahlerisch-stolz auf seine neuen Verantwortlichkeiten als frisch gebackener fünfzehnjähriger Kapi-

406

tän, um sich für die verschwiegenen Strömungen und Wirbel zu interessieren, die die kleine Kolonie durcheinanderbrachten. Er war es zufrieden, rechtzeitig zurückgekommen zu sein, um noch am Kampf teilnehmen zu können, und noch zufriedener, als sein eigener Herr wieder in See zu gehen, auf diesem Ozean, dessen bewegtes Leben ihm so vertraut war.

Er wölbte die Brust und fügte, von seiner Wichtigkeit durchdrungen, hinzu:

„Ich muß Waren nach Hussnock bringen. Curt Ritz und sechs neue Leute, die ich ebenfalls an Bord mitnehme, werden sie von dort aus nach Wapassou schaffen."

„Wie?" rief Angélique. „Ein Kurier bricht in ein paar Stunden nach Wapassou auf, und man hält es nicht einmal für nötig, mich zu verständigen? . . . Laurier! Laurier!" zitierte sie den gerade vorbeigehenden jüngsten Berne herbei. „Schnell! Hilf mir Muscheln für Honorine sammeln!"

Sie hatte kaum Zeit, ein Billet für die Jonasse und die Malaprades zu kritzeln.

„Beeilt Euch, beeilt Euch, die Flut wartet nicht", mahnte Cantor.

Der Schweizer Curt Ritz war auf der Mole damit beschäftigt, die Warenballen zu inspizieren, die in der Jacht verstaut werden sollten, sowie die Bündel seiner Männer, die wie er schweizerischer oder deutscher Herkunft waren und in ihren Paradekostümen prangten – Nachfahren der Landsknechtskleidung mit kurzem, aufgeputztem Wams, weiten, über dem Hemd geschlitzten Ärmeln und gepluderten, am Knie hochgebundenen, mit scharlachroten Bändern geschmückten Hosen aus gelbem Tuch, deren Hosenschlitz nach der unschicklichen und glorreichen Mode des vergangenen Jahrhunderts zu einer stattlich vorspringenden, mit goldgelber Seide überzogenen Schale ausgearbeitet war.

Nur der gefältelte steife Rundkragen war durch einen weichen Spitzenkragen ersetzt worden.

Die breite Mütze, eine Mischung aus dem früheren Barett und dem modernen großen Filz, zierte eine kurze rote Straußenfeder. Goldschimmernde, stählerne Helme hingen an ihren Gürteln. Mit ihren Piken machten sie einen überaus furchteinflößenden Eindruck.

Ritz entsprach recht gut den Forderungen, die an einen Unteroffizier gestellt werden, „der ein bewanderter, tapferer, besonnener, höflicher Mann sein sollte, in Begegnungen mit dem Feind erfahren und, wenn möglich, groß und von gutem Aussehen".

Zudem trug er den Degen, das Abzeichen des Adelsstandes, das er sich im Dienste des Königs von Frankreich gegen die Türken in Österreich erworben hatte.

Angélique war ihm seit der Nacht, in der sie ihn bei seiner Klettertour am Heckkastell der *Coeur de Marie* überrascht hatte, nicht mehr begegnet, abgesehen von einem flüchtigen Zusammentreffen im Abenddunkel nach ihrer Rückkehr, aber beide Male hatte sie nicht genug von ihm gesehen, um ihn jetzt zu erkennen.

Jemand zeigte ihn ihr. Sie übergab ihm ihre Botschaft für die Jonasse, ohne sich etwas aus dem arroganten, verächtlichen Blick zu machen, mit dem er sie streifte. Sicher würde er sie immer des Bildes wegen verachten, das er auf dem Schiff gesehen hatte. Würde er auch in Wapassou darüber reden? Sie konnte sich nicht so weit demütigen, ihn zum Schweigen zu mahnen. Aber während sie sich mit ihm ein wenig gezwungen unterhielt und ein paar wichtige Anweisungen hinzufügte, die ihr in letzter Minute eingefallen waren – etwa, daß man hoffentlich nicht vergessen habe, Tannentriebe für die Brusttees einzusammeln –, überzeugte sie ihre Intuition, daß der Fremde ein „ordentlicher" Mann war. Rauh, kalt, doch selbstbewußt wie alle diese Bergbewohner, war er jedenfalls nicht schäbig. Er würde niemals mehr über das Geheimnis sprechen, das sich ihm in der Nacht seiner Flucht von dem Piratenschiff im flackernden Licht einer Kerze offenbart hatte.

Als sie Joffrey bemerkte, der in Begleitung Roland d'Urvilles und Vanereicks zum Hafen herunterkam, entfernte sie sich fluchtartig.

Warum war sie geflohen? Vor ihm? ... Vor ihrem Mann? Ziellos irrte sie zwischen den neuen Häusern Gouldsboros umher. Kein Mensch war zu sehen; die Bewohner schienen sich ebenfalls zum Hafen begeben zu haben, um der Abfahrt der Jacht beizuwohnen ...

Diesmal hatte sie nicht den Mut aufgebracht dabeizusein, nur wenige Schritte von ihm entfernt, inmitten der Menge, die sie beobachten würde. Und doch hätte sie dabeisein müssen, schalt sie sich, hätte mit ihrem

Schal winken müssen, wenn das von dem tapferen jungen Kapitän Cantor de Peyrac befehligte kleine Schiff die Segel setzte ... Sie hatte es nicht über sich gebracht. Es war ihr erstes ernstliches Versagen seit dem Morgen.

Er würde die Oberhand über sie behalten. Aber wie würde der Kampf enden?

Solange sie Colins Schicksal nicht kannte, bliebe Joffrey die Drohung, der zum Schlag erhobene Arm und, im Grunde seines Herzens, der Feind, den man nicht umgarnen konnte.

Wie oft hatte der Graf Peyrac früher davon gesprochen, jeden zu töten, der den Versuch machte, ihm seine Frau zu stehlen!

Sie erinnerte sich deutlich seiner Worte. Pont-Briand, auch Loménie gegenüber hatte er es gesagt.

Colin war verurteilt, nicht so sehr als plündernder Pirat, sondern als Rivale. Aber das durfte nicht sein. Nicht für so wenig! Nicht um ihretwillen! O mein Gott, laß es nicht zu! ...

Vierundsechzigstes Kapitel

Bei sinkender Nacht kehrte sie ins Fort zurück, nachdem sie noch einmal die Runde bei allen Verwundeten gemacht hatte. Obwohl fast trunken vor Müdigkeit, bemerkte sie in ihrem Zimmer zwei Truhen, die zuvor nicht dagewesen waren.

In der einen Truhe Roben, Kleidungsstücke, Spitzen, Wäsche, Handschuhe, Schuhe, in der anderen verschiedene, auch luxuriöse Gegenstände für die Bequemlichkeit des täglichen Lebens.

Die Kleider und Gegenstände dufteten nach Europa! Joffrey mußte Kapitän Erikson vor dessen Aufbruch im Herbst Auftrag dazu gegeben haben, und die *Gouldsboro* hatte sie nun mitgebracht. Raffinesse, Anmut und Schönheit einer entschwundenen Welt.

Angélique berührte sie kaum, hob sie mit fast gleichgültiger Hand wie die Reste einer toten Liebe.

Der Grund, warum man sie an diesem Abend zu ihr getragen hatte, blieb ihr dunkel, und in der geistigen Verfassung, in der sie sich befand, beunruhigte es sie, als verberge sich dahinter eine Falle.

Sie wandte sich von den prachtvollen Geschenken ab wie von einer Verhöhnung, die ihren Schmerz beleidigte, und versuchte, ein wenig zu schlafen.

Sie zitterte vor dem, was sich während dieser Zeit der Bewußtlosigkeit zutragen könnte. Würde sie beim Erwachen im Morgengrauen den Leichnam Colins am Querbalken eines Galgens schaukeln sehen?

Von Mut erfaßt, hatte sie in der Stunde der Dämmerung ihren Gatten um jeden Preis aufsuchen wollen. Aber sie hatte ihn nirgends gefunden. Die einen sagten, er sei ins Innere des Landes aufgebrochen, die anderen, er habe sich an Bord der Schebecke begeben, um sich irgendwo mit irgendeinem Schiff zu treffen. Verzweifelt hatte sie sich schließlich entschlossen, sich ein wenig Ruhe zu gönnen.

Doch ihre innere Unruhe ließ es nicht dazu kommen. Nach kurzem, bleiernem Schlaf erwachte sie in noch tiefer Nacht, und statt wieder einzuschlafen, drehte sie sich unablässig von einer Seite zur anderen und wälzte düstere Gedanken.

Die kurze Ruhe hatte ihren Groll gegen ihren Mann wieder erwachen lassen. Sie war entschieden tief verletzt durch sein herrisches, intolerantes und argwöhnisches Verhalten.

Hatte Joffrey sie nicht während langer Jahre sich selbst überlassen, und heute wollte er alles, sogar ihre Treue in der Vergangenheit! Hatte er sich denn fern von ihr Gewissensbisse gemacht, wenn er sein Vergnügen bei anderen Frauen fand? ... Trotzdem hatte er mit brutaler Hand die Schleier von einem Geheimnis gerissen, das nur ihr gehörte. Und forderte Rechenschaft, obwohl sie während ihres „Witwenstands", auf den er so eifersüchtig war, längst nicht so viel erlebt hatte, wie er ihr zutraute.

Während sie, wenn sie sich über die Erinnerungen dieser fünfzehn ohne ihn verbrachten Jahre neigte, vor allem eine endlose Folge einsamer, kalter Nächte sah, in denen sich ihre Jugend und Schönheit in Gedanken an ihn, in Tränen über ihn, im Verlangen nach ihm verzehrt hatten. Und natürlich hatte sie glücklicherweise auch geschlafen, allein und mit fest geschlossenen Fäusten. Sie hatte immer einen guten Kinderschlaf gehabt, und diese Gabe hatte sie gerettet. Als sie noch Wirtin der „Roten Maske" gewesen war, hatte sie spät in der Nacht wie zerbrochen vor Müdigkeit ihr schmales Bett aufgesucht und war im Morgengrauen schon wieder für einen neuen Arbeitstag bereit gewesen, in dem die Liebe keinen Platz hatte, es sei denn, wenn sie einen allzu zudringlichen Musketier vor die Tür hatte befördern müssen. Und während ihrer Zeit als Schokoladenverkäuferin hatte Ninon de Lenclos ihr vorgeworfen, sie führe ein allzu sittsames Leben.

Gleich flimmernd aufleuchtenden, bald wieder erloschenen Punkten hatte es hier und da eine Liebesnacht in den Armen eines von der Polizei gejagten Pariser Poeten oder in denen seines Jägers Desgray gegeben, der eine wie der andere allzu beschäftigt mit ihrem kleinen grausamen Spiel, um sich länger mit ihr abzugeben.

Und am Hof? War ihr Liebesleben trotz des erotischen Klimas, das sie umgab, da etwa sinnlicher gewesen? Kaum, vielleicht sogar eher weniger. Die Leidenschaft des Königs isolierte sie. Und ihr persönlicher Ehrgeiz, verbunden mit der nicht nachlassenden Trauer um ein geliebtes Phantom, nach dem sie noch immer sehnsüchtig die Arme ausstreckte, hielt sie von Abenteuern, von flüchtigen Verhältnissen fern, die ihr schnell unerträglich geworden wären. Wozu war es also gekommen?

Zu ein paar Nächten mit Ragoski, dem verfolgten Fürsten. Zu einer Umarmung zwischen Tür und Angel am Abend eines Jagdtages mit dem Herzog de Lauzun – ein Fauxpas, der ihr übrigens um ein Haar teuer zu stehen gekommen wäre. Und mit Philippe, ihrem zweiten Gatten? Zweimal, vielleicht dreimal. In jedem Fall nicht viel mehr. Und dann Colin, dieser Trost der Wüste ...

Alles in allem, wurde ihr klar, hatte sie in diesen fünfzehn Jahren weniger geliebt als jede prüde Bürgerin im Bett eines legitimen Gatten in drei Monaten ... oder sie selbst in Joffreys Armen in noch kürzerer Zeit. Es gab wahrhaftig keinen Anlaß, sie plötzlich öffentlich zu verdammen, an den Pranger zu stellen, ihr das Temperament einer schamlosen Messalina anzudichten! ... Doch jeder Versuch, Joffrey diese Realitäten verständlich zu machen, wäre vergeblich, selbst wenn sie ihm eine genau rekonstruierte Buchführung vorlegen würde, obwohl die logische Tragweite solcher Tatsachenargumente von einem Mann der Wissenschaften eigentlich nicht übersehen werden konnte. Ach, sie spürte nur zu genau, daß man selbst bei einem Gelehrten wie Peyrac im Bereich des Herzens nicht auf abstrakte Unparteilichkeit rechnen durfte, daß er wie alle Männer wurde, wenn ihr Besitzinstinkt im Spiel war. Männer geraten dann in Rage, und selbst die intelligentesten unter ihnen sperren sich gegen vernünftige Einsichten.

Aber weshalb auch so viele Geschichten eines Kusses wegen?

Was war schließlich ein Kuß? Lippen, die sich berührten und miteinander verschmolzen. Und . . . ja auch Herzen, die sich berührten.

Zwei aneinander verlorene Geschöpfe kauern im Schoß einer göttlichen Gewißheit, wärmen sich an ihrem eigenen Atem, erkennen sich in der Finsternis einer Nacht, durch die sie zu lange allein gegangen sind. Der Mann! Die Frau!

Nichts anderes. Alles.

Und was ist eine Umarmung, wenn nicht Verlängerung und Entfaltung dieses von der menschlichen Kreatur so selten und manchmal nie erreichten überirdischen Zustands?

Wenn es aber das war . . . wenn ein Kuß wirklich so war, hätte Joffrey dann das Recht, ihr dieses einen wegen zu grollen, den sie mit Colin, nun Goldbart, getauscht hatte?

Das Leben mußte man bauen, es war eine schwierige Kunst. Was Angélique in ihrem Stolz am schwersten fiel, war das Eingeständnis, daß die Verfemung, die Verachtung, der Zorn der anderen, von denen sie sich zutiefst getroffen fühlte, ihre Rechtfertigung in ihrem eigenen Verhalten fand, das ihr selbst in klaren Momenten unentschuldbar schien.

Um ihr Gleichgewicht wiederzufinden, hätte sie diesem Fauxpas, diesem Vorfall seinen rechten Platz zuweisen müssen, und das gelang ihr nicht allein. Abwechselnd verurteilte sie sich streng oder sah in ihrer Hingabe an das Gefühl eines Augenblicks nur ein angenehmes Intermezzo, das dem Dasein zu stehlen jede hübsche Frau ein Recht besaß.

Die feuchte, wattige Morgendämmerung entriß sie ihren unablässig kreisenden Gedanken. Zerschlagen, ermüdet vom ewigen Drehen und Wenden auf ihrem einsamen, kalten Lager, erhob sie sich. Die Ungewißheit, was Colins Schicksal betraf, kreuzigte sie.

Durch den beunruhigenden graurosigen Morgen klang der unermüdliche Gesang der Turteltaube in runden, sanft einschmeichelnden Tönen. Dieses verliebte Gurren, das Angélique ihr Leben lang nicht mehr hören konnte, sollte sie für immer an den kurzen, Blitze schleudernden Sommer dieses Jahres in Gouldsboro erinnern, den sie für sich stets den „verfluchten Sommer" nennen würde.

Jahreszeit des dumpfen Entsetzens, dessen Vorboten sie umschlichen, unaufhörlich umschlichen. Jeder milde Morgen, jeder tragisch umwitterte Tagesanbruch würde von nun an von dem quälenden Gesang des Vogels erfüllt sein.

Von Nebelschleiern verborgen das Dorf und der Hafen, dessen mählich erwachende Geräusche von unsichtbaren Mauern zurückschallen, verstärkt werden. Hammerschläge! Wird dort ein Galgen errichtet?

Eine Seemannsstimme läßt das Klagelied um König Renaud erklingen:

> „... Und als es ging auf Mitternacht
> der König Renaud den Geist aufgab.
> ‚Oh, sagt mir, liebste Mutter traut,
> was ist es, was dort klopft so laut?'
> ‚Meine Tochter, es ist der Zimmermann,
> der den Speicher auszubessern kam ...'"

Angélique erbebt. Ein Galgen? Ein Sarg, den man rasch zusammenzimmert? ... Sie muß hinaus ins Freie und handeln.

Aber der Tag verstreicht in der unaufhörlichen Bewegung des Windes, und es geschieht nichts.

Und nun ist wieder ein Abend gekommen und in tiefe, pechschwarze Nacht übergegangen, ohne ein einziges Flimmern am Himmel, mit tiefhängenden, regengeschwollenen Wolken, die über das Meer heranziehen und sich mit den Baumkronen mischen.

An die hölzernen Pfosten eines Fensters geklammert, beobachtete Angélique durch die Scheiben zwei Männer, die einander gegenüberstanden. Vor kurzem hatte sie den Hof überquert und war mit der festen Absicht zum Ratssaal gegangen, Joffrey zur Aussprache zu zwingen:

„Unterhalten wir uns . . . Was habt Ihr vor?"

Von draußen hatte sie die beiden entdeckt. Joffrey . . . Colin. Einander zugewandt im Ratssaal. Sie waren allein und wußten nicht, daß sie beobachtet wurden.

Colins Hände lagen auf seinem Rücken, zweifellos, weil sie gebunden waren. Joffrey stand vor dem Tisch, auf dem sich Pergamentrollen und Karten befanden.

In größter Ruhe entfaltete er ein Dokument nach dem anderen und las es aufmerksam. Zuweilen entnahm er einem geöffneten Kästchen vor ihm einen kostbaren Stein, den er im Licht der Kerze mit Kennerblick prüfte. Zwischen seinen Fingerspitzen funkelte flüchtig das grüne Leuchten eines Smaragds.

An der Bewegung seiner Lippen erriet Angélique, daß er eine Frage an den Gefangenen richtete. Dieser antwortete kurz. Bei einer Gelegenheit beugte Colin sich vor und wies mit dem Finger auf einen Punkt der Karte. Er war also nicht gefesselt.

Angélique begann für Joffrey zu zittern. Wenn Colin ihm nun unter dem impulsiven Zwang eines Wutausbruchs an die Gurgel ginge?

Spürte Joffrey nicht die bedrohliche Nähe der gewaltigen physischen Kraft Goldbarts?

Aber nein! Er benahm sich, als wisse er nichts davon, als sei es völlig unwichtig. Welche Unvorsichtigkeit! Immer diese herausfordernde Haltung den Tatsachen, Elementen, Menschen gegenüber! Immer dieser Wille weiterzugehen, bis zur letzten Grenze der Erfahrung . . . um zu sehen . . . Eines Tages würde der Tod wie ein Adler auf ihn herabstoßen. „Joffrey! Joffrey! Nimm dich in acht!"

Bebend krampfte sie sich an die Fensterpfosten, ohnmächtig und instinktiv überzeugt, daß sie nicht das Recht hatte, sich in diese Angelegenheit zwischen den beiden Männern einzumischen.

Man mußte das Schicksal sprechen lassen, das Spiel der gegensätzlichen Willenskräfte in einer Auseinandersetzung, deren Ausgang nach dem Wunsch ihres Frauenherzens weder Sieger noch Besiegte kennen sollte.

Ihre Blicke glitten angstvoll vom einen zum andern und hefteten sich schließlich verzehrend und wie magnetisch angezogen auf die magere, eckige und so kraftvolle Gestalt ihres Mannes. Durch die Mauer des Schweigens der Scheiben von ihm getrennt, war es, als ertappte und beobachtete sie ihn im Schlaf ... Früher hatte sie bei solchen Gelegenheiten nie eine Aufwallung von Angst oder gar Eifersucht unterdrücken können, weil er schlafend das Gesicht seines männlichen Geheimnisses, seiner verborgenen Existenz zeigte, die sich ihr entzog.

Der silbrige Schimmer an seinen braunen Schläfen setzte einen Akzent von Milde, aber es war nur Täuschung. Er blieb fern, hart, unzugänglich. Und dennoch war nichts an ihm, was ihr, seiner Frau, nicht vertraut gewesen wäre und unmittelbar an ihr Herz gerührt hätte, während sie ihn betrachtete. Einzelheit für Einzelheit setzte sie zusammen, was sie von ihm wußte und an ihm kannte: seine Umsicht und seinen Elan, seine Beherrschung und Geschicklichkeit, seine Intelligenz, sein unter soviel menschlicher Einfachheit verborgenes Wissen, und wenn der grüblerische Ausdruck seines Gesichts die Weite und Tiefe seiner Gedanken verriet, erinnerte sich Angélique angesichts des Spiels seiner Muskeln unter dem schwarzen Samt seines Kostüms darum nicht weniger seiner Energie und Kraft, seiner außerordentlichen Liebesfähigkeit, die er immer unter Beweis gestellt hatte und die dieser unbezwingliche, robuste Körper nach wie vor besaß.

Dann kehrten Angéliques Augen zu Colin zurück. Auferstanden aus längst entschwundenen Jahren, war es der König der Gefangenen von Miquenez, der unter der niedrigen Decke des Saales stand. Die buntscheckige Kleidung Goldbarts wirkte an ihm wie eine lächerliche Maskierung. Seine blauen Augen, daran gewöhnt, die Weiten der Wüsten und des Meers und selbst den Grund der Seelen zu durchforschen, waren an diesem Abend die eines Herrschers.

Und gegen ihren Willen und weil sie eine Frau war und darum gleichfalls einem untergeordneten, seit Jahrtausenden unterdrückten und gedemütigten Geschlecht angehörte, drängte ihr Herz sie vor diesem stummen Duell unwiderstehlich auf die Seite des Schwächeren. Colins.

Sie kannte beide und wußte, daß Joffrey um vieles stärker als der Normanne war.

Genährt mit den großen Philosophien und Wissenschaften der Welt, erfüllt von den subtilen und unendlichen Leidenschaften des Geistes, konnte er alles hinnehmen – oder fast alles –, ohne daran zugrunde zu gehen, selbst die Wunden des Herzens.

Während Colin, ungebildet trotz seiner angeborenen Intelligenz, Colin, der kaum lesen konnte, unvorhergesehenen Schicksalsschlägen gegenüber wehrlos war.

Sie war es, die sie ihm zugefügt hatte. Sie verspürte Gewissensbisse und quälenden Schmerz, ihn dort ausgeliefert und von vornherein besiegt zu sehen trotz seiner unleugbaren körperlichen Kräfte.

Plötzlich fühlte sie sich schwach werden. Joffrey hatte die aufgehäuften Pergamentrollen mit einer entschiedenen Bewegung zurückgeschoben und näherte sich nun rasch Colin. Und eine würgende Angst befiel sie, als sähe sie ihn seine Pistole auf Colin richten und ihn mitten ins Herz schießen. Sie brauchte einen Augenblick, um sich zu überzeugen, daß Joffreys Hände leer waren.

Und trotzdem blieb die Angst.

Jenseits der Scheiben geschah etwas Entscheidendes.

Sie spürte es in ihrem eigenen erschauernden Fleisch, in der Gespanntheit ihres Geistes, ihren erregten Sinnen, die zu erhaschen, zu begreifen suchten.

Irgend etwas Endgültiges spielte sich ab. Aber es vollzog sich im Schweigen, durch Worte, die sie nicht hören konnte, die jedoch wie Schläge, wie Dolchstöße über die Lippen der beiden Männer schossen ...

Joffrey sprach, dem Gefangenen ganz nah, die funkelnden Augen auf das aufmerksame, kantig-harte Gesicht Colins gerichtet. Nach und nach breiteten sich Empörung und dunkle Wut über die Züge des Normannen. Angélique sah, daß er seine Fäuste öffnete und wieder schloß, sie sogar einmal flüchtig hob, sah, daß er vor ohnmächtiger Rage zitterte. Mehrmals schüttelte er halsstarrig den Kopf, Joffreys Worten die Unbeugsamkeit eines störrischen Löwen entgegensetzend.

Schließlich ließ Peyrac ihn stehen. Er begann, auf und ab zu gehen, Colin zu umkreisen, ihm dabei immer wieder scharf beobachtende Blicke zuwerfend wie ein Jäger, der nach der besten Stelle sucht, um den fälligen Gnadenstoß anzubringen. Endlich kehrte er zu ihm zurück, packte den Riesen mit beiden Händen am Revers seiner Büffellederweste und zog ihn zu sich heran, wie um vertraulich mit ihm zu reden. Und diesmal schien er leise auf ihn einzusprechen. Eine Art gefährlicher Milde war in seinen Zügen, ein zweideutiges, feines Fältchen im Mundwinkel, und Angélique glaubte fast, den betörenden Ton seiner Stimme zu hören. Er trug in diesem Moment sein Verführergesicht, aber die Flamme in seinen Augen erschreckte. Und das, was sie fürchtete, trat ein. Colin unterlag Joffrey de Peyrac.

Allmählich schwand der Ausdruck grimmiger Entschlossenheit aus seinen Zügen und machte Verwirrung, Verzweiflung, ja sogar einem Anflug von Panik Platz. Jäh ließ er in einer Geste der Niedergeschlagenheit, der Selbstaufgabe den Kopf nach vorn sinken.

Was hatte Joffrey sagen können, das den Widerstand Colin Paturels zu brechen imstande war, desselben Mannes, der sich selbst vor Moulay Ismaël und seinen Folterknechten nicht gebeugt hatte?

Joffrey schwieg. Aber er behielt Colin noch immer in seinem Griff und ließ ihn nicht aus den Augen. Endlich hob der schwere blonde Kopf sich wieder. Colin blickte starr vor sich hin. Angélique fürchtete, er könne sie im matten Schein des sich in den Scheiben spiegelnden Lichts bemerken.

Doch Colin sah draußen nichts. Er sah nur in sein eigenes Innere. Und plötzlich gewahrte sie auch an ihm die kindliche Arglosigkeit, die sie vom Gesicht des Schlafenden her kannte, das Gesicht des Adam der ersten Schöpfungstage. Sein noch wie schlafbefangener blauer Blick wandte sich wieder zu Peyrac, und die beiden Männer sahen sich lange und wortlos an.

Dann neigte Colin von neuem den Kopf, mehrmals hintereinander, aber jetzt war es ein bejahendes Zeichen, ein Zeichen der Zustimmung.

Der Graf Peyrac kehrte zu seinem Platz hinter dem Tisch zurück. Schattenhafte Gestalten bewegten sich im Hintergrund des Raums. Zwei der spanischen Wachen waren eingetreten und stellten sich hinter dem Gefangenen auf. Angélique hatte nicht bemerkt, daß sie gerufen worden waren. Sie geleiteten Colin hinaus.

Joffrey de Peyrac blieb allein im Raum. Er setzte sich.

27 Versuchung

Angélique wich zurück. Die Vorstellung, daß er ihre Gegenwart ahnen könnte, erschreckte sie. Aber sie blieb da, fasziniert, wie gebannt. Wie er sie in jener Nacht aus dem Dunkel des Inselwäldchens belauert hatte, ohne daß sie es wußte, wollte auch sie ihn nackt sehen, während er sich unbeobachtet glaubte. Welche Gefühle würde er preisgeben? Was würde sich ihr enthüllen, wenn er die Maske fallenließe? Und was würde sie über seine Gedanken, seine künftigen Entscheidungen erfahren?

Sie sah, wie er den Arm zu dem Kästchen mit den Smaragden ausstreckte, den berühmten, von Goldbart den Spaniern geraubten Caracassmaragden. Mit zwei Fingern nahm er einen von ihnen, einen ungewöhnlich großen, heraus, hob ihn vor sich ins Licht der Kerze und verlor sich in seine Betrachtung.

Und er *lächelte*, als betrachte er durch die funkelnde Durchsichtigkeit des kostbaren Steins ein erheiterndes Schauspiel.

Fünfundsechzigstes Kapitel

Der folgende Tag war ein Sonntag.

Das Signal einer Muschel röhrte gedämpft aus der Ferne, und von einem kleinen hölzernen Glockenturm rief aufgeregt und hell wie ein kleines Mädchen das Glöckchen zum Gottesdienst der Reformierten.

Um nicht zurückzustehen, beschlossen die Schiffsgeistlichen und Pater Baure, dem sich ein kürzlich aus den Wäldern gekommener weiterer Rekollektenpater zugesellt hatte, auf der Höhe der Uferklippe einen großen katholischen Gottesdienst mit Monstranz, Prozession und allem anderen abzuhalten.

Den ganzen Morgen über klangen die rivalisierenden Gesänge durch den Nebel, aber die Zeremonien verliefen ohne Zwischenfall.

Nachdem Gottesdienst und Messe beendet waren, strömten die Schaulustigen zum Hafen, wo die Ankunft von Schiffen erwartet wurde. Unter die dumpf brummenden Töne des Nebelhorns mischte sich bald authentischeres Muhen. Ein kleiner Kutter aus Port-Royal brachte zwei Kühe und einen Stier als vereinbartes Dankgeschenk für eine Ladung frischer Lebensmittel und allerlei notwendiger Eisengeräte, die im vergangenen Jahr die von ihrer allzu fern in Québec amtierenden Verwaltung im Stich gelassene französische Kolonie gerettet hatte. Das Ausladen der armen Tiere mittels eines Flaschenzugs und mehrerer Hebegurte, in denen sie hingen, ging ohne allzu große Schwierigkeiten unter den anfeuernden Rufen der Bevölkerung vonstatten.

Die Ankunft des Viehs machte der Frage, wann Goldbart vermutlich gehängt werden würde, den Vorrang in den Gesprächen der Leute streitig. Würde es heute sein? . . .

In der allgemeinen Aufregung ging die Landung des kleinen Schiffs, an dessen Bord sich John Knox Mather, Doktor der Theologie aus Boston, mit einigen seiner Vikare befand, fast unbemerkt vor sich. Die jovialen, lärmenden Akadier und ihre Mic-Macs, Riesen mit offenen, kupferfarbenen Gesichtern, streiften den ehrenwerten Puritaner, ohne ihn groß zu beachten.

Er trug den Rundkragen, einen weiten, langen dunklen Genfer Umhang, der ihm bis zu den Hacken wallte und in den er sich bis zu den Augen eingewickelt hatte, um sich möglichst wenig dem Wind auszusetzen, und sein mit einer einfachen, strengen Silberschnalle geschmückter Hut schien höher als die anderen.

„Ich wünschte diese Begegnung", sagte er zu Peyrac, der ihn empfing. „Unser Gouverneur hat auf einer kürzlichen Synode daran erinnert, daß das ganze Maine letztlich zu England gehört, und mich gebeten, bei Euch Erkundigungen einzuziehen, ob es noch immer so sei."

Sein Blick glitt höchst besorgt umher.

„Es riecht hier nach Saturnalien . . . Sagt, stimmt das Gerücht, daß Ihr mit einer Zauberin lebt?"

„Es stimmt genau", erwiderte Peyrac. „Kommt, ich werde sie Euch vorstellen."

John Knox Mather erblaßte, und seine Seele überlief ein Beben, wie eine Pfütze im Wind eines nahenden Gewitters erbebt. Er geriet in Verwirrung, und er hatte allen Grund dazu: Die Reformierten hatten mit der Heiligen Jungfrau und den Heiligen die wohltätigen Vermittler des Jenseits beseitigt. Ihnen blieben also nur die Dämonen, und angesichts eines immer möglichen Einfalls böser Kräfte waren sie waffenlos und jeder Hilfe beraubt. Sie konnten nur auf ihre persönliche Seelenstärke zählen. Glücklicherweise hatte der würdige Mather davon mehr als genug. Er richtete sich steif auf und bereitete sich darauf vor, der Begegnung mit der Zauberin standzuhalten.

Als Angélique erfuhr, daß ihre Anwesenheit vom Grafen Peyrac dringend gewünscht werde, verließ sie das Lager eines Verletzten, den sie eben verbunden hatte, und folgte klopfenden Herzens der Aufforderung, um sich unversehens einem düsteren monolithischen Monument gegenüberzusehen, das sie mit steinernem Blick fixierte und ihr als Doktor der Theologie aus Boston vorgestellt wurde. Im Grunde war er ebenso verdutzt wie sie. Sie verstand ihn, hieß ihn willkommen und versank in eine kurze Reverenz. Den Worten, die er mit dem Grafen Peyrac wechselte, entnahm sie, daß er sich kurze Zeit als Gast in Gouldsboro aufhalten und daß man diesen Tag des Herrn in großer Gesellschaft mit einem festlichen Schmaus begehen würde, um Ihm für Seine Wohltaten zu danken.

Der Zustrom so vieler Fremder nach Gouldsboro verzögerte die Regelung anstehender, bitterer Fragen, die Herzen und Gewissen quälten, und sie wußte nicht, ob sie sich darüber freuen sollte oder ob die Verlängerung des Spannungszustandes über ihre Kraft ginge, ob es nicht besser sei, ihre weitere Mitwirkung bei der Komödie zu versagen, die sie alle spielten. Es verlangte sie danach, zu schreien, zu flehen, „ein für allemal Schluß zu machen, damit man endlich wisse".

Doch die unerbittliche Faust Joffrey de Peyracs zwang sie alle, auszuharren und in Erwartung seines guten Willens ihre Rollen bis zur Erschöpfung weiterzuspielen. Da ihr Gatte sie dem Gast vorgestellt hatte, würde sie dem Festmahl präsidieren müssen.

Sie kehrte ins Fort zurück, um sich unter den von der *Gouldsboro* aus Europa mitgebrachten Kleidern eine Robe auszuwählen.

Kurz darauf fiel ein starker Regenguß, und danach klärte sich der Himmel auf. Die lieblichen Düfte der Speisen, die nebenan in der Herberge für das Festmahl vorbereitet wurden, drangen stärker durch und beherrschten bald die Gerüche des Meers.

Die Stimmen erhielten eine singende Resonanz. Mehrfach waren Trompetensignale zu vernehmen.

Gouldsboro hatte schon seine eigenen festen Traditionen. Angélique wußte nicht, daß diese Signale dazu dienten, die Bevölkerung auf dem freien Platz vor dem Fort zusammenzurufen, und nur ihre Neugier trieb sie hinaus.

Draußen glänzte alles, wie gelackt durch den kürzlichen Gewitterschauer, während schmale, schlammige Rinnsale von den Anhöhen herunterflossen und ihre Furchen bis zum Strand zogen. Die Frauen hoben ihre Röcke, um sie zu überspringen.

Ähnlich diesen Rinnsalen ergossen sich in kleinen, isolierten Grüppchen die Menschen hier von den Schiffen, dort aus den Häusern, da wiederum vom Waldrand herab, flossen an einem einzigen Punkt zusammen, um eine kompakte Masse zu bilden, in der die verschiedenartigen Elemente – Seeleute, Kolonisten, Hugenotten, Indianer, Engländer, Soldaten und Edelleute – zusammenwuchsen, geeint durch das provisorische, aber unvergeßliche Gefühl, dem gleichen verlorenen Uferstreifen Amerikas zuzugehören und als Einheit einem besonderen Schauspiel beizuwohnen.

Die, die zu Pferd auf der von Lupinen gesäumten Straße vom Champlainlager gekommen waren, und die, die sich von irgendwelchen kleinen Küstenflecken aufgemacht hatten, trugen Musketen oder altertümliche Donnerbüchsen und umringten schützend die Frauen und Kinder. Strenge Anweisungen besagten, daß sich niemand weiter als eine halbe Meile ohne Waffen aus dem Schutz der Kanonen des Forts begeben durfte. Mit dem Sommer hatte die Zeit der irokesischen Überfälle begonnen, und überdies war niemand vor einem jähen Aufflammen der von fremder Hand angestachelten Kriegslust der Abenakis gegen die Weißen sicher.

Der Platz vor dem Fort war schwarz von Leuten.

Kinder liefen herzu. Angélique hörte sie rufen:

„Sieht ganz so aus, als ob Goldbart aufgehängt würde!"

„Und vorher werden sie ihm sicher noch was zu schmecken geben!"

Ihr Blut erstarrte. Der Augenblick, vor dem sie sich seit Colins Gefangennahme gefürchtet hatte, war gekommen.

421

„Nein, nein, ich lasse es nicht zu", sagte sie sich. „Ich werde schreien, ich werde Skandal machen, aber ich lasse ihn nicht hängen! Joffrey kann sich denken, was er will!"

In all ihrem Staat betrat sie den Platz und drängte sich, ohne sich um die ihr folgenden Blicke zu kümmern, bis zur ersten Reihe durch. Sie war längst über alle Erwägungen hinaus, was andere von ihr denken und was für Bemerkungen ihre Anwesenheit und ihr Verhalten hervorrufen mochten. Ein inneres Beben hatte sie gepackt, aber es glückte ihr, es hinter einer hochmütigen Haltung zu verstecken, die ihre Umgebung verwirrte und in Verlegenheit brachte.

Die Robe hatte sie, fast ohne einen Gedanken daran zu wenden, gewählt, streng und prächtig, ein seltsames Kleid aus schwarzem Samt, reich mit spinnenwebfeiner Spitze und winzigen Perlen verziert, und sie hatte sich gesagt: „Ein Kleid, das man zur Beerdigung eines Königs trägt." Aber sie war fest entschlossen, nicht zur Beerdigung Colins zu gehen, denn sie würde ihn retten!

Im letzten Moment hatte sie sich mit abgearbeiteten Fingern, denen für Finessen keine Zeit mehr geblieben war, ein wenig aus Alkannawurzeln gewonnene rote Schminke auf die bleichen Wangen gerieben. Sie sah gräßlich aus. Um so schlimmer!

Wenn es unter den Anwesenden jemand gab, der ihre fiebrige Blässe bemerkte, ließ er es sich jedenfalls nicht merken. Der grüne Glanz ihrer Augen brachte jeden Böswilligen zum Verstummen.

„Seht sie Euch an", flüsterte Vanereick auf englisch Lord Sherrilgham zu. „Sie ist faszinierend. Wie sie sich hält! Welch bewunderungswürdiger Stolz! Sehr englisch, mein Lieber. Ah, sie gibt Peyrac in nichts nach. Sie hält den Blicken, der Feindseligkeit, der allgemeinen Mißbilligung mit hocherhobenem Haupte stand, und sie wäre nicht weniger arrogant, wenn sie, über ihrer Brust scharlachrot eingestickt, den Buchstaben E trüge, den, wie Ihr sicher wißt, Eure Puritaner in Massachusetts der ehebrecherischen Frau aufzwingen."

Das Gesicht des Engländers wirkte bekümmert.

„Die Puritaner haben kein Gefühl für Nuancen, mein Lieber."

Er warf Knox Mather, der mit seinen Jüngern über die Frage diskutierte, ob es theologisch zweckmäßig sei, am Tage des Herrn jemand zu hängen, einen Blick aus den Augenwinkeln zu. Beeinträchtigte es die vorgeschriebene Ruhe eines solchen Tages, am Strick eines Galgens zu ziehen? Oder erlaubte im Gegenteil diese Wahl dem Herrn, sich der zu richtenden neuen Seele mit mehr Ruhe zuzuwenden, da ihm mehr Zeit zur Verfügung stand?

„Leute von Welt wie wir", fuhr der englische Lord fort, „wissen sich in dem Punkt einig, daß wir gern einer so schönen Frau verzeihen, wenn sie ein wenig sündigt."

„Was wettet Ihr, daß sie ihren Liebhaber mit ebensoviel Feuer und Leidenschaft verteidigen wird wie eine Lady Macbeth?"

„Zwanzig Pfund . . . Shakespeare würde es an diesen Ufern gefallen, die von Rechts wegen, aber auch vom Geist her zweifellos englisch sind."

Der Lord hob ein bebändertes Lorgnon vor seine Augen, das ihm ansonsten auf die Brokatweste hinunterbaumelte, ein modisches Attribut, das in dieser Saison in London Furore machte.

„Und Ihr, Vanereick, was wettet Ihr, daß diese Frau, die so schlank wirkt, sehr verführerische Rundungen enthüllen würde, wenn sie aus ihrem Putz heraussstiege wie Venus aus dem Schaum der Fluten?"

„Wetten wir nicht, mein Lieber. Ich weiß schon, woran ich mich zu halten habe: Ich habe sie an mich gedrückt. Die englischen Adligen sind entschieden Leute von Geschmack. Ihr habt recht geraten, Mylord. Diese Sylphide ist kernig und zart zugleich wie eine Wachtel, wenn man Hand an sie legt."

„Werdet ihr endlich schweigen, ihr Lüstlinge!" ließ sich hinter ihnen der hugenottische Rochelleser Gabriel Berne vernehmen, der mit einem Ohr auf das leichtfertige Gespräch gelauscht hatte und seine Entrüstung nun nicht mehr zurückdämmen konnte.

Es folgte auf englisch ein lebhafter Austausch von Unhöflichkeiten, und Lord Sherrilgham sprach von Duell. Sein Bordoffizier machte ihn jedoch darauf aufmerksam, daß er sich nicht mit gemeinen Bürgern schlagen könne. Die Beleidigung rief die Rochelleser insgesamt auf den Plan, die sich mit geballten Fäusten dem reich mit Bändern geschmückten Admiral näherten.

Die Wachen und die Angehörigen der Bürgerwehr, die die Estrade umgaben, dachten nicht daran einzugreifen.

423

Zum Glück erschien der liebenswürdige d'Urville, und ihm gelang es, die Geister zu besänftigen.

Doch nicht ganz: Das Gewitter schwelte bei den Rochellesern weiter und wandte sich, von dem englischen Gast abgelenkt, gegen Angélique, den an einem solchen Tage allzu auffälligen und unverschämt in ihrer Mitte prangenden „Apfel der Zwietracht". Böse Blicke richteten sich auf sie, Gemurmel erhob sich, allerlei unerfreuliche Bemerkungen wurden laut, drangen schließlich an ihre Ohren und durch den Nebel ihres verstörten Gehirns.

Sie streifte die sich ihr nähernde dunkle Woge, aus der anklagende Augen sie anblitzten, mit einem Blick.

„Das ist auch Eure Schuld", redete die halsstarrige Madame Manigault sie an, da sie sah, daß Angélique wieder zur Erde zurückgekehrt war. „Wie könnt Ihr es wagen, Euch unter ehrlichen Leuten zu zeigen!"

Monsieur Manigault trat feierlich vor.

„In der Tat, Madame", versetzte er, „Eure Gegenwart hier in einem solchen Moment ist eine Herausforderung der Gesetze der Schicklichkeit. Als Oberhaupt der Gemeinde der Reformierten von Gouldsboro muß ich Euch ersuchen, Euch zurückzuziehen."

Sie starrte sie an mit Augen, die plötzlich blasser schienen, und im ersten Moment glaubten sie, daß sie sie nicht verstanden, ja vielleicht nicht einmal gehört habe.

„Was fürchtet Ihr denn von mir, Monsieur Manigault?" fragte sie endlich sanft in das atemlose Schweigen hinein.

„Daß Ihr Euch für diesen Banditen einsetzt!" zeterte Madame Manigault, die sich nie lange damit zufriedengab, nur die zweite Geige zu spielen. „Versucht nicht erst, Ausflüchte zu machen und eine unschuldige Miene aufzusetzen. Man weiß nur zu gut, daß es zwischen ihm und Euch nicht ganz geheuer ist. Und das ist eine recht garstige und beklagenswerte Geschichte für uns alle, deren Ihr Euch schämen solltet. Ganz abgesehen davon, daß wir es verdienen, von diesem Elenden befreit zu werden, der uns im letzten Monat so hat leiden lassen und uns alle massakriert hätte, wenn wir nicht stärker gewesen wären. Und da steht Ihr nun, bereit, ein gutes Wort für ihn einzulegen und seine Begnadigung zu fordern. Wir kennen Euch."

„In der Tat", gestand Angélique zu, „ich glaube, Ihr habt auch allen Grund dazu, mich zu kennen."

Es war nicht das erstemal, daß sie sich mit dem calvinistischen Grimm auseinanderzusetzen hatte. Mit der Zeit beeindruckten sie solche Waffengänge nicht mehr. Sie richtete sich noch mehr auf und musterte sie hochmütig.

„Vor einem Jahr wart Ihr es, für die ich hier auf Knien um Gnade bat . . . und das für Verbrechen, die nach den Gesetzen des Meers noch mehr den Strick verdienten als die Goldbarts . . ."

Wider ihren Willen verkrampften sich ihre Lippen, und der brave Vanereick fürchtete, daß sie in Schluchzen ausbrechen könnte, was er nicht ertragen hätte.

„Auf Knien", wiederholte sie. „Ich habe es für Euch getan. Für Euch, die Ihr nicht einmal vor Gott niederknien könnt. Für Euch, die Ihr nicht einmal Euer Evangelium kennt."

Sie wandte ihnen jäh den Rücken.

Ein abergläubisches Schweigen breitete sich über die Menge.

Sechsundsechzigstes Kapitel

Auf dem Balkon des Forts, der den Vorplatz beherrschte, stand der Gefangene, die Hände auf dem Rücken.

Söldner der spanischen Leibwache in schimmernden Kürassen und Pikkelhauben mit roten Federn flankierten ihn.

Colin Paturel war barhäuptig. Er trug einen enganliegenden Rock aus kastanienbraunem Tuch, dessen Kragen- und Ärmelumschläge mit Litzen aus Goldfäden gesäumt waren. Offenbar hatte man das Kleidungsstück aus seiner Garderobe auf der *Coeur de Marie* geholt.

Seine einfache Aufmachung im Verein mit dem kurz geschnittenen Bart und Haar machten Eindruck, denn niemand erkannte den schrecklichen, turbulenten Goldbart in diesem dunkel gekleideten, zum Tode vorbereiteten Riesen wieder. Man hatte ihn nicht für so groß gehalten.

Fast unmittelbar nach ihm erschien Joffrey de Peyrac in safrangelber Seide nach französischer Mode: offener Rock über einer langen, gestickten Weste, die ein wahres Wunder war.

Ein verblüfftes oder bewunderndes „Ah!" lief durch die Reihen, und überall reckten sich Köpfe. Selbst die Hugenotten waren für die Theatercoups empfänglich, mit denen der aquitanische Edelmann sie gelegentlich traktierte, dieser so ungewöhnliche, sich ihrem Begriffsvermögen völlig entziehende Mann, den ein dramatischer Zufall ihren bis dahin so vernünftigen Schicksalsweg hatte kreuzen lassen und der sie nun durch seine Persönlichkeit beherrschte.

Seine Gegenwart ließ weder Geschrei noch gefährliche Ausbrüche der unter der Oberfläche brodelnden Spannung aufkommen, als die anderen gefangenen Piraten der Mannschaft der *Coeur de Marie* in Ketten oder mit Stricken gebunden herbeigeführt wurden; Musketenträger umringten sie und trieben sie wie eine Herde zum Fuß der Estrade.

Einige schnitten Grimassen und knirschten bösartig mit den Zähnen, aber die meisten verhielten sich resigniert wie Männer, die gespielt und verloren haben und wissen, daß sie am Ende der Reise angekommen sind und daß der Augenblick naht, in dem sie ihre Schuld zu begleichen haben.

Der Graf Peyrac konnte sich die Mühe sparen, ums Wort zu bitten.

In der ungeduldigen Erwartung des Urteils, das er verkünden würde, hielt jeder den Atem an, und wie von selbst breitete sich tiefe Stille aus. Nur das Aufschlagen der Wellen am Ufer war zu hören.

Der Graf näherte sich dem Rand des Balkons, beugte sich vor und schien sich vor allem an die in der ersten Reihe versammelte Gruppe der Rochelleser Protestanten zu wenden, den kompakten, dunklen, unbestechlichen und unerschütterlichen Kern seiner Niederlassung.

„Messieurs", sagte er, auf den zwischen seinen Wächtern stehenden Colin Paturel weisend, „Messieurs, ich stelle Euch hiermit den *neuen Gouverneur von Gouldsboro* vor."

Siebenundsechzigstes Kapitel

In dem verblüfften Schweigen, das seiner Erklärung folgte, nahm Peyrac sich die Zeit, die zarten Spitzengarnituren seiner Ärmelaufschläge ein wenig zurechtzuschütteln.

Dann fuhr er kaltblütig fort:

„Monsieur d'Urville, der diese sehr schwierige Aufgabe lange versehen hat, wird zum Admiral unserer Flotte ernannt werden. Die Bedeutung und die unaufhörlich wachsende Tonnage unserer Handels- und Kriegsschiffe erfordern die Bestallung eines Fachmanns mit ihrem Kommando. Desgleichen zwingt mich die zum großen Teil dank Eurer Aktivität und Eurem Gewerbefleiß in wenigen Monaten erzielte Entwicklung Gouldsboros, als Gouverneur einen Mann zu wählen, der zugleich ausgedehnte seemännische Kenntnisse wie Erfahrungen in der Führung von Menschen verschiedener Nationalitäten besitzt. Denn da unser Hafen nach und nach wesentliche und einzigartige Bedeutung für den Landstrich gewinnt, den wir uns selbst ausgesucht haben, werden wir bald die ganze Welt empfangen.

Wißt nun, daß niemand fähiger ist, den tausend Fallstricken zu begegnen, die eine solche Rolle für uns alle mit sich bringen wird, als der Mann, den ich Euch eben nannte und in dessen Hände ich mit vollem Vertrauen das Schicksal Gouldsboros, seines Glanzes, seines Gedeihens und seiner zukünftigen Größe lege."

Er schwieg, aber keine Stimme antwortete ihm. Er hatte eine Versammlung von offensichtlich zu Stein erstarrten Menschen vor sich.

Unter ihnen war Angélique keineswegs am wenigsten betroffen. Joffreys Worte drangen in ihre Ohren wie eine Folge von Lauten, doch was sie besagen wollten, wurde ihr nicht klar. Oder wenn es ihr klar wurde, suchte sie in ihnen vergebens den Sinn, einen anderen Sinn, der bedeutete, daß Colin gehängt werden würde.

Angesichts des Bildes, das alle diese offenen Münder und aufgerissenen Augen boten, konnte Peyrac ein spöttisches Lächeln nicht unterdrücken. Dann nahm er den Faden von neuem auf:

„Diesen Mann kennt ihr unter dem Namen Goldbart, kennt ihr als karibischen Korsaren. Doch wißt, daß er zuvor zwölf Jahre der König der christlichen Gefangenen von Miquenez im Königreich Marokko in der Berberei war, dessen Souverän die Christen hart bedrängte, und daß der hier anwesende Sieur Colin Paturel in dieser Eigenschaft zwölf Jahre lang ein Volk von Tausenden von Seelen regierte. Diese von allen Gestaden der Welt stammenden, viele Sprachen sprechenden, unterschiedliche Religionen praktizierenden, ihrem elenden Sklavendasein auf fremder, feindlicher, muselmanischer Erde überlassenen Menschen, Sklaven ohne Rechtsanspruch und ohne Hilfe gegen niederdrückende Mißhandlungen und zermürbende Verlockungen des Bösen, fanden in ihm während langer Jahre einen sicheren und unbezwinglichen Führer. Er verstand es, aus ihnen ein starkes, würdiges, geeintes Volk zu machen, das gegen die Versuchungen der Verzweiflung und des Abschwörens seines Glaubens kämpfte."

Nun endlich begann Angélique die Wahrheit zu fassen:

Colin würde nicht gehängt werden. Er würde leben, würde von neuem regieren.

Er war es, von dem Joffrey sprach, als er sagte: „Er wird euch dank seiner Weisheit und Besonnenheit zu führen wissen . . ."

Friede zog in sie ein, mit einem scharfen unterschwelligen Schmerz gemischt. Aber vor allem Friede, und sie trank buchstäblich die Worte, die über die Lippen ihres Gatten kamen, von einer Erregung ergriffen, die sie aus sich herausstieß und ihr endlich Tränen in die Augen trieb. War es das, was er gestern abend im Ratssaal so nachdrücklich von ihm gefordert und dem Colin erbitterten Widerstand entgegengesetzt hatte? Dann hatte er den schweren Kopf geneigt und ja gesagt.

„Ohne hier wie die Christen von Miquenez in Knechtschaft zu leben", ließ sich Joffreys Stimme wieder vernehmen, „haben wir es doch mit ähnlichen Prüfungen zu tun: Verlassenheit, Hader untereinander, ständige Lebensgefahr. Er wird euch durch seine Weisheit helfen, ihnen standzuhalten, wie er euch auch in euren Beziehungen zu den benachbarten Nationen leiten wird, denn er spricht englisch, holländisch, spanisch, portugiesisch, arabisch und sogar baskisch. Katholisch und aus der Normandie gebürtig, kann er euch ebenfalls in eurem Verkehr mit

428

den Franzosen Akadiens von großem Nutzen sein. Monsieur d'Urville, habt die Gefälligkeit, den wesentlichen Inhalt dieser Ankündigung durch Euer Sprachrohr zu wiederholen, damit jeder sie hört und sich nach Belieben darüber Gedanken machen kann."

Während der künftige Admiral der Aufforderung nachkam, gelang es den Rochellesern endlich, sich aus ihrer – wie man zugeben muß, einigermaßen begründeten – Verblüffung zu lösen.

Bewegung kam in ihre Gruppe, und erregtes Gemurmel erhob sich.

Sobald die Wiederholung der Ankündigung beendet war, trat Gabriel Berne vor.

„Monsieur de Peyrac, Ihr habt uns schon allerlei zu schlucken gegeben, aber diesmal – ich sage es Euch in aller Deutlichkeit – kommt Ihr nicht durch. Woher bezieht Ihr so vollständige Auskünfte über dieses gefährliche Individuum? Habt Ihr Euch von dem prahlerischen Geschwätz zum Narren halten lassen, das allen diesen Piraten, die auf ehrlicher Leute Kosten leben, so leicht über die Lippen geht?"

„Ich habe das Werk dieses Mannes selbst kennengelernt, als ich im Mittelmeer war", erwiderte Peyrac. „Und ich habe gesehen, wie man ihn geißelte und für seine Brüder bezahlen ließ, weil sie es gewagt hatten, in einer Weihnachtsnacht die Messe zu hören. Später hat man ihn vor dem Palast des Sultans gekreuzigt. Ich weiß sehr wohl, daß es nicht im Sinne des Sieur Paturel ist, wenn ich vergangene Dinge wiederhole, aber ich tue es trotzdem, Messieurs, um euch in euer Frömmigkeit zu beruhigen. Ich stelle einen mutigen Christen an eure Spitze, der schon sein Blut für seinen Glauben vergossen hat."

Das Gemurmel der Rochelleser wuchs an. Im katholischen Glauben erlittene Martern besaßen in ihren Augen keinerlei Wert, und auf diese Weise würden sie sich keinesfalls überzeugen lassen. Im Gegenteil. Sie sahen darin vielmehr die Halsstarrigkeit eines beschränkten, in abergläubischen und diabolischen Glaubensvorstellungen befangenen Geistes.

Das Stimmengewirr wurde lauter, und wütende Schreie flogen auf:

„Hängt ihn! Hängt ihn! Verrat! Wir willigen nicht ein! An den Galgen mit Goldbart!"

Colin, der bis dahin wie teilnahmslos zwischen den spanischen Söldnern gestanden hatte, als ginge ihn der ganze Vorgang nichts an, trat plötzlich vor und stellte sich neben Peyrac.

Die Fäuste in die Hüften gestemmt, ließ er seinen ruhigen blauen Blick über die aufgeregte Versammlung gleiten.

Seine massive Erscheinung bewirkte ein kaum merkliches Zurückweichen. Die Rufe nach dem Galgen wurden nach und nach schwächer und erstarben schließlich ganz in einem bedrückten Schweigen.

Berne reagierte impulsiv wie immer. Er warf sich voran.

„Das ist Wahnwitz!" brüllte er, eine Hand zum Himmel gereckt, wie um ihn zum Zeugen dieser Verrücktheit zu nehmen. „Zwanzigmal müßtet Ihr ihn hängen lassen, Monsieur de Peyrac, nur für den Schaden, den er Gouldsboro verursacht hat. Und Ihr selbst, Graf, vergeßt Ihr, daß er Eure Ehre angetastet hat, daß er . . ."

Mit einer herrischen Geste unterbrach Peyrac den anklägerischen Satz, der Angélique mit seinem Schmutz bespritzt hätte.

„Wenn er es verdiente, gehängt zu werden, käme es am wenigsten mir zu, ihn zum Galgen zu führen", erklärte er kühl. „Die Dankbarkeit, die ich ihm schulde, würde es mir verbieten."

„Die Dankbarkeit!? . . . *Eure* Dankbarkeit!?"

„Gewiß, meine Dankbarkeit", bestätigte der Graf. „Ihr sollt auch die Tatsachen erfahren, die mich dazu verpflichten. Unter den außerordentlichen Leistungen, deren sich der Sieur Paturel rühmen kann, ist nicht die geringste die seiner Flucht – eine Odyssee, die er gemeinsam mit mehreren Gefangenen unternahm und trotz schlimmster Gefahren zum Erfolge führte.

Nun, unter denen, die so dank seiner Hilfe wieder christlichen Boden erreichten, befand sich eine Frau, eine Gefangene der Berber, die er dem schrecklichen Schicksal in die Hände der Muselmanen gefallener Christinnen entriß. Zu dieser Zeit befand ich mich selbst im Exil, und mein elendes Los hielt mich in Unwissenheit des Schicksals der Meinen und erlaubte mir nicht, ihnen in den sie bedrohenden Gefahren zu Hilfe zu kommen. Diese Frau war die Gräfin Peyrac, meine hier anwesende Gemahlin. Die Ergebenheit des Sieur Paturel rettete das Leben, das mir über alles teuer war. Wie könnte ich das je vergessen?"

Ein dünnes Lächeln kräuselte seine narbigen Lippen.

430

„Das, Messieurs, ist der Grund, weshalb die Gräfin Peyrac und ich, die gegenwärtigen Mißverständnisse vergessend, in diesem Mann, dem Objekt Eurer Ahndung, nur einen unseres vollen Vertrauens und unserer Achtung würdigen Freund sehen können."

In diesen letzten Worten, die sie wie in einem Zustand der Betäubung vernommen hatte, fiel Angélique eine Formulierung auf, die sie wie ein Peitschenschlag weckte. Es war wie ein gebieterischer Anruf der rauhen, scheinbar heiter-ruhigen Stimme, eine Aufforderung, ein Befehl, sich dem zu unterwerfen, was er in dieser Angelegenheit beschlossen hatte.

„Die Gräfin Peyrac und ich . . ."

Also schloß er sie in seinen Plan ein, gestattete ihr nicht, sich ihm zu entziehen, und sein unterirdisches Ziel wurde ihr deutlich: den Schandfleck zu löschen, die Beleidigung zu tilgen, die seine Frau und Colin ihm *öffentlich* zugefügt hatten. Was war zwischen ihnen? Nur Erinnerungen der Freundschaft und Dankbarkeit, die mit ihnen zu teilen er sich schmeichelte. Auf diese Weise verwischte er in den Augen der anderen die wahre Natur der Gefühle, die sie alle drei zerrissen, rettete er den äußeren Schein.

Hatte sie sich selbst instinktiv nicht genauso verhalten?

Die Frage war nur, ob die Protestanten sich an der Nase herumführen lassen würden.

Es würde ihnen nichts anderes übrigbleiben! Zumindest mußten sie so tun, als ob sie sich täuschen ließen. Joffrey de Peyrac hatte entschieden, daß Colin Paturel würdig sei, mit ihm zusammen sein Volk zu regieren, und daß es ihm gegenüber nur Anlaß zu Dankbarkeit und Freundschaft gebe. Die Menge würde sich dem Bild unterwerfen müssen, das er ihr aufzwang.

Wer konnte schon dem starken Willen eines Peyrac widerstehen?

Niemals zuvor hatte Angélique so deutlich gespürt, wie seine eiserne Faust auf ihnen allen lastete, sie buchstäblich packte und nach den Gesetzen seiner persönlichen Autorität formte.

Sie empfand es mit der Bewunderung der Unterworfenen, in die sich jedoch kein warmes Gefühl einschlich, und ihr Schmerz wurde nur noch schärfer, klarsichtiger.

Es war die „Gräfin Peyrac", der er einen Befehl erteilt hatte, aber während seiner ganzen Erklärung hatte er keinen Blick für sie gehabt, und kein einziges Mal war in seiner Stimme jener zärtliche Ton zu hören gewesen, den er früher nicht hatte unterdrücken können, wenn er, selbst zu Fremden, von ihr sprach.

Aller Blicke glitten zwischen ihr und den beiden Seite an Seite auf der Estrade stehenden Männern hin und her, und Angéliques bebende Lippen, die Verblüffung, die unwillkürlich für einen kurzen Moment in ihren Augen aufgezuckt war, trugen endgültig dazu bei, die Geister zu beunruhigen und zu verwirren ...

Die Arme über der Brust gekreuzt, sah Colin noch immer gleichmütig über die aufgescheuchte Versammlung hinweg in die Ferne. So eindrucksvoll war seine gebieterische, noble Haltung, daß man ihn schon nicht mehr erkannte und Goldbart, den zerlumpten, mit Waffen und blutigen Missetaten beladenen Piraten, woanders suchte.

Neben ihm, als schütze er ihn und decke ihn mit seiner Macht, beobachtete der Graf Peyrac mit einem verächtlichen Lächeln und nicht ohne Neugier die Wirkung seines Theatercoups.

„Seht sie euch an, die drei!" brüllte Berne keuchend, nacheinander auf die beiden Männer und Angélique weisend. „Seht sie euch an! Sie betrügen uns, sie machen sich über uns lustig ..."

Völlig außer sich, drehte er sich wie närrisch um sich selbst, riß seinen Hut herunter und warf ihn zu Boden.

„Sperrt doch die Augen auf! Seht euch die drei Heuchler an! Was werden sie sich noch austüfteln? ... Wollen wir uns noch lange durch Leute dieser Art an der Nase herumführen lassen? Vergeßt ihr, daß die Papisten keine Scham besitzen? Nichts ist ihnen heilig, wenn es darum geht, die Machenschaften ihrer verschlagenen Götzendienergehirne zu verwirklichen. Es ist unfaßbar! Brüder, wollt ihr diese ungerechte Entscheidung, dieses lächerliche, beleidigende Urteil hinnehmen? Wollt ihr euch von dem übelsten Individuum, mit dem wir es bisher zu tun hatten, abhängig machen lassen? Wollt ihr in unseren Mauern ein verbrecherisches, lasterhaftes Gesindel aufnehmen, das er uns als Kolonisten aufzwingen möchte? ... Und was ist mit deinen Verbrechen, Goldbart?" wandte er sich nun haßerfüllt direkt an Colin.

„Und was ist mit den deinen?" gab dieser zurück, indem er sich über die Balustrade beugte und die blaue Klinge seines Blicks mit dem des Protestanten kreuzte.

„Meine Hände sind rein vom Blut meines Nächsten", erwiderte Berne pathetisch.

„Wirklich? . . . Die Hände keines einzigen unter uns sind rein vom Blut seines Nächsten. Denk einmal genau nach, Hugenotte, dann wirst du schon die Erinnerung an diejenigen wiederfinden, die du geopfert, getötet, ermordet, mit deinen eigenen Händen erwürgt hast. So weit entfernt und so tief du sie auch verscharrt haben magst, denk nur nach, Hugenotte, und du wirst sie wieder an der Oberfläche deines Gewissens auftauchen sehen mit ihren toten Augen und ihren erstarrten Gliedern!"

Berne starrte ihn schweigend an. Dann taumelte er, wie vom Blitz getroffen, und wich zurück. Die tiefe Stimme Colin Paturels hatte ihn wieder an den seit mehr als einem Jahrhundert von den Reformierten La Rochelles geführten unterirdischen Kampf erinnert. Sie verspürten wieder den beißenden Anhauch der Hölle, den nach Aas stinkenden Atem der ins Meer führenden Schächte, in die die Kadaver der Provokateure der Polizei und der Jesuiten gestürzt wurden.

„Na also", hob Colin wieder an und beobachtete sie aus halb zugekniffenen Augen. „Ich weiß. Ich weiß genau, was Ihr sagen wollt. Ihr habt es getan, um Euch zu verteidigen! Aber man tötet *nur*, um sich zu verteidigen: sich, die Seinen, sein Leben, sein Ziel, seine Träume. Ganz selten sind die, die nur um des Bösen willen töten. Doch die Nachsicht des Sünders für seine Schuld vermag nur Gott zu teilen, denn er allein prüft uns auf Herz und Nieren. Der Mensch findet auf seinen Wegen immer einen Bruder, der ihm sagt: ‚Du bist ein Mörder. Meine Hände sind rein!' Aber in unserer Zeit gibt es keinen Mann, der nicht getötet hätte. In unserer Zeit hat ein Mann, der dieses Namens würdig ist, immer Blut an den Händen. Und ich behaupte sogar, daß Töten ein unverzichtbares Recht ist, das wir Männer bei unserer Geburt empfangen, denn unsere Zeit ist noch die Zeit der Wölfe auf Erden, obwohl uns Christus erschienen ist. Hört darum auf, zum Nachbarn zu sagen: ‚Du bist ein Verbrecher. Ich nicht!' Doch da Ihr so gezwungen seid, den Tod zu geben, arbeitet wenigstens für das Leben ... Ihr habt eure Haut gerettet, ihr Hugenotten von La Rochelle, ihr seid euren Quälgeistern entronnen! Werdet ihr anderen, werdet ihr denen, die auch verdammt und verurteilt sind, die Chancen verweigern, die ihr erhieltet, selbst wenn ihr glaubt, die Erwählten des Herrn zu sein, die allein zu überleben verdienen?"

Die Rochelleser, die Colins Attacke beeindruckt hatte, ermannten sich wieder, als ihre Blicke auf die Mannschaft der *Coeur de Marie* fielen. In diesem Punkt ließ ihr Gewissen nicht mit sich reden.

Monsieur Manigault trat bis zum Fuß der Estrade vor.

„Lassen wir Eure Behauptungen über angebliche Verbrechen, deren wir alle schuldig seien, fürs erste beiseite. Gott vergibt seinen Gerechten. Aber wollt Ihr sagen, Monsieur –", er legte auf dieses „Monsieur" besonderen Nachdruck, „– daß Ihr beabsichtigt, uns im Einverständnis mit Monsieur de Peyrac hier in Gouldsboro *auch* die Nachbarschaft dieses gefährlichen Lumpenpacks zuzumuten, das Eure Mannschaft bildet?"

„Ihr täuscht Euch sehr über meine Leute", erwiderte Colin. „Die meisten von ihnen sind brave Burschen, die mir einzig und allein in dieses Unternehmen gefolgt sind, weil sie hofften, Kolonisten zu werden und endlich an einem Ort vor Anker gehen zu können, wo sie fruchtbaren Boden und Frauen zum Heiraten vorfinden sollten. Selbst das Eigentumsrecht an diesem Ort, wo ihr euch niedergelassen habt, ist von mir und ihnen in klingender Münze bezahlt und kontraktlich festgelegt worden. Unglücklicherweise muß es da einen Irrtum gegeben haben, und mir ist klargeworden, daß meine Pariser Teilhaber, die mir den Hafen Gouldsboro ausdrücklich als frei und als französisches Gebiet bezeichneten, mich getäuscht haben. Auf dem Pergament haben wir mehr Recht darauf als ihr reformierten Flüchtlinge, und Monsieur de Peyrac hat es anerkannt; aber unsere unwissenden großen Tiere in Frankreich scheinen vergessen zu haben, daß der Vertrag von Breda dieses Gebiet unter englischer Jurisdiktion belassen hat. Auch ich erkenne es an und beuge mich. Nun, mit Papier kann man anstellen, was man will. Mit dem Boden ist es eine andere Sache. Es sind schon viel zu viele gute Männer für einen dummen Streich von

434

Ignoranten ... oder Böswilligen, deren Einfaltspinsel wir waren, geopfert worden.

Monsieur de Peyrac erklärt sich bereit, euch für das, was ich hier vorbringe, Beweise zu liefern und mit euch in kleinerem Rahmen darüber zu diskutieren. Aber die Beschlüsse, die wir miteinander gefaßt, und die Verträge, die wir untereinander geschlossen haben, sind eine abgemachte Sache, und es gibt nichts mehr darüber zu reden. Es kommt nun darauf an, was wir alle zusammen Gutes oder Schlechtes daraus machen ..."

Seine zugleich feste und einschmeichelnde Stimme verhinderte jede Anwandlung von Empörung, bevor sie sich äußern konnte, während sein Blick die Menge in seinen Bann zwang.

„Er hat sie in der Hand", dachte Angélique und spürte, wie ein Schauer sie von Kopf bis Fuß überlief, „er hält sie fest ... sie können sich ihm nicht entziehen ..."

Seine mitreißende Beredsamkeit, seine Wirkung auf die Menschen waren schon immer Colins stärkste Waffen gewesen.

Er bediente sich ihrer mit meisterlicher Geschicklichkeit.

In vertraulichem Ton, der dennoch weit trug, fuhr er fort:

„Es gibt da etwas, das ich euch sagen werde und das ich lernte, als ich bei den Sarazenen in Knechtschaft lebte. Nämlich: wie sehr die Söhne Christi, die Christen, sich untereinander hassen. Wieviel mehr als die Muselmanen und Heiden! Und ich sage euch, was ich begriffen habe: daß alle, was sie auch sein mögen, Christen, Schismatiker, Ketzer oder Papisten, einer wie der andere Schakale mit scharfen Zähnen sind, jederzeit bereit, sich eines Kommas ihrer Dogmen wegen gegenseitig zu zerreißen. Und ich versichere euch, daß Christus, dem ihr zu dienen vorgebt, das nicht gewollt hat und daß Er nicht glücklich darüber ist.

Deshalb sollt ihr wissen, Hugenotten und Papisten von Gouldsboro, daß ich euch von diesem Tage an im Auge behalten, daß ich unter euch Frieden und Eintracht wahren werde, wie ich zwölf Jahre lang Frieden unter den Sklaven von Miquenez gewahrt habe.

Wenn es wirklich Lumpen unter euch gibt, werde ich sie zu entdecken wissen. Aber ich sehe bisher kaum einen unter euch, abgesehen von zweien oder dreien, die zuletzt zu meiner Mannschaft gestoßen sind und die ich schon loszuwerden suchte, die mir aber wie Blutegel aus Malakka an den Beinen kleben. Wenn sie nicht schließlich doch noch am Ende eines Stricks baumeln wollen, sei ihnen geraten, sich überaus friedlich zu verhalten."

Ein wenig beruhigender Blick glitt zu Beaumarchand hinüber, der sich, von Hyacinthe, seinem „Bruder der Küste", gestützt, in die erste Reihe geschleppt hatte.

„Jetzt", ließ sich Colin von neuem vernehmen, „werde ich zu euch von drei Einrichtungen reden, die mit dem heutigen Tage, dem ersten meiner Amtszeit in Gouldsboro, in Tätigkeit treten werden.

Zum ersten stifte ich zu Lasten meiner Gouverneursschatulle dem Hafen und der Niederlassung Gouldsboro Nachtwächter. Je einen für dreißig Feuerstellen. In unseren Städten und Dörfern in Frankreich haben wir's doch gern, den Nachtwächter durch die Straßen gehen zu hören, wenn alle Welt schläft. Mehr noch als drüben haben wir's hier nötig, daß nachts jemand über uns wacht, denn Brand in der Einsamkeit bedeutet das Ende, den Ruin und im Winter den Tod. Und ein Hafen, in dem sich unablässig Unruhestifter und Betrunkene herumtreiben, braucht einen hellwachen Wächter, der darauf achtet, was Trunkenbolde oder fremde Dummköpfe anstellen könnten. Endlich haben wir's mit der dauernden Gefahr durch Indianer und sonstige Leute zu tun, die sich's in den Kopf gesetzt haben, uns hier auszuquartieren.

Die Nachtwächter werden vom Gouverneur ernannt, ihre Unterhalts- und Ausrüstungskosten von ihm getragen. Das ist mein Antrittsgeschenk für Gouldsboro."

Er schickte sich schon an fortzufahren, als sich im lastenden Schweigen eine Frauenstimme erhob:

„Seid bedankt, Herr Gouverneur!"

Die Stimme klang dünn, aber energisch. Sie gehörte Abigaël.

Eine Bewegung entstand, Gemurmel stieg auf, in dem sich zaghafte Rufe der Dankbarkeit mit den Protesten der Mehrzahl der Männer mischten. Kapitulierte man schon? ... Sie jedenfalls wollten dem dort oben klarmachen, daß sie seiner Amtseinsetzung noch längst nicht zugestimmt hatten und daß er ihnen mit Nachtwächtern nicht das Maul stopfen würde.

Abigaël hielt Maître Bernes wütendem Blick ungerührt stand. Colin Paturel streifte die junge Frau mit einem leisen Lächeln und hob die Hand, um Schweigen zu gebieten.

„Die zweite Einrichtung kommt nach dem Zwischenruf der liebenswürdigen Dame genau zurecht. Wir haben in der Tat die Absicht, alle drei Monate einen Rat der Frauen oder vielmehr der Mütter einzuberufen, in dem jedoch auch Frauen reiferen Alters, die einer Familie vorstehen könnten, aber keine Kinder haben, Platz finden sollen. Monsieur de Peyrac sprach mir von dieser Idee, und ich finde sie gut. Die Frauen haben immer Wesentliches zu sagen, wenn es um das Wohlergehen einer Gemeinschaft geht, aber sie sagen es nicht, weil sie Angst vor dem Knüppel des Eheherrn haben."

Hier und da aufflackerndes Gelächter unterstrich seine Bemerkung.

„In dieser Sache gibt's keinen Knüppel, und Eheherren haben nichts dabei zu suchen", sprach Colin weiter. „Die Frauen werden ganz unter sich diskutieren und mir dann die Anregungen ihres Rats übergeben. Monsieur de Peyrac hat mir erklärt, daß die Irokesen sich auf diese Art regieren und daß sie keine Kriegszüge unternehmen, die der Rat der Mütter nicht zum Wohl der Nation für notwendig hält.

Versuchen wir wenigstens, ob es uns gelingt, uns ebenso vernünftig wie die rothäutigen Barbaren zu verhalten.

Die dritte Initiative, die ich verwirklichen möchte, verdanke ich den Kolonisten Neuhollands. Ich meine, daß wir niemals zögern sollten, bei unseren fremdländischen Nachbarn Tricks auszuleihen, die uns das Dasein erfreulicher machen können. Bei den Neuholländern ist es also Sitte, jedem Burschen, der sich verheiratet, eine ,Pfeife', das heißt hundertfünfundzwanzig Gallonen Madeirawein zu schenken. Einen Teil, um die Hochzeit zu feiern, den zweiten für die Geburt des ersten Kindes. Das letzte Tönnchen dient dazu, am Tage seiner Beerdigung seine Freunde zu trösten. Gefällt euch der Vorschlag, und seid ihr einverstanden, ihn für Gouldsboro zu übernehmen?"

Ein Moment der Verblüffung, des letzten Zögerns, dann erhob sich freudiges Gejohle, untermischt mit Beifall und Gelächter.

Angélique begriff, daß die Partie für Colin gewonnen war.

Die Fäuste in die Seiten gestemmt, ließ er ebenso ruhig und gelassen die Ovationen über sich ergehen wie kurz zuvor das Haßgeschrei. Colin Paturel, der König der Sklaven, der Ausgestoßenen und Verfolgten, erwies sich als der Stärkste unter ihnen, zeigte sich ihnen, kraftvoll wie ein uneinnehmbarer Wall, in seiner grundlegenden Rechtschaffenheit, der Klarheit seines einfachen Herzens und der unglaublichen Beharrlichkeit seines listenreichen Geistes.

Auf Anhieb wußten sie, daß er für immer ihr Beschützer sein würde, ihr gerechter und störrischer Gouverneur, und daß sie sich in aller Sicherheit auf ihn verlassen könnten.

Joffrey de Peyrac hatte diesen Mann, diesen Souverän, der er sein konnte, vor ihren Augen entstehen lassen. Dieser schwieligen Hand hatte er ein Zepter übergeben, für das sie geschaffen war. Und alles war gut, einen Piraten Goldbart gab es nicht mehr.

„Der Gouverneur soll leben!" schrien die Halbwüchsigen und kleinen Kinder von Gouldsboro und tanzten und hüpften, wo sie eben im Gedränge standen.

Die Jugend war am enthusiastischsten, dann kamen die Frauen, dann die Matrosen aller Nationen und zum Schluß die vorübergehend sich aufhaltenden Gäste, Engländer oder Akadier, die die verkündeten Beschlüsse ausgezeichnet fanden und entschlossen waren, als Nachbarn von ihnen zu profitieren.

Die immer zu Heiterkeit aufgelegten Indianer mischten die Äußerungen ihrer überschäumenden Gefühle in den fröhlichen Tumult, und nach und nach schwanden die mürrischen Mienen der Rochelleser Notabeln, wie weggefegt von der stürmischen Woge der allgemeinen Zustimmung.

„Hurra! Hurra für unsern Gouverneur!" brüllten die Gefangenen der *Coeur de Marie* und schwenkten übermütig die Arme, was unüberhörbares Kettengerassel zur Folge hatte.

Joffrey gab den Spaniern ein Zeichen, ihre Fesseln zu lösen.

„Ich bin wahrhaftig versucht, mich hier niederzulassen", erklärte Gilles Vanereick dem englischen Admiral, „da die Absichten dieses neuen Gouverneurs mir überaus erfreulich scheinen. Habt Ihr bemerkt, Mylord, wie es ihm gelungen ist, diese Großmäuler von Hugenotten herumzukriegen? Und sich scheinbar absichtslos von ihnen einstimmig als Gouverneur bestätigen zu lassen? Jetzt ist es jedenfalls zu spät, die Sache rückgängig zu machen. Und was den Grafen Peyrac betrifft, delektiert Euch an seiner zweideutigen Miene eines Mephisto, der die Seelen an einem Sabbatabend tanzen läßt ... Ein Jongleur mit extra scharf geschliffenen Dolchen, der nicht zögert, mit seinem eigenen Schicksal, seinem eigenen Herzen zu jonglieren, um an sein Ziel zu gelangen. Aber dieser Peyrac hat niemals anderes getan. Ich habe ihn schon auf den karibischen Inseln gekannt. Was nicht hindert, daß ich nicht seine Kühnheit besäße, wenn ich Eigentümer dieses prachtvollen Weibsgeschöpfes wäre ... Den Liebhaber meiner Frau zu meiner Rechten auf den gleichen Thron zu setzen!"

Angélique schnürte sich die Kehle zu. Sie wußte jetzt, warum sie trotz des glücklichen Ausgangs des Dilemmas so litt. Als Mann und Chef dieses kleinen Staatswesens hatte er mehr Macht gehabt, Colin zu retten, als sie selbst. Er hatte sie genutzt. Aber es war nicht nur diese subtile Eifersucht, die sie quälte. Wäre es nur das, hätte sie sich deswegen verachtet. Aber daß er sie außerhalb der Auseinandersetzung gelassen hatte, bewies ihr, daß sie nicht mehr für ihn zählte und daß er nicht ihretwegen so gehandelt hatte. Nein, er hatte es für Colin getan ... und für Gouldsboro!

Was er sich da ausgedacht hatte, war bewundernswert. Es brachte alles wieder ins Lot. Aber er liebte sie nicht mehr.

„Meine liebe Abigaël", sagte Joffrey de Peyrac, während er die Stufen der Estrade hinunterstieg und sich vor der Gattin Gabriel Bernes verneigte, „erlaubt mir, Euch zum Bankettsaal zu führen. Und Ihr, Herr Gouverneur, bietet Madame de Peyrac Euren Arm ..."

Das Blut war heiß in Angéliques Wangen gestiegen, als sie Joffreys Vorschlag hörte.

Wie in einem Nebel sah sie Colins hohe Gestalt sich ihr nähern. Er verbeugte sich und bot ihr seinen Arm, sie legte ihre Hand darauf, und nebeneinander folgten sie Joffrey de Peyrac und Abigaël, während sich hinter ihnen der Zug der Gäste bildete. Wütend, weil Abigaël sie von dem ihr zustehenden Platz an der Seite des Grafen verdrängt hatte, vereinte sich Madame Manigault mit dem völlig niedergeschlagenen Maître Berne.

Monsieur Manigault führte, ohne recht zu wissen, wie es dazu gekommen war, die schöne Inés am Arm. Der englische Admiral fand sich mit einer anmutigen Akadierin versorgt. Dem Reverend John Knox Mather wurde gleichzeitig die Gunst der entzückenden Bertille Mercelot und der charmanten Sarah Manigault zuteil.

Ohnehin schon durch die aufgeheiterte Atmosphäre entspannt und nun noch von zwei hübschen Jüngferchen flankiert, schritt der ehrenwerte Doktor der Theologie tapfer den sandigen Weg entlang, der vom Fort zur Herberge führte.

Miß Pidgeon gesellte sich errötend zu Reverend Partridge.

Aus dem Spalier der Schaulustigen stiegen Vivatrufe und dröhnender Beifall auf und begleiteten den Zug der Notabeln.

„Dieser Teufel von Mann hat es also fertiggebracht, uns alle nach seiner Pfeife tanzen zu lassen", murmelte Angélique zwischen den Zähnen.

„Ist es nicht eine schöne Wendung?" erwiderte Colin. „Ich bin noch völlig platt. Seine Seelengröße hat mich überwunden."

„Wie konntet Ihr das von ihm annehmen?"

„Ich wollte nicht. Aber er kam mir mit einem Argument, das mich schließlich seinen Plänen zustimmen ließ."

„Welchem?"

„Ich kann es Euch noch nicht sagen", antwortete Colin nachdenklich. „Eines Tages vielleicht . . ."

„Ah, wahrhaftig! Ich bin zweifellos zu dumm, um am ganzen Ausmaß eurer Visionen und eurer Pläne teilzunehmen, Messieurs!"

Ihre Finger preßten sich um Colins Arm.

„Ihr beide seid wirklich dafür geschaffen, euch wie Jahrmarktsspitzbuben zu verstehen; ich hätte es längst wissen müssen. Ich war recht töricht, mir Sorgen um Euch zu machen, Colin Paturel! Die Männer verstehen sich immer zum Nachteil der Frauen!"

Achtundsechzigstes Kapitel

Trompetenstöße ertönten. Banner flatterten im Wind.

Der Saal war an die Herberge angebaut, die sich schon solchen Zulaufs erfreute, daß sie sehr bald unter dem Namen „Herberge unter dem Fort" im Umkreis von hundert Meilen berühmt werden sollte.

Draußen, auf dem Strand, am Hafen, rings um die Bucht, briet über lodernden Feuern Wild am Spieß, und für die Mannschaften, die kleinen Leute und die Indianer waren Fässer angestochen worden.

Während die geladenen Gäste sich an der riesigen Bankettafel niederließen, stahl sich Angélique in die Küche.

Ohne eine kleine Stärkung würde sie nicht länger durchhalten können. Sie wußte nicht, ob sie lachen oder weinen sollte, und sie hatte sich noch nie einer Nervenkrise so nahe gefühlt. Joffrey überschritt jedes Maß und machte sich über sie lustig.

„Gib mir einen Schoppen von diesem Wein da", sagte sie zu David Carrère, nachdem sie an den Fässern im Vorratsschuppen geschnuppert hatte.

„Einen Schoppen?" Der Junge machte runde Augen. „Für Euch? Es ist weißer Bordeaux, müßt Ihr wissen, Madame. Stark wie die Sonne."

„Genau das brauche ich."

Ihren Schoppen in der Hand, kehrte Angélique zum großen Küchenkamin zurück, in dem sich die Bratspieße drehten, und musterte die noch mit ihren Vorbereitungen beschäftigten Damen Gouldsboros mit einem spöttischen Blick.

Die Damen Manigault, Mercelot und einige andere waren ebenfalls unter dem Vorwand zu helfen erschienen, vor allem jedoch, um ein letztes Mal den Sitz ihrer Hauben zu überprüfen.

„Nun", fragte Angélique, „was haltet ihr von eurem neuen Gouverneur?"

Sie warf den Kopf zurück und brach in Gelächter aus.

„Ich sehe, was euch verstimmt, meine Schönen! Man hat auf meine Kosten geklatscht, und auf diese Entdeckung seid ihr nicht gefaßt ge-

441

wesen. Das war's, was nicht geheuer war ... Goldbart war für mich ein Gefährte, der mir einst in der Berberei das Leben gerettet hat. Verleugnet man einen Mann, der einem das Leben gerettet hat? ... Hat man nicht recht, ihm um den Hals zu springen, wenn die Zufälle des Meers ihn einem plötzlich in den Weg führen? ... Aber schon wird gelästert und verleumdet, wird eine Wiederbegegnung unter Freunden in gemeinen Verrat gefälscht, wird der Apfel der Zwietracht beschworen ... Ihr habt euch allzusehr beeilt, Böses zu sehen, wo es nichts dergleichen gab!"

Das schneidende Lachen der Gräfin Peyrac demütigte sie.

Obwohl Angélique wußte, daß sie nur die halbe Wahrheit sagte, glaubte sie fast an ihre Darstellung der Dinge. Sie fuhr fort, Komödie zu spielen. Der arme Curt Ritz war weit! Niemand würde ihn auffordern, in aller Öffentlichkeit zu bezeugen, was er wirklich gesehen – oder im schwachen Licht einer flackernden Kerze in der Nacht seiner Flucht zu sehen geglaubt hatte.

„Ihr seht, teure Freundinnen, die Tratschereien werden diese Neue Welt ebenso zugrunde richten wie die Alte", schloß Angélique und leerte ihren Becher bis zum letzten Tropfen.

Jemand schob den Kopf durch den Türspalt.

„Frau Gräfin, man verlangt im großen Saal nach Euch."

„Ich komme sofort."

Neunundsechzigstes Kapitel

„Jetzt bin ich an der Reihe, allen hier Anwesenden ein Geschenk frohen Willkommens zu machen", erklärte Angélique, während sie an der Bankettafel Platz nahm. Und nachdem sie noch ein Weilchen ihre Neugier gereizt hatte:

„Ein Tönnchen echten Armagnac, das mir in der vergangenen Woche ein galanter baskischer Kapitän überreicht hat."

Der Ankündigung folgte eine neue Ovation.

„Ruft Adhémar zu mir", befahl Angélique einem der Männer, die die Platten herumreichten.

Als der Soldat mit seiner üblichen verdutzten Miene erschien, bat sie ihn, sich schleunigst zum Champlainlager zu begeben und das Gepäck zu holen, das sie am Abend ihrer Ankunft dort zurückgelassen hatte.

Die Erscheinung des reichlich merkwürdigen Soldaten des Königs von Frankreich zog allerlei Kommentare nach sich, und nachdem er sich wieder davongemacht hatte, erzählte Angélique Einzelheiten von der Geschichte und den Heldentaten des braven Burschen, was zu munteren, mit zahllosen Anekdoten gewürzten Gesprächen führte.

Die mit schmackhaften Gerichten gefüllten Platten folgten einander. Ein Schwein war geopfert worden, denn Austern, Hummer, Pute, Lachs und Wild, die ihnen täglich vorgesetzt wurden, galten diesen Amerikanern der Pionierzeit als Armenspeisung.

Angélique saß zur Rechten Colins, der einer der Schmalseiten der Tafel präsidierte, während Peyrac die andere einnahm, rechts von der schönen Inés und links von Abigaël eingerahmt – Madame Manigault hatte ihm schräg gegenüber Platz gefunden. Gilles Vanereick, ein wenig näher, ließ die schwarzen, feurigen Augen, die nicht so recht zu seinem runden flämischen Gesicht passen wollten, immer wieder zu Angélique hinüberschweifen. Danach reihten sich abwechselnd Männer und Frauen zu beiden Seiten der Tafel, Franzosen und Engländer, prunkende Uniformen oder strenge dunkle Röcke mit weißen Überschlagkragen, zu denen sich vereinzelte Kutten und Soutanen gesellten:

der Rekollektenpater Baure, der bretonische Schiffsgeistliche der *Sans-Peur*, Abbé Lochmer, der, ein wenig derb und jovial, nicht das mindeste dagegen hatte, in seiner unmittelbaren Nachbarschaft die Pastoren Beaucaire und Partridge zu wissen; schließlich ein akadischer Edelmann, Monsieur de Randon, der erst am selben Morgen aus Port-Royal eingetroffen war und sich mit seinem Blutsbruder, einem Oberhäuptling der Mic-Macs, unterhielt.

Obwohl sich der Häuptling den Mund mit seinen Haaren wischte, schien er nichtsdestoweniger mit seiner kaiserlichen Hoheit die ganze Versammlung zu beherrschen.

Wenn seine Anwesenheit unter ihnen die Angelsachsen erstaunte oder gar empörte, nahmen sie sie als eine der Konsequenzen französischer Eigenart hin, die sie häufig in Rage brachte, aber speziell dafür geschaffen schien, den ernsthafteren Nichtfranzosen zu gestatten, die Freuden der Freiheit, der Extravaganz und selbst der Sünde kennenzulernen, ohne selbst die Initiative dazu ergreifen zu müssen. Und der sehr gestrenge John Knox Mather, der eben höchst fidel seinen zinnernen Humpen leerte, stand dabei durchaus nicht unter dem Eindruck, sich gegen die Tugend der Mäßigkeit zu vergehen, *da es sich um französische Weine handelte.*

Franzose war der Gastgeber, und Französin war die Gastgeberin, was ihr das Recht verlieh, für die bezauberten Augen der Männer schön, strahlend und prachtvoll geschmückt zu sein. Es war nicht so schlimm, wenn so viele gefährliche Herausforderungen sie unausbleiblich dazu bringen mußten, sich gegen das sechste Gebot zu versündigen, denn selbst für den Allmächtigen war eine französische Sünde schon halb verziehen, und wenn die als Gast anwesende Spanierin einen Jasminduft verströmte, der es an Schwüle mit dem Blick ihrer hinter schwarzen Spitzen eines Fächers halb verborgenen Samtaugen durchaus aufnehmen konnte, milderten sich Furcht und Schrecken angesichts solcher Nachbarschaft dank der schlichten Tatsache, daß man an einer französischen Tafel saß und sich zudem noch auf dem Boden einer französischen Kolonie befand.

Besteht das Genie dieser unbesonnenen, leichtfertigen Rasse nicht eben darin, allen Situationen einen Hauch ihrer Leichtigkeit zu verleihen?

Trifft es nicht zu, daß die Kühnheit der überraschenden Mischungen, deren Geheimnis die Franzosen besitzen, in ihren Kolonien keineswegs, wie man erwarten könnte, zu blutigen Explosionen führt, sondern allenfalls eine leichte, euphorische Trunkenheit bewirkt, die es erlaubt, vorübergehend alle Menschen für Brüder und die Verdammnis für abgeschafft zu halten?

Der englische Admiral erklärte:

„Gouldsboro wird in kurzem der vergnüglichste Ort der ganzen amerikanischen Küste sein. Ich weiß nicht einmal, ob die Spanier in ihren befestigten Städten in Florida ein so lustiges Leben zu führen verstehen. Allerdings –", er wandte sich an Vanereick, „– laßt Ihr Herren von der Freibeuterei ihnen auch kaum die rechte Muße dazu."

„Sie sind mit rauhen Antworten verteufelt schnell bei der Hand. Das ist übrigens der Grund, warum ich mich hier befinde. Ich teile Eure Meinung, daß man hier besser aufgehoben ist als woanders."

„Welches ist die geniale Gabe, Monsieur de Peyrac, die Euch erlaubt, ein scheinbar unheilbares Übel in etwas annehmbares Gutes zu verwandeln, denn nur das Gute wollen genügt nicht, es muß auch – wie soll ich sagen – materialisierbar sein?" meinte Knox Mather, dessen durch den reichlich genossenen Wein angeregter Geist sich natürlicherweise seinen hauptsächlichen, das heißt intellektuellen und theologischen Interessen zuwandte.

„Ich glaube nicht", erwiderte Peyrac, „daß es eine geniale Gabe ist, dem Leben den Vorzug zu geben. Den Tod aufzuerlegen ist zuweilen ein notwendiger, durch die Unvollkommenheit dieser Welt erzwungener Akt, aber meiner Ansicht nach ist das Gute nur im Leben zu finden."

Der Theologe runzelte die Stirn.

„Hm! Seid Ihr nicht ein wenig Anhänger jenes Baruch Spinoza, von dem man unter Philosophen spricht, jenes Juden aus Amsterdam, der merkwürdigerweise sowohl mit dem Judaismus wie mit der christlichen Lehre uneins ist?"

„Ich weiß, daß er erklärt hat: ‚Was das Individuum im Sein verharren läßt, also das Leben, nennt sich das Gute. Was es daran hindert, nennt sich das Böse . . .'"

„Was denkt Ihr von solchen vagen, beunruhigenden Äußerungen, die die allmächtige Gegenwart Gottes zu bestreiten scheinen?"

„Daß die Welt sich wandelt. Aber ihre Schwangerschaft ist langwierig und schmerzvoll. Es ist die Eigenart der Götzendiener, zu denen wir alle hier durch unsere Herkunft gehören, daß sie ihre Bilder nicht wechseln können. Ihr Herren Reformierten habt euch schon in diesem Sinne bemüht, als ihr die Statuen der Kirchen zerbracht, und ihr Herren Engländer habt schon einen Schritt zur Befreiung der Menschen getan, als ihr eurem König den Kopf abschlugt, aber nehmt euch in acht. Ein Schritt voran muß zuweilen mit zwei Schritten zurück bezahlt werden."

„Messieurs, Messieurs!" rief Pater Baure entsetzt aus. „Was erzählt ihr da! Ich dürfte gar nicht an eurer Tafel sitzen. Eure Worte riechen nach Schwefel ... Den Königen den Kopf abschlagen! Statuen zerbrechen! ... Ich bitte euch! Vergeßt ihr denn, daß wir Geschöpfe Gottes und in dieser Eigenschaft verpflichtet sind, seinen Gesetzen zu gehorchen und uns vor den von Ihm selbst auf Erden errichteten Hierarchien zu neigen, so vor allem vor den Dogmen der heiligen Kirche wie auch vor den Entscheidungen der Fürsten, die uns durch göttliches Recht regieren. Ihnen den Kopf abschlagen! Spielt nicht einmal mit diesem Gedanken! Die Hölle erwartet euch! Hier werden Dinge gesagt, die einen schaudern lassen."

„Und hier wird auch guter Wein getrunken", mischte sich Vanereick ein. „Trinkt also, guter Pater. Selbst die schwefligsten Äußerungen lassen sich auf dem Grunde eines Bechers vergessen."

„Ja, trinkt", beharrte Angélique und lächelte dem frommen Mann zu, um ihm zu helfen, sich von seinem Schreck zu erholen. „Auch der Wein ist ein Geschenk Gottes, und es gibt kein besseres Allheilmittel, um Franzosen und Engländer, die sich um eine Tafel zusammengefunden haben, vergessen zu lassen, was sie trennt."

Adhémar steckte den Kopf durch den Türspalt.

„Ich habe Euer Tönnchen, Frau Gräfin", verkündete er. „Aber was soll ich mit der Truhe voll englischer Skalpe anfangen, die uns der Herr Baron mitgegeben hat?"

Siebzigstes Kapitel

Angélique lachte wie närrisch.

Schon der Schoppen Weißwein und die gepfefferten Speisen hatten ihr gehörig zugesetzt, und Adhémars Frage, was er mit der Truhe voller englischer Skalpe anfangen solle, die der Baron de Saint-Castine ihnen beim Aufbruch zur Weiterleitung nach Québec mitgegeben hatte, wo diese fragwürdigen Beutestücke seine tätige Ergebenheit für die französische Sache bezeugen sollten, gab ihr nun völlig den Rest.

Zum Glück war die Frage des einfältigen Soldaten im Stimmengewirr der Gespräche untergegangen, und Angéliques hell aufflatterndes Gelächter hatte die Gäste des Banketts von Adhémars Person abgelenkt und der Verführung dieser jähen, doch so charmanten und im rechten Augenblick gekommenen Fröhlichkeit unterworfen.

Als sie bemerkte, daß aller Blicke sich ihr zugewandt hatten, zog sie die Gäste in einen wahren Wirbel von Scherzen, geistreichen Worten und amüsanten Albernheiten, durch den sie ihre übertriebene Heiterkeit zu rechtfertigen suchte.

„Sind wir nicht wahrlich im Schlunde der Zuchtlosigkeit, Verworfenheit und Schamlosigkeit versunken, Brüder?" fragte John Knox Mather, dessen Augen wie die eines Märtyrers auf einem flammenumwogten Scheiterhaufen ekstatisch glänzten, seine Religionsgenossen.

„An der Fähigkeit, dicht an solchen Abgründen vorbeizuwandern, ohne hineinzustürzen, erkennt man die Kraft, mit der der Herr seine Erwählten erfüllt", antwortete Reverend Partridge, Gespräche und Gelächter hohl überdröhnend.

Sie waren noch niemals so glücklich gewesen wie in diesem Augenblick, der sie den Ufern der Ausschweifung so nahe gebracht hatte, und so zufrieden mit sich selbst und ihrem Widerstand gegen jedwede Versuchung.

Angéliques Lachen flatterte von neuem unwiderstehlich auf, und die Anstrengung, die sie machte, um sich zusammenzunehmen, kostete sie zuweilen fast Tränen.

Nun, um so schlimmer, wenn ihre Fröhlichkeit ungelegen und deplaciert wirkte. Hatte der Herr von Gouldsboro ihr diese Rolle nicht vor allen anderen aufgezwungen, ohne sich um ihr gequältes Herz zu kümmern? Er hatte verfügt, daß sie die Gräfin Peyrac zu sein habe. Ohne Makel. Das Drama, das sie trennte, mußte verscharrt, geleugnet werden. Und ihm machte das zweifellos weniger aus als ihr. Sie wußte nicht mehr, was er dachte. Ein zorniger Zusammenprall wie an jenem Abend wäre ihr fast lieber gewesen als seine scheinbare Gleichgültigkeit, seine Uninteressiertheit, die aus ihr einen nach Belieben hin und her zu schiebenden Bauern auf seinem Schachbrett machte, diese sorgfältige Regie einer Komödie, die nur seinen Plänen diente. Er hatte den Machiavellismus so weit getrieben, sie zur Rechten Colins Platz nehmen zu lassen.

Wenn Colin weniger nobel gewesen wäre, hätte er sie weniger verwirrt, weniger ihr Herz erwärmt. Die Nerven aufs äußerste gereizt, verspürte sie das perverse Verlangen, die zwischen ihm und Joffrey entstandene Komplicität zu zerstören, seine Sinne von neuem zu wecken und ihre Macht über ihn noch einmal zu erproben. Und ihre weich schimmernden Augen suchten seinen Blick, und als er sich ihr zuwandte, wütete sie, weil sie in ihm nur einen zwar gewollten, aber unerschütterlichen, ruhigen Gleichmut fand. Joffrey hatte sie auch von ihm isoliert. Er nahm ihr alles, entriß es ihr und stieß sie, von allem entblößt, zurück.

So quälten sich ihr Herz und ihr verwirrter Verstand, während sie ihren Gästen ein Bild heiterster Ausgelassenheit bot und einen Hauch von Licht und Luxus über die ländliche Tafel verbreitete, an der Exilierte in ihrer Armseligkeit Pomp und Prunk der Alten Welt wiederzubeleben versuchten.

Als einziger der Versammelten verspürte Peyrac die unterdrückte Gespanntheit und forcierte Exaltiertheit in Angéliques Gelächter.

Ebenso wie seine Tischgenossen hatte er aus Adhémars Worten eine vage Geschichte von „englischen Skalpen" herausgehört, die Angéliques Heiterkeit entfesselt hatte, aber da die Andeutung von niemand beachtet worden war, hatte auch er es vorgezogen, nicht weiter darauf einzugehen. Später würde man schon sehen. Der Augenblick war für die Aufdeckung zweifelhafter Angelegenheiten nicht recht geeignet.

Sie lachte, aber sie litt. Verwirrt durch ihre strahlende Schönheit, irritiert durch ihre Kühnheit, durch die Herausforderung ihres fein geformten, stolz erhobenen Kinns, durch ihre schimmernd auf Colin gerichteten Augen und trotz allem voller Bewunderung für die Promptheit, mit der sie den ihr von ihm zugeworfenen Handschuh aufgenommen hatte und den Demütigungen standhielt, die er ihr auferlegte, fiel es ihm schwer zu erahnen, aus welcher Quelle sich das Leid nährte, dessen Vibrieren er in ihr spürte.

Dieses Frauenherz war ihm undurchschaubar geworden. Er hatte die Gnade verloren, offen in ihm zu lesen. Der Verständigung zwischen ihnen stellten sich unüberwindliche Hindernisse entgegen.

An die Möglichkeit, daß sie etwa seinetwegen litt, wagte er nicht zu denken.

Der Bluterguß, der ihr schönes Gesicht verunzierte und den die Schminke nur ungenügend verdeckte, machte ihn vorsichtig. Angélique war stolz, erfüllt von jenem aus Hochmut und dem Bewußtsein ihres Werts und ihres Ranges gemischten Stolz der Frauen alter Geschlechter, der es so schwierig macht, sie zu behandeln und zu erobern, selbst wenn sie während ihrer ganzen Kindheit Kastanien gegessen und barfuß herumgelaufen sein sollten. Ein Gefühl der Besonderheit, daß sich selbst dem Fleisch mitgeteilt hat. Würde Angélique je vergessen können, wie er sie behandelt hatte?

Eine Unruhe, die er sich nicht eingestehen wollte, quälte ihn, seitdem er ihr Gesicht an dem noch von den Schwaden des Kampfes durchwehten dramatischen Vormittag nach jenem schrecklichen Abend entdeckt hatte. Er war aufs äußerste erschrocken. „Ich glaubte nicht, daß ich sie so hart geschlagen hätte", hatte er gedacht. Niemals war es einer Frau gelungen, ihn so seine Selbstbeherrschung vergessen zu lassen. „Ich hätte sie töten können."

Wütend auf sich selbst, war er es doppelt auf sie, und widerwillig räumte er ein, daß sie ihn paradoxerweise auch doppelt anzog . . .

Als er sie über die lange Tafel hinweg ansah, verspürte er wieder die aufrauschende Woge der Gefühle und sinnlichen Begierden, die ihn unwiderstehlich zu ihr trug mit dem Verlangen, sie in seine Arme zu nehmen. Er hatte sie schon allzulange nicht umarmt. Hatte Gilles Va-

29 Versuchung

nereick recht, wenn er ihm mit seiner Bonvivantredseligkeit, hinter der sich ein gut Teil praktischer Philosophie verbarg, zur Nachsicht riet? „Glaubt mir, Seigneur Peyrac, Eure Gattin gehört zu den Frauen, denen zu vergeben sich der Mühe lohnt . . ."

Und er konnte sich des Gedankens nicht erwehren, daß sie trotz ihrer scheinbaren Niederträchtigkeit die Rolle der „Gräfin Peyrac" voll ausgefüllt hatte, die die Umstände von ihr forderten, daß sie sich während dieser drei schmerzlichen und entscheidenden Tage als seine würdige Gefährtin gezeigt hatte. Dafür würde er ihr immer insgeheim dankbar sein.

Und während er sie verstohlen betrachtete, konnte er sich nicht hindern zu sehen, daß in der Tat alles an ihr „die Mühe lohnte, zu vergeben". Nicht nur die Schönheit und Vollkommenheit ihres Körpers – erbärmliche Versuchung, der er am wenigsten willig nachgegeben hätte –, sondern vor allem das, was „sie" war und was er als unbezahlbaren Schatz empfand.

Er, der sie zu hassen glaubte, hatte sich in der Falle des geheimen und einzigartigen Werts Angéliques gefangen.

Am Morgen des blutigen Kampfes auf der *Coeur de Marie* hatte er, endlich seines Sieges sicher, aber betroffen durch das mörderische Ergebnis des Waffengangs, spontan gedacht: „Zum Glück ist *sie* in Gouldsboro!"

Und als sie erfuhren, daß *sie* in Gouldsboro sei, hatten die armen Verletzten wieder Mut gefaßt, selbst die, die sie nur vom Hörensagen kannten. „Die Dame vom Silbersee! Die Französin mit den heilenden Kräften! Die Schöne, die alle Geheimnisse der Pflanzen kennt . . . Geheimnisse, die heilen . . . Sie hat in den Händen einen Zauber, sagt man . . . Sie ist am Hafen, heißt es . . . Sie wird kommen . . . Wir sind gerettet . . ."

Alle Männer bewunderten sie! . . . Was ließ sich schon dagegen tun?

In diesem Moment erhitzte und quälte ihn ihr kehliges Lachen zugleich und unterwarf ihn wie alle anwesenden Männer einem Charme, der ihn zur Nachsicht, zu feiger Kapitulation geneigt machte.

Während er an der Tafel mit seinen Gästen plauderte, vermischten sich in seinem Innern wie in einem schillernden Nebel zwei Frauengesichter. Angéliques Schwächen konnten ihren menschlichen Wert nicht vermindern, der ihn schließlich bezwungen hatte – es hatte sich eben erst erwiesen –, ein so intim mit seinem Verlangen nach ihr gekoppeltes Gefühl, daß er es von dem anderen, dem gefährlichen, sprunghaften Aspekt ihrer weiblichen Natur, der seinen Zorn erregte, nicht mehr zu lösen vermochte.

Er wollte die Frau in ihrer fleischlichen Schwäche und verächtlichen Leichtfertigkeit hassen und verlangte glühend nach der Anwesenheit der anderen, seiner Freundin, seiner Gefährtin, seiner Vertrauten, der köstlichen Partnerin seiner Lust.

Zu lange schon waren seine Arme leer von ihr. Sein Körper forderte ihre Nähe mit einer Dringlichkeit, die ihn zu allem anderen unfähig machte.

Ihr Zerwürfnis hatte ihm eine Wunde geschlagen, die ihm einen Teil seiner notwendigen Lebenskraft raubte. Er schlief schlecht in den von Ungeduld und Verlangen beunruhigten Nächten. „Wo bist du, meine geschmeidige, meine süße, meine weiße, meine zugleich zarte und feste Frau? . . .

Wo ist deine nackte Schulter, an die ich so gern meine Stirn lehne? Wo sind deine leichten Finger, deine magischen Finger, die zuweilen mein Gesicht umfingen und zu einem Kuß zu deinen Lippen herunterzogen in einer Bewegung, in der ich die unwiderstehliche Begierde der Geliebten spürte, aber auch die warme, besitzergreifende Zärtlichkeit, die aus dem Herzen der Mütter steigt und nach der wir Männer uns besonders sehnen? Du fingst an, dich weniger vor mir zu fürchten. Und nun ist alles zerstört."

Peyrac unterdrückte einen Seufzer.

Was dachte sie dort unten am anderen Ende der Tafel? Er wußte es nicht mehr.

In diesen letzten Tagen war es ihm geschehen, daß er vor wichtigen Entscheidungen gezögert, daß er an sich selbst gezweifelt hatte.

Nur in allem, was Colin Paturel betraf, hatte er nicht gezögert. Colin, der König der Sklaven, war der Mann, den er seit langem erwartete. Und sobald er ihn erkannte, hatte er nicht mehr den Rivalen in ihm gesehen, war er fest entschlossen gewesen, sich durch keine „Frauengeschichte" von einem so vom Instinkt her zur Menschenführung begabten Manne trennen zu lassen.

Mit eigenen Augen hatte er gesehen, wie Angélique ihre schmale, zärtliche Hand auf diese breite, kantige, von einer Löwenmähne umrahmte Stirn legte.

Wie hatte er auf der Insel gelitten, weil er in jeder Minute geglaubt hatte, der Augenblick des Verrats sei gekommen! Denn daß es der König der Sklaven aus Miquenez war, erklärte alles und machte alles nur noch schlimmer, tragischer. Es war ihm immer bewußt gewesen, daß Angélique diesen Mann geliebt hatte, und das auf eine Art, die seine intensive Eifersucht weckte.

Denn Colin verdiente es, von einer solchen Frau geliebt zu werden.

Diese Erinnerung vergiftete sein Herz von neuem. Der Plan, den er ausgeheckt und gegen alle durchgeführt hatte, schien ihm jetzt die Möglichkeiten seiner Kraft zu überschreiten.

Es war Colin, zu dem sie in diesem Moment ihre wundervollen Augen hob, in der Hoffnung, in denen des aufrechten Normannen eine Andeutung von Einverständnis zu finden, doch dieser, loyal gegenüber Peyrac, tat so, als verstünde er die Herausforderung ihres strahlenden Lächelns nicht. Er hörte ihre helle, ein wenig spöttische Stimme:

„Ich glaube mich zu erinnern, Herr Gouverneur, daß Ihr mich Angélique nanntet, als wir in der Berberei waren. Sollten wir hier die brüderlichen Gewohnheiten der christlichen Gefangenen nicht wiederaufnehmen?"

Die kleine Hure! Sie begnügte sich nicht nur damit, der Schande mit unverhülltem Gesicht die Stirn zu bieten, sondern antwortete nun auch mit scharfen Waffen.

Es war reichlich töricht, sich ihretwegen gerührte Gedanken zu machen. Wenn sie litt, nun gut, sollte sie leiden! Sie verdiente eine Lektion.

Er wandte sich seiner Nachbarin zur Linken zu: Inés y Perdito Tenarès, wollüstiges Produkt karibischen, spanischen und portugiesischen Bluts, deren Pechkohlenblick eifersüchtig den für ihren Geschmack viel zu sehr dem Charme ihrer heiteren Gastgeberin erlegenen Gilles Vanereick beobachtete.

452

Peyrac legte einen Finger unter das Kinn der hübschen Mestizin, um sie zu veranlassen, das Gesicht von diesem betrüblichen Schauspiel abzuwenden und ihn zu betrachten.

„Trösten wir uns gemeinsam, Señorita", sagte er leise zu ihr auf spanisch.

Einundsiebzigstes Kapitel

„Er liebt mich nicht mehr, Colin! Er macht dieser Inés den Hof. Ich langweile ihn."

Im Halbdunkel des Flurs taumelte Angélique gegen Colins Schulter. Das Fest ging seinem Ende entgegen. Der goldfarbene Abendhimmel, über den graue Wolken trieben, ließ sein wechselndes Licht noch ein Weilchen auf der Unordnung des Strandes verharren, auf dem fröhliche Gruppen tanzten und lachten. Der größte Teil der Bankettgäste verhielt noch im Saal, wie festgeschmiedet an die Schemel. Auf dem Heimweg zu ihren Schiffen oder ihrem Logis würden sie sich gegenseitig stützen müssen.

Angélique taumelte gegen Colins Schulter.

„Er liebt mich nicht mehr . . . Ich werde daran sterben . . . Niemals werde ich ertragen, daß er eine andere Frau liebt!"

„Beruhige dich. Du bist betrunken", sagte Colin geduldig.

Trotz seiner Widerstandsfähigkeit gegen Alkohol nicht wenig erhitzt, fiel es selbst ihm schwer, die Welt nicht nur durch den Nebel seiner leichten Trunkenheit zu sehen und sie nicht einfach in die Arme zu nehmen. Er hatte den Festsaal verlassen, um seine Mannschaft zu inspizieren, da er sich sagte, daß er an einem Abend wie diesem seine Leute überwachen müßte.

Angélique war ihm gefolgt. Sie klammerte sich an ihn, sichtlich durch mehrfache Proben aus dem Armagnactönnchen, aber auch durch einen tiefgehenden, alle Hemmungen beseitigenden Schmerz aus der Fassung gebracht.

„Dir kommt er freundschaftlich entgegen, obwohl du mich in Versuchung gebracht hast, und mich stößt er zurück, verwirft mich, verachtet mich . . . Das ist ungerecht! . . . *Unwürdig!*"

Sie schluckte ein wenig auf und versteifte sich auf die letzten Worte.

„Hör zu, Kleine! Geh ein bißchen an der frischen Luft spazieren", sagte Colin. „Hinterher wirst du dich besser fühlen."

„Da haben wir's! Ihr Männer seid euch immer einig, wenn's darum geht, eine Frau zu demütigen, euch über sie lu . . . lustig zu machen! Auch du hast mich verraten!"

„Halt den Mund! . . . Alles ist jetzt in Ordnung. Reg dich nicht auf. Geh!"

Sie spürte deutlich, daß Colin heute wieder der wahre Colin geworden war. Ebenso störrisch wie Joffrey und, wenn er sich dazu entschloß, ebenso wie er dazu imstande, das heftigste sinnliche Verlangen in sich zu unterdrücken.

Er löste sich von ihr, musterte sie, und etwas wie Melancholie breitete sich über seine Züge.

„Du liebst ihn zu sehr", murmelte er und schüttelte den Kopf. „Wahrhaftig, er hält dich auf jede Art. Er beherrscht dich. Das ist es, was dir weh tut. Das ist es, was den Teufel in dir weckt. Vorwärts, mach einen Spaziergang, meine Schöne . . . meine Schöne!"

Er begleitete sie zum Strand und verließ sie, während sie sich dem östlichen Vorgebirge zuwandte.

Colin hatte recht.

Die frische Abendluft vertrieb ihr Schwindelgefühl. Sie schritt sicherer voran und näherte sich allmählich den Felsen, in der Hoffnung, dort niemand vorzufinden. Ihr Geist brodelte wie ein mit schädlichen Fermenten gefüllter Bottich während der Weinernte.

Joffrey beabsichtigte, sich von ihr abzuwenden.

Das durfte nicht sein! Niemals würde sie es ertragen, in Joffreys Armen eine andere Frau zu sehen, bei der er sein Vergnügen fände, die er womöglich – das Schlimmste! – an sich fesseln, der er sein Vertrauen schenken würde. Sie würde daran sterben . . . oder diese Frau töten!

Sie war empört, weil sie spürte, daß er Colin eher verzieh, sie begehrt, als ihr, sich ihm ausgeliefert zu haben.

454

Die Komplicität ihrer männlichen Sinnlichkeit brachte sie in Rage.

Sich mit den Männern verstehen zu wollen war sinnloses Bemühen. Sie brachten es immer fertig, einen durch irgendwelche Einwände zu täuschen oder aus der Fassung zu bringen.

Sie hatte genug von den Männern und ihren Ansprüchen.

Die Verwundeten ihrer Kriege verbinden, die Kinder ihrer Lust nähren und aufziehen, ihre Waffen putzen, jahrein, jahraus die Spur ihrer Schritte auf den Fußböden ihrer Häuser beseitigen, ihre Jagdbeute zubereiten, die von ihnen gefangenen Fische reinigen, kurz, die noble Mühe für sie, die unangenehme Arbeit für die Frauen.

Vor einer Woche hatte sie auf Monegan getanzt, war sie, von ihrer Lebensfreude und der Faust des großen Hernani getragen, durchs Feuer der Basken gesprungen.

Obwohl von Joffrey getrennt, war sie ihm damals näher gewesen als heute. Seit drei Tagen hatten sie nicht mehr miteinander gesprochen. Sie schienen nicht mehr füreinander zu existieren.

Ein Abgrund hatte sich plötzlich unter ihren Füßen aufgetan, eine unüberwindliche Mauer sich zwischen ihnen erhoben. Alles verband sich, um sie einer Lösung zuzutreiben, die ihre Liebe vernichten würde, sie vielleicht schon vernichtet hatte.

Eine Stimme schien ihr im Wind ins Ohr zu flüstern:

„Er wird euch trennen . . . Ihr werdet sehen! Ihr werdet sehen!"

Ein Schauer überlief sie, und sie blieb an der Spitze des Vorgebirges stehen. Die seltsame Verknüpfung von Umständen fiel ihr wieder ein, die sie dazu gebracht hatte, den Mann, den sie anbetete, öffentlich zu demütigen. In alldem verbarg sich etwas Teuflisches. Ein unentwirrbares Geflecht von Zufällen und Mißgeschicken, die ihre Erklärung nur in der Bösartigkeit auf ihren Untergang erpichter höllischer Geister finden konnten.

Furcht ergriff sie, eine Furcht, die sie schon an dem Abend verspürt hatte, als sie, von dem Unbekannten mit dem weißen Gesicht geführt, zur Insel gegangen war. Nun fing auch sie an, an den Teufel zu glauben . . . wie übrigens jeder in diesem verdammten Land!

Sie wandte sich Gouldsboro zu. „Es gibt Orte, wo der Geist weht . . ."

Gehörte Gouldsboro zu ihnen? War es wirklich, wie die seherische

455

Nonne aus Québec behauptet hatte, zum Schauplatz eines überirdischen Dramas ausersehen?

„Aber ich bin nicht die Dämonin", sagte Angélique laut. „Also?"

Unwillkürlich mußte sie an die fromme Weissagung denken, die die kanadische Bevölkerung so erregt hatte.

„Ich befand mich am Ufer des Meers. Die Bäume stießen bis zum Rande des Strandes vor . . . Der Sand schimmerte rosig . . . Zur Linken erhob sich ein hölzernes Fort mit einer hohen Palisade und einem Wehrturm, auf dem ein Banner flatterte . . . Überall in der Bucht Inseln in großer Zahl wie schlummernde Ungeheuer . . . Im Hintergrund des Strandes, unter der Klippe, Häuser aus hellem Holz . . . In der Bucht schaukeln zwei vor Anker liegende Schiffe . . . Auf der anderen Seite, ein oder zwei Meilen entfernt, ein Weiler aus Hütten inmitten von Rosen. Ich hörte Möwen und Kormorane kreischen . . ."

Der Wind zerrte an Angéliques Haar. Es umhüllte sie wie eine wahnwitzige menschliche Gegenwart, die sie für Momente floh, in anderen fesselte und ihr erschreckende Worte zuraunte.

Auf die Höhe des Felsens gebannt, betrachtete Angélique Gouldsboro.

Der rosige Strand war da mit den schlummernden smaragdgrünen Ungeheuern der Inseln. Und der hölzerne „Wehrturm, auf dem ein Banner flatterte", der Weiler des Champlainlagers, um dessen Hütten die Rosen aufzublühen begannen.

„Plötzlich tauchte eine Frau von großer Schönheit aus den Wassern, und ich wußte, daß es ein weiblicher Dämon war . . . Sie schwebte über dem Wasser, in dem ihr nackter Körper sich spiegelte . . . Vom Horizont galoppierte ein Einhorn heran, dessen langes Horn in der sinkenden Sonne glitzerte wie ein Kristall. Die Dämonin bestieg es und schwang sich auf ihm durch den Raum. Ich wußte, daß sie Akadien zerstören würde, dieses teure Land, das wir unter unseren Schutz genommen haben . . ."

Wie außer sich, vermochte Angélique ihren Blick nicht von der Landschaft zu lösen. Es war ihr, als müsse sich ein Geheimnis hinter den sibyllinischen Worten verbergen. Sie war jetzt überzeugt davon. Das irrationale Element unserer Natur, das sie für Symbole empfänglich machte, alarmierte sie, hielt sie angesichts des sich vor ihren Augen breitenden Panoramas in Spannung.

Ja, es ankerten Schiffe in der Bucht, und sie hörte das Kreischen der kreisenden Möwen und Kormorane, und am Fuß der Klippe waren Häuser aus hellem Holz.

Sie stieß einen Schrei aus. Eine Erinnerung kehrte zurück. Als sie im letzten Jahr hier gelandet war, *hatte es keine Häuser aus hellem Holz unter der Klippe gegeben.* Diese Behausungen waren erst im Laufe des Winters und in diesem Frühjahr von den Hugenotten aus La Rochelle errichtet worden.

Sie setzte sich erregt in Bewegung, wie betäubt durch den Wind und die noch immer anhaltende Wirkung der Weine, während sie fiebrig Gedanken bedrängten. Sie murmelte:

„Ich werde es ihnen sagen ... Allen werde ich sagen ... Denen in Québec werde ich sagen, daß ich nicht ihre Dämonin bin ... Versteht doch, es gab keine Häuser aus hellem Holz, als ich kam. Und jetzt sind sie da ... Jetzt, jetzt muß sie aus den Wassern tauchen ... die Dämonin!"

Sie blieb stehen, von einem impulsiven Schrecken, von eisiger Kälte gepackt. Die Worte, die sie eben ausgesprochen hatte, schienen ihr verrückt und dennoch unausweichlich.

War die Kulisse der Weissagung, abgesehen von der Zahl der Schiffe – es waren an diesem Tag weit mehr als zwei –, nicht genau an ihrem Platz?

Närrische Hirngespinste! Wenn sie zu Joffrey hätte laufen können, hätte er ihre Befürchtungen geteilt oder zerstreut, er hätte über sie gelacht ...

Doch sie war von nun an allein. Und ihr allein enthüllte sich hinter dem äußeren Schein die Drohung des sukkubischen Geistes, der Dämonin, des schimmernden Geschöpfs, das sich aus den Wassern erheben, ein Einhorn besteigen, sich durch den Luftraum über der Erde Akadiens schwingen und auf seinem Wege alles verwüsten und zerstören würde ... bis in den Grund der Herzen!

„Ich habe zuviel getrunken! ... Und außerdem bin ich müde! Werde ich etwa verrückt? Ich müßte schlafen, nicht mehr denken."

So grübelte Angélique am Abend des Tages, an dem Gouldsboro die Amtseinführung seines zweiten Gouverneurs festlich begangen hatte.

Bei sinkender Nacht hatte Colin noch von der Estrade aus gesprochen und seine Rede damit beendet, daß er Goldstücke unter die Menge warf.

Der äußere Anschein war freudig gewesen. Für Angélique allein war er erschreckend. Seit jener „Erleuchtung" am Ufer des Meers hatte sich dem Drama ihrer Trennung von Joffrey eine Furcht zugesellt. War es möglich, daß sie beide Opfer irgendeines Fluchs waren?

Überall sah sie Zeichen, die ihre Ahnung zu bestätigen schienen, und das Gelächter, die Lieder, die Tänze, die allgemeine Heiterkeit verletzten sie, wirkten auf sie wie eine Verhöhnung des Unglücks, das sie auf sie zukommen zu sehen glaubte. Das vielleicht schon da war, mitten unter ihnen! Ein Wurm in der Frucht. Ein bösartiger, höhnisch grinsender sukkubischer Geist. Das Kreischen eines Nachtvogels. War es das Gelächter der Dämonin? Wem konnte sie von ihren Ängsten sprechen?

„Ich habe zuviel getrunken! . . . Morgen wird es vorbei sein . . . Morgen werde ich zu Joffrey gehen. Er wird einwilligen müssen, sich mit mir zu treffen. Um mir zu sagen, was er mit mir tun will. Mich verjagen? Oder mir vergeben? Denn so kann es nicht weitergehen . . . So sind wir schwach, und die Dämonin wird uns überwinden . . . Aber nein, ich komme ins Faseln. Da ist ja nichts . . . nichts, was über den Wassern auf uns zuschwebt! . . . Dieses Schreckliche! Wir werden stärker sein als sie . . . aber wir dürfen nicht getrennt sein . . . Ich glaube, ich habe Fieber. Ich habe genug für heute. Adieu, Messires, ich überlasse euch euren grandiosen Plänen."

Von Gruppe zu Gruppe gehend, die nach wie vor um die Feuer am nächtlichen Ufer tanzten und sie mit Vivatrufen begleiteten, gelangte sie zu Joffrey de Peyrac und Colin Paturel. Nebeneinander standen sie unterhalb des Forts und nahmen noch immer die Huldigungen und guten Wünsche der Versammlung entgegen. Schweigend vollführte sie ihre Reverenz und zog sich zurück.

Sie taumelte ein wenig auf dem Weg zum Fort, ohne zu ahnen, daß die Blicke der beiden Männer ihr unwillkürlich folgten.

Unter ihren Fenstern im Hof des Forts schwatzten Matrosen, während sie gemächlich einen letzten Schoppen leerten.

„Fürs erste sind wir gewaltig angeschmiert", sagte einer der Männer der *Coeur de Marie*. „Kann nichts Besseres geben, als in einem hübschen Winkel den Pflanzer zu spielen, aber ich seh' hier für uns, was die Frauen anlangt, nur Hugenottinnen und Wilde. In Amerika schuften – in Ordnung, aber nicht ganz allein. Zu Hause auf dem Tisch sollte uns die Suppe und im Federbett eine weiße, katholische Frau erwarten, so war's vereinbart! Und das hat mir im Kontrakt auch am besten gefallen."

Der Leutnant de Barssempuy stieß ihm freundschaftlich den Ellbogen in die Seite.

„Sei nicht zu naschhaft, mein Junge. Du hast noch einmal die Sonne untergehen sehen, obwohl dieser Tag dein Todestag sein sollte. Die schönste Frau, die du heute abend umarmen wirst, ist das Leben selbst. Die andere wird bald am Horizont erscheinen. Hab nur Vertrauen!"

„Was nicht hindert, daß im Augenblick jedenfalls keine zu sehen ist."

„Betet, Brüder", mischte sich Pater Baure ein, „betet, und Gott wird für alles sorgen."

Gelächter stieg um ihn auf.

„He, Mönch!" rief einer der Seeleute. „Ich will dir nicht widersprechen, aber kannst du dir vorstellen, wie Gott es zuwege bringen will, aus dem Sand hier bis morgen zwanzig bis dreißig brave Mädchen zum Heiraten wachsen zu lassen, würdig, sich mit galanten Kavalieren des Abenteuers wie wir zusammenzutun?"

„Natürlich kann ich's nicht", erwiderte der Rekollektenpater friedlich, „aber Gott ist groß, und alles kann von Seiner Hand geschehen. Betet, meine Kinder, und diese Frauen werden euch gewährt werden."

Zweiundsiebzigstes Kapitel

Gott ist groß, Gott vermag alles, man lasse es sich ein für allemal gesagt sein!

Und so geschah es, daß den braven Burschen der *Coeur de Marie*, den bekehrten Flibustiern, schon am folgenden Tage ihre Frauen gewährt wurden.

Ein Mann läuft den Pfad entlang, der von der Blauen Bucht nach Gouldsboro führt. Windstöße, die Regen vor sich herjagen, blähen seinen Mantel, aber er hastet dennoch atemlos vorwärts. Es ist der Papierfabrikant Mercelot, dessen Mühle außerhalb des Ortes liegt.

Er erreicht das Fort, alarmiert die Wachen:

„Schnell! Beeilt euch! In der Blauen Bucht ist ein Schiff auf den Felsen gestrandet!"

Angélique, die wie ein Stein geschlafen hatte, wurde durch aufflakkernden Lichtschein im Hof des Forts geweckt. Die Morgendämmerung war kaum angebrochen. Anfangs glaubte sie, das Fest dauere noch an, doch durch das aufgeregte Hin und Her wurde ihr rasch klar, daß es sich um etwas Ungewöhnliches handeln müsse. Sie kleidete sich hastig an und lief hinunter, um sich zu informieren.

Im Schein der Laternen und Fackeln erklärt Mercelot die Situation mit Hilfe einer Karte, die der Graf hält.

„Sie müssen auf die Riffe des Stumpfen Mönchs am Eingang der kleinen Anemonenbucht aufgelaufen und danach in die Blaue Bucht abgetrieben sein."

„Was wollten sie denn da?" rief der Graf.

„Nun, der Sturm . . ."

„Aber . . . es ist kein Sturm!"

Und sie wundern sich.

Gewiß, der Wind geht hart, und das Meer ist bewegt, aber der Himmel ist immerhin klar, und für die Schiffe auf offener See muß die Küste mit ihren Positionsfeuern weithin sichtbar sein.

„Handelt sich's um einen Kabeljaufischer?"

„Wie soll ich das wissen?... Es ist noch zu dunkel, aber das Geschrei, das man hört, kann einem die Haare zu Berge treiben. Meine Frau und meine Tochter sind mit der Magd und dem Nachbarn schon am Strand."

Kaum erholt von den festlichen Strapazen des Vortags, sind die verschlafenen und verängstigten Bewohner Gouldsboros also schon wieder auf den Beinen und lauschen am Ufer der Blauen Bucht auf ferne Schrekkensschreie, die, Wind und Meer übertönend, tragisch aus grauer Dämmerung steigen, in der ab und zu dicht über den Wellen die Maste eines halb versunkenen Schiffs sichtbar werden.

Mit der Mehrzahl der Damen von Gouldsboro ist auch Angélique anwesend.

Das Schiff liegt bis zur Reling im Wasser. Seltsamerweise sinkt es nicht, und die Strömungen am Eingang der Bucht setzen ihm schwer zu und treiben es von einer der Halbinseln, die den Eingang flankieren, zur anderen, und jedesmal wartet man darauf, es zerschellen und auseinanderbrechen zu sehen wie ein zu volles, schweres Faß, und jedesmal treibt es wieder in entgegengesetzter Richtung ab, auszumachen nur durch seine drei schwankenden Maste, an denen schlecht getakelte Segel und nutzlose Seile flattern.

Hoffentlich hält es sich bis zur Ankunft der Schebecke und des Kutters von Gouldsboro, die mit Peyrac und Colin Paturel an Bord dabei sind, das Kap von Yvernec zu umsegeln, um die Schiffbrüchigen über See zu erreichen.

Der Wind trägt jämmerliches Geschrei herüber, Hilferufe, die um so beängstigender klingen, als die Insassen des Wracks den Blicken der am Strand Harrenden durch die schäumenden Kämme der Dünung entzogen werden.

Die Matrosen und Fischer, die über Land aus Gouldsboro gekommen sind, haben sich mit Hakenstöcken, Bootshaken, Ankern und Seilen bewaffnet.

Unter Führung Hervé Le Galls klettern drei von ihnen an Bord der Fischerbarke der Mercelots und rudern mit aller Kraft gegen die Dünung an. Die anderen verteilen sich längs der Felsen, um den Schiffbrüchigen an Land zu helfen, die möglicherweise versuchen, schwimmend die Küste zu erreichen.

„Ich werde Decken, Suppe und warme Getränke vorbereiten", beschließt Madame Mercelot. „Komm, Bertille."

Angélique hatte Salben und Scharpie mitgebracht, um eventuelle Verletzte verbinden zu können, außerdem eine Kürbisflasche mit Rum. Im Begriff, Madame Mercelot zu folgen, gewahrte sie plötzlich ein paar Kabellängen vom Ufer entfernt eine Art aus Brettern und Fässern notdürftig zusammengefügtes Floß, das auf dem Kamm einer Woge auftauchte. Eine Schar zerzauster Geschöpfe klammerte sich verzweifelt an diesen dürftigen Halt.

„Frauen!" rief Angélique. „O Gott! Die Brandung schleudert sie gegen die Felsen. Sie wird sie zerschmettern!"

Kaum hatte sie das letzte Wort gesprochen, als das Floß, wie von einem ihm innewohnenden tückischen Impuls getrieben, sich aufbäumte und gegen eine besonders scharfkantige Klippe warf, die es aufschlitzte, so daß es in tausend Stücke zerbrach und seine ganze Fracht schamlos ins Meer stürzte. Zum Glück war das Ufer nahe. Angélique warf sich mit den anderen bis zur Brust ins Wasser, um den Gekenterten zu helfen.

Sie bekam im gleichen Augenblick einen Schopf langen Haars zu fassen, in dem dessen Besitzerin unter einer treibenden Algenschicht verschwand. Es gelang ihr, den Kopf der Ertrinkenden über der Oberfläche zu halten und sie näher zum Ufer zu ziehen.

Es war eine stattliche, dicke Frau von wenigstens zwei Zentnern Lebendgewicht. Solange sie sie durchs Wasser zog, spürte Angélique nichts davon, doch sobald sie den Sand erreichte, fühlte sie sich unversehens wie vor einen mit schweren Steinen beladenen Karren gespannt und vermochte die leblose Masse um keinen Zoll mehr vorwärts zu bringen.

„Helft mir doch!" rief sie den andern zu.

Ein Matrose sprang ihr bei, dann ein zweiter und dritter.

„Du lieber Himmel, was hat eine solche Frau überhaupt auf dem Meer zu schaffen!" beklagten sie sich. „Wenn man so viel wiegt, bleibt man an Land wie eine Festungskanone."

Indessen hatten Madame Mercelot, ihre Tochter, die Magd und der Knecht sechs anderen Schiffbrüchigen, alles junge Frauen, ans Ufer geholfen. Ein paar von ihnen zitterten vor Kälte und Aufregung und klap-

462

perten mit den Zähnen, andere schluchzten. Eine warf sich auf die Knie und bekreuzigte sich.

„Hab Dank, Heilige Jungfrau, daß du uns gerettet hast", murmelte sie inbrünstig.

Es waren alles Französinnen, aber ihrem Akzent nach keinesfalls Akadierinnen.

„Dort draußen ist noch Delphine! Sie kann sich kaum noch halten!" rief plötzlich eine und wies auf eine junge Frau, der es geglückt war, sich auf ein Riff zu ziehen.

Die Anstrengung mußte sie vollends erschöpft haben, denn sie schien kaum noch fähig, sich zu bewegen, und die nächste größere Woge konnte sie herunterspülen.

Angélique lief ein Stück am Strand entlang, stürzte sich dann erneut ins Wasser und half ihr, festen Boden zu erreichen.

„Legt Euren Arm um meine Schulter", empfahl sie ihr. „Ich werde Euch stützen und zu dem Haus begleiten, das Ihr dort drüben bemerkt. Bald werdet Ihr Euch an einem guten Feuer wärmen."

Die Gerettete, eine hübsche Brünette mit intelligenten Augen, schien von gutem Herkommen. Mit einem schwachen Lächeln murmelte sie:

„Ich danke Euch, Madame. Ihr seid sehr gut."

Ein heller Schrei ließ sie sich wieder dem Meer zuwenden.

„Sie kommen! Sie kommen!"

Die weißen Segel der Schebecke und des Kutters waren hinter der Cernekhalbinsel aufgetaucht. Die beiden Retter näherten sich sehr schnell dem in den letzten Zügen liegenden Schiff.

„Sind noch viele an Bord?" erkundigte sich Angélique bei der jungen Frau.

„Wenigstens zwanzig meiner Gefährtinnen und sicher auch noch ein paar Männer der Besatzung. O Gott, laß sie nicht zu spät kommen!"

„Nein, seht doch! Unsere Schiffe haben das Wrack schon erreicht. Sie geben ihm von beiden Seiten Schutz."

Der Tag war angebrochen, und man konnte auch aus dieser Entfernung die einzelnen Phasen des Rettungsmanövers beobachten.

Le Gall, der mit seinem kleinen Boot zurückkehrte – auch er hatte gerettete Frauen an Bord –, versicherte, daß alle Zurückgebliebenen die

463

Chance hätten, gerettet zu werden. Das Wrack sinke zwar, aber ziemlich langsam, und es bleibe genug Zeit, die Überlebenden an Bord der Schebecke zu schaffen.

Indianer aus dem Weiler hatten sich ebenfalls in ihren Kanus aufgemacht. Auch sie brachten einzelne Frauen zurück, die die roten, gefiederten Gestalten ihrer Retter mindestens ebenso erschreckten wie die gefahrvolle Situation, in die sie geraten waren.

Die Aktion war zur rechten Zeit beendet worden, denn plötzlich war zu bemerken, daß die Maste des Wracks schwankten, sich seitwärts neigten und zu versinken begannen, während die beiden Schiffe aus Gouldsboro hastige Manöver ausführten, mit ihren weißen Segeln wie Vögel anzusehen, die den Todeskandidaten umflatterten. Am Ufer weigerten sich die Frauen, sich fortführen zu lassen; sie wollten den letzten Augenblicken ihres Schiffs beiwohnen.

Als endlich alles vorüber war, begannen sie zu schluchzen und jammernd die Hände zu ringen.

Dreiundsiebzigstes Kapitel

Dame Pétronille Damourt – mit „t" am Ende, betonte sie –, die dicke, von Angélique aus dem Wasser gezogene Frau, saß dem Grafen Peyrac und Colin Paturel gegenüber, eingezwängt in Kleidungsstücke Madame Manigaults, die größten, die man am Ort hatte auftreiben können, und versuchte, ihnen in endlosen, durch nicht weniger endlose Schluchzintervalle unterbrochenen Reden ihre Situation zu erklären.

Sie sei beauftragt worden, so sagte sie, für sechshundert Livre in bar, wie sie stolz präzisierte, ein Kontingent von etwa dreißig „Mädchen des Königs" zu eskortieren, die nach Québec unterwegs waren, wo sie Junggesellen der Stadt, Siedler, Soldaten oder Offiziere heiraten und zur Vermehrung der Bevölkerung in der Kolonie beitragen sollten.

„Aber Euer Schiff befand sich nicht auf der Route nach Québec, gute Frau", bemerkte Peyrac. „Ihr seid sogar recht weit davon entfernt."

„Meint Ihr wirklich?"

Ihr Blick schweifte zu Colin, dessen schlichte Physiognomie ihr weniger Angst einjagte als die dieses Edelmanns von spanischem Aussehen, der sie und ihre Schäflein aufgenommen hatte. Colin schien ihr eher dazu imstande, die Qualen eines naiven, unwissenden Herzens zu verstehen.

Er bestätigte die Erklärung des Grafen Peyrac.

„Ihr befandet Euch tatsächlich nicht auf der Route nach Québec."

„Aber wo sind wir dann? Als das Schiff gegen die Felsen stieß, kündigte man uns eben die Lichter der Stadt an."

Sie sah sie nacheinander erschrocken und ungläubig an, und Tränenbächlein liefen über ihre feisten Wangen.

„Was wird nur unsere Wohltäterin, die Herzogin von Baudricourt, dazu sagen, wenn sie es erfährt? ... Aber was sage ich da! Sie ist ja tot, ertrunken ... Welch entsetzliches Unglück! O Gott, es ist nicht möglich! Unsere teure Wohltäterin! Eine Heilige! Was wird aus uns werden?"

Von neuem brach sie in Schluchzen aus, und Colin reichte ihr ein Taschentuch von der Größe eines Scheuerlappens, denn Seemänner sind vorsorgliche Leute. Sie wischte sich die Augen, schneuzte sich und beruhigte sich allmählich.

„Arme, teure Dame! Sie träumte davon, ihr Leben für Neufrankreich zu geben!"

Ziemlich weit ausholend, nahm sie ihren Bericht wieder auf. Das Abenteuer schien für sie damit begonnen zu haben, daß sie als Kammerfrau bei der Herzogin von Baudricourt d'Argenson in Dienst getreten war.

Einige Jahre später starb der Herzog von Baudricourt im Alter von fünfundsiebzig Jahren nach einem recht ausschweifenden Lebenswandel, hinterließ jedoch seiner Witwe trotzdem ein beträchtliches Vermögen.

Die edle Witwe, Dame Ambroisine de Baudricourt d'Argenson, die während ihres Ehelebens überaus geduldig und tugendhaft die öffentlichen Kränkungen, Schikanen und Treulosigkeiten ihres Gatten ertragen hatte, sah endlich die Zeit gekommen, ihre eigenen Wünsche zu verwirklichen, das heißt, sich in ein Kloster ihrer Wahl zurückzuziehen, dort im Gebet und in steter Kasteiung ihren Tod zu erwarten und sich nebenbei unter Leitung von Gelehrten und Astronomen mathematischen Studien zu widmen, für die ihr Geist weit geöffnet war.

Sie trat also als Stiftsdame ins Augustinerinnenkloster von Tours ein. Zwei oder drei Jahre darauf jedoch bewog sie ihr Beichtvater, es wieder zu verlassen. Wer über so viel Besitz verfüge, argumentierte er, müsse ihn wenigstens in den Dienst der Kirche stellen, statt ihn für die Mathematik zu verwenden. Er verstand es, sie für das Wohl Neufrankreichs und die Bekehrung der Wilden zu entflammen.

Indessen zögerte die Witwe noch, als ihr eines Morgens in wachem Zustand eine hochgewachsene Frau erschien, in ein Gewand wie aus weißer Serge gekleidet, und ihr klar vernehmlich erklärte: „Geh nach Kanada. Ich lasse dich nicht im Stich." Obwohl sie das Antlitz der Erscheinung nicht hatte erkennen können, zweifelte sie nicht daran, die Heilige Jungfrau gesehen zu haben, und von da an weihte sie sich von ganzer Seele der Aufgabe, die fernen Gebiete zu unterstützen. Sie besaß einen ausgeprägten Geschäftssinn, beachtliche Erfahrung in weltlichen Dingen, verstand es, bei Ministern vorgelassen zu werden und Vollmachten zu erlangen. Mit solchen ausgestattet, gründete sie eine Gesellschaft der Teilhaber Unserer Lieben Frau vom Sankt Lorenz, die den Vorzug hatte, als halb kommerzielles, halb religiöses Unternehmen aus eigenen Erträgen existieren zu können, während sie sich in den Dienst des Königs, des Gouverneurs und der Missionare stellte.

Dame Pétronille, die sich dieser guten Person angeschlossen hatte und ihr sogar in ihr Kloster gefolgt war, wünschte, in ihrem Dienst zu bleiben, obwohl die immer beunruhigenderen Perspektiven, die sich aus den Plänen der Herzogin ergaben, sie mit steigender Sorge erfüllten.

Schließlich mußte es so kommen, wie es kam: daß sie nämlich eines kühlen Maimorgens das aus Brettern und Segeltuch gefügte schwankende Universum, Schiff genannt, bestieg, ihre gut zwei Zentner Lebendgewicht in den Eingeweiden des Monstrums verstauen ließ, um dort tausend Tode zu erleiden, weniger durch das schlechte Wetter als durch die Launen der Mädchen, die sie begleitete. Aber konnte sie die Herzogin angesichts des Unbekannten und so vieler Gefahren allein lassen? Denn Madame de Baudricourt hatte sich nicht nur gründlich über die Bedürfnisse der Kolonie informiert, sondern sich auch entschlossen, ihre lebende Fracht höchstpersönlich ans Ziel zu bringen, als sie erfuhr, daß vor allem Frauen für die Kolonisten verlangt wurden.

In der Tat mußten die jungen Leute dort drüben auf Anordnung des Königs vor dem zwanzigsten Lebensjahr verheiratet sein. Widrigenfalls hatte der Vater eines bockbeinigen Jünglings Buße zu entrichten und alle sechs Monate vor der Behörde zu erscheinen und den Verstoß zu rechtfertigen.

Kürzlich erst hatte der zu energischem Durchgreifen entschlossene Intendant Carlon eine Verfügung erlassen, die es unverheirateten Kanadiern streng untersagte, zu jagen, zu fischen, mit den Indianern Handel zu treiben oder sich unter sonstigen Vorwänden in die Wälder zu begeben. Von Europa aus hatte der Minister Colbert die Verfügung durch einen Ausführungserlaß ergänzt, der allen Heiratsunwilligen eine spezielle Junggesellensteuer auferlegte. Sie sollten von allen Auszeichnungen und Ehrungen ausgeschlossen sein und zudem, sichtbar am Ärmel aufgenäht, ein besonderes Zeichen ihrer Schande tragen.

Auf diese Verfügung hin hatten sich von tausend Junggesellen Québecs achthundert schleunigst in die Wälder verdrückt.

Peyrac war über diese Angelegenheit ziemlich genau auf dem laufenden, da er in Nicolas Perrot, Maupertuis und dessen Sohn sowie l'Aubignière einige direkte Opfer dieser Gesetze kannte.

Für die zweihundert Getreuen, die, in ihr Schicksal ergeben, in Québec und Montréal verblieben waren, wurden nun Frauen gebraucht. Madame de Baudricourt hatte zu dieser noblen Aufgabe beitragen wollen. Sie übernahm auf ihre Kosten einen Transport sogenannter „Mädchen des Königs", stattete sie aus und erbot sich, nach dem Vorbild des königlichen „Geschenks", das ihnen zu überreichen die Verwaltung gehalten war, hundert Livre für jedes Mädchen auszugeben: zehn für die Zusammenstellung des Transports, dreißig für Kleidung und Ausrüstung und sechzig für die Überfahrt. Dazu eine verschließbare Reisetruhe, vier Hemden, ein vollständiges Gewand – Mantel, Rock und Unterrock –, Strümpfe, Schuhe, vier Halstücher, vier Hauben, zwei Paar Manschetten, vier Taschentücher, ein paar Lederhandschuhe, eine festliche Haube und ein schwarzes Tafttuch, nicht zu reden von Kämmen, Bürsten und anderen kleineren Kurzwaren.

Auf diese Weise würden sie gerüstet sein, um den folgsamen Junggesellen zu gefallen, die sie aufgeputzt auf den Kais von Québec erwarteten.

Nach einer kleinen Empfangsfeierlichkeit mit Imbiß, die Gelegenheit zu ersten Kontakten schaffen würde, sollten sie in irgendein Kloster der Stadt gebracht werden, an denen es gewiß nicht fehlte, und dort während der folgenden Tage unter der fürsorglichen Obhut von Priestern, Nonnen und wohltätigen Damen die jungen Männer im Sprechzimmer empfangen.

„Wie Ihr sicher wißt, ist Monsieur Colbert sehr schwierig in bezug auf die Auswahl der Frauen, die nach Kanada geschickt werden", unterstrich Dame Pétronille Damourt. „Seinem Beispiel folgend, sind wir bei unserer Rekrutierung sehr sorgsam verfahren. Die, die wir mitgeführt haben, sind alle aus legitimen Ehen hervorgegangen, teils Waisen, teils in Not geratenen Familien angehörig."

Madame de Baudricourt hatte zudem noch ein Schiff gechartert. Der König hatte ein Banner mit seinem Namenszeichen, die Königin kirchliche Ornate gestiftet.

Dame Pétronille wühlte in ihren Taschen, um Papiere zu suchen, die sie besaß und die diesen beunruhigenden Fremdlingen beweisen sollten, unter welch frommen und guten Bedingungen die Expedition organisiert worden war.

Sie wollte ihnen genaue Belege präsentieren, denn sie hatte für jedes der Mädchen ein Inventar angefertigt und von einem vereidigten Gerichtsbeamten gegenzeichnen lassen, und sie bewahrte diese Papiere zusammen mit einem Schreiben Monsieur Colberts sorgsam in einem Umschlag aus gummierter Leinwand auf ...

Doch als ihr einfiel, daß die Kleidungsstücke, die sie trug, nicht ihre eigenen waren und daß Reisetruhe, Kleidung und Zubehör längst auf dem Meeresgrund gelandet waren, begannen ihre Tränen wieder reichlich zu fließen.

Es war nicht mehr viel aus ihr herauszuholen, es sei denn die Tatsache, daß sie sich Anfang Mai an Bord eines nach Québec bestimmten

Hundertfünfzigtonnenseglers begeben hatte und Anfang Juli Opfer eines Schiffbruchs an den Küsten Maines in der Französischen Bucht geworden war.

Wie der Kapitän des untergegangenen Schiffs geheißen habe? Job Simon. Ein so charmanter und galanter Mann!

„Aber ein schlechter Pilot, wie mir scheint", warf Peyrac ein. „Und wo befindet sich Euer Kapitän gegenwärtig? Wo befinden sich die Leute der Mannschaft? Das Schiff war bescheiden, gewiß, aber auch ein Schiff dieser Größe braucht an die dreißig Mann zum Manövrieren. Wo sind sie?"

Man erfuhr es nur allzubald. Das Meer lieferte die beim Aufprall gegen die Felsen verstümmelten, zerschmetterten Körper wieder aus. In jeder Bucht, jedem schmalen Fjord fanden sich einige, und die Indianer schleppten sie auf ihren Rücken heran. Man reihte sie auf dem Sandstrand der Blauen Bucht auf. Um sie zu identifizieren, ging Peyrac mit dem Schiffsjungen, einem kleinen Bretonen, dessen französischer Sprachschatz nur aus wenigen Worten bestand, an der tristen Reihe entlang. Der kleine Bursche schätzte sich glücklich, wohlbehalten davongekommen zu sein und seinen aus Holz geschnitzten Löffel, den wichtigsten Besitz des Seemanns, gerettet zu haben. Er erzählte, er habe gehört, wie die Schiffswand beim Auflaufen auf eine Riffbarriere gespalten worden sei. Der Maat habe dann die große Schaluppe mit ein paar Frauen und Männern zu Wasser bringen lassen. Sie sollten im Hafen der Stadt Hilfe anfordern.

„Welcher Stadt?"

„Wir sahen Lichter. Wir glaubten alle, wir seien vor Québec angekommen."

„Vor Québec?"

„Klar. Wo denn sonst?"

Vierundsiebzigstes Kapitel

Indessen war Angélique seit dem frühen Morgen unablässig damit beschäftigt gewesen, die unglücklichen Geretteten der Blauen Bucht zu pflegen. Nach den Männern die Frauen. Nach derben, behaarten Körpern sanfte, glatte weiße Leiber. Trotz oder wegen dieses Unterschieds schien es ihr später in der Rückerinnerung an diese wirre Zeitspanne, die ihrer ersten Heimkehr nach Gouldsboro gefolgt war, als habe sie mit Dante eine Tour durch die höllischen Bereiche gemacht, denen der Dichter so zugetan war und in die er die Verdammten mit Vorliebe gleich schockweise in einem Gewimmel nackter, ineinander verschlungener Leiber zu stürzen pflegte.

Nach den Verwundeten die halb Ertrunkenen. Nach Flüchen und Todesröcheln die Tränen und das Zähneknirschen ihrer weiblichen Patienten.

Angélique gedachte ihres sanften, friedlichen Daseins in Wapassou wie eines unerreichbaren Paradieses.

Die Mädchen des Königs waren zwischen fünfzehn und siebzehn Jahre alt. Einige waren bäuerlicher Herkunft, aber die meisten stammten aus Paris, da man sie unter den Waisen des Armenspitals ausgesucht hatte. Angélique erkannte ihren lebhaften Akzent, eine ganze Winzigkeit Spott, der dem großen Wind Amerikas aus weiter Ferne die muffigen Gerüche der gewundenen Gäßchen hinter dem Châtelet oder dem Quai aux Fleurs, die Düfte der Seine, die kräftigen Odeurs der Bratküchen und Schlächtereien und etwas wie das Geräusch über Pflastersteine holpernder Karossen zutrug.

Unter ihnen befanden sich vier „Demoiselles" aus guten Familien, für die Ehe mit Offizieren bestimmt, eine Maurin von der Hautfarbe verbrannten Brots und eine notorische Hure, Julienne genannt.

Vom ersten Augenblick an verweigerte dieses Mädchen grob Angéliques Pflege, obwohl es zu leiden schien, und hielt sich abseits. Seine Gefährtinnen zeigten ihm die kalte Schulter, denn es paßte nicht in diesen Transport von „Bräuten" für Kanada, die nach den Anweisungen

Monsieur Colberts „folgsam, wohlgebildet, arbeitsam, geschickt und sehr religiös" zu sein hatten.

Delphine Barbier du Rosoy, die hübsche, mutige Brünette, führte das an, um zu erklären, warum dieses Mädchen sich niemals in ihrer Gesellschaft hätte befinden dürfen. Die allzu große Güte Madame de Baudricourts sei ihm gegenüber unangebracht gewesen.

„Ihr könnt von Güte quatschen, ihr da, die feinen Demoiselles!" schrie Julienne, die zugehört hatte. „Ihr braucht Satin zu zwanzig Livre für euer Zeug, während wir vom Armenspital uns mit Leinen aus Troyes für dreißig Sous die Elle begnügen."

Sie führte sich wie ein Marktweib auf, aber ihr Versuch, Zwietracht zu säen, ging daneben, denn alle anderen Mädchen waren freundlich, bescheiden und taktvoll, wenn auch sehr arm, waren von den Nonnen des Waisenhauses erzogen worden, und der Schiffbruch hatte sie ihren wohlhabenderen und vornehmeren Gefährtinnen nähergebracht. Delphine du Rosoy war es gewesen, der sie die Idee des Floßes verdankten, und sie hatte sie in den schwierigsten Momenten gestützt und ermutigt.

Mangels anderer Möglichkeiten hatte Angélique ihre Schutzbefohlenen in der Maisscheune unterbringen müssen, die von den freigelassenen Gefangenen geräumt worden war; sie waren inzwischen zu ihren Kojen auf der *Coeur de Marie* zurückgekehrt.

Nun strichen sie in der Umgebung der Scheune herum und betrachteten all die an Wäscheleinen im Winde flatternden Röcke und Mieder.

Der Leutnant de Barssempuy brachte in seinen Armen ein blasses, ohnmächtiges Mädchen. Seine Augen glänzten in fiebriger Erregung.

„Ich hab' sie gefunden", erklärte er, „ich hab' sie dort drüben gefunden, zwischen den blauen Felsen, wie eine verletzte Möwe. Sie ähnelt meinem Traum. Ich bin überzeugt, sie ist es. Ich hab' sie oft vor mir gesehen. Seht doch, wie hübsch sie ist!"

Angélique warf einen Blick auf das blutleere Gesicht, das von der Last langen blonden, von Meerwasser, Sand und Blut verklebten Haars zurückgebogen wurde.

„Armer Kerl, dieses Mädchen ist tot ... oder jedenfalls so gut wie tot."

„Nein, nein, ich flehe Euch an, rettet sie", sagte der junge Mann. „Sie ist nicht tot. Tut etwas für sie, Madame, ich bitte Euch. Ihr habt wunderwirkende Hände. Pflegt sie, bringt sie ins Leben zurück, heilt sie ... Sie kann nicht sterben, denn ich habe sie erwartet."

„Es ist die sanfte Marie", sagte eins der Mädchen, das sich über die leblose, blutbefleckte Gestalt gebeugt hatte. „Armes Ding! Besser wär's, wenn sie stürbe. Sie war Zofe bei Madame de Baudricourt und sah in ihr ihre Mutter. Was wird ohne sie aus ihr werden?"

Während Angélique, von der alten Rebecca unterstützt, daranging, den armseligen, mit Blutergüssen und Schürfungen bedeckten Körper ins Leben zurückzubringen, besprachen die anderen die Frage, wie die Herzogin wohl ums Leben gekommen sein mochte. Sie kamen zu dem Schluß, daß sie vermutlich noch einmal ins Zwischendeck gelaufen war, um das Kind Jeanne Michauds zu suchen, das man unten vergessen hatte.

Jeanne Michaud schluchzte in einer Ecke. Mit ihren zweiundzwanzig Jahren war sie die Älteste des Transports. Witwe eines kleinen Kupferhandwerkers, hatte sie das noble Herz Madame de Baudricourts gerührt und war von ihr ermutigt worden, mit ihrem kleinen zweijährigen Pierre nach Kanada zu kommen, wo sie leichter als in Frankreich einen neuen Ehemann finden würde. Ihr Gemeindepfarrer hatte ihr ein Zeugnis über gute Sitten ausgestellt, das überdies bewies, daß sie in Frankreich nicht verheiratet war. Sie erinnerte sich an nichts, abgesehen davon, daß sie jäh in einer von Geschrei erfüllten Finsternis erwacht war und vergeblich das an ihrer Seite eingeschlafene Kind gesucht hatte.

„Es ist meine Schuld", jammerte sie unaufhörlich. „Mein Kind ist tot, und unsere Wohltäterin ist bei dem Versuch, es zu retten, umgekommen. Eine Heilige, eine Märtyrerin!"

„Und ich finde, daß ihr viel zuviel Geschichten wegen dieser verfluchten Herzogin macht!" rief Julienne roh. „Eure Wohltäterin – warum soll ich's nicht sagen? – hat mich von Anfang an angekotzt! Ich überlass' sie gern den Engeln im Himmel, wenn die sie überhaupt haben wollen. Sie hat mich mit ihren Boshaftigkeiten mehr als genug leiden lassen."

„Ihr sprecht so, weil sie Euch nötigte, zur Messe zu gehen, zu beten und Euch anständig zu führen", sagte Delphine scharf.

Das Mädchen brach in rauhes Gelächter aus, dann warf es der Demoiselle einen listigen, heimtückischen Blick zu.

„Ah, ich seh' schon! Ihr habt Euch auch einfangen lassen, Mam'selle du Rosier. Sie hat Euch schließlich auch mit ihren Vaterunsern in den Sack gesteckt. Dabei habt Ihr sie am Anfang nicht mehr geliebt als ich. Aber sie hat's eben gut verstanden."

„Julienne, Ihr habt sie vom ersten Tag an verabscheut, weil sie versuchte, Euch zu bessern. Ihr mißachtet eben das Gute."

„Ihr Gutes? Quatsch! Ich leg' keinen Wert drauf! Wollt Ihr, daß ich Euch sage, was Eure Herzogin für eine war? . . . Eine Gaunerin! Eine Schlampe!"

Alles Weitere verlor sich in einem wilden Durcheinander und Protesten und Geschrei, denn drei oder vier der Mädchen des Königs stürzten sich in einer jähen Aufwallung von Entrüstung auf Julienne.

Die Angegriffene wehrte sich, wand sich wie eine Schlange und biß in die Hände, die sich auf ihren Mund preßten, um sie zum Schweigen zu bringen.

„Ja, ich sag', was ich denke . . . Ihr werdet mich nicht daran hindern, ihr niederträchtigen Weibsstücke!"

Plötzlich erlosch ihre Stimme, und sie sank ohnmächtig zu Boden.

Ihre Gegnerinnen ließen erschrocken von ihr ab.

„Was ist los mit ihr? Wir haben sie kaum angefaßt."

„Ich glaube, sie hat sich beim Schiffbruch verletzt", mischte sich Angélique ein, „aber sie will nicht, daß man sich mit ihr abgibt. Jetzt muß sie sich's aber gefallen lassen."

Doch kaum beugte sie sich über die Widerspenstige, als diese sich mit einem giftigen Blick aufraffte.

„Rührt mich nicht an, oder ich bring' Euch um!"

Angélique zuckte mit den Schultern und wandte sich ab. Julienne zog sich in einen Winkel zurück, wo sie sich wie ein wildes Tier zusammenkauerte.

„Ein Mädchen wie das hätte niemals an einem Transport nach Kanada teilnehmen dürfen", wiederholten die Demoiselles einmal mehr. „Ihret-

473

wegen wird man uns für Flittchen und Spitzbübinnen halten, wie sie auf die Insel Saint-Christophe geschickt werden ... Wir sind zwar arm, aber nicht der Strafkolonie entwischt."

Die sanfte Marie öffnete die Augen, schöne grüne Augen zwischen blonden Wimpern, in denen unsagbares Entsetzen glänzte.

„Die Dämonen", murmelte sie, „oh, ich sehe sie, ich höre ihre Schreie in der Nacht ... Sie schlagen mich ... Die Dämonen! ... Die Dämonen!"

Fünfundsiebzigstes Kapitel

Auf einem Strandstück, zu dem sie im sinkenden Abend ihre Nachforschungen geführt haben, spürt Angélique hinter sich eine fremde Gegenwart.

Sie wendet sich um. Und fühlt sich einer Ohnmacht nahe.

Das mythische Tier ist da!

Das Einhorn.

Aufgerichtet, neigt das Einhorn stolz seinen goldenen Hals, und das lange Horn über seinen Nüstern „glitzert in der sinkenden Sonne wie ein Kristall".

Der Strand ist winzig, halbmondförmig, abgetrennt durch Baumgruppen, die ihre Wurzeln dreist bis zur Tanggrenze vorschieben. Er öffnet sich auf die schmale Bucht, die Anemonenbucht genannt wird, denn während des Sommers blühen sie dort in allen Farben. Aus diesem weißen, glatten Sand nun ragen der lange Hals und der Kopf des Einhorns.

Angesichts dieser Erscheinung glaubt Angélique zu träumen und findet nicht die Kraft zu einem Ruf.

In diesem Augenblick taucht ein struppiges Geschöpf wie ein Seehund röhrend aus dem Wasser auf. Es stürzt vorwärts, und sein Geschrei erfüllt die Bucht und weckt das Echo der Klippen. Es rast an Angélique vorbei, wirft sich mit ausgebreiteten Armen vor das Einhorn.

„Rührt es nicht an, Schurken! Rührt nicht an meinen Liebling! Ich hielt ihn schon für verloren . . . Ah, rührt ihn nicht an, oder ich töte euch alle!"

Er ist riesig. Wasser rieselt über sein bärtiges, häßliches Gesicht, trieft aus seiner zerlumpten Kleidung. In seinen Augen flackert erschreckender Glanz.

Die Männer aus Gouldsboro, die seine Schreie angelockt haben, ziehen ihre Messer und Säbel und starren ihn argwöhnisch an.

„Nähert euch nicht, Strandräuber, oder ich erwürge euch!"

„Wir müssen ihn umlegen", sagte Jacques Vignot, der eine Muskete trägt. „Er ist verrückt geworden."

„Nein", wirft Angélique ein, „laßt ihn in Ruhe. Ich glaube zu verstehen. Er ist nicht verrückt, wohl aber in Gefahr, den Verstand zu verlieren." Und sie nähert sich dem verstörten, in seinem Wahn befangenen Riesen, der sie weit überragt.

„Wie hieß Euer Schiff, Kapitän?" fragt sie ruhig. „Euer Schiff, das diese Nacht an den Riffen zerschellt ist?"

Ihre Stimme dringt in Job Simons getrübtes Bewußtsein. Tränen rinnen über die gefurchten Wangen in den verwilderten Bart. Er sinkt in die Knie, umfängt mit seinen Armen die Galionsfigur aus vergoldetem Holz, die ihm, fast ebenso hoch wie er selbst, von seinem verlorenen Schiff geblieben ist.

„Es hieß *Einhorn*, Madame", murmelt er. „Mein Schiff, das ich verloren habe, hieß *Einhorn!*"

„Kommt, ich werde Euch etwas zu essen geben", sagt sie zu ihm und legt ihre Hand mit einer sanften Bestimmtheit auf seinen Arm, die der verstörte Geist des Unglücklichen wie eine Wohltat empfindet.

„Und was wird mit ihm geschehen?" stammelt er und weist auf die aus dem Sand ragende vergoldete Figur. „Ihr dürft meinem Einhorn nichts Böses tun . . . Es ist so schön!"

„Man wird es an einen geschützten Ort außerhalb der Reichweite des Meeres schaffen. Und später werdet Ihr es am Bug eines anderen Schiffes anbringen, Monsieur."

„Niemals! Ich bin ruiniert . . . Aber wenigstens bleibt mir das Einhorn! Ist es nicht schön, he? Mit Blattgold vergoldet! Und ich selbst hab' ihm das Horn eines Narwals, den ich harpuniert hatte, auf die

Nase gesetzt. Eine Spirale aus schönem rosigem Elfenbein . . . Ihr habt sicher gesehen, wie es in der Sonne glitzert . . ."

Er redete vor sich hin, vertraute sich der fremden Frau an, die ihn in seinem verwirrten Zustand führte. Er ließ sich mitziehen wie ein Kind.

Im Haus Madame Mercelots angelangt, drückte sie ihn auf einen Stuhl vor dem grob gezimmerten Küchentisch nieder. Bei den Kolonisten Amerikas dampft immer eine Brühe oder dicke Suppe auf der Glut des Herds. Angélique füllte einen Napf mit Kürbissuppe und gefüllten Austern.

Der Kapitän begann gierig zu essen, stieß hin und wieder einen tiefen Seufzer aus und lebte sichtlich auf.

„Es ist schon so. Ich bin ruiniert", sagte er, nachdem er einen zweiten Napf bis auf den letzten Rest geleert hatte. „In meinem Alter heißt das, daß es mit mir zu Ende ist. Statt eines Schiffs wartet der Friedhof auf mich. Ich hatte der Herzogin gleich gesagt, daß es ein schlechtes Ende nehmen würde. Als ob's was geholfen hätte! Die Frau hat trotzdem nach ihrem Kopf gehandelt. Ich wußte gleich, daß diese Überfahrt mir Unglück bringen würde, aber in meinem Alter nimmt man, was man findet, stimmt's? Hätte nie gedacht, daß ich je so weit sinken würde, eine Ladung Mädchen zu übernehmen, Mädchen für Kolonisten in Amerika."

„Die Fahrt mit so vielen Frauen an Bord kann nicht leicht gewesen sein."

Die Augen des Kapitäns verdrehten sich.

„Die reine Hölle!" seufzte er. „Wenn Ihr meine Ansicht hören wollt, Madame, dürften Frauen gar nicht existieren."

Er schob sich einen ganzen Kanten Brot und ein Stück Käse, die sie ihm reichte, kurzerhand in den Mund, und während er gemächlich kaute, musterte er sie mit seinen kleinen, durchdringenden Augen.

„Und das alles, um vor einer von Strandräubern bevölkerten Küste unterzugehen", grollte er. „Dabei seht Ihr nicht nach einer Banditin aus! Man könnte Euch geradezu für eine gute und ehrsame Frau halten. Ihr solltet Euch wirklich schämen! Euren Männern zu erlauben, ein so dreckiges Gewerbe zu betreiben und sich als Schiffsplünderer und Mörder zu betätigen!"

476

„Was behauptet Ihr da?"

„Ist es vielleicht ein anständiges Metier, Schiffe auf eure verfluchten Riffe zu locken und die armen Burschen, die sich zu retten versuchen, endgültig mit Knüppeln zu erledigen? Gott und die Heiligen des Paradieses werden euch bestrafen."

Angélique war nicht mehr imstande, sich über eine so empörende Behauptung gebührend zu entrüsten. Seit drei Tagen hatte sie es so gut wie ausschließlich mit Narren und Närrinnen, Verzweifelten und Hysterikern zu tun gehabt. All das war bei Leuten zu entschuldigen, die soviel Schlimmes hinter sich hatten.

Sie antwortete ohne Zorn:

„Ihr irrt Euch, guter Mann. Wir sind einfache Kolonisten und leben vom Handel und von der Arbeit unserer Hände."

„So? Wirklich? Und wie bin ich dann auf diese Schwelle nadelspitzer Felsen geraten?" brüllte er, sich zu ihr beugend. „Glaubt Ihr, mir wäre das passiert, wenn ich nicht Lichter in der Nacht hätte tanzen sehen? Ich weiß genau, was es heißt, Strandräuber zu sein, und wie man Laternen über Klippen schaukelt, um Schiffe ins Verderben zu locken, indem man sie glauben läßt, daß es da einen Hafen geben müsse. Ich bin nämlich aus Ouessant, an der Spitze der bretonischen Halbinsel. Ich war so wenig auf den Zusammenprall gefaßt, daß ich ins Wasser geschleudert wurde. Und als ich die Küste erreichte und mich anzuklammern begann, schlugen ‚sie' mich da und da ... Seht nur genau hin! Das rührt nicht von Felsen her!"

Er schob seinen wirren, noch feuchten Schopf zurück, der einem Meergott zuzugehören schien.

Angéliques Augen wurden starr, und ihr Herz wollte aussetzen.

„Nun, was sagt Ihr dazu?" triumphierte der Mann, der befriedigt ihre Reaktion beobachtet hatte.

Aber es war weniger die entblößte Wunde in der Kopfhaut, die Angélique faszinierte, als das Auftauchen eines großen, feurigen Muttermals an Job Simons Schläfe.

„Wenn Ihr jemals einem großen Kapitän mit einem Weinfleck begegnet, einem violetten Mal hier, dann paßt auf, dann sind Eure Feinde nicht weit ..."

Wer hatte ihr das gesagt?...Lopes war es, der kleine Portugiese von der *Coeur de Marie*, als sie zusammen am Kap Maquoit gewesen waren.

Doch wo war Lopes? Er war im Kampf um die *Coeur de Marie* gefallen ...

Sechsundsiebzigstes Kapitel

Sie betrachtet sich im Spiegel. Die Nacht umzingelt mit ihren Schatten die kalte Fläche aus venezianischem Glas. Der letzte schwache Schein des Sonnenuntergangs vom Fenster her wirft fahle Reflexe darüber. Sie sieht sich mit dem Gesicht eines Phantoms, aus dem ein Karfunkelblick glänzt.

Das Haar umrahmt ihren Kopf wie eine mondblasse Mähne. Der Wind hat an ihm gezerrt, hat es verwirrt, während sie an den Ufern nach Leichen suchte und dem Einhorn begegnete, und sie mag sich nicht mehr gegen die unaufhörlichen Launen der Strähnen um ihre Schläfen wehren, in denen die Migräne pocht.

„Ich werde es flechten", beschließt sie.

Sie greift mit beiden Händen in seine Fülle, teilt sie, ordnet die Stränge, dreht sie zusammen. Der prachtvolle, schwere Zopf ruht auf ihrer Schulter wie ein schimmerndes Tier. Sie wirft ihn zurück, löst ihn auf, flicht ihn von neuem und windet ihn im Nacken zu einem dreifach gedrehten Knoten. Sie spürt das Gewicht an ihrem Schulteransatz, aber sie fühlt sich einen Moment erleichtert. Sie streicht mit den Fingerspitzen über ihre Stirn.

Wer hat ihr gesagt: „Wenn Ihr dem großen Kapitän mit dem violetten Mal begegnet, dann sind Eure Feinde nicht weit"?

Vorhin erst hat sie es gewußt. Ah, ja! Der portugiesische Mestize Lopes hatte es gesagt, drüben an der Cascobucht.

Aber der kleine Lopes war tot.

Angélique wirft sich angekleidet auf das kalte Bett, auf dem sie nicht mehr die Ruhe findet, die sie für ihr aufreibendes Dasein brauchte. Nachdem sie die Verwundeten und Kranken verbunden und versorgt hatte, war sie auf Drängen Abigaëls, der einzigen, die sich um ihren Zustand während der letzten Tage Sorge machte, auf ihr Zimmer gegangen.

Hatte sie Joffrey heute auch nur gesehen? Sie weiß es nicht mehr. Sie hat keinen Mann mehr. Er ist ein Fremder, den ihr Kummer gleichgültig läßt. Sie ist allein wie früher in einer fremden Welt, in der sich langsam eine unsichtbare Drohung nähert. Allein quält sie sich zwischen nackten, blutenden, mit Wunden bedeckten Leibern, männlichen und weiblichen, abstoßend ineinander verkrampft in einer dantesken Höllenvision, die für Momente erschreckende *Zeichen* durchzucken: die Galionsfigur des Einhorns aus vergoldetem Holz, der gierig schlingende Kapitän mit dem violetten Mal, die Häuser aus hellem Holz am Ufer in rosigem, frühmorgendlichem Licht.

Wenn Joffrey da wäre, würde sie über ihre ungereimten Gedanken mit ihm sprechen. Und er würde sich über sie lustig machen, würde sie beruhigen.

Aber sie ist allein ...

„Mir ist, als sei alles an seinem Platz", würde sie ihm sagen, „als müßten sich schreckliche Dinge ereignen."

„Was für Dinge, Liebste?"

„Ich weiß es nicht, aber ich habe Angst."

Sie hört die Stimme des Paters de Vernon: „Wenn teuflische Dinge in Bewegung geraten ..."

Sie dreht sich auf dem kalten Bett von einer Seite zur anderen, gierig nach einer Zuflucht, nach Wärme. Sie wird aufstehen, wird ihn suchen, ihm sagen: „Verzeih mir! Verzeih mir! Ich habe dich nicht verraten, ich schwör's dir. Stoß mich nicht mehr zurück, ich bitte dich ..."

Aber sie sieht ihn unbewegt, düster und unnahbar wie in den Zeiten des Rescators und kann sich nicht mehr vorstellen, daß er ihr jemals zärtliche Schmeicheleien sagte, daß ihr gemeinsames Dasein in jeder Minute so köstlich und vertraut sein konnte.

„O mein Liebster! Wir liebten uns so fröhlich, wir liebten uns so ernst. All diese wilden Nächte ... Soviel Gelächter, soviel Freude ohne

479

Schatten! Und wir wurden nicht müde, einander zu betrachten, hingerissen, ohne Scham. Und erinnerst du dich noch an die Pockenepidemie? Und vor allem . . ."

Plötzlich stiegen ihr Tränen in die Augen. Sie sah ihn, wie er sich vor der winzigen Gestalt der von Cantor gekränkten Honorine neigte: „Kommt, kleines Fräulein, ich werde Euch Waffen geben . . ."

„Ich dachte: Die Liebe wird uns immer bleiben . . . Verrückt war ich! ‚Wacht, denn ihr kennt weder den Tag noch die Stunde . . .'"

Angélique schlägt um sich in ihrem Schlaf. Sie träumt daß der schimmernde Zopf riesig geworden ist, sich um ihren Körper schlängelt, sie fesselt. Es sind die Zeichen, die sich einmischen, sie wie der Zopf einkreisen und ersticken. Ein Dämon erscheint, und das grausame Grinsen Wolverines, des Vielfraßes, liegt auf seinem Gesicht.

Sie stößt einen furchtbaren Schrei aus und fährt aus dem Schlaf.

Der Schrei schrillt noch in ihren Ohren, während in ihrem Innern der Nachhall einer wollüstigen Erregung abklingt. Im Traum hat sie sich einem ungewissen Wesen hingegeben, das schrecklich und zugleich von seltsamer Zartheit war.

Sie erinnert sich ihres Schreis, aber nicht sie hat ihn ausgestoßen.

Draußen klingt er von neuem auf, dringt durch die Schleier der Morgendämmerung, der hohe, schrille Schrei einer Frau.

Angélique rafft sich von ihrem Lager auf, läuft zum offenen Fenster und beugt sich hinaus.

Über den Boden zogen rosig-rauchende Schwaden, vom Meer hereintreibender Nebel, den Beginn eines Julitages verschleiernd, der sich erstickend heiß ankündigte. Schon die Stille dieser ersten Stunden hatte etwas Undurchsichtiges, Glühendes.

Angéliques Herz schlug unregelmäßig und fand nicht zu seinem gewohnten Rhythmus zurück. So tief war die Stille, daß sie erneut geträumt zu haben glaubte.

Doch dann erhob sich ein dritter Schrei. Er kam vom Schuppen der schiffbrüchigen Mädchen.

„Guter Gott!" murmelte sie. „Was ist da wieder los?"

Sie stürzte aus dem Zimmer, rüttelte den schlummernden Posten wach, ließ sich das Tor des Forts aufschließen und bat einen der Spanier, die ein Ausfalltor in der Palisade bewachten, sie zu begleiten. Man konnte kaum den Boden vor den eigenen Füßen sehen.

Vor der Scheune bewegten sich vage Gestalten, wirr und geisterhaft wie aus dem Himmel verstoßene Seelen.

Angélique kam eben zur rechten Zeit, um sich zwischen zwei mit Dolchen bewaffnete kräftige Burschen zu werfen, die ungeachtet des Umstands, daß sie einander auf drei Schritte Entfernung kaum ausmachen konnten, offenbar ein Duell auszufechten gedachten.

„Habt ihr den Kopf verloren?" rief sie. „Wie kommt ihr dazu, euch hier zu prügeln, statt euch auf euren Schiffen aufzuhalten?"

„Es ist bloß wegen denen da, die uns unsere Frauen wegnehmen wollen", erklärte einer der Kampfhähne, in dem sie Pierre Vaneau, den Maat der *Coeur de Marie*, erkannte.

„Was für Frauen?"

„Die da drin natürlich!"

„Und woher nehmt ihr die Überzeugung, daß diese Frauen euch gehören, obwohl sie erst seit gestern hier sind?"

„Ist doch wohl klar, daß sie der liebe Gott für uns, die Leute von der *Coeur de Marie*, rangeschafft hat. Oder nicht? Im Kontrakt hat's so gestanden, und der Pater Baure hat ‚Betet!' zu uns gesagt. Und das haben wir auch getan."

„Und ihr wißt über die Absichten Gottes in bezug auf euch Bescheid? Wißt, daß er sich für euch so ohne weiteres in die Unkosten eines Wunders stürzt? Und eignet euch unter diesem Vorwand ohne Respekt Unglückliche an, die der Sturm an euer Ufer geworfen hat? Das ist zu stark! Ich muß mich wundern, Maat", fuhr sie Auge in Auge mit ihm fort, „daß Ihr es gewagt habt, Eure Leute in ein solches Unternehmen hineinzuziehen. Wenn der Herr Gouverneur, der auch Euer Kapitän ist, davon erfährt, dürfte es Euch übel bekommen."

„Erlaubt, Frau Gräfin, Euch darauf hinzuweisen . . ."

„Nichts erlaube ich!" wetterte Angélique. „Der Wind der Tollheit scheint über eure Köpfe zu blasen! Verlaßt Euch drauf, Ihr werdet Euch Prügel mit der neunschwänzigen Katze, einen Ritt auf dem Bugspriet und den Verlust Eures Rangs einhandeln, Vaneau!"

„Aber es ist doch wegen der andern, Madame."

31 Versuchung

„Welcher andern?"

Der Nebel begann sich allmählich zu lichten, und Angélique bemerkte eine Gruppe von Matrosen der *Sans-Peur*, Vanereicks Schiff, die keineswegs eine Auswahl der Besten darstellte. Im Gegenteil. Die schöne Inés in einem Kopftuch aus gelbem Satin, eine Korallenkette um den bernsteinfarbenen Hals, schien sie zum Kampf zu führen.

„Als ich erfuhr, daß diese Flegel von der *Sans-Peur* unsere ... nun, eben diese Damen belästigen wollten, bin ich ihnen mit ein paar Kameraden zu Hilfe gekommen", erklärte der Maat. „Wir konnten doch nicht zulassen, daß diese Schweine von Piraten, diese Pfefferkuchen-flibustier, dieser Abschaum von Galgenvögeln Hand an sie legten."

„In was steckst du deine dreckige Nase, du kümmerliches Stück gesalzenen Specks?" übertrumpfte ihn sein Gegner, der seinen langen, funkelnden Dolch nicht aus der Hand gelassen hatte und mit auffälligem spanischem Akzent sprach. „Du kennst doch das Gesetz der Freibeuterei: In den Kolonien gehören alle Frauen den Matrosen der im Hafen liegenden Schiffe. Daß man sich um sie schlägt, in Ordnung, aber wir haben ebensoviel Recht wie ihr auf dieses Wild."

Vaneau holte zu einer drohenden Geste aus, die Angélique durch einen Blick sofort unterband, ohne sich um die wenige Zoll vor ihrem Gesicht fuchtelnde scharfe Klinge zu kümmern.

Grollend und knurrend drängten sich die beiden Gruppen um sie zusammen, maßen sich mit feindseligen Blicken und stießen in allen möglichen Sprachen handfeste Injurien zwischen den Zähnen hervor.

Inés begann, ihre Gefolgschaft mit spanischen Wortkaskaden zur Rebellion aufzureizen, aber auch sie brachte Angélique prompt zum Schweigen. Sie hatte sie im Verdacht, die Männer nur deshalb zu dieser Expedition verführt zu haben, um sie, Angélique, aus kindischer Eifersucht in Schwierigkeiten zu bringen.

Die freche Miene der kleinen Spanierin beeindruckte sie nicht im mindesten. Sie kannte diese Art Frauen und wußte, wie man mit ihnen umging.

Trotz ihres Temperaments keineswegs bösartig, waren sie nur gefährlich durch ihre Fähigkeit, die Männer aufzureizen und zu jedweder Dummheit zu verleiten.

482

Die Intelligenz der Sinne. Ansonsten nicht mehr Vernunft als die eines Kolibris. Sie wußte, wie man solche draufgängerischen Geschöpfe zu nehmen hatte.

Mit einem einzigen Blick brachte sie den Wortschwall der schönen Inés zum Verstummen, dann nahm sie sie mit einem spöttisch-nachsichtigen Lächeln beim Ohr, das ein goldener Ring schmückte. Diese fast mütterliche Geste veranlaßte das Mädchen, den Kopf zu senken, denn sie war im Grunde nur eine kleine, aus ihrem indianischen Milieu herausgerissene Mestizin, die nie andere Aufmerksamkeiten als die an ihrem Körper interessierter Männer empfangen hatte. Die überlegene, aber freundschaftliche Herablassung Angéliques brachte sie aus der Fassung, und plötzlich war sie nur noch eine höchst verwirrte halbwüchsige Göre.

Der Unterstützung ihrer heißblütigen Anführerin beraubt, die ihnen eingeredet hatte, daß sie bei diesem Abenteuer nichts riskierten, da sie ihren Kapitän schon in der richtigen Weise bearbeiten würde, schwankten Vanereicks Leute, warfen sich verstohlene Blicke zu und zeigten sich bereits weniger großspurig.

Indessen hatte sich der Nebel vollends zerstreut, und der Schauplatz zeigte sich in voller Klarheit, einschließlich der dicken Pétronille Damourt, die allerdings mit zerzaustem Haar und blaugeschlagenen Augen erheblich an äußerer Respektabilität verloren hatte, denn sie war mutig genug gewesen, ihre Schäflein zu verteidigen. Wenn sie auch nicht gerade flink war, hatte sie zumindest ihr Schwergewicht in die stürmische Auseinandersetzung eingebracht. Hinter ihr ließen sich die erschreckten Gesichter von zwei oder drei nur von Hemden umflatterten Mädchen sehen; die andern hatten sich in den Hintergrund der Scheune geflüchtet.

Sehr blaß, die nackten Arme von Spuren des Kampfes gezeichnet, suchte Delphine Barbier du Rosoy die Fetzen des heruntergerissenen Mieders über ihrer Brust zusammenzuziehen. Ihr Schrei, als sie sich unversehens von geilen Händen brutal gepackt fühlte, hatte also Angélique geweckt.

Zu ihren Füßen lag reglos ein Mann – ein Matrose der *Gouldsboro*, der die Nacht über das Tor des Schuppens hatte bewachen sollen und der von den Leuten der *Sans-Peur* erschlagen worden war, bevor sie sich gewalttätig Zugang verschaffen konnten. Diese schlimmste Gemeinheit, die ihre üblen Absichten nur zu deutlich verriet, versetzte Angélique auf den Gipfel der Empörung. Um so mehr, als sie unter den Taugenichtsen einige ihrer Patienten gewahrte, die sich trotz Verbänden und Wunden an Armen und Beinen munter genug gefühlt hatten, um an der galanten Expedition teilzunehmen.

„Das ist zuviel!" rief sie zornig. „Ihr verdient alle den Strick. Was seid ihr für ein Gesindel! Ich habe genug von euch! Genug! Wenn ihr so fortfahrt, lasse ich die Finger von euren aufgeschlagenen Augen, euren herausquellenden Eingeweiden, eurem Eiter und eurer Syphilis. Ich lasse euch in eurem Schmutz verfaulen, vor meinen Augen verdursten, ohne euch auch nur einen Tropfen Wasser zu geben, ich versprech's euch! Wie könnt ihr es wagen, euch bei uns so aufzuführen! Ihr habt keine Ehre. Nichts! Ihr seid nichts weiter als Aas, eben gut genug, um als Futter für die Kormorane zu dienen!"

Gebändigt durch Angéliques Zorn und die Brutalität der von ihr beschworenen Bilder, eingeschüchtert durch ihre Miene einer gereizten Königin, ihre gebieterische Hoheit, die an diesem Tag noch durch die fast hoffähige Robe aus geripptem auberginenfarbenem Taft, die Pracht ihres Kolliers und die Art unterstrichen wurde, wie sie sich straffte und in ihren Mantel aus Seehundsfell hüllte, während sie sie verächtlich musterte wie arme Schlucker, die sie letzten Endes auch waren, fanden sich die Männer der *Sans-Peur* urplötzlich auf die Proportionen recht kümmerlicher Individuen zurückgeführt, verloren jäh ihre Zungenfertigkeit, und Hyacinthe Boulanger suchte gemeinsam mit seinem Freund Aristide so unauffällig wie möglich zu verschwinden.

„Monsieur Vaneau, Ihr hattet recht, Euch einzumischen", gestand Angélique zu. „Seid so freundlich, Pater Baure und Abbé Lochmer hierherzubitten, die ich dort drüben, zweifellos auf dem Wege zu ihrer ersten Messe, bemerke."

Als die beiden Geistlichen anlangten, unterrichtete sie sie über das Verhalten der Matrosen.

„Ich vertraue sie Euch an, meine Herren Priester", schloß sie. „Versucht, ihnen begreiflich zu machen, daß sie sich wie schlechte Christen benommen haben und eine harte Strafe verdienen. Ich meinerseits werde Monsieur de Peyrac über die Angelegenheit berichten."

Der bretonische Schiffsgeistliche verdonnerte seine Schäflein augenblicks zu allen Qualen der Hölle, und der Rekollektenpater beschloß, beide Mannschaften zur Messe und vorherigen Beichte zu führen.

Gesenkten Hauptes schoben die Matrosen ihre Dolche in die Lederscheiden zurück und folgten schleppenden Schritts und bekümmerten, reuigen Herzens den frommen Männern zum Gipfel des Hügels.

Siebenundsiebzigstes Kapitel

In der Kabine der *Gouldsboro* verhandelte Joffrey de Peyrac mit John Knox Mather, seiner Begleitung und dem englischen Admiral über kommerzielle Fragen. Colin Paturel war ebenso zugegen wie d'Urville, Berne und Manigault. Heruntergebrannte Kerzen bewiesen, daß ihre Beratung schon im ersten Morgengrauen begonnen hatte, da das Schiff aus Boston mit der Flut auslaufen sollte.

Angélique ließ sich durch Enrico anmelden. Sie hatte einige Mühe gehabt herauszufinden, wo ihr Gatte seine Nächte verbrachte. Im Grunde war sie es zufrieden, durch die Ereignisse zum Handeln, zum Eindringen in seine Männerangelegenheiten gezwungen zu werden. Da er sie nicht verjagt hatte, würde sie den ihr zukommenden Platz wieder einnehmen, so daß er gezwungen wäre, das Wort an sie zu richten. Einleitung zu Erklärungen, die die Mißverständnisse aufklären würden. In diesen ersten Tagesstunden fühlte sich Angélique kraftvoll und bereit, ihr Schicksal wieder in die Hand zu nehmen.

Nachdem sie die Runde begrüßt hatte, berichtete sie mit klarer, sachlicher Stimme von dem Vorfall, bei dem sich Mitglieder zweier Mannschaften gegenübergestanden hatten, die einen überzeugt, die Frauen seien ihre Piratenbeute, die andern, daß der Allmächtige sie ihnen geschickt habe, um sie endlich in den ersehnten Hafen der Ehe einlaufen zu lassen.

485

„He, das wäre ja eine ausgezeichnete Idee!" rief Peyrac und wandte sich an Colin. „Ich gestehe, daß die wundersame Anwesenheit dieser Frauen eine Antwort auf die schlechte Stimmung eines Teils Eurer Leute sein könnte, der sich in diesem Punkt enttäuscht fühlt. Euch, Herr Gouverneur, fällt es zu, eine Entscheidung zu treffen. Wir können in der Tat nicht daran denken, diese Mädchen nach Québec weiterzuleiten, falls sie sich wirklich dorthin begeben sollten. Gegenwärtig haben wir weder die Zeit noch die Mittel dazu. Ich dachte daran, sie nach Port-Royal zu schicken, aber ist die Lösung, an die Eure Leute dachten, nicht die weiseste, die vorteilhafteste für alle? Der Transport ist von einer privaten Gesellschaft veranlaßt worden, und es kann sein, daß sich in den ohnehin sehr armen Niederlassungen des französischen Akadiens niemand mit den Mädchen belasten will. Wenn sie bleiben wollen, gut, wir werden sie als Gattinnen unserer französischen Kolonisten aufnehmen. Ich überlasse Euch alles Weitere."

Colin Paturel erhob sich und rollte Karten und Pergamente zusammen, die er in die großen Taschen seines Rocks schob. Die Schlichtheit und Nüchternheit seiner Kleidung wurden durch einige schmückende Zutaten gehoben, die den Anforderungen seiner neuen Rolle entsprachen. Jabot und Manschetten waren gepflegt, und Stickereien betonten die Aufschläge der Ärmel, den Kragen und die Taschen des Rocks, der sich über einer langen Weste aus perlgrauem, golddurchwirktem Leinen öffnete. Sein kurz geschnittener Bart und sein ernster, konzentrierter Ausdruck machten es Angélique schwer, ihn wiederzuerkennen. Ein anderer Mann schon, dessen breite Schultern sich unter den ihm verliehenen Bürden wohl zu fühlen schienen. Er nahm seinen runden, mit einer schwarzen Feder gezierten Castorhut unter den Arm.

„Ich für mein Teil bin ebenfalls dafür, diese Mädchen hierzubehalten", erklärte er, „aber Québec könnte einen Empfang übelnehmen, den diese Stadt sich selbst vorbehalten hat. Und die Regierenden werden darin eine Wegnahme unsererseits sehen. Würde das nicht Eure Beziehungen zu Neufrankreich vergiften, Monsieur de Peyrac?"

„Das überlaßt mir. Wenn sie sich beklagen, werde ich ihnen erklären, daß sie ihre Transporte nur Kapitänen anzuvertrauen brauchen, die sie nicht sonstwohin in die Irre führen. In jedem Fall sind unsere Beziehungen zu Neufrankreich schon so schwierig geworden, daß ein Zwischenfall mehr oder weniger an der Situation nicht viel ändern kann. Alles kann in jedem Augenblick Vorwand zum Krieg oder Frieden werden. Aber eine Tatsache bleibt: daß ich sie heute nicht mehr fürchte und daß es an mir ist zu entscheiden, ob wir uns vertragen wollen oder nicht. Und da die Winde uns nun einmal in dem Moment, in dem wir es uns wünschten, diese charmante Ladung zugeblasen haben, meine ich, daß wir diesem Zeichen des Himmels zustimmen sollten. Ich teile in diesem Punkt gern die Meinung Eurer Leute."

„Apropos", warf Angélique ein, „ich wünschte mir, daß dieser Gilles Vanereick, seine Inés und seine Mannschaft sich schnellstens zum Teufel scherten. Sie machen uns Schwierigkeiten, komplizieren unser Leben und scheinen nichts Besseres zu tun zu haben, als sich auf unsere Kosten zu verlustieren . . . Vorläufig habe ich sie den Geistlichen übergeben. Eine Messe lang werden sie sich vielleicht ruhig verhalten, aber was dann? . . . Ich bin untröstlich, Kapitän", fuhr sie fort, da sie die Anwesenheit des Dünkircheners bemerkte, „so ohne alle Umschweife gesprochen zu haben, aber Ihr wißt ebensogut wie ich, daß Eure Männer von den Karibischen Inseln keine Chorknäbchen sind und von Gebieten mit geordneten Lebensformen nur in kleinen Dosen verdaut werden können . . ."

„Schon gut, schon gut", seufzte der Flibustier. „Ich gehe bereits. Ihr habt mich förmlich ins Herz getroffen", fügte er hinzu, eine bekümmerte Hand auf der Brust.

„Kehren wir zur Erde zurück", schloß Peyrac.

Während Angélique an Vanereicks Seite den Strand überquerte, versuchte sie, die Wirkung ihrer wenig liebenswürdigen Worte zu dämpfen.

„Glaubt mir, Monsieur, zu anderen Zeiten würde mich Eure Gesellschaft entzücken, denn Ihr seid reizend, und mir ist nicht verborgen geblieben, daß mein Mann Euch Freundschaft entgegenbringt. Ihr habt ihm früher in manchem Kampf beigestanden, und erst kürzlich noch . . ."

„Im Karibischen Meer waren wir ‚Brüder der Küste'. Das verbindet für immer."

Mit einem Seitenblick auf die ein wenig rundliche, trotzdem aber recht bewegliche Gestalt des französischen Abenteurers dachte Angélique, daß auch dieser Mann zu dem ihr unbekannten Lebensabschnitt Joffreys gehörte. Sie mußten mancherlei gemeinsame Erinnerungen haben. Er kannte auch Cantor, sprach häufig mit sichtlichem Wohlgefallen von ihm und nannte ihn dabei „den Kleinen" oder „den Bengel".

Es war wirklich so, wie sie aufrichtig versichert hatte: Zu anderen Zeiten hätte sie sich gern mit ihm über die Vergangenheit ihres Gatten und ihres jüngeren Sohns unterhalten, aber sie konnte einfach nicht mehr. Sie gab es offenherzig zu.

„Ich bin's wirklich müde, all diese Leute zu pflegen. Ihr Los bedrückt mich, und ich komme aus der Sorge nicht heraus, daß neue Streitigkeiten wieder zu neuen Verletzungen führen könnten."

Er warf ihr einen verständnisinnigen Blick zu.

„Und außerdem, gebt's nur zu, ist Euer kleines Herz verletzt, und das vor allem macht Euch Kummer, stimmt's? Doch, doch! Als ob man das nicht merkte! . . . Ich kenne die Frauen. Sagt, schönes Kind, ist der Verdruß mit Eurem Herrn Gemahl nicht bald beendet? Was haben denn solcherlei Streiche schon groß zu bedeuten? Der Schweizer ist allzu gesprächig gewesen, das gebe ich zu. Hätte er Euch nicht im falschen Moment gesehen, krähte schon längst kein Hahn mehr danach. Überlegt man sich's recht, ist es nicht genug, um eine Katze deswegen zu prügeln. Ihr habt ein wenig gemunkelt? Nun schön, was soll's? Ihr seid eben zu verführerisch, meine Hübsche, als daß Euch dergleichen nicht hier und da mal passieren müßte. Ihr solltet zu ihm gehen und ihm die Sache erklären."

„Ich wünschte", erwiderte Angélique bitter, „daß mein Mann Eure Gelassenheit in diesem Gefühlsbereich teilte, denn er ist mir das Liebste auf der Welt. Aber er ist ein verschlossener Mensch, und selbst mir jagt er zuweilen Angst ein."

„Es ist schon wahr, daß er in allem, was Euch betrifft, zäh wie ein Engländer und eifersüchtig wie ein Sarazene ist. Ihr mißtraut mir, aber wißt Ihr auch, daß ich als Euer Freund versuchte, Monsieur de Peyrac von der Haltlosigkeit seines Grolls zu überzeugen oder vielmehr von der Unvernunft, die diesen Groll auszeichnet, wenn es sich um Euch handelt? Ich versuchte, ihm begreiflich zu machen, daß es eine gewisse Kategorie von Frauen gibt, denen ein Mann, selbst ein Mann von Ehre, verzeihen muß. ,Nehmt zum Beispiel mich und meine Inés', sagte ich ihm . . ."

„Seid so gut, mich nicht unter einen Hut mit Eurer Inés zu bringen!" protestierte Angélique ärgerlich.

„Und warum nicht? Ich weiß, was ich sage. Ob große Dame wie Ihr oder kleine Pest wie sie, einer Muschel der warmen Meere entsprungen, gehört Ihr doch eine wie die andere zu jener köstlichen Rasse der Frauen, die durch ihre Schönheit, ihr Wissen um die Liebe und das gewisse Etwas, das man Charme nennt, die Verirrung verzeihlich macht, die sich der Schöpfer zuschulden kommen ließ, als Er beschloß, aus Adams Rippe Eva zu verfertigen.

Ich sagte ihm also, er möge bedenken, daß es Frauen gebe, denen man gewisse Abschweifungen vergeben können müsse, wenn man sich nicht grausamer bestraft sehen wolle als die Schuldige selbst. Schließlich müsse man den Göttern dankbar dafür sein, daß man im Spiel der Liebe eine Trumpfkarte gezogen habe, und dürfe solchen Vorteil nicht vernachlässigen. So viele andere gingen durchs Leben, ohne je mehr als ein mittelmäßiges Spiel in die Hand zu bekommen . . ."

„Ich kann mir recht gut vorstellen, wie mein reizbarer Gatte solche speziellen und unmoralischen Argumente aufnimmt", bemerkte Angélique mit einem melancholischen Lächeln.

Vorhin, in der Kabine der *Gouldsboro*, hatte er so getan, als sähe er sie nicht, und allein das genügte, ihre Mutanwandlungen zu dämpfen. Schon fühlte sie sich wie zerbrochen; was würde erst werden, wenn sie abends feststellen müßte, daß ihr auch dieser Tag keine Hilfe gebracht hatte, und die Schreckbilder von neuem über sie herfielen?

Es war ja so viel ernster, als der brave Vanereick es sich vorzustellen vermochte.

Was er nicht wußte, war, daß sie es niemals ertragen würde, von Joffrey zurückgestoßen zu werden. Sie würde daran sterben. Die Angst vor dieser Möglichkeit hemmte sie in ihrer Entschlußfähigkeit.

489

„Aber was habt Ihr denn nur mit ihm angestellt, daß er so abhängig von Euch ist?" rief Vanereick, während sein funkelnder, argwöhnischer Blick sie umfing. „Es ist unvorstellbar! . . . Ich hätte diesen langen Burschen, der doch mit soviel Erfahrung, Gelehrsamkeit, Philosophie und Glück gesegnet ist, nicht so verletzlich geglaubt! Er imponierte uns allen damals auf der Tortugainsel im Mexikanischen Golf, und die Frauen zeigten sich um so weniger grausam ihm gegenüber, als er ihnen keinerlei Bedeutung beimaß. Wenn ich Euch jedoch sehe, verstehe ich, daß er unterlegen ist. Die Liebe mit Euch muß etwas Unvergeßliches sein, etwas Wundervolles und . . ."

„Zügelt Eure Phantasie, Kapitän", sagte Angélique lachend. „Ich bin nur eine schlichte Sterbliche."

„Allzu sterblich. Genau das, was wir Männer brauchen. Seht Ihr, es ist mir schon gelungen, Euch zum Lachen zu bringen. Nichts ist verloren. Hört also meinen Rat. Sprecht nicht mehr von dieser Geschichte, denkt nicht mehr daran. Geht zur Beichte: Es ist immer gut, mit Gottes Vergebung zu beginnen. Und was die des Gatten anlangt, schlüpft eines Abends im richtigen Augenblick überraschend in sein Bett. Ich garantiere für Absolution."

„Kein Zweifel, Ihr seid ein wahrhafter Freund", räumte Angélique erheitert ein. „Doch abgesehen davon, mein lieber Vanereick, und wenn Ihr hier nichts Besseres zu tun habt, als gebrochene Herzen zu kitten, erneuere ich meinen Vorschlag, die Segel zu setzen. Der Wind ist günstig, der Nebel hat sich zerstreut, und ich für mein Teil habe mehr als genug davon, von morgens bis abends Leute zu verbinden, die sich gegenseitig umbringen wollen. Meine Patienten, die zu Eurer Mannschaft gehören, sind in gutem Stand und bereit für Eure nächsten Unternehmungen."

Von der Scheune her hastete Dame Pétronille Damourt über den Strand auf sie zu, mehr rollend als laufend, wie es schien, und noch immer zerzaust und tränenüberströmt.

„Zu Hilfe, Madame, zu Hilfe! Die Mädchen sind närrisch! Ich komme nicht mehr mit ihnen zu Rande! Sie reden davon, daß sie fliehen wollen, zu Fuß durch die Wälder, ich weiß nicht, wohin!"

Achtundsiebzigstes Kapitel

„Nun, Mädchen, auf welcher Hochzeit wollt ihr tanzen?"

Colins dröhnende Stimme und seine mächtige Erscheinung in der Tür der Scheune brachten das Zetern und Jammern zum Verstummen. Ohne Angélique an seiner Seite wären die Aufgeregtesten unter den Opfern des Schiffbruchs vermutlich vor Schreck gestorben.

Nun stürzten sie zu ihr und sammelten sich um ihre beruhigende feminine Gegenwart.

„Nun, meine lieben Kinder, was ist wieder geschehen? Warum dieser Tumult?" erkundigte sich Angélique mit ihrem beschwichtigendsten Lächeln.

„Berichtet mir alles", fiel Colin ein und schlug sich auf die breite Brust. „Ich bin der Gouverneur des Orts. Ich verspreche Euch, daß die Bösewichter, die Euch erschreckt haben, bestraft werden."

Die Aufforderung genügte, um ein hektisches Stimmengewirr zu entfesseln. Sie redeten alle auf einmal, jede wollte ihre Eindrücke schildern, die eine ganze Erfahrungspalette von „Ich hab' nichts gehört, ich habe geschlafen" bis zu „Dieser gräßliche Kerl packte mich am Handgelenk und zerrte mich nach draußen . . . Ich weiß nicht, was er von mir wollte" umfaßte.

„Er roch nach Rum", vervollständigte mit einer Grimasse des Ekels Delphine Barbier du Rosoy, die das Pech gehabt hatte – Pech besonders für eine „Demoiselle" –, bei dem mißglückten Handstreich am schlimmsten ins Gedränge gekommen zu sein. Um Würde bemüht, drängte sie die Tränen zurück, die die Demütigung ihr abzwingen wollte.

Angélique zog einen Kamm aus ihrem Gürtel und machte sich daran, die Frisur des armen Mädchens in Ordnung zu bringen. Dann putzte sie die Nasen, wischte über geschwollene Lider, sorgte für den richtigen Sitz von Halstüchern und Miedern und beschloß endlich, einen Kessel mit Bouillon und guten Wein bringen zu lassen, für Franzosen wie Französinnen stets das beste Allheilmittel für alle ihre Leiden.

Indessen fuhr Colin mit seiner Befragung fort und lauschte aufmerksam auf die Klagen und Beschwerden seiner jungen Gesprächspartnerinnen. Sein derbes, gutes Gesicht und die Achtung, die er ihnen erwies, trösteten sie vollends, und selbst Delphine, der es nicht wenig mißfallen hatte, durch seine erste Anrede in einen Topf mit allen anderen Mädchen geworfen zu werden, hob vertrauensvoll ihren Blick zu ihm.

„Laßt uns nach Québec bringen, Herr Gouverneur. Wir bitten Euch sehr darum."

„Aber nur auf dem Landweg! Ein Schiff betreten wir nie wieder!"

Arme Kerlchen! Kein Zweifel, sie hatten weder eine Vorstellung von Kanada, noch hatten sie jemals etwas von Akadien oder Neuschottland gehört, und gewiß wußte auch keine, daß die Erde rund war, oder hatte je eine geographische Karte betrachtet.

Nachdem Colin ihnen versprochen hatte, daß die gefährlichen Burschen, die unverschämt genug gewesen waren, sie zu belästigen, noch vor dem Abend den Ort verlassen haben würden, sprach er zu ihnen deshalb von der Niederlassung Gouldsboro, in die sie ganz offenbar nach dem Willen des Herrn durch ein recht unerklärliches Wunder – aber Wunder waren ja, wie jedem bekannt, stets unerklärlich – verschlagen worden waren, und das genau in dem Augenblick, da brave französische Seeleute, die ein gesundes, arbeitsames Leben als Kolonisten zu beginnen gedachten, untröstlich waren, keine tapferen Frauen an ihrer Seite zu haben, die ihnen helfen und das Dasein versüßen würden.

Das Land war schön, eisfrei im Winter, weniger rauh als Kanada.

Und als sie erfuhren, daß das „Geschenk des Königs", dessen Verlust sie alle schwer ankam, im Vergleich zu dem, was der liebenswürdige und so stattliche Gouverneur den jungen Eheleuten im Namen der Niederlassung überreichen würde, geradezu ärmlich war und daß zudem weder von Reisen über entfesselte Ozeane noch durch Wälder voller Indianer und wilder Tiere künftighin die Rede wäre, kehrte das Lächeln zurück, und hier und da wurden schon hoffnungsvolle, verlockte Blicke getauscht. Nur der Form halber wurde vereinzelt Protest erhoben.

„Man hat mir und meinen drei Gefährtinnen Offiziere versprochen", ließ sich Delphine mit bescheidenem Ernst vernehmen. „Im Kloster haben wir gelernt, wie man ein Haus führt, die Spitzen der Gesellschaft empfängt, unterhaltsam plaudert und Fürsten die Reverenz erweist. Und ich bin sicher, daß die Gatten, die uns in Québec erwarten, nicht nach Rum riechen."

„In der Tat, Ihr habt recht", stimmte Angélique zu. „Denn höchstwahrscheinlich riechen sie nach Roggen- oder Maisschnaps. Ein ausgezeichnetes Getränk, nebenbei gesagt, an das man sich in den rauhen Wintern leicht gewöhnt. Im übrigen, Mesdames", fügte sie lachend hinzu, „wenn Ihr nun, da Ihr in Amerika seid, vor allem erschreckt, wie wollt Ihr da mit Irokesen, Stürmen, Hungersnöten und alldem fertig werden, was Euch in der Neuen Welt erwartet und wovon Kanada ebensowenig verschont bleibt wie wir hier? Eher geht's dort noch rauher zu, weil es entlegener und wilder ist."

„Wird man mich nicht wie auf den Inseln als Sklavin behandeln?" erkundigte sich die Maurin. „Man hat mir gesagt, daß es dort allen Menschen mit dunkler Hautfarbe so ergehen soll. Ich bin im Kloster von Neuilly erzogen worden. Eine Edeldame hat regelmäßig meine Pension bezahlt. Ich kann lesen, schreiben und auf Seide sticken."

Colin hob gutmütig ihr Kinn.

„Ihr werdet einen Abnehmer finden, meine Hübsche, wenn Ihr so sanft und vernünftig seid, wie Ihr ausseht", versicherte er. „Ich werde selbst darauf achten, daß Ihr in einen guten Hafen einlauft."

Er wandte sich wieder den anderen zu.

„In jedem Fall lassen wir Euch Muße, diese Pläne zu überlegen und sie mit Dame Pétronille zu besprechen. Und wenn sie Euch nicht gefallen sollten, wird Monsieur de Peyrac Euch ohne weitere Geschichten zu einer akadischen Niederlassung auf der anderen Seite der Französischen Bucht bringen lassen, wo Ihr sicher gute Aufnahme findet."

Dame Pétronille fühlte sich nicht recht wohl bei der Sache. Weit besser informiert als ihre Schützlinge und erheblich intelligenter, als ihre Miene vermuten ließ, hatte sie recht gut begriffen, daß diese mit vielen Engländern vermengten Franzosen zwar nichts mit Strandräubern zu tun hatten, wie Job Simon behauptete, aber zweifellos auch keine sehr ergebenen Untertanen des Königs von Frankreich waren. Andererseits

gelang es auch ihr nicht recht, sich im geographischen Raum zurecht-
zufinden, und die Karten, die Colin und der Graf Peyrac für sie auf-
gerollt hatten, um sie zu überzeugen, daß Québec nicht hinter der
nächsten Ecke lag, hatten bei ihr mehr geistige Verwirrung als Klärung
bewirkt.

„Wenn nur unsere teure Wohltäterin hier wäre!" seufzte sie.

„Dann gäb's nur ein schönes Bordell mehr", höhnte die ordinäre
Stimme Juliennes. „Von Bordellen verstand sie fast soviel wie vom Beten!"

Antoinette, ihre persönliche Feindin, fuhr ihr sofort in die Haare.

Als man sie endlich getrennt hatte, befahl Colin Julienne:

„Komm hierher, Mädchen!"

Sie war die einzige, die er duzte, um anzudeuten, daß er sich durchaus darüber im klaren war, was für eine Art Weibchen er da vor sich
hatte.

„Dich kann ich nicht brauchen", kündigte er ihr an, nachdem er sie
in eine Ecke gezogen hatte. „Nicht weil du aus der Vorstadt kommst,
sondern weil du *krank* bist, und ich will das nicht für meine Männer."

Julienne kreischte wie ein Seeadler, ohne sich um den Skandal zu
kümmern.

„Ich und krank? Keine Spur! Ist gar nicht so lange her, daß mich der
Amtsarzt vom Châtelet untersucht und mir gesagt hat, ich wär' frisch
wie ein Röschen. Bei was für Männern soll ich denn Eure Krankheiten
erwischt haben, wenn ich danach die ganze Zeit im Armenhospital ein-
gesperrt war? Mâme Angélique, zu Hilfe! Hört nur, was er sagt! Er
sagt, ich wär' verrottet!"

„Diese Frau ist krank", wiederholte Colin, zu Angélique gewandt.
„Seht nur, wie sie aussieht!"

Das schwammige Gesicht des Mädchens wies in der Tat eine merkwürdig wächserne Färbung auf, und dunkle Ringe zogen sich um ihre
Augen, als hätte sie sie mit Khôl unterlegt. Ihr glänzender Blick ließ
auf Fieber schließen.

„Ich glaube nicht, daß sie krank ist", sagte Angélique, „aber ich bin
überzeugt, daß sie sich beim Schiffbruch verletzt hat. Sie hat sich bisher
geweigert, sich untersuchen und pflegen zu lassen, und ihr Zustand hat

sich eben verschlimmert. Kommt, Julienne, laßt Euch verbinden. Ihr riskiert Euer Leben."

„Ihr könnt mich mal!" antwortete das Mädchen grob.

Angélique verabreichte ihr ein paar Ohrfeigen, die sie zu Boden kollern ließen. Es bedurfte keines anderen Beweises für ihren Schwächezustand.

„Laß dich also pflegen", schloß Colin, „sonst gibt's kein Quartier, und ich lass' dich noch heute abend an Bord der *Sans-Peur* schaffen."

Zu kraftlos, um sich aufzurappeln, gab sich Julienne offensichtlich geschlagen. Ihre verstörten Augen schienen nach einem Ausweg zu suchen.

„Ich hab' eben Angst", jammerte sie. „Ihr tut mir weh, wenn Ihr an mir herumhackt."

Hinter ihnen erhob sich die schrille Stimme Aristide Beaumarchands, der sich irgendwie in die Scheune geschlichen hatte:

„Bei ihr braucht Ihr keine Angst zu haben, meine Schöne! Sie tut Euch nicht weh, mein Wort drauf. Gibt niemand, der eine leichtere Hand hat. Seht Euch die Arbeit da an. Handgenäht, sag' ich Euch."

Mit flinken Fingern löste er den Riemen seiner Hose und entblößte vor den Augen der durch sein freches Auftreten faszinierten Julienne seinen jämmerlichen bleichen Bauch, über den sich eine lange violette Schmarre zog.

„Da staunt Ihr, was? Sie war's, Madame Angélique, die mich mit Nadel und Faden wieder zusammengeflickt hat. Dabei lag mein Gekröse schon im Sand. Ich war erledigt! Kaputt!"

„Nicht möglich!" schrie Julienne und ließ ein paar herzerfrischende Flüche folgen, um ihrer Bewunderung Ausdruck zu geben.

„Wie ich's Euch sage! Nun, seht's Euch an, wie's heute aussieht. Und was da weiter unterwärts ist, ist auch noch fidel und steht Euch zu Diensten, meine Schöne!"

„Genug der Witzchen", unterbrach Angélique, als sie gewahrte, worauf die Demonstration hinauslief. „Ihr seid ein Taugenichts, Aristide, und nicht mal der eigenen Tochter Satans würde ich raten, Euch zu nahe zu kommen. Sie wäre noch zu gut für Euch, und Ihr wärt zu schlecht für sie."

„Ihr kränkt mich. Schließlich hab' ich auch meine Würde", erklärte

Aristide, während er langsam seine Hose wieder schloß. „Mir scheint sogar, Ihr wollt mich beleidigen."

„Schon gut", mischte Colin sich ein und schob ihn beiseite. „Du hast hier nichts mehr verloren."

Er nahm ihn am Kragen und beförderte ihn zur Tür.

„Wahrhaftig, du bist hartnäckiger und zudringlicher als Ungeziefer. Ich werd' dich noch mit eigener Hand ertränken."

Julienne lachte aus vollem Halse.

„Der gefällt mir! Das ist ein Kesser, ein richtiger Mann!"

„Um so besser für dich. Aber ich warne dich. Er ist der übelste Lump beider Hemisphären."

Angélique kniete neben der Liegenden nieder, die trotz ihres erbärmlichen Zustands noch Spaß am Spotten und Beleidigen fand. Ein echtes Unkraut aus dem Pariser Hof der Wunder.

„Ich weiß, warum du dich nicht verbinden lassen willst", flüsterte sie ihr zu.

„Nein, Ihr könnt's nicht wissen!" protestierte die andere mit einem gehetzten Blick.

„Doch! Ich errate es . . . Weil sie dir die Lilie eingebrannt haben! . . . Hör zu, ich verspreche dir, daß ich dem Gouverneur nichts sagen werde, aber nur unter der Bedingung, daß du mir in allem gehorchst."

Der verstörte Ausdruck der armen Julienne war ein Geständnis.

„Werdet Ihr bestimmt nichts sagen?" hauchte sie.

„Auf Marquisenehre, ich schwör's."

Und Angélique kreuzte zwei Finger und spuckte auf die Erde, die in der Gaunerzunft übliche Bekräftigung eines Versprechens.

Julienne gab vor Verblüffung keinen Ton von sich, ließ widerstandslos zu, daß Angélique ihren Oberkörper entblößte und Pflaster über den Rippen anbrachte, schluckte geduldig Heiltränke und Kräuteraufgüsse, so absorbiert von den undurchdringlichen Rätseln, die sie in diesem Amerika erwarteten, daß sie sogar zu stöhnen vergaß. Zum Schluß bettete Angélique sie in ihrem Winkel so bequem wir nur möglich, schob ihr eine Stütze unter den Nacken und tätschelte ihr die Wange, bevor sie sie verließ.

„Ich wette, daß Aristide, der Bursche, der dir so gefällt, genau wie du

496

auf dem Rücken eine Lilie hat. Sieh zu, daß du rasch gesund wirst, Mädchen. Auch du wirst zur Hochzeit gehen, und ihr werdet ein hübsches Paar abgeben. Auf Marquisenehre!"

Juliennes Lider flatterten über Feueraugen, deren Glut die Müdigkeit endlich dämpfte. Durch die Medizinen beruhigt, die sie eingenommen hatte, war sie schon nahe am Einschlafen.

„Komische Leute gibt's bei Euch", murmelte sie. „Wer seid Ihr zum Beispiel, Madame? . . . Ihr, die Ihr seht, was anderen verborgen bleibt. Ihr ähnelt den heiligen Königinnen, die . . . in den Meßbüchern abgebildet sind. Wie ist es möglich, daß einem Flittchen wie mir solches Glück zuteil wird? . . ."

Neunundsiebzigstes Kapitel

Die Wimpel flatterten im Wind. Die Segel waren bereit, sich zu blähen. Und wieder einmal versammelte sich alle Welt am Hafen.

„Nun? Wollt Ihr mich nicht umarmen?" rief Vanereick und streckte Angélique die Arme entgegen. „Nicht einmal in der Stunde des Abschieds?"

Sie trat zu ihm, küßte ihn auf beide Wangen, empfand seine feste Männerumarmung wie einen Trost, und es war ihr gleich, daß die am Ufer sich drängende Bevölkerung diesen Freundschaftsbezeigungen zusah.

Mochten sie denken, was sie wollten! Wen sie umarmte, war allein ihre Sache.

„Mut!" flüsterte ihr der Flibustier ins Ohr. „Ihr werdet gewinnen! Erinnert Euch nur meines Rats. Zur Beichte und dann ins Bett . . ."

Er schwenkte seinen breitkrempigen, gefiederten Hut in die Runde und sprang in das Boot, das ihn an Bord bringen sollte.

Die *Sans-Peur*, schon bebend im unwiderstehlichen Auftrieb der Flut, die Rahen besetzt mit Matrosen, die in kurzem die Segel entfalten würden, zerrte an ihrem Anker wie ein Vollblut an seiner Longe.

Vivatrufe und Hurrageschrei vermischten sich mit den kurzen Befehlen, die Vanereick von der Deckkajüte aus erteilte.

„Monsieur Prosper Jardin, seid Ihr bereit?"

„Jawohl, Monsieur", erwiderte der Maat.

„Monsieur Miguel Martinez, seid Ihr bereit?"

„Jawohl, Monsieur", antwortete der Erste Marsgast.

Und als die Aufzählung beendet war:

„Bereit. Mit Gott!" rief der Kapitän mit großer Geste.

Die Seile fielen, der Anker wurde klirrend gelichtet. Schon spannten sich die Segel, blähten sich strahlend weiß vor blauem Himmel, und langsam setzte sich die *Sans-Peur* in Bewegung und begann, sich zwischen den Inseln hindurchzulavieren, von dem kleinen Kutter gefolgt, in dem der Graf Peyrac und Colin Paturel ihre Gäste bis zum Ausgang der schwierigen Durchfahrt begleiteten.

Von der Höhe der Deckkajüte winkte die schöne Inés mit ihrem Fächer und dem Kopftuch aus gelbem Satin Angélique zu. Über die Gefühle ihres Vanereick beruhigt und fürs erste von jeder Konkurrenz befreit, ließ sich die kleine, abenteuernde Mestizin zu Freundschaftsäußerungen für die hinreißen, in der sie ihre gefährlichste Rivalin sah.

Als das Schiff nur noch ein fernes Gebilde weißer, pyramidenförmig vor dem Horizont sich abzeichnender Quadrate war, kehrte Angélique zum Fort zurück. Unterwegs begegnete sie dem Gewürzmann und seinem Kariben. Sie hockten nebeneinander im Sand und kauten Gewürznelken. Aus unerfindlichen Gründen hatten sie darum gebeten, noch einige Zeit bleiben zu dürfen. Nach der Teilung der Beute – kostbare Steine, Stoffe und Handelswaren –, an der, erstmalig in den Annalen der Freibeuterei, auch der Kapitän des gekaperten Schiffs, Paturel Exgoldbart, partizipiert hatte, war es ohnehin schon zum Austausch einiger Leute gekommen. So hatte sich Vanereick für zwei unbezahlbare Smaragde bereit erklärt, die unerwünschten Matrosen der *Coeur de Marie* an Bord zu nehmen, wo sie die im Kampf Gefallenen ersetzen sollten. Strenge Disziplin würde sie schon lehren, trotz ihrer Faulheit und Aufsässigkeit ihre Pflichten zu erfüllen.

Hyacinthe Boulanger hatte sich also von Aristide, seinem „Bruder der Küste", getrennt, der unter zahllosen Besserungsschwüren und jam-

498

mernden Hinweisen auf den prekären Zustand seines Unterleibs Colin angefleht hatte, ihn in Gouldsboro zu behalten. „Und dann hab' ich da einen Treffer gemacht", vertraute er dem haarigen Ohr Hyacinthes an, „ein schönes Kind, das Julienne heißt. Wenn ich gut bei ihr gelandet bin, geb' ich dir ein Zeichen, und du kommst zurück ..."

Man brauchte sich also keinen Illusionen hinzugeben. Man würde die *Sans-Peur* samt ihrer Ladung von schwarzen Augenklappen, Holzbeinen und zahnlosen, Rumdüfte verströmenden Mäulern wiedersehen, würde die munteren Vögel von der Insel der gefiederten Schildkröte wieder auf dem Halse haben, mit buntem Flitter herausgeputzt, mit Turbanen aus indianischen Stoffen, gespickt und behängt mit Messern, Dolchen, Säbeln, Pistolen und furchteinjagenden Äxten.

Der Sommer fing ja eben erst an.

Und man würde auch die im Morgengrauen abgesegelten englischen und Bostoner Schiffe wiedersehen, desgleichen die akadischen Schaluppen, die mit ihren Mic-Macs und einer im Tausch gegen das gelieferte Vieh eingehandelten Auswahl von Luxuswaren verschwunden waren, über die die Damen von Port-Royal drüben auf der anderen Seite der Französischen Bucht entzückt sein würden: Spitzen, Samte, Posamentierwaren, Seifen und Parfüms, dazu Waffen und Munition zur Verteidigung des französischen Forts, gestickte Banner und, Gipfel des unverhofften Segens, Kelch und Monstranz aus vergoldetem Silber, der spanischen Beute eines konvertierten Piraten entnommen. Würde Gott in seiner armseligen Kirche der ältesten, noch von Champlain gegründeten französischen Kolonie so nicht doppelt geehrt?

Eine seltsame Stille schien über die Niederlassung zu sinken. Schweigend gingen die Einwohner auseinander und kehrten in ihre hölzernen Häuser zurück.

„Seht", rief plötzlich die junge Séverine, „nur noch zwei Schiffe liegen in der Bucht vor Anker! Die *Gouldsboro* und die *Coeur de Marie*. Nach dem wahren Wald von Masten, der sich in den letzten Tagen dort wiegte, sieht's jetzt richtig leer aus!"

„Zwei ankernde Schiffe in der Bucht", wisperte in Angéliques Ohren die Stimme der geistersehenden Nonne.

Achtzigstes Kapitel

„Ich gehe zu dir, Liebster. Ich muß zu dir gehen ... Ich fürchte mich. Du bist ein Mann. Du stehst fest auf der Erde. Dein Schlaf ist tief, und nichts vermag in sein Dunkel zu dringen. Während ich eine Frau bin ... und weil ich Frau bin, werden die Zeichen für mich durchsichtig, so daß ich sie lesen kann ... Und was ich sehe, ist schrecklich! Ich kann nicht mehr schlafen."

Trotz des wiedergekehrten Friedens, trotz der munteren Liedchen, die die Matrosen trällerten, um ihre künftigen Eheliebsten zu necken:

> „Es waren zehn Mädchen in einem Hain,
> geheiratet wollten sie alle sein.
> Eine hieß Dine, die andere Chine,
> eine Claudine und eine Martine ...",

trotz der Entspannung, die den Tagen der Angst gefolgt war und die alle Kolonisten Gouldsboros empfanden, kam Angélique nicht zur Ruhe.

Der Juli knisterte, zog in einer Woge glühender Hitze über die Welt. Sein Leuchten war erfüllt vom betäubenden Gesang der Grillen und vom Summen der Bienen, von den Düften der Blumen, des Harzes und der überhitzten Säfte. Die hohen Kandelaber der roten, blauen und weißen Lupinen wetteiferten mit der Pracht der Goldruten, Wundergebilden aus purem Metall, mit tausend Arabesken verziert, die den Saum der Wälder bewachten. Mohnschwärme zogen sich längs der Ufer bis zum Ozean. Die Meeresvögel glitten in weißem Flug durch die blaue, rosig getönte Luft. Rosig war die Bucht. Wie eine geöffnete Blüte. Wie ein zur Umarmung bereiter Leib ...

> „Ah, Catherina und Catherinette!
> Und eine war die schöne Suzon,
> die Herzogin von Montbazon,
> und die andere die Du Mai-ai-ne ..."

Nur für Angélique erwies sich die ermattende, funkelnde, des Abends von malvenfarbenen, feurig geränderten Wolken kaum gemilderte Glut des Tages als giftig.

Am Tage nach dem Aufbruch der Schiffe, nach einer weiteren schlaflosen Nacht, beschloß sie, sich Waffen zu besorgen.

Sie hatte ihre Pistolen während des Angriffs auf das englische Dorf eingebüßt.

Yann Le Couénnec öffnete ihr das Arbeitskabinett des Grafen Peyrac im Fort, zu dem der junge Bretone den Schlüssel besaß. Sie war ihm vor dem Waffenmagazin begegnet, und er hatte ihr mitgeteilt, daß die *Gouldsboro* eine große Auswahl von Pistolen, Hakenbüchsen und Musketen von ihrer letzten Fahrt mitgebracht habe. Der Graf habe die schönsten Stücke unter den neuen Modellen einstweilen bei sich behalten, um sie in aller Muße prüfen zu können.

Aus einer Truhe förderte Yann die fraglichen Waffen ans Licht und legte sie auf dem großen Tisch aus, Gänsefedern und Schreibzeug beiseite schiebend; er öffnete das schmale Fenster, um mehr Licht hereinzulassen. In dem kleinen, engen Raum schwebte Joffreys vertrauter Duft nach Tabak und irgend etwas wie Sandelholz, etwas Orientalischem, mit dem Joffrey seine Kleidung tränkte. Es war ein klares, aber subtiles Parfüm, dessen Originalität nicht zu gefallen suchte, doch absolut der zugleich reservierten und verführenden Persönlichkeit dessen entsprach, der es benutzte.

„Unterrichtet den Herrn Grafen über meinen Wunsch, wenn Ihr ihn seht", sagte Angélique zu dem Bretonen. „Ich fand heute morgen keine Gelegenheit, mit ihm zu sprechen."

Würde er diesen in alltäglichen Worten an „ihn" gerichteten Ruf vernehmen? Würde er kommen?

Sie beugte sich über die neuen Waffen. Die Beschäftigung mit ihnen riß sie aus ihrem Kummer. Die Schlösser einiger englischer Pistolen wiesen interessante Verbesserungen auf. Der Schlagbolzen und der Deckel der Zündpfanne waren gekoppelt, was zweifellos das Risiko einer zufälligen Entladung verstärkte, weshalb man zur Sicherung eine kleine Kralle am Sporn des Hahns angebracht hatte, von Fachleuten „dog-lock" genannt.

Trotz dieser offensichtlichen Vervollkommnung zog Angélique die französischen Waffen vor – zweifellos, weil sie an sie gewöhnt war. Auch eine langläufige Pistole aus dem Norden mit einem Kolben aus Elfenbein erregte ihr Interesse durch ihre elegante Form. Das System des Schlosses war ziemlich simpel, hatte aber den Vorteil, daß man jeden zufällig aufgelesenen Kiesel benutzen konnte, während die anderen Schlösser genau zugeschnittene, eingepaßte Steine erforderten, was in einem noch so gut wie unzivilisierten Land wie hier zu Schwierigkeiten führen mußte.

Sie war noch dabei, die Waffe zu mustern, als sie jemand hinter sich eintreten hörte, fraglos Joffrey.

„Ich bin gekommen, um mir Waffen auszusuchen", sagte sie mit einer halben Kopfwendung. „Ich habe meine Pistolen in Newehewanik verloren."

Sie fühlte seinen Blick in ihrem Nacken, und einmal mehr wurde sie sich der Schwäche und des Wirbels dumpfer Freude bewußt, die seine bloße Anwesenheit trotz allem in ihr auslösten.

Von hinten hätte er sie im ersten Moment fast nicht erkannt, obwohl Yann ihn benachrichtigt hatte, daß Madame de Peyrac sich in seinem Arbeitskabinett befand.

Die Robe aus violettem Taft mit ihrem reichen Faltenwurf und der schwere, aus mattem Gold geflochtene Knoten in ihrem Nacken veränderten sie. Er hatte an die Erscheinung einer fremden Nobeldame geglaubt ... Von welchem Schiff an Land gebracht? ... Aber seit kurzem landete alle Welt in Gouldsboro! Man konnte auf alles gefaßt sein!

Ein flüchtiger, aber pikanter Eindruck! An der Geschicklichkeit, mit der „die Fremde" mit den Waffen umging, erkannte er, daß *sie* es war. Es gab nur eine Frau auf der Welt, die mit so ungehemmter Vertrautheit eine Pistole in die Hand nahm: Angélique.

Ebenso wie es nur eine Frau auf der Welt gab, die so schöne Schultern hatte.

Er näherte sich.

„Habt Ihr etwas nach Eurem Gefallen gefunden?" fragte er in einem Ton, der gleichmütig klingen sollte, ihr aber eisig schien.

„Ich zögere noch, um die Wahrheit zu sagen", erwiderte sie, sich zur Ruhe zwingend. „Die einen scheinen mir ausgezeichnet für ihren Zweck entworfen, aber unhandlich. Die anderen sind elegant, enthalten jedoch nicht ungefährliche Fehler."

„Ihr seid anspruchsvoll. Auf diesen Waffen findet Ihr die Herkunftszeichen der besten Handwerker Europas. Thuraine für Paris, Abraham Hill für England. Und diese Pistole mit dem elfenbeinernen Kolben kommt aus Maastricht in Holland. Seht Ihr diesen am Ende des Kolbens eingeschnitzten Kriegerkopf?"

„Sie ist gewiß sehr schön."

„Aber sie gefällt Euch nicht."

„Ich war an meine alten französischen Pistolen gewöhnt. Man mußte die einzelnen Teile in die Tasche stecken und irrte sich deshalb zuweilen, aber sie erlaubten alle möglichen Feinheiten."

Sie kam sich vor, als sei sie an einem Theaterdialog beteiligt. Beide schienen sie Worte zu sprechen, die nicht ihre eigenen waren.

Peyrac zögerte offensichtlich, dann wandte er sich um, trat zu der geöffneten Truhe und kehrte mit einem länglichen Mahagonikästchen zurück, das er vor sie auf den Tisch stellte.

„Ich hatte Erikson beauftragt, das für Euch aus Europa mitzubringen", sagte er kurz.

Im Mittelpunkt des Deckels entfaltete ein eingelegtes goldenes „A" seine Schnörkel in einer Umrahmung ineinander verflochtener Blumen aus Emaille und Perlmutter, eine Arbeit von spinnwebhafter Feinheit, die die Details jeder einzelnen Blüte erkennen ließ.

Angélique legte die Finger auf den kunstgeschmiedeten Verschluß. In ihrem Schrein aus grünem Samt zeigten sich zwei Pistolen mit Zubehör: Pulverhorn, Zündhütchenschachtel und eine Gießform für Kugeln. Alles in auserlesenstem Material und mit dem gleichen Bemühen um Eleganz und Schönheit gefertigt.

Mit dem ersten Blick sah Angélique, daß diese Waffen für sie gedacht, entworfen und hergestellt worden waren.

Mit äußerster Sorgfalt ausgeführt, verriet jede Einzelheit, daß Büchsenmacher, Schmied und Ziseleur bei der Verwirklichung dieser schönen Kriegsgeräte nur ein Ziel verfolgt hatten: die zufriedenzustellen und zu entzücken, die sich ihrer bedienen würde. Sie, Angélique, eine Frau am anderen Ende der Welt.

Sie hatten zweifellos spezielle, zweckdienliche Anweisungen erhalten, hatten Zeichnungen zu ihrer Verfügung gehabt, sehr genaue, vom Grafen Peyrac entworfene Pläne, die den Ozean überquert und schließlich den Weg zu ihren Werkstätten in Sevilla oder Salamanka, Rivoli oder Madrid gefunden hatten. Und da die Anweisungen von prallen, mit Golddublonen gefüllten Lederbörsen begleitet waren, hatten sie sich der ungewöhnlichen Aufgabe, Pistolen für eine Frauenhand zu fertigen, mit all der ihnen eigenen Kunstfertigkeit gewidmet.

„Ein so schönes Geschenk", dachte Angelique, „das er mit Liebe für mich erdacht hat ... mit Liebe! ... und das er mir in diesem Frühling in Gouldsboro überreichen wollte!"

Ihre Hände bebten, während sie die herrlichen Waffen nacheinander aus dem Kästchen nahm. Sie sollten sie ja nicht nur in die Lage versetzen, mit einem Maximum an Schnelligkeit und einem Minimum an Unzuträglichkeiten mit ihnen zu schießen und sich zu verteidigen – das Laden von Feuerwaffen war für zarte Finger alles andere als eine erfreuliche Angelegenheit –, sondern sollten auch ihren persönlichen Geschmack befriedigen.

Wie wäre es auch möglich, von den eingelegten Blumenornamenten der blanken Kolben aus bernsteinfarbenem, rötlich überhauchtem Holz nicht bezaubert zu sein!

Die Läufe waren lang, aus spanischem Stahl, einem höchst seltenen Material, durch Öle gebläut, um das verräterische Spiegeln des Metalls zu vermeiden. Im Innern der Zielsicherheit wegen gerillt, doch glatt an der Mündung.

„Wie er weiß, was ich liebe, was mir gefällt!"

Hinter der Schönheit dieses Geschenks glaubte Angélique Joffrey zu sehen, wie er im letzten Herbst kurz vor der Abfahrt des Schiffs heimlich mit hastiger Feder Pläne und Berechnungen zu Papier gebracht und mit wenigen Tintenstrichen die Grundzüge dieses Meisterwerks für sie entworfen hatte.

Erregung schnürte ihr die Kehle zu. Und sie stellte sich eine Frage. Warum hatte er ihr an diesem Morgen sein Geschenk übergeben? War es ein Zeichen der Versöhnung? Wollte er ihr zu verstehen geben, daß die Verfemung, die er ihr aufzwang, sich zu lockern begann?

Am Fenster stehend, verfolgte Joffrey mit einem Blick, den er sich weniger gierig gewünscht hätte, die Entwicklung ihrer Gedanken auf ihrem ausdrucksvollen Gesicht.

Eine rosige Welle hatte ihre bleichen Wangen überflutet, als sie den Deckel des Kästchens hob, dann war ein Ausdruck staunender Bewunderung gefolgt, hervorgerufen durch die Schönheit der Waffen. Er hatte nicht widerstehen können, ihr diese Freude zu schenken. Er wollte sie glücklich sehen, durch ihn, und wäre es auch nur für einen kurzen Augenblick.

Sie biß sich auf die Unterlippe, und er sah ihre langen Wimpern flattern.

Endlich wandte sie ihm ihre schönen Augen zu und murmelte:

„Wie kann ich Euch danken, Monsieur?"

Ein Zittern durchlief ihn, denn die Worte erinnerten ihn an jenes erste Geschenk, ein Smaragdkollier, das er ihr in den fernen Tagen von Toulouse gemacht hatte – und vielleicht hatte auch sie daran gedacht.

Trocken und fast ein wenig schroff antwortete er:

„Ich weiß nicht, ob Ihr bemerkt habt, daß es sich um ein spanisches Schloß handelt. Die außen angebrachte Feder bewirkt größere Schußkraft. Ein spezieller Wulst schützt die Hand."

„Ich seh's."

Auf diesem Wulst prangte ein langschwänziger Salamander, dessen Zunge aus Goldfiligran auf eine den Kolben schmückende Klatschmohnblüte aus roter Emaille zielte. Keine Eidechse, sondern ein Salamander, denn der elfenbeinerne Körper des winzigen Tierchens war mit Gagatsplittern gefleckt. Dem Kolben zu war das Metall des Schlosses mit Weißdornblüten von spinnwebfeiner Zartheit in erhabener Arbeit dekoriert, und das „Auge" des Hahns, das der Künstler mit der gleichen minutiösen Feinheit ziseliert hatte, glänzte lebendig.

Doch unter der Raffinesse dieser Verzierungen verbarg sich die nervöse, unerbittliche Spannkraft des Mechanismus.

Und während sie mit leichtem Finger, einer Berührung, der er die märchenhafte Geschicklichkeit ansah, mit der sie die unerwartetsten

Aufgaben bewältigte, die verschiedenen Teile des Schlosses spielen ließ, war es ihre Schönheit, die er betrachtete, und der Gegensatz zwischen dem Reiz ihrer Weiblichkeit und der Strenge ihrer Amazonengesten benahm ihm den Atem.

Im Ausschnitt ihrer Korsage sah er perlmutterne Haut, leuchtender noch durch die Schatten des geheimnisvollen Tals, in dem sich ihr Schimmer verlor.

In der milchigen Zartheit dieses Frauenfleischs, dieser vergänglichen, schwellenden Blütenkrone, sah er das Symbol ihrer Schwäche, die Verletzlichkeit ihres Geschlechts.

Eine Frau mit zärtlichen Brüsten, das war sie und blieb sie unter ihrer kriegerischen Maskierung.

„Sie hat meine Kinder in ihrem Schoß getragen", dachte er, „meine Söhne. Ich habe niemals andere von einer anderen Frau haben wollen."

Der Zauber, der von ihr ausstrahlte, behexte, berauschte, lähmte ihn, ließ das Verlangen in ihm wach werden, ihre schmale Taille zu umspannen, seine Hände um ihre Flanken zu legen und durch den Taft der amethysten schillernden Korsage die Wärme ihres Körpers zu spüren. Seit allzu langer Zeit waren seine Arme leer von ihr.

Er trat zu ihr, wies auf die Pistole in ihrer Hand und befahl mit ein wenig rauh klingender Stimme:

„Ladet sie! Spannt den Hahn!"

„Werde ich es können? Das Schloß ist mir nicht vertraut."

Er nahm sie ihr aus der Hand, füllte Kugeln und Pulver ein, plazierte das Zündhütchen. Und sie folgte den Bewegungen seiner braunen Hände, begierig, sich über sie zu neigen und sie zu küssen.

Er gab ihr die Waffe zurück: „Das wär's."

Und mit einem kaustischen Lächeln:

„Ihr könntet mich jetzt töten ... Euch eines störenden Gatten entledigen."

Angélique wurde leichenblaß. Nur mühsam gelang es ihr, mit zitternder Hand die Pistole in ihrem Behältnis unterzubringen.

„Wie könnt Ihr so törichtes Zeug schwatzen!" brachte sie endlich hervor. „Eure Bosheit ist unglaublich!"

„Denn Ihr seid das Opfer, wie es scheint."

„In diesem Moment, ja . . . Ihr wißt recht gut, daß Ihr mich auf unerträgliche Weise quält, wenn Ihr so sprecht."

„Und zweifellos auch unverdient?"

„Ja . . . nein . . . ja, unverdienter jedenfalls, als Ihr denkt . . . Ich habe Euch keineswegs so beleidigt, wie Ihr glauben wollt . . . und Ihr wißt es genau. Aber Euer verrückter Stolz hindert Euch, es zuzugeben."

„Eure Unehrlichkeit und Schamlosigkeit übersteigen in der Tat alles, was sich vorstellen läßt."

Und wie an jenem Abend überkam ihn das unsinnige Verlangen, sie zu vernichten, niederzuschlagen und sich zugleich vollzusaugen mit ihrem Duft, ihrer Wärme wie mit berauschendem Weihrauch und sich im Strahlen ihrer von Zorn und Liebe, Verzweiflung und Zärtlichkeit entflammten Augen zu verlieren.

Aus Furcht, weich zu werden, wandte er sich zur Tür.

„Joffrey", schrie sie auf, „werden wir in die Falle stürzen?"

„Welche Falle?"

„Die unsere Feinde auf unserem Wege gegraben haben."

„Welche Feinde?"

„Die, die beschlossen hatten, uns zu trennen, um uns leichter überwältigen zu können. Und schon ist es geschehen! Ich weiß nicht, wie es eingefädelt wurde, als alles begann, und durch welche Ränke wir unterlegen sind, aber ich weiß, daß es jetzt soweit ist: *Wir sind getrennt!*"

Sie glitt zu ihm, legte ihre Hand auf seine Brust über seinem Herzen.

„Liebster, wollen wir ihnen so schnell den Sieg überlassen?"

Er löste sich mit einer Hast, durch die sich seine Angst verriet, allzu schnell nachzugeben.

„Das ist die Höhe! Ihr benehmt Euch unverantwortlich, und dann beschuldigt Ihr mich, daß ich mich unvernünftig verhielte. Wie seid Ihr zum Beispiel in Hussnock auf die Idee gekommen, unversehens nach dem englischen Dorf aufzubrechen?"

„Habt Ihr mir nicht den Befehl dazu überbringen lassen?"

„Ich? Nie im Leben!"

„Aber *wer* dann?"

Er starrte sie wortlos an, plötzlich von einer erschreckenden Ahnung befallen.

Obwohl von überlegener Intelligenz, verhielt sich Peyrac bei seinen Versuchen zur Entdeckung der Welt ganz und gar männlich. Die Männer bewegen sich durch Sprünge der Intelligenz voran, während die Frauen sich vom Instinkt ihres kosmischen Vorherwissens leiten lassen. Sprünge großer Raubtiere für die Männer. Lange Zeit unbeweglich, zuweilen in einem Zustand des Stagnierens, beunruhigender Weigerung, sich zu rühren, schwingen sie sich jäh auf, zerreißen die Nebelschleier und entdecken, packen zu, können mit einem einzigen Blick wie im Aufleuchten eines Blitzes die Grenzen des Horizonts weiter in die Ferne zurückweichen sehen.

So erging es Peyrac in dem Moment, in dem Angéliques Stimme in ihm eine Folge leidenschaftlicher Regungen weckte und er alles, was ihn umgab, sich verwandeln, eine andere Bedeutung, ein neues Aussehen annehmen sah. Ja, eine schwere Gefahr stand ihnen bevor. Doch weigerte sich seine männliche Logik, an einen Angriff geheimer, okkulter Art zu glauben.

Aber Angélique hatte sich nicht getäuscht. Mehr als er besaß sie den mystischen Sinn, und er gab sich keiner Täuschung darüber hin, daß auch das zählte.

Er wehrte sich.

„Albernes Geschwätz – Eure sogenannten Vorahnungen", brummte er. „Das wäre zu einfach. Ehebrecherische Frauen brauchten sich künftig nur auf die Komplicität der Dämonen zu berufen. Sollten es sie, unsere Feinde, oder der Zufall gewesen sein, Madame, die Euren einstigen Liebhaber zur Cascobucht führten, bereit, Euch in seine Arme zu schließen?"

„Ich weiß nicht. Aber der Pater de Vernon sagte, wenn diabolische Dinge in Bewegung gerieten, sei der Zufall immer auf der Seite dessen, der das Böse wolle, also auf der Seite des Bösen, der Zerstörung und des Unglücks."

„Wer ist nun wieder dieser Pater de Vernon?"

„Ein Jesuit, der mich in seinem Boot von Maquoit nach Pentagouët brachte."

Diesmal schien Peyrac wie vom Blitz gerührt.

„Ihr seid in die Hände französischer Jesuiten gefallen?" rief er erregt.

„Ja. In Brunswick Falls. Es fehlte nicht viel, und sie hätten mich gefangen nach Québec geschafft."

„Erzählt mir das."

Während sie ihm kurz von ihren Abenteuern seit ihrem Aufbruch von Hussnock berichtete, sah er im Geiste Uttakeh, den Mohawkhäuptling, vor sich, der ihm gesagt hatte:

„Du besitzt einen Schatz. Man wird versuchen, ihn dir zu entreißen..."

Hatte er nicht immer vermutet, daß man versuchen würde, ihn durch sie, Angélique, zu treffen?

Sie hatte recht.

Feinde umschlichen sie, listiger, verschlagener und schlauer selbst als die höllischen Geister der Luft.

Konnte er leugnen, daß er nicht mehr daran zweifelte, er, in dessen Wams die anonyme Botschaft steckte, die ein unbekannter Matrose ihm am Abend nach dem Gefecht mit der *Coeur de Marie* überbracht hatte? Ein Stück Pergament, auf das eine kratzige Feder die Worte geschrieben hatte:

„Eure Gattin befindet sich mit Goldbart auf der Insel des alten Schiffs. Landet auf der Nordseite, damit sie Euch nicht kommen sehen. Ihr werdet sie in zärtlicher Umarmung überraschen."

Höllische Geister, ohne allen Zweifel, die sich jedoch, im Labyrinth der Inseln verkrochen, einer Feder zu bedienen wußten, um dem in erster Linie Interessierten eine so zersetzende Denunziation zukommen zu lassen.

Er atmete tief. Alles veränderte sich vor seinen Augen, ordnete sich neu, und in diesem fließenden Durcheinander erschien ihm Angéliques Treulosigkeit nicht mehr so berechnend-niederträchtig wie zuvor. Sie hatte sich im Netz des vom Zufall unterstützten Komplotts verstrickt. So weiblich, wie sie war, war es unvermeidlich, daß sie sich verletzlich zeigte, aber er hatte auch gespürt, daß sich unter ihrer Schwäche ein seltsamer Mut verbarg.

Er rief sich die Nacht auf der Insel in die Erinnerung zurück. Während er Colin und Angélique von weitem beobachtet hatte, war ihm ihr Kampf gegen die Versuchung nicht entgangen.

Gewiß, es war ihm nicht gerade angenehm gewesen, feststellen zu müssen, daß auch ein anderer Mann als er eine Versuchung für sie bedeuten konnte, aber er wußte, daß er in diesem Punkt ebenso unvernünftig wie ein Jüngling war.

Was blieb, war die Loyalität ihm gegenüber, die sie in dieser Nacht bewiesen hatte. Und was die Vorgänge auf der *Coeur de Marie* betraf, legte er keinen Wert darauf, auch das letzte zu erfahren, zumal gewisse Äußerungen Colin Paturels aufhellend genug gewesen waren.

Zuweilen schien es ihm, als fiele es ihm leichter, Angélique eine Umarmung zu verzeihen als einen einzigen leidenschaftlichen Kuß, denn er kannte sie in den verschwiegensten Bereichen ihrer Lust. Ein Kuß war für sie eine tiefere Bindung als die Hingabe selbst. So war sie, seine unvorhersehbare Göttin! Sie gab lieber ihren Körper preis als ihre Lippen. Er hätte schwören mögen, daß es mit dem „anderen" auch so gewesen war.

Und er hätte sich gern gesagt, daß nur sein Mund sie verlockte. Doch mit diesem Anspruch bewies er wiederum jünglingshaft-lächerliche Gefühle. So weit hatte sie ihn also gebracht nach einem Dasein, in dem er aus Vorsicht den Frauen nur einen zwar reizenden und wichtigen, aber seine Persönlichkeit nicht beeinträchtigenden Platz hatte einräumen wollen.

Nutzlos, sich bei Gewesenem aufzuhalten.

Viel ernster waren die Gefahren, die sie eingegangen war, die Fallen, die man ihr gestellt hatte. Er mußte Klarheit in diese Dinge bringen.

Er schritt vor ihr auf und ab, warf ihr gelegentlich einen Blick zu, in dem sie zuweilen unter dem Einfluß seiner Überlegungen und Vermutungen ein hartes Leuchten auffunkeln sah.

„Was glaubt Ihr, aus welchen Gründen der Pater de Vernon Euch Eure Freiheit gelassen hat?" fragte er plötzlich.

„Ich weiß es wahrhaftig nicht. Vielleicht hatte er sich im Verlauf der drei Reisetage überzeugt, daß ich nicht die Dämonin von Akadien sein konnte, wie alle Leute es sich einbilden."

„Und Maupertuis? Sein Sohn? Wo sind sie?"

„Ich fürchte, man hat sie mit Gewalt nach Kanada gebracht."

Der Graf explodierte:

„Diesmal bedeutet es Krieg!" rief er. „Genug mit dem versteckten Kampf! Ich werde meine Schiffe nach Québec führen!"

„Tut es nicht! Es wird uns nur Verluste einbringen, und man wird mich mehr als je anklagen, Unglück zu verbreiten. Viel wichtiger ist, daß wir uns nicht trennen! Wir dürfen sie nicht über uns siegen lassen, indem sie uns auseinanderreißen, uns verwunden ... Joffrey, Liebster, Ihr wißt, daß Ihr alles für mich seid ... Stoßt mich nicht zurück, ich stürbe vor Schmerz. Ohne Euch bin ich nichts!"

Sie streckt die Arme nach ihm aus wie ein verirrtes Kind.

Sie liegt in seinen Armen, und er preßt sie an sich, als wolle er sie zerbrechen. Er verzeiht noch nicht, aber er will nicht, daß man sie ihm nimmt. Er will nicht, daß man sie bedroht, daß man ihr nach dem Leben trachtet. Ihrem kostbaren, unersetzlichen Leben.

Seine eiserne Umarmung zermalmt sie, und sie zittert, überflutet von Freude, die Wange gegen seine harte Wange gepreßt. Der Himmel schwankt, blendet ihre Augen.

„Ein Wunder! Ein Wunder!" schreit eine ferne Stimme im Raum. „Ein Wunder! Ein Wunder!"

Die Stimmen draußen werden immer lauter.

„Ein Wunder! Ein Wunder! Monseigneur, wo seid Ihr? Kommt schnell! Ein wahres Wunder!"

Es ist die Stimme Yann Le Couénnecs. Er steht im Hof, unter dem Fenster.

Peyrac löst seine Umarmung. Er stößt Angélique zurück, als ob er die impulsive Regung bedauerte, die ihn die Arme öffnen ließ.

Er tritt zum Fenster.

„Was gibt's?"

„Ein wahres Wunder, Monseigneur! Die Wohltäterin ... Die Edeldame, die die Mädchen des Königs begleitete und die man ertrunken glaubte, lebt! Kabeljaufischer aus Saint-Malo haben sie samt ihrem Sekretär, einem Matrosen und einem Kind, das sie gerettet hat, auf einer Insel der Bucht gefunden. Ein Boot bringt sie herein ... Sie laufen soeben in den Hafen ein."

Einundachtzigstes Kapitel

„Habt Ihr gehört?" fragte Peyrac und wandte sich zu Angélique. „Die Wohltäterin! Es scheint, der Ozean hat die ehrenwerte Herzogin und ihren Federfuchser zu unverdaulich gefunden."

In seinem Blick lag etwas wie Verlegenheit und Bedauern.

„Wir sehen uns später", sagte er. „Ich halte es für meine Pflicht, dieser aus den Wassern erretteten und wie Jonas von seinem Wal an unser Ufer gespienen armen Frau entgegenzugehen. Begleitet Ihr mich, Madame?"

„Sobald ich die Waffen zurückgelegt habe, folge ich Euch zum Hafen." Er entfernte sich zögernd.

Angélique stampfte wütend auf.

Julienne hatte entschieden recht gehabt. Diese Wohltäterin konnte einen wahrhaftig ankotzen. Nach drei Tagen, in denen sie als ertrunken galt, hätte sie gut noch ein paar Stunden länger warten können, bevor sie wieder an der Oberfläche auftauchte, und das genau in dem Augenblick, in dem Joffrey ihr seine Arme öffnete. Alle Schutzwälle dieses mißtrauischen Herzens waren noch nicht gefallen.

Sie hatte seine Besorgnis um sie gespürt, aber auch seinen abwehrbereiten Stolz. Und das Los schien plötzlich gegen sie zu entscheiden.

Trotz der Erinnerung an seine allzu kurze Umarmung schleicht sich tödliche Kälte in Angéliques Adern, bedrückt ihren Geist.

Es drängt sie, ihm zu folgen, ihn zu rufen, ihn anzuflehen.

Ihre Beine sind schwer und bewegen sich nur mit Mühe wie in einem Alptraum.

Sie taumelt gegen den Türrahmen und erschrickt. Vom Boden her starrt sie ein Dämon mit blinkenden Zähnen und glühenden Augen an.

Ein Schauer überläuft sie. Übelkeit steigt in ihr auf.

„Ah! Du bist es, Wolverine! Du hast mir Angst gemacht."

Der Vielfraß ist Cantor nicht zum Kennebec gefolgt. Er schnüffelt überall im Dorf herum mit seinem schweren, schlangenhaft geschmeidigen Körper eines gewaltigen Marders.

Er ist da. Betrachtet sie.

„Geh! Geh fort", flüstert sie ihm bebend zu. „Kehr in deine Wälder zurück."

Im grünen Laubgewirr eines Baums rührt sich eine dunkle, mächtige Gestalt.

Wiederum ist es nur die Fata Morgana einer drohenden Gefahr; es ist Mr. Willougby, der Bär, der im weichen, lauen Wind die Düfte der Früchte wittert.

Er dreht einen Stein mit seiner Tatze um, entdeckt Ameisen, die er flink mit seiner Zunge aufleckt.

Angélique ging mit mechanischen Schritten zum Strand hinunter. Ein ferner Lärm, der sich mit jedem Schritt weiter zu entfernen schien, leitete sie. Die erloschene Stimme eines weißen Phantoms rief sie im Vorübergehen an.

„Madame de Peyrac! Madame de Peyrac!"

„Was macht Ihr hier, Marie? Seht Euch vor! Ihr hättet mit Euren Verletzungen nicht aufstehen dürfen!"

„Stützt mich, ich bitte Euch, Madame! Ich will zu meiner Wohltäterin."

Angélique stützt die biegsame, zerbrechliche Gestalt des Mädchens mit dem Gesicht einer Erleuchteten. Ihre Füße kommen trotz allem voran. Von Zeit zu Zeit dreht sie sich um und sieht die, die ihr folgen, den Bär und den Vielfraß, und sucht sie mit heftigen Gesten zu verscheuchen.

„Geht fort! Schert euch fort, ihr gräßlichen Tiere!"

Zweiundachtzigstes Kapitel

Sie sind alle am Strand versammelt. Der Strand! Das Amphitheater, das sich für sie auf die jeden Tag um neue Spektakel bereicherte Szene öffnet: die Bucht.

Heute nähert sich ein Boot. Angélique hört die Rufe der Menschen, Schluchzen, Schreie der Freude, der Ergebenheit.

„Sie lebt", flüstert die sanfte Marie unter Tränen. „Gott und alle Heiligen des Paradieses seien gelobt!"

Angélique verhielt an der Stelle, wo der Boden sich zum Wasser zu senken begann. So konnte sie besser sehen, was geschah. Das Boot war schon nah, und Yann lief hinzu, um den Schock des Auflaufens auf den Strand zu dämpfen.

Ihm folgten mit hysterischem Gekreisch die Mädchen des Königs.

Angélique gelang es nicht, in diesem Trubel die Gestalt der Herzogin zu entdecken. Statt dessen wurde ihr Blick durch die ungewöhnliche Erscheinung einer jungen Frau angezogen, deren auffallende, prächtige Robe im Vorderteil des Boots leuchtete.

Trotz der Entfernung bestand für Angélique kein Zweifel, daß diese junge Frau – oder war es ein Mädchen? – hinreißend sein mußte. Eine Blume. Oder ein Vogel, wenn man die Buntscheckigkeit ihres Aufputzes in Betracht zog. Er wies alle Kühnheiten der Mode auf, und dennoch bildete die Verbindung ihres weiten entenblauen, über einem kurzen Rock aus gelbem Satin gerafften Schleppmantels mit der blaßblauen, auf ein rotes Plastron geöffneten Korsage ein Ensemble von überraschender Eleganz, das ihr zum Entzücken stand.

Einziges Detail, das nicht dazu paßte: das jämmerliche Kind, das sie in den Armen hielt.

„Ihr habt mein Kind gerettet! Seid dafür gesegnet!" rief die zitternde Stimme Jeanne Michauds aus der sich drängenden Schar.

Die ausgestreckten Arme der Mutter griffen nach dem kleinen Pierre.

Von ihrer Last befreit, legte die Frau im schillernden Staat ihre Hand auf eine ihr gebotene Männerfaust, hob den Saum des Satinrocks, um jede Berührung mit dem Wasser zu vermeiden, und sprang leichtfüßig auf den Sand.

Und das, was Angélique in dieser Sekunde bemerkte, sollte sich für lange Zeit in ihr Gedächtnis graben, dort maßlos übertriebene und in der Tat kaum verständliche Bedeutung gewinnen, bis zu dem Tage, an dem sie, von unbewußt registrierten Erinnerungsbildern verfolgt, in ihnen schließlich den Schlüssel zu so manchem Rätsel finden würde.

Sie gewahrte die scharlachroten Strümpfe an den Beinen der jungen Frau und die kleinen Pantoffelschuhe aus karminrotem Samt mit weißen Lederbesätzen, die Rosetten aus Goldsatin verzierten.

Angélique hörte sich laut fragen:

„Aber ... wer ist denn diese Frau?"

„Sie", antwortete Marie in einem Schluchzen. „Sie, unsere Wohltäterin! Madame de Baudricourt! ... Seht nur! Ist sie nicht schön? Geschmückt mit allen Tugenden, mit aller Anmut!"

Das junge Mädchen entwischte den Armen, die es stützten, lief mit letzter Kraft auf die Herzogin zu und sank vor ihr in die Knie.

„Marie, mein liebes Kind!" sagte eine sanft und tief klingende Stimme – ein bewegender Kontrast –, während die Sprechende sich über sie neigte, um sie auf die Stirn zu küssen.

Ein dunkel gekleideter, leicht korpulenter Mann mit einer Brille auf der Nase war unbeachtet gleichfalls dem Boot entstiegen und bemühte sich nun vergeblich, Ordnung in den Wiedersehenstrubel zu bringen.

„Mesdames! Ich bitte Euch, Mesdames! Gestattet endlich der Frau Herzogin, die Huldigungen des Herrn dieses Orts zu empfangen."

Ein Stück weiter den Strand hinauf wartete Joffrey de Peyrac, von den Falten seines weiten Mantels umflattert, und wenn ihn das unerwartete Äußere dieser herzoglichen Wohltäterin überrascht hatte, verriet es sich allenfalls durch die kaum spürbare Ironie seines Lächelns.

„Tretet beiseite, Mesdames!" zeterte noch immer der Brillenmann. „Habt Mitleid mit der Erschöpfung der Frau Herzogin."

An den zurückweichenden Mädchen vorbei gelang es Madame de Baudricourt endlich, ein paar Schritte in Richtung auf den Grafen Peyrac zu tun.

Aus dieser Nähe sah Angélique, daß die Kleidung der Herzogin vom

Meerwasser mitgenommen und an einigen Stellen zerrissen war und daß ihre Füße beim Auftreten auf den Sand zu schmerzen schienen, dessen Nachgiebigkeit ihren Gang noch mehr erschwerte, und trotz ihrer Grazie und der Feinheit der Knöchel, die ein dünner Reifen aus Goldfäden unterstrich, wirkte er schwer wie der Angéliques, als sie vorhin zum Hafen gegangen war.

Doch diese Füße logen unverschämt. Oder es war das Gesicht, das log. Es war weniger jung, als sie vorhin von weitem geglaubt hatte, aber auch schöner. Diesem Gesicht nach mußte die Herzogin Ambroisine de Baudricourt etwa dreißig Jahre alt sein. Sie besaß die ganze Unbekümmertheit und Sicherheit, den zugleich animalischen und raffinierten jugendlichen Elan dieses herrlichen Alters.

Dennoch wurde es den kundigen Augen Angéliques immer deutlicher, daß diese strahlende Person, die da langsam den Strand heraufkam, einem Zusammenbruch nahe war. Erschöpfung? Angst? ... Nicht zu unterdrückende Erregung?

Und Angélique begriff nicht, warum es ihr absolut unmöglich war, dieser am Ende ihrer Kräfte angelangten jungen Frau entgegenzugehen, um ihr zu helfen, sie zu stützen, wie sie es bei jedem anderen menschlichen Wesen getan hätte.

Peyrac fegte dreimal mit der Feder seines Huts über den Boden, während er sich vor dem schönen Geschöpf verneigte. Dann küßte er die ihm gebotene Hand.

„Ich bin der Graf Peyrac de Morens d'Irristru ... Gaskogner. Seid willkommen, Madame, in meiner Niederlassung in Amerika."

Sie hob zu ihm ihren bernsteinfarbenen Blick, der sich verschleierte.

„Ah, Monsieur, welche Überraschung! Ihr tragt den Mantel mit größerer Eleganz als ein Höfling in Versailles."

„Madame", erwiderte er galant, „wißt, daß es an dieser Küste mehr wohlgeborene Edelleute gibt als im Vorzimmer des Königs."

Er neigte sich von neuem über die weiße, eisige Hand und wies sodann auf die nur wenige Schritte entfernt reglos stehende Angélique.

„Und das ist die Gräfin Peyrac, meine Frau, die Euch nach Eurer grausamen Reise wünschenswerte Erfrischungen bringen lassen wird."

Ambroisine de Baudricourt wandte sich zu Angélique, und jetzt wa-

516

ren ihre Augen düster wie die Nacht in ihrem lilienhaften Gesicht. Ein leidendes Lächeln glitt um ihre plötzlich entfärbten Lippen.

„Ohne Zweifel gibt es auch in ganz Versailles keine schönere Frau als Eure Gattin, Monsieur de Peyrac", sagte sie mit ihrer tiefen Stimme, die zu singen schien.

Ihre Blässe nahm zu. Ihre Lider flatterten. Ein Seufzer, ein leiser, klagender Laut hauchten über ihre Lippen.

„Verzeiht mir, Madame", murmelte sie. „Ich sterbe..."

Und sie glitt in ihrem schillernden Putz, glitt sanft wie ein mitten im Flug getroffener, zauberhafter Vogel zu Boden und sank ohnmächtig zu Füßen Angéliques. Einen kurzen Moment beherrschte diese das Gefühl, allein an einem unbekannten, unwirklichen Ort zu sein.

Wie erstarrt und von einer unsagbaren Angst gepackt, dachte sie: „Ist sie es also? Die, die sich aus den Wassern aufschwingen soll? Die, die im Dienste Luzifers zu uns kommen soll?"

Doch der Moment ging vorüber und mit ihm das Gefühl der Unwirklichkeit. Sie spürte plötzlich wieder das Brennen der Sonne, den salzigen Meerwind, den nachgebenden Sand unter ihren Füßen, sie sah die Mädchen des Königs, die stumm und angstvoll auf die leblose, schillernde Gestalt zu ihren Füßen starrten, und sie sah Joffrey, der, ein paar Schritte entfernt, noch immer den Hut in der Hand, zu ihr herüberblickte. Ihr galt dieser Blick, nicht der Herzogin, ein ruhig forschender, warmer Blick, der wie eine feste Brücke war, eine Brücke zwischen ihr und ihm, über die sie vielleicht wieder zueinander finden konnten... Ja, sicher, sie würden zueinander finden. Der Berg des Mißtrauens war noch nicht völlig abgetragen, der trennende Abgrund noch nicht restlos zugeschüttet, aber die Brücke war da, dieser Blick, ein Versprechen...